dtv

Was *chuzpe*, *koscher* und *meschugge* heißt, wissen Sie sicher. Einen *bagel*, *gefilte fisch* oder *lox* haben Sie vielleicht auch schon gegessen. Aber wissen Sie, was das alles mit der Tora, dem Talmud und dem jüdischen Glauben zu tun hat? Jiddisch ist die europäische Sprache, die dem Deutschen am nächsten steht. Wenn es heute im amerikanischen Slang hunderte von deutsch-jiddischen Lehnwörtern gibt, dann verdanken wir das nicht zuletzt den jüdischen Auswanderern, die ihre aus dem Mittelhochdeutschen stammende Sprache nach Amerika importiert haben. – Leo Rosten hat ein vergnügliches Hausbuch geschaffen, das jiddische Wörter, jüdische Geschichte, Folklore und Witze mit einer zwanglosen Einführung in die Grundelemente des Judaismus verbindet und uns so mit einer Welt vertraut macht, die uns fast verloren gegangen wäre. Für die vorliegende deutsche Ausgabe wurde das Buch mit vielen Stichworten angereichert, die uns aus der deutschen Alltagssprache vertraut sind.

Leo Rosten wurde 1908 in Lodz geboren. Aufgewachsen ist er in einem Arbeiterviertel Chicagos. Seine ›Hyman Kaplan‹-Romane beruhen auf Personen aus dieser Umgebung. Sein Humor, der mit Scholem Alejchem und Mark Twain verglichen wird, machte ihn bald populär, aber keines seiner Bücher hatte eine so nachhaltige Wirkung wie die ›Joys of Yiddish‹, die nicht weniger als 17 Auflagen und Neuausgaben erlebten. Leo Rosten starb am 19. Februar 1997.

Leo Rosten

Jiddisch

Eine kleine Enzyklopädie

Aktualisiert und kommentiert von Lawrence Bush
Illustriert von R. O. Blechmann
Übersetzung und deutsche Bearbeitung
von Lutz-W. Wolff

Deutscher Taschenbuch Verlag

Durchgesehene Ausgabe
November 2006
4. Auflage Mai 2008
Deutscher Taschenbuch Verlag GmbH & Co. KG,
München
www.dtv.de

Titel der amerikanischen Originalausgabe:
›The New Joys of Yiddish‹ (Crown Publishers, New York)

Umschlagkonzept: Balk & Brumshagen
Umschlagbilder: R. O. Blechmann
Satz: Fotosatz Reinhard Amann, Aichstetten
Gesetzt aus der Garamond 9,5/11,4˙ (QuarkXPress)
Druck und Bindung: Druckerei C. H. Beck, Nördlingen
Gedruckt auf säurefreiem, chlorfrei gebleichtem Papier
Printed in Germany · ISBN 978-3-423-20938-0

for my mother who taught me the mama-loshen
and for my children and their children and theirs

Woher dieses Buch kommt

»Give me your tired, your poor, your huddled masses« steht auf der amerikanischen Freiheitsstatue, und nirgends wird dieses Prinzip des großen All-Völker-Staates sichtbarer als auf Ellis Island, wo zwischen 1892 und 1954 ungefähr zwanzig Millionen Einwanderer ihre erste Aufenthaltserlaubnis erhielten. Auch Leo Rosten, so erzählt die Familienlegende, sah 1912 als erstes die Freiheitsstatue, als er vier Jahre alt war und seine Eltern auf einem Auswandererschiff mit ihm nach Amerika kamen.

Der 5. Mai 1998 war ein stürmischer Frühlingstag in New York. Wir waren im Regen hinaus in den Hafen gefahren und über zwei Stunden durch die Ausstellungsräume auf Ellis Island gegangen. Lange hatten wir vor den Fotos der Menschen gestanden, die von Hamburg, Bremerhaven und Liverpool aus mit ihren Familien, mit Körben, Koffern, Kochgeräten und Bettzeug den Weg in ein neues Leben gesucht hatten. Aber erst ganz am Ende des Rundgangs entdeckte ich im hinteren Teil der großen Ankunftshalle eine Art Baum aus farbigen Röhren, mit dem die Ausstellungsmacher zu dokumentieren versuchten, welchen Anteil die verschiedenen Einwanderergruppen an der Entstehung der amerikanischen Sprache gehabt hatten. Einer der üppigsten Zweige hieß: GERMAN/YIDDISH.

Zwei Tage später, als ich zum drittenmal »bäidschl« statt »Bagel« gesagt hatte, schenkte Binnie Kirshenbaum mir dieses Buch, in Amerika seit Jahrzehnten ein Bestseller. Aber es sollte noch über zwei Jahre dauern, bis ich beginnen konnte, Leo Rostens *Joys of Yiddish* ins Deutsche zu übersetzen. Die große Neuausgabe mit den Kommentaren von Lawrence Bush und den Illustrationen von R. O. Blechman war gerade in Planung, und natürlich sollte sie zur Grundlage der deutschen Ausgabe werden.

Erst im Lauf der Arbeit wurde mir klar, dass dies keine gewöhnliche Übersetzung sein würde. Das Jiddische ist eine Schwestersprache des Deutschen, seine engste Verwandte überhaupt auf der Welt. Entstanden ist es im Spätmittelalter, als die Juden im Rheinland begannen, die eigene und von ihrer damals noch größtenteils analphabetischen Umgebung gesprochene mittelhochdeutsche Sprache in ihrer hebräischen Schrift aufzuzeichnen. Das älteste jiddische Sprachdokument findet sich in einem Wormser Gebetbuch aus dem Jahre 1272. Es handelt sich um einen Segenswunsch: *gut tak im betage/se war dis machsor in beß hakkeneßeß trage!* »Ein guter Tag sei dem beschieden, der dies Gebetbuch in die Synagoge trägt!« Der Begriff »jiddisch« gelangte allerdings erst auf dem Umweg über Amerika nach Deutschland zurück. Bis zum Ende des 19. Jahrhunderts wurde die Sprache der aschkenasischen, also der mittel- und osteuropäischen Juden als »Jüdisch-Deutsch«, »Iwre-Deutsch« und »Judendeutsch« bezeichnet. Er habe das »barocke Judendeutsch« erlernt, berichtet Goethe in *Dichtung und Wahrheit.*

Um diese Zusammenhänge sichtbar zu machen, konnte sich eine deutsche Übersetzung der *Joys of Yiddish* nicht allein auf das heutige amerikanische Jiddisch beziehen. Zumindest ansatzweise musste der Versuch gemacht werden, einen Bogen von den mittelalterlichen Städten des Rheinlands über das osteuropäische Schtetl und New York bis nach Hollywood und ins Silicon Valley zu spannen, um das Abenteuer dieser Sprache erkennbar werden zu lassen.

Dazu gehörte, da es sich bei Rostens Werk der Form nach um ein »Wörterbuch« handelt, eine einheitliche Transkription der jiddischen Wörter, die ja in lateinischer Schrift nur »phonetisch« erfasst werden. Hier konnte ich auf drei Autoritäten zurückgreifen, die allerdings unglücklicherweise in zwei wichtigen Punkten nicht übereinstimmen. Siegmund Wolf *(Jiddisches Wörterbuch)* und Salcia Landmann *(Jiddisch. Abenteuer einer Sprache),* beide 1962, bezeichnen das stimmlose »s« mit »ss« (also: *chossid* und *ssejchel*), aber während Salcia Landmann das »e« bei hebräischen Wörtern »verschluckt« *(j'schiwe),* lässt es Wolf bei deutschen Wörtern stehen *(kichel).* Das »Jiddische Wörterbuch« des DUDEN von Ronald Lötzsch aus dem Jahre 1992 hingegen »verschluckt« das stimmlose »e« in deutschen Wörtern *(kichl)* und gibt das stimmlose »s« durch das deutsche »ß« wieder (also: *choßid, ßejchl* und *arojß*). Wenn wir uns nach langen Beratungen schließlich für die Transkription von Ronald Lötzsch entschieden haben, so geschah dies nicht nur aus Respekt vor dem DUDEN und seiner großen Verbreitung, sondern auch deshalb, weil die Eigenart der vielen aus dem Hebräischen stammenden Wörter dadurch kenntlicher wird.

Der Unterschied zur amerikanischen Transkription besteht vor allem in drei Punkten: »ch« erscheint in der amerikanischen Transkription oft (und der des YIVO-Instituts regelmäßig) als »kh« (also *khokhme* statt *chochme*), »j« erscheint regelmäßig als »y« und »sch« als »sh« (also *Yiddish* statt *jidisch*). So unauffällig diese Unterschiede auch sein mögen, für die alphabetische Reihenfolge der Wörter in diesem Lexikon hatten sie dramatische Auswirkungen: Sie wurde komplett durcheinander gewirbelt. Aber die neuen Nachbarschaften sind, glaube ich, mindestens so attraktiv wie die alten. In jedem Falle wurde dort, wo es nur eine »ameridische« oder »jinglische« Form des Begriffs gibt, die amerikanische Schreibweise beibehalten. Auch in den amerikanischen Beispielsätzen wurde diese Schreibform benutzt. Außerdem wurden bei allen von Rosten genannten Stichwörtern die amerikanischen Schreibweisen aufgezählt, wobei in der Regel die jeweils erste Schreibweise die des YIVO-Instituts und die folgende die von Rosten bevorzugte ist.

Zusätzlich aufgenommen wurden Hinweise auf Wörter, die ins Deutsche, in den Berliner oder Wiener Dialekt eingegangen sind und dort ein eigenes Leben entwickeln. Außerdem wurden etwa fünfzig jiddische Stichworte neu aufgenommen, die entweder aus dem Deutschen bekannt sind (wie *dafke, schäkern, pleite* und *mies*) oder eine im Vergleich zum Deutschen interessante Eigenart haben (wie *bichernize, bleserl* und *bliz-post*). Schließlich wurden einige Hinweise auf jüdisches Leben in Deutschland und andere Einzelheiten ergänzt. Diese Ergänzungen und Zusätze wurden am Anfang und Ende mit einem ❧ bzw. ☙ bezeichnet, um sie vom übrigen Text abzusetzen – ähnlich wie die Kommentare von Lawrence Bush mit dem Hinweis ☛ und ☚ abgesetzt wurden. Auf diese Weise ist es dem Leser möglich, den ursprünglichen Text von Leo Rosten und die Ergänzungen voneinander zu trennen, was schon deshalb notwendig ist, damit seiner großartigen Pionierleistung nicht die Missverständnisse, Irrtümer, Fehler und Einseitigkeiten angelastet werden, die sich mit jeder Überarbeitung einschleichen können.

Zu danken habe ich Madeline Lee und Margaret Muir, den Töchtern von Leo Rosten, und ihrem Rechtsanwalt Robert Levine, die mir dieses Werk zur Übersetzung und Bearbeitung anvertraut haben; Wolfgang Balk, der die Veröffentlichung mit Entschiedenheit unterstützt, und Patricia Reimann, die den Text redigiert hat und zahlreiche wichtige Hinweise gab. Für ihre Hilfe und Beratung möchte ich mich bei Olga und Ernst Mannheimer, Ellen Presser, Rachel Salamander und Adrian Schell und für ihr großes Engagement bei der Gestaltung des Bandes möchte ich mich bei Christine Rulph bedanken. Schließlich darf auch nicht unerwähnt bleiben, dass mir Binnie Kirshenbaum nicht nur dieses Buch geschenkt hat, sondern auch den Mut und die Liebe, die nötig waren, um es zu übersetzen.

Lutz-W. Wolff,
München, Juni 2002

Einleitung

Oj, a lebn af dajn kop! Das war der beliebteste Segensspruch meiner Großmutter, den sie jedesmal über mich ausschüttete, wenn ich etwas getan hatte, was ihr gefiel. Ein Lächeln, ein Nicken oder ein kluges Wort genügten, um ein »Leben auf deinen Kopf« herabzubeschwören. Das war so, als ich ein kleiner Junge war, und das war immer noch so, als ich ein Erwachsener war.

Wir nannten sie »Bobby« (eine kindliche Variante von *bobe* »Großmutter«). Siebenundneunzig ist sie geworden, und auch für ihre Urenkel war Jiddisch noch ein Segensspruch und ein Kuss auf die Stirn. Die ganze Lebenskraft dieser Sprache – ihr Gelächter, ihre Wut, ihr rebellischer Scharfsinn und ihre emotionalen Akzente – aber wäre meinen Kindern ohne Leo Rostens *Joys of Yiddish* nicht mehr zugänglich.

Die *mameloschn* hat zwar ein breitgefächertes Echo in den Universitäten, im Internet, im Theater und auf den Konzertbühnen, bei Festivals und Konferenzen. Aber die Generationen, für die das Jiddische noch eine Stimme war und kein Echo, sind wohl im Schwinden begriffen oder verschwunden, und die Lücke, die von den Verbrennungsöfen der Nazis gerissen wurde, hat sich als unüberwindlich erwiesen. Aber es gibt eine Überlebensstrategie für das Jiddische, und Leo Rosten hat sie ergriffen.

Rosten hat erkannt, dass die amerikanische Kultur das neue Heimatland der *Jidischkajt* geworden war. Im Gegensatz zu vielen Jiddisten begrüßte er diese Tatsache und freute sich über jedes jiddische Wort, jede jiddische Redensart, Betonung oder Satzstruktur, die im Englischen auftauchten. Für ihn trug jedes dieser Wörter den gesamten genetischen Code des Jiddischen in sich. Als er *The Joys of Yiddish* schrieb, kartographierte er das jiddische Genom.

Dass sein Verzeichnis unvollständig sein musste, versteht sich von selbst. Rosten verzichtete auf die Doppel-Helix der modernen jiddischen Dichtung und Literatur. Er vermied das komplexe Material der jiddischen politischen Rhetorik und Sozialkritik. Er ignorierte den größten Teil der nicht-amerikanischen jiddischen Kultur. Er wählte Humor, Anekdoten und eine Form der gebildeten Plauderei zur Wissensvermittlung, denn er wusste: »Eine gute Geschichte ist schwer zu vergessen.« Dementsprechend unglücklich waren die ernsten Jiddisten, dass ausgerechnet der »Kiebitz« Rosten das kommerzielle »Patent« auf die jiddische Sprache erhielt, weil sein Buch ein solcher Erfolg war. (Wie es in einem seiner Witze heißt: »Wenn ich seine Stimme hätte, könnte ich auch so schön singen!«)

Patente muss man allerdings regelmäßig erneuern. In den über dreißig Jahren seit die *Joys of Yiddish* veröffentlicht wurden, hat sich das Leben in Amerika und das jüdische Leben auf der ganzen Welt erheblich verändert.

Als Rosten sein Buch schrieb, waren zum Beispiel noch keine Frauen als Rabbiner ordiniert worden, die neue Frauenbewegung war gerade erst im Entstehen und hatte die Organisationskultur, die Liturgie und das Brauchtum der jüdischen Gemeinde noch kaum verändert. Heute bilden Frauen den vielleicht dynamischsten Teil des jüdischen Gemeindelebens. Auch als Erwachsene können sie jetzt ihre Bat Mizwa nachholen, an der Bildung eines Minjans teilnehmen, Vorsänger und Rabbinerinnen werden. Gebete und Liturgie sind heute geschlechtsneutral formuliert.

Als Rosten sein Buch schrieb, war Israel nach dem Sechs-Tage-Krieg geeinigt, und das Judentum geriet auf der ganzen Welt in Bewegung, auch in der Sowjetunion. Heute wird Israel von politischen und religiösen Konflikten zerrissen, die Sowjetunion ist Vergangenheit, und etwa zwanzig Prozent der israelischen Bevölkerung kommen aus Russland.

Als Rosten sein Buch schrieb, galten das Reformjudentum und sogar das konservative Judentum als »verwässerte Formen« des Judaismus. Heute ist die spirituelle Erneuerung der Traditionen gerade bei diesen beiden Strömungen des Judentums besonders stark, und obendrein gibt es inzwischen noch eine vierte Richtung, die Rekonstruktionisten mit über hundert Gemeinden.

Als Rosten sein Buch schrieb, interessierten sich nur chassidische Sekten und Judaisten für die Kabbala und die jüdische Mystik. Heute erlebt die jüdische Mystik eine bemerkenswerte Renaissance. Ihr »Spiritualismus« übt auf die gegenwärtige Generation einen starken Reiz aus.

Als Rosten sein Buch schrieb, war die jüdische Identität von einer gewissen Gleichgültigkeit gegenüber den Traditionen geprägt. Der verdrängten Erinnerung an den Holocaust stand der starke Wunsch nach Assimilation gegenüber. Heute wird die jüdische Identität durch eine neue Interpretation der heiligen Schriften, Erneuerung des Brauchtums, künstlerisches Schaffen und die Aufarbeitung des Holocaust bestärkt und neu definiert.

Als Rosten sein Buch schrieb, hatte die Bürgerrechtsbewegung gerade die letzten Schranken beseitigt, die einer Integration der Juden in die amerikanische Gesellschaft und deren exklusive Elite im Weg standen. Heute ist diese Integration so vollständig, dass etwa die Hälfte aller Juden Mischehen eingeht und viele Juden sich genieren, weil sie auf der *Forbes*-Liste der Reichen und Superreichen deutlich überrepräsentiert sind.

Meine Aufgabe war es, einige dieser Veränderungen in einem knappen Kommentar zu Rostens Buch zu dokumentieren.

Noch etwas hat sich geändert, und ich gestehe, das macht ein wenig Sorgen. (*Dem Jidns ßimche, is mit a bisl schrek*, heißt es im Sprichwort. »Wenn ein Jude sich freut, sind immer auch ein paar Sorgen dabei.«) Als Rosten sein Buch schrieb, waren die Informationsmöglichkeiten über das jüdische Leben noch ziemlich bescheiden, jedenfalls in englischer Sprache. Heute gibt es zwischen Buchdeckeln und im Internet so viel Informationen, wie man nur will. Deshalb werden alle meine Fehler und besonders alle meine Versäumnisse ziemlich auffallen. Ich hoffe nur, dass meine Großmutter so viel Segen auf mich gehäuft hat, dass ich die Peinlichkeit überstehe und meine Irrtümer nicht womöglich durch die Autorität dieses Buches sanktioniert werden.

Mein ganz besonderer Dank gilt Gerald (Yankl) Stillman, den ich zu Fragen der Etymologie und des jiddischen Wortgebrauchs konsultiert habe. Mein Dank gilt außerdem Madeline Lee und Margaret Muir, den Töchtern von Leo Rosten, die mir das Erbe ihres Vaters anvertraut haben.

Der ehemalige Präsident der Reformsynagogen-Bewegung, Rabbi Alexander M. Schindler, mit dem ich in den vergangenen sechzehn Jahren eng zusammengearbeitet habe, ist während der Monate gestorben, in denen ich an diesem Buch gearbeitet habe, und ich möchte ihm den Anteil widmen, den ich daran habe. Alex war der Sohn eines jiddischen Dichters und hat ein Leben geführt, in dem sich zahllose Stränge jüdischer Erfahrungen kreuzen. Im Garten Eden sind er und Leo Rosten mit Sicherheit von zahllosen Engeln umgeben, die gute Geschichten gern haben.

☛ Lawrence Bush
Accord, New York

Vorwort

Ich habe dieses Buch geschrieben, weil es keine andere Möglichkeit gab, um es zu haben. Viele Jahre lang habe ich ein solches Lexikon gesucht, aber ich habe es nie gefunden.

Was dieses Buch nicht ist
Dies ist kein Buch über Jiddisch. Es ist kein Wörterbuch des Jiddischen. Es ist auch kein Sprachführer. Es ist weder für Fachleute noch für Schüler der jiddischen Sprache gedacht.

Was dieses Buch ist
Dies ist ein Buch über Sprache, speziell über die in Amerika gesprochene englische Sprache. Es zeigt, wie diese wunderbar elastische Sprache von einer anderen, der jiddischen, beeinflusst wurde. Es illustriert, wie Sprache die Vielfalt des Lebens erfasst; wie die Kultur der Juden, ihr Denken und ihre Gefühle, sich im Jiddischen spiegeln, und wie das wiederum die Sprache bereichert hat, die wir heute benutzen.

Dieses Buch beschäftigt sich mit einem faszinierenden Aspekt unserer Sprache: jenen Wörtern und Redensarten aus dem Jiddischen, denen wir heute in amerikanischen Büchern, Zeitschriften, Zeitungen, Rundfunk- und Fernsehsendungen, Filmen oder Nachtklubprogrammen begegnen oder die wir in vielen großen Städten Amerikas auf der Straße oder im Bus hören.

Einige dieser Wörter sind »jinglisch«. Damit meine ich Wörter, die sowohl in der amerikanischen wie in der englischen Umgangssprache benutzt werden: *kibitzer, mish-mash, bagel* etc.

Andere nenne ich »ameridisch«. Damit meine ich Wörter, die von amerikanischen Juden geprägt worden und nur in den Vereinigten Staaten einheimisch sind: *kochaleyn, utz, shmegegge* etc.

☛ Dazu gehören auch englisch-jiddische Zusammenziehungen wie *opstairsikeh, singlemon* etc. Diese Wörter wurden fast ausschließlich von Jiddisch sprechenden Einwanderern benutzt und sind nicht in den allgemeinen Sprachgebrauch eingegangen. Die Grenzen zwischen Jiddisch und Ameridisch sind also fließend. In der vorliegenden Ausgabe werden Wörter mit offensichtlich englischen Wurzeln und jiddischen Nachsilben als »jinglisch«, jiddisch klingende Wörter, die erst in Amerika erfunden wurden, hingegen als »ameridisch« bezeichnet. ☚

»Jiddisch«, »Hebräisch« und »Jüdisch«

Zur Beruhigung aller, die nicht Linguistik oder Theologie studiert haben, möchte ich an dieser Stelle schon darauf hinweisen, dass Jiddisch und Hebräisch zwei völlig verschiedene Sprachen sind. Wer das eine beherrscht, kann das andere noch längst nicht. Das Jiddische benutzt hebräische Buchstaben, enthält auch viele hebräische Wörter und wird (genau wie das Hebräische) von rechts nach links gelesen, also:

UOY EVOL I ACIREMA

was alle Leser unter vierzehn wahrscheinlich besonders entzückt. Aber ansonsten sind Jiddisch und Hebräisch so verschieden wie Englisch und Französisch (nein, eigentlich noch verschiedener!), obwohl diese beiden auch dasselbe Alphabet benutzen, viele Wörter gemeinsam haben und beide von links nach rechts fortschreiten.

»Jiddisch« ist auch kein Synomym für »jüdisch«. »Jiddisch« ist der Name einer Sprache. Es gibt keine Sprache, die »Jüdisch« genannt wurde. Juden sprechen genausowenig »Jüdisch« wie Kanadier kanadisch oder Baptisten baptistisch. Dennoch läßt sich nicht abstreiten, dass viele Amerikaner *Jewish* als Synonym für *Yiddish* benutzen. In der Tat leitet sich das Wort »jiddisch« vom deutschen »jüdisch« her, und im Jiddischen heißt *jidisch* »jüdisch«.

Das Ziel dieses Handbuchs

Dieses Buch ist dementsprechend ein Verzeichnis von im Ausland geborenen Wörtern die

1. schon Teil des Alltags-Amerikanischen sind *(shmaltz, ganef, shlemiel)*;
2. gerade Teil des Amerikanischen werden *(chutzpa, megillah, shlep, yenta)*; oder
3. Teil unserer edlen Sprache werden sollten, weil sie bestimmte Sachverhalte meiner Ansicht nach genauer und treffender ausdrücken als englische Wörter *(shmooz, kvetch, shlimazl, tsatske etc.)*.

Oder anders ausgedrückt: In diesem Buch sind dreierlei Arten von köstlichen Wörtern versammelt: naturalisierte Bürger der Vereinigten Staaten, Einwanderer mit der *green card* und Neuankömmlinge, die schleunigst rekrutiert werden sollten.

Der Einfluss des Jiddischen auf die englische Sprache

Während die Zahl der Juden, die Jiddisch als Muttersprache angeben, ständig abnimmt, ist das Jiddische bei den Nichtjuden populärer denn je. Oder wie soll man es sonst nennen, wenn ein Offizier des Pentagon von einer »Bagel-Strategie« spricht (*Newsweek*, 25. Sept. 1967)? Wenn der Londoner *Economist* über ein »Hypotheken-Hoo-ha« berichtet (19. Nov. 1966) oder das *Wall Street Journal* die Studentenbewegung als *»Revolution, Shmevolution«* verspottet (12. Jan. 1968)? Wenn das *Times Literary Supplement* in einem Aufsatz über den Roman plötzlich einen Satz wie: *»Should, schmould, shouldn't, schmouldn't«* verwendet (3. Februar 1966). Oder wenn das Musical *Anatevka* (*Fiddler on the Roof*), das sich mit dem jüdischen Leben in einem polnischen Schtetl beschäftigt, ein Welterfolg wird?

☛ Zeitgenössischer, aber ähnlich bezeichnend war es, als Jimmy Carter 1980 nach der verlorenen Wahl »ein altes jiddisches Sprichwort« zitierte: »Gott gibt uns Lasten, aber auch Schultern, um sie zu tragen.«

Im übrigen ist seit der Erstveröffentlichung dieses Buches im Jahre 1968 das Interesse an der jiddischen Sprache deutlich gestiegen: in den Universitäten, im Theater, auf den Konzertbühnen, im Internet und auch im Staat Israel (wo das Jiddische lange abgelehnt und vernachlässigt wurde). Entsprechende Hinweise finden sich an den verschiedensten Stellen dieses Buches. ☚

Jiddische Wörter und Redensarten in der amerikanischen Sprache

Immer wieder einmal stoße ich auf die Behauptung, in *Webster's Unabridged Dictionary* seien fünfhundert jiddische Wörter enthalten. Ich weiß nicht, ob das wahr ist, und ich bezweifle, dass sie tatsächlich jemand gezählt hat. Ich selbst bin dagegen überrascht, wie viele jiddische Wörter sich *nicht* im *Webster* oder im unvergleichlichen *Oxford English Dictionary* finden, obwohl sie durchaus gebräuchlich und lebendig im Englischen sind. Viele dieser unerkannten Wörter werden Sie im vorliegenden Buch finden.

Nicht wenige Wissenschaftler haben sich schon über die jiddischen Wörter geäußert, die in Amerika ins Englische »eindringen«. In Wirklichkeit ist unsere Sprache keineswegs passiv. Wir haben vielmehr ein wildes Durcheinander von fremden Brocken zusammengeräubert, das unsere geliebte Sprache nicht unerheblich bereichert. Wie ich schon früher dargelegt habe (*Look*, 26. Dez. 1967), enthält zum Beispiel der Satz: *The pistol in our bungalow is stuffed with taffy* Wörter aus sechs verschiedenen Sprachen (Slowakisch, Tschechisch, Hindu, Tagalog, Altfranzösisch und Englisch – auf dem Umweg über das Altfriesische), während der Ausruf: *Oh, bosh! Some nitwit has put alcohol in the ketchup!* den freizügigen Gebrauch *türkischer, niederländischer, arabischer, französischer, malayischer, chinesischer* und *japanischer* Wörter voraussetzt.

Nehmen wir zum Beispiel das populäre Suffix *–nik.* Wo wären wir ohne solche köstlichen Wörter wie *beatnik* und *peacenik*? Die *New York Times* sprach neulich von Musikliebhabern als *Bachniks*; manche Schwulen bezeichnen Heterosexuelle als *straightniks;* der Comicstrip *Mary Worth* sprach von einem *no-goodnik*; und eine Anzeige in der *Times* forderte sogar mit einer Art jiddischem Tandem: NOSHNIKS OF THE WORLD, UNITE! (»Naschkatzen aller Länder, vereinigt Euch!«)

Zahlreiche Kulturkritiker haben darauf hingewiesen, dass viele Romanciers, Stückeschreiber und Komiker jüdischen Witz in den breiten Strom des Englischen einfließen lassen. Was natürlich auch darauf zurückzuführen ist, dass seit den zwanziger und dreißiger Jahren mehr jüdische Intellektuelle in England und Amerika leben und schreiben als jemals zuvor.

Wer hat nicht schon Redensarten benutzt, die alle auf jiddische Ursprünge zurückgehen? Hier ein paar Beispiele:

Get lost. »Hau ab.«
You should live so long. »Da kannst du lange warten.«
My son, the physicist. »Mein Sohn, der Physiker.«
I need it like a hole in the head. »Das brauch ich wie ein Loch im Kopf.«

Who needs *it?* »Was soll das?«
So why don't you? »Und warum tust du's nicht?«
All right *already.* »Schon gut, schon gut.«
It shouldn't happen to a dog. »Das sollte nicht mal einem Hund passieren.«
Okay by me. »Von mir aus.«
He knows from nothing. »Er hat keine Ahnung.«
From that he makes a living? »*Davon* kann er leben?«
How come only five? »Was, bloß fünf?«
Do him something. »Hilf ihm irgendwie.«
This *I need yet?* »Was soll ich damit?«
A person could bust. »Man könnte platzen vor Stolz.«
He's a regular genius. »Er ist ein echtes Genie.«
Go hit your head against the wall. »Tu's, wenn du's nicht lassen kannst.«
You want it should sing, too? »Was, singen soll's auch noch?«
Plain talk: He's crazy. »Ehrlich gesagt: Er spinnt.«
Excuse the expression. »Entschuldigen Sie den Ausdruck.«
With sense, he's loaded. »Verstand hat er überhaupt keinen.«
Go fight City Hall. »Gegen die Bürokratie ist man machtlos.«
I should have such luck. »Wenn ich doch mal solches Glück hätte.«
It's a nothing of a dress. »Ein Nichts von einem Kleid.«
You should live to be a hundred and twenty. »Hundert(zwanzig) Jahre sollst du werden!«
On him it looks good. »Also, *er* kann so was tragen.«
It's time, it's time. »Es ist Zeit, es ist Zeit.«
Wear it in good health. »Trag es gesund.«
Listen, bubele … »Hör zu, Schatz …«

Welche andere Sprache führt solche Schätze mit sich?

Jiddische Sprachgewohnheiten in der Umgangssprache
Wörte und Redensarten sind aber keineswegs das einzige, womit das Jiddische unsere Sprache beeinflusst. Mindestens so bedeutsam sind meiner Ansicht nach bestimmte Sprachgewohnheiten, mit denen das Jiddische Zuneigung, Mitleid, Missfallen, Skepsis, Spott oder anderes ausdrückt. Auch hier gibt es Beispiele genug:

1. Fröhliche Ablehnung durch abgewandelte Verdoppelung: *Fatshmat, as long she's happy.* »Fett-schmett, solange sie glücklich damit ist.« Das erinnert zunächst an das englische *teeny-weeny, razzle-dazzle* etc. Aber während die englische Art der Verdoppelung die Bedeutung verstärkt, hebt sie die jiddische Verdoppelung auf.
2. Ätzende Syntax: *Smart, he isn't.* »Schlau ist er nicht.«
3. Sarkasmus durch scheinbar »harmlose« Formulierungen: *He only tried to shoot himself.* »Er hat sich ja bloß zu erschießen versucht.«
4. Spott durch verdrehte Wortstellung: *Already you're discouraged?* »Jetzt willst du schon aufgeben?«
5. Verachtung durch Bestätigung: *My* son-in-law *he wants to be.* »Mein Schwiegersohn will er werden.«
6. Fürchterliche Flüche, die anschließend durch Beschwichtigungsformeln »neutralisiert« werden: *A fire should burn in his heart, God forbid.* »Ein Feuer soll in seinem Herzen brennen, Gott behüte!«
7. Höflichkeit durch verstümmelte Sätze: *You want a cup coffee?*
8. Spöttische Ablehnung durch scheinbar unschuldige Fragen: *I should pay him for such devoted service?* »Solche aufopferungsvollen Dienste soll ich bezahlen?«
9. Die Beantwortung einer Frage mit einer Frage, um zu signalisieren, wie töricht und beleidigend die Frage war. Zum Beispiel:

(A)

Frage: *Did you write your mother?* »Hast du deiner Mutter geschrieben?«
Antwort: *Did I write my mother?* »Hab ich meiner Mutter geschrieben?« (»Natürlich habe ich das!«)

(B)

Frage: *Have you visited your father in the hospital?*
Antwort: *Have I visited my father in the hospital?* (Empört: »Denkst du vielleicht, ich wäre ein Scheusal?«

(C)

Frage: *Would you like some chicken soup?*

Antwort: *Would I like some* chicken *soup?* (»Natürlich will ich Hühnersuppe!«)

(D)

Frage: *Will a hundred dollars be enough?*
Antwort: *Will a hundred dollars be* enough? (Ungläubiges Staunen: »Denken Sie, mit dieser lächerlichen Summe bin ich zufrieden?)

(E)

Frage: *Will a thousand dollars be enough?*
Antwort: *Will a* thousand *dollars be enough?* (Ungläubiges Staunen: »Was, so viel soll ich kriegen?«)

(F)

Frage: *Will you marry me?*
Antwort: *Will I* marry *you?* (Mit triumphalem Unterton: »Ja, sofort!«

Das im Deutschen durchaus geläufige System, die Bedeutung eines Satzes dadurch zu ändern, dass man die Betonung der Wörter verändert, ist im traditionellen Englisch wenig gebräuchlich. Die Satzmelodien plätschern eher entspannt und gelassen dahin. Der Einfluss des Jiddischen hat das gründlich geändert. Im Jiddischen lässt sich die Bedeutung eines Satzes durch emphatische Betonung erheblich verändern, und das färbt immer mehr auf das Englische ab – zumindest auf das amerikanische Englisch.

»*Him you* trust?« (»Dem *traust* du?«) ist etwas ganz anderes als »Him *you trust?*« (»*Dem* traust du?«). Die erste Frage stellt nur die Urteilsfähigkeit des Befragten in Zweifel; die zweite Frage zerstört unwiderruflich den guten Ruf des Mannes, über den die beiden sich unterhalten.

Auch das folgende ist ein gutes Beispiel dafür, wie differenziert die jüdische Reaktion auf ein Problem sein kann, wieviele Unterstellungen, Empfindlichkeiten und Beleidigungen in einem Satz untergebracht werden können, je nachdem, wie er betont wird. Die Ausgangssituation besteht darin, dass eine Nachbarin, eine entfernte Verwandte oder eine Freundin Ihrer Frau ein Konzert gibt. Wie reagiert der gequälte Ehemann auf diese Zumutung?

1. Two *tickets for her concert I should buy?* »Ich bin mir gar nicht sicher, ob ich auch nur *eins* kaufen sollte.«
2. *Two* tickets *for her concert I should buy?* »Soll das heißen, man kommt nicht umsonst rein? Dann wird wohl kaum jemand kommen.«
3. *Two tickets for* her *concert I should buy?* »Hat sie denn Tickets für die Ballettvorführung unserer Tochter gekauft?«
4. *Two tickets for her* concert *I should buy?* »Willst du damit sagen, die Leute nennen so etwas ein *Konzert*?!«
5. *Two tickets for her concert* I *should buy?* »Nach allem, was sie mir angetan hat?«
6. *Two tickets for her concert I* should *buy?* »Willst du mir gutes Benehmen beibringen oder moralische Vorträge halten?«
7. *Two tickets for her concert I should* buy? »Ich würde nicht mal hingehen, wenn ich sie umsonst von ihr kriegte!«

Jede der oben zitierten Varianten setzt eine etwas andere Vorgeschichte voraus, verschafft dem Sprecher unterschiedliche Erleichterung und schießt einen anderen Pfeil ab. Und wenn jede Emphase unterdrückt und die Frage scheinbar emotionslos gestellt wird? Dann wird gerade diese vorgetäuschte Neutralität zum Sarkasmus. Und wenn dann noch ein Seufzer, ein Schnauben, ein Zungenschnalzen oder Stirnrunzeln hinzugefügt wird, ist sie absolut tödlich.

Über die jiddische Sprache

Noch ein Wort über das Jiddische selbst. Es ist älter als unser heutiges Englisch, obwohl es erst Mitte des 19. Jahrhunderts zur Literatursprache wurde und seither eine beachtliche Fülle von Geschichten, Gedichten, Romanen, Essays und gesellschaftskritischen Schriften hervorgebracht hat.

Jiddisch ist der Robin Hood unter den Sprachen. Es stiehlt bei den sprachlich Reichen und beschenkt mit seiner Beute die Armen und Schwachen. Es nimmt auch gern Gäste auf – denen es ohne Ansehen der Herkunft oder Religion freie Unterkunft und Verpflegung gewährt. So bemerkte der Journalist Charles Rappaport einmal: »Ich spreche zehn Sprachen – alle in Jiddisch.«

Ich finde, Jiddisch besitzt einen besonderen Charme. Es ist so voller Übermut, Kühnheit und Witz wie ein Straßenjunge, der unbeschreibliches Unglück erlebt hat. Es hat eine beachtliche Überlebensfähigkeit und Widerstandskraft, und seine Entschlossenheit, nicht zu sterben, ist groß. Auch aus diesem Grunde hat es manche vornehmere und gepflegtere Sprache überlebt, der diese Eigenschaften gefehlt haben.

Das Jiddische ist besonders geeignet, um gesellschaftliche und psychologische Feinheiten auszudrücken. Es ist getränkt von Gefühl und gebeizt mit Sarkasmus. Es liebt das Grübeln, denn es beruht auf einer bitteren Vergangenheit. Es bevorzugt das Paradox, denn es weiß, dass man den Ungerechtigkeiten des Lebens nur auf diese Weise gerecht wird. Das Jiddische schwärmt für die Ironie, denn die einzige Möglichkeit, in einer schrecklichen Welt nicht den Verstand zu verlieren, bestand für die Juden darin, der Grausamkeit mit verzweifeltem Humor zu begegnen. Im tiefsten Innersten besteht das Jiddische aus Spott und Sentimentalität.

Ich habe immer bewundert, wie fruchtbar diese *lingua franca* im Vokabular der psychologischen Einsichten ist. Die Selbstbeobachtung ist den Juden schon am Sinai eingepflanzt worden, als ihnen Moses erklärte, dass sie jede ihrer Handlungen mit Frömmigkeit angehen sollten, da im Himmel sehr genau über sie Buch geführt würde. Kenntnisse und Wissen galten bei den Juden bald mehr als weltliche Reichtümer. Und die psychologischen Einsichten wurden zum Ersatz für physische Waffen: Eine Möglichkeit, einem Schläger den Schneid abzukaufen, besteht darin, dass man ihn besser kennt als er sich selbst.

Die Juden wurden ganz zwangsläufig zu Psychologen, und ihre Beschäftigung mit menschlichen (und göttlichen) Verhaltensweisen verschaffte dem Jiddischen ein reiches Vokabular für Charaktertypen. Allein schon im Bereich der einfältigen Nichtsnutze gelingen dem Jiddischen wunderbare Differenzierungen wie *nebech, schlemil, schmendrik, shnook.* Und wenn es zu den Dummköpfen kommt, mangelt es auch nicht an Wörtern: *klotz, jold, kuni leml, schlep* und *Chaim Jankl* decken eine Menge Einfältigkeit ab. Alle wohnen im

Reich der Unfähigkeit, aber jeder nimmt seinen besonderen Platz ein. Das Gefühl für Differenzierungen ist im Jiddischen so ausgeprägt, dass man in keiner mir bekannten Sprache ein Wort findet, das einen hässlichen Charakter so gnadenlos wie der Ausdruck *paskudnjak* bloßstellt. Dabei ist das Jiddische äußerst anpassungsfähig. Wenn etwas Neues gebraucht wird, ist es schnell da. Man denke nur an den *phudnik.* (Das ist ein *nudnik* »Langweiler« mit einem Doktorgrad der philosophischen Fakultät.)

Wenn ich das Jiddische, seine Geschichte, Eigenart und Atmosphäre mit einem Wort beschreiben müsste, würde ich nicht zögern, es *ununterdrückbar* zu nennen.

Isaac Bashevis Singer hat darauf hingewiesen, dass Jiddisch möglicherweise die einzige Sprache der Welt ist, die nie von den Mächtigen dieser Erde benutzt worden ist. ☛ Bei der Verleihung des Nobelpreises im Jahre 1978 sagte er: »Jiddisch ist eine Sprache des Exils, ohne Land, ohne Grenzen, ohne Unterstützung irgendeiner Regierung, eine Sprache, die keine Wörter für Waffen, Munition, Manöver oder militärische Taktik besitzt ... Das Jiddische ist geprägt von einem stillen Humor und einer Dankbarkeit für jeden Tag des Lebens, jedes Stückchen Erfolg, jede Liebesbegegnung. Die jiddische Mentalität ist nicht arrogant. Sie nimmt den Sieg nicht für selbstverständlich. Sie fordert nicht und befiehlt nicht, sondern rackert sich ab, mogelt sich durch und sucht Schleichwege zwischen den zerstörerischen Kräften in ihrer Umgebung; denn sie weiß: Gottes Plan für die Schöpfung steht noch ganz am Anfang ... In übertragenem Sinne ist Jiddisch unser aller demütige, weise Sprache, die Sprache der geängstigten Menschheit und ihrer Hoffnung.« ☚

In Israel, wo Hebräisch die Staatssprache ist, soll Premierminster Levi Eschkol (1895-1969; Premierminster von 1963-69) im Kabinett gelegentlich Jiddisch benutzt haben – was man ihm sehr übelnahm. Wenige Sprachen haben ein so prekäres Leben geführt wie das Jiddische, umgeben von ungastlichen Nachbarn und ständig von heftigen Widerständen bedroht. Ich kenne auch keine Sprache, die innerhalb des Volkes, das sie hervorgebracht hat, so umstritten gewesen wäre.

Puristen haben das Jiddische als einen »Bastard« beschimpft

und sich über seine »vulgären« Redensarten und seinen »hybriden« Wortschatz mokiert. Hebraisten nannten es »unzivilisiert«. Deutsche sprachen von einem »barbarischen Kauderwelsch« und »schweinischem Jargon«. Aber sowohl das Englische als auch das Französische, Italienische und Deutsche haben einmal als »vulgärer Jargon«, als Umgangssprache des ungebildeten Volkes begonnen: Die Priester und Intellektuellen und Adeligen (soweit sie überhaupt irgendeine Bildung) besaßen, bedienten sich der lateinischen und griechischen Sprache. Und es ist noch gar nicht so lange her, dass die besseren Kreise in Russland, Polen, Skandinavien, Deutschland und den Balkanstaaten mit aller Gewalt französisch zu sprechen versuchten und die Sprache ihrer Völker als »Dienstbotensprache« ansahen.

Englische Wörter im amerikanischen Jiddisch
In Amerika sind viele englische Wörter Teil des heutigen Jiddisch geworden. In den jüdischen Einwandererfamilien aus Osteuropa sprachen die Eltern auch gegenüber den Kindern noch Jiddisch. Die Kinder aber wollten so rasch wie möglich richtige Amerikaner werden und antworteten deshalb auf Englisch. Daher auch die Redensart: »In Amerika erziehen die Kinder die Eltern«, die natürlich auch für andere Einwanderergruppen gilt.

Die sehr lebendige jiddische Presse, die ihren Lesern die Eingewöhnung in die Neue Welt erleichtern wollte, machte sie teils bewusst, teils unbewusst mit vielen nützlichen englischen Wörtern bekannt. Eine Untersuchung von drei verschiedenen jiddischen New Yorker Zeitungen des Jahres 1938, die Dr. J.H. Neumann durchgeführt hat, ergab, dass 20 Prozent der Wörter auf den Anzeigenseiten aus dem Englischen stammten, bei den Kleinanzeigen waren es sogar 28 Prozent. Da diese Wörter in hebräisch/jiddischer Schrift gedruckt wurden, passte sich auch die Aussprache gewohnheitsmäßig dem Jiddischen an. Und so erweiterten die stolzen neuen Amerikaner ihren Wortschatz um solche nützlichen Alltagswörter wie:

vindaw .... window
stritt cah .... street car

sobvay .... subway
tex .... tax
sax .... sex

Diese Verschiebungen sind auf jiddische Aussprachegewohnheiten zurückzuführen, die jede Sprache betreffen – das Deutsche genauso wie das Französische und das Jiddische selbst.

Den jüdischen Einwanderern aus Osteuropa Englisch beizubringen war wegen dieser Vokalverschiebungen ein ziemlich abenteuerliches Unterfangen, das oft zu überraschenden Ergebnissen führte. Zum Beispiel:

1. ein kurzes *a* wird ein kurzes *e*. *Cat* wird *ket* ausgesprochen, und *pat* wird zu *pet*.
2. das kurze *e* wiederum wird zum kurzen *a*. *Pet* wird *pat* ausgesprochen. Was unter diesen Umständen aus einem *bad bed* geworden wäre, möchte ich mir gar nicht erst vorstellen.
3. Das kurze *i* wird ein langes *e* – und umgedreht. Das bedeutet, dass *pill* ausgesprochen wird, als hieße es *peel;* und *peel* wird ausgesprochen wie *pill*. Es ist durchaus vorstellbar, dass ein jüdischer Zahnarzt (den seine Patienten wohl *dentnist* genannt hätten) gesagt hat: *Rilex! I'll feel your cavity so you won't even fill it!* »Nur die Ruhe! Ich mache Ihnen eine Füllung, das spüren Sie gar nicht!«
4. Das lange *o* wird *aw* oder *u*, während das englische *aw* zum langen *o* wird. *Phone* wird auf diese Weise zu *fawn* oder *fun*; *saw* wird zu *so*.
5. Das lange englische *oo* wird zum kurzen *u*. Ein *pool* wird zum *pull* – und umgedreht. Wenn ein Dummkopf betrunken ist, könnte man mit einiger Geschicklichkeit sagen: *That full is fool shnaps!*
6. Das runde *ow* wird zum *ah*. *How* wird zu *hah* und *powder* zu *podder*. Die *louse* klingt wie das spanische *las*.
7. Das *w* wird regelmäßig zu *v*. Deshalb wird: *We went to Willie's wedding* in jiddischer Aussprache unweigerlich: *Ve vent to Villie's vaddink*.
8. Das g wird im Auslaut zu *k*. Deshalb wird *walking the Mugg's pug dog* »den Mops der Muggs ausführen« zu *valkink the Muck's puck duck* – eine ziemlich erschreckende Metamorphose.

9. Die *ng*- und *ngg*-Laute werden häufig verwechselt; dadurch reimt sich dann *singer* mit *linger*, und auf Brooklynesisch klingt *Long Island* wie *Long Guyland.*
10. Stimmhafte Konsonanten im Auslaut werden gemeinhin stimmlos; in einer so veränderten Welt isst man dann *corn on the cop*; schmiert sich Butter aufs *brat* und isst Kartoffelchips aus dem *back*.

Dabei muss man beachten, dass einige diese Vokalverschiebungen immer stattfinden, andere aber nur manchmal; und dass manche Sprecher natürlich in der Lage sind, die vorgegebenen Laute korrekt nachzuahmen.

Jeder Leser, der sich gegenüber solcher kuriosen Aussprache überlegen fühlt, sollte vielleicht bedenken, dass die meisten erwachsenen männlichen Juden in der Regel drei Sprachen beherrschten: Sie sprachen in der Synagoge hebräisch, zu Hause sprachen sie Jiddisch und mit den Nichtjuden sprachen sie in der jeweiligen Sprache des Landes. Mein Vater, ein einfacher Arbeiter, der in Polen nicht auf die Oberschule gedurft hatte, sprach Jiddisch, Englisch, Hebräisch und Polnisch. Die meisten Juden waren aus schierer Notwendigkeit Sprachkünstler.

Und ihr Bildungshunger war unbeschreiblich. Im *New York Times Magazine* vom 18. September 1966 berichtet Mr. Harvey Swados, dass in der öffentlichen Bibliothek am Seward Park an der Lower East mehr Klassiker ausgeliehen wurden als in jeder anderen Filiale der New Yorker Bibliothek. Und wenn man das Metropolitan Museum of Art heute auch sonntags besuchen kann, dann ist das auf eine langanhaltende, energische Kampagne von Bewohnern der Lower East Side zurückzuführen. Der amerikanische Schriftsteller Harry Golden (1902-1981) hat beschrieben, wie eine Einwanderermutter, die selbst noch kein Wort Englisch spricht, in die Bibliothek eilt und nacheinander drei Finger hochhält – um zu zeigen, wie viele Ausleihkarten für ihre Kinder sie braucht. Für mich ist das eine der schönsten Geschichten der Welt.

Kurze Notiz zur Geschichte des Jiddischen

Die abenteuerliche Geschichte dieser temperamentvollen und tapferen Sprache wird im einzelnen unter dem Stichwort *jidisch* erzählt. An dieser Stelle nur so viel: Etwa im zehnten Jahrhundert wanderte eine größere Gruppe von Juden aus dem heutigen Nordfrankreich in die Städte des Rheinlands, wo jüdische Gemeinden schon seit dem vierten Jahrhundert belegt sind. Die Neuankömmlinge sprachen Altfranzösisch und Hebräisch, nahmen aber bald das örtliche Deutsch an. Das Hebräische blieb – als Sprache der Tora und des Talmuds, des Gebets und der religiösen Gespräche – davon unberührt.

Die mittelhochdeutsche Sprache des Rheinlands wurde von den dort ansässigen Juden auch schriftlich erfasst – allerdings nicht in lateinischen, sondern in hebräischen Buchstaben. Ähnlich erfassten die spanischen Juden das Spanische (und Arabische) in hebräischen Buchstaben.

Als jüdische Umgangssprache entwickelte sich das Jiddische durch die von außen verordnete Absonderung der Juden von ihrer christlichen Umgebung. Die Laterankonzile von 1179 und 1215 verboten das räumliche Zusammenleben von Juden und Christen. So entstanden die *juderías* in Spanien, die Ghettos in Italien – und die Judenviertel in Deutschland, deren Sprache (eine Mischung aus Mittelhochdeutsch und Hebräisch mit ein paar altfranzösischen und italienischen Wörtern) sich unmerklich von ihrer Umgebung ablöste.

Zur wirklich eigenen Sprache wurde das Jiddische aber erst durch die Abwanderung der Juden nach Osteuropa, die unter dem Druck der ständigen oft blutigen Verfolgung seit dem ersten Kreuzzug von 1096-99 zwischen dem zwölften und fünfzehnten Jahrhundert stattfand. In mehreren Auswanderungswellen zogen die Juden nach Polen, Galizien, Ungarn, Rumänien und Russland. Ihre aus dem Mittelhochdeutschen abgezweigte Sprache nahmen sie mit – und so überleben im Jiddischen heute zahlreiche mittelhochdeutsche Wörter, die im heutigen Deutsch nicht länger benutzt werden.

Auf den Straßen und Marktplätzen der osteuropäischen Städte nahm das Jiddische bis weit hinein ins zwanzigste Jahrhundert natürlich neue Wörter, Begriffe und Redewendungen auf. (☞ »Einen Satelliten in die Umlaufbahn schießen« heißt zum Beispiel *aruffirn dem ßatelit af der orbite.*) Das Jiddische wurde zur *mameloschn,* zur Muttersprache der Juden, weil die Frauen nicht am Hebräischunterricht teilnehmen durften.

Von Professor Max Weinreich stammt der Ausspruch: »Eine Sprache ist ein Dialekt mit einer Armee.« Das Jiddische, im Gegensatz zum Hebräischen, der offiziellen Sprache des Staates Israel, hat keine Armee, keine Marine, keine Polizei und keine Regierungsgewalt. Es hat nur leidenschaftliche Freunde. In Israel wurde es bis vor kurzem noch heftig bekämpft. Das erklärt auch den folgenden Witz, den ich in Jerusalem hörte:

* * * In einem Bus in Tel Aviv redet eine Mutter angeregt auf Jiddisch mit ihrem Sohn. Aber der kleine Junge antwortet immer hebräisch. »Sprich Jiddisch mit mir!« sagt die Mutter.

Schließlich verliert ein israelischer Passagier die Geduld. »Warum verlangen Sie, dass er Jiddisch reden soll?« fragt er zornig.

»Damit er nicht vergisst, dass er Jude ist«, sagt die Mutter. * * *

Ich denke, diese Mutter wusste, was Israel Zangwill gemeint hat, der im Jahre 1906 schrieb: »Die jiddische Sprache enthält das Wesen eines ganz besonderen Lebens, das anders als alle anderen ist.«

Worin diese Besonderheit besteht, hat der Schriftsteller Isaak Leib Perez (1851–1915) so formuliert:

»Jiddisch ist die Sprache, die für immer Zeugnis ablegen wird über die Gewalt und Mordtaten, die man uns angetan hat. Sie trägt die Spuren unserer Vertreibung von einem Land zum anderen, die Klagen unserer Väter hat sie aufgenommen, die Klagen von Generationen, das Gift und die Bitternis der Geschichte. Dies ist die Sprache, deren köstliche Juwelen aus den ungetrockneten und nicht gefrorenen Tränen der Juden bestehen.«

Verstehen alle Juden Jiddisch?

Nein. Rabbi Morris N. Kertzer (*What Is a Jew?*, 1953) schreibt: »Bei einer internationalen Konferenz mit Juden aus mehr als einem Dutzend Staaten würde keine einzige Sprache von allen verstanden werden. Diese Tatsache verblüfft Juden wie Nichtjuden gleichermaßen ... So waren die amerikanischen GI's, die in einer Synagoge in Italien, Frankreich oder Nordafrika Jiddisch zu sprechen versuchten, sehr enttäuscht, dass die Gemeindemitglieder sie nicht verstanden. In Dijon sprachen die Juden Französisch, in Algier Arabisch, und in Neapel hatte kaum jemand vom Jiddischen auch nur gehört. (...) Überall auf der Welt sprechen Juden in erster Linie die Sprache des Landes, in dem sie leben.«

☛ Bei der Volkszählung von 1990 gaben 213064 Amerikaner an, zu Hause Jiddisch zu sprechen. Im Rotbuch der gefährdeten Sprachen von 1993 schätzte die UNESCO, dass es in Israel etwa 200000 Jiddisch sprechende Juden und 153385 in der ehemaligen Sowjetunion gibt. ☚

Warum die Anekdoten und Witze?
Wo immer möglich, habe ich im Hauptteil dieses Lexikons zur Illustration der Wortbedeutungen Witze, Geschichten und Anekdoten benutzt. Da dies nicht selbstverständlich in einem Lexikon ist, ist vielleicht eine kurze Erklärung vonnöten.

Ich halte Witze, Geschichten und Anekdoten für pädagogische Instrumente von hohem Wert. Ein Witz ist eine präzis strukturierte kleine Erzählung, die – meist mit Hilfe einer Überraschung – auf eine bestimmte Pointe abzielt. Eine gute Geschichte ist schwer zu vergessen. Deshalb ist sie ein hervorragender Aufhänger für ein Argument. Wer keine Geschichten erzählt, um etwas zu erklären, macht einen Fehler, weil er auf ein nützliches Werkzeug verzichtet.

Die jüdische Anekdote hat ein ganz eigenes Bukett. Da alle Juden dazu erzogen werden, Bildung und Moral hochzuschätzen, sind auch jüdische Geschichten am besten, wenn sie moralische Fragen aufwerfen.

Der jüdische Witz läuft übers Gehirn. Bei Scholem Alejchem wird die Vernunft übermütig und boshaft; bei Groucho Marx wird sie verrückt. Vor lauter Verzweiflung kleiden die Juden ihr Gelächter in Logik.

Nirgends wird die jüdische Psychologie so deutlich wie in den jüdischen Witzen. Sowohl die Einstellung als auch der Stil spiegeln meiner Meinung nach nicht nur die ganze Kultur, sondern auch ihre typischen Signale für Scham, Schuld, Zustimmung und Feindseligkeit.

☛ In ihrem *Big Book of Jewish Humor* (Harper & Row, 1981) beschreiben William Novak und Moshe Waldok den jüdischen Witz als »langfristig optimistisch, aber pessimistisch hinsichtlich der Gegenwart und der unmittelbaren Zukunft«. Die »Doppelströmung von Skepsis und Angst kann aber so stark werden, dass selbst die alten Quellen des jüdischen Optimismus davon mitgerissen werden.« In Amerika, so vermuten sie, »hat der jüdische Humor in mancher Hinsicht die heiligen Schriften als Prüfstein für die Zugehörigkeit zum Judentum ersetzt. Nicht alle Juden können eine Seite Talmud lesen oder verstehen, aber selbst die assimiliertesten Juden lieben jüdische Witze.« ☚

Das erste Rätsel, das ich je gehört habe, hat mir mein Vater gestellt. Es ist wohl den meisten jüdischen Kindern bekannt:

»Was hängt an der Wand, ist grün und nass – und pfeift?«

Ich verknotete meine Stirn und fing an zu überlegen. Ich überlegte und überlegte, musste am Ende aber doch aufgeben.

»Ein Hering«, sagte mein Vater.

»*Ein Hering?!*« sagte ich voller Empörung. »Ein Hering hängt doch nicht an der Wand!«

»Dann musst du ihn eben hinhängen.«

»Und ein Hering ist auch nicht grün!« beschwerte ich mich.

»Dann musst du ihn eben anstreichen.«

»Und nass ist er auch nicht!«

»Wenn er frisch gestrichen ist, schon.«

»Aber – «, und jetzt war ich schon sehr wütend. *»Pfeifen tut ein Hering auf keinen Fall!«*

»Stimmt«, sagte mein Vater lächelnd. »Das habe ich bloß gesagt, damit's nicht zu leicht ist.«

☛ In einer anderen Fassung sagt der Vater als letztes: »Na schön, dann pfeift er eben nicht, auch gut.« ☚

Es ist wohl keine allzu große Überraschung, dass es zahllose Witze gibt, in denen sich die Juden über sich selbst lustig machen. Das Bewusstsein der eigenen Person und die Selbstbeobachtung führen unweigerlich zur Selbstkritik.

Humor habe ich einmal als »die liebevolle Mitteilung von Einsichten« definiert. Er dient aber auch als Ausgleich für Leiden und stellt einen symbolischen Sieg des Denkens über die Angst dar. Ganz wie die jüdische Volksweisheit sagt: »Sing, wenn du hungrig bist, und lache, wenn du verletzt bist.« Eine boshafte Geschichte über die Starken, die Reichen, die herzlosen Mächte, die uns umgeben, ist die Kernfestung, in die wir unseren Stolz retten können, wenn alles andere versagt. »Alle Sorgen kann man tragen«, sagt der dänische Schriftsteller Isak Dinesen, »wenn man sie in eine Geschichte verpackt.«

Das Aufschreiben der Witze erwies sich aber als weitaus schwieriger, als ich gedacht hatte. (Ich hatte gar nicht gewusst, wie sehr einem Veränderungen der Stimmlage, Gesten, Kunstpausen und Andeutungen, vorgetäuschte Empörung, Kichern und Stirnrunzeln helfen, wenn man Witze erzählt.) Manche köstlichen Geschichten kann man überhaupt nicht drucken, ohne dass sie den größten Teil ihres Reizes verlieren. Nehmen wir zum Beispiel mal diesen Klassiker:

Bei einer Großdemonstration auf dem Roten Platz kurz nach Lenins Tod und Trotzkis Vertreibung hebt Stalin plötzlich die Hand, um sich an die Menge zu wenden. »Genossen!« ruft er. »Genossen! Ein historisches Ereignis ist eingetreten! Ich habe hier ein Glückwunsch-Telegramm von Trotzki!«

Die Menge jubelt und lacht und jubelt dann wieder. Schließlich liest Stalin das Telegramm vor:

JOSEPH STALIN/MOSKAU/IMM KREML

DU HATTEST RECHT UND ICH HATTE UNRECHT. DU BIST DER WAHRE ERBE VON LENIN. ICH MUSS MICH ENTSCHULDIGEN. TROTZKI

Man kann sich vorstellen, welche Verblüffung sich auf dem Roten Platz breitmachte. Trotzdem jubelt die Menge wie rasend.

Bloß in der ersten Reihe vor der Tribüne winkt ganz aufgeregt ein kleiner Schneider: »Pst! Pst! Genosse Stalin! Herzlichen Glückwunsch! Das ist für die Ewigkeit! So ein schönes Telegramm. Aber Sie haben es nicht mit genügend *Gefühl* vorgetragen!«

Daraufhin hebt Stalin noch einmal die Hand und bringt die Menge zum Schweigen. »Genossen! Hier steht ein einfacher Arbeiter, ein loyaler Kommunist, der sagt, ich hätte das Telegramm von Trotzki nicht mit genügend Gefühl vorgelesen! Kommen Sie, Genosse Arbeiter! Kommen Sie zu mir auf die Tribüne und lesen Sie das Telegramm noch einmal vor!«

Also geht der kleine Schneider auf die Tribüne, nimmt Stalin das historische Telegramm aus der Hand und liest vor:

JOSEPH STALIN/MOSKAU/IM KREML

Dann räuspert er sich und kräht in die Mikrofone:

DU HATTEST RECHT UND ICH HATTE UNRECHT? *DU* BIST DER WAHRE ERBE VON LENIN? *ICH* MUSS MICH ENTSCHULDIGEN??!! TROTZKI

Finale

Ich freue mich, dass ich mich auf der nächsten Seite bei vielen freundlichen Menschen bedanken kann, die mir im Lauf der Jahre geholfen haben, dieses Werk zu beenden.

Hinsichtlich der Irrtümer, Fehler und schamlosen Unterlassungen, die mir empörte Grammatiker, andersdenkende Rabbiner, Philologen und Historiker, sowie leidenschaftliche Jiddisten und unerschütterliche Hebraisten, aber auch einfache Leser, die unsere *mameloschn* genauso lieben wie ich, alsbald vorhalten werden, muss ich mich wahrscheinlich mit den Worten von Samuel Johnson zu trösten versuchen, der sein großartiges Wörterbuch mit folgendem Leitspruch in die Welt hinausschickte: »Ein paar grobe Fehler und lächerliche Absurditäten, von denen kein so umfassendes und vielfältiges Werk jemals frei ist, wird den Narren einige Zeit etwas zu lachen geben. Kein Wörterbuch einer lebendigen Sprache kann jemals perfekt sein ... ein ganzes Leben reicht nicht, um Syntax und Etymologie zu erfassen ... Das Offensichtliche ist nicht immer bekannt, und was bekannt ist, ist oft nicht gegenwärtig. Wenn man feststellt, dass in diesem Buch vieles fehlt, dann möge man bitte nicht vergessen, dass auch vieles erreicht ist.«

Leo Rosten
New York, New York

Danksagung

Es ist mir ein Vergnügen, den folgenden Personen für ihren fachmännischen Rat, ihre scharfe Kritik, ihre nützlichen Kommentare und ihre fabelhafte Geduld mit einem besessenen, ungeduldigen Autor zu danken. Keinem der Genannten sollte man aber irgendwelche Mängel in meinem Text anlasten.

Maurice Samuel, der hervorragende Autor und Fachmann für Scholem Alejchem und jüdisches Leben hat mich von Anfang an unterstützt und großzügigerweise am Ende auch das gesamte Manuskript noch einmal kritisch gelesen. Dr. Shlomo Noble vom YIVO *Institute for Jewish Research* half mir bei vielen schwierigen etymologischen Fragen. Dr. Bernard Mandelbaum, der Dekan des *Jewish Theological Seminary*, war mein theologischer Berater und Kritiker – und ein Schatzhaus von Talmudgeschichten. Chancellor Louis Finkelstein und Rabbi Seymour Siegel vom *Jewish Theological Seminary* haben ganz am Schluss noch manches schwierige Problem gelöst. Ganz zu Anfang dieses Unternehmens hat Dekan Dr. Gershon Winer vom *Jewish Teachers Seminary* und der *People's University* Definitionen und Ableitungen beigesteuert. Rabbi Isaiah Rackowsky aus Bridgeport, Connecticut, und Rabbi Solomon Goldfarb aus Long Beach, New York, retteten mich vor verschiedenen entscheidenden Fehlern. Mrs. Priscilla Fishman half mir einen Monat lang bei der Recherche.

Besonders dankbar bin ich meinem gelehrten Freund Felix Kaufmann, der das gesamte fertige Manuskript noch einmal sorgfältig durchlas und dabei seine Kentnisse der alten Geschichte, des Lateinischen, Griechischen, Deutschen, Italienischen, Hebräischen, Aramäischen und des Sanskrit zur Anwendung brachte. Mein gestrenger Freund und Berater Bruno Schachner gab mir ebenfalls zahlreiche erhellende Hinweise.

Danken möchte ich auch Alfred Hart, aus dessen ursprünglicher Idee dieses Werk am Ende herauswuchs. Ein Werk, das ich wohl niemals begonnen hätte, wenn ich gleich zu Anfang gewusst hätte, wie ungeheuer fruchtbar und quälend dieses Saatkorn sein würde.

Meine Frau war unglaublich hilfreich, indem sie Geduld mit mir hatte, wenn ich mich in New York und Westhampton Beach skrupellos in mich zurückzog und für lange Zeit völlig geistesabwesend war.

Für ihre Mitarbeit, Sachkenntnis und Geduld, die weit über das Maß der Pflicht hinausgingen, möchte ich schließlich noch meine hilfreichen Engel Edna Collins Reed, Susan Klein und Maureen Lally nennen.

Leo Rosten
New York, New York

Das Wörterbuch

Zur Aussprache jiddischer Wörter

Jiddisch wird mit hebräischen Buchstaben geschrieben. Die hier verwendete Schreibweise ist eine phonetische Transkription, bei der die Buchstabenwerte in etwa dem Deutschen entsprechen. Dabei ist zu beachten:

- alle Vokale werden grundsätzlich kurz ausgesprochen. Die Vokale *e* und *o* werden offen wie in *Erde* und *Ort* ausgesprochen.
- *ch* wird stets als harter Rachenlaut gesprochen wie in *ach!*
- *h* ist im Unterschied zum Deutschen stets stimmhaft und wird auch vor Konsonanten gesprochen.
- *sh* ist ein stimmhaftes *sch* wie in *Journal.*
- *s'h* bezeichnet die getrennte Aussprache von *s* und *h.*
- *ß* bezeichnet – unabhängig von der Stellung im Wort ein stimmloses *s.* Es kann daher auch am Wortanfang stehen.

a

adójni *(Anrede)*, **Adonai** *(Pl.)*
Aus dem hebräischen *adoni* »mein Herr«.

In Amerika: *Adonoy, Adonai*

Adonai. Das jiddische Wort *adojni* (im Singular) bedeutet einfach »mein Herr«. Das hebräische *Adonai* (im Plural) hingegen ist die heilige Bezeichnung für Gott, die von frommen Juden nur mit bedecktem Haupt im feierlichen Gebet benutzt wird, um Gottes Majestät hervorzuheben und ihn von irdischen Herren zu unterscheiden. Wenn Gott im gewöhnlichen Gespräch erwähnt wird, nennen gläubige Juden ihn *Adoschem.* Der hebräische Name Gottes wird aus vier hebräischen Buchstaben gebildet: *JHWH,* das Wort *Adonai* ist ein Ersatz für diese »heiligen« Buchstaben.

Wie das Wort *JHWH* in biblischen Zeiten ausgesprochen wurde, wissen wir nicht. Im Hebräischen gibt es keine Zeichen für die Vokale, sondern nur diakritische Zeichen (Punkte und Striche) für die entsprechenden Laute. Die Schriftrollen der Tora (das sind die fünf Bücher Mose, griechisch: der Pentateuch) waren aber noch nicht auf diese Weise vokalisiert.

Ohnehin war es nur im alten Tempel in Jerusalem erlaubt, den Namen *JHWH* zu nennen. Und wenn der Hohepriester das Furcht einflößende Wort im Gottesdienst schließlich aussprach, schwoll der begleitende Gesang so laut an, dass es keiner der Gläubigen überhaupt hörte.

Im Deutschen erscheint *JHWH* (das, wie ich irgendwo gelesen habe, 6823 mal in der Tora benutzt wird) als *Jahwe* oder *Jahve*. Das Wort *Jehovah* hingegen, das seit 1516 in christlichen Texten benutzt wird, ist einfach falsch. Es wurde von einem Schreiber erfunden, der *JHWH* mit den diakritischen Zeichen für *Adonai* (a/e-o-a) ergänzte. In der King-James-Bibel wird *JHWH* mit *the Lord* wiedergegeben.

☛ Der Theologe Arthur Waskow hat den heiligen Namen besonders kreativ gedeutet. Er vermutet, *JHWH* sei genauso ausgesprochen worden, wie es sich liest, d.h. wie ein Atemhauch: *Jhhh...Whhh...* Diese Deutung Gottes als »Lebensatem« ist typisch für die moderne jüdische Theologie, die Gottes weißen Bart abrasiert hat und das göttliche Prinzip abstrakter und in zwingendem Zusammenhang mit der menschlichen Seele begreift.

Die klassische Übersetzung von JHWH/Adonai als »Herr« wird von der rekonstruktionistischen Synagoge abgelehnt, weil sie nicht geschlechtsneutral ist. In ihren neuen Gebetbüchern aus den neunziger Jahren, den *Kol Haneshamah,* wird *Adonai* durch Begriffe wie *Healer* »Heilende(r)«, *Redeeming One* »Erlöser(in)«, *Intimate One* »Vertraute(r)« ersetzt, die dem Charakter des einzelnen Gebets angepasst sind. Rosten hätte wahrscheinlich gefragt: »Was soll ich mit den Pseudonymen? Hat Er ein Alibi?«

Der Rekonstruktionismus ist neben dem orthodoxen, dem konservativen und dem reformierten Judentum die vierte und neueste Glaubensrichtung des Judaismus. Er wurde begründet von dem Rabbiner Mordechai M. Kaplan (geb. 11. Juni 1881 in Litauen, gest. 1983 in New York), der von 1909 bis 1963 am konservativen *Jewish Theological Seminary of America* in New York lehrte. In seinem Hauptwerk *Judaism as a Civilization* (1934; dt. *Judentum als Zivilisation,* New York ²1958) versuchte er den jüdischen Glauben vom Aberglauben zu befreien. Seine Theologie betrachtet Gott nicht als Wesen, zu dem der Mensch eine persönliche Beziehung haben kann, sondern als eine universell erlösende Kraft, die von den Menschen selbst durch Liebe und gute Taten ins Werk gesetzt werden kann. Kaplan vertrat die Ansicht, dass der Judaismus die Werte der westlichen Zivilisation, einschließlich der Demokratie, des Pluralismus und der Integration in sich aufnehmen müsse. Durch die Gründung des *Reconstructionist Rabbinical College* im Jahre 1968 wurde die Bewegung zur organisierten Strömung des Judentums. Heute sind der *Jewish Reconstructionist Federation* etwa zweihundert Gemeinden angeschlossen. ☚

Ein anderer Ersatzname, *Schádaj* oder *Schaddai* (aus dem hebräischen *Schadáj*), bezeichnet im Midrasch Gottes Zufriedenheit mit der Größe der Welt nach der Schöpfung. Die Welt war gewachsen und gewachsen, bis Gott »genug« (hebräisch *dai!*) sagte. *Schadaj* »der, der *genug!* sagte« bezeichnet also das göttliche Attribut des Reichtums und der Fülle. Heutigen Kosmologen, die ständig zwischen dem »stetigen Wachstum« und dem »Big Bang« schwanken, ist das königliche *»Dai!«* als amüsante Erklärung höchst komplexer Angelegenheiten vielleicht ganz willkommen.

☛ Die kabbalistische Überlieferung besagt, Gott habe das Gefäß der Schöpfung zunächst gesprengt, weil er zu viel göttliche Energie hineinfließen ließ. Beim zweiten Anlauf zog Gott sich hingegen zusammen, um Platz für die materielle Wirklichkeit zu schaffen (ein Vorgang, der *zimzum* genannt wird). Der Begriff des *tikkun olam* (des »Wiederzusammenfügens der Welt«) ist heute ein Synonym für soziales Handeln geworden. Die jüdischen Mystiker hatten nämlich die Vorstellung, die Menschen müssten durch *mizwas,* also gute Taten (auch geistiger Art), die göttlichen Funken wieder einsammeln, die beim ersten Schöpfungsakt zerstreut worden waren. Eine aktuelle Darstellung der Zusammenhänge zwischen Physik, Kosmologie und Judaismus bietet Daniel C. Matt (*God of the Big Bang*, Jewish Lights 1998). ☚

Weitere Namen Gottes sind *Borej Olam* »Schöpfer der Welt«, *Kadosch Israel* »Allerheiligster Israels«, *Ha-Makom* »der Allgegenwärtige«, *El Eljon* »der Höchste« und *Ajn Sof* »der Unendliche«.

Nota bene: Wenn fromme Juden von Gott sprechen, ersetzen sie sogar die Ersatznamen. Anstelle von *Adonai* sagen sie dann *Adoschem.*

»Wenn Gott auf Erden leben würde«, heißt es in einem jüdischen Sprichwort, »würden ihm die Leute sämtliche Scheiben einschlagen.«

Die Beziehung auch der gottesfürchtigsten Juden zum Allmächtigen ist von bemerkenswerter Intimität und Direktheit. Die Gebete, die sie in aller Unbefangenheit an ihn richten, sind oft mit Beschwerden, Ironie und kritischen Fragen gespickt. So zum Beispiel auch in der folgenden alten Geschichte:

Am Vorabend des Versöhnungstages *Jom Kippur*, des höchsten Feiertags der Juden, blickt ein alter Jude zum Himmel auf und seufzt: »Hör zu, lieber Gott, ich, Herschel der Schneider, muss Dir mal etwas sagen! Schepsel, der Fleischer in unserem Dorf, ist ein guter Mann, sehr anständig, betrügt niemanden, gibt einem immer das volle Gewicht, hat noch nie einen Bedürftigen von seiner Schwelle gewiesen und ist doch selbst so bitter arm, dass er und seine Frau sich nie Fleisch leisten können. Unser Schuhmacher Fischl ist ein Vorbild an Freundlichkeit und Frömmigkeit für uns alle, aber seine geliebte Mutter leidet schreckliche Schmerzen und muss sicher bald sterben. Und Reb Label, unser *melamed* (Lehrer), der alle seine Schüler herzlich liebt und von allen, die ihn kennen, ebenfalls herzlich geliebt wird, lebt von der Hand in den Mund, hat keinen einzigen anständigen Anzug und leidet neuerdings an einer Augenkrankheit, die ihn womöglich noch blind macht! Also, lieber Gott, jetzt frage ich Dich ganz direkt, in dieser heiligsten aller Nächte: Ist das gerecht? Ich wiederhole: *Ist das gerecht?* Also, Herr, wenn Du uns morgen, an unserem heiligen Jom Kippur vergibst – dann werden wir Dir auch vergeben!«

»Ich weiß, dass Gott für uns sorgt«, sagt ein verzweifelter Jude. »Ich wünschte nur, Er würde uns auch schon versorgen, *ehe* Er für uns sorgt.«

Eine andere Geschichte erzählt uns von einem legendären *sejde* (Großvater) in Schpolle, der den Beinamen eines »Heiligen von Schpolle« trug. Es heißt, er sei über die Leiden der Juden und die Ungerechtigkeit der Welt so betrübt gewesen, dass er beschloss,

Gott vor Gericht zu stellen. Er bestellte neun Freunde als Beisitzer und übernahm den Vorsitz im *minjen*. Dann wurde Gott in den Zeugenstand gerufen. (Da Gott überall ist, brauchte der *sejde* nur die Tür zu schließen.)

Drei Tage und Nächte verhandelte das Gericht. Man verlas die Anklage gegen den Herrn, brachte Verteidigungsgründe zur Sprache, grübelte lange, betete, fastete, konsultierte Tora und Talmud. Schließlich verkündeten die Männer das einstimmige Urteil: Gott war schuldig. Genauer gesagt, Er hatte sich auf zweifache Weise schuldig gemacht: 1. Er hatte den Geist des Bösen geschaffen, den Er auf unschuldige und fügsame Leute losließ; 2. Er hatte es offensichtlich versäumt, die armen Witwen und Waisen mit genügend Nahrung und Unterkunft zu versorgen.

Adoschem

Aus dem hebräischen *ha-Schem* »der Name«.

In Amerika: *Adoshem*

Ein Kryptonym für *Adonai,* das Wort für Gott. *Adoschem* wird benutzt, wenn der Name Gottes außerhalb des Gottesdienstes gebraucht wird.

Im Lauf der Jahrhunderte ist der Name Gottes Gegenstand vieler Mystifikationen und Zauberkunststücke geworden, und im Hebräischen gibt es viele Umschreibungen. Hier sind nur einige davon: *Elohim* (wenn es um Gottes Gerechtigkeit geht), *Ha Schem* (wenn es um Gottes Gnade geht), *El Eljon* (Gott der Höchste), *Ha-Kodosch Baruch Hu* (der Allerheiligste, Er sei gesegnet), *Robon Olam* (Herrscher der Welt) und das niemals ausgesprochene *Jah,* das aus den beiden hebräischen Buchstaben *jud* und *hej,* also dem ersten und letzten Buchstaben des Wortes *JHWH,* dem unaussprechlichen Namen Gottes zusammengesetzt ist.

☛ Der Respekt vieler Juden vor dem Namen Gottes drückt sich gelegentlich darin aus, dass sie das Wort *G-d* mit einem Bindestrich oder *G'tt* mit einem Apostroph statt des »o« schreiben. Bei den Mystikern der *Jewish Renewal*-Bewegung wiederum erscheint stattdessen ein Ausrufezeichen: *G!d.* Andererseits wird von manchen nicht-orthodoxen Gemeinden inzwischen im Gottesdienst sogar das nach Rosten »unaussprechliche« *Jah* (wie in *Hallelujah*) gebraucht.

Siehe auch *Adonai.*

aggada siehe *hagode.*

agúne *(f.)*, **agúneß** *(Pl.)*
Aus dem hebräischen *aguná* »die Gefesselte«.

1. Eine Frau, deren Mann verschollen ist (z. B. auf der Reise oder im Krieg). Solange der Tod des Mannes nicht offiziell festgestellt ist, darf die Frau nicht wieder heiraten.
2. Verlassene Ehefrau, Strohwitwe. Siehe *bejß din* und *get.*

ahá!
Aus den mittelhochdeutschen *ach!* (Interjektion des Schmerzes) und *ahî* (Interjektion des Erstaunens, des Verlangens und Schmerzes) werden frühneuhochdeutsch *ach!* sowie (möglicherweise unter dem Einfluss des Französischen) *ah!* und schließlich *aha!* – »Wer *aha* ausruft, hat erwartet überrascht zu sein« (Grimm, *Deutsches Wörterbuch*).

In Amerika: *aha!*

Das jiddische *aha!* drückt plötzliches Verstehen, Freude oder Triumph aus.

Dieser vielseitige Ausruf wird vor allem von älteren Juden benutzt und bedeutet:

1. Begreifen: »*Aha*, man subtrahiert also nicht, sondern multipliziert?«
2. Erleuchtung: »*Aha! Deshalb* ist die Party abgesagt worden!«
3. Überraschung: »Also der Arzt hatte Unrecht? *Aha!*«
4. Geheimnisvolle Andeutung: »Du brauchst sie bloß mal zu fragen – und ihren Gesichtsausdruck zu beobachten. *Aha?!*«
5. Triumph: »*Aha!*« – »Du gibst also zu, dass ich recht habe?«

Vielleicht ist die folgende Geschichte geeignet, den richtigen Gebrauch von *aha!* zu erläutern:

Seit zwanzig Jahren isst Mr. Sokoloff im selben Restaurant an der Second Avenue. Wie an jedem Abend hat Mr. Sokoloff auch diesmal Hühnersuppe bestellt. Der Kellner stellt sie ihm hin und will gehen. Sagt Mr. Sokoloff: »Kellner! Bitte probieren Sie mal diese Suppe!«

»Hä?« sagt der Kellner. »Seit zwanzig Jahren essen Sie hier Hühnersuppe. Haben Sie je einen schlechten Teller gehabt?«

»Kellner«, sagt Sokoloff mit Entschiedenheit. »Probieren Sie diese Suppe!«

»Sokoloff, was ist denn heute mit Ihnen los?«

»Probieren Sie die Suppe!«

»Na, schön!«, meint der Kellner. »Ich werd sie probieren. Wo ist der Löffel?«

»Aha!« schreit Sokoloff.

aj-aj-aj

Aus der mittelhochdeutschen Interjektion *ei, eiâ* (Verwunderung, Freude und Klage ausdrückend).

In Amerika: ai-ai-ai, ai-yi-yi

Dieser exquisite Ausruf reimt sich mit »Mai« und ist keinesfalls mit dem klassischen *oj-oj-oj* zu verwechseln. Wie schon der Volksmund sagt: »Geld zu haben ist nicht immer so *aj-aj-aj*, aber wenn man keins hat, ist es mit Sicherheit *oj-oj-oj!*«

Aj-aj-aj kann gerufen, gesungen oder geseufzt werden, laut oder leise, und der dazugehörige Gesichtsausdruck kann je nach Absicht und mimischem Talent des Benutzers stark variieren. Die Auswahl an Möglichkeiten ist reichlich und saftig.

Die drei Silben sollten weder wie im Spanischen *ay-ay* hart abgeschnitten noch herausgebellt werden wie das japanische *»Hai!«* (»ja«). Aber auch der Tonfall des von der britischen Marine bekannten *»Aye, aye, Sir!«* wäre nicht richtig.

Das jiddische *Aj-aj-aj* ist von ganz anderer Art. Es verbindet das »j« mit dem gefälligen »ai« zu einem melodischen Wohlklang und bedeutet:

1. Bewunderung, Neid, Überraschung und quasi sprachlose Begeisterung, wenn es vergnügt gesungen wird: *Aj-aj-aiii!*
2. Entsetzen, Mitleid, Klage, Bedauern ganz ähnlich wie *oj-oj-oj*, wenn es mit schmerzlichem Gesichtsausdruck, schafsäugigem Kopfschütteln oder einem hohlen Diminuendo daherkommt.
3. Spott, wenn es mit sarkastischem Kichern, Augenrollen oder einer anderen Grimasse verknüpft ist: »Meyer ist jetzt im Festausschuss für das alljährliche Picknick? *Aj-aj-aj!*«

Diese allgemeinen Regeln dürfen aber nicht allzu streng interpretiert werden. Geschulte Beschwerdeführer können ein schmerzlich nach oben getrillertes Klagelied aus dem *Aj-aj-aj* machen (eine recht beachtliche Leistung), andere gehen nach einer besonders freudig geschmetterten ersten Silbe auf der Tonleiter so überzeugend nach unten, dass man den Eindruck gewinnt, sie wären vor übergroßem Jubel erschöpft. Und mein Vater, ein echter Virtuose des *Aj-aj-aj*, entlockte ihm noch ganz andere Bedeutungen.

Als Mr. Olinsky, der Schneider, aus Europa zurückkam, konnte sein Partner gar nicht genug von seinen Erlebnissen hören.

»Unsere Reisegruppe durfte sogar in den Vatikan«, strahlt Olinsky, »wo wir eine Audienz beim Papst hatten!«

»*Aj-aj-aj!* Der Papst! ... Wie sieht er denn aus?«

»Ein schöner Mann, ziemlich dünn und vergeistigt, ungefähr Größe 38 mit kurzen Ärmeln, würde ich sagen.«

☛ Diese Beschreibung passt auf Paul VI, der von 1963 bis 1978 Oberhaupt der katholischen Kirche war.

Als Reaktion auf das langanhaltende Exil, die Inquisition, Ketzerverbrennungen und andere Leiden, die den Juden von der katholischen Kirche im Lauf der Jahrhunderte auferlegt wurden, sind Papst-Witze ein fester Bestandteil des jüdischen Lebens. Papst Johannes Paul II, der aus Polen stammt, in seiner Jugend viele jüdische Freunde hatte und die Vernichtung des polnischen Judentums durch die Nazis aus erster Hand miterlebte, hat sich allerdings aktiv um eine Verbesserung der katholisch-jüdischen Beziehungen bemüht. Er war der erste Papst, der die alte jüdische Gemeinde in Rom besucht hat, er zeigte Verständnis für die jüdischen Proteste gegen die Errichtung eines Klosters der Karmeliterinnen auf dem Gelände des Konzentrationslagers Auschwitz, er hat dazu beigetragen, dass antisemitische Passagen aus der katholischen Liturgie entfernt wurden und den Antisemitismus auch ganz allgemein als Sünde gebrandmarkt. Die Bemühungen des Papstes, die Wunden der Geschichte zu heilen, erreichten einen Höhepunkt bei seinem Israel-Besuch im Frühjahr des Jahres 2000. Er besuchte die Holocaust-Gedenkstätte Yad Vashem, wo er weinte und betete und erklärte, dass die katholische Kirche nicht aus politischen Gründen, sondern um der Wahrheit willen zutiefst über jede durch Christen verübte Judenverfolgung und jede Form des Antisemitismus betrübt ist.

Nicht alle Juden und jüdischen Organisationen waren allerdings mit dieser Erklärung zufrieden. Sie fanden, die Kirche habe noch nicht genug Verantwortung für die Grausamkeiten der Vergangenheit übernommen. Die Auseinandersetzungen um die Seligsprechung des bekanntermaßen antisemitischen Papstes Pius IX (1792–1878) zum Beispiel zeigen, dass die jüdisch-katholischen Beziehungen noch keineswegs als geheilt gelten können.

Die Bemühungen von Papst Johannes Paul II an der jüdisch-katholischen Front erinnern an das Gespräch über die jeweiligen Karriereaussichten zwischen einem jungen Priester und einem jungen Rabbi auf einer ökumenischen Konferenz. Der Priester gibt zu, dass er die Hoffnung hat, einmal Bischof zu werden. »Und dann?« fragt der Rabbi.

»Na ja«, sagt der Priester errötend. »Manchmal träume ich davon, dass ich sogar Kardinal werden könnte, wenn die Aussichten auch sehr, sehr gering sind.«

»Ja, und dann?« sagt der Rabbi. Der Priester lacht. »Papst! Klar, theoretisch könnte ich sogar Papst werden!«

»Und dann?« fragt der Rabbi.

»Sind Sie verrückt?« schreit der Priester. »Höher als Papst? Wollen Sie sagen, dass ich der liebe Gott werden will?«

»Nu«, sagt der Rabbi. »Einer von unsern Jungs hat es geschafft.«

ájnrejdenisch

Aus dem frühneuhochdeutschen *einreden* »einem etwas einreden«. Das Jiddische fügt die Allzweckendung *-isch* hinzu, um aus dem Verb ein Substantiv zu machen.

In Amerika: *aynredenish, einredenish*

1. Einbildung. Etwas Falsches oder Unsinniges, das man sich eingeredet hat.
2. Eine Zwangsvorstellung, eine fixe Idee: »Sie hat ein *ajnrejdenisch,* dass er keinen Tee mag.«

Nota bene: Ein korrektes oder zutreffendes *ajnrejdenisch* kann es per definitionem nicht geben. Wenn es ein *ajnrejdenisch* ist, dann ist es unbeweisbar oder unrealistisch.

»Ein *ajnredenisch* ist schlimmer als eine Krankheit«, heißt es in einem bekannten jiddischen Sinnspruch. Die Volksweisheit wusste schon immer, dass psychische Defekte schwerer heilbar sind als viele körperliche Krankheiten. Auch darin wird Freud vorweggenommen.

Die Geschichte der Menschheit wäre wohl weniger schrecklich verlaufen, wenn Gott die Wahnvorstellungen durch körperliche Krankheiten ersetzt hätte. Wenn ich zwischen einer Psychose und Ischias wählen müsste, würde ich mich jedenfalls immer für Ischias entscheiden.

»Die schlimmsten Feinde eines Menschen können ihm nicht wünschen, was er sich selber ausdenkt.« *Volksweisheit*

Bei einer Massenveranstaltung in Berlin wird Hitler wieder einmal von rasenden Wahnvorstellungen geplagt. »Und wer ist an all unserem Unglück schuld?« brüllt er.

»Die Juden und die Fahrradfahrer«, schreit Cohen.
Hitler schaut hoch. »Wieso die Fahrradfahrer?« fragt er verblüfft.
»Und wieso die Juden?« fragt Cohen.

Der arme Mr. Gittelman kann nicht schlafen. Keine Medikamente von seinem Hausarzt und keine Ratschläge von seinen Freunden können ihm helfen. Seine quälende Schlaflosigkeit ist so schlimm, dass er bald völlig abmagert. »Wenn du so weitermachst«, sagt Mr. Feigenbaum, sein Partner, »dann landest du noch in der Klapsmühle!«

»Ja, was soll ich denn machen?« stöhnt Gittelman. »Jeden Abend trinke ich heiße Milch und nehme ein warmes Bad. Ich lasse leise Musik spielen und schlucke sämtliche Schlafmittel, die mir der Doktor verschreibt. Was soll ich denn noch tun?«

»Hast du es schon mit Schäfchenzählen versucht? Das ist doch der älteste Trick überhaupt!«

Gittelman schlägt sich an die Stirn. »Mensch, Harvey! Dass ich daran nicht gedacht habe! Du hast mir das Leben gerettet! Heute nacht zähle ich Schafe, und wenn ich bis zehntausend zählen muss! Hauptsache, ich kann endlich wieder schlafen!«

Am nächsten Morgen fragt Feigenbaum, kaum dass Gittelman in den Laden kommt: »Nu, hat es gewirkt?«

»Nein«, jammert Gittelman. »Ich habe Schäfchen gezählt. Ach, hab ich Schafe gezählt! Ohne auch nur im mindesten müde zu werden, hab ich bis zweitausend gezählt. Dann wurde es mir langweilig, und ich hab sie geschoren – alle zweitausend. Aber ich war immer noch hellwach. Also hab ich aus der Wolle zweitausend Mäntel geschneidert. Weißt du, wie ermüdend es ist, zweitausend Mäntel zu schneidern? Ich war völlig erschöpft. Ich schnarchte schon beinahe – und da ist es passiert!«

»Was ist passiert?«

»Ich habe die ganze Nacht wachgelegen und darüber nachgedacht, wo ich das Futter für die zweitausend Mäntel herkriege!«

áker-ajsn *(m.)*
Aus dem mittelhochdeutschen *acker* »Acker« und *îsen* »Eisen«.
Pflugschar.

alefbéjß *(m.)*
Aus dem hebräischen *álef-bejt* »Alphabet«.
In Amerika: *alef-beys, aleph-baiz, aleph-bez, aleph-baz, alef-beis*
1. Die Namen der hebräischen Buchstaben »a« und »b«.
2. Das Alphabet, das ABC. »Er lernt das *alefbejß.*«

Alef ist der Name des ersten Buchstabens im hebräischen Alphabet; *beth* ist der Name des zweiten (in aschkenasisch-jiddischer Aussprache: *bejß*). Die Ähnlichkeit mit dem Wort *Alphabet* (das sich aus den griechischen Namen der Buchstaben herleitet) ist offensichtlich.

Das hebräische Alphabet stammt übrigens von den Bewohnern Kanaans. Das ist jener Teil von Palästina, den die Griechen Phönizien nannten. Hebräisch entstand vermutlich nach der Ankunft der Israeliten in Palästina (zwischen 1400 und 1200 vor unserer Zeitrechnung) durch eine Angleichung des eigenen Dialekts an die Landessprache der Phönizier/Kanaaniter (Jesaja spricht von der »Sprache Kanaans«). Außer einigen Inschriften und einigen Schriftrollen vom Toten Meer ist die Tora das einzige Dokument des Althebräischen. Die Phönizier/Kanaaniter waren vermutlich die Schöpfer des semitischen Alphabets, von dem sich alle europäischen Alphabete herleiten. Hebräisch war eine von mehreren »semitischen« Sprachen, zu denen auch Aramäisch, Ugaritisch, Akkadisch, Arabisch u. a. gehören.

Einer der liebenswertesten Bräuche, die ich kenne, hat mit dem ersten Schultag zu tun. Wenn der jüdische Knabe in den *chejder* (die jüdische Grundschule) kam, zeigte ihm der Lehrer die Tafel mit dem Alphabet, und ehe (oder nachdem) der Knabe das *alef* wiederholt hatte, das der Lehrer ihm vorsprach, wurde ihm ein Tröpfchen Honig auf die Zunge geträufelt. »Wie schmeckt das?« fragte der Lehrer.

»Süß.«

»Das heilige Gesetz zu lernen«, sagte der Lehrer, »ist noch süßer.«

Oft erhielt ein Knabe an seinem ersten Schultag auch Honigkuchen in Buchstabenform von seiner Mutter, die ihn daran erinnern sollten, dass Lernen süß ist. Gelegentlich ließen die Eltern nach dem ersten Schultag auch unauffällig eine Münze vor dem Knaben fallen und behaupteten dann: »Die hat ein Engel aus dem Himmel fallen lassen, um dir zu zeigen, wie Gott sich darüber freut, dass du deine erste Lektion gelernt hast.«

alíje *(f.)*, **alíjeß** *(Pl.)*

Aus dem hebräischen *aliá* »das Hinaufsteigen«.

1. (ursprünglich:) Wallfahrt zum Tempel nach Jerusalem.
2. Der »Aufstieg« zum Podium in der Synagoge, wenn jemand aus der Tora vorlesen darf.
3. Alija. Einwanderung nach Palästina/Israel. Die erste Alija fand von 1882–1904 statt und brachte 25 000 Auswanderer aus Osteuropa nach Palästina, etwa fünfzigmal so viele gingen in die Vereinigten Staaten.

álmen *(m.)*, **almóne** *(f.)*, **almóneß** *(Pl.)*

Aus dem hebräischen *almán, almaná* »Witwer«, »Witwe«.

In Amerika: *almone, almona, almoona, almoneh*

Obwohl es rein beschreibend ist, wird das Wort nie ohne einen Beigeschmack von Trauer benutzt, denn Witwen und Waisen (selbst wenn sie schon erwachsen sind) genießen stets große Sympathie unter Juden. Die Hinterbliebenen werden auch stets voller Ehrfurcht von ihrer »seligen Mutter« oder ihrem »seligen Vater« sprechen, selbst wenn der Vater ein Verschwender war und die Verstorbene ein böser Drachen. Sogar auf Schwiegermütter erstrecken sich diese großzügigen, um nicht zu sagen überschwänglichen Gefühle in manchen Fällen.

☺ ☺ ☺

Als der alte Kurzwarenhändler Isidor Litvak an einem Herzanfall stirbt, hinterlässt er zur allgemeinen Überraschung Versicherungspolicen im Gesamtwert von 100 000 Dollar.

Ist das geeignet, den Schmerz der Witwe zu lindern? Nein, nicht im geringsten. Denn jetzt klagt sie: »Mein armer Isidor hat sein Leben lang gearbeitet, Tag und Nacht, und immer waren wir arm wie die Mäuse – und ausgerechnet jetzt, wo Gott uns ein Vermögen schenkt, muss Isidor sterben!«

alrightnik *(m.)*, **alrightnikeh, alrightnitseh** *(f.)*
Allerfeinstes amerikanisches Jiddisch (Ameridisch). Aus dem englischen *all right* mit dem beliebten Suffix *-nik,* das meist einen etwas spöttischen Unterton hat.

1. Einer, der es »geschafft« hat und ordentlich angibt, unter anderem mit schlechten Manieren.
2. Neureicher (mit allen dazugehörigen Beilagen). *Alrightniks* sind Materialisten; sie zeigen ihr Geld vor, aber es fehlt ihnen an Sensibilität und Bescheidenheit, *edel* kann man sie nicht nennen. Sie reden laut, kleiden sich protzig und geben viel an. *Alrightniks* werden beneidet, aber nicht bewundert, denn sie verdanken ihren Erfolg weder ihrem Geschmack noch ihrer Erziehung oder geistigen Werten. Vor allem sind sie ungebildet und lehnen Bildung oft sogar ab, deshalb kann man sie nicht respektieren.

☛ Die *alrightniks* werden aber auch wegen ihrer Anpassung an die herrschenden Verhältnisse, ihres Spießertums und ihres Konformismus verspottet. Der *alrightnik* akzeptiert nur allzu bereitwillig den Status quo, schreibt Gene Bluestein in seinem Buch *Anglish-Yinglish* (University of Georgia Press, 1989), er sagt *all right*, wenn er eigentlich nein sagen sollte. Der Begriff wurde Mitte des 20. Jahrhunderts von der linken jiddischen Presse geprägt. ☚

☺ ☺ ☺

Ein *alrightnik* wurde gerade vor dem Ertrinken gerettet. Er liegt am Ufer, eine aufgeregte Menge hat sich versammelt. »Zurücktreten!« – »Ruft einen Arzt!«- »Er braucht dringend künstliche Beatmung!«

»Künstliche Beatmung?« schreit die Frau des Verunglückten. »Niemals! Für meinen Mann kommt nur *echte* Beatmung infrage.«

Der Rebbe kommt zu einem reichen Juden und bittet um eine Spende für die Armen. Der *alrightnik* weigert sich: »Die Armen? Das sind doch bloß Faulenzer, die sind selber schuld.«

Sagt der Rebbe: »Komm zum Fenster und schau hinaus. Was siehst du?«

»Ich sehe – Leute«, sagt der *alrightnik*.

»So, und jetzt schau in den Spiegel. Was siehst du?«

»Nu ja, ich sehe mich selbst.«

Der Rebbe seufzt. »Ist es nicht erstaunlich?« sagt er. »Wenn man Glas mit ein bisschen Silber unterlegt, sieht man nur noch sich selbst.«

Eine attraktive *alrightnikeh* findet den Vorort, in dem sie seit neuestem mit ihrem Ehemann wohnt, ziemlich langweilig. Schließlich geht sie eine Nachbarin besuchen und sagt sehr verlegen: »Bitte, du bist die einzige, die ich fragen kann, Shirley. Kannst du mir einen vertraulichen Rat geben?«

»Aber gern.«

Die *alrightnikeh* wird rot. »Wie fängt man es an, eine – Affäre zu haben?«

Shirley strahlt. »Ich«, sagt sie, »fange immer mit der Nationalhymne an.«

In der amerikanischen Fassung ist die Idee nicht ganz so verrückt; denn sie beruht nur auf einer Verwechslung: Shirley denkt bei dem Wort *affair* nicht an eine Liebesaffäre, sondern an einen *Empfang*.

Eine *alrightnikeh* (oder *alrightnitseh*) bestellt einen Innenarchitekten. »Ich möchte, dass Sie diese Wohnung komplett neu gestalten. Geld spielt keine Rolle.«

Fragt der Architekt: »Möchten Sie es modern?«

»Mo-därn? N-nä.«

»Französisch?«

»Französisch? Was soll ich denn mit französisch?«

»Vielleicht italienisches Landhaus?«

»Gott bewahre!«

»Madame, welchen Stil wollen Sie denn? Bringen Sie's doch mal auf den Punkt!«

»Was für einen Stil? Nu, ich möchte, dass meine Freundinnen reinkommen, sich umsehen und umfallen! Punkt!«

alter kaker, alter kocker, A. K.

Etwas vulgärer Ausdruck für einen umständlichen, brummigen alten Mann. Aus dem Deutschen. ☛ Rosten schreibt bei Wörtern mit deutschem Ursprung stets »aus dem Deutschen«. Es ist allerdings zu beachten, dass das Jiddische schon fast tausend Jahre alt ist. Die grundlegende Verwandtschaft zwischen Jiddisch und Deutsch besteht in der gemeinsamen Herkunft aus dem Mittelhochdeutschen. ☚

Alt versteht sich von selbst. Was *kocker* bedeutet, möchte ich lieber nicht allzu deutlich erklären, aber *kockn* ist jedenfalls mit dem deutschen Wort *kacken* verwandt.

Der *A.K.* ist ein Hinweis darauf, wie kraftvoll das Jiddische sein kann. Meine Mutter hätte mir nie erlaubt, mich so vulgär auszudrücken. Meist wird der Ausdruck allerdings mit freundlicher, ja geradezu zärtlicher Herablassung oder leicht spöttisch gebraucht: »Lass ihn in Ruhe, der ist doch bloß ein *A.K.*« oder: »Er liegt den ganzen Tag im Bett wie ein *alter kocker.*«

Ich plädiere zwar nicht dafür, den Begriff zu verwenden, aber ich finde ihn weitaus netter als den englischen Ausdruck *old fart*.

Zwei *alte kocker* haben stundenlang schweigend auf ihrer Parkbank gesessen. Schließlich seufzt der eine laut und sehnsüchtig: »*Oj!*«

»Das sagst du *mir*?« erwidert der andere empört.

☛ In der ehemaligen Sowjetunion erhielt dieser Witz eine neue Pointe. Die letzte Zeile hieß jetzt: »Wenn du über Politik reden willst, geh' ich gleich.«

Und gegangen sind sie tatsächlich. Nachdem ihnen die Ausreise jahrzehntelang verwehrt worden war, wanderten zwischen 1989 und 2000 nicht weniger als 1,4 Millionen Juden aus der ehemaligen Sowjetunion aus, um sich in Israel und den Vereinigten Staaten niederzulassen. Eine Minderheit von ihnen blieb auch in Deutschland und anderen europäischen Staaten. Gegenwärtig ist Russisch die Muttersprache von etwa zwanzig Prozent der Juden in Israel.

In der ehemaligen Sowjetunion, vor allem in Russland, Weißrussland und der Ukraine gibt es heute etwa anderthalb Millionen Juden, die ein starkes religiöses und kulturelles Leben entfalten, zu denen auch sehr lebendige jiddische Theater und Verlage gehören.

Der Kampf um die jüdische Auswanderung aus der Sowjetunion und der Widerstand gegen den Antisemitismus in den Staaten des ehemaligen Ostblocks war ein wichtiges Anliegen der Juden in den Vereinigten Staaten und brachte die liberale Mehrheit der jüdischen Gemeinschaft in Einklang mit der amerikanischen Außenpolitik. So wurden zum Beispiel im Jahre 1974 mit dem Jackson-Vanik-Amendment zum Handelsabkommen günstigere Handelsbedingungen für die Sowjetunion an eine Liberalisierung der Ausreisebestimmungen geknüpft. ☚

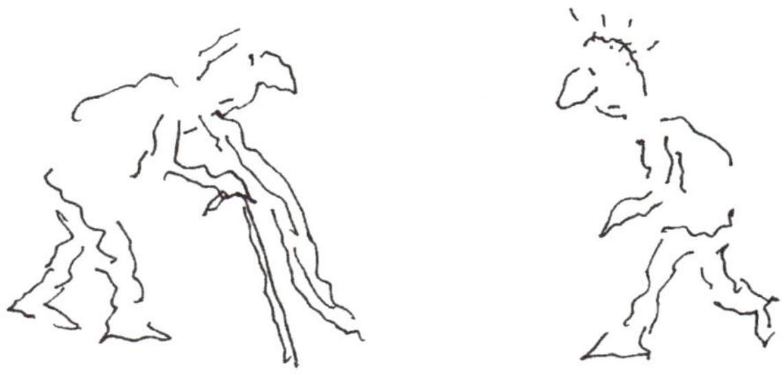

Vielleicht waren es dieselben beiden *alten kocker* auf derselben Parkbank, von denen erzählt wird, dass ihr langanhaltendes Schweigen zu folgendem Gespräch führte: »Na, wie geht's?«

»Nu, ja! Und wie geht es dir?«

»Mmmmpf.«

Woraufhin sich die beiden erheben. »Auf Wiedersehen. Bis bald. Es ist immer gut, wenn man sich mal richtig aussprechen kann.«

alzwéjßer *(m.)*, **alzwéjßerke** *(f.)*

Aus dem mittelhochdeutschen *allez* »alles« und *wizzen* »wissen«.

Besserwisser.

Nicht mit einem Besserwisser, aber mit einem vermeintlichen »Alleswisser« haben wir es in folgender Geschichte zu tun, die im neuen Russland der Putin-Zeit spielt, wo es manche Leute schon zu einigem Wohlstand gebracht und sich als erstes ein Handy gekauft haben.

Natascha geht einkaufen. An der Gemüsetheke klingelt plötzlich ihr Handy. »Oj, das ist lieb, dass du anrufst«, sagt Natascha zu ihrem Freund. »Aber woher hast du gewusst, dass ich im Supermarkt bin?«

amen

Hebräisch: »So soll es sein.«

In Amerika: *omeyn, amen, amain, ameyn*

Amen.

1. Das Wort wird am Ende, aber auch während des Gebets benutzt, um Bestätigung auszudrücken. Es ist eins der bekanntesten Wörter der Welt: Juden, Christen und Muslime benutzen es gleichermaßen.

   Im Tempel in Jerusalem wurde bei den Gottesdiensten noch eine längere Formel von der Gemeinde gesprochen. Nach der Zerstörung des Tempels im Jahre 70 n.Z. blieb nur das *amen* erhalten. Der Talmud bestimmte, das *amen* müsse »mit voller Stimmkraft« vorgetragen werden. Die Gläubigen hofften, auf diese Weise die Tür zum Paradies aufzustoßen. Vor allem war dieser laute, emphatische Ausruf aber auch mit dem Ausdruck der Reue verbunden. Bußfertigkeit ist eine starke Kraft im Judaismus.

Die Große Synagoge in Alexandria war angeblich so groß, dass die Gläubigen in den letzten Reihen den Kantor nicht hören konnten. Damit sie erfuhren, wann das Gebet sein Ende gefunden hatte, soll ihnen ein Helfer mit einer kleinen Flagge signalisiert haben, wann es Zeit war, das lautstarke *»Amen!«* zu donnern.

2. Ein Ausruf, der einen guten Wunsch bekräftigen soll.
   »Ich hoffe, du wirst bald wieder gesund.« – *»Amen.«*
3. Ein Ausruf, der einen Fluch bekräftigen soll.
   »Möge eine *kasarme* (Kaserne) ihm auf den Kopf fallen!« – *»Amen!«*
   »Alle Zähne sollen ihm ausfallen!« – *»Amen!«*
   »Noch vor Einbruch der Dunkelheit soll er sterben!« – *»Amen!«*
   »Wie eine Rübe soll er wachsen – mit dem Kopf in der Erde!« – »Ja, *Amen!«*

amórez *(m.)*, **amerázim** *(Pl.)*
Aus dem hebräischen *amha'árez* »Männer des Bodens« oder, weniger wörtlich: »ungebildeter Mensch«.

In Amerika: *am horets, am ha-aretz*

1. Ein Ignorant.
2. Vulgärer, ungezogener Mann oder vulgäre, ungebildete Frau.
3. Bauer, Tölpel, Provinzler.

In den jüdischen Gemeinden Europas genossen gelehrte Juden, auch wenn sie arm waren, ein weitaus höheres Ansehen als reiche, ungebildete Juden.

Ein *amorez* kann zwar ungebildet, aber durchaus bauernschlau sein. Das gilt allerdings nicht für Jakob und Max. Die beiden streiten darüber, auf welche Seite ein Butterbrot fällt.

Sagt Jakob: »Ist doch klar: Das Brot fällt auf die gebutterte Seite!«

Sagt Max: »Im Gegenteil: Die gebutterte Seite liegt oben!«

Schließlich müssen sie wetten.

Jakob schmiert ein Butterbrot, hebt es hoch, lässt es fallen. Die gebutterte Seite liegt oben.

»Siehst du!« schreit Max. »Ich habe gewonnen!«

»Das liegt bloß daran, dass ich einen Fehler gemacht habe«, sagt Jakob.

»Was für einen Fehler?«

»Ich hab die Butter auf die falsche Seite geschmiert.«

◎ ◎ ◎

»Der Herr ist gerecht!« sagte einst ein *amorez* aus Chelm, der berühmten Stadt der Narren. »Das Essen gibt er den Reichen – und den Appetit den Armen.«

◎ ◎ ◎

»Der *amorez* ist ein glücklicher Mensch«, sagt der Volksmund. »Er weiß nicht, dass er nichts weiß.«

apikójreß *(m.)*, **apikójrßim** *(Pl.)*

Aus dem hebräischen *apikoráss* nach dem griechischen Philosophen Epikur. Gelangte aus den rabbinischen Schriften in die jiddische Sprache.

In Amerika: *apikoyres* und *apikoros*, auch: *apikores, apicarus, epicoris.* Reimt sich mit »Effie coy miss«.

1. Ein Ungläubiger, Freigeist, Ketzer, Skeptiker, Agnostiker, Atheist. (»Skepsis, Skeptizismus, Ketzerei« heißt *apikorses*).
2. Ein Jude, der die religiösen Vorschriften nicht beachtet. In der Mischna heißt es: Alle Israeliten haben an der künftigen Welt teil, außer dem, der behauptet, dass es keine Auferstehung gibt, der behauptet, das Gesetz sei nicht von Gott gegeben, und einem *apikojreß.*

◎ ◎ ◎

Eine Geschichte, die ich immer geliebt habe, ist die von dem genialen jungen Studenten, der zu einem alten, gelehrten Rabbi kommt und ihm trotzig erklärt: »Ich muss jetzt die Wahrheit gestehen! Ich glaube nicht länger an Gott! Ich bin ein *apikojreß*!«

»Und wie lange«, fragt ihn der Alte, »hast du den *Talmud* studiert?«

»Fünf Jahre«, sagt der Student.

»Erst fünf Jahre«, seufzt der Rabbi. »Und da wagst du, dich einen *apikojreß* zu nennen?«

arójßfaler *(m.)*, **arójßfalerke** *(f.)*
Aus dem mittelhochdeutschen *her uz* »heraus« und *vallen* »fallen«.

Schulabbrecher, Aussteiger.

arójßgeworfn
Partizip aus dem frühneuhochdeutschen *eraus werfen* »Herauswerfen«.

In Amerika: *aroysgevorfn, aroysgevorfen*

Dieses schlichte Adjektiv trägt eine schwere Bürde von Bedauern, denn es bedeutet »verschwendet, vergeudet, verloren«, und die Juden stehen den Bewohnern von Neuengland und anderen Gegenden in der Missbilligung von Verschwendung nicht nach. *Arojßgeworfn* wird nicht nur im materiellen Sinne verwendet.

So beendete meine Mutter die langen Strafpredigten, die sie mir hielt, gern mit der emphatischen Formel: *»Arojßgeworfne werter!«* (»Verschwendete Wörter!«)

Mit einem tiefen, vom Zwerchfell kommenden Seufzer sagt man auch gern: *»Arojßgeworfne jorn!«* (»Vergeudete Jahre!«), wenn man an die Zeit zurückdenkt, die man nicht noch einmal leben kann. Traditionellerweise beklagen besonders jüdische Frauen ihr Schicksal mit diesen Worten.

»Arojßgeworfne gelt!« bezeichnet eine unnütze Anschaffung, eine unergiebige Geldanlage oder – wie in der folgenden Geschichte – eine danebengegangene Geste.

Benny und Moe wollen ihrer Mutter etwas ganz Besonderes zum

Geburtstag schenken. Sie gehen von einem Laden zum anderen, bis sie schließlich zu ihrer größten Begeisterung einen Jiddisch sprechenden Papagei finden!

Der erstaunliche Vogel kostet 500 Dollar, aber den liebenden Söhnen ist es das wert. Stundenlang malen die beiden sich aus, wieviel Spaß ihre Mutter bei ihren Gesprächen mit dem Papagei haben wird. Ganz zu schweigen von der Bewunderung, die das kluge Tier bei ihren Freundinnen auslösen wird.

Die beiden Söhne kaufen also den Papagei, setzen ihn in einen vergoldeten Käfig und lassen ihn der Mamme vom Geschenkdienst ins Haus bringen. Dann rufen sie ihre Mutter aufgeregt an: »*Nu, Mammele,* hat dein Geschenk dir gefallen?«

»Ja!« sagt sie. »Wirklich *sehr* schmackhaft!«

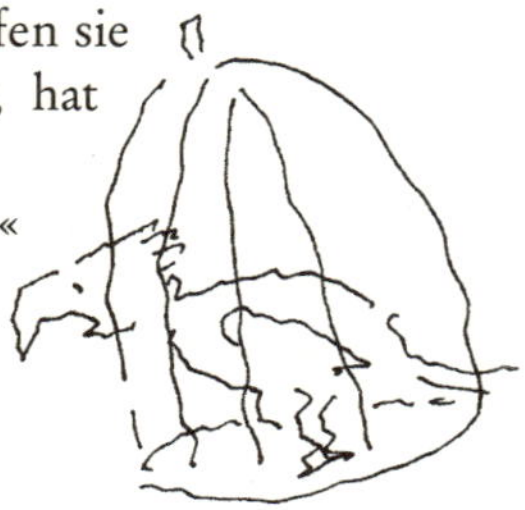

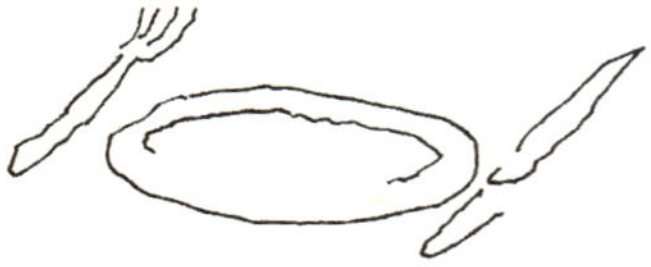

áschkenasi *(m.)*, **áschkenasim** *(Pl.)*
Aus dem hebräischen *aschkenás* entwickelte sich der jiddische Begriff *áschkenas (n.)*, der sich auf das mittelalterliche Deutschland bezog.

In Amerika: *Ashkenazi, Ashkenazim (Pl.), Ashkenazic (Adj.)*

Aschkenasischer, das heißt Jiddisch sprechender Jude, Aschkenasim (Pl.).

In der Völkertafel der Bibel (Genesis 10, 3) bezeichnet Askenas ein Königreich im östlichen Teil des alten Armenien. Seit dem 16. Jahrhundert wird der Begriff zur Bezeichnung der mittel- und osteuropäischen Juden bezeichnet, von denen auch die große Mehrzahl der Juden in den Vereinigten Staaten von Amerika abstammt.

Aschkenasim und Sephardim sind die beiden Hauptstämme des Judentums. Die sephardischen Juden stammen aus Spanien, Portugal und Südfrankreich. Die Aschkenasim dagegen waren zunächst nur die Juden, die aus Nordfrankreich an den Rhein und später nach Mittel- und Osteuropa wanderten. Die ersten jüdischen Gemeinden in Trier und Köln sind schon seit 321 belegt und reichen womöglich bis ins erste Jahrhundert n.Z. zurück. Unter dem Druck vielfältiger Verfolgung wanderte ein großer Teil dieser »aschkenasischen« Juden nach Polen, Litauen und Russland aus, wo sie eine eigene, starke Kultur bildeten. Zu Beginn des 19. Jahrhunderts stellten die Aschkenasim drei Viertel der Juden in aller Welt. Siehe *jiddisch*.

Auch bei Jeremias 51, 27 wird ein Königreich *Askenas* erwähnt, und die mittelalterlichen Rabbis kamen zu dem Schluss, dass es sich dabei um Deutschland handeln müsse, weil einer von Noahs Urenkeln namens Aschkenas nach der Sintflut dort gesiedelt habe. Ich weiß allerdings nicht, was die Rabbis zu dieser Überlegung veranlasste.

Aschkenasische und sephardische Juden unterscheiden sich in der Sprache, im Denken, in der Aussprache des Hebräischen, in Teilen der Liturgie, in vielen Gebräuchen, Essensgewohnheiten und Zeremonien. Angesichts der über tausend Jahre unterschiedlicher Geschichte ist das wohl nicht erstaunlich.

Jiddisch und *Jidischkajt* sind eine Erfindung der Aschkenasim. Die Volkssprache der Sephardim ist das Ladino (auch: Jüdisch-Spanisch oder Spaniolisch).

☛ Neuerdings werden auch die israelischen Juden mit Wurzeln in den arabischen und nordafrikanischen Ländern Sephardim oder korrekterweise Misrachi (hebräisch *misrach* bedeutet »Osten«) genannt. Diese Begriffe ersetzen die frühere Bezeichung »orientalische Juden«. Die Sephardim, bzw. Misrachi, gehören zu den ärmeren Bewohnern des jüdischen Staates, während die Aschkenasim die Elite und Mittelschicht bilden. Die sozialdemokratische Mapai und ihr linker Koalitionspartner, die Merez, haben ihre politische Basis bei den Aschkenasim; der konservative Likud (»Zusammenschluss«) und der Schass (»Vereinigung der sephardischen Torawächter«), die schnellstwachsende religiöse Partei, haben ihr Fundament bei den Misrachi. Dreißig Prozent aller jüdischen Ehen in Israel sind heute »Mischehen« zwischen Sephardim und Aschkenasim, dennoch sind die Spannungen zwischen beiden

Gruppen immer noch groß. Es gibt zwei Oberrabbiner in Israel, von denen einer aschkenasisch ist und einer sephardisch. ☚

Zwischen 1880 und 1920 wanderten ungefähr zwei Millionen Juden aus Osteuropa aus, ungefähr ein Drittel der dort lebenden Aschkenasim. Über neunzig Prozent von ihnen gingen in die Vereinigten Staaten. Den bereits etablierten, erfolgreichen, amerikanisierten Juden aus Deutschland erschienen diese neuen Einwanderer wie »mittelalterliche Erscheinungen«. Nach Ansicht der (zwischen 1830 und 1870 eingewanderten) deutschen Juden waren diese »Ostjuden« entweder religiöse Fanatiker oder – paradoxerweise – politische Agitatoren, Radikale, Gewerkschafter und Sozialisten. Das Jiddische hassten die deutschen Juden, weil es ihnen wie eine vulgäre Verzerrung der eigenen Sprache erschien.

☛ Trotz dieser Spannungen förderten die New Yorker *Uptown*-Juden die zahlreichen Organisationen zum Schutz und zur Eingliederung der Neu-Einwanderer von der Lower East Side erheblich. Dazu gehörten die *Educational Alliance*, das *American Jewish Committee*, das *Hebrew Orphan Asylum*, das *Mt. Sinai Hospital* und die *United Hebrew Charities.* Die deutschstämmige Lillian Wald (geb. 1867 in Cincinnati) wurde mit ihrer Arbeit als Krankenschwester und Gründerin des *Henry Street Settlement House* zum legendären »Engel des Mitleids« für die Lower East Side. Andere deutsch-jüdische Spender und Wohltäter hielten mehr Abstand, wie Louis Marshall (geb. 14. Dez. 1856 in Syracuse, NY, Präsident des *American Jewish Committee* von 1912–29, gest. 11. Sept. 1929 in Zürich) kritisch berichtet. »Sie brachten den Leuten Geschenke, die diese gar nicht verlangt hatten ... Die Art und Weise, in der die guten Werke getan wurden, war für die Empfänger oft kränkend und erweckte Misstrauen hinsichtlich der Motive« der Wohltäter (zitiert nach Gerald Sorin, *A Time for Building,* in: *The Jewish People in America,* Bd, III, Johns Hopkins University Press, 1992). ☚

Siehe auch *Ladino, misrech, schtetl, sephardisch, jidisch.*

ausbaldowern siehe *baal.*

awéjre *(f.)*, **awéjreß** *(Pl.)*
Aus dem hebräischen *awejrá* »Sünde«.
In Amerika: *aveyre, averah*
1. Wörtlich: eine Handlung gegen Gottes Willen.
2. Allgemeiner: jede unerwünschte oder unmoralische Handlung.
3. Volkstümlich: »Ach, wie schade.« Zum Beispiel: »Wirklich eine *awejre*, das Kleid wegzuwerfen. Ich hab es bloß zweimal getragen.«

Wie wir noch sehen werden, ist die *awejre* das genaue Gegenteil einer *mizwe*. So sagt man: »Eine *mizwe* führt zur nächsten; eine *awejre* auch.«

Mr. Popper ist gefordert worden von Mr. Weishaupt, einem stadtbekannten Antisemiten. Das Duell soll auf einer Wiese am Stadtrand stattfinden, frühmorgens um sechs.

Pünktlich um sechs erscheint Mr. Weishaupt mit seinen zwei Sekundanten.

Sie warten.

Zwanzig nach sechs kommt ein Bote und überreicht Weishaupt ein Telegramm:

BIN LEIDER VERHINDERT. ES WÄRE EINE *awejre* SIE ZU ENTTÄUSCHEN. WARTEN SIE BITTE NICHT, SONDERN FANGEN SIE AN ZU SCHIESSEN. POPPER

Viele Jahrhunderte, ehe Sigmund Freud seine *Traumdeutung* (1900) veröffentlichte, hieß es schon bei den Juden: »Es ist nicht der Mensch, der im Schlaf sündigt, sondern der Traum.«

»Niemand sündigt für einen anderen.« – *Baba Metziah* (aus dem *Talmud*)

b

báal *(m.)*, **báalim** *(Pl.)*

Aus dem hebräischen *bá'al* »Mann«, »Herr«.

Das Wort wird meist zu *bal* zusammengezogen und dient als Vorsilbe für alle möglichen männlichen Personen. Zum Beispiel: *balagóle* »Fuhrmann«, *balkiß* »Mann des Beutels, Kapitalist«, *balßimche* »Mann der Freude, Gastgeber«. Ein *baltojwe* ist demnach ein »Mann des Guten«, ein »Wohltäter«. (Ist er allerdings allzu sparsam, wird er zum *baltojwenik.*)

Ins Deutsche hat das Wort gleich mehrfach Eingang gefunden.

Da ist einmal der oft als Stier oder in Menschengestalt auftretende kanaanitische Sturm- und Fruchtbarkeitsgott *Baal,* dessen Namen Bertolt Brecht (1898–1956) für die Titelgestalt seines ersten Bühnenstücks (erschienen 1920) benutzt hat. Dieser Baal war religionsgeschichtlich ein Konkurrent und Widersacher des jüdischen Gottes.

Auch in *baldowern* oder *ausbaldowern* ist es enthalten, das über das Rotwelsche ins Deutsche gelangt ist. Der *baldówer* ist laut Duden ein »Auskundschafter«, eigentlich der »Herr der Erkundigung«. Nach Salcia Landmann (*Jiddisch,* Walter, 1962) ist der *baldówer* »der in Frage stehende Mensch«, was zugleich ein Euphemismus für »Teufel« ist.

Auch die populäre deutsche Redensart *bammel haben* führt Andreas Nachama (*Jiddisch im Berliner Jargon,* 1994) auf *bal* zurück. Er vermutet, dass jemand, der Bammel hat, einfach ein »Herr der Angst« ist: *bal ejma.* Denn *éjme* ist jiddisch der »Schrecken«.

babe, bobe *(f.)*, **babeß** *(Pl.)*
Aus dem Slawischen und/oder Hebräischen. Im Hebräischen bedeutet *buba* »kleine Puppe«. Aber das jiddische *bubbe* und *bubeleh* ist nach Ansicht der Fachleute unabhängig vom Hebräischen und stammt wahrscheinlich aus den slawischen Sprachen, zum Beispiel dem polnischen *baba* »Hebamme« und »Großmutter«, das auch als Anrede für andere ältere Frauen benutzt wurde. Das dt. Wort *Puppe* (mit seinen Ableitungen *Püppchen*, *Boppele usw.*) wurde erst im 15. Jahrhundert aus dem Mittellateinischen entlehnt.

In Amerika: *bobele, bubeleh, bubele, bubbala, bobeleh*

Großmutter; die Verkleinerungsform bedeutet eigentlich »kleine Großmutter«.

Nicht immer scheint sich *babe* allerdings auf ältere Frauen zu beziehen. Wie sonst lässt sich erklären, dass ein *bábnik* ein »Weiberheld« ist?

In Amerika wurde aus *bubeleh* ein weit verbreiteter Kosename, der einfach »Liebling«, »liebes Kind«, »Schätzchen« usw. bedeutet.

Eheleute nennen sich gegenseitig *bubeleh*. Jüdische Mütter nennen ihre Kinder (Jungen wie Mädchen) gern *bubeleh*. Ob sich daran die Erwartung knüpft, dass das Kind einmal eine Großmutter wird oder ob damit die eigenen Großeltern geehrt werden, sei dahingestellt.

In den letzten Jahren hat das *bubeleh* über das amerikanische Fernsehen eine ungeheure Verbreitung gefunden. In sämtlichen Talkshows versuchen die Gastgeber und ihre geschwätzigen Gäste, die Komiker, Schauspieler und Schauspielerinnen, sich als warmherzige, liebenswürdige Persönlichkeiten zu zeigen und entfalten deshalb die gesamte obligatorische Herzlichkeit des Showbusiness, indem sie sich umarmen, Küsschen geben – und *bubeleh* nennen. »Wie geht's dir, *bubeleh*?« oder »Deinen letzten Film fand ich großartig, *bubeleh*!« oder einfach: »*Bubeleh*, Baby, wo hast du dich nur versteckt?« Was mich an diesem *bubeleh*-Sperrfeuer angelsächsischer, italienischer, griechischer und afro-amerikanischer Unterhaltungskünstler immer wieder verblüfft, ist die Tatsache, dass es nie jemand für nötig befindet, das Wort zu erklären. Ich frage mich oft, was die Bewohner von Idaho und Mississippi sich wohl dabei denken, wenn die Verrückten aus Hollywood und New York einander so nennen.

Am ersten Schultag schickt eine jüdische Mutter ihren Sohn voller Stolz, aber mit einer Fülle von Ermahnungen aus dem Haus: »Also, *bubeleh*, viel Spaß in der Schule! Sei schön brav, *bubeleh*, und gehorch deinem Lehrer! Mach keinen Krach, sei höflich und spiel schön mit den anderen Kindern. Und wenn du wieder nach Hause gehst, knöpf dir den Mantel gut zu, *bubeleh*, damit du dich nicht erkältest. Sei vorsichtig, wenn du über die Straße gehst, *bubeleh* ...« Und so weiter.

Schließlich darf der kleine Junge gehen.

Als er am Nachmittag zurückkommt, umarmt und küsst ihn die Mutter. »Na, *bubeleh*, wie hat's dir gefallen? Hast du schon Freunde? Hast du auch schon was gelernt?«

»Ja«, sagt der Junge. »Ich hab was ganz Tolles erfahren.«

»Ja, was denn?«

»Mein Name ist *Irving*!«

bádchen *(m.)*, **badchónim** *(Pl.)*

Aus dem hebräischen *badchán.*

In Amerika: *batkhn, badchen (m.), batkhonim (Pl.)*

Professioneller Spaßmacher auf Hochzeiten, Gelegenheitsdichter, Alleinunterhalter.

Narren, Spaßmacher, Maskentänzer, Reimschmiede, reisende Schauspieler und Musikanten waren alltägliche Gestalten im Europa des Mittelalters. Die Juden hatten ihre eigenen berufsmäßigen *badchonim*, die bei Hochzeiten, Bar Mizwas und Jubiläen mitwirkten, um das Fest zu beleben.

Der *badchen* trug zunächst ein ernsthaftes Gedicht für die Braut und den Bräutigam vor, in dem er die Schönheit und Heiligkeit der Ehe, die Vorfahren, Eltern und Gäste lobte und pries, aber dann machte er sich über alles das lustig, neckte das Brautpaar, veralberte die Zeremonie, extemporierte Knittelverse, setzte vielleicht eine Maske auf, tanzte, improvisierte Späße und brachte die Gesellschaft zum Lachen und Singen.

Die Rabbiner begrüßten diese Aktivitäten, sie waren der Ansicht, dass Juden bei Hochzeiten fröhlich sein und gute Miene zu solchem Spott machen sollten. Vermutlich spürten diese klugen Männer, wie wichtig es für die so vielfach verfolgten und geängstigten Menschen war, sich gelegentlich abreagieren zu können.

Die *badchonim* schrieben oft ihre eigenen Gedichte und komponierten ihre eigene Musik und hinterließen auf diese Weise zahlreiche Volkslieder, deren Überlieferung weit zurückreicht. Sie sind ein beliebter Bestandteil des jüdischen Lebens und der jüdischen Tradition. Einer der berühmtesten *badchonim* war Eliakim Zunser, ein Dichter von hoher Begabung.

Der *badchen* ist (zumindest in den Vereinigten Staaten) fast völlig aus dem jüdischen Leben verschwunden, hat aber doch deutliche Spuren hinterlassen und ein Beispiel gesetzt. So ist er ein direkter Vorfahr des *tumler*.

Siehe *klezmer* und *tumler*.

bagel siehe *bejgl*.

balbátim, balebátim *(Pl.)*

Aus dem hebräischen *balei ha-bajt* »die Herren des Hauses«.

In Amerika: *balebatim, balbatim*

Personen von Rang, untadeligem Ruf und hoher Verantwortung; Honoratioren. Die Gemeindeältesten des Tempels oder der Synagoge sind *balbatim* und *balbatisch (adj.)*, nicht aber die Ungehobelten, Oberflächlichen und Vulgären, wie erfolgreich auch immer sie sein mögen.

Siehe *balboß*.

Es hat eine Weile gedauert, aber schließlich nimmt der junge Rabbi Shulman all seinen Mut zusammen und spricht Mr. Benenson, einen der Gemeindeältesten, nach dem Gottesdienst an: »Ich hoffe, Sie nehmen es mir nicht übel, Mr. Benenson, aber ich habe den Eindruck, dass Sie bei meiner Predigt jedesmal einschlafen.«

»Warum auch nicht?« antwortet Benenson. »Ich vertraue Ihnen vollkommen!«

balbatisch, balebatisch *(Adjektiv)*
Das Adjektiv zu *balboß*. *Balbatischer* ist männlich, *balbatische* weiblich.

In Amerika: *balebatish*, *balbatish*

1. Leise, wohlerzogen, respektabel.
2. Verantwortlich, einflussreich.

Gibt es ein schmeichelhafteres Adjektiv? Wenn man jemanden *balbatisch* nennt, dann heißt es, dass er die liebenswürdigsten traditionellen Tugenden besitzt.

»Meine kleine *balbatischkajt*« bedeutet »meine paar Besitztümer«.

Ein Texaner fährt durch die Wüste in der Nähe von Beersheba, Israel, wo er ein kleines, aber sauberes Haus in der Entfernung entdeckt. Er fährt hin und klopft an die Tür.

Ein alter Jude öffnet. »Guten Morgen.«

»Meine Kehle ist ganz ausgedörrt«, sagt der Texaner. »Ob Sie wohl so freundlich wären, mir ein Glas Wasser zu geben?«

»Aber sicher. Bitte treten Sie ein, fühlen Sie sich ganz wie zu Hause.«

Der Texaner geht ins Haus, trinkt das Wasser, bedankt sich. Dann fragt er: »Gehört Ihnen das Häuschen?«

»Ja.«

»Was machen Sie denn hier draußen?«

»Ich züchte Hühner.«

»Und wie groß ist Ihr Besitz?«

»Na ja«, sagt der Jude. »Vorne sind es ungefähr sechzig Fuß, aber hinten sind es mindestens hundert.«

Der Texaner lacht. »Zu Hause bei mir auf der Ranch stehe ich morgens um neun auf und steige ins Auto – ich fahre und fahre und fahre – aber vor sechs Uhr abends komme ich nicht an die Grenze des Grundstücks.«

»Zch!« seufzt der Jude. »So ein Auto hatte ich auch mal.«

balbóß *(m.)*, **balbátim** *(Pl.)*
balboßte *(f.)*, **balbóßteß** *(Pl.)*
Aus dem hebräischen *báeal ha-bájit* »Hausherr«. Die weibliche Form gibt es allerdings bezeichnenderweise nur im Jiddischen.

In Amerika: *balebos, baleboss (m.), baleboste, baleboosteh (f.)*

Der *balboß* ist:

1. Der Haushaltungsvorstand, der Hausherr.
2. Der Besitzer oder Manager eines Ladens oder eines anderen Geschäfts.
3. Derjenige, der die Verantwortung trägt.

Eine *balboßte* ist entweder die Frau von einem der Obengenannten oder:

4. Eine hervorragende Hausfrau.
5. Eine Ladenbesitzerin, Managerin oder Geschäftsfrau.
6. Eine herrschsüchtige Frau.

Da die Zahl der jüdischen Frauen, die im Laden ihres Mannes hinter der Theke stehen oder den Laden selbst führen, nicht mehr allzu groß ist, kann man sagen, dass heute Nummer 4 die häufigste Bedeutung ist.

☛ Im Jahre 1999 wurden 9,1 Mio. Unternehmen in den Vereinigten Staaten von Frauen geleitet, das sind 38 % aller Firmen, und es besteht kein Grund zu der Annahme, dass der Frauenanteil bei den jüdischen Geschäften geringer sein sollte als bei anderen ethnischen Gruppen. Ein etwaiger Rückgang bezieht sich allenfalls auf die Einzelhandelsgeschäfte, die früher jüdischen Ehepaaren gehörten und inzwischen an andere Einwandererfamilien verkauft worden sind. Sechzehn Prozent aller jüdischen Berufstätigen sind Selbständige, aber nur noch drei Prozent arbeiten in den klassischen Familienbetrieben. Typisch sind heutzutage vor allem jüdische Doppelverdiener-Haushalte, deren Einkommen oft aus freiberuflicher Tätigkeit stammt. ☚

Wenn eine jüdische Hausfrau eine andere »eine richtige *balboßte*« nennt, dann ist das ein hohes Lob. Es bedeutet nicht nur, dass die Betreffende eine hervorragende Köchin, Bäckerin und Wäscherin ist, sondern vor allem, dass es so sauber in ihrem Haus ist,

»dass man vom Boden essen kann«. Nicht, dass ich jemanden kennen würde, der tatsächlich bei anderen Leuten vom Fußboden isst, aber meiner Mutter zum Beispiel ist dieses Band der Hausfrauen-Ehrenlegion unendlich oft an die Schürze gesteckt worden.

Bei uns zu Hause wurde jegliche Schlamperei streng verfolgt, und so wurde mir schon als Kind eingeprägt, dass Reinlichkeit das höchste Prinzip sei. Auch hinter der Frömmigkeit musste sie nicht zurückstehen. Sie musste hinter gar nichts zurückstehen.

Bá'al bedeutet im Hebräischen »Herr« und *bájt* bedeutet »Haus«. Der *balboß* war dementsprechend der Hausherr, dem in traditionellen jüdischen Haushalten die Ehefrau und die Kinder in allen Belangen, die in seine Verantwortlichkeit fielen, respektvoll gehorchten.

Für die Hoffnung junger Mädchen, einen eigenen Hausstand zu gründen, gibt es einen reizenden jiddischen Ausdruck: *A tischele, a benkele, a balboßte baj sich zu sajn!* »Ein Tischlein, ein Bänkchen und seine eigene Herrin sein!«

Ein jüdischer Einwanderer betritt ein koscheres Restaurant in der Delancey Street. Der Kellner, der ihm sein Eiswasser einschenkt, ist – *Gottenu!* – ein Chinese. Anschließend trägt er ihm auch noch die Speisekarte auswendig vor, in fließendem Jiddisch, einschließlich sämtlicher idiomatischer Seufzer und *Nu's*.

Als der Gast seine Rechnung bezahlt, fragt er den Mann an der Kasse: »Sind Sie der *balboß*?«

»Wer sonst?«

»Nu, das Essen hat sehr gut geschmeckt. Aber was mir besonders gefallen hat, war der Kellner. Er spricht wirklich ausgezeichnetes Jiddisch.«

»Scha!« zischt der Besitzer. »Er denkt, er lernt bei uns *Englisch*!«

☛ Angesichts der Tatsache, dass die jüdische Bevölkerung in Amerika zunehmend Berufe mit anspruchsvoller Ausbildung ausübt, ist es längst nicht mehr unüblich, dass in koscheren Restaurants nichtjüdisches Personal arbeitet. In den Bagel-Bäckereien ist oft auch der *balboß* kein Jude mehr: Koreaner, Pakistani, Lateinamerikaner und andere Einwanderer sind in den größeren Städten wesentlich an der Branche beteiligt.

balmelóche *(m.)*
Aus dem hebräischen *bá'al-m'lachá* »Handwerker«, »Künstler«.
In Amerika: *balmelokhe, balmalocha, balmalucha, balmelokheh*

1. Fachmann. »Wenn es um Hosen geht, ist er ein richtiger *balmeloche*.«
2. Ein »Spezialist« (im ironischen Sinne): »Sein Schwiegersohn? Ach, das ist ein richtiger *balmeloche*.«
3. Vgl. dazu unter *meloche* die aus dem Hebr.-Jiddischen stammenden deutschen Wörter *Maloche, malochen, Malocher*, die jedoch eher einen Schwerarbeiter bezeichnen.

Im *schtetl* wird plakatiert, dass am 1. Juni um fünf »Der weltberühmte Isadore Bloomgarten« seinen Hochseilakt vorführen werde. Eintritt: 25 Kopeken.

Die ganze Stadt ist auf den Beinen.

Die Zuschauer sehen, wie in den Ästen eines Baumes ein Seil festgemacht und über den Fluss gespannt wird. Dann kommt »Der Große Bloomgarten«. Allerdings trägt er einen zerknitterten Anzug und zerrissene Schuhe. Er klettert auf den Baum, setzt einen Fuß vorsichtig auf das Seil und dreht sich dann zu den Zuschauern um: »Meine Damen und Herren, hochverehrtes Publikum und gute Juden! Ich schulde euch ein Geständnis. Ich bin kein Trapezkünstler. Ich bin bloß ein armer Mann, der versucht, sein Brot zu verdienen. Wenn ich den verrückten Versuch machen würde, den Fluss auf diesem Seil zu überqueren, würde ich unweigerlich abstürzen, mir das Genick brechen und obendrein noch ertrinken. Also, wenn ihr wollt, dass einem armen Juden für mickrige 25 Kopeken so etwas vor euren Augen passiert, dann werd ich es tun … Ich schlage vor, dass wir abstimmen! Wer von euch will, dass ich fortfahre?«

(Als Seiltänzer war Bloomgarten kein *balmeloche* – aber als Redner …!)

bal-schem *(m.)*
»Herr des (guten) Namens«. Aus den hebräischen Wörtern *ba'al* »Mann« und *schem* »Name«.

In Amerika: *Bal shem, Baal shem*

Bal-schem ist eine Bezeichnung für kabbalistische Rabbis, die angeblich durch Anrufung von Gottes Namen Heilungen und andere Wunder vollbrachten.

Die Bal-schems praktizierten Volksmedizin, benutzten Amulette, um den bösen Blick abzuwenden, verscheuchten Geister und gaben auch psychiatrische Ratschläge. Man glaubte von ihnen (und sie behaupteten auch von sich selbst), dass Gott sie als spirituell überlegene Seelen auserwählt habe, um seine Eingriffe in die Welt zu vollziehen.

Der berühmteste dieser heiligen Männer war *Ba'al Schem Tow*. Er wurde unter dem Namen Israel ben Elieser 1699 in Okopy in der Ukraine geboren und starb 1760 in Miedzybórz in der Ukraine, er war ein Wanderprediger und Mystiker, ein Schwärmer und Dichter. Er predigte in einfacher Sprache: »Meine Lehren beruhen auf dreierlei Liebe: auf der Liebe zu Gott, auf der Liebe zur Tora und auf der Liebe zur Menschheit.« Er lehrte seine Anhänger, zu Ehren des Höchsten zu lachen, zu singen und zu tanzen, was die Traditionalisten schockierte. Den Mystizismus, die Numerologie und das ewige Abrakadabra immer neu zusammengestellter Gottesnamen, mit denen sich die anderen Bal-schems beschäftigten, ersetzte er durch eine unverkrampfte, wirklichkeitsnahe Lehre. Er war ein sanfter Visionär, der die Freude und den Lebensgenuss rühmte.

Die gelehrten Talmudisten verspottete der Ba'al Schem Tow. Er nannte sie sterile Pedanten, die vor lauter Studium der Gesetze keine Zeit mehr hätten, über Gott nachzudenken. Gott müsse man durch Taten dienen, sagte er, man müsse die Gebote der Tora leben, statt sie nur zu studieren.

Die Rabbiner von Galizien und Polen nannten ihn einen Ketzer, aber Tausende von einfachen Menschen verehrten ihn als Heiligen und Wundertäter. Seine Anhänger, die er seit 1740 in Miedzybórz um sich versammelte, nannten ihn den *Bescht* (ein Akronym aus dem Ehrennamen Bal Schem Tow), und sein Einfluss wuchs rasch. Er gab den durch grausame Kosaken- (1637, 1648–50) und Hajdamaken-Pogrome (1734–36) stark dezimierten polnischen und ukrainischen Juden neue Hoffnung. Den Armen und Unwissenden sagte er: Gott ist in allem, auch in den Menschen. Jeder ist gut, und auch ein Sünder kann sich Gott ehrfurchtsvoll nähern. Es schadet nichts, wenn jemand ungebildet ist: Ein ehrliches Gebet ist so wichtig wie Gelehrsamkeit. Die Einheit mit Gott wird nicht durch Askese, Leiden und Klagen erreicht, sondern durch Ekstase, Freude und die Begeisterung im spontanen Tanz und Gesang. Die Menschen sollen ihre Leidenschaften genießen, statt sie zu unterdrücken oder vor ihnen zu fliehen.

Diese ungewöhnliche Lehre wurde zur Grundlage des Chassidismus. Obwohl der hochangesehene Elia ben Salomo Salman (1720–1797), der Gaon von Wilna, den *Bescht* exkommunizierte und seine Lehren verbannte, fegte die chassidische Bewegung wie ein Sturmwind durch die jüdischen Gemeinden in Polen, Galizien, Böhmen und Ungarn. Rund um die befreiende Lehre des Ba'al Schem Tow entstand innerhalb der jüdischen Kultur eine neue – und erstarrte, wie so viele Bewegungen, schließlich im Kult.

Der Ba'al Schem erneuerte das Judentum, sagt Rabbi Abraham Joshua Heschel, denn die Juden »verliebten sich in den Herrn und spürten eine geradezu unerträgliche Sehnsucht nach Gott ... In den Tagen von Moses hatte Israel eine Vision Gottes, in den Tagen von Ba'al Schem hatte Gott eine Vision Israels« (*The Earth Is the Lord's*, Abelard-Schuman, 1964).

»Manche Gelehrte sind wie Esel: Sie schleppen lediglich einen Haufen Bücher herum.« *Volksweisheit*

balwán *(m.)*, **balwánke** *(f.)*, **balwáneß** *(Pl.)*
Aus dem Slawischen: »Trottel«, »Idiot«.

In Amerika: *bolvan, bulvon, bulvan*

Ein dickfelliger, grober, ungeschickter Kerl.

Kein englisches Wort enthält so viel Verachtung für Dummheit und dumpfe Körperkraft wie *balwan.* »Jeder *balwan* könnte das.« Ein *balwan* hat keinerlei Zartgefühl, Takt oder Anmut.

Ein *balwan* geht zu einem Rendezvous mit einem Mädchen, das er gerade erst kennen gelernt hat. Er bittet seinen besten Freund um Rat. »Ich habe kein Glück bei den Frauen«, klagt er, »und du kannst dir die Mädchen aussuchen. Wie machst du das bloß? Ich weiß nie, was ich sagen soll.«

»Ich werde dir das Geheimnis verraten«, sagt der Frauenheld. »Jüdische Mädchen reden am liebsten über drei Dinge: Essen, Familie und Philosophie. Solange du das nicht vergisst, ist alles in Ordnung. Wenn du ein Mädchen fragst, was sie gern isst, dann hat sie das Gefühl, dass du sie ernst nimmst und dich für sie interessierst. Wenn du nach ihrer Familie fragst, dann bedeutet das, dass du ehrliche Absichten hast. Und wenn du mit ihr über Philosophie redest, dann ist das der Beweis dafür, dass du ihre Intelligenz respektierst.«

Der *balwan* war begeistert. »Essen, Familie, Philosophie!«

Das Mädchen kommt, und er sagt: »Hallo, guten Tag! Isst du gern Nudeln?«

»N-nein«, sagt das Mädchen verblüfft.

»Hast du einen Bruder?«

»Nein.«

Der *balwan* zögert einen Moment. Dann fragt er: »Aber wenn du einen Bruder *hättest*, würde der Nudeln mögen?« Das war die Philosophie.

bandít *(m.)*

Aus dem italienischen *bandito* »Verbannter«. Russisch *bondit*, polnisch *bandyta*, deutsch *Bandit*.

In Amerika auch: *bonditt, banditt*

1. (ironisch) ein schlauer, trickreicher Bursche mit Sinn für Humor.
2. Räuber, Bandit.

Oh, what a bandit! wird mit einem Grinsen oder einem anerkennenden Zungenschnalzen gesagt. »Wenn du mich einen Banditen nennst, musst du lächeln!« könnte man sagen. Oft werden auch aufgeweckte, selbstbewusste Kinder *bandit* genannt.

Früher dachte ich, der Begriff sei aus den frühen Western ins Jiddische eingewandert, aber der *bandit* war bei den Juden von Osteuropa längst bekannt, ehe sie auch nur einen einzigen Film sahen.

Siehe auch *ganew, mamser, masik.*

◎ ◎ ◎

Zwei Rechtsanwälte treffen sich in der Eingangshalle des Empire State Buildings.

»Abraham Epstein!« schreit der erste. »So eine Überraschung! Ich hab dich ja seit Ewigkeiten nicht mehr gesehen. Weißt du noch, wie wir in der Eldridge Street in der Lower East Side gewohnt haben? Wie geht's denn?«

»Soll ich dir mal was zeigen?« sagt Epstein und führt seinen Freund zur Tafel mit den Firmenschildern. »Siehst du? *Eldridge, E.R.* Das bin ich!«

»*Eldridge!* Du *bandit!*«

»Denk bitte nicht, dass ich meine Herkunft verleugne«, sagt Epstein. »Die Initialen stehen für *Ecke Rivington.*«

bánke *(f.)*, **bánkeß** *(Pl.)*

Aus dem slawischen *banka.*

Einmachglas, Schröpfkopf.

Die Redensart *Eß wet helfn wi a tojtn bankeß* bedeutet: »Das ist genauso nützlich wie ein Schröpfkopf bei einem Toten«, also: »Das ist absolut sinnlos.« Das jiddische *tójter* stammt aus dem mittelhochdeutschen *tôt* »gestorben«.

In Amerika in der Redensart: *toytn bankes, toyten bankes.*

bapátschkn *(Verb)*

Aus dem Slawischen »schmutzig machen«. Siehe *farpatschket.*

bar-mízwe, *auch* **bal-mízwe** *(f.)*

Aus dem aramäischen, bzw. hebräischen *bar-mizwá, bá'al-mizwá* »Sohn des Gebots« oder (im erweiterten Sinne) »Mann der Pflicht«.

In Amerika: *bar mitsve, bar mitzva, bar mitzvah*

Bar Mizwa. Die in der Synagoge stattfindende Zeremonie, bei der 13-jährige jüdische Knaben die religiösen »Pflichten eines Mannes« übernehmen und Vollmitglieder der Gemeinde werden. Für gewöhnlich wird die Bar Mizwa an dem Samstag gefeiert, der dem 13. Geburtstag am nächsten ist. Die entsprechende Zeremonie für Mädchen heißt *baß-mizwe* (siehe dort).

Die Bar Mizwa ist keine besonders alte Einrichtung; bis zum 14. Jahrhundert gab es sie nicht, obwohl schon die Mischna besagt, dass 13-jährige »für die Gebote befähigt« sind. Die Bar Mizwa ist weder ein Sakrament noch ein heiliges Ritual. Sie bezeichnet einfach den Zeitpunkt, an dem ein jüdischer Knabe das Alter erreicht, in dem man Vernunft und Verantwortlichkeit von ihm erwartet. Der Beginn des vierzehnten Lebensjahrs gilt in vielen Kulturen als Eintritt in die Pubertät und wird mit Initiationsriten gefeiert.

Die rabbinischen Schriften verlangen, dass ein jüdischer Knabe nach dem Ende seines 13. Lebensjahrs nicht weniger als 613 heilige Gebote einhalten muss. Ich gestehe, dass ich mir nicht sicher bin, ob die Buchhaltung im Himmel darüber sehr streng ist.

Die Bar Mizwa ist eine Feier, keine Konfirmation. Im amerikanischen Reformjudentum hat sich deshalb ein zusätzliches Konfirmationsfest entwickelt, bei dem Jungen und Mädchen im Alter von fünfzehn oder sechzehn Jahren ihren Glauben und ihre Verantwortung bekräftigen. Konfirmationsgottesdienste werden oft für mehrere Jugendliche gleichzeitig beim Wochenfest Schawuot abgehalten. Auch einige konservative Gemeinden haben die Konfirmation übernommen, um die jungen Leute in der Gemeinde zu halten. Dennoch betrachten Juden ihre Zugehörigkeit zum Judentum als etwas, das einer Bestätigung nicht bedarf: Ein Jude ist und bleibt ein Jude, das jüdische Leben ist eine lange, ungebrochene Kontinuität, aber beim Abschluss des dreizehnten Lebensjahrs wird trotzdem gefeiert.

☛ Die Aussage *Ein Jude ist und bleibt ein Jude* stellt allerdings auch ein Problem dar. Die Frage *Wer ist eigentlich Jude?* beschäftigt weltweit alle jüdischen Gemeinden. Die Zweifel der Orthodoxen an der Rechtmäßigkeit aller konservativen Rabbiner, Reformrabbiner und rekonstruktionistischen Rabbiner (die in Israel alle keinen rechtlichen Status besitzen) war schon immer ein wunder Punkt in der Auseinandersetzung zwischen den jüdischen Glaubensrichtungen; aber seit die Reformbewegung 1978 dazu übergegangen ist, neben der matrilinearen auch die patrilineare Abstammung anzuerkennen, hat der Streit auch die jüdische Allgemeinheit erfasst.

Traditionell werden nur die »Kinder einer jüdischen Mutter« als jüdisch anerkannt (matrilineare Abstammung), auch wenn die Väter Nichtjuden sind. Die Reformjuden (und die Rekonstruktionisten) hingegen erkennen jetzt auch die Kinder jüdischer Väter als Juden an (auch wenn die Mütter nicht jüdisch sind), solange die Kinder im Sinn der religösen Traditionen erzogen werden. Es werden also Menschen als Juden anerkannt, die von den konservativen und orthodoxen Gemeinden nicht akzeptiert werden. Damit wurde das liberale Judentum für gemischt-religiöse Paare und deren Kinder geöffnet – und die strengen Regeln der Ehe, der Scheidung und der israelischen Staatsbürgerschaft in Frage gestellt. ☚

Der **bar-mízwe** *(m.)*, **bar-mízwe-bócher** *(m.)* oder (in Amerika: **bar-mitzwa-boy***)* ist ein jüdischer Knabe im Alter von 13 Jahren, der vollwertiges Mitglied der Gemeinde werden soll. Früher war er verpflichtet, einen gelehrten Vortrag zu einem Teilaspekt der talmudischen Gesetze zu halten. Erst in Amerika entwickelte sich die Tradition, dass der *bar mitzva boy* eine kleine Ansprache hält, die mit den Worten beginnt: »Heute bin ich ein Mann.« Wenn ein Dreizehnjähriger mit rosigen Wangen und piepsiger Stimme das sagt, weckt es unweigerlich ein stolzes, bzw. höflich zweifelndes Lächeln in der Gemeinde. Heute trägt der Knabe in der Regel ein Gebet vor, verspricht, sich an die Ideale des Judaismus zu halten und die Tora zu ehren, und dankt seinem Vater und seiner Mutter für alles, was sie für ihn getan haben. Spätestens an diesem Punkt werden dann die Augen der Eltern und Großeltern feucht. Schließlich wird der Junge zum Lesepult gerufen, um den wöchentlichen Abschnitt aus der Tora und den dazugehörigen Abschnitt aus den Propheten vorzulesen.

Nach der Bar Mizwa ist der junge Mann – zumindest theoretisch – verpflichtet, beim Morgengebet Gebetsriemen (Tefillin, jiddisch *tfiln*, siehe dort) zu tragen. Beim Minjan (jiddisch *minjen*), der Mindestzahl von zehn männlichen Juden, die sich versammeln müssen, wenn ein öffentlicher Gottesdienst stattfinden soll, kann er jetzt mitgezählt und auch ans Lesepult gerufen werden, um aus der Tora zu lesen.

Die Bar Mizwa ist ein Höhepunkt im Leben jüdischer Eltern. Vater und Mutter, Schwestern und Brüder, Großeltern, Schwiegereltern, Freunde, Geschäftsfreunde, Bekannte und Nachbarn – alle sind bei der Bar Mizwa anwesend. Die Eltern und Großeltern strahlen und quellen über vor Freude und Stolz. Der junge Mann erhält Geschenke – manchmal nicht weniger als sechs Füllfederhalter, die als Symbol dafür gelten können, dass er jetzt »unterschriftsberechtigt« ist. Die Eltern überreichen ihm seinen eigenen *taleß* (Gebetsschal). Nach dem Gottesdienst folgt ein fröhliches Fest.

Wenn Sie mehr darüber wissen wollen, gehen Sie doch einfach mal zu einer Bar Mizwa. Es sind liebenswerte, unschuldige Feste, bei denen ich unweigerlich immer ein bisschen sentimental werde.

Bei der letzten Bar Mizwa, zu der ich eingeladen war, hörte ich folgende Geschichte:

Zwei in Amerika gelandete Marsbewohner treffen sich zufällig.

»Wie heißen Sie?« fragt der erste.

»4286. Und Sie?«

»3359.«

»Komisch, Sie sehen gar nicht aus wie ein Jude.«

baß-mízwe

Aus den hebräischen Wörtern *bat* »Tochter« und *mizwá* »Gebot«: »Tochter des Gebots«.

In Amerika: *bas mitsve, bas mitzva, bas mitzvah*

Bat Mizwa. Die Entsprechung der Bar Mizwa bei Mädchen. In der Synagoge und in religiösen Zusammenhängen werden heute hebräische Begriffe bevorzugt, deshalb heißt die Feier offiziell Bat Mizwa.

Seit neuestem haben Konservative und Reformgemeinden und sogar einige orthodoxe Gemeinden für zwölfjährige Mädchen eine Bat-Mizwa-Zeremonie eingeführt (schon die Alten wussten, dass Mädchen früher reif werden als Knaben). Vielen orthodoxen Juden ist die Bat Mizwa allerdings noch immer ein Gräuel. Andere wiederum feiern die Bat Mizwa zu Hause, aber nicht in der Synagoge. Gelegentlich finden auch Gruppen-Bat-Mizwes für Mädchen zwischen zwölf und achtzehn Jahren statt.

☛ Außer bei den Orthodoxen hat die Bat Mizwa heute für jüdische Mädchen die gleiche Bedeutung wie die Bar Mizwa für Jungen. Die vorhergehende religiöse Unterweisung bietet eine wichtige Alternative zum Anpassungsdruck der Medien, die den jungen Mädchen vor allem Modebewusstsein, Sex und Konformismus einhämmern.

Darüberhinaus wird die Bat Mizwa heute auch von erwachsenen Frauen genutzt, um ihren Anspruch auf eine religiöse Erziehung, einen Platz am Lesepult und eine führende Rolle in der Gemeinde durchzusetzen.

Die erste *bas mitsve* der Neuzeit war Judith Eisenstein Kaplan (1910–1996), die 1922 vor der *Society for the Advancement of Judaism* in New York aus der Tora las. Ihr Vater war Rabbi Mordecai Kaplan, der Gründer des *Reconstructionist Judaism.* Judith E. Kaplan wurde eine führende Musikwissenschaftlerin und Komponistin. ☚

bátlen *(m.)*, **batlónim** *(Pl.)*

Aus dem hebräischen *batlán* »ein Mann, der nichts tut«.

In Amerika: *batlen, batlan, batlonim, batlanim*

1. Arbeitsloser, bzw. Mann ohne regelmäßiges Einkommen.
2. Faulpelz.
3. Unpraktischer Mensch, z.B. ein Talmudgelehrter ohne größere Aussichten.
4. Intellektueller Schnösel mit unausgegorenen Ideen.

Männer am Rand der Gesellschaft brachten oft ihre Zeit im Lehr- und Studienhaus *beß-medresch* (siehe dort) zu, um vielleicht ein paar Pfennige damit zu verdienen, dass sie als zehnter (oder achter, neunter und zehnter) Mann zur Verfügung standen, wenn ein *minjen* zusammengestellt werden sollte. Manche Gemeinden hatten sogar eine besondere Kasse, um diesen Dienst zu bezahlen.

Oft erhält ein *batlen* auch eine bescheidene Bezahlung dafür, dass er am Talmudstudium zu Ehren eines Verstorbenen teilnimmt. Wenn es unter den Hinterbliebenen keinen Mann gibt, kann notfalls auch ein *batlen* bestellt werden, um zweimal täglich den Kaddisch für den Toten zu beten.

Im Talmud heißt es, dass es in jeder Gemeinde zehn *batlonim* geben muss, die nicht arbeiten und deshalb ihre ganze Zeit dem Gebet und dem Studium des Talmuds widmen können.

Das Telefon der Schwester auf Station Fünf klingelt. »Schwester, können Sie mir sagen, wie es Hershel Resnick geht?«

Die Schwester sieht sich das Krankenblatt an. »Ausgezeichnet. Der Arzt sagt, am Donnerstag kann er nach Hause ... Kann ich etwas ausrichten? Was soll ich ihm sagen?«

»Nichts weiter, ich *bin* Hershel Resnick. Aber der Doktor behandelt mich wie einen *batlen* und sagt mir nicht, wie es mir geht.«

behéjme *(f.)*, **behéjmeß** *(Pl.)*

Aus dem hebräischen *behejmá* »Haustier«.

In Amerika: *beheyme, behayma, behama, behayme*

1. Haustier, insbesondere Kuh oder Rind.
2. Dumme Frau oder dummer Mann. »Fragen Sie doch diese *behejme* nicht nach ihrer Meinung.« »Sie sieht aus wie ein Engel, aber sie denkt wie eine *behejme.*«
3. Arbeitstier, Packesel. »Diese *behejme* arbeitet zehn Stunden am Tag.« »Ein Arbeiter ist ein Mensch, kein *behejme.*«

Ein alter Mann schleppt ein riesiges Holzbündel über die Landstraße. Als er eine lange Steigung hinaufwandert, schimpft er: »Ich bin wirklich bloß ein *behejme*!« Das Bündel rutscht ihm von der Schulter und fällt in den Staub. »Ich kann nicht mehr«, schreit er.

»Soll doch der Engel des Todes mich mitnehmen!«

Sofort erscheint der Todesengel und sagt: »Du hast mich gerufen?«

»Ja«, sagt der alte Mann hastig, »du sollst mir helfen, das Bündel wieder auf meine Schulter zu heben.«

Moral: Der Mensch zieht das Elend dem Tod vor.

bejgl *(m.)*, **bejgl** *(Pl.)*

Aus dem frühneuhochdeutschen *beugel* »gebogenes Gebäck«, »Hörnchen«, belegt in der aus Schlesien stammenden *Frankensteiner beckerordnung* (angeblich) von 1501. Der Jiddist Yankl Stillman (*Jewish Currents*, Mai 2000) ist der Ansicht, dass sich *bagel* von dem jiddischen *bejgn* oder *bajgn* »beugen« herleitet.

In Amerika: *bagel*

Ein über faustgroßer, fester, runder Kringel aus Hefeteig, der vor dem Backen etwa zwei Minuten lang in siedendes Wasser getaucht und dann mit Eiweiß glasiert wird.

Wenn Sie noch nie einen Bagel gegessen haben, dann muss ich Sie bedauern. In Amerika sagt man, der Bagel sei ein Doughnut mit Hochschulausbildung – und die Hochschule ist wahrscheinlich das *Yeshiva College*.

Da Bagel aus weißem Mehl gebacken werden, wurden sie in Osteuropa, wo die armen Juden (und die meisten Juden waren wirklich sehr arm) unter der Woche nur Schwarzbrot aßen, als besondere

Delikatesse betrachtet. Die Königin der Brote, die *challa,* gab es ja nur am Sabbat.

Weil er rund ist, galt der Bagel als Glücksbringer. Lachen Sie nicht über die Juden: Auch die klugen Griechen hielten den Kreis für die »vollkommene« Form, weil er keinen Anfang und kein Ende hat. Und deshalb erschien es nur logisch, dass Gott den Kreis als Grundform benutzte, als er das Universum erbaute. Die Umlaufbahnen der Planeten und Sterne schienen ja kreisförmig. Sogar Aristoteles war dieser Ansicht, von Ptolemäus und Kopernikus ganz zu schweigen. Kopernikus quälte sich schrecklich, als er sich bemühte, die detaillierten Beobachtungen des Ptolemäus in seinen sechs Büchern über die Umläufe der Himmelskörper zu ordnen. Der mystische Glaube an die kreisförmigen Himmelsbewegungen wurde erst von Kepler überwunden.

Hart gekochte Eier und Bagel waren die traditionelle Speise der Juden nach einem Begräbnis, sie galten als Symbol für den ewigen Kreislauf der Welt und des Lebens. Die Sitte hat sich vielleicht im Hinblick auf Prediger 1,4 entwickelt: »Ein Geschlecht vergeht, das andre kommt; die Erde aber bleibt ewiglich.«

Ein wichtiger schriftlicher Hinweis auf Bagels findet sich übrigens in der Gemeindeordnung von Krakau von 1610. Bagel, heißt es dort, seien die ideale Ernährung für Frauen vor und nach der Entbindung.

Möglicherweise sind Sie der Ansicht, Bagel und *lox* (geräucherter Lachs) seien das traditionelle Sonntagsfrühstück der Juden. In der Tat ist diese Zusammenstellung ziemlich verbreitet, aber sie ist noch nicht alt: Sie ist ein Triumph der jüdisch-amerikanischen Küche. In der Tat ist ein getoasteter Bagel mit zartrosa Lachsscheiben auf Cream Cheese und süßer Butter so lecker, dass ich jetzt erst mal essen gehen muss.

Die Redensart: *»Er ligt in der erd un bakt bagel«,* lässt sich leicht übersetzen: »Er liegt auf dem Boden und bäckt Bagel.« Aber was bedeutet das? »Es geht ihm nicht gut, armer Kerl.«

Ein Marsbewohner landet auf der Second Avenue und betrachtet fasziniert die Auslagen in einem Schaufenster. Schließlich betritt er den Laden und fragt den Besitzer: »Was sind das für kleine Rädchen in Ihrem Schaufenster?«

»Rädchen? Was für Rädchen?«

Der Marsbewohner zeigt mit dem Finger darauf.

»Das sind keine Rädchen«, lächelt der *balboß*. »Die heißen Bagel. Die kann man essen. Hier, versuchen Sie mal ...«

Der Marsbewohner beißt in den Bagel und leckt sich die Lippen. »Mann«, sagt er, »mit Cream Cheese und Lox müsste das richtig toll schmecken!«

Am St. Patrick's Day, dem Festtag der irisch-stämmigen Amerikaner, setzte das Kaufhaus Macy's 1968 eine Anzeige in die New Yorker Zeitungen, bei deren Anblick ich meinen Augen nicht traute:

Herrjeh!
Grüne Bagel, Begorrah!
Im 8. Stock mit Cream Cheese und Lox

Solche Ereignisse machen Geschichte! Begorrah!

☛ Inzwischen ist der Bagel ein fester Bestandteil der amerikanischen Kultur geworden. Die verschiedensten Fast-Food-Ketten (u.a. *Dunkin' Donuts*) haben eigene Produkte entwickelt, und der Bagel hat Innovationen erlebt, die manche Puristen mit schierem Entsetzen erfüllen: grüne Bagel am St.Patrick's Day, orangefarbene Bagel an Halloween – und Jalapeno-Pepper-Bagel, Hafer-Kleie-Bagel und Schokoladenflocken-Bagel das ganze Jahr über. Diese Neu-Entwicklungen haben dazu geführt, dass traditionelle Bagel-Bäcker ihre Herstellungsverfahren jetzt als »handgerollt« und »*water-boiled*« anpreisen, um ihre »echten New Yorker« Bagel von den All-American Bagelsorten zu unterscheiden. ☚

Längst hat der Bagel begonnen, von New York aus auch Europa zurückzuerobern. Reiseführer und Denis Schecks bekanntes

Trivialexikon (1993) rühmten ihn schon Ende des letzten Jahrhunderts. In Prag (auf beiden Seiten der Moldau!), Wien, Berlin und auf der Münchner Leopoldstraße ist er ein unentbehrliches Requisit der Amerikafreunde geworden. Der eigentlich europäischen Herkunft des Gebäcks ist man sich dabei oft gar nicht bewusst, sondern betont höchstens kennerhaft, so gut wie die echten H&H Bagels (von der Upper West Side, Broadway/Ecke 80th Street) seien die hiesigen nicht. (Was allerdings leider meist wahr ist.)

bejß *(n.)*, **bótim** *(Pl.)*
Aus dem hebräischen *bájt »Haus«.*

Haus. Das Wort gewinnt seine Bedeutung meist erst durch Ergänzungen wie *bejß-din*, *beß-medresch* (siehe dort), *bejß-hakodesch* »der heilige Tempel in Jerusalem« oder *bejß-ójlom* »Friedhof« (auch: *gut-ort*).

Nur die Österreicher haben sich das Wort (auf dem Umweg über das Rotwelsche) ganz direkt angeeignet: Ein *beisl* ist dort ein »Wirtshaus«.

bejß din *(n.)*
Hebräisch: *bet din* »Haus des Gesetzes«, Plural: *batte din.*

In Amerika: *bezdn, bes din*

Rabbinergericht.

Die jüdischen Gemeinden Europas hatten meist ihre eigenen Zivilgerichte, in denen ein Oberrabbiner oder *dajen* (Rechtsgelehrter) den Vorsitz führte. Diese Gerichte behandelten religiöse und örtliche Konflikte in der jüdischen Gemeinde, außerdem konnten Ehekonflikte, Scheidungen, Erbschaftsfragen, Schulden und andere Auseinandersetzungen durch Beratung oder Schlichtung geklärt werden, wenn die Beteiligten dies wünschten. Im Mittelalter hatten alle jüdischen Berufsgruppen ihre eigenen »Zunftgerichte« und dementsprechend auch *batte din.*

Wenn ein regelrechter Prozess geführt werden sollte, mussten mindestens drei Richter an der Verhandlung teilnehmen.

Auch in den Vereinigten Staaten zogen viele gläubige Juden es vor, ihre Probleme einem Rabbiner oder einem dreiköpfigen *bejß din* vorzutragen, statt ein öffentliches Gericht zu bemühen. *Eß paßt nit*, sagte man oft, »das gehört sich nicht«.

Die *batte din* hatten keine gesetzliche Autorität. Wenn sie aufgesucht wurden, dann geschah dies freiwillig. Je orthodoxer ein »Beschuldigter« war, desto eher war er natürlich bereit, dem Gericht Folge zu leisten. Auch heute findet man noch Gemeinden mit einem *bejß din*.

☛ In Israel sind die *batte din* offizielle Gerichte. Sie amtieren im Obersten Rabbinat, bestehen ausschließlich aus orthodoxen Rabbinern und besitzen die ausschließliche Gerichtsbarkeit über Personenstand, Ehe und Erbschaft. Nicht-orthodoxe Rabbiner werden in Israel bisher nicht anerkannt und besitzen keine offiziellen Befugnisse. Die Kontrolle, die in Israel von orthodoxen Rabbinern über diese zivilrechtlichen Fragen ausgeübt wird, führt deshalb immer wieder zu politischen Kontroversen. Orthodoxe *batte din* haben zum Beispiel die Erteilung der Staatsbürgerschaft an Einwanderer aus der ehemaligen Sowjetunion in Frage gestellt und Familien mit ungesicherter Herkunft ein jüdisches Begräbnis verweigert. Orthodoxe Abgeordnete in der Knesseth haben auch immer wieder versucht, das historische Recht auf Heimkehr zu ändern, das allen Juden die israelische Staatsbürgerschaft garantiert. So wollten sie diejenigen ausschließen, die von nicht-orthodoxen Rabbinergerichten als Juden anerkannt worden waren.

Die israelische Frauenbewegung wiederum bemüht sich darum, das Schicksal der *agunot*, der »gefesselten« Frauen zu verbessern, die von ihren Ehemännern geschieden sind, aber nicht wieder heiraten können, weil ihnen der *get*, der nach Ansicht des orthodoxen Rabbinats dafür notwendige Scheidebrief des Mannes fehlt. Insgesamt hat der historische Kompromiss aus den Gründungsjahren des Staates Israel eine Mischform zwischen einer Theokratie und einem säkularen Staat hervorgebracht.

In Amerika haben ultra-orthodoxe *batte din* immer wieder versucht, prominente jüdische Erneuerer und Aktivisten zu »exkommunizieren«. So wurde zum Beispiel Joseph Liebermann, der erste jüdische Kandidat für das Amt des Vizepräsidenten, im Oktober

2000 vom *New York Torah Court* in Brooklyn verurteilt, weil er dem amerikanischen Volk die Lehren der Tora über Abtreibung, Homosexualität und Mischehen angeblich falsch dargestellt hatte. In der Regel ist die Bedeutung solcher Verurteilungen nur propagandistisch, aber gelegentlich werden sie auch als Billigung von Gewaltanwendung missverstanden. Der Ermordung von Premierminister Itzhak Rabin im Jahre 1996 zum Beispiel ging eine intensive Polemik ultra-orthodoxer israelischer Rabbiner gegen seine Friedensbemühungen voraus. ☚

Siehe auch *Sanhedrin* und *dajen.*

ben (*m.*), **bónim** *(Pl.)*

Aus dem hebräischen *ben* »Sohn«.

In Amerika: *ben*

Sohn. Ehe es Familiennamen gab, wurde ein Jude stets bei seinem Vornamen und seinem Vaternamen genannt, z.B. *Jochanan ben Zakkai.* Manchmal wurde auch die aramäische Form *bar* benutzt: Simon bar Kochba. Bei einem Mädchen hieß das Wort *bas*: Riwka (Rebekka) bas Bethuel.

Diese alte Form der Namensbildung wird noch oft auf Heiratsurkunden und in der Synagoge benutzt, wenn jemand aufgerufen wird, um aus der Tora zu lesen.

Ben und *bar* werden im Hebräischen auch für zahlreiche Zusammensetzungen benutzt: *ben Tora* (Gebildeter), *bar mizve* (Erwachsener), *bar masl* (Glückspilz). Ein Jude ist ein *ben briß*, ein »Sohn des Bundes«.

Weitere Informationen über jüdische Namen siehe *briß.*

benschn, bentschn *(Verb)*

Aus dem lateinischen *benedicere* »segnen«.

In Amerika: *bentsh, bentshn*

1. Segnen. »Gott möge dich *bentschn.*«
2. Einen Segen (*bentschung*) sprechen.
3. Danksagung nach dem Essen.
4. Spezielle Segnungen. Zum Beispiel: *licht bentschn* »die (Sabbat-

oder Feiertags-) Kerzen segnen«; *gojml bentschn* »Dankgebet, wenn man von einer Krankheit genesen oder einem Unfall knapp entgangen ist«; *mesumen bentschn* »das Tischgebet sprechen«.

Die Danksagung nach dem Essen ist wohl in der Epoche des Zweiten Tempels eingeführt worden. Sie beginnt mit vier Segnungen: Erstens wird Gott dafür gedankt, dass er uns Nahrung gibt; dann wird das Land gesegnet, das die Nahrung erzeugt; dann wird die Hoffnung zum Ausdruck gebracht, Zion neu zu errichten, und schließlich wird Gottes Liebe und Güte gepriesen. Darauf folgen noch verschiedene, zum Anlass passende Bitten (für die Gäste, Verwandten oder Besucher), ein paar Verse aus den Psalmen und schließlich unweigerlich die Bitte um Frieden.

gebentscht (Partizip)
1. Gesegnet. »Er ist *gebentscht* mit Geduld.«
2. Begabt, das heißt mit besonderen Fähigkeiten gesegnet.

He has a gebentshte mouth heißt: Er ist ein guter Redner. Von einem Chirurgen könnte man sagen: *Er hot gebentschte hent.* Und ironisch heißt es: *With brains, he wasn't exactly gebentsht.*

»Ein zorniger Mann kann nicht beten.« *Nachman ben Simcha aus Brazlav (1772–1811)*

bérje *(m.* und *f.)*, **bérjeß** *(Pl.)*
Aus dem hebräischen *birjá* »Geschöpf«.

In Amerika: *berye, berrieh*

Tüchtiger Mensch, besonders: tüchtige Frau, Energiebündel.

Dieses Lob wird fast immer als Ausruf benutzt: »Meine Güte, ist sie eine *berje*!« »Um so was zu schaffen, muss man eine echte *berje* sein!«

Die zentrale Bedeutung der Frau für den Haushalt ist in der jüdischen Kultur stets geschätzt worden. Eine jüdische Mutter würde nie sagen: »Ich bin *bloß* eine Hausfrau.« Die Juden haben gewusst, wie wichtig das Zuhause ist, und haben viele Wege gefunden, um die Hausfrau zu ehren. Siehe *schabbes*.

Der Arzt untersucht eine 83-jährige und sagt: »Es gibt Dinge, die kann auch die moderne Medizin nicht ändern ... Jünger machen kann ich Sie nicht.«

»Das sollen Sie auch gar nicht«, sagt die *berje*. »Ich erwarte von Ihnen bloß, dass Sie mich noch älter werden lassen.«

beschickert siehe *schiker.*

beß-médresch *(m.* oder *n.)*, **bote-medróschim** *(Pl.)*
Aus dem hebräischen *bet ha-midrásch* »Haus des Studiums«.

In Amerika: *besmedresh, bes midrash, bet midrash, beth hamidrash, beysmedresh*

Bet ha-Midrasch, jüdisches Lehrhaus.

Schüler wurden zunächst im *cheder* oder *Bet ha-Sefer* unterrichtet, mit 12–15 Jahren wechselten sie ins Bet ha-Midrasch. Aber das Lehrhaus stand auch allen anderen offen.

Das *beß-medresch* war der Ort, wo sich jüdische Männer dem Tora-Studium widmeten. Dabei wurde ebenso wie in der Synagoge auch viel gebetet, aber im *beß-medresch* fand kein Gottesdienst statt. Deshalb werden Synagogen, in denen ja auch die Tora studiert wird, gelegentlich als *schul* oder Lehrhaus bezeichnet, aber ein *beß-medresch* nicht als Synagoge.

Tora-Studium und Gebet haben das jüdische Leben und die jüdische Kultur seit jeher zusammengehalten. Sie waren die wichtigsten Stützpfeiler im Selbstverständnis der Juden und gaben auch den verzweifeltsten und schlimmsten Lebenssituationen noch einen Sinn. Sie erleuchteten das Leben, adelten, inspirierten, erlösten. Sie erhoben auch den bescheidensten Juden in die Gesellschaft der Weisen, Propheten, Gelehrten und Heiligen.

Praktisch alle männlichen Juden nahmen an einem permanenten Tora- und Talmudseminar teil. Auch die Flickschuster, Schneider, Viehtreiber, Landarbeiter und Zimmerleute. Auch die Ladenbesitzer,

Hausierer und Bettler. Sollte ein reisender Kaufmann einmal seine tägliche Übung versäumt haben, »bezahlte« er seine »Schulden« nach seiner Rückkehr. Es gab auch Juden, die einen Teil der Tora und des Talmuds auswendig lernten, um die heiligen Schriften auch dann studieren zu können, wenn sie keine Bücher bei sich hatten.

Besonders populär war das gemeinsame Studium. »Lernen kann man nur in Gesellschaft«, heißt es im Talmud (Berachot 63). Und in den Städten und Dörfern Osteuropas war es nicht schwer, Freunde zu finden, mit denen man lernte. Abgesehen von den geistig Behinderten konnten fast alle Juden, die älter als sechs waren, lesen und schreiben! Sie waren Amateurtheologen, Dialektiker, Disputanten – auch wenn ihre Armut entsetzlich, ihre Lebensumstände schwierig und ihre Abhängigkeit von irgendwelchen örtlichen Potentaten noch so groß waren. Wenn er den Talmud studierte, konnte sich jeder Jude als Teilnehmer am ewigen Dialog über das Wesen Gottes, der Wahrheit und den Sinn des Lebens fühlen. Und obendrein galt die Lektüre der Tora oder des Talmud als eines der guten Werke, mit denen man sich »ein Stück Seligkeit« im Jenseits sichern konnte. Es war nicht nur eine Ehre, in der Synagoge laut am Pult (an der *bima*) zu lesen, es verschaffte einem auch einen Eintrag im himmlischen »goldenen Buch«.

☛ Barbra Streisands Film *Yentl* aus dem Jahr 1983, der auf einer Geschichte von Isaac Bashevis Singer beruht, erzählt die Geschichte eines Mädchens, das entschlossen ist, die Fesseln des Analphabetismus abzustreifen. Um nicht länger vom intellektuellen Leben der Gemeinde ausgeschlossen zu sein, wie die traditionelle jüdische Frauenrolle das vorsieht, verkleidet sie sich als als *jeschiwe-bocher* (Talmudschüler) und nimmt ihren Platz im *beß-medresch* ein. ☚

Abraham Menes berichtet, dass es 1887 in der kleinen Stadt Kroz nicht weniger als neun verschiedene Talmudschulen gab. In Kroz lebten nur zweihundert jüdische Familien, aber es gab dort zwei Buchbinder und zwölf Lehrer, darunter (für die Mädchen) zwei Frauen.

»In fast jedem jüdischen Haushalt in Osteuropa«, schreibt Rabbi Abraham Joshua Heschel (Warschau 1907 – New York 1972) in seinem poetischen Buch *The Earth Is the Lord's* (Abelard-Schuman, 1964), »selbst in den bescheidensten und ärmsten gab es ein Bücherregal ... Fast jeder Jude widmete der Gelehrsamkeit einen Teil seiner Zeit, entweder im privaten Studium oder als Mitglied einer Talmudschule ... Am Abend ließ er den Lärm und den Tumult des Alltags zurück und studierte im *bet ha-midrasch*.«

Dort saß er dann »wie ein intellektueller Magnat ... Wenn ein Problem auftauchte, versammelte sich alsbald eine ganze Gruppe, die ihre Meinung äußerte, Argumente nannte und Zitate beisteuerte ... Die Mägen waren leer, die Wohnungen kahl, aber die Köpfe waren erfüllt vom Reichtum der Tora.«

☛ Die Leidenschaft für das Studium führte oft dazu, dass die Männer ihre familiären Verpflichtungen vernachlässigten. Im Talmud (Ketubbot 62b) wird die Geschichte von Rav Rechumi erzählt, der jedes Jahr nur einmal aus dem *beß-medresch* nach Hause kam, und das auch noch am Vorabend von Jom Kippur, wo der Geschlechtsverkehr nicht erlaubt war. Einmal hatten seine Studien ihn so absorbiert, dass er den alljährlichen Besuch zu Hause gänzlich vergaß. Seine enttäuschte Frau fing an zu weinen – und sobald die erste Träne fiel, berichtet der Talmud, stürzte das Dach des *beß-medresch* ein und tötete ihren widerspenstigen Gatten.

Neuzeitliche Formen von *workaholism* befallen immer noch viele jüdische Männer, trotz der zahlreichen religiösen Warnungen, den Sabbat zu ehren und ein ausgeglichenes Leben zu führen, in dem Arbeit, Gelehrsamkeit und Vergnügen gleichermaßen ihr Recht finden. ☚

Heschel, der in Berlin studierte und 1933 mit einer Arbeit über *Die Prophetie* promovierte, zitiert auch einen nichtjüdischen Beobachter, der die Stadt Warschau im Ersten Weltkrieg besuchte: »Einmal sah ich eine Anzahl Pferdedroschken, die auf einem großen Platz abgestellt waren, aber die Kutscher waren nirgends zu sehen. Bei uns zu Hause hätte ich natürlich gewusst, wo ich sie hätte suchen müssen [im Wirtshaus]. Hier führte mich ein kleiner Junge an einen anderen Ort: Das *schtibl* der jüdischen Kutscher lag im zweiten Stock im Hinterhaus. Es bestand aus zwei Räumen: Der erste war mit Talmudschriften gefüllt, der zweite war ein Gebetsraum. Sämtliche Kutscher waren ins Studium oder heftige religiöse Diskussionen vertieft ... Auf diese Weise erfuhr ich, dass im jüdischen Bezirk alle Berufe, die Bäcker, Fleischer und Schuhmacher, ihr eigenes *schtibl* haben und dass sie sich in jeder freien Minute dorthin zurückziehen, um in der Tora zu lesen. Und wenn sie sich im vertrauten Kreise begegnen, drängt einer den anderen: ›*Sog mir a schtikl tojre* – Sag mir ein Stückchen Tora.‹«

Viele, viele jiddische Worte haben mit Gelehrsamkeit und Studium zu tun: Siehe *melamed, jeschiwe, talmid-chochem.*

Bei einem jüdischen Dichter aus Spanien heißt es:

Wer sich abgemüht und Bücher gekauft hat,
aber in seinem Herzen nicht weiß, was darinsteht –
der ist wie ein Lahmer, der sich das Bild eines Fußes
an die Wand gemalt hat und vergeblich darauf zu stehen versucht.

Samuel Ha-Nagid (993 – 1055)

Ein Gelehrter wird gefragt: »Wie kommt es, dass Euer Finger beim Studieren so langsam über die Schriftrollen gleitet, während Ihr beim Beten so schnell sprecht?«

»Je nun«, seufzt der Weise, »wenn ich bete, rede ich mit Gott; aber wenn ich die Tora lese, spricht Gott zu mir.«

betucht siehe *botuach.*

bialy

Ameridische Abkürzung für »Bialystocker«, ein flaches, rundes Frühstücksgebäck, das sich an den Rändern aufwölbt und manchmal mit Zwiebeln bestreut ist.

Ich vergleiche den *bialy* mit einem Plantschbecken, weil er einen Boden hat – im Gegensatz zum *bagel*, der wie ein Autoreifen geformt ist. Der *bialy* wird inzwischen in abgepackter Form in ganz Amerika verkauft, als Grundlage für Cream Cheese und geräucherten Lachs wird er nur vom *bagel* übertroffen. Der Name ist abgeleitet von der Stadt Bialystok in Polen, deren Bäcker dieses Gebäck zur Vollendung gebracht haben.

◎ ◎ ◎

»Vierzig Cent für ein Dutzend *bialies?*« schimpft Mr. Rosenfeld. »Der Bäcker auf der anderen Straßenseite verkauft sie für zwanzig!«

»Dann kaufen Sie Ihre *bialies* halt auf der anderen Straßenseite.«

»Er hat keine mehr.«

»Ja, wenn ich keine mehr habe, kosten meine *bialies* auch nur zwanzig Cent.«

bíchernize *(f.)*

Aus dem mittelhochdeutschen *buoch* »Buch« und der slawischen Endung *-nik, -nize.*

Bücherfreundin, Blaustrumpf.

bléserl *(n.)*, **bléserlech** *(Pl.)*

Aus dem mittelhochdeutschen *blâsen.*

Pusteblume.

blinze *(f.)*

Aus dem Slawischen. Kluge *(Etymologisches Wörterbuch)* nennt sorbisch *blinc* »dünner Buchweizenkuchen, in der Pfanne gebacken und gerollt«. Nach Grimm »ein gutes schlesisches Gericht«.

In Amerika: *blintz, blintzes (Pl.)*, auch: *blintzeh, blintse*

1. Plinse oder Blinze. Gefüllter Pfannkuchen, oft mit Hüttenkäse gefüllt.
2. Eine Plinse ist in Deutschland nach Duden auch ein Kartoffelpuffer. Siehe aber auch *latke.*

Ich nenne die Einzahl, obwohl ich noch nie gehört habe, dass jemand nur eine *blinze* verzehrt hätte. Blinzes sind die traditionelle Festtagsspeise an Schawuot. Heute sind sie oft mit Erdbeer-, Kirsch- oder Johannisbeermarmelade, Äpfeln, Pfirsichen, Kartoffeln oder Fisch gefüllt, deshalb muss man in New York ausdrücklich *Cheese blintzes* bestellen, was früher so tautologisch gewesen wäre wie »nasses Wasser«.

Juden essen Blinzes traditionellerweise mit einer dicken Schicht *Sour Cream.* Aber seit es Juden gibt, die zum Jet-set gehören und *Crêpes Suzette* kennen, werden die Blinzes gelegentlich auch mit Honig und Marmelade bestrichen. Die Geschmäcker sind eben verschieden. Im übrigen gehören Blinzes zur jüdischen Sommerküche wie Borscht oder *schtschaw* (Sauerampfersuppe).

blízpost *(f.)*
Ameridisch. Aus dem mittelhochdeutschen *blitze* »Blitz« und dem mittellateinischen *posta* »(Post)Station«.
E-Mail. Elektronischer Nachrichtenaustausch.

blízschleßl *(n.)*, **blízschleßlech** *(Pl.)*
Aus den mittelhochdeutschen »Blitz« und der Verkleinerungsform von *sloz* »Schloss«.
Reißverschluss.

bluffer *(m.)*, **blufferke, blufferkeh** *(f.)*
Jinglisch.
Angeber, Übertreiber, Bluffer.

Der *bluffer* kann entweder ein eitler Angeber sein, oder er kann sein Gegenüber ernsthaft täuschen wollen (wie beim Poker). *He is nothing but bluff* heißt: »Er ist voll heißer Luft.« »Vorsicht, er ist ein *bluffer*« ist eine Warnung, aber keine Aufforderung, den anderen bloßzustellen. Manchmal wird das Wort *bluffer* mit dem Begriff »amerikanisch« verknüpft, ähnlich wie: »polnischer *Jachne*«, »rumänischer *Ganew* (Ganove)« und »deutscher *Jekke* (Pedant)«.

Ein Bauer fragt seinen Nachbarn, ob der ihm sein Pferd ein paar Minuten lang leihen kann. Der Nachbar sagt: »Ich würde ja gerne, aber mein Knecht hat das Pferd heute Morgen zum Tierarzt gebracht und kommt erst am Abend zurück.«

In diesem Augenblick hört man das Pferd im Stall wiehern.

»Also, wem glaubst du jetzt«, schreit der *bluffer.* »Deinem Nachbarn oder einem Pferd, das obendrein noch als Lügner bekannt ist?!«

B'nai B'rith

Hebräisch: »Söhne des Bundes«.

Independent Order of Bnai Brith. 1843 in New York gegründete jüdische Organisation, die sich ethisch-karitativen Aufgaben widmet. Sie unterstützt in 240 Hochschulen die *Hillel Foundations,* fördert die Jugendarbeit, Erwachsenenbildung usw. In Denver hat sie das großartige *National Jewish Hospital* errichtet. Ihr vielleicht bekanntester Zweig ist die seit 1913 bestehende *Anti-Defamation League*, die sich seit langem mit der Bekämpfung der verschiedenen Formen des Antisemitismus und der Diskriminierung beschäftigt.

☛ In den 90er Jahren ist die *Anti-Defamation League* organisatorisch und finanziell unabhängig geworden, bleibt aber mit der *B'nai B'rith* eng verbunden. Die Frauenorganisation hingegen trennte sich 1995 nach heftigen juristischen Auseinandersetzungen von *B'nai B'rith* und heißt heute *Jewish Women International.* Trotzdem ist *B'nai B'rith* eine gesunde Organisation geblieben, die heute in 55 Ländern vertreten ist. ☚

Die erste deutsche Loge wurde 1882 gegründet.

☛ Um die knapp fünfeinhalb Millionen amerikanischen Juden, von denen die meisten überhaupt nicht organisiert sind, werben Hunderte von Organisationen. Es gibt die *Agudath Israel* und die *Zionist Organization of America*, es gibt eine *Jewish Peace Lobby*, aber auch die *Jewish War Veterans.* ☚

boarderkeh *(f.)*

Amerikanisches Jiddisch (Ameridisch). Aus dem englischen *boarder* »Kostgänger« und der weiblichen jiddischen Endung *-keh.*

Weiblicher Pensionsgast, Untermieterin.

Sprachpuristen, sowohl des Englischen als auch des Jiddischen, verabscheuen solche Mischwörter. Ich finde sie großartig.

Für die jüdischen Einwanderer in Amerika bildete die unbekümmerte Aneignung englischer Wörter, denen einfach eine jiddische, slawische oder hebräische Endung angefügt wurde, eine ideale Möglichkeit, ihr Vokabular zu erweitern. Es entstand eine *lingua franca*, die sowohl Amerikanern als auch Juden verständlich war. Begriffe wie *opstairsikeh, donstairsikeh* oder *nexdoorsikeh* waren einfach genial. Konnte man seine Nachbarinnen genauer bezeichnen?

Doch zurück zur *boarderkeh*: Die großen Einwanderungswellen im 19. und 20. Jahrhundert brachten so viele Neuankömmlinge nach Amerika, dass es in den armen Gegenden praktisch in jeder Wohnung einen Untermieter oder eine Untermieterin gab. Die ethnisch geprägten Häuserblöcke und Viertel in den großen Städten waren gespickt mit ROOM-AND-BOARD-Schildern in deutscher, italienischer, polnischer, norwegischer, russischer und ungarischer Sprache. Und natürlich auch in Jiddisch.

Die Armen brauchten diese Untermieter, um ihre eigene Miete zahlen zu können, und die Neuankömmlinge konnten sich meist keine eigenen Wohnungen leisten. Obendrein durften die Untermieter gegen entsprechendes Kostgeld am Familientisch mitessen und waren auch auf diese Weise versorgt. Die meisten Einwanderer hatten mit der Sprache große Probleme, und auch deshalb bewährte es sich, wenn sie zunächst ein paar Monate bei Landsleuten zubringen konnten, deren Sprache sie verstanden. Und da sie meist schon länger im Goldenen Amerika lebten, konnten die Vermieter ihre Gäste auch gleich in den Grundwortschatz und die Gebräuche der Neuen Welt einführen.

Das Englisch, das die Neubürger, die vielleicht selbst erst ein halbes Jahr in Amerika waren, den Nachrückenden beibrachten, war oft ein herrlicher Mischmasch. Es entstand ein üppiges Argot, das man als *Jinglisch* oder *Ameridisch* bezeichnen kann. Es ist ein vitales, kraftvolles und sehr funktionales Idiom.

Geographieunterricht an der Lower East Side, 1926:

Lehrerin: »Who can tell us where the Rumanian border is?«

Schülerin: »In the park with my aunt, and my mother doesn't trust him!« – »Der ist mit meiner Tante im Park, und meine Mutter traut ihm nicht über den Weg!«

Die galoppierende Sprachverwirrung auf dem Weg in die Neue Welt zeigt folgende Anekdote:

Ein gewisser Herr Goldberg aus Pinsk ist auf dem Weg nach Amerika. Im Speisesaal des Auswandererschiffes teilt er seinen Tisch mit einem Franzosen. Herr Goldberg spricht weder Französisch noch Englisch, der Franzose spricht weder Russisch noch Jiddisch.

Am ersten Tag auf See nähert sich der Franzose dem Tisch, verbeugt sich und sagt: *»Bon appétit!«*

Goldberg ist nur einen Augenblick lang verblüfft, dann verbeugt er sich und sagt: »Goldberg.«

Die Szene wiederholt sich bei jeder Mahlzeit.

Am fünften Tag nimmt ein anderer Passagier Herrn Goldberg beiseite. »Hören Sie«, sagt er. »Ihr Tischnachbar sagt Ihnen nicht seinen Namen. Er wünscht Ihnen einen gesegneten Appetit.«

Bei der nächsten Mahlzeit kommt Herr Goldberg strahlend zum Tisch, verbeugt sich vor dem Franzosen und sagt: *»Bon appétit!«*

Der Franzose verbeugt sich ebenso strahlend: *»Goldberg!«*

Mr. Berman weint heftig am Grab seiner Frau.

Mr. Kipnis, der Untermieter der Bermans, weint fast noch mehr. Schließlich wird das Gejammer dem Witwer zu viel. »Kipnis«, sagt er. »Nehmen Sie's nicht so schwer! Ich werde bestimmt wieder heiraten.«

(Diese Geschichte soll auch in Frankreich ziemlich beliebt sein, hab ich gehört.)

bob *(m.)*, **bobeß** *(Pl.)*, **bobkeß** *(Verkleinerungsform Pl.)*
In Amerika: *bobkes, bubkes, bopkes, bupkes*

Aus dem Slawischen. *Bob* ist polnisch für »Saubohne«, aber der Ausruf *»Bobkeß!«* hat weniger mit roten, weißen oder gar Kaffeebohnen zu tun (die eher als *bebl* und in der Mehrzahl als *beblech* firmieren), sondern mit solchen »Bohnen«, die man in Kaninchen- oder Ziegenställen findet, denn er bezeichnet:

1. etwas vollkommen Wertloses. »Jetzt habe ich drei Stunden für ihn gearbeitet – und was zahlt er mir? *Bobkeß!*« (im Neudeutschen würde man sagen: *»Peanuts!«*)
2. etwas Absurdes oder gänzlich Verrücktes. »Dieser Vorschlag lässt sich mit einem Wort zusammenfassen: *bobkeß!*«

Bobkeß wird stets mit äußerstem Sarkasmus, Spott und Verachtung gebraucht und kommt immer dann zum Einsatz, wenn »Quatsch!« oder »Blödsinn!« mal aussetzen müssen. Mir ist kein englisches Wort bekannt, das ähnlich niederschmetternd und bitter ist. Ein Mann, der *»Bobkeß!«* sagt, weiß, welche Rolle der Stolz im Protokoll der Demütigung spielt. Nur wer stolz ist, sagt: *»Bobkeß!«*

Auf dem Trödelmarkt an der Lower East Side:

Eine Kundin nimmt eine verbogene Gabel mit drei Zinken von einem Karren und fragt: »Was soll die kosten?«

»Einen Cent«, sagt der Besitzer.

»Einen Cent? Das ist zu viel!«

»Machen Sie mir ein Angebot!« sagt der Besitzer.

P.S. Dieses Stückchen Soziologie handelt vielleicht nicht direkt von *bobkeß*, illustriert aber wohl überdeutlich, wie kümmerlich das Universum war, in dem das jüdische Leben sich abspielte, und woher der Humor kam, mit dem das kompensiert wurde.

bóbe-májße *(f.)*, **bóbe-májßeß** *(Pl.)*

Bobe, bubbe oder *baba* ist der slawische Kosename für »Großmutter«; *majße* (aus dem hebräischen *ma'aseh*) bedeutet »Märchen, Geschichte«.

In Amerika: *bobe-mayse, bubbe mayseh, bubbe maiseh, bobbe-mayseh, boobe-myseh*

Ammenmärchen. »Sie hat mir eine *bobe-majße* erzählt!« »Sie glaubt jede *bobe-majße*.«

Bobe-majße ist ein nützlicher Begriff, wenn man eine törichte Behauptung zurückweisen will. Ich kenne einen höchst gelehrten Professor aus Cambridge, der seinem Zorn über jegliche Form besserwisserischer Sozialwissenschaft gern mit diesem Wort Luft macht. Er verblüfft die akademische Gemeinschaft auf diese Weise unendlich.

Jetzt, wo Sie das alles wissen, muss ich Ihnen allerdings sagen, dass der Begriff *bobe-majße* möglicherweise eine Verballhornung des jiddischen Ritterromans vom *Bovo d'Antona* ist, den der aus Bayern stammende jüdische Spielmann Elia Levita-Bocher (Elias Levi ben Ascher) 1507 nach älteren italienischen Vorbildern verfasst hat, die über einige Umwege auf das anglo-normannische Epos vom *Buève de Hantone* aus dem 13. Jahrhundert zurückgehen. Bocher (1469–1549) lebte dreizehn Jahre in Oberitalien und soll als Vorlage die sogenannte Toskana-Fassung des Epos benutzt haben (Bologna 1497). Sein Roman ist in Stanzen, in der neuen Form des *ottava rima* verfasst. Die verwickelte Liebesgeschichte des jungen Bovo mit der schönen Drusiana und die zahlreichen Abenteuer und Streiche des Helden wurden später, im 18. Jahrhundert, zum jiddischen Volksbuch von Bove, das bei den jüdischen Frauen in Osteuropa sehr populär war und schließlich als *bobe-majße* zum festen Begriff wurde.

Siehe auch *jiddisch.*

bobkes siehe *bob.*

bofn auch **pofn** *(Verb)*
Aus dem italienischen *buffare* wird jiddisch *bofn* »schlafen«, »pennen«.

Pofen. Schlafen (in leicht abwertendem Sinne).

Der Begriff *pofen* gewann seit 1968 in der Studentensprache an Popularität.

borscht *(m.)*
Aus dem russischen *borschtsch.* Polnisch *barszcz.*

In Amerika: *borsht, borscht*

Rote-Bete-Suppe, heiß oder kalt (ganz köstlich!), oft mit einem Spritzer Jogurt oder Saurer Sahne (superb!). Manchmal schwimmen winzige neue Kartoffeln darin, manchmal Gurkenscheiben (eine echte *mechaje*!).

Borscht wurde von den Juden viel gegessen, weil Rote Bete billig waren. »Man braucht keine Zähne, um *borscht* zu essen«, heißt es. Oder: *»Bilik wi borscht.«*

In den Catskill Mountains, ein paar Autostunden nördlich von New York City, gibt es eine Reihe von Ferienorten, die früher fast ausschließlich von Juden besucht und deshalb der *Borsht Belt* genannt wurden. Heute sind sie Wintersportzentren, aber sechs Jahrzehnte lang war der Borsht Belt die bevorzugte Sommerfrische der jüdischen Familien New Yorks. Die Shows in den großen Hotels brachten viele bekannte Unterhaltungskünstler hervor, ehe in den siebziger und achtziger Jahren der allmähliche Niedergang einsetzte. Das Ende des Borsht Belts kam in den neunziger Jahren, als das *Concord* und *Grossinger's* Konkurs anmelden mussten. Der übermütige Geist des Borsht Belt ist in Filmen wie *Dirty Dancing, Mr. Saturday Night, Enemies: A Love Story* und *A Walk on the Moon* festgehalten worden. Gelegentlich werden auch am Broadway noch Shows inszeniert, in denen die Komiker des Borsht Belt noch einmal zu großer Form auflaufen. Die Eintrittspreise sind allerdings keineswegs »billig wie Borscht«.

Siehe auch *tumler* und *kokhaleyn.*

◎ ◎ ◎

Im Restaurant.

Erster Gast: »Geben Sie mir bitte den *borscht.*«

Kellner: »Darf ich Ihnen etwas empfehlen? Nehmen Sie die Hühnersuppe!«

Zweiter Gast: »Ich hätte gern die Erbsensuppe.«

Kellner: »Die Erbsensuppe würde ich nicht nehmen. Nehmen Sie lieber die Graupen.«

Die Suppe kommt, die Gäste probieren.

Erster Gast: »Die Hühnersuppe ist wirklich phantastisch! Die beste, die ich je gegessen habe!«

Zweiter Gast: »Sagen Sie, Herr Ober, warum haben Sie mir nicht die Hühnersuppe empfohlen?«

Kellner: »Sie haben ja nicht den *borscht* verlangt!«

Ein Ballsaal im Borsht Belt.

Junger Mann: »Tanzen Sie?«

Junge Dame: »Ist das eine Aufforderung?«

Junger Mann: »Das ist eine Frage.«

Junge Dame: »Ja, ich tanze.«

botúach *(m.)*, **botúchim** *(Pl.)*

Aus dem hebräischen *batúach* »sicher«.

Zuverlässiger, kreditfähiger Mann. »Kleider machen Leute« heißt es im Volksmund, aber das deutsche Wort *betucht* »wohlhabend« hat wohl nur indirekt, bzw. volksetymologisch mit Armani und anderen Nobelschneidern zu tun, es stammt von *botuach* ab.

boychik *(m.)*, **boychikl**, **boychikel** *(Diminutiv)*, **boychiklekh**, **boychiklech** *(Pl.)*

Jinglisch. Engl. *boy* mit dem slaw. Suffix *-tschik*.

1. In Amerika Kosename für einen kleinen Jungen, der jiddisch wohl eher *jingl, im Plural jinglech* (ähnlich dem deutschen *Jüngelchen*) genannt worden wäre. *Boychik* oder *boychikl* wird liebevoll, ja sogar bewundernd gesagt: »Guter Junge!«
   Als Anrede (»Hallo, *boychik*!« oder »Wie geht's, *boychik?*«) wird das Wort auch gegenüber Männern gebraucht, die ihre Knabenzeit längst hinter sich haben. Wenn er gegenüber einem älteren Mann gebraucht wird, enthält der Kosename unweigerlich einen leichten Sarkasmus, aber er kann auch in positivem Sinne gebraucht werden.
   Liebevoll: »Dieser Sam *(Seufzer)* ... hat wirklich das Gemüt eines *boychik.*«

Sarkastisch: »In seinem Alter noch jungen Mädchen nachzulaufen! So ein *boychik*.«

2. (Im kritischen Sinne:) Ein raffinierter Kerl, der sich nicht immer an die Spielregeln hält. *»He's some boychik!«* kann alles mögliche heißen, von »trickreicher Bursche« bis: »Passen Sie auf Ihr Portemonnaie auf!«

branfn, bronfn *(m.)*
Branntwein, Schnaps.

bren *(m.)*

Aus dem mittelhochdeutschen *brenn* »Flamme«, »Brennen«.
In Amerika: *bren*

1. Brand, Hitze, Glut. (*brenbril* »Brennglas«).
2. Höhepunkt. *Di arbet is in fuln bren.* »Die Arbeit ist in vollem Gange.«
3. (in Amerika) Ungewöhnlich energischer, lebhafter, kompetenter und optimistischer Mensch. *She's a real bren.* »Sie ist ein richtiges Energiebündel.« – *Don't worry about him; he was born a bren.* »Mach dir wegen ihm keine Sorgen, er ist ein geborener Optimist.«

An seinem ersten Tag als Busfahrer macht Maxey Eckstein $ 65 Umsatz. Am nächsten Tag sind es $ 67. Am dritten Tag $ 62. Aber am vierten Tag erweist sich Eckstein als richtiger *bren*. Nicht weniger als 283 Dollar liefert er ab.

»Eckstein!« sagt der Kassierer. »Das ist ja phantastisch. Wie haben Sie das gemacht? Die Strecke hat noch nie mehr als siebzig Dollar gebracht.«

»Ach, wissen Sie, nach drei Tagen auf dieser miesen Strecke hab ich gewusst, dass die nie etwas bringt. Daraufhin bin ich die 14te Straße gefahren. Ich sage Ihnen, *das* ist eine Goldmine!«

briß *(m.)*, **briß-míle** *(f.)*
Aus dem hebräischen *b'rit-milá.*

In Amerika: *bris, briss, brit, brith*

Die Aussprache schwankt zwischen *briss* bei amerikanischen und *brit* bei israelischen Juden. Die Endung *-th* war im Hebräischen unbekannt. Sie stammt von nichtjüdischen Theologen und Hebraisten. Jemenitische Juden unterscheiden zwischen *t* und *th.*

B'rit Mila. Beschneidungszeremonie. *Brit* heißt »Bund«. Die *briß-mile* ist die Beschneidung der Vorhaut, mit der jüdische Knaben im Alter von acht Tagen in den Bund Abrahams (Genesis 17, 9–12) aufgenommen werden, selbst wenn dieser Tag auf *Jom Kippur* fällt. Lediglich im Fall von körperlicher Schwäche kann sie verschoben werden.

Die Beschneidung wird meist von einem *mojhel* durchgeführt, der kein Rabbiner, sondern ein Spezialist für diese Operation ist. Manche Eltern bitten auch einen Chirurgen um diese Maßnahme.

Der Knabe wird in das Zimmer getragen, wo die Beschneidung durchgeführt werden soll. Der *ßandek* (Pate) setzt sich auf den sogenannten »Elia-Stuhl« (der Prophet Elia gilt als Beschützer der Kinder) und das Baby wird ihm in den Schoß gelegt. Dann beginnt der Gottesdienst. Vor, während und nach der Beschneidung wird gebetet.

Das Gebet des Rabbiners oder des Mohel nach der Beschneidung lautet: »Möge der Knabe an Kraft des Geistes und des Körpers zunehmen und in Liebe zur Tora zum Hochzeitsbaldachin und einem Leben voller guter Werke heranwachsen.« Das Kind erhält einen Namen. Dann wird der Wein gesegnet, und ein Tropfen davon wird dem Kind auf die Lippen gegeben. Anschließend kommt es zu einer Feier, meist mit Wein und »Schwammkuchen« (aus Biskuitteig), ein sehr angemessener Name, wie ich finde.

☛ Die Namensgebung für Mädchen fand traditionell etwa einen Monat nach der Geburt während einer *alija* des Vaters in der Synagoge statt. Jüdische Familien, die nach Gleichberechtigung der Geschlechter streben, haben neuerdings versucht, mit einer Zeremonie namens *brit ha-bat* »Bund der Tochter« die Namensgebung für Mädchen ähnlich feierlich zu gestalten wie die für Knaben. Eine körperliche Veränderung ist damit nicht verbunden, die Beschneidung von Mädchen und Frauen gibt es im Judentum nicht. ☛

Die Beschneidung wird als das »Siegel Gottes« bezeichnet, de facto ein Siegel im Fleisch. (Im Frühchristentum wurde auch die Taufe als »Siegel« bezeichnet.) In der Bibel ist die Beschneidung in Genesis 17, 10 verankert, wo es heißt: »Das ist mein Bund, den ihr halten sollt … Alles, was männlich ist unter euch, soll beschnitten werden.« Abraham, der auch im Alter von 99 Jahren noch ein beherzter Mann war, beschnitt sich selbst.

Die Beschneidung ist das Zeichen für eine Verpflichtung – für die Verpflichtung, den Bund zwischen Gott und Israel einzuhalten, ein vorbildliches Leben in Tugend zu führen, Gottes Gesetz zu beachten, zu lernen, zu lehren und weiterzugeben. Im weiteren Sinne ist die Beschneidung ein Zeichen am Körper des Mannes, dass Israel sich durch ihn fortsetzen wird, dass er mit seinem Samen, der durch das beschnittene Portal tritt, Kinder zeugen wird, die wieder Juden sein sollen.

Im Lauf der Jahrhunderte wurde immer wieder versucht, den Brauch zu unterdrücken: König Antiochos Epiphanes (175–164 v. Z.) ließ sie bei Todesstrafe verbieten; Hadrian, der den Aufstand des Bar Kochba niederschlug, erließ ein Beschneidungsverbot (das sein Nachfolger allerdings wieder aufhob); und ein Westgotenherrscher namens Sisebut befahl den Juden, ihre Söhne zu taufen, statt sie zu beschneiden. Dennoch blieb die Beschneidung einer der beständigsten Bräuche der Juden überall auf der Welt.

Die hellenistischen Juden, die sich den Griechen anzupassen versuchten (und beim Sport im »Gymnasium« nicht auffallen wollten), versuchten es mit einer unauffälligen Form der Beschneidung, aber die Rabbiner bestanden darauf, dass die Eichel völlig freigelegt werden müsse.

Erfunden haben die Juden die Beschneidung allerdings nicht. Herodot erwähnt sie schon bei den alten Ägyptern, deren Hieroglyphen-Zeichen für »Phallus« ein beschnittenes Exemplar zeigt. Auch die Syrer, Phoenizier und Äthiopier praktizierten die Beschneidung, und sie ist bei vielen Völkern auf der ganzen Welt, so zum Beispiel in Indien, Afrika, Ozeanien, Indonesien, Australien und den Philippinen, verbreitet. Bei den Moslems ist sie unabdingbar, bei ihnen gilt sie als »Reinigung«, während sie in Lahore »Hochzeit« genannt wird. In manchen Kulturen verweigern sich die Frauen dem Geschlechtsverkehr mit unbeschnittenen Männern.

Wenige Völker führen die Beschneidung allerdings in so zartem Alter durch wie die Juden. In Afrika erfolgt die Zeremonie erst in der Pubertät oder kurz vor der Hochzeit. Bei anderen Völkern wird sie im vierten, fünften, sechsten oder siebten Lebensjahr durchgeführt. Es gibt auch Massenbeschneidungen im Rahmen eines alljährlichen Festes.

In Genesis 17, 25 heißt es, dass Ismael dreizehn Jahre alt war, als Abraham den göttlichen Befehl erhielt, alle männlichen Mitglieder seines Haushalts beschneiden zu lassen. Dies führte zu dem Irrtum, dass es sich bei der Beschneidung um einen Mannbarkeitsritus handelt (aber wohl nur bei denen, die Genesis 17, 12 nicht gelesen hatten).

Die medizinischen und hygienischen Vorteile der Beschneidung sind heute so weitestgehend bekannt, dass ich mich darüber nicht weiter auslassen muss. Und in den Vereinigten Staaten ist sie so weit verbreitet, dass die Unterscheidung zwischen Juden und Nichtjuden jedenfalls nicht mehr in den Umkleidekabinen der Sportplätze stattfindet. ☛ Die Zahl der beschnittenen nichtjüdischen Amerikaner erhöhte sich seit den dreißiger Jahren von 30% auf 80% Anfang der siebziger Jahre. Bis zum Jahr 1995 ging dieser Anteil dann auf 65% zurück, nachdem die *American Academy of Pediatrics* und andere Autoritäten die medizinischen Vorteile der Beschneidung als unerheblich eingestuft hatten. Außerdem vertraten manche jüdischen Aktivisten in den 70er und 80er Jahren die Ansicht, die Beschneidung sei ein barbarischer Akt von Kindesmisshandlung, und bemühten sich um ein Alternativritual. Die grundlegende Bedeutung des Beschneidungs-Gebots ist aber auch bei nicht-religiösen Juden so stark, dass es von der überwiegenden Mehrheit befolgt wird. »Das Zeichen der Beschneidung«, schrieb der Philosoph und Häretiker Baruch Spinoza (Amsterdam 1632–1677), »ist so bedeutsam, dass es allein schon ausreichen würde, um das Volk Israel für immer zusammenzuhalten.«

Heute scheint die Entscheidung für Nichtjuden vorwiegend ästhetischer Natur zu sein. In der Fernsehserie ›Seinfeld‹ zum Beispiel gab es eine Episode mit dem Titel *The Bris*, in der eine Frau über das Genital eines nicht beschnittenen Liebhabers sagt: »Es hatte kein Gesicht. Es war wie ein Marsbewohner.«

Neuere Untersuchungen weisen übrigens darauf hin, dass es im Interesse der Volksgesundheit doch eine medizinische Indikation für eine möglichst weit verbreitete Beschneidung geben könnte: Sie scheint die Übertragung des AIDS-Erregers HIV beim heterosexuellen Verkehr zu verringern. ☚

Über die jüdischen Namen

Bei einer B'rit Mila im Jahre 1960 hob der stolze Vater sein Weinglas zu einem Trinkspruch und sagte: »Guter Jahrgang 5721!«

Sephardische Juden nennen ein Kind oft nach einem lebenden Verwandten, aber die Aschkenasim haben davor große Angst. Altmodische Eltern zögern auch, wenn ihr Sohn oder ihre Tochter jemanden heiraten will, der denselben Namen trägt wie ein Elternteil (solange dieser noch lebt). In manchen Fällen nimmt die Braut oder der Bräutigam dann einen zweiten oder einen Spitznamen an.

Ängste in Bezug auf Namen gibt es natürlich nicht nur bei Juden. Die Indianer Nordamerikas zum Beispiel betrachteten ihre Namen als Bestandteil ihrer Person und waren fest überzeugt, sie müssten körperlich leiden, wenn ihr Name verhöhnt oder mit übler Absicht ausgesprochen wurde. Bei manchen australischen Stämmen hat jeder Mann zwei Namen, wobei der Geheimname nur denen bekannt ist, die feierlich initiiert worden sind. Bei den Kirgisen ist es der Frau verboten, den Namen ihres Mannes oder auch nur ein ähnlich klingendes Wort auszusprechen. In Ungarn versuchten die Menschen früher, die bösen Geister dadurch abzuschrecken, dass sie ihren Kindern schreckliche Zaubernamen gaben. Sie dachten, die Monster würden einen großen Bogen um Kinder machen, die, sagen wir, »Tod« hießen oder so ähnlich. Bei den Chinesen gab es eine ähnliche Sitte.

Die aschkenasischen Juden nannten ihre Kinder meist nach einem verstorbenen Verwandten. Das war allerdings nur ein lockerer Brauch und wird heute immer häufiger ignoriert. Selbst wenn er noch beachtet wird, sind die Zusammenhänge zwischen den Namen oft weit hergeholt. Statt Moische heißt ein Kind Mervyn, statt Benjamin Barton, statt Nechama womöglich gar Natalie (»Weihnachtskind«!).

Früher erhielt jedes Kind bei der Geburt einen hebräischen Namen. (Manche Leute gaben ihren Kindern stattdessen einen jiddischen Namen, weil ihnen der Unterschied gar nicht bewusst war.) Manche Eltern suchten einfach nur Namen, die »hebräisch klangen«.

Bei der Einwanderung nach Amerika wurden viele jüdische Namen anglisiert. So wurde aus Isaak (hebr. Jitzchak, jiddisch Itzik) Isadore, Irwin oder Irving; aus Abraham (hebr. Avraham, jiddisch Avrum) wurde Alan, Allen, Allan, Albert, Alvin und Arnold; Chaim wurde zu Hyman, Herman, Herbert oder gar Charles.

Auch sonst passten die Juden ihre Namen zumindest orthographisch den Sprachen der Länder an, in denen sie lebten. Aus Joseph wurde zum Beispiel Yussuf, Giuseppe, Beppo, Peppo, José, Pepe, Pepito, Josko, Joska, Joschka und Joey. Die Variationen zu Jaakov heißen: Jacques, Giacomo, Giocobbi, Jacobus, Jakob, Jaime, James, Jake, Jack.

Obwohl die meisten Juden überzeugt sind, dass Maria und Johannes »christliche« Namen sind, ist ihr Ursprung doch biblisch-hebräisch: Miriam und Jochanan.

Viele jiddische Namen sind biblischen oder talmudischen Ursprungs:

Avrum (Abraham)	*Dovid* (David)
Jankl, Yankel (Jakob)	*Dvora* (Debora)
Israel, Ysrael (Israel)	*Mayer* (Meir)
Itzig (Isaak)	*Leib* (Levi)
Jussel, Yussel (Joseph)	*Yudel* (Jehuda, Juda)
Riwke, Rivke (Rebekka)	*Schmuhl, Shmuel, Simmel* (Samuel)
Rochel (Rachel)	*Michel* (Michael)
Moische (Moses)	*Chana* (Hanna)

Namen wie Sara, Lea und andere sind im Jiddischen und im biblischen Gebrauch identisch.

Andere jüdische Namen stammen aus anderen Sprachen, insbesondere aus dem Deutschen: *Freda, Freida, Freyde* (Freude), *Raisel, Resl* (Rose), *Fruma* (fromm), *Schejne* (schön), *Fejgele* (Vögelchen).

In biblischen Zeiten scheinen Kinder nicht nach Verwandten benannt worden zu sein, nicht einmal in der Königsfamilie. Die Historiker sind der Ansicht, dass keiner der einundzwanzig Könige von Juda nach einem Vorgänger benannt wurde.

Nach der Vertreibung begannen die Juden ausländische Namen wie Abba (aramäisch), Alexander oder Philo (griechisch) zu gebrauchen. In der hellenistischen Ära wurde es üblich, einen Knaben nach seinem Großvater zu nennen.

Der Gebrauch von Familiennamen wurde zuerst bei den arabisch sprechenden Juden üblich. Die Araber bilden Familiennamen durch die Hinzufügung von *Abu* (Abudarham), *Ibn* (Ibn Esra) und *Al* (Alharizi). Natürlich ist auch der jüdische Brauch, den Vatersnamen und den Herkunftsort zu nennen, also zum Beispiel *Eleasar ben Juda aus Worms* eine Vorform der Familiennamen. Siehe *ben*.

Im Mittelalter nahmen die Juden oft Namen aus den Ländern an, in denen sie lebten, behielten aber ihre hebräischen Namen für »heilige« (zeremonielle) Zwecke wie die Beschneidung, die Bar Mizwa, Hochzeit, Segnungen im Zusammenhang mit Tora-Lesungen usw.

Bei den sephardischen Juden waren Familiennamen schon lange üblich, aber bei den Aschkenasim wurden sie erst im 18. Jahrhundert eingeführt. Im Habsburgerreich, das heißt besonders in Galizien, wurden die Juden 1787 gesetzlich verpflichtet, feste Familiennamen zu führen. Dabei waren die Namen angesehener deutscher oder polnischer Familien »gesperrt«, die zur Verfügung stehenden Namen wurden in Kategorien eingeteilt und nicht selten verkauft (!). Am beliebtesten waren schöne Namen wie *Goldstein, Kirschenbaum* oder *Lilienthal,* andere »sprechende« Namen wurden den Antragstellern von gehässigen Beamten zudiktiert, um sie zu demütigen. In Russland wurden Familiennamen 1804 eingeführt, Napoleon schloss sich 1808 an, Preussen folgte 1812 und Polen 1821. In Deutschland wurden die Namen oft von religiösen oder anderen Berufen (*Kohn, Levi oder Loewy, Kantor* oder *Singer*), aber auch von Ortsnamen oder Gegenden abgeleitet (*Berlin, Frankl, Mannheimer*).

Der Grund für die Einführung der Familiennamen war natürlich, dass es nicht einfach war, Steuern einzutreiben oder Rekruten auszuheben, wenn die Leute bloß Namen wie *Schmuel der Rothaarige*, *Heinrich der Schuster* oder *der lahme Isidor* trugen.

Die Namen *Alter* und *Alte* haben einen doppelten Ursprung, einmal vom lateinischen *alter* »der Andere« und vom mittelhochdeutschen *alt* (»alt«). Diese Namen erhielten Kinder oft, wenn jemand in der Familie gestorben war und sollten den Todesengel verwirren, wenn er das Baby suchen sollte.

☛ Im *Jewish Parents' Almanach* (Jason Aronson, 1993) hat Julie Hilton Danan festgestellt, dass die jüdischen Namen in Amerika wieder häufiger werden. »Meine Großeltern anglisierten ihre eigenen Namen (*Feigel* zu *Fanny*) und gaben ihren Kindern absolut »amerikanische« Namen: *Betty* und *Charles*. Unsere *All-American*-Generation erhielt dann Namen, die zu unseren künftigen Karrieren in Hollywood passen sollten: *Julie, Missy* und *Ali*, die entfernt an unsere jiddischen Vorfahren *Gitel* und *Michle* erinnern sollten ... Als ich dann in die Verlegenheit kam, Namen für meine Kinder zu suchen, hatte sich das Pendel längst in die andere Richtung bewegt. Meine Tochter heißt *Shira Rachel*, nach ihrer Urgroßmutter, die in Amerika *Rose* genannt wurde, aber ursprünglich *Ruchel* hieß ... Auch anglo-biblische Namen, die sowohl jüdisch als auch kolonialamerikanisch klingen, erleben jetzt eine Renaissance. Es gibt plötzlich jede Menge *Benjamins, Rebeccas, Sarahs, Joshuas* und *Hannahs* im Hebräischunterricht. Und wer hätte je gedacht, dass jüdischamerikanische Kinder wieder *Sadie, Rosie* und *Max* heißen würden?« ☚

Zwei jüdische Handlungsreisende in der Eisenbahn.

»Gestatten, Rosenzweig.«

»Rosenzweig, Rosenzweig ...?« überlegt der andere. »Warten Sie, gleich fällt es mir ein. Sind Sie nicht so ein kleiner Dicker mit Spitzbart?«

bróche *(f.)*, **brócheß** *(Pl.)*

Aus dem hebräischen *b'rachá* »Segen«.

In Amerika: *brokhe, broche, brokheh, brocha, brucha*

1. Segen, Lob und Danksagung.
2. *broche machn* heißt, den Segen vor dem Essen sprechen.
3. jüdischer Mädchenname.

Von frommen Juden werden viele zeremonielle Huldigungen verlangt, aber die Gläubigen freuen sich an der Wiederholung. *Brocheß* werden dreimal täglich zu den Gebeten gesprochen, am Sabbat und bei Festgottesdiensten noch mehr. Das stille Gebet, das dem öffentlichen vorausgeht und folgt, enthält neunzehn *brocheß.* Beim Morgengebet sind mit dem Schema drei *brocheß* verbunden, beim Abendgebet sind es vier. Die Formel für eine Segnung muss stets das *Schem U'Malchus (Melech Ha-Olam)* enthalten, den Namen Gottes als König.

☛ Manche liberalen Juden haben nach Alternativen zu dem klassischen *Melech Ha-Olam* (König aller Welt) gesucht, an den die *brocheß* sich meistens richten. So werden auch die Formulierungen *Schechinah* (das göttliche Licht, der göttliche Geist), *Ruach Ha-Olam* (Seele oder Atem der Welt), *Chej Ha-Olamim* (Leben der Welt) und das weibliche *Beruchah aht Jah* (Gesegnet bist du Jah) gebraucht. ☚

Für einen Juden, der die Bräuche achtet, gibt es folgende Anlässe für eine *broche:*

Sie ist das erste nach dem Aufstehen,
das letzte vor dem Zubettgehen,
sie wird vor und nach jeder Mahlzeit gesprochen
und jedesmal, bevor etwas gegessen oder getrunken wird (es gibt verschiedene *brocheß* für verschiedene Nahrungsmittel und Getränke),
beim Händewaschen (was sofort nach dem Aufstehen, vor dem Gebet und vor dem Essen fällig wird),
bei der Rückkehr von einer gefährlichen Reise,
bei der Genesung von einer Krankheit,
bei jeder religiösen Handlung,
bei der Ankunft einer neuen Jahreszeit,
beim Anblick des neuen Mondes,
beim ersten Anziehen eines neuen Kleidungsstücks,

bei der Wahrnehmung eines angenehmen Geruchs,
beim Anblick eines Gewitters, beim Anblick der Berge, eines Sonnenuntergangs usw.,
beim Anblick eines schönen Menschen oder eines schönen Tiers,
beim Eintreffen schlechter Nachrichten,
beim Anblick eines Weisen oder Gelehrten,
beim Anblick gekrönter Häupter
und so weiter.

Die genaue Vorschrift zum *broche machn* findet sich im Talmud im ersten Abschnitt der Mischna mit den Segnungen (*Berachot*). Nach der Überlieferung stammen diese Gebetsvorschriften von den sogenannten Männern des Großen Tempels, den Schriftgelehrten aus der Zeit Esras (vor etwa 2400 Jahren). Im zweiten Jahrhundert, als die Überlieferung schriftlich fixiert wurde, erklärte Rabbi Meir, dass jeder gläubige Jude täglich mindestens hundert *brocheß* sagen müsse. Weitere hundert *brocheß* sind für den Sabbat bestimmt. Eine der bekanntesten *brocheß* ist das *schehechejonu*, das Gott dafür Dank sagt, dass man einen Glückstag erlebt hat. Es wird gesprochen, wenn man »die erste Ernte des Jahres« oder überhaupt die erste Nahrung nach langen Entbehrungen isst.

Viele köstliche Einsichten auch in die psychologische Wirkungsweise des Gebets finden sich in Maurice Samuels klassischem Werk *The World of Sholem Aleichem.*

Siehe auch *dawnen.*

Als Samuel Josef Agnon 1966 den Nobelpreis für Literatur erhielt, sagte man dem 78-jährigen, er müsse nach Stockholm fliegen, um den Preis aus den Händen des Königs entgegenzunehmen.

»Gut«, sagte Agnon, »dann kann ich ja endlich einmal die *broche* sagen, die beim Anblick gekrönter Häupter gemacht wird.«

Mrs. Gidwitz geht zu ihrem milden alten Rabbi und sagt: »Meine Enkel machen mich ganz verrückt dieses Jahr. Sie wollen unbedingt einen Weihnachtsbaum haben. Rabbi, können Sie mir nicht einen

Dispens geben? Gibt es vielleicht eine besondere *broche,* die man über so einem Baum sprechen kann …?«

»Nein!« sagt der strenggläubige Rabbi, der zu den Orthodoxen gehört. »Unmöglich!«

Daraufhin geht Mrs. Gidwitz zu einem weniger strengen, konservativen Rabbi. »Nein«, sagt er. »Tut mir leid.«

Daraufhin wendet sich die verzweifelte Mrs. Gidwitz an einen jungen Reform-Rabbi. »Aber gern«, sagt der junge Mann. »Ich gebe Ihnen, was Sie wollen, aber was, bitte, ist eine *broche*?«

☛ Klischees sind sehr langlebig. In Wirklichkeit hat das Reformjudentum in den letzten Jahrzehnten zu einer intensiven Vergeistigung des Judaismus besonders bei den gebildeten Anhängern der Bewegung geführt. Diese Tendenz erreichte einen Höhepunkt im Mai 1999, als die *Central Conference of American Rabbis* ein »Statement of Principles for Reform Judaism« verabschiedete. Darin geht es um die Wiederbelebung zahlreicher jüdischer Bräuche, insbesondere auch um die *brocheß.* Im 21. Jahrhundert ist der Scherz, dass die Reformsynagogen »an jüdischen Feiertagen geschlossen« seien, mit Sicherheit überholt. ☚

bubee, bubby, bubeleh

Ameridisch. Siehe *babe.*

In Amerika Kosename, der zwischen Eheleuten, für Kinder, zwischen Geschwistern und auch zwischen Theaterleuten benutzt wird – oft schon überraschend schnell, wenn sie begonnen haben, miteinander zu arbeiten.

búlbe *(f.)*, **búlbeß** *(Pl.)*

Aus dem polnischen *bulwa* »Knolle«, litauisch *bulve.*

In Amerika: *bulbe, bulba*

1. (wörtl.) Kartoffel.
2. In Amerika: Ein Irrtum, Schnitzer, Fauxpas.

Der Begriff wird heute vor allem im zweiten, weitaus amüsanteren Sinne benutzt. *Oh, did she make a bulbe! – He is famous for his outlandish bulbes.* Das ist natürlich eine etwas saloppe Redensart.

Dem Hinweis, dass der Ausdruck *boo-boo,* der neuerdings oft benutzt wird, etwas mit *bulba* zu tun hat, kann ich nicht folgen. Es scheint mir, dass *boo-boo* lediglich eine onomatopoetische Bezeichnung für die Art von Fauxpas ist, die kleinen Kindern gelegentlich unterläuft und reichlich Tränen auslöst. Soweit ich es beurteilen kann, kam *boo-boo* aus Hollywood, aus dem Showbusiness. Ich habe es zuerst in einem Sketch von Dean Martin und Jerry Lewis gehört.

bulbenik, bolbenik

Reines Ameridisch.

1. Ein Tollpatsch.
2. Ein Schauspieler, der redet »als ob er Kartoffeln im Mund hätte«, das heißt seinen Text nicht beherrscht, Versprecher produziert usw.

Das inzwischen leider geschlossene Café Royale in New York war der beliebteste Treffpunkt der jiddischen Theaterleute von der Second Avenue (siehe meine Sammlung: *The Strangest Places,* 1939). Es war für die Lower East Side, was Sardi's, Lindy's und das »21« für den Broadway sind. Die Blini waren dick mit Saurer Sahne bedeckt und die Atmosphäre war erfüllt von Theatergeschichten und Anekdoten. Hier hörte ich herzzerreißende Geschichten über einen echten *bulbenik.*

In einem Stück hatte dieser Thespisjünger auf die Bühne zu treten und mit ausgestreckter Hand und tragischer Miene zu sagen: »Oh, Gott, ich hab fünf *Kinder* – fünf liebe, süße Kinder …« Bei den Proben klappte das auch ausgezeichnet. Aber bei der Premiere trat der *bulbenik* auf die Bühne, streckte die Hand aus und deklamierte: »Oh, Gott, ich hab fünf *Finger* …« Der Lacherfolg war beträchtlich.

In einem anderen Stück, *Der Dibbuk*, geht es um eine weiß gekleidete Jungfrau, die von einem Dämon besessen ist. Sie windet sich und schreit, stürzt hin und verliert das Bewusstsein. Dann kommen die Dorfbewohner mit Kerzen, sehen die leblose Gestalt auf der dunklen Bühne liegen und schrecken davor zurück. Dann tritt der Anführer näher, untersucht sie und schreit: »Ein Dibbuk! Ein Dibbuk steckt in der Jungfrau!« Worauf sich lautes Geschrei erhebt.

Während der Proben geht alles gut. Dann kommt die Premiere. Die vom Dämon besessene Jungfrau windet sich, schreit, stürzt hin und verliert das Bewusstsein. Die Dorfbewohner kommen. Der Anführer tritt vor, hebt seine Kerze und schreit: »Eine Kerze! Eine Kerze steckt in der Jungfrau!«

Er war wirklich ein *bulbenik*.

bummerkeh *(f.)*

Ameridisch.

Eine Herumtreiberin, leichtes Mädchen. Vom amerikanischen Slangwort *bum* »Herumtreiber«, mit der jiddischen weiblichen Endung *-keh*.

Am Swimmingpool eines großen Hotels in den Catskills beobachtet der alte Mr. Trabish einen weißhaarigen Herrn, der auch heute wieder mit zwei hübschen *bummerkehs* am Tisch sitzt und tafelt. Er isst, trinkt, lacht und amüsiert sich offensichtlich ganz prächtig. Jeden Tag steigt er aufs Drei-Meter-Brett, springt herunter und schwimmt sieben Runden. Und jeden Abend ist er im Nacht-Club und tanzt bis zum Morgengrauen mit verschiedenen *zazkes*.

Nachdem er das zwei Wochen beobachtet hat, zieht Mr. Trabish den Playboy beiseite und sagt: »Entschuldigen Sie, mein Herr, Sie sind ja wirklich in guter Verfassung, wenn man bedenkt, wie Sie leben.«

»Vielen Dank!« sagt der Weißhaarige.

»Entschuldigen Sie die Frage, aber *wie* alt sind Sie eigentlich?« fragt Mr. Trabish.

Der Playboy zuckt mit den Schultern. »Siebenundzwanzig.«

búrtschn *(Verb)*
Aus dem Slawischen: »murmeln, grummeln«.
In Amerika: *burtshen, burtchen*
1. Grummeln, knurren.
2. Sich beschweren, meckern. *»What's he burtshing about?«* heißt so viel wie: »Was meckert der dauernd rum?«
Siehe auch *kwetsch* und *krechz.*

C

Chaim Yankel, Khayim Yankl
Amerikanisch.

Zwei jüdische Männernamen, zu einem Wort zusammengezogen.

1. Ein Niemand, ein »armer Hund«.
2. Eine etwas herablassende Art, einen Juden anzusprechen, dessen eigentlichen Namen man nicht kennt. *Eh, Reb Yankel, look where you're going.*

Yankel ist die populäre amerikanische Form von *Jakob,* und *Chaim* ist ein beliebter Männername (hebr. für »Leben«). Manchmal gab man diesen Namen auch Schwerkranken nachträglich, als gutes Omen. Offenbar hoffte man damit, den Todesengel verwirren zu können, der den Kranken unter seinem alten Namen suchte. Es erscheint allerdings unwahrscheinlich, dass die Bevölkerungsstatistik damit ernsthaft beeinflusst werden konnte.

Siehe auch *nebech, schlemil, kune lemmel.*

Chaim Yankel besucht einen Friedhof und erblickt ein wunderbares Mausoleum aus Marmor. Über dem Portal steht der Name

ROTHSCHILD

in majestätischen goldenen Buchstaben.

»Aj-aj-aj!« ruft *Chaim Yankel.* »Das nenne ich leben!«

chairlady
Jinglisch.
Eine weibliche Vorsitzende.

Meine Mutter war ständig damit beschäftigt, diese oder jene Wohltätigkeitsgruppe zu organisieren, die alte Kleidung nach Polen schickte oder Geld sammelte, um Schuhe, Milch oder warme Mahlzeiten für polnische Kinder zu kaufen. Bei einem Treffen dieser Frauen in unserem Wohnzimmer hörte ich zum ersten Mal den Ausdruck *chairlady.* Erst zwanzig Jahre später erfuhr ich, dass dieser Neologismus typisch jüdisch war und die »korrekte« Anrede für eine Vorsitzende »Madame Chairman« gewesen wäre, was ich allerdings bis heute für einen ziemlich widersprüchlichen Begriff halte.

☛ »Mira versteckte sich auf der Damentoilette, die sie immer noch so nannte, obwohl jemand das Wort *Damen* auf der Tür ausgekratzt und *Frauen* darunter geschrieben hatte…« So beginnt Marilyn Frenchs Bestseller *The Women's Room* aus dem Jahr 1977, dessen berühmter Umschlag das Graffito abbildete. Seitdem gehört der Roman zur Standardlektüre auf den Universitäten, und das Wort »Lady« befindet sich auf dem Rückzug. Es wird heute nur noch benutzt, wenn ein wirklicher Klassenunterschied bezeichnet werden soll. So ist auch aus der *chairlady* die weitaus weniger komische *chairwoman* oder sogar der gänzlich geschlechtslose *chair* geworden. ☚

Als Kind in Chicago wurde ich von meinen Eltern oft zu den Treffen des *Workmen's Circle* (Sektion Lodz) und zu endlosen Benefizkonzerten, Rezitationsabenden, Chorgesang und jiddischen Theaterfesten mitgenommen. Bei diesen Gelegenheiten wurde mir klar, wie leidenschaftlich Juden das Theater, Konzerte und Lesungen lieben und was sie für ein enthusiastisches Publikum sein können. In einem alten Theater an der Blue Island Avenue sah ich wunderbare Vorstellungen jiddischer Theatergruppen aus New York, die solche Klassiker wie *Josche Kalb*, *Der Dibbuk* oder *Der Golem* aufführten. Das war Theater

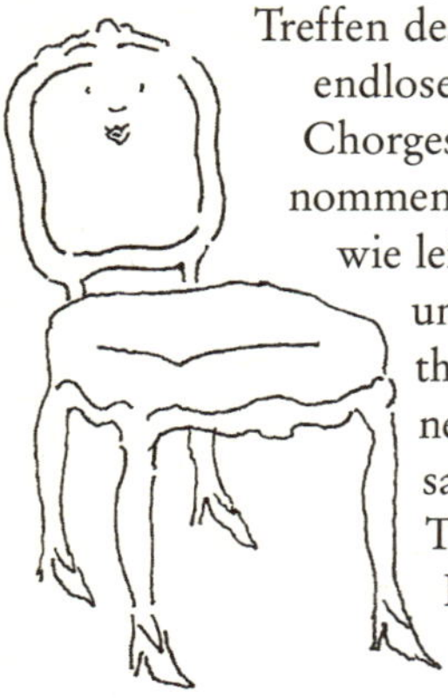

im großen Stil der europäischen Tradition: vollmundige, kraftvolle Vorstellungen, in denen Schauspieler vom Range eines Boris Thomashevsky, Jacob Adler, Bertha Kalish, Maurice Schwartz, der sensible Jacob Ben-Ami und der junge Muni Weisenfreund (später Paul Muni) mitspielten. Damals hatte ich keine Ahnung, dass solches Tremolo, solche volltönenden Stimmen und großartigen Gesten, solche leidenschaftlichen Tränen und solches Lachen, solche Gefühlsausbrüche und heftigen Inszenierungen auf den englischen Bühnen verpönt waren, dass dort alle leidenschaftlichen Gefühle rücksichtslos unterdrückt wurden, bis nur noch gedämpfte, unterkühlte Inszenierungen blieben.

Ich liebte den unerschrockenen Expressionismus dieser Nachmittagsvorstellungen. Dabei gab mir die Garderobe meiner Mutter immer schon einen ersten Hinweis auf die Art der Genüsse, die uns bevorstanden. Ein helles Kleid und nur *ein* Taschentuch ließen eine Komödie erwarten; ein dunkles Kleid und *mehrere* Taschentücher wiesen auf eine herzzerreißende, ebenso »lebensechte« wie tränenreiche Tragödie hin. Jahre später hörte ich meine etwas blasierten Freunde von Drei-Taschentuch- oder Vier-Taschentuch-Stücken reden.

☛ Als er vor Jahren nach der Zukunft des jiddischen Theaters gefragt wurde, hat Isaac Bashevis Singer gesagt: »Das jiddische Theater stirbt jetzt schon seit tausend Jahren.« Dass es offenbar nicht totzukriegen ist, beweist die 1905 gegründete New Yorker *Folksbiene*, die wesentlich vom *Workmen's Circle* unterstützt wird. Die *Folksbiene* spielt vor ständig ausverkauftem Haus, auch wenn heute viele der Zuschauer Kopfhörer tragen, um sich den Text simultan ins Englische oder Russische übersetzen zu lassen. 1999 hatte das Theater eine schwere Krise zu bewältigen, als die historische Central Synagogue, wo die *Folksbiene* fünfzehn Jahre lang untergebracht war, einem Brand zum Opfer fiel. Aber schon kurz darauf wurde an anderer Stelle ein neues jiddisches Musical inszeniert, das die Leiterin des Ensembles, Eleanor Reissa selbst verfasst hatte. Und solange das Publikum von der Erneuerung der Klesmer-Musik so fasziniert ist wie heute, erscheint es sehr unwahrscheinlich, dass das jiddische Theater aufgeben muss. ☚

◎ ◎ ◎

»Wir alle«, sagte die *Chairlady*, »müssen uns an diese neue Welt gewöhnen, an diese phantastische neue Welt. Erst letzte Woche hat ein Astronaut die Erde fünfzig Mal umkreist, ist das nicht phantastisch?«

»Na ja«, sagt eine der Ladies. »Wenn man Geld hat, kann man auch reisen.«

chaj *(Adjektiv)*
Aus dem hebräischen *chaj.*

Lebend, lebendig. Das Substantiv *cháje* bedeutet »Tier«.

Cháje »die Lebendige« ist ein Frauenname.

chále *(f.)*, **cháleß** *(Pl.)*
Aus dem hebräischen *challa* »Teighebe«.

In Amerika: *khale, challa, challah, challeh*

Challa. Ein geflochtener, mit Eiweiß glasierter Zopf aus weichem, weißen Hefeteig von delikatem Geschmack.

Ich persönlich halte die Challa für einen der wenigen jüdischen Beiträge zur feinen Küche. Ein Brot, das zu den edelsten Produkten der Bäckerkunst zählt.

Die Challa ist ein Leckerbissen, der nur am Sabbat und an Feiertagen serviert wird. Am *Schabbes* wird sie stets zum Zopf geflochten, zu anderen Gelegenheiten wird der Teig auch in andere Formen geknetet, dann nimmt er z. B. Kreis- oder Leiterform an.

Besonders Kinder lieben die Challa wegen ihrer fast kuchenartigen Konsistenz, der geflochtenen Oberseite, der knusprigen Kruste und dem weichen Inneren.

Bei gläubigen Juden werden am Freitagabend zwei Laibe Challa auf den Tisch gebracht, die erst nach dem *broche* (Segen) geschnitten werden. Dieser Brauch erinnert an die Zeit in der Wüste, als Gott am Freitag zwei Portionen Manna vom Himmel regnen ließ (aber keine am Sabbat); andere sagen, es erinnert an die Zeit des Großen Tempels, wo zwei Reihen Brot vor den Altar gelegt wurden. In der Tat wird das eigene Heim, das im jüdischen Leben einen grenzenlosen Stellenwert hat, im Hebräischen *migdasch mechad,* der »kleine Tempel« genannt.

Wenn das Sabbatbrot gebacken wird, wird ein kleines Stück Teig als symbolisches Opfer in den Ofen geworfen. Warum? Weil *challa* das hebräische Wort für die Steuer ist, die den Priestern zustand. Der biblische Ausdruck dafür lautet »Teighebe«. In Numeri 15, 20 ist ebenso von diesem Opfer die Rede wie bei Hesekiel 44, 30, wo es heißt: »Ihr sollt den Priestern die Erstlinge eures Teigs geben, damit der Segen in eurem Haus bleibe.«

Wenn Sie noch nie eine Challa gekostet haben, unterbrechen Sie Ihre Lektüre und eilen Sie in eine jüdische Bäckerei!

Wie erkennt man einen Reformjuden in der Bäckerei? Er bestellt am Freitagabend eine Challa und sagt: »Ach, können Sie's mir bitte schneiden?«

☛ Jetzt aber Schluss mit den Witzen über Reformjuden (siehe den Kommentar über *broche*)!

Es gibt zwei verschiedene Schulen im heutigen jüdischen Leben, wie man die Challa am besten isst. Bei der ersten wird die Challa unmittelbar nach der *broche* mit den Händen zerrissen. Wer das Brot nicht selbst erreichen kann, berührt den Arm oder die Schulter eines anderen. Oft füttern die Familienmitglieder und Gäste sich gegenseitig mit den Brocken.

Bei der zweiten, etwas zivilisierteren Methode des *chale freßns* wird das Brot nach der *broche* mit dem Messer geschnitten. Von den Resten (falls es welche geben sollte) kann man übrigens einen sehr leckeren French toast machen. (Diese Praxis ist inzwischen so verbreitet, dass in vielen New Yorker Diners *challa* zum Synonym für French toast geworden ist.) ☚

challa siehe *chale.*

chalóscheß *(n.)*
Aus dem hebräischen *chalasch* »schwach« wird im Jiddischen *chaloscheß* »Ohnmacht«, »Ekel«. *Faln in chaloscheß* heißt in Ohnmacht fallen.

In Amerika steht *khaloshes, chaloshes* für etwas Abstoßendes oder Ekelhaftes. Das kann sowohl Essen und Trinken betreffen, als auch Verhaltensweisen, die unappetitlich oder unethisch sind.

A chaloshes! ist ein sehr beredter Ausdruck des Abscheus. *The meal was a chaloshes to eat. – The movie? Sheer chaloshes!*

Mrs. Fleischman steht an der Rezeption von *Rosenbaum's Riviera Spa* in den Catskills und bezahlt ihre Rechnung.

»Hat es Ihnen bei uns gefallen?« fragt der Besitzer.

»Also, um ehrlich zu sein, das Essen, das Sie servieren, ist grässlich. Die reinsten *chaloscheß*! Und außerdem sind die Portionen zu klein!«

chaluz *(m.)*, **chaluzim** *(Pl.)*
Hebräisch: »Pionier«.

1. Ein Pionier auf irgendeinem Gebiet.
2. Speziell: Ein landwirtschaftlicher Pionier, der nach Palästina oder Israel gegangen ist, um das Land zu besiedeln.

Die Chaluzim lebten unter primitivsten Bedingungen. Sie legten Sümpfe trocken, bauten Straßen, pflanzten Bäume, bewässerten die Wüste und verwandelten Ödland, das jahrhundertelang brachgelegen hatte, in Obstgärten. Viele lebten in landwirtschaftlichen Wohn- und Produktionsgemeinschaften, den Kibbuzim.

Die Chaluzim waren oft hochgebildete europäische Juden, die ihre Berufe aufgegeben hatten, um ihren Idealen zu leben und im Schweiße ihres Angesichts und mit der Kraft ihrer Hände »Zion zu bauen«. In den ersten Jahren des zwanzigsten Jahrhunderts waren sie die Elite von Palästina, und aus ihren Reihen kamen die ersten Führer des Staates Israel. Heute gelten sie als die »Pilgerväter« des jungen Staates, so als wären sie mit der »Mayflower« gelandet oder gehörten zu den »Töchtern der Amerikanischen Revolution«.

chánike *(m.)*
Hebräisch: *chanuká* »Weihe, Einweihung«.
In Amerika: *Khanike, Chanukah, Hanuka, Hannukkah, Channukah*
Chanukka. »Das Fest der Einweihung«, auch als »Lichterfest« bekannt. Eines der weniger feierlichen jüdischen Feste.

Dieses achttägige Fest fällt meist in den Dezember. Im Gegensatz zum Sukkot, Schawuot, Pessach und Rosch ha-Schana hat das Chanukka-Fest seinen Ursprung nicht in der Tora. Es erinnert an die Wiedereinweihung des Tempels im Dezember 165 v. Z. nach dem Sieg der jüdischen Makkabäer über den makedonischen Seleukidenherrscher Antiochos IV aus Syrien, der von seinen Untertanen Epiphanes genannt wurde (»der auferstandene Gott«). Die Geschichte wird in den Apokryphen erzählt (Makkabäer I und II).

Der Aufstand gegen Antiochos wurde von dem Priester Mattathias aus dem Geschlecht der Hasmonäer und seinem Sohn Judas geführt. Judas trug den Beinamen Makkabäus (»der Hammer«). Auslösendes Moment war ein Religionsedikt des Antiochos, der den Juden die Beschneidung verbot und sie zwingen wollte, den griechischen Polytheismus anzunehmen, indem er die griechischen Götterbilder aufstellen ließ. Im Jahre 168 v. Z. wurde der Große Tempel mit einer Zeus-Statue entweiht und die jüdischen Häuser verwüstet. Tausende flüchteten in die Wildnis und lebten in Höhlen, andere gingen verkleidet durchs Land. Es begann ein dreijähriger Guerillakrieg gegen Antiochos.

Der Aufstand erschien aussichtslos. Die jüdischen Guerillagruppen, die gegen die wohlbewaffneten seleukidischen Truppen antraten, waren den Kampf nicht gewohnt und besaßen nur primitive Waffen. Dennoch errangen sie bei Emmaus den Sieg. Sie kehrten nach Jerusalem zurück, wo sie einen geplünderten Tempel vorfanden, den sie alsbald wiederherstellten. Am 25. Tag des hebräischen Monats Kislew weihte Judas Makkabäus den Tempel wieder ein, indem er die große Menora entzündete, und ein acht Tage dauerndes Fest begann.

Der Ausdruck »Lichterfest« geht auf die Legende von einem Wunder zurück: Als sie den Tempel zurückerobert hatten, fanden die Makkabäer nur noch ein einziges Fläschchen geweihtes Öl vor. Sie entzündeten es in der Menora – und die brannte volle acht Tage! (Schabbat 21b).

☛ 161 v. Z. fiel Judas Makkabäus im Kampf. Der Krieg gegen Antiochos war zugleich auch ein Bürgerkrieg zwischen den Juden, die bereit waren, die hellenistische Kultur der syrischen Eroberer zu akzeptieren, und den makkabäischen Rebellen, die als religiöse Nationalisten auftraten. So war auch der erste Tote des Krieges ein Jude, der von Mattathias erschlagen wurde, als er den hellenistischen Göttern am Altar opferte (1. Makkabäer 2, 25).

Die nach dem Krieg der Makkabäer errichtete hasmonäische Dynastie verfolgte nun ihrerseits eine Politik der Eroberung und gewaltsamen Konversion, die erst zu Ende ging, als die neue Weltmacht Rom Judäa eroberte und Herodes zu ihrem Statthalter machte. Ein Standbild des Judas Makkabäus steht in der Militärakademie West Point, N.Y. ☚

Bis zum heutigen Tage werden beim Chanukka-Fest an acht Tagen acht Kerzen an einem neunarmigen Leuchter entzündet. Am ersten Tag eine, am nächsten Tag zwei und so weiter. Die neunte Kerze ist der sogenannte *schameß* (»Diener«). Sie steht höher als die anderen auf der Menora und wird benutzt, um die anderen zu entzünden. Dies wird gern so gedeutet, dass es möglich ist, anderen Licht und Liebe zu geben, ohne dass man etwas von seiner eigenen Strahlkraft verliert.

Chanukka ist das einzige jüdische Fest, das mit einem kriegerischen Ereignis zu tun hat, und es handelt sich um ein weltliches Fest, nicht um ein religiöses. (Die jüdische Ablehnung der Gewalt ging so weit, dass es selbst König David nicht erlaubt war, den Tempel zu bauen, weil er vom Blut des Krieges befleckt war.) Jedes Jahr wird zu Chanukka die Prophezeiung des Sacharja (4, 6) gelesen, wo es heißt: »Es soll nicht durch Heer oder Kraft, sondern durch meinen Geist geschehen, spricht der Herr Zebaoth.«

☛ Ende des 19. Jahrhunderts wurde Chanukka allerdings gerade wegen seiner »militärischen« Bedeutung von den Zionisten »entdeckt«. Die osteuropäischen Zionisten hielten Chanukka-Feiern ab, um die Juden zur Selbstverteidigung gegen Pogrome zu ermutigen und die nationale Erneuerung damit zu befördern. Später begrüßten die Israelis das Fest als willkommene Gelegenheit, um ihre militärische Stärke und das fortgesetzte »Wunder« des Überlebens zu feiern. Ein »großer« Feiertag ist Chanukka allerdings vor allem in Amerika geworden – als jüdisches Gegenstück zu Weihnachten. Das Entzünden der Menora zum Lichterfest ist heute sowohl bei jüdischen wie bei gemischten Familien fast so bedeutsam und weit verbreitet wie der Seder an Pessach. Dennoch ist die Transkription des Namens ins lateinische Alphabet bis heute nicht einheitlich. Eins der großen Geheimnisse des heutigen jüdischen Lebens! ☚

Chanukka wird mit Parties, Spielen und Geschenken für die Kinder gefeiert. Oft werden kleine Geldgeschenke verteilt, das *chanike gelt.* Diese Sitte schließt neuerdings auch Spenden für wohltätige Zwecke (die *Chanukka Zedaka*) mit ein. Eine beliebte Speise sind Kartoffelpuffer (*latkeß*).

Zu Chanukka wird auch gern mit einem kleinen, vierkantigen Kreisel (jidd. *drejdl* oder *trejdl,* hebr. *sewiwon*) gespielt. Als Einsatz nehmen die Kinder meist Nüsse. Der *drejdl* ist mit vier hebräischen Buchstaben gekennzeichnet: *nun, gimel, he* und *schin* – den Anfangsbuchstaben des hebräischen Satzes *nes gadol heja scham* (»ein großes Wunder hat sich dort ereignet«). In Israel wird das *sin* auf dem Kreisel durch ein *pe* ersetzt, das für *poh* steht (»ein großes Wunder hat sich *hier* ereignet). Außerdem stehen die Buchstaben für die jiddischen Worte *nem* (»nimm«), *gib* (»gib«), *halb* (»halb«) und *schtel* (»setzen«) – und das genügt schon als Spielregel.

Zuverlässige Gewährsleute aus Scarsdale haben mir berichtet, dass zumindest eins der Kinder beim Weihnachtsfest in der Schule sang: *»God rest ye, Jerry Mandelbaum.«*

Ein Problem für jüdische Eltern in Amerika wie auch in Deutschland bildet wohl der ausufernde Weihnachtskult, der die Gesellschaft alljährlich erfasst. Schon im Jahre 1904 erschien zum Beispiel im *Schlemiehl* eine Karikatur, die eine angebliche »darwinistische Evolution« des neunarmigen Leuchters zum Weihnachtsbaum darstellte (heute im Jüdischen Museum Berlin).

Ein jüdischer Familienvater in München hat das Problem auf seine Weise gelöst. Auf den geschmückten Weihnachtsbaum in seinem Haus angesprochen, sagte er mit einem achselzuckenden Lächeln: »Ach, das? Das ist nur der *Chanukka-Busch* für die Kinder.«

cháser *(m.)*, **cháserte** *(w.)*, **chaséjrim** *(Pl.)*, **cháserl** *(Diminutiv)*
Aus dem hebräischen *chasír* »Schwein«.
In Amerika: *khazer, chozzer, chazzer*
1. Schwein, Schweinefleisch.
2. Jemand, der die Speisegesetze nicht befolgt.
3. Jemand, der undankbar ist.
4. Ein ungehobelter Mensch.
5. Ein Geizhals oder Egoist.
6. Ein korrupter Mensch.
7. Ein gieriger Mensch.
8. Ein Betrüger, der andere übervorteilt.

Im Gegensatz zum Englischen oder Deutschen wird *chaser* im Jiddischen weniger im Sinne von »schmutzig« benutzt. Es geht mehr um Charaktereigenschaften wie Geiz, Egoismus und mangelnde Fairness.

Gesetzestreue Juden dürfen kein Schweinefleisch und keinen Schinken essen. Das ist ihnen durch die Bibel verboten (siehe *koscher*). Der scheinbar widersprüchliche Ausdruck *koscher chaser fißl* (koschere Schweinehaxen) bezeichnet jene Heuchler, die sich für besonders heilig halten, aber recht auffällige Fehler aufweisen.

Chaserisch hingegen wird gelegentlich benutzt, um ein Vergnügen oder eine Prasserei zu beschreiben. Die Redensart *go have a khazerish tag!* bedeutet also nicht, dass man einen »schweinischen Tag« haben, sondern dass man sich mal etwas gönnen soll.

Im Automatenrestaurant wirft das Greenhorn einen Quarter nach dem anderen in den Schlitz.

Sein Freund macht sich Sorgen. »He, du *chaser!* Bist du verrückt? Du hast doch schon zwölf Stücke Apfelkuchen!«

»Halt die Klappe, wenn ich mal am Gewinnen bin!« sagt das Greenhorn. »Sonst unterbrichst du noch meine Glückssträhne!«

chaseráj *(f.)*
Aus dem hebräischen *chasír* »Schwein«. Wörtlich: »Schweinerei«.
In Amerika: *khazeray, chozzerai*
1. Grässliches Essen. *Who can eat such chozzerai?*
2. Ramsch, Trödel, Kitsch. *That movie was nothing but chozzerai.*
3. Alles irgendwie Abstoßende. »Ich wünschte, er würde den Unterschied zwischen Kunst und *chaseraj* begreifen.«

Wenn das Wort an die Stelle des neuerdings allgegenwärtigen *crap* oder »Scheiße« treten würde, wäre das vielleicht ein Segen für unsere Sprache.

Andererseits ist das wahrscheinlich eine grobe Ungerechtigkeit gegenüber den armen Schweinen, denn soviel ich weiß, sind diese Tiere, im Gegensatz zu dem, was man von ihnen behauptet, durchaus reinliche Tiere. Wenn sie sich im Schlamm suhlen, dann deshalb, um sich zu kühlen. Schlamm sieht vielleicht schmutzig aus, aber in vielen Badeorten zahlen die feinen Leute eine Menge Geld, um darin zu baden.

chasn *(m.)*, **chasónim** *(Pl.)*
Aus dem hebräischen *chasán* »Seher«.
In Amerika: *khazn, chazzen, hazzan*
Chasan, Vorbeter in der Synagoge, Vorsänger, Kantor.

Der *chasn* muss lange Passagen der Liturgie singen. Er ist ein Mitglied der Gemeinde, das dem Rabbi beim Gottesdienst assistiert, aber er hat eine besondere Ausbildung, und sein Vortrag ist kein bloßer Sprechgesang oder Singsang wie beim Rest der Gemeinde. Der *chasn* ist ein Virtuose, besonders wenn er im süßen, leisen Falsett singt.

☛ Die Reformbewegung hat 1975 zum erstenmal einen weiblichen Kantor ernannt. Das *Conservative Jewish Theological Semi-*

nary hat damit bis 1988 gewartet, obwohl es in manchen Gemeinden zuvor schon nicht-geweihte weibliche Vorsänger gab. Nach Maßgabe des jüdischen Gesetzes liegt das Problem in der *kol ischa*, der weiblichen Stimme, die als »zu verführerisch« gilt und verdächtigt wird, die Männer vom Gebet abzulenken. ☚

Die Melodien, die der Kantor singt, sind nicht in Notenschrift erfasst, entsprechen aber genauen Vorschriften. Jeder, der sich mit der Liturgie auskennt, kann schon am Gesang des Chasan erkennen, ob es sich um einen gewöhnlichen Gottesdienst handelt, um den Sabbat, Pessach oder Rosch ha-Schana.

Im Gottesdienst ist der Chasan festlich gekleidet, er singt die ersten Worte des Gebets, dann nimmt die Gemeinde es auf. Auch den letzten Vers des Gebets singt der Kantor und leitet dann das neue Gebet ein, indem er dessen Anfang singt. Es hat schon Fälle gegeben, wo die Bravour-Passagen eines Kantors in der Synagoge mit Applaus belohnt wurden.

Ein großer Teil der semitischen Musik und auch die jüdische *chasanut* scheint von Klagen bestimmt. Leid, Reue, Mitleid, Verzweiflung – vor allem aber die Hoffnung auf einen stets wohlwollenden Gott, das sind die Inhalte der Gesänge und Gebete. Der Kantor bringt die Gefühle zum Ausdruck, die in den hebräischen Texten verborgen sind, und spricht dabei für die ganze Gemeinde, er wird auch der *scheliak zibur*, der »Botschafter der Gemeinde«, genannt.

Über tausend Jahre lang gab es keine Musikinstrumente in jüdischen Synagogen, obwohl es im Tempel in Jerusalem durchaus Harfen und Zymbeln gab, um den Gesang musikalisch zu untermalen. Heute gibt es Orgeln in manchen konservativen Gemeinden, aber nur Reform-Synagogen und Rekonstruktionisten erlauben auch andere Musikinstrumente.

Die meisten Chasonim (wie zum Beispiel Yossele Rosenblatt) werden bewundert für ihre Kunst, aber sie genießen nicht denselben Respekt wie ein Gelehrter oder Rabbiner. Nicht selten hört man sogar Spott über die intellektuellen Fähigkeiten der Chasonim. »Er hat das Hirn eines *chasn*« ist kein Kompliment.

Der *chasn* wird traditionell als einfältiger, eitler Mensch, vielleicht sogar als Einfaltspinsel betrachtet. Außerhalb des Gottesdienstes wird er bestenfalls als »begabter Kehlkopf« betrachtet. »Jeder Jude kann ein *chasn* sein«, heißt eine Redensart, »er ist bloß gerade heiser.« Oder, noch unfreundlicher: »Alle Vorsänger sind Narren, aber nicht jeder Narr ist ein Vorsänger.« Es wird sogar behauptet, das Wort *chasn* sei ein Akronym aus den Anfangsbuchstaben von *chasonim sajnen naronim*: »Vorsänger sind Narren«. Arme Kerle.

Eine typische Stichelei, besonders gegen Reformgemeinden, ist die Bemerkung: »Wenn der *chasn* kein Hebräisch kann, nennt man ihn Kantor.«

Joseph Zabara, ein Arzt und Dichter des 13. Jahrhunderts aus Barcelona, sagte, der *chasn* sei deshalb so töricht, weil er die erhöhte Stellung auf dem Podium als Sockel für die eigene Person sieht. Auch Vers 7, 5 aus dem Prediger Salomo – »Es ist besser hören das Schelten der Weisen denn hören den Gesang der Narren« – wird oft dahingehend interpretiert, dass der Gesang des Kantors das Gebet und die Predigten unterbricht. Außerdem besteht der Verdacht, dass die Gemeinde die Gelegenheit benützt, um sich müßigen Gesprächen zu widmen.

In Wirklichkeit sind die *chasonim* heute nicht nur Universitätsabgänger, sondern oft genug auch Hebräisch-Lehrer in ihren Gemeinden mit der entsprechenden Ausbildung.

Wenn man einem *chasn* von einer Katastrophe berichtet, heißt es, zieht er seine Stimmgabel aus der Tasche, um den richtigen Ton zu treffen, und singt dann: *»Gwaa-haaa-ha-ha-haaaaald!«*

»Singt unser neuer *chasn* nicht herrlich!« sagt ein Mitglied der Synagoge.

»Ach«, sagt der andere, »wenn ich seine Stimme hätte, könnte ich auch so schön singen.«

Als die Welt erschaffen wurde, heißt es, wurden allen Geschöpfen ihre künftigen Aufgaben zugewiesen. Zugleich wurden sie von den Engeln gefragt, welche Lebensspanne sie für sich beanspruchten.

Als das Pferd erfuhr, dass die Menschen auf ihm reiten würden, sagte es: »In diesem Falle sind mir zwanzig Lebensjahre genug, danke.«

Als der Esel hörte, dass er schwere Lasten tragen und viele Flüche hören würde, sagte er: »Ich bin auch mit zwanzig Jahren zufrieden.«

Als der *chasn* hörte, dass er sein Leben lang bloß würde singen müssen, verlangte er sechzig Jahre. Die Engel waren der Ansicht, das wäre ein bisschen viel, und fragten, ob vierzig nicht auch genug wären. Aber der *chasn* protestierte energisch: »Ich finde, dass mir sechzig zustehen!«

Da nahmen die Engel zehn Jahre vom Leben des Pferdes und zehn Jahre vom Leben des Esels und fügten sie den vierzig Jahren des Kantors hinzu.

Deshalb, sagen die Juden, singt der Kantor in den ersten vierzig Lebensjahren so schön. Danach allerdings wiehert er wie ein Pferd, und am Ende schreit er bloß noch wie ein Esel.

Bahja, ein spanischer Moralist des zweiten Jahrhunderts (geboren als Joseph ibn Pakuda) erzählt von einem König, der die Bemühungen eines *chasn* so beurteilte: »Er versucht, *mich* zu beeindrucken, nicht Gott.«

»Ein *chasn* ohne Stimme ist wie ein Schaf ohne Wolle«, sagt der Volksmund, und dieser Vergleich ist bezeichnend. Niemand würde einen Vorsänger mit Löwen oder Tigern vergleichen.

chäßene *(f.)*, **chäßeneß** *(Pl.)*
Aus dem hebräischen *chatuná* »Hochzeit«.

In Amerika: *khasene, chasseneh, chaussen, chossen, hassen*

Hochzeit. *Chaßene hobn* »sich verheiraten«, *chaßene machn* »ein Kind verheiraten«.

Dies ist nicht der Ort, um alle Zeremonien zu beschreiben und zu analysieren, die eine jüdische Hochzeit begleiten. Aber einige

Aspekte, die mir besonders eindrucksvoll erscheinen, interessieren Sie vielleicht doch.

So sind zum Beispiel die Hochzeitsgäste verpflichtet, die Braut zu loben und dem Bräutigam gegenüber ihre Schönheit zu preisen. Um Heuchelei (oder eine Kränkung weniger anziehender Mädchen) zu vermeiden, haben die Rabbiner in ihrer unvergleichlichen Weisheit im Talmud festgelegt, dass *jede* Braut schön und anmutig ist.

Jede jüdische Braut, wie arm sie auch immer sein mochte, hatte auch ein Hochzeitskleid und eine Aussteuer, notfalls sorgte eine Sammlung in der Gemeinde dafür.

Während der Hochzeitszeremonie steckt der Bräutigam seiner Braut einen Ring an den Finger und sagt: »Durch diesen Ring bist du mir geheiligt als meine Frau nach dem Gesetz von Moses und Israel.« Die Braut hat während der ganzen Zeremonie nichts zu sagen. Ist sie sprachlos vor Freude? Oder ist es die Panik?

Traditionellerweise schenkt der Bräutigam der Braut einen möglichst einfachen Ring ohne Schmuck oder Steine. Die Rabbiner wollten den Unterschied zwischen Reichen und Armen möglichst verringern.

Unter bestimmten Umständen kann bei einer Hochzeit auch auf einen Rabbiner und einen formalen Gottesdienst verzichtet werden, sagt der Talmud. Besonders hat mir immer die Geschichte von dem Juden auf einer einsamen Insel gefallen, der eine Frau nahm und Himmel und Erde als Trauzeugen anrief: »Ich rufe Himmel und Erde zum Zeugen an, dass ich dich als meine Frau geheiligt habe, nach dem Gesetz von Moses und Israel.«

Volksweisheiten:

»Wenn eine alte Jungfer heiratet, wird sie ein junges Weib.«

»Eltern können eine Mitgift geben, aber kein Glück.«

»Ein Bräutigam und eine Braut haben Glasaugen.« (Das heißt, sie finden keinen Fehler am anderen.)

»Früh aufstehen und früh heiraten schadet niemandem.«

»Man kann nicht auf zwei Hochzeiten gleichzeitig tanzen.«

»Wer auf allen Hochzeiten tanzt, weint auch auf jedem Begräbnis.«

Die Rabbiner legten großen Wert auf das erste Gebot der Tora, das sie in dem Satz: »Seid fruchtbar und mehret euch!« sahen (Genesis 1, 28). Deshalb sahen sie frühe Hochzeiten gerne. Der Talmud hielt achtzehn für das beste Heiratsalter; manche Rabbiner förderten sogar Ehen vom vierzehnten Lebensjahr an.

Ein Mann, der mit zwanzig noch nicht verheiratet war und auch keine Anstalten dazu machte, galt als verflucht. Er war nach Ansicht der Rabbiner dazu verdammt, ohne Freude und Segen zu leben.

Der Legende nach wird der künftige Bräutigam (*choßn*) oder die künftige Braut (*kale*) eines Kindes schon vierzig Tage vor seiner Geburt im Himmel bestimmt. Diese vorbestimmten Partner sind das *baschért* »Schicksal« des anderen (von mittelhochdeutsch *beschern* »zuteilen, verhängen«).

Früher waren lange Verhandlungen, eine Verlobung und schließlich eine rechtsgültige Vereinbarung, die *tena'im* »Bedingungen«, nötig, bevor die Eheschließung erfolgte. Eine Mitgift (hebr. *nadan*) gehörte zu jedem orthodoxen Ehevertrag. Die Verlobten tauschten Geschenke. Gewöhnlich schenkte der Bräutigam seiner künftigen Frau ein Gebetbuch (hebr. *siddur*), einen Schleier, einen Kamm, eine Schärpe und einen Ring. Die Braut schenkte ihrem künftigen Mann einen Gebetsschal (hebr. *tallis*), eine goldene oder silberne Uhr oder Kette und manchmal auch beides.

Es gibt sehr verschiedene jüdische Hochzeitsbräuche. In der Antike folgten auch jüdische Paare der griechischen Sitte, Girlanden und Kränze wie Kronen zu tragen. In römischer Zeit trugen sie brennende Fackeln. In manchen arabischen Ländern gibt es ein Feuerwerk bei einer jüdischen Hochzeit. Im Mittelalter heirateten die Juden in Deutschland bei Vollmond, während die spanischen Juden den Neumond bevorzugten.

Vor dem entscheidenden Satz: »Du bist mir geheiligt als meine Frau nach dem Gesetz von Moses und Israel«, segnet der Rabbiner ein Glas Wein, aus dem Bräutigam und Braut trinken. Für das anschließende Zerbrechen dieses Glases (oft zertritt der Bräutigam auch ein eigens dafür geschaffenes Schmuckglas, dessen Scherben dann sorgfältig aufbewahrt werden) gibt es verschiedene Erklärungen. Die Aufgeklärten behaupten, hier dürfe der Ehemann zum letzten Mal mit dem Fuß aufstampfen. Andere sagen, damit solle die Festversammlung an die Zerstörung des Tempels erinnert werden. Im Talmud wird immer wieder darauf hingewiesen, wie zerbrechlich das Glück ist. Unter anderem wird dort die Geschichte eines Gelehrten aus dem vierten Jahrhundert erzählt, den der Lärm bei der Hochzeit seines Sohnes so verstörte, dass er ein kostbares Glas zerbrach – was alle sehr traurig machte.

Bei anderen Völkern gibt es ähnliche Bräuche. Mal werden Teller und Schüsseln oder die Gläser zerschlagen, aus denen die Gäste getrunken haben. Mal wird schon am Tag vor der Hochzeit (beim Polterabend) Geschirr vor der Haustür zertrümmert. Die alten Ägypter zerschlugen Töpfe, auf die sie die Namen ihrer Feinde geschrieben hatten. Möglicherweise war das Zerbrechen von Geschirr also auch ein Abwehrzauber, mit dem böse Geister verjagt werden sollten.

Orthodoxe Juden feierten eine Hochzeit sieben Tage lang; denn so lange dauerten die Festlichkeiten, als Jakob Lea zur Frau nahm. Jede Eheschließung trug ja – wegen der erhofften Kinder – zur Mehrung Israels bei.

Am Glück eines Brautpaars teilzunehmen, war eine gute Tat (*mizwe*). Die Lehrer ließen sogar den Unterricht ausfallen, um mit ihren Schülern an einem Hochzeitsfest teilzunehmen.

Im Schtetl wurde meist am Freitag geheiratet. Auf diese Weise konnten dann alle am Sabbat mitfeiern.

Nach den alten Gesetzen fasteten Braut und Bräutigam am Hochzeitstag, um vergangene Sünden zu büßen und ihr Eheleben gereinigt beginnen zu können, und die Braut besuchte die *mikwe* (siehe dort). In der Synagoge betete der Bräutigam vor der ganzen Gemeinde das Jom-Kippur-Gebet mit dem Sündenbekenntnis.

Der Bräutigam, seine Familie und der Rabbiner wurden früher oft von einer Prozession mit Fackeln und Musikanten zum Ort der Hochzeit geleitet (siehe *chuppa*); anschließend eilten die Gemeindemitglieder davon, um auch die Braut in triumphaler Prozession an den Ort des Geschehens zu bringen.

Um die Fruchtbarkeit zu erhöhen, wurden Braut und Bräutigam

mit Gerste oder Weizenkörnern beworfen (mindestens so wirksam wie Reis). Manchmal wurden auch ein Hahn und eine Henne vor ihnen hergetrieben. Auch der »Fischtanz« bei den sephardischen Juden des Balkans und das Fischessen nach der Hochzeit gehören zweifellos zu den Fruchtbarkeitsriten.

Der orthodoxen Braut wurde in Anwesenheit ihrer Freundinnen das Haar abgeschoren. An dessen Stelle erhielt sie eine Haube oder den *schejtl* (siehe dort), eine Perücke. Ihre Freundinnen hielten die Kerzen bei dieser Zeremonie, die den feierlichen Abschied von ihrer Jungfernschaft darstellte.

Die Hochzeitstänze waren sehr munter (siehe *klesmer*) und zahlreich. Typisch sind der *Masl-tow*-Tanz, der Tanz der Eltern von Braut und Bräutigam und so weiter. Oft trug ein *badchen* (siehe dort) mit ironischen Spott- und Klageliedern, traditionellen Scherzen und Improvisationen zur Erheiterung der Gäste bei.

Bei manchen orthodoxen Feiern wurde der Bräutigam von der Braut, ihren Eltern und Brautführern siebenmal mit einer brennenden Kerze umrundet, was möglicherweise auf die kabbalistische Praxis zurückgeht, die bösen Dämonen, die das Glück hassen, durch einen Kreis auszuschließen.

chassidisch siehe *choßid.*

chaßweschólem!
Aus dem hebräischen *chass-weschalóm* »Erbarmen und Frieden«.
In Amerika: *khas vesholem, chas vesholem, has vesholem*
Gott bewahre! Gott behüte!

Diese Beschwörungsformel wird benutzt, um böse Geister oder unerwünschte Ereignisse abzuwehren. »Sei vorsichtig, sonst brichst du dir noch ein Bein, *chaßwescholem.*«

Die Formel taucht auch als *cháßwecholíle* auf (»Gott bewahre! Das sei ferne!«), was manchmal zu *cholíle* verkürzt wird.

cháwer, chówer *(m.)*, **cháwerte** *(f.)*, **chawéjrim** *(Pl.)*
Aus dem hebräischen *chawér* »Freund«, »Kamerad«, »Kollege«.
In Amerika: *khaver, chaver (m.), khaverta, chaverta (f.)*

1. Freund, Kamerad, Kumpel. *He's my closest khaver.*
2. Die Form der Anrede, die in manchen jüdischen Bruderschaften, Gewerkschaften und politischen Organisationen gebraucht wird. *The chair now recognizes Chaver Falstein.* »Der Vorsitzende erteilt Chawer Falstein das Wort.«
   Vor einigen Jahren soll der Vorsitzende einer Gewerkschaftsversammlung sogar gesagt haben: »Wir bitten den Sprecher der Gewerkschaft der Heizungsinstallateure, *Chawer* O'Malley, um seinen Beitrag.«
   ☛ *Chawer* und *chawerta* war besonders bei den jüdischen Kommunisten und sozialistischen Zionisten die bevorzugte Anrede. Im allgemeinen Gebrauch trat sie mit dem Rückzug des Sozialismus in den Hintergrund. Gleichzeitig entwickelte sich aber in den siebziger und achtziger Jahren die *Khavura*-Bewegung, in der kleine jüdische Gemeinschaften meist ohne rabbinische Anleitung mit dem Judaismus experimentierten, um ihre feministischen, demokratischen und ökologischen Ansätze damit zu verbinden. Die *Khavurot* werden heute vom *National Havurah Institute* vertreten, das alljährlich ein Treffen im Nordosten der Vereinigten Staaten veranstaltet. ☚
3. Weniger politisch ist die Bedeutung im Wienerischen. Hier ist der *chawer* zum *hawerer* und *haberer* geworden. Der *haberer* ist aber nicht nur ein »Freund«, »Genosse« oder »Kumpel«, sondern – für das weibliche Geschlecht – auch der »Verehrer«, »Geliebte« und »Freier«.

chéjder *(m.)*, **chadórim** *(Pl.)*
Aus dem hebräischen *chéder* »Zimmer«.
In Amerika: *kheyder, cheder, heder, cheyder*
Der Raum, bzw. die Schule, wo Hebräisch gelehrt wird. Die jüdische Elementarschule.

Jüdische Knaben wurden oft schon im Alter von drei Jahren (!) zur Schule geschickt, und es kam selten vor, dass sie nicht mit sechs schon lesen und schreiben konnten. Sie lernten sechs bis zehn Stunden am Tag, an sechs Tagen der Woche. Viele lernten ihr erstes Hebräisch in einem Zimmer im Hause des von den Eltern bezahlten Lehrers (*melamed*). In den größeren Talmud-Tora-Schulen gab es mehrere Räume und Lehrer. Diese Schulen wurden üblicherweise von der Synagoge unterhalten und verlangten kein Schulgeld.

Das Interesse der Juden an der Erziehung scheint so alt zu sein wie das jüdische Volk. Schon im Buch Josua (1, 8) wird empfohlen, das Buch des Gesetzes »Tag und Nacht« zu studieren. Nach Ansicht der Juden musste die Gemeinde dafür sorgen, dass jeder Junge eine schulische Bildung erhielt, auch wenn er noch so arm war. Bei den Juden gab es für die männliche Jugend eine allgemeine, demokratische Grundbildung wie bei keinem anderen Volk, glaube ich. Die Rabbiner verboten es jedem Juden, in einer Stadt zu bleiben, wo es für seine Kinder keinen Lehrer gab.

☛ Eine jüdische Erziehung sowohl für Jungen als auch für Mädchen ist ein starker Trend im heutigen jüdischen Leben, der weit über die orthodoxen Kreise hinausgeht. Die konservative *Solomon-Schechter-Day-School*-Bewegung unterhält heute 70 Schulen in den Vereinigten Staaten, Kanada und Israel, und die Reform-Bewegung hat mehr als zwanzig Schulen. Alle diese Schulen sind staatlich anerkannt und lehren sowohl jüdische als auch weltliche Fächer. Nach Angaben des *American Jewish Yearbook* von 1999 werden heute etwa 180 000 jüdische Kinder in jüdischen Tagesschulen unterrichtet, was eine dreihundertprozentige Steigerung gegenüber den sechziger Jahren bedeutet. ☚

Man darf die alten Cheder-Schulen natürlich nicht überschätzen: Der Lehrplan war sehr beschränkt, die pädagogischen Methoden recht primitiv: Drill, Wiederholung und gelegentlich ein Schlag auf die Hände mit einem Lineal oder Stock. Aber zu Zeiten, als die weit überwiegende Mehrheit der Menschheit noch aus Analphabeten bestand, konnten nahezu alle jungen Juden schon lesen und schreiben. Was das für kulturelle Auswirkungen hatte, können Historiker, Soziologen und Pädagogen sicher besser beurteilen als ich.

Die grundlegende und einzige Lektüre im Cheder war die Tora (d. h. die fünf Bücher Mose). Die Schüler rezitierten im Sprechchor, dessen hoher Singsang traditionell begleitet wurde von rhythmischem Vor- und Rückwärtspendeln des Oberkörpers. Das Tempo gab der Lehrer an. Wenn er das Gefühl hatte, dass die Schüler den Text nicht richtig erfassten, ließ er sie langsamer werden, wenn sie gut vorankamen, wurde das Tempo beschleunigt. Fortgeschrittene Schüler lernten auch die Notenschrift, die zum Vortrag religiöser Texte benutzt wurde.

In der alten Heimat wurde der Knabe vor dem Eintritt in den Cheder von seinem Vater oder dem Lehrer in die Synagoge getragen und vor aller Augen an der *bema* (dem Lesepult) abgesetzt wie Moses auf dem Berg Sinai. Dann wurde die Tora (*Sefer Tora*) entrollt und dem Knaben wurden die zehn Gebote vorgelesen.

Am ersten Schultag standen der Vater und die Mutter des Knaben bei ihm, wenn der Lehrer auf die Buchstaben des *alef-bet* zeigte. Der Knabe wiederholte die Namen der Buchstaben: *alef... bet... gimel... dalet,* und für jeden Buchstaben gab ihm die Mutter einen kleinen Honigkeks in Form des jeweiligen Buchstabens, um ihm zu zeigen, wie süß das Lernen ist. In Deutschland nennt man das Russisch Brot.

Am Ende der ersten Unterrichtsstunde umarmte die Mutter den Knaben und betete, dass ihr Sohn sein Leben mit Torastudien, einer glücklichen Ehe und guten Taten ausfüllen möge.

Die Juden werden in der Tora so oft als »Kinder Israels« bezeichnet, dass ein aufgeweckter Cheder-Schüler schließlich unwillig fragte: »Haben die Erwachsenen eigentlich nie was gemacht?«

Zwei Cheder-Schüler unterhalten sich darüber, dass der Unterricht so mühselig und anstrengend ist. Schließlich sagt der eine: »Komm, lass uns doch weglaufen!«

»Weglaufen? Das hat keinen Sinn! Unsere Väter würden uns einfangen und mächtig verprügeln.«

»Dann schlagen wir eben zurück.«

»Was? Deinen Vater schlagen? Bist du verrückt? Hast du das fünfte Gebot schon vergessen? Du sollst deinen Vater und deine Mutter ehren!«

»Na, schön! Dann schlägst du eben meinen Vater, und ich schlage deinen!«

Chelm

Name einer legendären Stadt voller einfältiger, törichter, liebenswürdiger Schildbürger.

In Amerika: *Khelm*, *Chelm*

Chelm wird als Name einer fiktiven Stadt benutzt, aber es gibt ein durchaus reales Chelm sechzig Kilometer östlich von Lublin, das früher etwa viertausend, mehrheitlich jüdische Einwohner hatte. Ein weiteres Chelm gibt es östlich von Tarnow. Wie ausgerechnet Chelm in den Ruf geriet, eine Stadt der Narren zu sein, ist mir nicht bekannt.

Chelm würde wohl auch kaum einen Platz in diesem Lexikon verdienen, hätte es nicht schon seit langem einen festen Platz in der jüdischen Folklore erobert. Es ist das jüdische Äquivalent des amerikanischen Gotham, des niederländischen Kampen, des italienischen Cuneo und des deutschen Schilda, die alle wegen ihrer verrückten Bewohner bekannt sind.

Es muss wohl tausend tolle Geschichten über Chelm und seine unglaubliche Einwohnerschaft geben. Hier kann ich nur ein paar davon erzählen.

Die Weisen von Chelm versammeln sich, um einen alten Streit zu schlichten: Was ist wichtiger für die Welt, die Sonne oder der Mond? Die Gemeinde ist in zwei Lager gespalten, die sich leidenschaftlich befehden. Der Schiedsspruch der Weisen aber befriedigt sie alle. Er lautet: »Natürlich ist der Mond wichtiger für die Welt. Denn ohne sein Licht könnten wir nachts nichts sehen. Die Sonne hingegen scheint am Tag, wenn es ohnehin hell ist und wir sie nicht brauchen.«

Der Rabbi von Chelm besucht das Gefängnis, und als er hört, dass sich die meisten Gefangenen für unschuldig halten, ruft er den Rat der Gemeinde zusammen. Die Ratsmitglieder sind sehr bestürzt und beschließen am Ende, ein zweites Gefängnis zu bauen: eins für die Schuldigen und eins für die Unschuldigen.

»Was ist das doch für eine verkehrte Welt«, sagt einer der Weisen von Chelm. »Die Reichen, die Geld genug haben, kaufen alles auf Kredit, aber die Armen, die keinen Pfennig haben, müssen bar zahlen. Eigentlich müsste es andersrum sein: Die Reichen, die Geld haben, sollten bar zahlen, und die Armen, die keins haben, sollten auf Kredit kaufen können.«

»Aber wenn der Kaufmann den Armen Kredit gibt«, widerspricht ein anderer, »dann wird er am Ende noch selbst arm.«

»Macht nichts«, sagt der Weltweise. »Dann kann er ja auch auf Kredit kaufen.«

Ein Bauer kommt in seinem Leiterwagen vom Markt heim. Auf der Straße überholt er einen Hausierer aus Chelm, der ein riesiges Bündel auf seiner Schulter herumschleppt. »Komm, steig auf«, sagt der Bauer, der ein rechtschaffener Mann war. Der Hausierer steigt auf den Wagen und setzt sich neben den Bauern, sein schweres Bündel aber behält er nach wie vor auf dem Rücken.

»Warum setzt du dein Bündel nicht ab?« fragt der Bauer.

»Es ist sehr freundlich von deinem Pferd, dass es *mich* zieht«, sagt der Hausierer. »Warum soll ich seine Last noch mit meinem Bündel vergrößern?«

chéwre, chéwraje *(f.)*, **chéwrajeß** *(Pl.)*
Aus dem hebräischen *chewará* »Freundeskreis«, »Gesellschaft«, »Verein«. Siehe auch *chawer.*

In Amerika: *khevre, chevra*

Verein, Freundeskreis, Clique, Bande. »Er spielt jeden Donnerstag Poker mit seiner *chewre.*«

In Israel erzählen die Orthodoxen, die sich ständig im Protest gegen moderne Kleidung und freizügige Umgangsformen der Jugend befinden, oft folgenden Witz: »Sie ist schwanger aus dem Kibbuz gekommen, hat einen Jungen auf die Welt gebracht und nennt ihn jetzt nach seinem Vater: *Chewra.*«

chilel-haschém *(m.)*
Hebräisch: »Gottes Namen lästern«.

In Amerika: *khilel hashem, chillul hashem, hillul hashem, chillul ha-shem*

Eine Tat, die andere dazu ermutigt, sich von Gott zu entfernen. Eine öffentliche Übertretung. Das Gegenteil ist der *kidesch haschem.* Der *chilel-schábeß* ist eine »Entweihung des Sabbats«.

Ein Verstoß gegen Gottes Gebot ist eine Lästerung Seines Namens, behaupten die Gläubigen, denn jeder Mensch ist das Ebenbild Gottes und kaum weniger heilig als die Engel. Obendrein entehrt jede unmoralische Handlung ganz Israel. Gott war mit Israel einen Bund eingegangen: »Dass ihr meinen heiligen Namen nicht entheiliget, und ich geheiliget werde unter den Kindern Israel; denn ich bin der Herr, der euch heiliget« (Leviticus 22, 32).

Je gebildeter und einflussreicher ein gläubiger Jude ist, desto mehr ist er zur Rechtschaffenheit und vorbildlichem Verhalten verpflichtet. *Adel verpflichtet* ist eins der wichtigsten Prinzipien im jüdischen Leben, und die Aristokratie der Juden beruht auf Bildung und guten Werken.

Als der große Rab Chuna, der 219 v. Z. die Akademie in Sura in Babylonien gründete, einmal ein Beispiel dafür geben sollte, was ein *chilel-haschem* sei, erwiderte er: »In meinem Falle, wenn ich ein Stück Fleisch kaufte, ohne den Metzger sofort zu bezahlen.«

chloppeh, khlyape, khlyapen (in Amerika)
Aus dem Russischen: »klopfen«, klappern«, »prasseln«. Vgl. aber *klap.*

Heftig regnen. *It's chlopping like a tropical storm.* »Es regnet wie bei einem Tropengewitter.«

She did not cry – she chlopped. »Sie hat nicht geweint – sie hat wie aus Eimern geheult.«

chmallyeh, khmalye *(in Amerika)*
Aus dem Slawischen.

Eine heftige Ohrfeige, ein starker Schlag. *»Did he give me a chmallyeh!«*

Das Wort vermittelt den Eindruck übertriebener oder ungerechtfertigter Gewalt.

chóchem *(m.)*, **chachómim** *(Pl.)*,
chachóme *(f.)*, **chachómeß** *(Pl.)*
Aus dem hebräischen *chachám* »weise«.

In Amerika: *khokhem, chachem, haham, chacham*

Ein kluger, weiser oder gebildeter Mann, bzw. eine kluge Frau.

Ein *chochem* ist jemand, der *chochme* zeigt, Weisheit. Der *chochem* ist ein Gelehrter, ein Fachmann, ein brillanter Kopf, eine tiefsinnige und gelehrte Person. Der *chochem* ist aber nicht unbedingt ein Intellektueller: Mancher Schuster, Fleischer, Barbier oder Händler war als *chochem* bekannt. Viele *chachomim* waren auch gleichzeitig Handwerker, Künstler und Intellektuelle. Auch manche Weisen des Talmud hatten sehr bescheidene Berufe.

Wenn man die Bewertung der Berufe und Ämter als Pyramide betrachtet, dann steht bei den Juden der Gelehrte an deren Spitze.

Nicht der Herrscher, der Eroberer, der Fürst oder Millionär, ja nicht einmal der Rabbiner, sondern der Gelehrte. (Ein Rabbiner kann natürlich ein großer Gelehrter sein, aber die Gelehrten standen immer von vornherein höher.) Macht, Reichtum, Ehrungen, Preise und gesellschaftliche Stellung – nichts wurde so hoch bewertet wie Gelehrsamkeit, das heißt Verständnis des Talmud.

Jüdische Mütter sangen ihren Kindern Schlaflieder in der Hoffnung, dass ihr Söhnchen in der Wiege einmal einer jener herrlichen Weisen werden könnte – *mirabile dictu* – ein *chochem.*

Schon die ersten klugen (oder altklugen) Bemerkungen werden von den entzückten Großeltern als *chochmeß* »Weisheiten« begrüßt, weil man erwartet, das Baby werde ein wahrer *chochem* werden – tiefsinnig, gelehrt und tugendhaft.

Im *Sefer ha-Sohar,* dem »Buch des Glanzes«, das zur Kabbala gehört, heißt es: »Was sieht der Narr? Die Kleider eines Menschen. Was sieht ein *chochem*? Die Seele.«

Im Talmud heißt es: »Alles liegt in dem, in dem Weisheit wohnt. Der, in dem keine Weisheit wohnt – was besitzt er? Und was kann dem fehlen, der Weisheit besitzt?«

Nota bene: Der höchste der *chachomim* ist immer der *talmed-chochem.*

Das Wort *kochem* oder *kochemer* ist als »Philosoph, Weiser« auch in den Wiener Dialekt eingegangen.

Wenn es ironisch gebraucht wird, verkehrt das Wort sich in sein Gegenteil. Dann ist der *chochem* ein Narr, ein Witzbold oder jemand, der schlau sein möchte, aber etwas absolut Törichtes tut und damit eine Niederlage erlebt. *Some khokhem!* ist absolut ätzend. In freier Übersetzung heißt es so ungefähr: »Was für ein Depp!« Im Wienerischen sagt man: *überchochmezen.*

Ein junger *chochem* erzählt seiner Großmutter, er wolle Doktor der Philosophie werden. Die *bubbe* strahlt. »Großartig! Aber was für eine Krankheit ist Philosophie?«

Kessler wird aus wohlverdientem Schlaf wachgerüttelt. »Steh auf, Max!« sagt seine Frau. »Mach das Fenster zu! Es ist eisekalt draußen!«

»*Chachome!*« seufzt Max. »Wenn ich das Fenster zumache, wird es davon draußen wärmer?«

Ein jüdischer Kaufmann kehrt nach einer Woche in New York in seine kleine Heimatstadt zurück. Ihm Zug sitzt ihm ein junger Mann gegenüber. Der Kaufmann ist ein geselliger Mensch und stellt sich gleich vor: »Ich bin Jacob Mandelbaum.«

»Mein Name ist Horowitz«, sagt der junge Mann.

Ein Händedruck besiegelt die Vorstellung.

»Und wo fahren Sie hin, Mr. Horowitz?«

»Nach Glens Falls.«

»Ach, sieh einer an! Da fahre ich auch hin! Ich wohne sogar in Glens Falls.« Mandelbaum wirft dem jungen Mann einen prüfenden Blick zu. »Sagen Sie, sind Sie verheiratet?«

»Nein«, sagt Horowitz.

»Sind Sie vielleicht – Vertreter?«

»Nein.«

»Aber Sie sind geschäftlich unterwegs, ja?«

»Nein«, sagt Horowitz. »Es geht um eine Privatangelegenheit.«

»Ah, Sie haben Verwandte in Glens Falls?«

»Nein«, sagt Horowitz.

Aha! denkt Mandelbaum, ganz der *chochem*, und fängt an zu überlegen: Er fährt nach Glens Falls, er ist nicht verheiratet, er ist kein Vertreter und er hat dort keine Verwandten. Was will er also in Glens Falls? Wahrscheinlich will er ein Mädchen dort treffen – oder vielmehr ihre Familie. Wahrscheinlich will er sich verloben. Aber wer ist das Mädchen? Zur Familie Rabinowitz kann er nicht wollen, deren Tochter hat vor sieben Jahren geheiratet. Will er vielleicht zu den Plotniks? Ach, Quatsch, die haben zwei Söhne und keine Tochter. Die Arkins vielleicht? Nein, wahrscheinlich nicht. Deren Tochter ist gerade erst siebzehn geworden. Zu jung, um zu heiraten. Das würde ihr Vater nie zulassen. Aha! Die Mishniks! Nein, das Mishnik-Mädel ist schon mit dem gutaussehenden Sohn vom Schneider

Melnick verlobt. Die Bubricks vielleicht? Wohl kaum! Die Tochter von Bubricks ist mindestens dreißig und hat die Hoffnung aufgegeben, jemals zu heiraten. Stattdessen besucht sie ständig ihre Tante in Providence. Die Shulmans! Unwahrscheinlich. Die Tochter ist zwar nicht verheiratet, aber dafür auf der Uni und kommt vor Pessach nicht nach Hause. Die ist jetzt gar nicht in Glens Falls. Die Feiffers? Nein, die sind zu reich und hochnäsig; die würden ihre Tochter nur jemanden heiraten lassen, der richtig reich ist, und dieser junge Mann hier ist zwar sehr nett, aber sein Anzug sieht nicht sehr teuer aus und außerdem fährt er Zweiter Klasse. Der kommt nicht für die Feiffers in Frage. Die Hollanders? Nein, deren Tochter heiratet nächste Woche diesen Schlemihl von Zahnarzt aus White Plains. Die Familie Pincus? Genau! Die haben drei heiratsfähige Töchter: Shirley, Helen und Ruth ... Aber Shirley hat mindestens zwanzig Pfund Übergewicht, und dieser junge Mann kann sich seine Braut bestimmt nach dem Aussehen aussuchen. Ruth? Jung und hübsch, aber leider schon Witwe. Und ein kleines Kind hat sie auch. Helen? Ja, Helen! Die muss es sein. Ein hübsches Ding mit fröhlichen Augen! Und war sie nicht erst letztes Wochenende in New York?

Mit breitem Grinsen streckt Mandelbaum seine Hand aus: »Horowitz, ich möchte Ihnen als erster gratulieren!«

»Gratulieren?« fragt Horowitz. »Wozu?«

»Zu Ihrer bevorstehenden Hochzeit mit Helen Pincus!« Mandelbaum schüttelt seinem Gegenüber heftig die Hand.

»Aber, woher wissen Sie?« stammelt der junge Mann. »Wir haben es doch noch niemand erzählt! Noch nicht einmal ihren Eltern!«

»Woher ich das weiß?« lächelt Mandelbaum. »Das war doch ganz offensichtlich!«

chóchme *(f.)*, **chóchmeß** *(Pl.)*

Aus dem hebräischen *chochmá* »Weisheit«, »Wissenschaft«.

In Amerika: *khokhme, chachma, hachma, hochma, hochme, cochma*

1. Der göttliche Geist, der nach Angaben des Midrasch lange vor der Erschaffung der Welt bestand und den Schöpfungsplan bil-

dete. In diesem Sinne ähnelt die *chochme* dem christlichen Gebrauch des Wortes *logos* in Johannes 1, 1: »Im Anfang war das Wort, und das Wort war bei Gott, und Gott war das Wort.«
2. Eine kluge, tiefschürfende oder treffende Aussage.
3. Die Gesamheit aller Gelehrtheit, Weisheit und philosophischer Kenntnisse. Dazu gehört auch das Wissen, wie paradox das Leben sein kann; denn Juden lieben das Paradoxe. Sie wissen, wie voll das Leben davon ist.
4. Ein Witz, eine witzige oder kluge Bemerkung.
5. Eine List.
6. (Ironisch, abwertend:) Eine dumme Handlung.

Eine *chochme* wird man natürlich in erster Linie von einem *chochem* erwarten, aber gelegentlich wird auch ein ungebildeter oder einfältiger Mann eine kluge Bemerkung machen, die man als *chochme* bezeichnet.

Im jüdischen Denken ist Weisheit nicht nur die Frucht von Wissen, Klugheit und Intellekt, sondern beruht auf grundlegenden moralischen Eigenschaften: Die höchste *chochme* liegt darin, rechtschaffen zu sein und Freundlichkeit zu verbreiten. Klugheit macht es dem Menschen möglich, einen Zustand der Gnade zu erreichen, in dem er zur wahren Tugend findet und Gutes tun kann.

»Geld kann alles kaufen, bloß keinen Verstand.«

Für Juden war Klugheit ohne Menschenliebe ein Widerspruch in sich selbst. »Die höchste Form der Weisheit ist Freundlichkeit«, lautet ein altes Sprichwort, das häufig von Juden zitiert wird.

Gelegentlich wird das Wort *chochme* auch benutzt, um Tricks, Listen, Ausreden, versteckte Bedeutungen oder Rabulistik zu brandmarken. Wenn man juristische Spitzfindigkeiten oder diplomatische Doppelzüngigkeit zu durchdringen versucht und Klartext hören will, sagt man schon mal: *Now let's have it without khokhme!*

Und so, wie das englische Wort *wise* die Grundlage für den Begriff *wise guy* »Schlauberger« wurde, kann *chochme* auch einen Missgriff, eine Dummheit, einen *faux pas* oder andere Arten von Peinlichkeiten bezeichnen.

◎ ◎ ◎

Während eines schrecklichen Sturms bittet der Kapitän eines Kreuzfahrtschiffes den Amateur-Zauberkünstler, die Passagiere zu unterhalten, damit keine Panik ausbricht. Der Zauberkünstler gibt eine blendende Vorstellung: Er lässt Karten verschwinden, zieht den Zuschauern Münzen aus Ohren und Nasen und verwandelt Tücher in Blumen. Schließlich kommt das große Finale: Er zeigt einen Papagei vor, der nach seinen Worten »den größten Trick aller Zeiten vorführen wird«.

Alle Scheinwerfer richten sich auf den Vogel. Die Kapelle lässt einen Trommelwirbel ertönen. In diesem Augenblick wird das Schiff von einer Riesenwelle getroffen und bricht auseinander. Die Passagiere landen sämtlich im Wasser. Ein alter Jude klammert sich an einen Tisch und strampelt verzweifelt, um nicht zu ertrinken. Da sieht er den Papagei auf einer Planke vorbeitreiben. »*Chochme!*« sagt er. »Wirklich ein toller Trick!«

◎ ◎ ◎

Eine Jude rennt aufgeregt durch den Bahnhof. Gerade, als er den Bahnsteig erreicht, fährt der Zug ab. Der Jude schaut ihm ärgerlich hinterher, zieht ein verächtliches Gesicht und sagt: »*Chochme!*«

cholíle! *(Interjektion)*
Aus dem hebräischen *chalilá* »fern sei es«, »Gott behüte!«

In Amerika: *kholile, cholilleh, chalileh, kholileh*

Das Wort findet sich zum Beispiel in Genesis 18,25, als Abraham Gott beschwört, Sodom nicht zu zerstören: »Das sei ferne von dir, dass du das tust und tötest den Gerechten mit dem Gottlosen!«

1. Ein weit verbreiteter Abwehrzauber, der fast automatisch vor oder nach jeder düsteren Prophezeiung geübt wird: »Gott behüte!« »Sei vorsichtig, wenn du über die Straße gehst, damit du nicht überfahren wirst, *cholile!*«

   Meine Mutter schien allerdings überzeugt, dass es zur Abwehr eines Unglücks wirksamer war, wenn das *cholile* nicht nachstehend, sondern schon *vor* der Nennung des möglichen Unglücks gebraucht wurde. Aberglauben ist nun mal sehr persönlich.

2. Ein Ausdruck ironischer Besorgnis bei Ereignissen, die man durchaus herbeiwünscht. »Wenn ich, *cholile,* Millionär werden sollte ...«, »Wenn meine Tochter, *cholile*, diesen netten jungen Mann heiraten sollte ...«

Als die Arbeiten für den Kanaltunnel ausgeschrieben wurden, beteiligten sich Tiefbaufirmen aus aller Welt. Aber das bei weitem billigste Angebot kam von der Firma Marantz und Sohn.

»Herzlichen Glückwunsch!« sagen seine Konkurrenten zu Marantz. »Das ist ja phantastisch. Wie wollen Sie es machen?«

»Das ist doch ganz einfach«, sagt Marantz. »Ich fange an, in England zu graben, mein Sohn gräbt in Frankreich, und dann graben wir einfach so lange, bis wir uns treffen.«

»Aber Marantz«, sagt einer der Konkurrenten. »Ist Ihnen denn gar nicht klar, was das für ein Problem ist? Unsere Ingenieure haben festgestellt, dass es ungeheuer schwer ist, dafür zu sorgen, dass die beiden Tunnel sich treffen.«

»Was meinen Sie mit *treffen*?«

»Ich meine, Sie starten in England, Ihr Sohn startet in Frankreich. Sie sind viele Kilometer weit voneinander entfernt und müssen am Ende doch genau zusammenkommen! Was, *cholile,* machen Sie, wenn Sie aneinander vorbei graben?«

Marantz zuckt die Achseln. »Dann kriegt der Kunde eben zwei Tunnel statt einem.«

Zwei Juden haben beschlossen, Hitler zu töten. Sie kaufen Revolver und verstecken sich im Eingang eines Gebäudes, das Hitler demnächst aufsuchen wird. Sie warten Stunde um Stunde, mit klopfenden Herzen. Schließlich dreht der eine Attentäter sich zum anderen um und flüstert: »*Cholile*, es wird ihm doch nichts passiert sein?«

choljére *(f.)*
Aus dem lateinischen/slawischen *cholera* »Cholera«, »Krankheit«.
A. Nachama leitet das Wort aus hebräisch *chole* »Krankheit« und *ra* »böse« ab.

In Amerika: *kholerye, choleria*

1. (Eine Verwünschung) »Zur Hölle mit ...«
   Ein ziemlich saftiger Fluch. Man wünscht dem anderen die Pest, die Cholera oder sonst was an den Hals: *A kholerye on you!* Oder auch: *A kholerye should possess him!*
2. Eine Kratzbürste von Frau; ein Mannweib; eine Wildkatze; ein Hausdrachen; eine Xanthippe. *He is married to a kholerye.*

chómezdik
Aus dem hebräischen *chaméjz* »gesäuert«.

In Amerika: *khometsdik, chometzdik, hometzdik, chametzdik*

Was man an Pessach nicht essen darf.

☛ *Chómez (m.* oder *n.)* heißt »Sauerteig«. Und solchen Sauerteig, bzw. andere Dinge, die leicht in Gärung übergehen, vor dem Pessachfest aus dem Haus zu entfernen, ist ein eigenes Ritual. Es kommt dabei zu einem gründlichen Frühjahrsputz, bei dem alle Arten Getreide und Hülsenfrüchte, einschließlich Mais (für aschkenasische Juden auch Reis), Hirse, Erbsen, Bohnen und Erdnüsse gesammelt und an nichtjüdische Bürger »verkauft« (und nach dem Feiertag zurückgegeben) werden. In manchen Gemeinden wird der *chomez* auch für Hilfsprogramme gespendet. Als *chomezdik* gelten auch: alle Biere und Kornschnäpse (was praktisch nur koscheren Wein übrig lässt), konservierte Lebensmittel, die Maisstärke oder Maissirup enthalten, Essig aus Kornbranntwein und verschiedene Zahnpasten, Kosmetika usw. Am Vorabend des Pessachfestes sucht die Familie sogar mit einer Kerze in allen Winkeln des Hauses nach *chomez,* dann wird noch einmal gefegt und das Haus für gesäubert erklärt. *Chomez*, der bei diesem letzten Durchgang entdeckt worden ist, wird am nächsten Morgen im Freien verbrannt. Dieses Ritual wird von Juden aller Glaubensrichtungen geübt, um der Familie ein Gefühl der Reinigung zu vermitteln: Was immer in der Seele gärt und uns »sauer« macht, wird entfernt.

Nordafrikanische Juden feiern unmittelbar nach dem Pessachfest eine große Party mit *chomez,* zum Gedenken an den Todestag (die *jorzajt)* des Maimon ben Joseph (Vater des Maimonides und einer der geistigen Führer der marokkanischen Juden im 12. Jahrhundert). Auch in Nordamerika werden gelegentlich *chomez*-Parties gefeiert, wenn Pessach vorbei ist. Pizza, Bier, Eiskrem und ähnliche Leckereien spielen dabei die Hauptrolle. ☚

»A chomezdik Jidene« ist eine sauertöpfische Frau, die an allem herumnörgelt.

Siehe *pejßach.*

chóßid *(m.),* **chaßídim** *(Pl.)*

Aus dem hebräischen *chassíd* »fromm«, »Frommer«.

In Amerika: *Khosed, Chasid, Chassid, Hassid, Hasid; Chassidim (Pl.)*

1. Ein besonders frommer Mann; Schüler eines großen Rabbi.
2. Anhänger der chassidischen Philosophie und Lebensweise.

Die chassidische Bewegung, die von vielen Rabbinern und Pietisten abgelehnt wurde, ging im 18. Jahrhundert wie ein Sturmwind durch die jüdischen Gemeinden Mittel- und Osteuropas. Gegründet wurde sie von einem einfachen Mann, der gern im Freien spazieren ging, weil er das Gefühl hatte, so am besten mit Gott kommunizieren zu können. Der Mystiker Israel ben Elieser (1699–1760), genannt *Ba'al Schem Tow* (siehe dort), predigte eine volkstümliche Botschaft, die eine ungeheure Wirkung auf die Juden in den kleinen Städten hatte.

Die Ansprüche talmudischer Gelehrsamkeit und Kasuistik und die pedantischen Wiederholungen der Schriftgelehrten lehnte der Ba'al Schem Tow genauso ab wie die Untergangsvisionen der Orthodoxen. Stattdessen empfahl er den einfachen Glauben, den fröhlichen Gottesdienst und die Freude am täglichen Leben. Gott kann man überall anbeten, sagte der Ba'al Schem Tow, er baut seine Synagoge im Herzen. Das Gebet solle spontan, persönlich und froh sein – und nicht die mechanische Routine der *schul.*

An die Stelle der vorschriftsmäßigen Beschwörungen setzte er fröhlichen Gesang. Das Lob des Herrn wurde von Tanz und Händeklatschen begleitet. Das religiöse Gruppenerlebnis wurde gefördert. Diese chassidische Glaubensfeier ermöglichte den armen Juden eine neue, herzliche, intime und persönliche Form der Kommunion mit einem bis dahin eher finsteren Gott und gab ihnen reichlich Gelegenheit zur Katharsis. Ihre Predigten begleiteten die Chassidim mit hübschen Geschichten und Ankedoten, Volksweisheiten und Gleichnissen, die jeder verstand. Ihre ekstatischen Lieder und »frivolen« Tänze waren aber vielen jüdischen Gemeindeältesten ein Ärgernis. Sie beschuldigten Israel ben Elieser der Unwissenheit und Respektlosigkeit. Dennoch verbreitete sich die chassidische Bewegung in ganz Osteuropa, mit Ausnahme von Litauen, wo Rabbi Elia ben Salomo Salman (1720–1797), der Gaon von Wilna, den Ba'al Schem Tow öffentlich mit einem Bannfluch belegte.

Ein chassidischer *Rebbe* wurde von seinen Anhängern mit mehr Respekt behandelt, als einem Rabbiner üblicherweise zugebilligt wurde. Die Jünger imitierten seine Gesten und wiederholten all seine Sätze. Wie so oft bei religiösen Bewegungen, die sich mit einfachen Überzeugungen gegen das priesterliche Establishment wenden, erhoben die Anhänger der Chassidim ihre Rebbes bald in den Rang von Heiligen.

Die Führer der Chassidim wurden *Zaddikim* (hebr.: »Gerechte«) genannt. Sie galten als Seher und Propheten, fast als Heilige, denen man übernatürliche Kräfte zutraute. Der Zaddik wurde von seinen gläubigen Anhängern um Fürbitte beim Allmächtigen gebeten, wenn es einen Krankheitsfall oder eine andere Krise in ihren Familien gab. Manche Zaddikim benutzten auch Amulette oder einen Talisman, um den bösen Blick abzuwehren. Am Ende hingen die Gläubigen an jedem Atemzug ihres Zaddiks, und jeder seiner Äußerungen wurde eine übernatürliche Kraft zugeschrieben.

So wurde der Zaddik in einem Maße zum Vermittler zwischen den Gläubigen und Gott, wie es die Rabbiner nie waren. Der Titel eines Zaddik wurde am Ende des 18. Jahrhunderts zum Teil sogar erblich. Siehe auch *zadik.*

Der Chassidismus hat auch heute noch leidenschaftliche Anhänger in sehr lebendigen kleinen Enklaven in New York, Chicago und

Boston. Sogar in den wohlhabenden Vororten soll es dort chassidische Gemeinden geben.

☛ Obwohl die Gemeinden der Chassidim in Osteuropa von den Nazis fast völlig ausgerottet wurden, ist es einigen gelungen, ihre führenden Persönlichkeiten rechtzeitig nach Israel und Amerika zu bringen, und so haben sie überlebt. Die bekannteste und finanzkräftigste dieser Gruppen sind die Lubawitscher, die *Lubavitch Chassidim,* die über jährliche Mitgliedsbeiträge und Spenden von schätzungsweise 250 Millionen Dollar verfügen und damit Anlaufstellen in aller Welt unterhalten. Ihre Untergrundarbeit in der Sowjetunion und ihre politische Arbeit in Israel haben wesentlich zur Stärkung der konservativen Kräfte dort beigetragen. In den neunziger Jahren des letzten Jahrhunderts erfasste die Lubawitscher besonderer religiöser Eifer, weil sie ihren Rabbi Menachim Mendel Schneerson als Messias ansahen. Diese Hoffnungen wurden enttäuscht, als Schneerson 1994 starb, und die Bewegung wurde seither etwas zurückhaltender.

Eine weitere chassidische Sekte, die Satmarer, verbrennen regelmäßig bei Straßendemonstrationen die israelische Flagge, weil sie der Ansicht sind, dass die Errichtung eines jüdischen Staates vor der Erlösung durch den Messias eine Gotteslästerung sei.

Zwei charismatische Rabbis der Lubawitscher, Shlomo Carlebach und Zalman Schachter-Shalomi, haben in den letzten drei Jahrzehnten eine Mischung aus chassidischer Philosophie und Gesang, kabbalistischem Mystizismus, Selbstverwirklichungstherapie und New Age geschaffen, die sie als *Jewish Renewal* bezeichnen. ☚

Es gibt Tausende von chassidischen Legenden, Gleichnissen und Geschichten, die von Lois. I. Newman (*The Hasidic Anthology*) und vor allem von Martin Buber (*Die Erzählungen der Chassidim,* 1950) gesammelt worden sind. Siehe auch Elie Wiesel: *Chassidische Feier* (1974), *Was die Tore des Himmels öffnet. Geschichten chassidischer Meister* (1981), *Von Gott gepackt. Geschichten chassidischer Meister* (1983).

◎ ◎ ◎

Aus chassidischen Geschichten und Quellen:

Warum rotten sich die Bösen immer zusammen? Weil die Bösen

in der Finsternis wandeln, deshalb brauchen sie Gesellschaft. Die Gerechten dagegen wandeln im Licht und haben keine Angst allein zu sein.

Ein armer Droschkenkutscher entschuldigt sich bei einem *choßid,* dass seine Arbeit ihn daran hindert, in die Synagoge zu gehen. Da fragt der *choßid:* »Lässt du denn gelegentlich die Armen umsonst fahren?«

»Sehr oft.«

»Dann dienst du dem Herrn schon.«

Der König besucht das Gefängnis und befragt die Insassen. Ein Gefangener nach dem anderen erklärt, dass er unschuldig sei, dass man ihm eine Falle gestellt habe, dass ein Justizirrtum vorliege.

Schließlich kommt der König zum letzten Sträfling. »Und du?« sagt er. »Bist wahrscheinlich auch so ein Unschuldslämmchen?«

»Nein, Majestät. Ich bin ein Dieb. Man hat mich erwischt, vor Gericht gestellt und verurteilt.«

Der König ist überrascht. »Du gibst zu, dass du ein Dieb bist?«

»Ja, Majestät.«

»Schmeißt diesen Gauner hier raus!« sagt der König.

Der Dieb wird entlassen.

Daraufhin erheben die anderen Gefangenen ein großes Geschrei. »Majestät, wie könnt Ihr das tun? Der Mann gibt ja selbst zu, dass er ein Dieb ist, und wir –«

»Ach«, lächelt der König. »Ich hatte Sorge, dass dieser üble Gauner euch unschuldige Seelen am Ende noch alle verdirbt.«

chóßn *(m.)*, **chaßánim** *(Pl.)*

Aus dem hebräischen *chatán* »Feiernder«, »Bräutigam«.

In Amerika: *khosn, chassen*

1. Bräutigam.
2. künftiger Bräutigam.
3. (gelegentlich auch) Ehrengast, Mann der Stunde.

In jüdischen Gemeinden wird erheblicher Druck ausgeübt, dass jeder junge Mann heiraten soll (in der alten Heimat wurde das sogar vor dem achtzehnten Geburtstag erwartet). Ein unverheirateter Mann wird schief angesehen. Er gilt als egoistisch, weil er seine Verantwortung gegenüber der Gemeinschaft nicht wahrnimmt, vielleicht sogar als ein bisschen *meschugge*, auf jeden Fall aber als asozial. In gewisser Hinsicht ist er sogar ein Sünder, weil er sich dem »Seid fruchtbar und mehret euch« (Genesis 1, 28) entzieht, das Gott dem Menschen auferlegt hat. Er weigert sich, das Leben fortzusetzen und so die Schuld zurückzuzahlen, die das Geschenk der eigenen Geburt hinterlässt. Obendrein beraubt er sich der Aussichten auf einen Nachkommen, der um ihn trauert, das Kaddisch für ihn betet und seinen Namen in Ehren hält.

Auch am Judentum als Gesamtheit versündigt sich ein unverheirateter Mann; denn wer weiß, was für gelehrte Söhne, was für herrliche *talmed chachomim* er gezeugt hätte?

Es erstaunt wohl nicht, dass in einer so vom Segen der Ehe überzeugten Gemeinschaft der Beruf des *schadchen*, des professionellen Heiratsvermittlers, ganz unerlässlich erschien, auch wenn er meist als komische Figur dargestellt wird.

Übrigens kannten die Juden schon lange vor Freud ein Sprichwort, das besagte: »Die Heirat eines Sohnes ist die Scheidung von seiner Mutter.«

chotchke *(f.)*, **chotchkele** *(Verkleinerungsform)*
Ich liebe diese Koseworte, denn sie sind herrlich amerikanisch. Die ursprünglichen jiddischen Wörter sind *zazke* und *zazkele* (»Spielzeug«, »Zierrat«). Siehe dort.

Ein Pelzhändler wird von einer hübschen jungen *chotchke* gefragt, ob ihr Nerzmantel Schaden leiden würde, wenn sie damit in den Regen gerät. »Aber schönes Fräulein«, sagt der Verkäufer, »haben Sie je einen Nerz mit einem Regenschirm rumlaufen sehen?«

☛ Eine junge Frau eine *chotchke* zu nennen, ist heute ähnlich, als ob man sie »ein hübsches junges Ding« nennen würde. Der Feminismus hat dazu geführt, dass solche Nettigkeiten der Vergangenheit angehören. ☚

chrejn *(m.)*
Das Wort stammt wohl aus dem Slawischen (kirchenslawisch *chrenu*, russisch *chrjen*, böhmisch *chren*), ist aber schon im Mittelhochdeutschen *(kren)* belegt und von hier aus bis nach Oberitalien *(cren)* und Frankreich *(cram)* gelangt, wo stattdessen auch »deutscher Senf« gesagt wird.

Meerrettich, der im bairischen und Wiener Dialekt gern auch *kren* genannt wird und eine ganze Fülle von Redensarten hervorgerufen hat, die vor allem mit »Wichtigtuerei« zu tun haben, wenn zum Beispiel jemand zu allem *sein'n kren dazuagebn* muss. *Kren reiben* oder gar *reiten* ist dann der Inbegriff der Wichtigtuerei.

In der aschkenasischen Küche gehört der *chrejn* als »Bitterkraut« zum Pessachfest und wird zum Würzen von *gefilte fisch* benutzt.

chúpe *(f.)*, **chúpeß** *(Pl.)*
In Amerika: *khupe, chuppa, chuppah, huppa, chuppeh*

Die ursprüngliche Bedeutung des hebräischen Wortes *chupá* ist »Zimmer« oder »Bedachung«.

Hochzeitsbaldachin. Chuppa.

Die Chuppa wird bei allen orthodoxen, konservativen und manchen Reformhochzeiten benutzt. Es handelt sich um einen feinen Baldachin aus weißer Seide oder Satin, unter dem der Bräutigam und die Braut die Gelübde ablegen. Er wird an den vier Stützen von den männlichen Verwandten des Brautpaars, bei nicht-orthodoxen Eheschließungen inzwischen häufig auch von männlichen *und weiblichen* Verwandten und Freunden des Brautpaars gehalten. Die Chuppa ist oft mit einem Bibelspruch bestickt, zum Beispiel: »Die Stimme der Freude und Wonne, die Stimme des Bräutigams und der Braut« (Jeremia 16,9).

Die Chuppa soll an einen königlichen Baldachin erinnern; in der

Tat werden Braut und Bräutigam als »König und Königin des Tages« gesehen.

Früher war es so, dass die Braut am Tage ihrer Hochzeit das Haus ihres Vaters verließ, um in das Haus ihres Ehemannes zu gehen – die Chuppa war dafür das Symbol. Es gab sogar den Brauch, die Stützen der *chupe* vom Holz eines Baumes zu schneiden, der bei der Geburt von Braut und Bräutigam gepflanzt worden war.

☛ Diese Tradition ist in unseren umweltbewussten Zeiten wieder besonders reizvoll geworden, allerdings gedeihen die traditionellen Bäume – eine Zypresse für Mädchen, eine Zeder für Knaben – nicht in allen Klimazonen gleichmäßig gut. ☚

In manchen Gegenden wird auch der Brautschleier *chupe* genannt. In anderen ist es der Tuchstreifen, der bei der Eheschließung über das Brautpaar gelegt wird, in wieder anderen werden Braut und Bräutigam in einen großen Gebetsschal gehüllt. Der Baldachin, der heute als Chuppa bezeichnet wird, ist zuerst in Polen benutzt worden. Er wurde in der Synagoge, im Hof oder auch im Freien aufgestellt.

In amerikanischen Synagogen ist die Chuppa oft ein Baldachin aus Zweigen und Blumen.

Hochzeitsbaldachine gibt es natürlich in vielen Kulturen. Die Griechen benutzen den *thalamos*, den »Brautkäfig«, die Brahmanen einen Baldachin mit zwölf Stützen, auch in Spanien und Portugal durchschreitet das Brautpaar eine Laube aus Blättern und Zweigen. In Schweden halten die Brautjungfern eine Bedachung aus Schleiern über die Braut, um den bösen Blick abzuwehren. Einen solchen Versuch, das Brautpaar mit Decken, Tüchern oder Umzäunungen vor dem bösen Blick zu bewahren, gibt es in vielen Ländern. In Tahiti zum Beispiel wird das Brautpaar von einer Matte umhüllt, ja, regelrecht in dieser Matte zusammengerollt.

Mit einem Wort: Die Chuppa ist keine einzigartige Errungenschaft der Juden und wurde auch nicht von ihnen erfunden. Aber sie symbolisiert das jüdische Heim und seine besondere Bedeutung als Zufluchtsort, Zentrum und Tempel des jüdischen Lebens.

Scholem Alejchem allerdings schreibt über die Chuppa: »Man tritt als Lebender darunter und als Leichnam wieder heraus.«

chúzpe *(f.)*
Aus dem hebräischen *chuzpá* »Unverschämtheit«, »Dreistigkeit«.
In Amerika: *khutspe, chutzpa, chutzpah, hutzpa*; dazu: *chutzpadik (Adjektiv)*
Unverschämtheit, Frechheit, Anmaßung und Arroganz, wie sie in keiner anderen Sprache klarer benannt werden.
Das klassische Beispiel für Chuzpe ist die Geschichte des Mannes, der Vater und Mutter erschlägt und dann um mildernde Umstände bittet, weil er ja Vollwaise sei.
Ein *chuzpenik* wiederum wäre der Mann, der laut um Hilfe ruft, während er Sie verprügelt.
Bitte seien Sie vorsichtig mit diesem Wort! In Deutschland wird es gern mit einer fatalen, zungenschnalzenden »Anerkennung« benutzt, die im ursprünglichen jiddischen Wortgebrauch nicht enthalten ist.

Ein Bettler hat das Mitleid der Hausfrau erweckt. Sie bittet ihn ins Haus und gibt ihm etwas zu essen. Der Brotkorb ist voller Schwarzbrot, und auf einem Teller liegen ein paar Scheiben *challa.* Der Bettler stürzt sich prompt auf die *challa*.
»Wir haben auch Schwarzbrot«, sagt die Hausfrau vorsichtig.
»Ach, die *challa* ess' ich eigentlich lieber.«
»Aber die *challa* ist sehr viel teurer!«
»Aber das ist sie auch wert, gute Frau!«
Ich glaube, das ist echte Chuzpe.

Und wenn Sie noch ein Beispiel wollen, dann versuchen Sie's doch einmal damit:
Ein *chuzpenik* hat sich in einem Nobelrestaurant den Bauch vollgeschlagen. Dann ruft er den Besitzer und sagt: »Ihr Essen war ganz vorzüglich, mein Freund, aber ich muss Ihnen leider sagen, dass ich

keinen Pfennig besitze, um es zu bezahlen. Moment! Bitte werden Sie nicht gleich wütend! Von Beruf bin ich Bettler. Ich bin sehr talentiert. Wenn ich jetzt da rausgehe, habe ich den Betrag, den ich Ihnen schulde, in einer halben Stunde zusammen. Natürlich haben Sie Sorge, ich könnte einfach abhauen. Dafür hab ich Verständnis. Eigentlich müssten Sie mitkommen und aufpassen, nicht wahr? Aber kann sich ein angesehener Restaurantbesitzer wie Sie mit einem Bettler auf der Straße sehen lassen? Das geht nicht! Also mache ich Ihnen einen Vorschlag: Ich warte hier – und Sie gehen raus und betteln das Geld für mein Essen zusammen!«

Ein Freund von mir erzählt gern folgende Geschichte von einem Restaurantbesuch in New York: Nachdem er eine Weile auf eine Gelegenheit gewartet hat zu bestellen, fragt er einen Kellner, wie spät es denn sei. »Nicht mein Tisch«, sagt dieser eisig.

»Die Bescheidenen kommen ins Paradies«, sagte Juda ha-Nassi vor zweitausend Jahren, »die Frechen fahren zur Hölle.«

cockamamy, cockamamie

Amerikanischer Slang. Entweder Ameridisch oder Kindersprache.

1. Verwirrt, chaotisch, durcheinander, lächerlich, unglaubwürdig. Es handelt sich nicht um ein hebräisches oder jiddisches Wort, sondern um rein amerikanischen Slang.
2. Abziehbilder, in Amerika: *decalcomania.* Die Abziehbilder, die mit Hilfe einer besonderen Technik von Papier auf die Haut übertragen werden, sind eine Art Pseudo-Tätowierung.
   Ich habe mir von ehemaligen Bewohnern der Lower East Side erzählen lassen, dass die Abziehbilder *cockamamies* genannt wurden, weil niemand wusste, wie man »decalcomania« aussprechen sollte. Diese etymologische Erklärung ist keineswegs so *cockamamy*, wie man vielleicht denken könnte: Eine bessere hab ich nicht gefunden.

d

dáfke *(Adverb)*
Aus dem aramäischen *dawka* »so und nicht anders«.
Gewiss, durchaus, gerade, trotzdem.

Im Berlinischen ist das Wort zu *daffke* substantiviert worden und wird in der Redewendung *aus Daffke* »zum Trotz« benutzt. *Det ha'ick aus Daffke jemacht.*

dájen *(m.)*, **dajónim** *(Pl.)*
Aus dem hebräischen *daján* »Richter«.

In Amerika: *dayen, dayan, dayanim, dayyan*

Ein rabbinischer Richter.

In der rabbinischen Literatur ist ein *dajan* ein Weiser, ein Rechtsgelehrter oder ein Rabbi der Gemeinde. Gott wird der *Dajen Emeß*, der »wahre Richter« genannt.

Die Aufgaben des Rabbi und des *dajen* waren oft unterschiedlich und voneinander getrennt. Jeder *dajen* war ein Rabbi und konnte Tora und Talmud interpretieren, aber nicht jeder Rabbi war ein *dajen*. In vielen Gemeinden wurde der *dajen* mehr geachtet als der Rabbi. Seine Entscheidungen galten als *Din Tora*, als Regelung eines Rechtsstreits nach dem Gesetz der Tora.

Im Talmud gibt es zahlreiche Vorschriften für die Rechtsprechung: Der Richter darf sich die Argumente der einen Partei nicht in Abwesenheit der anderen anhören; die Gleichheit vor dem Gesetz ist ein wichtiger Grundsatz – auch die Gebildeten dürfen nicht bevorzugt werden; die erste Frage, die den streitenden Parteien gestellt wird, lautet stets: »Wünschen Sie einen Schiedsspruch oder eine Entscheidung nach dem Gesetz?«

In den Ländern, wo die jüdischen Gemeinden von der übrigen Gesellschaft getrennt leben mussten, überließen die Behörden den *dajenim* in allen Fällen, an denen nur Juden beteiligt waren, oft genug die richterliche Autorität. Und soweit keine spezifisch jüdischen Fragen berührt waren, richteten die *dajenim* nach den Gesetzen des Landes.

Über die jüdischen Gemeinden in Spanien schrieb Yitzhak Baer: »Im Bereich der Jurisprudenz herrschten die Gesetze der Tora. Die Entscheidungen der jüdischen Richter wurden von den christlichen Königen und ihren Beamten anerkannt, bestätigt und durchgeführt ... Innerhalb der *aljama* (der jüdischen Gemeinde) hatte der *dajen* dieselbe Autorität wie der Alkalde in der restlichen Stadt« (*A History of the Jews in Christian Spain,* 1961).

Mein Großvater mütterlicherseits war *dajen* in Lodz, und die Juden kamen mit zahllosen Problemen zu ihm. Den Rabbinern, die ihm ebenfalls ihre Probleme vortrugen, fühlte er sich weit überlegen ... Er hielt die Gottesdienste gern im eigenen Haus ab, die Synagoge war seiner Ansicht nach etwas für die weniger prominenten Gläubigen. Aus diesem Grund bildeten seine Anhänger einen *minjen,* in dem er den Vorsitz führte.

Eine unvergessliche Beschreibung dessen, wie ein *dajen* lebte und arbeitete, findet sich in der Erzählungssammlung *In My Father's Court* von Isaac Bashevis Singer (1966). Siehe *bejß din.*

Der alte *dajen* ruft den neuen Rabbiner zu sich, seufzt bedächtig und sagt: »Mein Herz ist schwer und meine Zunge wie Blei. Ich habe ein Gerücht gehört über dich –«

»Es ist nicht wahr!« ruft der junge Rabbiner erregt. »Ich kenne das Gerücht, Rebbe! Es ist kein Wort davon wahr!«

Empört richtet der *dajen* sich auf. »*Wahr* soll es auch noch sein? Ist es nicht schon schlimm genug, dass es überhaupt ein Gerücht gibt?«

◎ ◎ ◎

Ein Mann und eine Frau kommen schäumend zum *dajen*. Der lässt zuerst die Ehefrau in sein Sprechzimmer kommen. Jammernd und wehklagend zählt sie sämtliche schlechten Eigenschaften und Fehler ihres Mannes auf.

»– ich halte es nicht mehr aus, Rabbi! Ich will ihn verlassen! Ich will die Scheidung!«

Der *dajen* nickt betroffen. »Du hast recht«, sagt er und schickt sie hinaus.

Daraufhin kommt der Mann ins Sprechzimmer und tobt: »Wahrscheinlich hat sie Euch eine ganze *megile* von Lügen erzählt. In Wirklichkeit ist sie eine faule, nutzlose *jenta* und ein schrecklicher Drachen. Ständig beschimpft sie mich und meine Freunde. Ich schmeiße sie raus! Ich will die Scheidung.«

»Du hast recht«, sagt der *dajen*. Und der Mann geht hinaus.

Einer der Schüler des *dajen*, der das alles mit angehört hat, fragt schüchtern: »Aber, Rebbe, erst habt Ihr zu *ihr* gesagt, dass sie recht hat. Dann habt Ihr zu *ihm* gesagt, dass er recht hat – ich verstehe nicht, wie sie beide …«

»Du hast recht«, sagt der *dajen*.

dáleß *(m.)*

Aus dem hebräischen *dalút* »Armut«, »Elend«

Das Wort ist als *dalles* »Armut, Geldverlegenheit« in die deutsche Umgangssprache eingegangen.

dárschn *(m.)*, **dárschnim** *(Pl.)*

Aus dem hebräischen *deraschá* »Predigt«.

In Amerika: *darshn, darshan*

Darschan. Prediger.

Hebräisch *darasch* heißt »forschen, auslegen«. Heute ist *darasch* die Bezeichnung für die Synagogenpredigt, die schon seit der Antike am Sabbat und an Feiertagen üblich ist.

Siehe *mágid*.

»Darwin hat doch bewiesen, dass der Mensch bloß ein Tier ist«, sagt der Agnostiker lächelnd.

»Und warum hat dann keine andere Tierart einen Darwin hervorgebracht?« fragt der *darschn.*

davidstern siehe *mogn-dowid.*

dawnen

Der Ursprung des Wortes *dawnen* ist unbekannt; es könnte sich von dem französischen *l'office divin* »Gottesdienst« herleiten. Es wird ausschließlich von osteuropäischen Juden und ihren Nachfahren benutzt.

In Amerika: *davn, daven, davven*

Beten.

Ein frommer Jude betet dreimal am Tag: den *schachreß* (das Morgengebet), die *minche* (das Nachmittagsgebet) und den *majrew* (das Abendgebet). Für den Sabbat und die Feiertage gibt es zusätzliche Gebete. Der Hauptteil eines jeden Gebets ist der »stumme« oder geflüsterte Teil, das sogenannte »Achtzehnbittengebet« *schemone eßre,* das immer stehend erfolgt und deshalb auch *amida* genannt wird. Schon im zweiten Jahrhundert wurde diesem Gebet eine neunzehnte Bitte hinzugefügt, aber der Name *schemone eßre* wurde trotzdem beibehalten. »Stumm« scheint das Gebet deshalb zu sein, weil es gemäß I. Samuel 1,13 für andere unhörbar ist: »Hanna redete in ihrem Herzen, allein ihre Lippen regten sich und ihre Stimme hörte man nicht.«

Was für eine zentrale Rolle das Gebet im Leben der Juden spielt, zeigt sich in zahlreichen Artikeln dieses Wörterbuchs. Eins der anrührendsten Gebete ist das Morgengebet nach dem Aufstehen, wo der Gläubige Gott dafür dankt, dass er seine Seele von Gott zurückerhalten hat, »die sich in Deinem Gewahrsam befand«.

Zur Zeit des Alten Tempels begleitete das gemeinschaftliche Gebet die Opferung im Tempel. Als der Tempel zerstört wurde, trat es an die Stelle des Opfers.

Im Westen wenden sich die frommen Juden deshalb beim Beten nach Osten, weil dort Israel – nein, *Erez Israel!* – liegt. In Israel selbst wenden sich die Juden nach Jerusalem, wie es im I. Buch Könige 8, 44 heißt: Sie »beten zum Herrn nach der Stadt hin, die Du erwählt hast«.

Die Bibel nennt zahlreiche Beispiele für individuelle Gebete, zum Beispiel Moses Dank nach Durchschreiten des Roten Meeres (2. Mose 15, 1–13), Deboras Dank für den Sieg über Sisera (Richter 5, 1–31) oder Abrahams ausführliche Bitte um Milde für die Stadt Sodom (1. Mose 18, 23–32).

Auch die meisten Psalmen waren ursprünglich religiös-philosophisch-poetische Lobgesänge, die von einzelnen für den Gebrauch im Gottesdienst verfasst worden sind. Sie werden auch heute noch häufig gebetet. Das Rezitieren der Zehn Gebote ist heute allerdings nicht mehr so üblich, wie es einmal war. Man vermutet, dass die Rabbiner den Eindruck vermeiden wollten, dass die Zehn Gebote bereits den ganzen Inhalt des Judentums ausmachten.

Ein gläubiger Jude wird nicht aus der Tora lesen, das Sch'ma sprechen oder Gottes heiligen hebräischen Namen nennen, ohne dass sein Kopf bedeckt ist. Die orthodoxen Juden wiederum lassen ihren Kopf aber auch im Alltagsleben nie unbedeckt, sondern tragen stets einen Hut oder ein Gebetskäppchen, eine Jarmulke.

Siehe *broche* und *jarmelke.*

Die besondere Bedeutung und Kraft des Gebets bei frommen Juden beschreibt Maurice Samuel in seinem einfühlsamen Klassiker *The World of Sholem Aleichem* mit folgenden Worten:

»Den Gott, an den er (Tewje, der Milchmann) mit ganzem Herzen glaubt, den er liebt und zu dem er dreimal täglich mindestens betet, spricht er mit Zuneigung, Ironie, Verständnis, Ehrfurcht, Unverschämtheit und unerschütterlicher Hoffnung an. Jeden Morgen bei Sonnenaufgang oder noch kurz davor muss Tewje sein langes Morgengebet, den *schachreß,* sprechen, an jedem Werktag, mit einem Gebetsschal über dem Kopf und den Gebetsriemen an Armen und Stirn. Es hat gar keinen Sinn, darüber mit Tewje zu streiten. Und noch schlimmer ist es, ihm etwas von Aberglauben, Mummenschanz und Opium fürs Volk zu erzählen. Er hat darauf immer nur eine Antwort, die er im talmudischen Singsang vorträgt: ›Wenn die jahrhundertelange Verfolgung und die bitterste Ausbeutung mich nicht daran hindern konnten, die Gebete meiner Väter zu wiederholen, warum soll ich dann jetzt, in der Welt der Freiheit, von ihnen abfallen?‹

Aber der *schachreß* ist nur der Anfang. Während des Tages muss Tewje noch zweimal Pausen für andere Gebete machen – und er tut es unter allen, auch den widrigsten Umständen. Tun Sie mit ihm, was Sie wollen, ketten Sie ihn an eine Galeere, spannen Sie ihn vor den Karren, lassen Sie ihn verhungern, zerbrechen Sie seinen Körper, er wird trotzdem seine drei täglichen Gebete sagen.«

Seit Jahrhunderten leben die Juden in dem Gefühl, an einem ständigen Gebet und einem ständigen Dialog mit Gott teilzunehmen.

diaspora siehe *galut.*

díbek *(m.)*, **dibúkim** *(Pl.)*

Aus dem hebräischen *dibbuk me-ruach raa* »Anheftung von einem bösen Geist«.

In Amerika: *dibek, dybbuk*

Dibbuk.

1. Böser Geist, in der Regel die Seele eines Toten, die sich bei einem Lebenden einnistet, auf den der Tote einen Anspruch hatte;
2. Ein Dämon, der von jemandem Besitz ergreift und ihn verrückt, irrational, sündig, korrupt und verbrecherisch macht.

Wenn jemand hysterisch oder verrückt wurde oder einen epileptischen Anfall erlitt, riefen die Juden: »Ein Dibbuk hat ihn (oder sie) ergriffen!« Die Vorstellung eines solchen Dibbuks ist so alt wie der Dämonenglaube, und der Dämonenglaube ist so alt wie die Menschheit.

Ein besonders prominenter Dämon aus der jüdischen Legende ist Aschmodai, der König der Dämonen, der sogar König Salomon für einige Jahre entthront haben soll.

Der Begriff des Teufels im mittelalterlich christlichen Sinn, als Verkörperung alles Bösen, ist den Juden dagegen meist fremd.

In der jüdischen Folklore ist der Dibbuk ungefähr das, was bei anderen Völkern der Ghul, Vampir oder Inkubus ist – ein ruheloser Geist, der einen lebenden Körper finden muss, den er bewohnen kann. Um schwangere Frauen im Kindbett vor Dämonen zu bewahren, benutzten abergläubische Juden oft Amulette und Beschwörungen.

Natürlich lassen Dibbuks sich austreiben. Als besonderen Service für meine Leserinnen und Leser beschreibe ich im folgenden die anerkannte und bewährte Methode: Holen Sie einen heiligen Mann, einen Zaddik oder am besten gleich einen Bal Schem, der einem *minjen* vorsteht. Der heilige Mann wird laut den 91. Psalm vorlesen und dem verfluchten Dibbuk dann mit Donnerstimme befehlen, den Körper des Besessenen zu verlassen und sich in Gottes Namen »zur ewigen Ruhe zu legen«. Der Vorgang ähnelt in hohem Maße den Empfehlungen der katholischen Kirche in

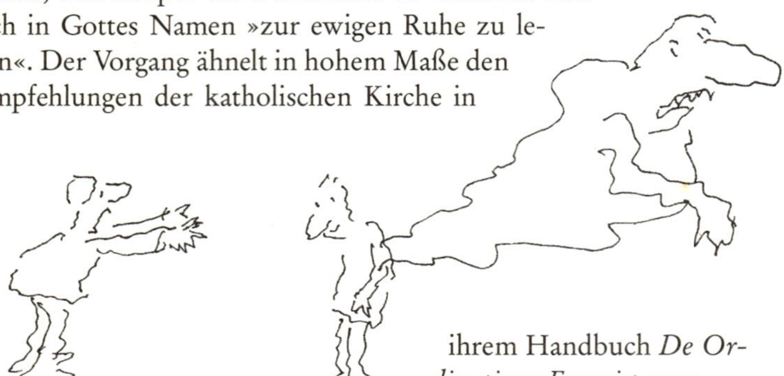

ihrem Handbuch *De Ordinatione Exorcistarum.*

Wenn der Dibbuk besonders hartnäckig ist und sich nicht ordnungsgemäß verflüchtigen will, was bei solchen perversen Biestern gelegentlich vorkommt, lässt der Bal Schem ein Widderhorn (*schofar*) kommen und zur Verstärkung seiner Befehle kräftig ins Horn stoßen. Das sollte dann aber wirklich genügen.

Eines der liebenswürdigen Details der Legende besagt, dass am rechten kleinen Zeh des Besessenen ein blutrotes Pünktchen von der Größe eines Stecknadelkopfes erscheint, wenn der Dibbuk seinen Körper verlässt. Manchmal findet man auch einen kleinen Sprung in der Fensterscheibe.

Salomon An-ski (eigentlich Salomon Seinwil Rapoport), geboren 1863 in Witebsk, gestorben 1920 in Warschau, schrieb das klassische jiddische Theaterstück *Der Dibbuk* (Uraufführung 1920), das auf der ganzen Welt in vielen Sprachen aufgeführt worden ist.

☛ Auch heute suchen Dibbuks uns in den Werken der Künstler noch heim. 1974 wurde An-skis Theaterstück von Jerome Robbins zu einem Ballett umgestaltet, zu dem Leonard Bernstein die Musik schrieb. Ebenfalls in den siebziger Jahren kam es zu einer avantgardistischen Inszenierung von Joseph Chaiken am Public Theater in New York, und erst vor kurzem wurde das Stück von dem Pulitzerpreisträger Tony Kushner erneut adaptiert. Der ersten, meisterlichen Verfilmung in jiddischer Sprache aus dem Jahre 1939 sind später weitere Verfilmungen gefolgt. Das Thema hat auch Fantasy- und Science-fiction-Autoren und Comic-Zeichner beschäftigt. ☚

In meinem Besitz befindet sich die amerikanische Ausgabe eines kleinen Buches von Jacques-Albin-Simon Collin de Plancy (1793–1887) aus dem Jahre 1818 (*Dictionary of Demonology*, NY 1965), das mich schon seit langem fasziniert. Darin werden alle möglichen Geister und Gespenster aufgezählt, vom neapolitanischen Schwein mit dem Menschenkopf bis zu Adram-melech, dem »Großkanzler der Hölle«, dem die Assyrer mit Kinderopfern huldigten und der nach Aussage der gelehrten Rabbis als Pfau oder Maultier auftreten kann, was eine erstaunliche Verwandlungsfähigkeit zeigt. Amduscias, Großherzog der Hölle, wiederum ist wie ein Einhorn gestaltet – und gibt nebenbei noch Konzerte.

Mein besonderer Liebling unter den Schreckgespenstern ist aber immer noch Tanchelin, ein Ketzer aus dem 12. Jahrhundert. Er hatte offenbar solche magischen Kräfte, dass Ehemänner ihn anflehten, mit ihren Frauen zu schlafen. Ich bin mir allerdings nicht sicher, ob er wirklich ein Dämon war oder vielleicht mehr ein Schwindler und *drejkop*.

Als hervorragendes Handbuch für alle Fragen, die Engel, Dämonen, Geister, Gespenster und andere übernatürliche Wesen betreffen, kann ich Gustav Davidsons *Dictionary of Angels* (Free Press,

1967) empfehlen. ☛ Eine hervorragende neuere Anthologie übernatürlicher Erscheinungen aus der jüdischen Folklore ist *Lilith's Cave. Jewish Tales of the Supernatural*, hrsg. von Howard Schwartz und illustriert von Uri Shulewitz (Oxford University Press, 1991).

Die Gestalt der Lilith, der »ersten Frau Adams«, die in der jüdischen Folklore zur dämonischen Kindsmörderin wurde, ist von den Feministinnen zum Symbol der Unabhängigkeit und Rebellion gemacht worden. Lilith ist aus dem Versuch der Rabbiner entstanden, zwei einander widersprechende Passagen der Genesis zu versöhnen: Im ersten Kapitel, Vers 27 werden Mann und Weib gleichzeitig geschaffen, im zweiten Kapitel, Vers 21–22 wird dann aus Adams Rippe eine Frau gemacht. Dieser Widerspruch wurde später so erklärt, dass Lilith, die erste Frau, sich Adams Versuchen widersetzt habe, sie zur Frau zu nehmen und zu beherrschen. Daraufhin sei dann Eva geschaffen worden, um seine »Gehilfin« zu werden (Vers 18). Wohl aus diesem Grund gibt es in New York seit 1980 eine feministische jüdische Vierteljahresschrift mit dem Titel *Lilith*. ☚

Salomon sagt, die Frau sei aus Adams Rippe erschaffen worden, damit sie seinem Herzen nahe sei.

donstairsike *(f.)*, **donstairsiker** *(m.)*
Ameridisch.

Die unter einem wohnende Nachbarin in einem Mehrfamilienhaus. »Meine *donstairsike* ist ein Engel.«

Eine *donstairsike* ist das Gegenstück zu einer *opstairsike.*

dopes, doppess *(m.)*
Ein nutzloser Gaffer, der zwar voller Mitleid und Bedauern ist, aber selbst nichts beiträgt.

Das Wort war besonders in der Bekleidungsindustrie sehr beliebt, vielleicht als Verstärkung von engl. *dope* (im Sinne von »Trottel«) oder jidd. *schlemil* und *schmegege.* Vielleicht leitet sich das Wort von *arúmtapn* (»herumtappen«, »betasten«, »im Dunkeln tappen«) her, weil holländische und deutsche Juden das Wort mit

»täppisch« in Beziehung brachten. Im Frankfurter Dialekt ist der *dappes* ein Synonym für einen »unbeholfenen Menschen«.

Dopes erfüllt das Bedürfnis nach einem Wort, das ebenso genau wie feinsinnig eine Verhaltensweise beschreibt, die in allen Kulturen bekannt ist. Den nutzlosen Beobachter, der zu jeder Krise nur die obligatorische Sympathie beiträgt, kennen wir alle.

Mein gelehrter Freund Professor Daniel Bell erzählt mir von einem Amateurlinguisten aus dem Garment District an der 37th Street in New York, der das Wort folgendermaßen definierte: »Der *schlemil* ist der Mann, der immer das Bügeleisen vom Bügelbrett stößt. Der *schlimasl* ist der Pechvogel, dem es auf den Fuß fällt, und der *dopes* ist derjenige, der dazu »Ts, ts!« macht.

Einer, der ständig »ts, ts« macht, wird allerdings auch *tsitser* genannt.

»Der eine hackt Holz, der andere besorgt das Stöhnen.«

Volksweisheit

drejkop *(m.)*, **drejkep** *(Pl.)*

Aus dem mittelhochdeutschen *draejen* und *kopf* wird jiddisch *dréj(e)n* »drehen« und *kop* »Kopf«.

In Amerika: *dreykop, draykop*

1. Ein Schwindler oder Trickbetrüger, der einem »den Kopf zu verdrehen« versucht.
2. Jeder andere, der einen »schwindlig redet«, verwirrt und belästigt.
3. Einer, der selbst verwirrt oder wirrköpfig ist.

In der folgenden Geschichte gibt es gleich zwei *drejkep,* wenn Sie mich fragen:

Das Telefon in der Anwaltskanzlei klingelt und eine Stimme meldet sich: »Sie sind verbunden mit Zucker, Zucker, Zucker und Zucker.«

»Guten Tag, kann ich bitte Mr. Zucker sprechen?`«
»Tut mir leid, der ist im Gericht.«
»Nu, kann ich dann Mr. *Zucker* sprechen?«
»Tut mir leid, der ist in Washington.«
»Können Sie mich dann vielleicht mit Mr. *Zucker* verbinden?«
»Mr. Zucker kommt erst um zwei.«
Ein Seufzer. »Na schön, dann red ich eben mit Mr. Zucker.«
»Am Apparat.«

drek *(f.)*, **drekeß** *(Pl.)*
Aus dem mittelhochdeutschen *drec, dreckes* »Dreck«.
In Amerika: *drek, dreck*
1. Exkrement.
2. Schund, Abfall.
3. Billiges, wertloses Ding.
4. Theaterstücke, Filme oder sonstige künstlerische Leistungen von äußerst schlechter Qualität.

Vorsicht! *Drek* ist ein starker, aber auch sehr vulgärer Ausdruck, genau wie *crap,* sein englisches Äquivalent. Für »Schmutz« sollte man *drek* nicht benutzen.

In Gegenwart meiner Mutter (ganz zu schweigen von Ihrer) sollten Sie das Wort *drek* genausowenig verwenden wie den Ausdruck für Exkrement, der im Englischen wie im Deutschen mit einem Zischlaut beginnt.

Drek wird in Amerika aus verschiedensten Anlässen als Ausdruck der Missbilligung eingesetzt, es kann dabei um den Zustand der Straße, aber auch um die lyrischen Qualitäten eines Gedichts gehen. Ich halte den leichtfertigen Umgang mit diesem Begriff nicht für gut. Sowohl das Englische als auch das Jiddische besitzen genügend andere niederschmetternde Worte. Bleiben Sie lieber bei *chaseraj* (Schweinerei).

dresske *(n.)*
Jinglisch. Diminutiv für *dress* »Kleidchen«.

Aber halt! Ein *dresske* ist natürlich kein kleines Kleid oder gar ein Bikini. So etwas würde man entweder spöttisch oder wohlwollend ein *dresskeleh* nennen, was ebenfalls ein Diminutiv ist, so ähnlich wie *teeny-weeny*.

Ein *dresske* ist in klassischem Jinglisch ein Kleid, das manche Frauen als »Fähnchen« bezeichnen würden, oder ein anderes eher preiswertes Stück.

Dresskes kauft man im Tiefparterre in Billig-Boutiquen. Meist hängen sie auf einem Kleiderständer mit dem Schild »Minipreise« oder »Herabgesetzt«. Gern stammen sie auch aus der Fourteenth Street. Bei Bergdorf's oder Nieman-Marcus kaufen bloß die Allerreichsten ein *dresske*.

Meine Lieblingsgeschichte in diesem Zusammenhang ist die von der Dame, die auf ein Kompliment über ihr neues Kleid hochnäsig sagt: »Was? Dieses *dresske*? Das zieh ich doch bloß an, um auf die Straße zu gehen!«

e

eizes siehe *ezes.*

éjdem *(m.)*, **éjdemß** *(Pl.)*
Aus dem mittelhochdeutschen *eidem* »Schwiegersohn«, »Schwiegervater«.
In Amerika: *eydem, aydem*
Eidam, Schwiegersohn.

Das starke Bildungsinteresse der Juden drückte sich nicht nur in den ungewöhnlichen Anstrengungen aus, ihre eigenen Söhne gut zu erziehen, sondern auch darin, dass sie sich einen Schwiegersohn wünschten, der ein Gelehrter, ein Talmudschüler, sein sollte. Es war durchaus üblich, dass der Unterhalt für das junge Paar jahrelang von den Brauteltern bezahlt wurde, damit der Schwiegersohn studieren konnte. Das war dann Bestandteil der Mitgift. Der Schwiegersohn zog ins Elternhaus seiner Braut, wo er freien Unterhalt hatte, um sich den Talmudstudien zu widmen. So wurde er zum *ejdem af keßt,* einem »Schwiegersohn auf Kost«.

☛ Ein modernes Beispiel für diese Denkart stand neulich im Internet unter der Rubrik »Authentische Anzeigen aus israelischen Zeitungen«:

Erfolgreicher junger Jude, 34, intelligent, selbständig, sucht Mädchen, dessen Vater mich anstellt. POB 53. ☚

Mr. Baum zeigt seinem Freund Kipnis die neue Wohnung, und Kipnis ist sehr beeindruckt. Er schnalzt mit der Zunge und macht seinem Freund die elegantesten Komplimente.

»Ach, das ist noch gar nichts!« sagt Baum. »Du solltest mal sehen, wie mein Schwiegersohn wohnt! Komm mit!«

Er eilt mit seinem Freund die Treppen hinauf zur darüberliegenden Wohnung und stößt die Tür auf.

»Aj-aj-aj!« jubelt Kipnis. »Ist das schön! Das ist ja ein Palast! Sag mal, was macht denn dein *ejdem*?«

»Vier Einser und eine Zwei plus!« sagt Baum voller Stolz.

Janowitz erzählt seinem Freund von einem Unglück, das ihn befallen hat: »Mein *ejdem* ist eine Katastrophe! Ich sage dir, er wird mich noch ruinieren!«

»Was ist denn los mit ihm?«

»Was mit ihm los ist?« stöhnt Janowitz. »Der Junge weiß nicht, wie man trinkt, und wie man Karten spielt, weiß er auch nicht.«

»Aber das ist ja ein Segen! Was beschwerst du dich darüber?«

»Weil er sowohl Karten spielt als auch trinkt!«

éjdl *(Adj.)*

Aus dem mittelhochdeutschen *edel* »adelig«, »edel«.

In Amerika: *eydl, edel, eydel*

1. Zart, sensibel, feingeistig.
2. Zurückhaltend, bescheiden, demütig.

»He is eydl« ist ein Kompliment ersten Ranges.

éjdlkajt

In Amerika: *eydlkayt, edelkeit, eydelkayt, edelkayt*

1. Zartgefühl, Sensibilität.
2. Bescheidenheit, Liebenswürdigkeit des Charakters.

Auf der West Side von Chicago hatten wir einen Metzger, der wegen seines guten Charakters von jedermann sehr verehrt wurde. »*Such eydlkayt!*« sagten die Leute.

Andererseits wissen die Leute, dass es auch so etwas wie eine arrogante Bescheidenheit gibt. So sagt der Volksmund: »Zu bescheiden ist halb stolz.«

éjze *(f.)*, **éjzeß** *(Pl.)*
Aus dem hebräischen *ejzá* »Rat«.

Der Ausdruck *ejzeß gebn* »Tipps geben« ist in Berlin und Wien ins Deutsche eingegangen. »Morgen muss ich mich bei deinem Chef bewerben. Kannst du mir ein paar *ejzeß* geben?« Dudenschreibweise: Ezzes, Eizes.

epeß *(Pronomen)*
Aus dem mittelhochdeutschen *eteswas* wird frühneuhochdeutsch auch *eppes* für »etwas«. Vgl. alemannisch, bairisch, frankfurterisch *ebbes* und *öbbes*.

In Amerika: *epes, eppes*

1. Etwas, ein wenig.
2. Jemand.
3. Etwa, vielleicht, aus unerklärlichem Grund.
4. Ungenügend, fragwürdig.

Dieses köstlich vieldeutige Pronomen ist ein wahres Chamäleon unter den Wörtern und relativiert die meisten Dinge auf äußerst hintersinnige Weise.

Beispiele:

a) »*Eat epes.*« Iss was.
b) »*Epes I'm not hungry.*« Aus irgendeinem Grund bin ich nicht hungrig.
c) »*She served epes a meal!*« Sie hat ein ziemliches Essen serviert! (Leicht kritischer Unterton!)
d) »*Is that epes a beauty!*« Oh, ist das eine Schönheit! (Wenn es

mit Enthusiasmus gesagt wird. Wichtig ist hier das Ausrufezeichen!) Aber:

e) »*That is epes a beauty?*« (Als Frage oder Hypothese, mit Stirnrunzeln, hochgezogener Augenbraue, Zögern oder Ironie gefragt, bedeutet: »Soll das etwa eine Schönheit sein?«)
f) »*He thinks he's an epes.*« Er denkt, er wäre sonstwas.
g) »*There is epes a painter!*« Das ist mal ein Maler! (Hier ist *epes* eine Verstärkung.)
h) »*Who has epes an idea?*« Hat vielleicht jemand eine Idee?
i) »*This is epes some explanation!*« Das ist vielleicht eine Erklärung. (Ironisch: »Das ist eine höchst unzureichende Erklärung.«)

Der Bischof bringt den Oberrabbiner der Stadt vor die Inquisition und erklärt ihm: »Wir werden das Schicksal Eures Volkes Gott überlassen! Ich lege zwei gefaltete Zettel in dieses Kästchen. Auf dem einen steht *schuldig*, auf dem anderen *unschuldig*. So, und jetzt zieht!«

Nun war allgemein bekannt, dass der Bischof alle Juden abschlachten wollte, und so hatte er natürlich auf beide Zettel *schuldig* geschrieben.

Der Rabbi legt seine Hand in das Kästchen, wählt einen der beiden Zettel, zieht ihn heraus – und verschluckt ihn.

»Was tut Ihr?« schreit der Inquisitor. »Woher soll das Gericht jetzt wissen –«

»Nun, das ist ganz einfach«, erklärt der Rabbi. »Ihr braucht nur den Zettel zu untersuchen, der jetzt noch im Kasten ist. Wenn darauf *unschuldig* steht, dann habe ich offensichtlich den Zettel mit der Aufschrift *schuldig* gezogen. Wenn auf dem Zettel im Kasten aber *schuldig* steht, dann stand auf dem, den ich gezogen habe, mit Sicherheit *unschuldig*.«

Das, finde ich, war *epes* genial!

Dass jüdische Kinder an Halloween an den Türen klingeln und sagen: »*Epes for yontif?*«, ist übrigens nicht wahr.

Erez Israel

Hebräisch: »Das Land Israel«.

In Amerika: *Erets Yisroel, Eretz Yisroel, Eretz Israel, Eretz Yisrael*

Erez Israel war seit dem Jahre 70 n. Z., als die Römer den Zweiten Tempel zerstörten und die Juden in alle Welt zerstreut wurden (siehe *Galut),* der Brennpunkt jüdischer Träume.

Für den gläubigen Juden ist Erez Israel das »gelobte Land«, das Abraham von Gott versprochen wurde, wo das Königreich von David und Salomon und die heilige Stadt Jerusalem errichtet wurden, wo am Ende aller Tage der Messias auftreten wird und alle Juden wiederauferstehen, die ihr Grab in der Diaspora fanden. Mit den Worten »... nächstes Jahr in Jerusalem« enden viele jüdische Gebete.

In den langen, langen Jahrhunderten der Vertreibung wurde Erez Israel für die gläubigen Juden weit mehr als ein Stück Land oder ein Ort auf der Landkarte: Es wurde das Gelobte Land, Eldorado, eine Vision von einer Gesellschaft ohne Vorurteile, ein Utopia, wo Juden in Freiheit leben, lernen und beten können. Es war buchstäblich das Heilige Land, und als solches wurde es zur Inspiration für einen großen Teil der hebräischen Literatur. Nach rabbinischem Recht war es ein gültiger Scheidungsgrund, wenn eine Frau sich weigerte, mit ihrem Mann nach Israel zu gehen, es sei denn sie hätte gesundheitliche oder andere überzeugende Gründe.

f

fájfer *(m.)*
Aus dem mittelhochdeutschen *pfîfer* »Pfeifer«.
In Amerika: *fayfer, fifer*

1. Ein Pfeifer, Pfeifenspieler, Musikant.
2. Ein lauter, schriller, aggressiver oder ungehobelter Bursche.
3. Ein Angeber. Ein *fajfer* würde sich nicht so weit herablassen, dass man ihn einen *groben jung* nennt; er würde auch nicht direkt lügen, aber mit einer gewissen Übertreibung wie bei einem *fonfer* muss man wohl rechnen.
4. Ein Typ, der einen rasend macht. »Sie hat einen richtigen *fajfer* geheiratet.«

Und der Satz *»I fayf on you!«* heißt tatsächlich: »Ich pfeif' auf dich!« oder »Was kümmert mich deine Meinung?«

Mr. Rubin ist gerade von seiner Europareise zurück und protzt mächtig rum.

»Waren Sie denn auch in Rom?« fragt einer seiner Bekannten ihn neugierig.

»Klar, wer würde nicht nach Rom fahren?«

»Und wie hat Ihnen das Kolosseum gefallen?«

Mr. Rubin macht eine herrscherliche Geste. »Sehr nett!« sagt er. »Wenn Sie moderne Sachen mögen.«

farbißn *(Partizip Perfekt)*
Aus dem mittelhochdeutschen *verbîzen* »durch Zusammenbeißen der Zähne zurückhalten«.

In Amerika: *farbisn, farbissen; farbisner, farbissener (m.), farbisne, farbisseneh (f.)*

Verbittert.

Ein *farbißner* ist mürrisch, unangenehm, unliebenswürdig. Und eine *farbißne* genauso. Der Begriff ist mit der Vorstellung verbunden, der Betreffende sei psychologisch beschädigt und nehme die Welt verzerrt wahr.

Ein *farbißner* Arzt wird zum Haus eines Schusters gerufen. »Bitte, Herr Doktor, retten Sie meine Frau!« sagt der Mann. »Ich zahle, was Sie wollen, auch wenn ich alles verkaufen muss, was ich besitze.«

»Und was ist, wenn ich Ihre Frau nicht heilen kann?« fragt der schlaue Mediziner.

»Ich zahle auf jeden Fall, egal, ob sie wieder gesund wird, oder ob Sie sie umbringen!« schreit der verzweifelte Mann.

Eine Woche später ist die Frau tot, und der Arzt schickt dem Schuster eine gewaltige Rechnung. Das ist dem Mann denn doch ein bisschen zu viel. Er schlägt vor, zum Rabbi zu gehen und über die Rechnung zu reden.

Der Rabbi kennt den schlechten Ruf des Arztes und fragt: »Was genau hattet Ihr miteinander vereinbart?«

»Er hat versprochen, mich zu bezahlen«, sagt der Arzt, »ganz unabhängig davon, ob ich seine Frau heilen kann oder ob ich sie umbringe.«

»Und habt Ihr sie geheilt?«

»Nein.«

»Habt Ihr sie umgebracht?«

»Natürlich nicht!«

»Unter diesen Umständen verstehe ich nicht, für welche Leistung Ihr Eure Gebühren verlangt«, sagt der Rabbi.

farblóndshet *(Partizip Perfekt)*

Das *sh* ist stimmhaft, wie in französischen Wörtern (»Etage« oder »manger«). Aus dem polnischen *bladzic* »wandern«, »herumstreifen«.

In Amerika: *farblonzhet, farblondjet*

Verlaufen, verirrt, im Irrtum befindlich.

Ich habe *farblondshet* nicht deshalb aufgenommen, weil es im Deutschen oder Englischen nichts Entsprechendes gäbe, sondern weil der Wohlklang dieses Wortes ein ganz eigenes Aroma besitzt. Es drückt ein Maß an Verirrung aus, wie man es sich anders kaum vorstellen kann: aus der Bahn geraten, vom Weg abgekommen, irgendwo im Nirgendwo.

Man kann damit ausufernde Erklärungen,

eine missglückte Präsentation, eine Folge von unlogischen Feststellungen, aber auch eine Kette von unglücklichen Zufällen und jedes andere Chaos bezeichnen. »Er war auf dem Weg nach New Rochelle, hatte sich aber so *farblondshet*, dass er in White Plains landete.« »Sein Plädoyer vor Gericht? Mann, er war so *farblondshet*!«

◎ ◎ ◎

Professor Prescott fragt Professor Minkus, einen Kollegen von der Philosophischen Fakultät: »Sagen Sie, was genau bedeutet *farblondshet*?«

»Das heißt verlaufen, verirrt«, sagt Minkus. »Als ich zum Beispiel meine Karriere anfing, war ich wirklich *farblondshet*. Ich war sechs Jahre lang ein Reform-Rabbi.«

»Wirklich?« sagt Professor Prescott. »Hat man Sie Ihres Amtes enthoben?«

»Nein«, seufzt Minkus. »Bloß meines Anzugs.«

Der geneigte Leser ahnt schon, dass dieser Witz auf einem Wortspiel beruht. In Wirklichkeit hat Professor Prescott natürlich gefragt: *»Were you – unfrocked?«* – Und Minkus antwortet: *»No, just unsuited.«* Was darauf anspielt, dass er einerseits »ungeeignet« *(unsuited)* war, dass man ihm als Reform-Rabbi aber keine aufwändigen priesterlichen Gewänder, sondern bloß seinen Anzug *(suit)* wegnehmen konnte.

farbótn *(Partizip Perfekt)*
Aus dem mittelhochdeutschen *verbieten* »vor Gericht laden«, »verhindern«.

Das Wort ist wohl nicht über das Jiddische, sondern aus dem Deutschen in die amerikanische Sprache gelangt, denn Websters anerkannte Schreibweise lautet: *verboten.*

farpótschket *(Partizip Perfekt)*
Aus dem jiddischen *pátschken* »schmieren«.

In Amerika: *farpatshket, farpotshket*

1. Verschmiert, schmuddelig, ausradiert und wieder drübergeschrieben.
2. Alles, was irgendwie vermurkst ist, von einem Gemälde bis zu einem Rechtsstreit.

Farpotschket hat eine onomatopoetische Qualität, die ich sehr schätze: Es patscht so schön. »Sein Gemälde ist grässlich *farpotschket.*« »Ihre Presseerklärung war ziemlich *farpotschket.*« *»He's famous for his farpotshket logic.«*

☛ *Farblondshet, farchalescht* (bewusstlos), *farpotschket, fartschadet* – Mike Meyer, einer der Veteranen von *Saturday Night Live,* hat Amerika noch mit einem weiteren jiddischen Wort bekannt gemacht, das die Vorsilbe *far-* trägt: *farklemt.* In einer *Coffee Talk*-Sendung über Barbra Streisand griff er immer wieder zu seinem

Fächer (er tritt als »Linda Richman« vor die Kamera) und ächzte: *»I'm getting a little farklemt!«* Er wollte damit wohl sagen, dass ihm ganz »beklommen« ums Herz wurde. ☚

farschtúnken *(Partizip Perfekt)*
Aus dem jiddischen *schtinken* (mittelhochdeutsch *stinken*).
In Amerika: *farshtinkener, farshtunkener*
Stinkend, verstunken.

Dieses grobe Wort mag manchem ein bisschen stinken, aber es lässt sich nicht leugnen, dass es ein echter Kraftausdruck ist.

»What a farshtunkener business!« finde ich besser als *»a stinking business«*, weil das *»sch«* noch etwas deftiger klingt. Außerdem ist es natürlich immer eleganter, wenn man ein Fremdwort benutzt, gerade bei derben Ausdrücken.

Bei einer Dinnerparty erzählte ein *farschtunkener* antisemitischer Angeber von seiner jüngsten Reise nach Zentralafrika: »Es war einfach herrlich: Auf Tausenden von Quadratkilometern gab's keine Juden und keine Schweine.«

Erschrockenes Schweigen senkt sich über die Tafel.

Dann hört man die Stimme des jüdischen Gastes: »Ach, das tut mir ja leid. Aber das hätten wir beide ja leicht ändern können, nicht wahr?«

»Wieso?«

»Wir hätten halt zusammen reisen müssen. Dann hätten wir beides gehabt.«

☛ *Farshtunkener* gehörte (zusammen mit *hoo-ha*) zu den jiddischen Perlen, mit denen das beliebte *MAD*-Magazin seine Leser in seinen Anfangsjahren verblüffte. Ein Strip in der ersten Ausgabe hieß *Ganefs* (Ganoven), und in einer King-Kong-Parodie versuchen westliche Forscher mit den Ookabalaponga auf Jiddisch zu kommunizieren. Statt *»How do you do?«* fragen sie: *»Vos machst du?«* Auf diese Weise lernte die amerikanische Jugend beiläufig den Witz des Jiddischen kennen. Aber das war manchen Freunden des Mainstream auch schon wieder zu viel. Als Bill Elder, der witzigste *MAD*-Künstler (für *Panic*, eine Schwesterzeitschrift von *MAD*) eine illustrierte Parodie auf Clement Clarke Moores klassisches Gedicht *A Visit from Saint Nicholas* verfasste, schrie Amerika nach dem Zensor. Es kam zu einer Senatsuntersuchung, und 1954 wurden sämtliche Comic-Hefte dem *farschtunkenen* »Comic Code« unterworfen, der die Zeichner und Texter jahrelang lähmte.

fartschádet *(Partizip Perfekt)*
Aus dem jidd. *tschaden* »qualmen«. Slawisch *chad* »Rauch«, »Qualm«.

In Amerika: *fartshadet, farchadat*

1. schwindelig, verwirrt, benebelt. »Der Bursche läuft völlig *fartschadet* herum.«
2. Kopfweh. »Mein Kopf ist ziemlich *fartschadet.*«
3. Hingerissen, bezaubert. »Von dem Mädchen ist er ganz *fartschadet.*«
4. Überrascht, verblüfft, schockiert. »Als er hörte, was sie für Preise verlangen, war er völlig *fartschadet*!«

Mischa und Grischa diskutieren über das herrliche Leben nach der Revolution.

»Wenn die Revolution kommt«, sagt Mischa, »essen wir alle Erdbeeren mit Sahne!«

»Aber ich mag keine Erdbeeren mit Sahne«, sagt Grischa.

»Wenn die Revolution kommt, wird dir gar nichts anderes übrig bleiben, als Erdbeeren mit Sahne zu essen!«

Tja, er war ziemlich *fartschadet.*

fartútst, fartóotst *(Adjektiv)*
Aus dem deutschen *verdutzt*, das sich aus dem mittelniederdeutschen *vordutten* »verwirren« herleitet.

Verdutzt, verblüfft.

Wenn es als nähere Bestimmung oder Substantiv verwendet wird, heißt das Wort *fartutster (m.)* oder *fartutste (f.): »She's a fartutste hostess.«*

Mr. Chamish ruft Mr. Nudelmann an und beschwert sich: »Seit zwei Monaten haben Sie die Rechnung jetzt nicht bezahlt!«

»Was?« sagt Nudelmann. »Haben Sie meinen Scheck nicht gekriegt?«

»Nein.«

»Dann werde ich ihn sofort auf die Post bringen.«

(Mr. Nudelmann ließ sich nicht *fartutsn.*)

feh!

Möglicherweise vom deutschen *pfui!* abgeleitet (das ebenfalls in Amerika fortlebt), wird dieser Zwischenruf immer mit Gefühl ausgesprochen und nie ohne Ausrufezeichen gebraucht.

»Feh!« ist der jiddische Ersatz für Wörter wie *phew!* »puh!«, *»Pee-oo!«*, *»Ugh!«*, *»Phooey!«*, *»Ecch!«* oder *»Pfrr!«*. Es scheint mir eine sehr genaue Beschreibung des Abscheus zu sein. Wenn man *feh!* sagt, kann man zugleich die Zähne fletschen und die Nase kraus ziehen, um die Bedeutung sichtbar zu unterstreichen.

Feh! sagt man:

1. Wenn man ein faules Ei riecht.
2. Wenn man an einer Jauchegrube vorbeigeht.
3. Wenn man den Smog von Los Angeles einatmet.
4. Wenn man an den Schwefelgruben in New Jersey vorbeikommt.
5. Wenn man einen nicht mehr ganz frischen Fisch riecht.
6. Wenn man einen Typen mit fettigen Haaren beschreibt.
7. Wenn man die ungeliebten politischen Verhältnisse darstellen möchte.
8. Wenn man vom nicht vorhandenen Anstand eines Konkurrenten oder sonstigen Widersachers berichtet.
9. Wenn man über eine unangenehme Operation spricht.
10. Wenn man eine Einladung zum Stierkampf ablehnt (obwohl es

mal einen jüdischen Matador gab, der aus Brooklyn stammte und in Spanien unter dem Namen Sidney Franklin auftrat).

11. Wenn man (am nächsten Tag der engsten Familie) von der vergammelten Ente erzählt, die man beim Staatsbankett essen musste.
12. Wenn man den *paßkudnjak* beschreibt, der mit deiner Freundin durchgebrannt ist, bzw. die *paßkudnjatschke*, die dir den Freund ausgespannt hat.
13. In der Vorfreude auf den *shloomp*, *schmendrik* oder *schlemil*, den Sie ins Geschäft nehmen müssen, weil er ein Verwandter Ihrer Frau ist und sie darauf besteht, dass Sie ihm »wenigstens eine Chance geben«.
14. Wenn Sie den *chuzpenik* beschreiben, der sich einbildet, Ihre Tochter heiraten zu wollen.
15. Wenn Sie erzählen, wie so ein *kloz* die Mozart-Aufführung versaut hat – oder der Sopran eine Arie.
17. Wenn man sonst irgendwelche negativen Gefühle über einen Anblick, ein Ereignis oder Erlebnis, eine Person oder Krise ausdrücken will.

Ich habe mal eine ganze Geschichte über diesen Ausdruck geschrieben (›Mr. K*A*P*L*A*N and the Unforgivable *Feh!*‹ in: *The Return of H*Y*M*A*N K*A*P*L*A*N*, Harper, 1959).

Sei gegrüßt, unsterbliches *Feh!*

féjgele *(n.)*

Diminutiv zu jiddisch *fojgl*, aus dem mittelhochdeutschen *vogel*, *vogelîn*.

In Amerika: *feygele*, *faygeleh*

1. kleiner Vogel, Vögelchen.
2. Kosename für ein unschuldiges, kleines Kind.
   Aber Vorsicht! *Fejgele* sollte nur für Mädchen gebraucht werden, denn es bedeutet auch:
3. Homosexueller. Im amerikanisch-jiddischen Gebrauch recht häufig verwendetes Wort. Ein Synomym für die englischen Ausdrücke *fairy* und *fag*. Juden benutzen dieses Deckwort gern aus Gründen der Diskretion, wenn vielleicht Dritte zuhören.
4. Im Deutschen auch in der Bedeutung »sauberer Vogel«.

☛ In den letzten Jahrzehnten haben sich die Schwulen und Lesben auch im jüdischen Leben emanzipiert. In New York, San Francisco, Los Angeles, Atlanta und anderen Städten gibt es Synagogen mit vorwiegend homosexuellen Gemeinden. Der *World Congress of Gay and Lesbian Jewish Organizations* hat Konferenzen in Jerusalem, Amsterdam und verschiedenen amerikanischen Städten abgehalten. Die Reformbewegung und die Rekonstruktionisten haben begonnen, auch Homosexuelle als Rabbis und Vorbeter zu ordinieren. Im Frühjahr 2000 hat die rabbinische Versammlung der Reformbewegung beschlossen, dass Rabbiner berechtigt seien, gleichgeschlechtliche Ehen zu segnen.

Im Zusammenhang mit der AIDS-Krise erklärte der damalige Präsident der Reformbewegung Rabbi Alexandler M. Schindler im Jahre 1998: »Dem Davidstern müssen wir eine neue, zusätzliche Bedeutung geben, die den Nazis in ihrer Verfolgung der Homosexuellen offenbar schon bewusst war: Der Davidstern enthält auch das Dreieck« (das heißt auch den »rosa Winkel«, der in den Konzentrationslagern zur Kennzeichnung der Homosexuellen benutzt wurde und heute ein Symbol der Schwulenbefreiung geworden ist). ☚

fínf *(Zahlwort)*
Aus dem mittelhochdeutschen *vünf, vinf* »fünf«.

In Amerika: *fin, finf, finif, finiff, finnif*

Aus dem jiddischen *finf* wurde in Amerika *fin*, mit einer Fülle von Bedeutungen:

1. Fünf.
2. Fünf-Dollar-Schein (auch eine Fünf-Pfund-Note).
3. Eine fünfjährige Gefängnisstrafe.

Das Wort wird vor allem von Sportfans, Spielern, Theaterleuten, Nachtklub-Besuchern und Gesellschaftskolumnisten benutzt. *Fin* ist inzwischen fester Bestandteil der amerikanischen Umgangssprache geworden und findet sich auch bei Autoren wie Damon Runyon und John O'Hara …

fléjschik *(Adjektiv)*
Aus dem mittelhochdeutschen *vleisch, fleisch, fleis* und dem dazugehörigen Adjektiv *fleischic* »fleischig«.

In Amerika: *fleyshik, flayshig, fleyshedik, flayshedig*

Der Begriff ist wegen der Speisevorschriften für das Judentum von besonderer Bedeutung, da nach dem Speisegesetz (Kaschrut, jidd. *kaschreß*) Fleisch, Geflügelfleisch und Nahrungsmittel, die mit tierischen Fetten hergestellt wurden, nicht mit Milchprodukten gemischt werden dürfen.

Siehe *koscher.*

fólksmentsch
Aus dem mittelhochdeutschen *volc* »Leute«, »Volk« und *mensche, mensch* »Mensch«. Die Entsprechung »Volksmensch« gibt es im Deutschen nicht.

In Amerika: *folks-mentsh, folks-mensh, folks-mentsch, folksmentsh*

Es liegt nahe, dass den Juden ihr Volk wichtig ist, aber ein *folksmentsch* ist mehr als das. Ein *folksmentsch* ist:

1. jemand, der sich mit den Massen identifiziert, nicht mit der Elite. Man muss nicht jüdisch sein, um ein *folksmentsch* zu sein,
2. ein ehrlicher, schlichter, unprätentiöser Mensch,
3. jemand, der aufgrund seiner Leistungen oder seines Reichtums durchaus arrogant sein könnte, dies aber nicht ist. Meine Mutter hat immer gesagt, Franklin D. Roosevelt sei im Herzen ein *folksmentsch* gewesen,
4. jemand, der sich für jüdisches Leben, jüdische Traditionen, Werte und Erfahrungen interessiert und die Traditionen fortsetzen will,
5. jemand, der sich überhaupt für Volkskultur, Volkskunst und Überlieferung interessiert,
6. jemand mit einem starken sozialen Gewissen.

Amerikanische Juden nennen die Gesamtheit der Juden, ihr Volk, *»the Yiddisher folk«*. Dementsprechend war ein *folksmentsch* ursprünglich jemand, der sich für jüdische Angelegenheiten engagierte und interessierte.

Ich kenne einen *folksmentschn*, der die Anweisungen für die Passagiere von El-Al-Maschinen dahingehendend abändern möchte, dass sie künftig lauten:

BITTE ANSCHNALLEN!
RAUCHEN EINSTELLEN!
OBST ESSEN!

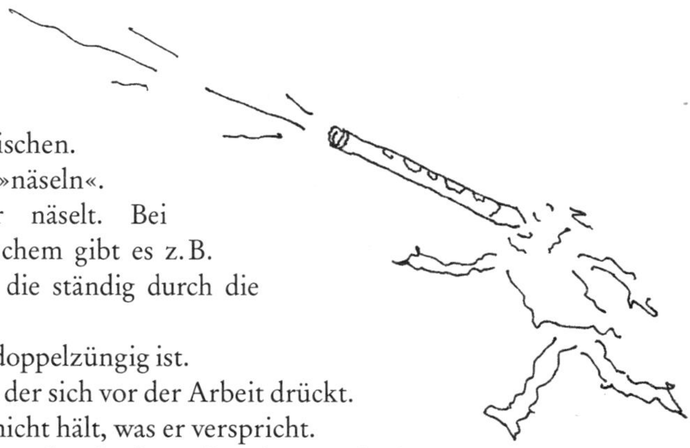

fonfn *(Verb)*,
fónfer *(m.)*
Aus dem Slawischen.
Fonfn bedeutet »näseln«.

1. Jemand, der näselt. Bei Scholem Alejchem gibt es z.B. eine Gestalt, die ständig durch die Nase spricht.
2. Jemand, der doppelzüngig ist.
3. Ein Faulpelz, der sich vor der Arbeit drückt.
4. Jemand, der nicht hält, was er verspricht.
5. Ein Betrüger. *»That fonfer will make you think black is white.« »Watch his addition, he's a fonfer.«- »Don't let him fonfe on the amount.«*
6. Ein Drückeberger. »Was, er hat drei Stunden gebraucht, um von hier bis zur Fourteenth Street zu kommen? Was für ein *fonfer*!«
7. Ein Maulheld. *»He talks like a hero, but acts like a fonfer.«*
8. Einer, der nur heiße Luft macht. »Der sollte Grundstücke auf dem Mond verkaufen, dieser *fonfer*!«

Ein Freund hat mir die Geschichte erzählt, wie seine Mutter eine Nachbarin zu ihrer Staatsbürgerschaftsprüfung begleitet hat. Der Richter fragt die Nachbarin: »Wer war der erste Präsident der Vereinigten Staaten?«

Der Nachbarin wird schwarz vor Augen. Hilfesuchend wendet sie sich an die Mutter des Freundes.

»Und weißt du, was sie gesagt hat? *Columbus!*«

Die Mutter war wirklich ein *fonfer*.

frask, frosk

Ein Schlag oder Klaps.

Was mir besonders daran gefällt, ist der Wohlklang. *»I gave him a frosk in the pisk«* ist ein besonders plastischer, geradezu widerhallender Ausdruck für: »Ich hab ihm eins in die Fresse gegeben.«

◎ ◎ ◎

»Mein Vater war gestern so wütend«, sagt der kleine Morris, »dass er mir gleich fünf Mal eine reinhauen wollte.«

»Woher weißt du denn, dass es gerade fünf Mal war?«

»Ich hab es gezählt.«

»Was hast du gezählt?«

»Na, die Ohrfeigen, die er mir verpasst hat.«

»Ich dachte, er hat dich bloß schlagen *wollen*.«

»Warum hätte er's denn sollen, wenn er's nicht gewollt hätte?«

freßn *(Verb)*

Aus dem mittelhochdeutschen *vrezzen* »verzehren«, »verschlingen«.

In Amerika: *fres, fresn, fress, (Verb); fresser (m.)*

1. Viel essen. *»Did you ever see anyone fress like that?«*
2. Rasch und geräuschvoll essen. *»Don't act like a fresser.« »Slow down; don't fress.«*

◎ ◎ ◎

Gerry Blumenfeld erzählt, sie habe einst in Mexico City eine Speisekarte gefunden, wo es unter der Überschrift »Sandwiches« hieß:

Pastrami por Fressers .... *10 Pesos*
Double Decker por Grandes Fressers ...... *15 Pesos*
Triple Decker por Grandísimo Fressers ..... *20 Pesos*

frum *(Adjektiv)*
Aus dem mittelhochdeutschen *vrum* »tüchtig«, »gottgefällig«, »fromm«.

In Amerika: *frum (Adjektiv)*, frumer, frummer *(m.)*, *frume, frummeh (f.)*
Religiös, gesetzestreu, orthodox. *»He is frum.« – »He is a frumer Jew.« – »She is a frume.«*

Es heißt, dass die frommen Juden, wenn sie die alte Heimat verließen, im Gebet zu Gott sprachen: »Und jetzt auf Wiedersehen, o Herr! Ich gehe nach Amerika.«

g

galizianer *(m.)*

Ein *galizianer* ist ein Jude aus Galizien, einer polnisch/österreich-ungarischen Provinz. (Österreich schnappte sich dieses Gebiet bei der Aufteilung Polens im Jahre 1772.)

In Amerika: *Galitzianer*

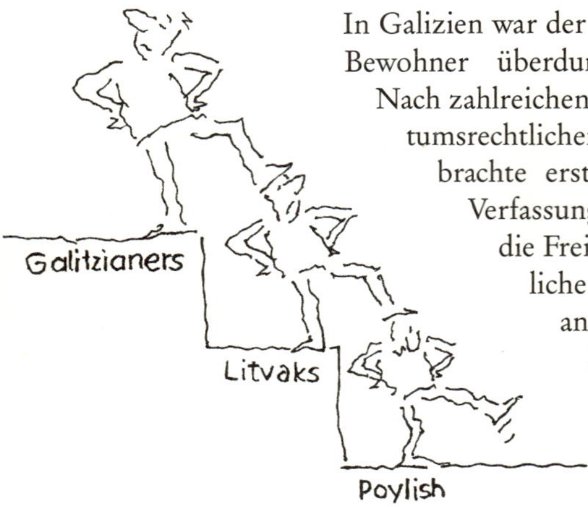

In Galizien war der Anteil der jüdischen Bewohner überdurchschnittlich hoch. Nach zahlreichen familien- und eigentumsrechtlichen Beschränkungen brachte erst die österreichische Verfassung von 1860 den Juden die Freizügigkeit. Die rechtliche Gleichstellung mit anderen Bürgern der Donaumonarchie erfolgte 1867. Zu Anfang des 20. Jahrhunderts lebten in Galizien etwa 900 000 Juden, das waren über zehn Prozent der Gesamtbevölkerung in diesem Gebiet. Brody, Krakau, Lemberg, Przemysl und Tarnopol waren dementsprechend Zentren talmudischer Gelehrsankeit, es gab hier wichtige Jeschiwas, aus denen berühmte Gelehrte und Rabbis hervorgingen.

Die galizischen und die litauischen Juden lagen häufig im Streit, weil jede der beiden Gruppen sich für die überlegene hielt und die geistige Vorherrschaft über die andere beanspruchte. Die Eiferer in beiden Gemeinden betrachteten eine Heirat zwischen *Litwak* und *Galizianer* fast schon als eine Art »Mischehe« und behaupteten gern, aus so einer Mesalliance könne nichts Gutes entspringen.

Meine Eltern sprachen sowohl über *Galizianer* wie über *Litwaks* mit einer gewissen Zurückhaltung. Wir selbst waren *pojlisch* (polnische Juden) und wurden von standesbewussten *Galizianern* und *Litwaks* wahrscheinlich als absolut unter ihrer Würde betrachtet.

Die russischen Juden, vor allem soweit sie zur *intelligentsija* gehörten, blickten mit kühler Teilnahmslosigkeit auf alle anderen herab. Die *Deutschen* unter den galizischen Juden waren die fortschrittsorientierten, oft schon ungläubigen, die keine äußeren Zeichen des Glaubens wie Bärte, Schläfenlocken, Kopfbedeckungen oder *schejtl* mehr trugen. Die eigentlichen deutschen Juden wiederum waren etwas ganz besonderes. Als selbsternannte Elite blieben sie auf Distanz zu allen anderen *Jehudim* und wurden – wenn man überhaupt so verallgemeinern darf – von ihren weitaus ärmeren, weniger assimilierten, dafür aber religiöseren Verwandten im Osten von Herzen verabscheut.

Bei alledem aber waren das Zusammengehörigkeitsgefühl, das Bewusstsein gemeinsamer Werte und einer gemeinsamen Tradition bei den europäischen Juden doch sehr stark entwickelt. Nicht zuletzt durch die gemeinsamen Probleme, die ständige Bedrohung, die Verfolgung und das gemeinsame Unglück wurde das *familjengefil* immer wieder gestärkt.

In den Vereinigten Staaten war die soziale Rangordnung ebenso subtil wie genau: Die Einwanderer der ersten Generation beneideten die, die schon in der zweiten Generation in Amerika waren; und die deutsch-jüdischen Familien – die Kuhns, Warburgs, Seligmans, Kahns, Schiffs, Lehmanns, Loebs und Ochses – entwickelten sich zu einer einflussreichen, gesellschaftlich eng verflochtenen Elite. Die »Hackordnung« innerhalb dieser etablierten Elite, ihr Stolz, ihr Snobismus, ihre Herablassung gegenüber den russischen und polnischen Juden, aber auch ihre philanthropische Großzügigkeit sind von Stephen Birmingham in seiner Studie *Our Crowd. The Great Jewish Families of New York* (Harper and Row, 1967) ausführlich dargestellt worden. Die Nachfahren der jüdischen Einwanderer, die der Goldrausch nach Kalifornien brachte, bilden heute eine herausragende, gesellschaftlich besonders stark engagierte Bevölkerungsgruppe in San Francisco.

Weitere erhellende Untersuchungen über die Identifikationsmuster, die gesellschaftliche Hierarchie, die Umgangsformen, Werte und Konflikte innerhalb der jüdischen Bevölkerung der Vereinigten Staaten finden sich bei Nathan Glazer *American Judaism* (Chicago History of American Civilization, hrsg. von Daniel Boorstin, University of Chicago Press, 1957), Moses Rischin *The Promised City. New York's Jews 1870–1914* (Corinth Books, 1964), in den Artikeln von Nathan Glazer, Simon Kuznets und Jacob Lestchinsky in *The Jews. Their History, Culture and Religion,* Bd. II, 3. Aufl., hrsg. von Louis Finkelstein (Harper, 1960) und schließlich *The Jews. Social Patterns of an American Group,* hrsg. von Marshall Sklare (Free Press, 1960). ☛ Zu den neueren Untersuchungen auf diesem Gebiet gehören Charles Silberman *A Certain People. American Jews and Their Lives Today* (Summit Books, 1985) und *The Jewish People in America,* ein fünfbändiges Sammelwerk, hrsg. von Henry Feingold (John Hopkins University Press, 1992). ☚

Bis zum Jahre 1825 gab es nur ungefähr sechstausend (größtenteils sephardische) Juden in den Vereinigten Staaten, davon etwa fünfhundert in New York. Dann begannen die Einwanderungswellen aus Deutschland, und die jüdische Bevölkerung New Yorks stieg sprunghaft an.

Die deutsche Einwanderungswelle nach der gescheiterten Revolution von 1848 machte New York mit fast 13 000 jüdischen Einwohnern zur größten jüdischen Gemeinde der USA. Danach wuchs die jüdische Bevölkerung in New York etwa im gleichen Maße wie im Rest der Vereinigten Staaten. 1880 gab es sechzigtausend Juden in New York, das war etwa ein Viertel der gesamten jüdischen Bevölkerung der USA.

Die erste, von der reformierten *Union of American Hebrew Congregations* in den Jahren 1877–1879 durchgeführte Volkszählung ergab eine Überraschung. In jedem Staat und allen Neuen Territorien der USA gab es Juden, außer in Oklahoma, und im Westen stellten sie einen höheren Anteil an der Bevölkerung als in der Umgebung von New York. Unter den Pionieren im Westen gab es 1,6 % Juden, in der – natürlich sehr viel größeren – Bevölkerung im Nordosten stellten sie nur einen Bevölkerungsanteil von 0,6 Prozent.

In den drei Jahrzehnten zwischen 1880 und dem Ersten Weltkrieg wanderte etwa ein Drittel (!) der gesamten osteuropäischen Juden aus, und 90 % von ihnen gingen in die Vereinigten Staaten. »Diese Auswanderer«, schreibt Moses Rischin (*The Promised City. New York's Jews, 1870–1914,* Corinth Books, 1964), »packten ihre Siebensachen, Töpfe und Pfannen, den Samowar, Bettzeug und Kissen, wovon ein Gutteil unterwegs verlorenging, verließen ihre Dörfer und Städte und machten sich auf die größte Reise ihres Lebens. Sie verabschiedeten sich, vermutlich für immer, von ihren Lieben und machten sich zu Fuß, mit der Kutsche und Eisenbahn auf den Weg in die verwirrenden Hafenstädte im Westen Europas. Sie schifften sich in Hamburg oder Bremen ein und zahlten vierunddreißig Dollar für die Überfahrt. Wer den Umweg über Liverpool nahm, sparte neun Dollar. Bis zu drei Wochen lang hockten sie zusammengepfercht im Zwischendeck. Sie hielten sich treu an die Speisegesetze und waren deshalb für die Dauer der Seereise in ihrer Ernährung auf Heringe, Tee und Schwarzbrot beschränkt. Das Handbuch für Einwanderer versuchte die Strapazen der Überfahrt dadurch zu beschönigen, dass es von einem Ort der Läuterung sprach, in dem die Reisenden ›von allen Sünden gereinigt werden, ehe sie den Boden von Amerika betreten‹. Mit Sicherheit haben nur wenige Einwanderer die Schrecken dieser Reise jemals vergessen.«

galut siehe *goleß.*

ganéjdn *(m.* und *n.)*
Aus dem hebräischen *gan-éjden* »Garten Eden«.
In Amerika: *Gan Eydn*, *Gan Eden*
Der Garten Eden, das Paradies.

»Gott pflanzte einen Garten in Eden gegen Morgen«, heißt es in der Schöpfungsgeschichte (Genesis 2, 8), und in diesem Garten lebten

Adam und Eva in gesegneter Unschuld, bis ihnen (und uns allen) ihre Neugier zum Verhängnis wurde. Diese Geschichte ist höchstwahrscheinlich der babylonischen Mythologie entlehnt worden.

Wo lag dieses Eden? Der volkstümlichen Überlieferung nach zwischen Euphrat und Tigris.

Die Talmudisten und Kabbalisten allerdings sind überzeugt, dass es den *ganejdn* gleich *zweimal* gibt: einmal als den üppigen Garten Eden auf Erden und einmal im Himmel, wo die Gerechten nach ihrem Tod in alle Ewigkeit leben. Der himmlische Garten Eden wäre demnach das Paradies.

Wenn jemand stirbt, werden seine guten und schlechten Taten gewogen. Je nachdem, wie das Ergebnis ausfällt, bestimmt sich sein weiteres Schicksal: *ganejdn* (Paradies) oder *gehenem* (Hölle).

Die ersten Vorstellungen des Menschen vom Paradies waren sehr einfach – und ziemlich naiv. Der große Talmudgelehrte Rab sagt: »Im Garten Eden gibt es kein Essen, kein Trinken, keinen Beischlaf, keine Geschäfte, keinen Ehrgeiz, keinen Hass oder Neid; sondern die Gerechten sitzen mit gekrönten Häuptern und genießen den Glanz der *Schechina*, der Anwesenheit Gottes.« Maimonides dagegen erklärt: »So etwas kann nur ein Schuljunge glauben, der zur Belohnung für sein fleißiges Lernen Nüsse und Bonbons erwartet. Himmlische Freuden können von einem Sterb-

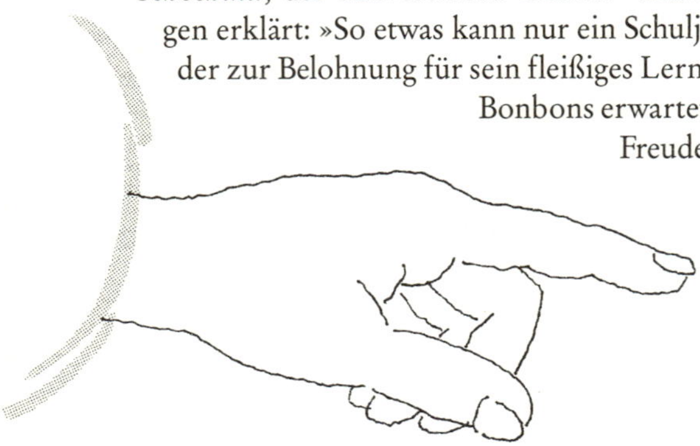

lichen genausowenig ermessen oder verstanden werden, wie ein Blinder Farben unterscheiden oder ein Tauber Musik genießen kann.«

Siehe *gehenem.*

◎ ◎ ◎

Ein Rabbi träumt, er sei im Paradies. Dort sieht er alle weisen Gelehrten den Talmud studieren.

»Ist das alles?« sagt er. »Das machen wir doch auf der Erde auch.«

»Ach, du denkst wohl, die Gelehrten wären im Paradies?« erwidert ihm darauf ein Engel. »Du irrst dich. Es ist genau andersrum: Das Paradies ist in ihnen!«

◎ ◎ ◎

Der *Maggid* von Mesiritsch sagt: »Die guten Taten eines Menschen werden vom Herrn als Saatgut benutzt für die Bäume im Garten Eden. So schafft sich jeder Mensch sein eigenes Paradies …«

gánew (m.), **gánewte** *(w.)*, **ganówim** *(Pl.)*

Aus dem hebräischen *ganáw* »Dieb«.

In Amerika: *ganef, gonif, ganif, gonef, goniff, ganov*

1. Gauner, Dieb. In dieser Bedeutung ist das Wort als *gannef* im Wiener Dialekt geläufig, während das Deutsche eher den feierlichen *ganoven* bevorzugt. In diesen Zusammenhang gehört aber auch der *herzensganef*, der ein »Herzensbrecher« ist.
2. Schlauberger.
3. Kluges Kind.
4. Unehrlicher Geschäftsmann.
5. Ein verdächtiger Kunde, dem man besser nicht traut und den man keinen Augenblick aus den Augen lässt, solange er sich im Laden aufhält.
6. Ein Spaßvogel, der einem Streiche spielt.

Die jeweilige Bedeutung ist natürlich vom Zusammenhang, von der Betonung und den begleitenden Gesten abhängig.

a. Wenn man dabei lächelt, bewundernd die Hände hebt und »Duzi, duzi, du!« macht, ist das Wort eindeutig lobend gemeint. So werden stolze Großeltern vielleicht von ihrem Enkelkind sagen: *»Oh, is that a ganef!«* Und es wäre höchst unangebracht, wollte man annehmen, dass sie dabei die kriminelle Energie ihres Enkelkinds meinen.

b. Heruntergezogene Mundwinkel oder eine finstere Miene hingegen deuten an, dass ein Satz wie: *»A ganef like that shouldn't be allowed among respectable citizens!«* nicht gerade schmeichelhaft gemeint ist.

c. Mit kalter Verachtung sagt man: *»That one is, plain and simple, a ganef.«* Und in diesem Falle kann man annehmen, dass man es wirklich mit einem Betrüger und Gauner zu tun hat.

d. Wird ein Satz wie *»I tell you, there is a ganef!«* hingegen mit Zungenschnalzen, Augenzwinkern oder einer bewundernden Neigung des Kopfes verbunden, dann bedeutet das so viel wie: »Das ist mal ein schlaues Bürschchen!« oder: »Das ist ein toller Hecht!«

e. Ein Ausdruck, der mich schon als Kind fasziniert und verwirrt hat, ist der Ausruf: *»America ganef!«* Diese Formel enthält so viel Begeisterung und Dankbarkeit, so viel Glauben an die unbegrenzten Möglichkeiten dieses Landes! Wer *»America ganef!«* sagte, meinte damit: »In diesem wunderbaren Land ist alles möglich! Amerika ist ein Wunder. Wo sonst werden Einfallsreichtum und Tatkraft in solchem Maße belohnt? Wo sonst könnte so etwas geschehen?«

☛ *»America ganef!«* verrät natürlich auch einen Zwiespalt. Die jüdischen Einwanderer aus Europa trugen ja meist noch schwer am moralischen Joch der jüdischen Tradition und waren oft über die moralische Freizügigkeit ihrer neuen Heimat verblüfft. Der Ausruf *»America ganef!«* bezog sich gewiss nicht selten auf gerissenes Geschäftsgebaren oder die etwas schrägeren, *chuzpe*-mäßigen Aspekte der amerikanischen Lebensart und Kultur. Eine Popsängerin, die sich wie eine Nutte anzieht und damit Erfolg hat, wäre

»America ganef!« Der jüdische Komiker, der aus heißer Luft eine Fernsehshow macht und damit Millionen verdient: *»America ganef!«* Der Politiker, der einen Skandal übersteht und die Wahlen gewinnt: *»America ganef!«*

»Ganefs« war auch der Titel eines Comic Strips von Harvey Kurtzman und Bill Elder in der ersten Ausgabe von *MAD* (1952). Siehe *farschtunkener.* ☚

Will man ähnliche Gefühle gegenüber einem einzelnen Menschen ausdrücken, kann man es mit dem Adjektiv *geneyvish* versuchen. Zum Beispiel: *»He has a geneyvish mind!«* – Er ist ein teuflisch raffinierter Kopf. Oder: *»Take my advice, stay away from those geneyvish ideas.«* – Ich rate dir, dich nicht auf solche schlauen, aber fragwürdigen Ideen einzulassen.

Man kann auch *geneyvisher* sagen, was den verbalen Kitzel noch ein bißchen verlängert.

Siehe auch *gaslen.*

Nach seinem ersten Schultag fragt die Mutter des kleinen Milton ihren Sohn: »Na, was hast du gelernt?«

»Ich habe schreiben gelernt«, sagt Milton.

»Erst einen Tag in der Schule, und schon hast du schreiben gelernt? *America ganef!* Und was hast du geschrieben?«

»Woher soll ich das wissen? Ich kann doch nicht lesen!«

»Ein Mann ist noch lange nicht ehrlich, bloß weil er nie Gelegenheit hatte zu stehlen.« *Volksweisheit*

gaon siehe *goen.*

gáslen *(m.)*, **gaslónim** *(Pl.)*

Aus dem hebräischen *gaslán* »einer, der andere mit Gewalt um ihr rechtmäßiges Eigentum bringt«.

In Amerika: *gazlen, gozlin, gozlen*

1. Ein Dieb – aber kein berufsmäßiger, das wäre ein *ganew.*
2. Ein Schwindler, der andere betrügt.
3. Ein rücksichtsloser, gieriger, unmoralischer Mensch. »*Who would have believed that he would turn into such a gazlen?*«

Die Bedeutung scheint sich auf dem Weg über den Atlantik deutlich abgemildert zu haben. In Europa ist ein *gaslen* ein Räuber, und *gaslónisch* kann sogar »mörderisch« heißen.

»Er hat nicht nur alle Zehn Gebote gebrochen, sondern auch noch die Bibel gestohlen.« *Volksweisheit*

gefilte fisch

Aus dem deutschen *gefüllt* und mittelhochdeutsch *visch.*

In Amerika: *gefilte fish, gefulte fish*

Fischklößchen, die aus verschiedenen klein geschnittenen oder gemahlenen Fischen (meist Süßwasserfischen wie Karpfen und Hechten) hergestellt und mit Eiern, Salz, Pfeffer und viel Zwiebeln (machmal auch Zucker) vermischt werden. Es ist dies das traditionelle Fischgericht am Freitagabend, das zum Sabbat-Essen serviert wird.

Ich finde *gefilte fisch* köstlich, sowohl heiß als auch kalt, und empfehle weißen oder roten *chrejn* (Meerrettich oder *Kren)* bereitzuhalten, um ihn zu genießen. Rezepte zur Zubereitung von *gefilte fisch* finden sich in zahlreichen Kochbüchern.

Gefilte fisch waren so populär, dass Max Fürst (1905–1978) seine Königsberger Erinnerungen (München 1973) – eine ungewöhnlich detaillierte und amüsante Beschreibung jüdischen Lebens in Deutschland – so nannte.

Der Kellner bringt einem Gast einen geräucherten Fisch. Dieser untersucht den Fisch, schnuppert daran und fängt schließlich an, mit ihm zu flüstern.

»Aber, mein Herr«, sagt der verblüffte Kellner. »Was tun Sie denn da?«

»Ich rede mit diesem Fisch.«

»Sie reden mit einem *Fisch*?«

»Sicher. Zufällig kenne ich sieben Fischsprachen.«

»Aber was haben Sie ihm denn gesagt?«

»Ich habe ihn gefragt, wo er herkommt, und er hat gesagt, aus der Peconic Bay. Daraufhin habe ich ihn gefragt, wie es heute so aussieht in der Peconic Bay. Und er hat gesagt: ›Woher soll ich das wissen? Ich war ja schon *jahrelang* nicht mehr da!‹«

☛ Während das Sabbat-Essen und damit auch der dazugehörige *gefilte fisch* nur noch bei einer Minderheit amerikanischer Juden zum festen Brauchtum gehört, sind *gefilte fisch* und das dazugehörige »bittere Kraut« (der Meerrettich) inzwischen zu einer beliebten Vorspeise beim Pessachfest (in Amerika: *Passover*) der aschkenasischen Juden geworden.

Joan Nathan (*Jewish Cooking in America*) glaubt beobachtet zu haben, dass galizische Juden zur Verwendung von Zucker bei der Zubereitung von *gefilte fisch* neigen (»je weiter südlich in Polen, desto mehr Zucker«), während die »Litauer« auf den Zucker verzichten, dafür aber rote Bete verwenden. Wegen der aufwändigen Zubereitung werden *gefilte fisch* inzwischen auch als Fertiggericht im Glas angeboten.

Gefilte fisch gelten in Amerika heute mehr als Klischee, denn als Delikatesse, und deshalb werden oft Witze darüber gemacht. So wurde zum Beispiel kürzlich auf der Webseite der *Society for Developmental Biology* ein Foto »des lange gesuchten *gefilte fisch*-Embryos« abgebildet, und das Wochenblatt *Forward* druckte am 7. April 2000 eine satirische Anzeige, in der für *»Mr. Gefilte Head«* geworben wurde (eine Anspielung auf das klassische amerikanische Kinderspielzeug *Mr. Potato Head*). ☚

gehénem, génem *(m.)*

In Amerika: *Gehenem, Gehenna*

Aus dem hebräischen *gejhenóm, gejhinóm* »Hölle«. Wörtlich: »Schlucht von Hinnom«.

Hölle, Gehinnom.

In der Bibel heißt es, in der »Schlucht der Söhne von Hinnom« südlich von Jerusalem seien dem Gott Moloch Kinder geopfert worden. Aus diesem Grund galt das Tal als verflucht: Gehinnom wurde zum Synonym für die Hölle. Nach Angaben früher, aber »apokrypher« Texte liegt die Hölle allerdings nicht in der Unterwelt, sondern im »dritten Himmel«. (Im zweiten Himmel wohnen lüsterne Engel, die sich mit Menschenfrauen paaren und dafür täglich ausgepeitscht werden.) Die halachischen oder tannaitischen Midraschim gehen davon aus, dass sich die Hölle und das Paradies »Seite an Seite« befinden. Siehe Gustav Davidson: *A Dictionary of Angels* (Free Press, 1967, S. XVII).

Der Talmud beschreibt Gehinnom als finsteren Ort, der mit schwefligem Feuer erfüllt ist. (Auch die Schwefelquellen von Tiberias sollten ihren Ursprung dort haben.)

Gehinnom ist der Aufenthaltsort der Sünder nach ihrem Tod. Einige der Sünden, derentwegen man dorthin verbannt wird, sind Unkeuschheit, Ehebruch, Götzendienst, Stolz, Spötterei und Heuchelei.

Natürlich gibt es ebenso wie ein Paradies auch eine Hölle auf Erden. »Sein Leben mit ihr ist ein *gehenem.*« Andererseits kann es natürlich auch ein *ganejdn* sein.

Ein Fegefeuer wird übrigens nirgends in der Bibel erwähnt, erst im 13. Jahrhundert machten es die Konzilien der römischen Kirche zur festen Einrichtung. Der Kirchenvater Origines hatte allerdings schon im dritten Jahrhundert behauptet, alle Seelen müssten nach dem Tod an einem »Ort des Schreckens« verharren, um schließlich gereinigt ins himmlische Königreich einzuziehen. Die Church of England hingegen erklärt das Fegefeuer zur reinen Erfindung, für die sich in der Heiligen Schrift keinerlei Begründung finden lasse und die im Gegensatz zu Gottes Wort stehe (siehe Gustav Davidson, *A Dicitionary of Angels*, S. XVII).

»Besser mit einem klugen Mann in der Hölle, als mit einem Trottel im Himmel.«

Volksweisheit

Jack Wishnograd liest in der Zeitung die Nachrufe, als er zu seiner Überraschung plötzlich den eigenen Namen entdeckt! Während sein Blick die Kolumne entlangrast, wächst sein Erstaunen ins Unermessliche: Der Nachruf bezieht sich tatsächlich auf ihn. Alles stimmt: jedes Datum, alle Orte, alle Einzelheiten seines Lebens sind aufgezählt. Wishnograd rennt zum Telefon und ruft seinen Rechtsanwalt an.

»Hallo, Irwin? Hast du heute schon die Zeitung gelesen?«

»Ja, sicher. Wer spricht bitte?«

»Was meinst du ›*Wer spricht*‹? Ich natürlich, Jack Wishnograd! Ich will, dass du sofort eine einstweilige Verfügung –«

»Jack?« schreit der Anwalt. *»Jack Wishnograd?«*

»Sicher! Ich will, dass du –«

»Jack, *woher* rufst du an?«

gelt *(n.)*, **geltn** *oder* **gelter** *(Pl.)*
Aus dem mittelhochdeutschen *gelt* »Bezahlung, Entgelt«.

In Amerika: *gelt*

Geld.

Gelt gehört genau wie *shekels* oder *mazuma* schon lange zum amerikanischen Slang. *Where did he stash the gelt?* »Wo hat er das Geld versteckt?« – *He'll do anything for gelt.* »Für Geld macht er alles.«

George S. Kaufman, ein König unter den Kritikern und Bühnenschriftstellern, sagte einmal, er arbeite deshalb so gern mit seinem Partner Moss Hart, weil der so eine glückliche Hand habe. »In meinem Falle«, sagte er, »kommt das *gelt* von der Gedankenübertragung.«

gemara siehe *mischne* und *talmud.*

gemátrije *(f.)*, **gemátrijeß** *(Pl.)*
Hebräisch *gematriá*, aus dem griechischen *geometria.*
In Amerika: *gematria*
Numerologie, Gematria.

In der Antike dienten die Buchstaben des hebräischen Alphabets gleichzeitig als Zahlen. (Dieses hebräische Zahlensystem ist älter als die arabischen Zahlen, die wir heute benutzen.) So bedeutet *alef*, der erste Buchstabe des Alphabets, »eins«. *Bet* (jiddisch *bejß*) bedeutet 2, und so weiter bis *jod* (jiddisch *jud*), das ist 10. Der nächste Buchstabe, *kaf* ist dann schon 20, *lamed* ist 30, und so weiter bis *zade* (jiddisch *zadik*) 90. *Kof* ist 100; *resch* ist 200; *sin* ist 300, und der letzte Buchstabe des Alphabets *taw* ist 400. Die dazwischenliegenden Zahlen werden, ähnlich wie bei den Römern, durch Buchstabenkombinationen gebildet. Tausender werden durch den entsprechenden Buchstaben mit einem Apostroph dahinter bezeichnet.

Nicht nur jeder Buchstabe besitzt einen Zahlenwert, sondern (daraus abgeleitet) auch jedes Wort, jede Redensart und jeder Satz. Die Mystiker benutzten diese Zahlenwerte als angebliche »Schlüssel« zu einer »geheimen Bedeutung« der heiligen Texte. Dabei wurden die Worte und Sätze nach ihrem »Zahlenwert« erfasst und dann mit anderen »gleichgesetzt«, die den gleichen Zahlenwert hatten, was natürlich oft zu verblüffenden Ergebnissen führte. So lange es weder Statistik noch Wahrscheinlichkeitsrechnung gab, konnte dieses »Abrakadabra« sich unwidersprochen ausbreiten.

Der Glaube an geheime, apokalyptische Botschaften in den religiösen Texten ist die weit verbreitete Grundvoraussetzung der Numerologie. Aus Gründen, die ich nie verstanden habe, unterstellt man Gott immer eine Neigung zur gezielten Verschleierung und Verrätselung seiner Aussagen. War der (rechnerische) Zahlenwert bei zwei Wörtern oder Redewendungen gleich, so wurde daraus ein gedanklicher Zusammenhang, eine neue Bedeutung oder die Erklärung eines alten Widerspruchs abgeleitet.

Ein Beispiel: Das hebräische Wort für »Schwangerschaft«, *herajon,* hat den Zahlenwert 270, was gleichzeitig 30 mal 9 ist, also »die Zahl der Tage, die eine Frau das Kind trägt« – *voilà!*

Und weil's so schön war, gleich noch vier weitere Beispiele:

In Genesis 14,14 heißt es: »Als Abraham hörte, dass sein Bruder gefangen war, wappnete er seine Knechte, dreihundertundachtzehn, und jagte (seinen Feinden) nach bis gen Dan.« Warum 318? Warum nicht eine »runde« Zahl wie 300 oder 350? Ah! Die Zahl bezieht sich auf den Namen »Elieser«, der den Zahlenwert 318 hat und der einzige uns bekannte Diener von Abraham ist.

Simeon der Gerechte (einer der Talmudweisen) pflegte zu sagen: »Auf drei Dingen beruht die Welt – auf der Tora, auf dem Gottesdienst und den Werken der Nächstenliebe« (Mischna Abot I, 2). *Tora* hat den Zahlenwert 611, *awoda* »Gottesdienst« hat den Zahlenwert 87, *gemilut chasadim* »Nächstenliebe« hat den Wert 611. Daraus können wir entnehmen, dass die Tora und die Nächstenliebe denselben Stellenwert haben. Und wenn Israel die Verpflichtungen einhält, die es übernommen hat, als es den Herrn als »seinen Gott« (Zahlenwert 611) akzeptierte, dann wird »sein Königreich kommen« (611). Auch die Tatsache, dass der Gottesdienst zwischen *Tora* und »Nächstenliebe« steht, ist bedeutsam, weil uns der Gottesdienst veranlasst, die anderen Verpflichtungen zu erfüllen. Warum beten wir? Weil wir Gott annehmen, wenn er sagt: »Ich bin der Herr«, was ebenfalls 87 ergibt. Außerdem betont die 87 die Verantwortung des einzelnen für seine Brüder: »Wo ist dein Bruder Abel?« hat ebenfalls den Zahlenwert 87. Und so geht es immer weiter.

Hillels Goldene Regel hat den Zahlenwert 1021; sie soll uns lehren, sagten die Rabbiner, dass wir und unsere Nächsten verschiedene Menschen mit unterschiedlichen Charakteren sind, genau wie die Zweige und Früchte, die wir beim Laubhüttenfest benutzen, verschiedene Menschentypen symbolisieren. Die in Leviticus genannten »schönen Bäume, Palmzweige und Bachweidenruten« aber haben den Zahlenwert 3063, also das dreifache von 1021! Diese Deutungen der 611, 87 und 1021 verdanken wir Harold Shapiro, der sie im Februar 1963 und im Februar und Mai 1964 in der Zeitschrift *The Light* veröffentlicht hat.

Die Zahlenrätselei erreichte ihren Höhepunkt im Mittelalter, als sie zu einer führenden Methode der Tora- und Talmudinterpretation wurde. Nicht selten wurden die Buchstaben eines Wortes auch in ein Datum verwandelt; ex post facto wurde auf diese Weise oft auch »entdeckt«, dass eine spezifische Katastrophe in den heiligen Schriften »vorhergesagt« worden war.

Viele Gelehrte hofften mit Hilfe der *Gematria* genau ermitteln zu können, an welchem Tag der Messias eintreffen und die Juden aus ihrem Leid erlösen würde. Zahllose Hoffnungen richteten sich auf jedes Vorzeichen dieser Erlösung. »Wenn die Päpste und Könige sich mit dem blinden Vorurteil der Kirche und der Massen gegen sie verbündeten«, schreibt Hugh Trevor Roper (*Historical Essays,* Macmillan, 1963), »wohin sollten die Verfolgten sich wenden, wenn nicht zum klassischen Zufluchtsort der Unterdrückten, zum Mystizismus, zum Messias oder zum Millenium?«

☛ Die Milleniums-Numerologie erreichte einen fieberhaften Höhepunkt während der weltweiten Jahr-Zweitausend-Panik (Y2K), welche die Juden allerdings insofern kalt ließ, als ihr hebräischer Kalender ihnen lediglich das relativ »harmlose« Jahr 5760 ankündigte, als der übrigen Welt das vermeintliche Armaggedon des Jahres 2000 bevorstand. ☚

Die Vorstellung einer wunderbaren Erlösung ist übrigens keine rein jüdische Angelegenheit. Auch die Muslime träumen von einer überirdischen Rettung, die Wiedertäufer des 17. Jahrhunderts entwickelten eine eigene Zahlenmystik zur »Berechnung der Apokalypse« aus der Heiligen Schrift, und auch bei den sonst so nüchternen Engländern gibt es die *Millenarians*, die behaupten, das genaue Datum der Wiederkehr ihres Herrn berechnet zu haben.

Der mystische Ansatz der Bibelexegese wurde natürlich besonders in der kabbalistischen Literatur stark entwickelt, in der auf der

Suche nach Gottes intimsten Geheimnissen zahllose ausgefeilte, wenn auch sinnlose Regeln zur Umwandlung von Buchstaben, Wörtern und Sätzen aufgestellt wurden.

☛ Aber auch in unserem »aufgeklärten« Zeitalter der Statistik und Wahrscheinlichkeitstheorie ist die Numerologie wieder äußerst erfolgreich. Seit 1995 haben in den Vereinigten Staaten zum Beispiel mehr als 100 000 Teilnehmer die sogenannten »Discovery«-Seminare der *Aish Ha Torah Yeshiva* (»Feuer der Tora«-Schule) besucht, in denen numerologische »Bible Codes« gelehrt und angebliche Geheimbotschaften der Tora aufgedeckt werden. Steven Spielberg, Kirk Douglas, Tom Cruise, Nicole Kidman und andere Prominente werden mit positiven Stellungnahmen zu diesen Seminaren zitiert, während Mathematiker und andere berufsmäßige Skeptiker (zu denen auch orthodoxe Rabbis gehören!) die sogenannten »Bible Codes« insofern als Unsinn entlarvt haben, als dieselben numerologischen Methoden ähnliche »Geheimbotschaften« hervorrufen, wenn man sie auf ganz banale weltliche Texte anwendet. Aber wie das bei Pseudo-Wissenschaften so ist: Die positiven Stimmen der Prominenten finden Beachtung, die Widerlegungen nicht.

Wenn man von den theistischen »Beweisen« einmal absieht, ist die *Gematria* natürlich ein reizvolles Instrument, um die religiöse Phantasie anzuregen und die oftmals mühselige jüdische Erziehung mit einem spielerischen Element zu bereichern. Typisch ist zum Beispiel die jüdische Sitte, bei Spenden eine Summe zu wählen, die durch 18 teilbar ist, weil 18 der numerische Gegenwert des Wortes *chai* (Leben) ist. Siehe *lechaim*. ☚

geschmat, geschmott *(m.)*

Aus der hebr. Wurzel *schemad*, aus der sich Begriffe mit der Bedeutung »Zerstörung«, »Vernichtung«, aber auch »Apostasie« (d.h. Abfall vom Glauben) herleiten. Der Zusammenhang zwischen beiden Bedeutungen leitet sich aus der Geschichte her.

In Amerika: *geshmat, geshmott*

1. Konvertit von einem Glauben zu einem anderen. Ein *geschmat* ist in der Regel ein Jude, der zum christlichen Glauben übergetreten ist, seltener ein Nichtjude, der sich zum Judaismus bekehrt.

2. Eine auffällige Änderung der Überzeugungen und des Verhaltens. Diese Bedeutung ist weniger gebräuchlich.

Die Juden unternehmen keine Anstrengungen, um andere zum Judentum zu bekehren. Proselyten zu machen ist im Judaismus nicht vorgesehen. Rabbis sind verpflichtet, jeden abzuschrecken, der zum Judentum übertreten will, und das nicht nur einmal, sondern mindestens dreimal.

Wenig freundlich sind auch die nichtjüdischen Kommentare über die Konvertiten:

»Wenn man einen Juden tauft, muss man ihn fünf Minuten unter Wasser halten.« *Bulgarisches Sprichwort*

»... wer Juden zu Christen macht, treibt bloß die Preise fürs Schweinefleisch hoch.«

Shakespeare, *Der Kaufmann von Venedig*, III. Akt, 5. Szene

Daniel Abramowitsch Chwolson (1819–1910), ein jüdischer Professor im Reich des Zaren, war zum russisch-orthodoxen Glauben übergetreten. Wenn er gefragt wurde, ob er dies aus Überzeugung oder aus Opportunismus getan habe, pflegte er zu sagen: »Ich habe die heilige Taufe aus reiner Überzeugung gewählt. Ich bin fest überzeugt, dass es besser ist, Professor an der Kaiserlichen Akademie in St. Petersburg zu sein als Lehrer in einem Hinterzimmer in Wilna.«

(In einer anderen Fassung heißt es: »... als *melamed* in Ejschischok.«)

Daniel Abramowitsch Chwolson war ein außergewöhnlicher Mann, ein berühmter Gelehrter, der sich im berüchtigten Judenprozess von Saratow, als wieder einmal behauptet wurde, dass bei jüdischen Gottesdiensten Christenblut getrunken würde, tapfer für die Verfolgten einsetzte. Chwolson lehrte von 1858 bis 1884 an einem römisch-katholischen Seminar, sein Fachgebiet war Hebräisch, aber er fügte in seine Vorlesungen oft energische Kommentare ein, in denen er die Juden gegen alle möglichen ungerechtfertigten Anwürfe verteidigte. Besonders über die sogenannten »Ritualmorde« schrieb er zahlreiche Abhandlungen. Auf diese Weise gelang es ihm unter anderem auch, den Bruder des Zaren zu einer Änderung seiner Meinung zu bringen (siehe David Gunzberg: »Daniel Chwolson, a Christian Jew«, in: *The Golden Tradition,* hrsg. von Lucy S. Dawidowicz; Holt, Rinehart & Winston, 1967).

Heine nannte die Taufe ganz einfach »das Entréebillet zur europäischen Kultur«, eine Anstellung beim deutschen Staat blieb ihm als Juden trotzdem verwehrt.

Der Taschendieb Berele wird vor einen Richter geführt, der kürzlich zum Christentum konvertiert ist.

»Euer Ehren«, sagt Berele, »ich bin verwirrt.«

»Verwirrt? Inwiefern?«

»Ich weiß nicht, ob ich an die Milde und Weisheit in Eurem jüdischen Herzen appellieren soll oder an die christliche Barmherzigkeit, zu der Ihr Euch jetzt bekennt.«

Während eines Schneesturms in einer schrecklich kalten Winternacht spürt der alte Salkowitz, dass seine Zeit gekommen ist, und sagt zu seiner Frau: »Schurele, schick jemand zum Priester und sag ihm, er soll zu mir kommen – ich sterbe!«

»Den Priester? Hast du Fieber? Du meinst den Rabbi.«

»Ich meine den Priester!« faucht Salkowitz.

»Der Himmel möge uns schützen! Bist du ein heimlicher *geschmat*?«

»Nein, natürlich nicht! Aber warum soll man den Rabbi stören in so einer Nacht?«

Als die Herren Ginsberg und Grabow, beide *geschmat*, ihren neuen Laden eröffnen, beschließen sie, die Firma aus taktischen Gründen »O'Neill & O'Neill« zu benennen.

Gleich am ersten Tag verlangt ein Kunde, Mr. O'Neill zu sprechen.

»Und welchen von beiden? Wollen Sie Mr. Grabow oder wollen Sie Mr. Ginsberg O'Neill ?«

☛ Als Reaktion auf die wachsende Zahl von jüdisch-christlichen Mischehen – im Jahre 1990 war in den Vereinigten Staaten vermutlich bei mehr als fünfzig Prozent aller Eheschließungen, an denen Juden beteiligt waren, der andere Partner Nichtjude – hat die Reformbewegung in den jüdischen Synagogen schon 1978 das sogenannte *Jewish Outreach*-Programm geschaffen. *Outreach* kümmert sich vor allem um jüdisch-nichtjüdische Ehepaare und deren Kinder, aber auch um die bereits erwachsenen Kinder aus interkulturellen Ehen und Konfessionslose, die an einer geistigen Heimat im Judentum interessiert sind. Die Angebote reichen von Einzelveranstaltungen wie *Taste of Judaism* bis zu intensiven Lehrgängen, die einen Eintritt ins Judentum ermöglichen sollen.

Diese Politik der offenen Tür bildet einen großen Fortschritt gegenüber der traditionellen jüdischen Einstellung zu Mischehen und Apostasie, wonach der Betreffende für »tot« erklärt wurde. Rabbi Alexander M. Schindler, unter dessen Präsidentschaft in der Reformbewegung (1974–1996) das Programm eingeführt wurde, erklärte dazu: »*Outreach* hat die schädlichsten Folgen von Mischehen deutlich gemildert. Den ihrem Glauben entfremdeten Juden, den geistig wurzellosen Kindern, den gekränkten Großeltern wurde geholfen und der Druck von den Ehen genommen ... die heilende Wirkung geht tief.«

Inzwischen verfolgen alle jüdischen Glaubensrichtungen ähnliche Ansätze, wenn auch mit unterschiedlicher Intensität. Eine Folge davon ist eine wachsende Anzahl von Nichtjuden in Synagogen und jüdischen Schulen, was zu zahlreichen Diskussionen und Regelungen über deren Rechte bei Tora-Lesungen, Gottesdiensten und der Übernahme von Ämtern in der Gemeinde geführt hat.

Während die jüdischen Gemeinden Amerikas vor allem über die Apostasie durch die christliche Taufe besorgt sind, hat sich inzwischen gezeigt, dass auch der Buddhismus eine gewisse Anziehungskraft ausübt. Es wird geschätzt, dass etwa dreißig Prozent der amerikanischen Buddhisten aus jüdischen Familien stammen. Viele dieser sogenannten *Bu-Jews* haben ihr Judentum freilich nie offiziell abgelegt, sondern praktizieren buddhistische Lebensweisen ohne Konversion oder formale Initiation. Manche jüdischen Gemeinden und Glaubenszentren (insbesondere Elat Chayyim, das *Woodstock Center for Jewish Healing and Renewal* in Accord, NY) bieten Workshops zur jüdischen Meditation an und erforschen die mystischen Traditionen des Judentums, um Analogien zwischen Judentum und buddhistischen Lebensweisen zu finden.

gesúnt *(n.)*
Aus dem mittelhochdeutschen *gesunt, gesunde (f.)* »Gesundheit«.
In Amerika hat sich die deutsche Form des Substantivs durchgesetzt: gezundheit, gesundheit, gesundhayt, gezundhayt
1. Gesundheit.
2. Die verbale Reaktion darauf, wenn jemand niest. »Hatschiii!« – »Gesundheit!« Dieser Ausruf ist fast genauso zwangsläufig wie die Antwort *»Alejchem scholem«* auf den Gruß *»Scholem alejchim«*. ☛ Daneben wird aber auch noch die alte jiddische Formel *Zu gesunt!* für »Gesundheit!« gebraucht. ☚

Ob jemand ein echter Jude ist, heißt es, kann man daran erkennen, wie er auf die Frage nach seinem Befinden antwortet. Wenn man fragt: »Wie geht's?«, und er anwortet: »Sehr gut!« oder »Könnte nicht besser gehen!«, dann ist er kein Jude. Denn Juden fürchten immer, dass jede Form der Angeberei (mit der Gesundheit oder dem Glück) böse Geister anziehen könnte. Eine typisch jüdische Antwort auf die Frage »Wie geht's?« wäre also: »Nicht schlecht«, oder: »Man kann es aushalten«.

»Das Wichtigste ist die Gesundheit, man kann sich ja später immer noch aufhängen.« *Volksweisheit*

Apokryph, aber auch amüsant: Wenn eine Maschine der Fluggesellschaft *El Al* vom Boden abhebt, begrüßt der Pilot seine Passagiere mit folgenden Worten: »*Scholem alejchem,* meine Damen und Herren, willkommen an Bord des Fluges XY der *El Al.* Mein Name ist Flugkapitän Itzchak Levin. Ich wünsche Ihnen einen schönen, erholsamen Flug, den wir – so Gott will – auch erwarten. Sollten – was Gott verhüten möge – irgendwelche Probleme auftreten, bewahren Sie bitte Ruhe. Ihre Schwimmweste befindet sich unter Ihrem Sitz. Wenn Sie dieses Kleidungsstück wider Erwarten anlegen müssen, tragen Sie es bitte bei bester Gesundheit!«

get *(m.)*, **gítin** *(Pl.)*
Aus dem hebräischen *get* »Urkunde«, »Scheidebrief«, »Scheidung«.
In Amerika: *get*
Ehescheidung.

Die rabbinischen Gesetze enthalten Regelungen für die verschiedensten Arten der Scheidung aus den verschiedensten Gründen. Der religiöse Scheidungsprozess und das dazugehörige Ritual sind außerordentlich kompliziert, und nur wenige, speziell dafür ausgebildete Gelehrte sind dazu berechtigt. ☛ Die Rabbiner, die den *get*, den Scheidebrief, schreiben und überbringen dürfen, sind die *mesadderei gittin.* Der *get* wird nach Deuteronomium 24, 1–3 auch als *sefer kritut* bezeichnet. ☚

Eine religiöse Scheidung beendet eine Ehe zwischen orthodoxen Juden nur dann, wenn Ehemann und Ehefrau zustimmen und die Zivilgerichte bereits eine gesetzliche Scheidung gewährt haben. Reform-Rabbiner verzichten in der Regel auf den Nachweis einer religiösen Scheidung, ehe sie einen der Partner wiederverheiraten.

☛ In der jüdischen Tradition ist es ausschließlich Sache des Mannes, einen Scheidebrief zu beantragen. Das bedeutet, dass die Männer beim Scheidungsprozess sehr viel Macht haben. Verlässt ein Mann die Ehe, ohne dass ein *get* ausgestellt worden ist, wird die Frau zur *aguna,* das heißt zur »angeketteten« Frau, und kann nach jüdischem Gesetz nicht wieder heiraten. Wenn sie eine zivilrechtliche zweite Ehe eingeht (was in Israel *nicht* möglich ist, da dort die religiösen Gesetze vorherrschen), werden ihre Kinder aus zweiter

Ehe als *mamsejrim* angesehen, was ihre Rechte im jüdischen Leben erheblich einschränkt (ein *mamser* darf nach halachischem Recht keinen Juden und keine Jüdin heiraten). Der *get* (oder vielmehr dessen Verweigerung) ist deshalb eine scharfe Waffe in den Händen des Mannes. Er kann damit das Sorgerecht für die Kinder oder Vermögensvorteile erpressen, er kann seine Frau aber auch ganz einfach damit »bestrafen«, dass er sie ohne Scheidebrief verlässt.

In Israel, wo das Eherecht der rabbinischen Gerichtsbarkeit unterliegt, können widerspenstige Ehemänner, die ihren Frauen den Scheidebrief verweigern, wegen Missachtung des Gerichts bestraft werden – und die Frauenrechtsorganisationen fordern das auch von den Richtern. In Amerika werden die Scheidungen natürlich von Zivilgerichten ausgesprochen, aber diese haben keinen Einfluss darauf, ob die Scheidungen von den religiösen Gemeinschaften anerkannt werden. Deshalb müssen sich die Gemeinden selbst darum kümmern, dass die Ehemänner den Scheidebrief unterschreiben.

In den orthodoxen Gemeinden haben sich die Frauen in den letzten Jahren verstärkt des Problems angenommen. Im Jahre 2000 wurde *Nissan*, der Pessach-Monat, von einer breiten Koalition orthodoxer Organisationen zum »Monat der Befreiung vom Agunot« erklärt und auf der Eröffnungskonferenz hielt Rabbi Elijahu Ben-Dahan, der oberste Leiter der rabbinischen Gerichte in Israel, eine Ansprache.

Die konservativen Gemeinden respektieren zwar den traditionellen Scheidungsprozess und bilden auch konservative Rabbis zu *mesadderei gittin* aus, aber in solchen Fällen, wo der *get* zurückgehalten wurde, erklären sie die Ehe für *nichtig*. Solche Nichtigkeitserklärungen haben ihre Rechtsgrundlage im Talmud. Die Kinder aus diesen Ehen werden dadurch nicht zu *mamsejrim*. Ihre Mütter werden durch die Annullierung der Ehe zwar wieder zu unverheirateten Frauen, aber nach jüdischem Recht werden außereheliche Kinder nicht diskriminiert.

Die Rekonstruktionisten haben einen gleichberechtigten *get* geschaffen, den sowohl Männer wie Frauen beantragen können. Daher gibt es in diesen Gemeinden kein *aguna*-Problem. Da dieser gleichberechtigte *get* aber von Orthodoxen und Konservativen nicht anerkannt wird, muss der Ehemann bei der Scheidung ein weiteres Dokument unterschreiben, wonach er einen traditionellen Scheidebrief ausstellen wird, wenn es notwendig werden sollte.

Die Reformbewegung wiederum hat den Scheidebrief ganz abgeschafft und betrachtet Scheidungen als zivilrechtliche Frage. Es gibt aber zahlreiche seelsorgerische Maßnahmen für Geschiedene, und die Liturgiker der Reformgemeinden haben auch verschiedene Rituale zur Bewältigung einer Scheidung geschaffen. ☚

gilgl *(m.)*, **gilgúlim** *(Pl.)*
Aus dem hebräischen *gilgúl* »Umdrehung des Rades«.

In Amerika: *gilgl, gilgul*

1. (wörtlich:) eine Umdrehung (des Rades).
2. (häufiger:) eine Reinkarnation; jemand mit einer wiedergeborenen Seele.
3. (ironisch:) ein Mensch, dessen irrationales, dummes oder taktloses Verhalten nur so zu erklären ist, dass es sich um einen *gilgul* handelt. »Dieser Kerl ist ein *gilgul* von einem Pferd!« – »Sie benimmt sich wie der *gilgul* von einer Hyäne!«

Der *gilgul* ist nicht zu verwechseln mit einem Dibbuk, denn das ist ein Dämon. Die Vorstellung vom *gilgul*, von der Wiedergeburt der Seelen, der Metempsychose oder Seelenwanderung, spielt eine wichtige Rolle in der Kabbala und den Schriften der Chassidim.

Der Glaube, dass die Seele eines Verstorbenen nach dem Tod in einen anderen Menschen oder ein Tier wandert und dort weiterlebt, findet sich in vielen Religionen des Ostens, im alten Ägypten, in Indien, Persien und auch in manchen griechischen Kulten, zum Beispiel bei den Pythagoräern, im Mithraskult und bei den Anhängern des Zarathustra. Auch in der Medizingeschichte gibt es Versuche, Geisteskrankheiten als »Besessenheit« zu interpretieren, die von bösen Geistern, Teufeln, Dämonen, Inkubi ausgelöst werden.

☛ Der Einfluss von Buddhismus und New Age auf die Nachkriegsgeneration (siehe unter *geschmat*) hat das Interesse am jüdischen Reinkarnationsglauben erneuert. Nach Ansicht von Louis

Jacobs (*The Jewish Religion, a Companion,* Oxford 1995) wird heute kaum ein orthodoxer Jude die Möglichkeit der Seelenwanderung rundheraus abstreiten.

Nach der jüdischen Überlieferung kann sie in vier verschiedenen Situationen auftreten:

1. Als *gilgul.* Dabei kehrt die Seele eines Verstorbenen in einem neuen Körper zurück; ein *zadik*, so heißt es, kann sich an seine vergangenen Leben erinnern und seine künftigen voraussagen.
2. Als *ibbur,* eine Durchdringung, bei der eine abgeschiedene Seele einer lebenden zu helfen und dabei Ruhe zu finden versucht.
3. Die Wiedergeburt eines Menschen als Pflanze, Tier oder sogar leblose Materie – oft als Bestrafung für Sünden. Ehebruch kann zum Beispiel dazu führen, dass jemand in Gestalt einer Hündin auf die Erde zurückkehrt, Stolz kann zur Wiedergeburt als Wurm führen. Dieses Motiv findet in der chassidischen Folklore große Beachtung.
4. Besessenheit eines Menschen durch eine schuldbeladene oder zornige Seele – siehe *dibuk.*

Nigal ist der Ansicht, der Glaube an die Seelenwanderung löse Probleme, beseitige Zweifel und erkläre unverständliche Situationen. Louis Jacobs vermutet, der kabbalistische Glaube an den *gilgul* habe sich aus den theologischen Schwierigkeiten entwickelt, das Leiden kleiner Kinder zu erklären. Dass Gott dieses Leiden zulasse, sei darauf zurückzuführen, dass sie in einem früheren Leben gesündigt haben müssten. Der Tod von über einer Million jüdischer Kinder im Holocaust macht diese theologische »Erklärung« allerdings inakzeptabel. Dennoch gibt es chassidische und mystische Stimmen, die sogar den Holocaust im Licht der Seelenwanderung zu interpretieren versuchen.

Eine weitaus harmlosere Deutung des *gilgul* findet sich in der Erzählung *The Gilgul of Park Avenue* aus der Sammlung *For the Relief of Unbearable Urges* (1999) von Nathan Englander, in der ein ungläubiger Christ in einem New Yorker Taxi von einer jüdischen Seele erfasst wird. ☚

Siehe auch *dibuk*, *kabala*, *choßid* und *sohar.*

☙ **glájchwertl** *(n.)*, **glájchwertlech** *(Pl.)*
Diminutiv aus dem mittelhochdeutschen *gelîche* »gleich« und *wort.*
Bonmot, Wortspiel, Witz.
Wer einen Witz unterdrückt (*hakowesch a glajchwertl*) ist nach jüdischer Ansicht ein Held. ❧

glitsch *(m.)*, **glitschn** *(Pl.)*; **glitschn** *(Verb)*
Aus dem mittelhochdeutschen *glit* »Ausgleiten«, »Sturz« und *glitsen* »gleiten«.
In Amerika: *glitsh, glitch*
1. glitschige Oberfläche, Eisbahn, ausrutschen, Ausrutscher. *Be careful not to glitch.* – »Schlittschuh laufen« heißt *glitschn sich.*
2. riskantes Unternehmen. *Be careful. It could be a glitch.* »Pass auf, das könnte ein Ausrutscher werden.«
3. eine fragwürdige, nicht *koschere* Angelegenheit.

☛ Das Wort hat sich im letzten Jahrzehnt geradezu explosionsartig in Amerika ausgebreitet. Vor allem werden Irrtümer in wissenschaftlichen Arbeiten und ganz besonders Fehler in Computerprogrammen damit beschrieben. *»There was a glitch in the program and my computer crashed«* ist inzwischen zur Standard-Ausrede für alle geworden, die einen Termin nicht einhalten konnten. ☚
Das dazu passende amerikanische Adjektiv ist *glitchidik.* Ich finde es ausgesprochen hübsch, wenn man seinem Kind sagt, das Pflaster sei *glitchidik*.

goen *(m.)*
Aus dem hebräischen *gaon* »Genie«.
In Amerika: *goen, gaon*
1. Gaon, Der Leiter einer Talmudschule (besonders in Babylonien).
2. Ehrentitel für einen besonders gelehrten Rabbi.
3. Ein Genie.

Der Titel eines *gaon* wurde den Leitern der Talmudschulen in Babylonien zwischen 589 und 1040 verliehen. Später wurde er ungebräuchlich und schließlich als Ehrenname für einen besonders gelehrten Rabbi wiederbelebt.

Die *gaonim* klärten religiöse Streitfragen. Aus allen Teilen der Diaspora wurden ihnen Fragen geschickt, die sie beantworten sollten.

Saadiah Gaon (892–942) übersetzte die Bibel ins Arabische, schrieb einen Bibelkommentar, verteidigte den Talmud gegen die Karäer und schrieb ein Buch, wonach der Judaismus auf Vemunft beruht.

Rabbi Elia ben Salomo Salman, der Gaon von Wilna (1720–1797), eine der herausragendsten Gestalten des osteuropäischen Judentums, war ein entschiedener Gegner der Chassidim. Abgesehen von seinen glänzenden Talmudstudien erkannte er auch die Notwendigkeit weltlichen Wissens; er verfasste ein Buch über Mathematik und eine hebräische Grammatik.

Ein berühmter Gaon und *maggid* wurde von einem Bewunderer gefragt: »Wie kommt es, dass Ihr stets die perfekte Parabel zum jeweiligen Diskussionsgegenstand habt?«

Der Gaon lächelte. »Ich werde dir mit einer Parabel antworten.« Und erzählte die folgende Geschichte:

Ein Kavallerieleutnant des Zaren reitet durch ein bescheidenes Schtetl. Plötzlich hält er verblüfft inne. An einer Scheunenwand sieht er hundert kleine Kreidekreise – und immer genau in der Mitte steckt eine Kugel!

Aufgeregt hält der Leutnant den nächstbesten Spaziergänger an. »Seht Ihr das? Was ist das für ein phantastischer Schütze in dieser Stadt? Jeder Schuss trifft ins Schwarze!«

»Ach«, sagt der Mann seufzend. »Das ist bloß der Sohn des Schuhmachers Schepsel ...

»Ist mir ganz egal, was er ist«, schreit der Leutnant. »Ein Mann, der so schießen kann –«

Ihr versteht mich nicht«, sagt der Spaziergänger. »Die Sache ist nämlich so: Erst schießt der Schepsel – und dann macht er die Kreise.«

Vergnügt lächelte der Gaon. »Siehst du? Bei mir ist es genauso: Ich suche keine Parabel zum Thema, sondem spreche über ein Thema, zu dem ich die Parabel schon habe.«

goj *(m.)*, **gójim** *(Pl.)*, **góje(te)** *(f.)*, **gójeß** *(Pl.)*
gójisch *(n.)*, **gójischer** *(m.)*, **gójische** *(f.) Adjektiv*
Aus dem hebräischen *goi* »Volk«, »Nation«.

In Amerika: *goy, goyim, goyish, goyisher, goyishe*

1. ein Nichtjude, ein Gentile. (Damit wird ein großer Bereich abgedeckt.) Ein junger Nichtjude ist ein *schéjgez*, eine Nichtjüdin ist eine *schikße*.
   a. Es ist in diesem Zusammenhang wichtig, darauf hinzuweisen, dass der Respekt vor anderen und vor den Werten einer pluralistischen Gesellschaft seit langem ein integraler Bestandteil des jüdischen Glaubens und der jüdischen Tradition sind. Die Rabbiner lehrten, dass alle Menschen gleich sind vor Gott: »Ob Jude oder Nichtjude, Mann oder Frau, reich oder arm – Gottes Nähe ist von den Taten eines Menschen abhängig.«
   b. Mormonen nennen jeden Nicht-Mormonen einen Gentile. Deshalb sind Juden für Mormonen Gentiles, was die meisten Juden ziemlich verblüfft. Ich habe mal drei sehr glückliche Tage in Utah zugebracht, ohne eine merkliche Veränderung meiner religiösen Befindlichkeit zu beobachten.

   ☛ Die Beziehungen zwischen Juden und Mormonen waren eine Zeit lang ziemlich gespannt, als 1994 bekannt wurde, dass die »Kirche der Heiligen der Letzten Tage« Zehntausende, womöglich gar Hunderttausende von Juden, darunter zahllose Opfer des Holocaust nachträglich »taufte«, um sie in ihren *International Genealogical Index (IGI)* aufzunehmen. So wurden zum Beispiel sämtliche 128 000 deutschen Juden, die im *Gedenkbuch* als Naziopfer aufgezählt sind, zusammen mit den jeweiligen Todesumständen (meist in Konzentrationslagern) im IGI aufgelistet und mit dem Vermerk »getauft« versehen. Diese bizarre, anmaßende Vorgehensweise hat in den Vereinigten Staaten zu erheblicher Beunruhigung geführt. Jüdische Sprecher äußerten die Befürchtung, damit könne der Eindruck erweckt werden, dass zahlreiche Juden vom jüdischen Glauben abgefallen seien. Außerdem seien diese fragwürdigen Listen Wasser auf die Mühlen derjenigen, die den Holocaust leugneten. Nach Verhandlungen zwischen den Mormonen und der Jewish Federation fand diese Praxis 1995 ein Ende. ☚

2. Ein gefühlloser, herzloser Mensch. So, wie manche Nichtjuden das Wort »jüdisch« als Pseudonym für »allzu geschäftstüchtig« benutzen (*He tried to Jew the price down* – »Er versuchte, den Preis herunterzuhandeln« – ist für meinen Geschmack eine ziemlich unangenehme Redensart), benutzen auch manche Juden das Wort *goj* in abschätzigem Sinne.

Die rücksichtslose Verfolgung durch die Jahrhunderte und durch die verschiedensten Völker hat ein Erbe bitterer Redensarten hinterlassen. *Doß ken nor a goj* heißt es zum Beispiel – »Zu so was ist nur ein Goj fähig.« Oder: *A goj blajbt a goj* – »Was kann man von so einem schon erwarten? Ein Antisemit bleibt immer antisemitisch.«

Wenn alle Geduld und Freundlichkeit erschöpft ist, wenn jeder Versuch zu verstehen nichts nutzt, dann kommt unweigerlich der Ausruf: *A goj!* Wahrscheinlich ist das nicht viel anders, als wenn ein Mexikaner *»Gringo!«* sagt.

Die Rabbiner haben die Bitterkeit ihrer Gemeinden immer zu dämpfen versucht. »Ein Nichtjude, der die Tora beachtet, ist so gut wie ein Hohepriester«, schrieb ein Gelehrter des 4. Jahrhunderts.

Das Sefer Hasidim aus dem 13. Jahrhundert besagt: »Wenn ein Jude einen Nichtjuden töten will, dann hilf dem Nichtjuden.«

Der große Raschi, Salomo ben Isaak (1040–1107) aus Frankreich erinnerte seine Gemeinde daran, dass »die heutigen Nichtjuden keine Heiden mehr sind«.

Und in der *Tossefta Baba Kamma* wird feierlich festgestellt, dass es schändlicher sei, einen Nichtjuden zu berauben, weil dabei »der Name entheiligt wird«.

Gojischer kop heißt so viel wie »nichtjüdisches Denken«. Es ist aber leider kein Kompliment. Ein beliebter jüdischer Witz erzählt von einem Juden, der gezwungen worden ist, zum Christentum zu konvertieren, am nächsten Morgen aber trotzdem gewohnheitsmäßig mit seinen Gebeten beginnt, bis seine Frau ihn daran erinnert, dass er doch gar kein Jude mehr sei. *»Aj-aj-aj!«* ruft er und schlägt sich mit der flachen Hand an die Stirn. *»So a gojischer kop!«*

»Die Gojim sind nicht an jüdische Probleme gewöhnt.«

Volksweisheit

Ein Londoner Jude war so erfolgreich, dass er seinen Namen von Nate Greenberg zu Noel Greenhill änderte, eine elegante Wohnung an der Park Lane kaufte und damit anfing, Gemälde und andere Kunstgegenstände zu kaufen – darunter einen sehr schönen Rubens.

Im folgenden Jahr hatte sein Wohlstand erneut zugenommen. Daraufhin tauschte er den Rubens. Jetzt wollte er einen *»Goja«*...

An der Houston Street sieht ein junger katholischer Priester ein Haushaltswarengeschäft mit einem großen Schild:

PINCUS, O'TOOLE & CO.

heißt die Firma.

Voller ökumenischer Begeisterung betritt der Priester den Laden. Es begrüßt ihn ein bärtiger Alter mit einer *jarmulke.*

Der Priester lächelt. »Ich wollte Ihnen bloß sagen, wie sehr ich mich freue, dass eure und und unsere Leute jetzt so gut Freund sind – und sogar Partner! Das ist wirklich eine Überraschung!«

»Ich habe noch eine viel größere Überraschung«, seufzt der Alte. »Ich bin O'Toole!«

O'Neill und Pinsky unterhalten sich. Sagt O'Neill: »Haben Sie von dem Streit zwischen McGraw und Cooley gehört?«

»Wie denn nicht?« sagt Pinsky. »Hat er sich nicht direkt vor meinen Augen abgespielt?«

»Ich wusste gar nicht, dass Sie dabei waren.«

»Wo denn sonst? Im Weißen Haus?«

»Was glauben Sie? War Cooley dran schuld?«

»Wer sonst?«

O'Neill seufzt. »Ach, Pinsky, warum müssen Juden eigentlich jede Frage mit einer Gegenfrage beantworten?«

Pinsky denkt einen Augenblick nach. »Warum nicht?« sagt er schließlich.

☛ Im Bewusstsein Amerikas hat sich der jüdisch-gojische Unterschied stark verlagert. »Man muss sich das so vorstellen«, schreibt Lenny Bruce. »Wenn Sie in New York oder einer anderen großen Stadt wohnen, dann ist das jüdisch. Es ist ganz egal, ob Sie katholisch sind – wenn Sie in New York leben, sind Sie jüdisch. Wenn Sie dagegen in Butte, Montana, wohnen, sind Sie *gojisch,* auch als Jude. Kool-Aid ist *gojisch*. Kondensmilch ist ebenfalls *gojisch*, auch wenn Juden sie erfunden haben. Fudge ist *gojisch,* heiße Schokolade ist jüdisch ... Münder und Brüste sind jüdisch, lange Beine und Tambourmajoretten dagegen sind außerordentlich *gojisch* ... *Celebrate* (»feiern«) ist ein gojisches Wort, *observe* (»beachten, begehen, einhalten«) dagegen ist jüdisch. Mr. und Mrs. Walsh feiern Weihnachten mit Major Thomas Moreland, USAF (Ret.), während Mr. und Mrs. Bromberg mit Goldie und Arthur Schindler aus Kiamesha, NY, Chanukka begehen.« (*The Essential Lenny Bruce,* Ballantine Books, 1967)

Die vielen jüdisch-christlichen Ehen und die zunehmende Assimilation an den amerikanischen Mainstream haben die von Lenny Bruce beobachteten subtilen kulturellen Unterschiede weiter eingeebnet. In den Synagogen und jüdischen Organisationen gibt es heute viele Konvertiten, die sich zum Judentum bekennen und seine Gebote beachten, aber trotzdem ihren *gojischen kop* behalten, weil sie die vielen kleinen Unbotmäßigkeiten und Neurosen nicht kennen, die man entwickelt, wenn man in einem jüdischen Haushalt aufwächst. Es gibt auch viele ganz bewusste *Gojim*, die wegen ihres Partners oder ihrer Partnerin am jüdischen Leben teilnehmen, ohne deswegen eine Konversion ins Auge zu fassen. Viele Juden haben inzwischen auch die Großstädte verlassen und leben in kleineren Städten überall in Amerika – auch in Butte, Montana.

Weil so viele Juden in der Unterhaltungsindustrie arbeiten, ist die jüdische Kultur (wie Lenny Bruce sie beschreibt) ohnehin schon in die amerikanische Mainstream-Kultur eingeflossen. Früher waren es die Marx Brothers, Sid Caesar, Benny Goodman und andere offensichtlich, aber nicht ausdrücklich jüdische Künstler, die den Mainstream mit jüdischem Humor, jüdischer Seele und jüdischer

Musik bereicherten. Heute sind die Themen der jüdischen Künstler oft ganz ausdrücklich jüdisch. 1986 erreichte Art Spiegelman mit seinem Holocaust-Comic *Maus* die Bestsellerlisten und wurde mit dem Pulitzerpreis ausgezeichnet. Bei den Comics für Kinder gibt es jüdische Superhelden wie *Seraph, Rambam, Golem, Judith, Sabra, Ragman* und andere. Die »geheime Identität« gehört offenbar der Vergangenheit an. Wenn Supermann (den die *»nice Jewish boys«* Joe Schuster und Jerry Siegel geschaffen haben) heute neu auf die Welt käme, würde er womöglich sogar seinen angeblich vom »Planeten Krypton« stammenden, aber verblüffend hebräisch klingenden Namen Kal-El tragen.

In den neunziger Jahren haben Matt Stone mit *South Park*, Arlene Klasky mit *Rugrats* und andere jüdische Trickfilmzeichner die Grenzen dessen, was man im Fernsehen zeigen und sagen kann, drastisch erweitert, und eins der Tabus, das sie niedergerissen haben, ist das Zeigen erkennbar jüdischer Figuren und Themen. Jüdische Festtage, Charaktere, Akzente und auch Klischees spielen eine große Rolle in diesen neuen Cartoons. In einer *South Park*-Episode gab es sogar einen »Kampf um die Weltherrschaft« zwischen Moses und Haman (dem Bösewicht des Purimfestes) in einem jüdischen Summer Camp.

Abgerundet wird dieser jüdisch-*gojische* Austausch durch die zahlreichen Ausdrucksformen, Redens- und Denkarten, die von jungen Juden bei ihrer »Rückkehr zur Tradition« aus der nichtjüdischen Welt ins Judentum eingeführt werden. Vehikel dieser Veränderung sind zum Beispiel der Heavy-Metal *Hasidic Rock,* die jüdische Rap-Musik und so weiter. Dieser »coole Judaismus« schreibt Jonathan Schorsch in der liberalen jüdischen Monatsschrift *Tikkun* (März/April 2000) »hat es jungen Juden ermöglicht, ethnischen Stolz auf ihren Judaismus zu zeigen, weil sie plötzlich erkannten, dass der Judaismus, den ihre bürgerlich [amerikanischen] Eltern zu unterdrücken versucht hatten, eigentlich in die [durchaus attraktive] Kategorie einer *unterdrückten ethnischen Kultur* fällt.«

Im heutigen Deutschland findet man die Unterschiede unter anderem im Freizeitverhalten. Der deutschen Begeisterung für Sport, Körperkultur und Natur stehen die Berliner, Münchener oder

Frankfurter Juden eher reserviert gegenüber. Zwar hatte es schon 1896 bei den ersten Olympischen Spielen nicht weniger als sechs jüdische Medaillengewinner gegeben, der deutschen Fechterin Helene Mayer (1910–1953), die 1928 in Amsterdam eine Goldmedaille errang, ist im Münchener Olympischen Dorf eine Straße gewidmet, und die sieben Goldmedaillen, die der amerikanische Schwimmer Mark Spitz 1972 in München gewann, sind immer noch ein Rekord.

Aber diese Erfolge waren nicht selbstverständlich. Wegen der völkisch-nationalen Ausrichtung der deutschen Turnbewegung im 19. Jahrhundert, blieben Juden lange Zeit durch »Arierparagraphen« vom organisierten Sport ausgeschlossen und mussten schließlich eigene Organisationsformen schaffen. Der 1898 in Berlin gegründete Sportverein »Bar Kochba«, der sich bald auf andere Städte ausdehnte, war nicht nur sportlich erfolgreich, sondern bildete eine der größten jüdischen Organisationen in Deutschland überhaupt. Der jüdische Sportverband »Makkabi« war auch nach Hitlers »Machtergreifung« ein Zufluchtsort für die deutschen Juden und musste seine Arbeit erst nach der Pogromnacht des Jahres 1938 einstellen. Heute ist der 1964 wiedergegründete »Makkabi Deutschland e.V.« Mitglied im »Deutschen Sportbund«. Der 1912 in Breslau gegründete jüdische »Wanderbund Blau-Weiß« mit seinen dreitausend Mitgliedern wurde in seinen emanzipatorischen, antibürgerlichen Aspekten (Wanderfahrten, Ernteeinsätze, Sport, handwerkliche Berufspraktika, gleichberechtigte Kameradschaft zwischen den Geschlechtern, Bewusstsein eigener, jüdischer Werte) zu einem wichtigen Bestandteil der Jugendbewegung in Deutschland.

Unter den Juden im heutigen Deutschland sind aber dennoch eher traditionelle jüdische Wertvorstellungen wie Gastfreundschaft, Geistesbildung und musische Interessen vorherrschend. Jedenfalls war das die Erfahrung des Übersetzers, als er bei einer sommerlichen Abendeinladung voller Stolz berichtete, er habe das heiße Wochenende genutzt, um mit seinen Töchtern im Schlauchboot die reißende Isar hinunterzufahren. Seine Tischdame, die im Münchener jüdischen Leben eine gewichtige Rolle spielt, war entsetzt: »Aber, warum???« fragte sie mit weitaufgerissenen Augen.

Ernst, der liebenswürdige Gastgeber, versuchte die Situation zu entschärfen. »Ach, Ellen«, sagte er lächelnd. »Du hast einfach kein Verständnis für diese *gojim naches.*«

Gojim naches (von hebr. *gojim* und *nachat* »Muße«, »Vergnügen«) – vielleicht war das stundenlange Sitzen im nassen Schlauchboot tatsächlich ein »zweifelhaftes Vergnügen«?

»Aber ab und zu muss man doch einfach ins Grüne.«

»Einem echten Juden«, sagte Olga, die Gastgeberin abschließend, »genügt das Grün auf der Suppe.«

Angesichts der Qualität der betreffenden Suppe (und der übrigen exquisten Speisen, die im Hause M. auf den Tisch kommen) wäre es mehr als töricht gewesen zu widersprechen.

gójlem *(m.)*, **gójlemeß, gojlómim** *(Pl.)*

Aus dem hebräischen *golám* »Klumpen«, »ungeformtes Ding« (Nach Psalm 139, 16: »Deine Augen sahen mich, da ich noch unbereitet war...«).

In Amerika: *goylem, golem*

Golem.

1. ein Roboter, ein unbeseeltes Ding.
2. ein Dummkopf, ein Narr.
3. ein unbeholfener, ungeschickter, schlecht koordinierter Mensch; ein Mensch mit »zwei linken Händen«.
4. ein schwerfälliger Mensch, der sich langsam bewegt.
5. ein taktloser, gesellschaftlich ungeschickter Mensch.
6. ein minderbegabter oder geistig behinderter Mensch.

Über die Entstehung des Menschen stellt der Talmud folgende poetische Vermutungen an: »Wie wurde Adam geschaffen? In der ersten Stunde wurde Staub gesammelt; in der zweiten Stunde wurde der Teig gemacht; in der dritten wurde er zum formlosen Klumpen *(golam)* geknetet; ... in der sechsten erhielt er eine Seele; in der siebten Stunde stand er auf und stellte sich auf seine Füße ...« Ein Golem kann freundlich, tugendhaft und gerecht sein, sagt Maimonides, aber seine intellektuellen Fähigkeiten sind beschränkt.

Im 15. Jahrhundert begann die Legendenbildung rund um den

Golem, die nach einer Veröffentlichung durch Jacob Grimm im Jahre 1808 auch zum literarischen Stoff wurde. Eine zweite Überlieferung aus dem 18. Jahrhundert kreist um den Rabbi Juda Löw, einen berühmten Prager Gelehrten, dem nachgesagt wurde, er habe einen Golem geschaffen, um die Juden vor den Attacken der Antisemiten zu schützen. Dieser Golem habe ihm geholfen, Verbrecher vor Gericht zu bringen und antisemitische Verleumder zu entlarven. Der Golem bewahrte ein unschuldiges Mädchen vor dem erzwungenen Abfall vom Glauben und entdeckte sogar in letzter Minute, dass die Passabrote (*maze*) vergiftet worden waren! Der Legende nach entzog Rabbi Löw dem Golem jeden Freitagabend alle Spuren von Leben, damit er nicht den Sabbat entweihte.

1920 veröffentlichte der (nach der Revolution von 1905 zu lebenslanger Deportation nach Sibirien verurteilte, 1913 aber nach New York geflohene) jüdische Schriftsteller Lejvick Halpern (geb. 1888 in Weißrussland, gest. 1962 in New York) unter dem Namen H. Lejvick in jiddischer Sprache das Schauspiel *Der Gojlem*. Das nach dem Vorbild des *Faust* gestaltete Stück wurde 1924 in Moskau uraufgeführt und jahrelang

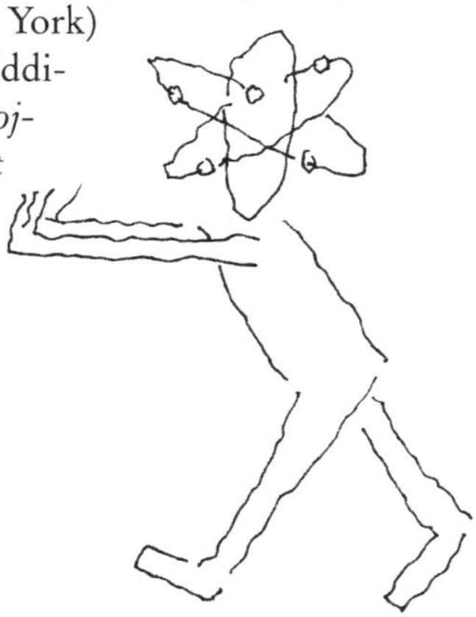

mit großem Erfolg in Europa und Amerika gespielt. Der Golem-Stoff wurde auch mehrfach in französischer, deutscher und jiddischer Sprache verfilmt. Die bekannteste Fassung des Stoffes ist wohl der Roman *Der Golem* von Gustav Meyrink (eigentl. G. Meyer, 1868–1932) aus dem Jahr 1915. Auch Mary Shelleys *Frankenstein* (1818) geht möglicherweise auf die Legende vom Golem zurück. Eines der spannendsten Werke über Rabbi Löw und den Golem ist der Roman *Nachts unter der steinernen Brücke* von Leo Perutz (1882–1957).

Als die Wissenschaftler des israelischen Weizmann-Instituts in Rechovot 1964 ihren ersten großen Computer bauten, nannten sie ihn »Golem I«. ☛ »Golem II« wurde 1972 gebaut. Der Vorgänger der beiden »Golems« war der 1954 gebaute Computer WEIZAC. Das Weizmann-Institut (benannt nach dem Chemiker Chaim Weizmann, 1874–1952, der 1948 Israels erster Staatspräsident wurde) hat auch im Bereich der Krebsforschung, der naturwissenschaftlichen Ausbildung, der Technologie und der Atomforschung hervorragende Leistungen vorzuweisen. ☚

☛ In den achtziger Jahren gab es eine Comic-Serie unter dem Titel *Mendy and the Golem* von Leib Estrin und David Sears. Der Verleger war ein Lubawitscher Geschäftsmann, und die zwanzig Bände enthielten vor allem chassidische Vorstellungen, zeigten aber eine erstaunliche kulturelle Anpassungsfähigkeit. *Sholem the Golem,* der den Juden Frieden bringen soll, »weiß zwar nie, ob er kommt oder geht« (weil *scholem alejchem* sowohl bei der Begrüßung als auch beim Abschied gesagt wird), verteidigt die Familie von Rabbi Klein aber erfolgreich gegen alle möglichen Bösewichter. Und Rabbi Klein spült auch schon mal das Geschirr, während seine Frau das Auto repariert oder die Abflüsse reinigt.

Auch in der *Golem-Software* (für *hand-held* Computer), im *Golem Server*, einer Internet-Suchmaschine, im *Golem Lunch Club* (einem virtuellen Restaurant, das Lebensmittel ins Haus liefert) und dem Fantasy-Kartenspiel *Golem* lebt die Legende. ☚

goldene medíne *(f.)*
Aus dem hebräischen *medíne* »Land, Staat«.

In Amerika: *goldene medine, goldeneh medina*

1. Wörtlich: goldenes Land.

Die *goldene medine* ist Amerika, das Land der Freiheit, der Gerechtigkeit und unbegrenzten Möglichkeiten, wo Juden vor Pogromen geschützt sind. Selten habe ich den Unterton der Dankbarkeit deutlicher als in diesem Wort gehört. Dass Amerikas Straßen »mit Gold gepflastert« seien, war das Grundversprechen für Millionen von Europäern.

2. Ein Paradies der Narren.

Gelegentlich wird der Begriff ironisch gebraucht. Dann bedeutet er, dass die Hoffnung auf Wunder oft in Enttäuschungen endet. So beschrieb ein armer Schneider, der in einer Kellerwohnung arbeiten musste, New York als *»some goldene medine!«*

Eine Matrone aus Brooklyn sieht bei einer Parade auf der Fifth Avenue zu. »Schaut mal!« ruft ein anderer Zuschauer. »Da marschiert der Bürgermeister von Dublin! Ein Jude!«

»Aj-aj-aj!« Die Dame schüttelt den Kopf. »Wo kann so was passieren? Bloß in dieser *goldene medine!«*

In den sechziger Jahren wurde mit Robert Briscoe tatsächlich ein Jude zum Bürgermeister von Dublin gewählt.

góleß, góliß *(m.* und *n.)*
Aus dem hebräischen *galút* »Exil«.
In Amerika auch: *goles, galus, galut*

1. Galut. Die Zerstreuung der Juden in Länder außerhalb Israels. *Galut* ist das hebräische Wort für die Vertreibung der Juden aus dem Heiligen Land. Meist synomym mit »Exil« oder »Diaspora« gebraucht.
2. Ein Zustand der Entfremdung.
3. Das Wohnen in untergeordneter Stellung bei anderen.

got *(m.)*, **geter** *(Pl.)*
Aus dem mittelhochdeutschen *got (m.), göter (Pl.).*
In Amerika: *Got, Gott*
Gott.
Aber siehe *adonai, adoschem, gottenju*

gottenju!, gottene!
In Amerika: *Gotenyu!, Gottenyu!*

1. Ach, Gott!, Ach, Gottchen!
2. Was soll man dazu sagen?

Gottene! ist ein Ausruf, der zwar Zuneigung, Mitleid, Bedauern oder Verzweiflung, aber auch eine gewisse ironische Brechung enthält. Er soll Gottes Aufmerksamkeit in freundschaftlicher, informeller, sehr persönlicher Ansprache auf einen bestimmten Sachverhalt lenken, ist aber kein Hilferuf. Gott wird damit auch nicht in irgendeiner Weise beschrieben.

Meist wird diese Redensart gedankenlos verwendet, ohne dass damit wirklich Gott gemeint ist. »*Gottene,* was sind wir fröhlich gewesen!«

Eine beliebte Redensart ist auch *sißer gottene!* – süßer Gott.

Es wird behauptet, dass Juden in Bedrängnis *»oj, mamenju!«* (ach, Mutter!) rufen. Wenn daraus Angst wird, rufen sie: *»Oj, tatenju!«* (ach, Vater!). Und wenn es ganz schlimm kommt, heißt es: *»Gottenju!«*

grisn *(Verb)*
Aus dem polnischen *gryzc.*

In Amerika: *grizhen, gridzhen*

Wörtlich: nagen, mit den Zähnen knirschen. Im übertragenen Sinne: nörgeln, jammern, sich beschweren. Schon das kratzende Geräusch, mit dem das Wort verbunden ist, weckt negative Gefühle: *»Stop grizhing!« – »All she does is grizhe.«*

Sich grisn bedeutet »sich grämen«, »sich kränken«, »Gewissensbisse haben«. *»Es griset mir«* heißt dementsprechend: »Es ärgert mich.«

Vergleiche aber *grilzn* »knirschen, misstönend klingen«, was sich möglicherweise von mittelhochdeutsch *grille* herleitet.

grob *(Adjektiv)*
Aus dem mittelhochdeutschen *grop, grob.*

In Amerika: *grob, graub.* Dazu auch: *grober, grauber, grobyon, graubyon*

1. Grob, dick. *Grober finger* »Daumen«.

2. Derb, roh, vulgär, ungebildet.
3. Unwissend, unsensibel.

A grober jung ist ein Rüpel oder zumindest ein sehr ungebildeter junger Mann. Bildung wird bei Juden meist mit Freundlichkeit, und Wissen mit Aufmerksamkeit, Rücksichtnahme und Besonnenheit gleichgesetzt.

In meiner Familie wurde *grob* als besonders verächtliches Schimpfwort gebraucht: *He's a grob!* war mit das Schlimmste, was man über jemanden sagen konnte. Es war nur allzu deutlich, dass es sich um ein besonders vulgäres Individuum handeln musste. Und: »Was für ein *grobes* Ding!« vermittelte völligen Abscheu über das, was der andere getan hatte.

Der scherzhafte *grubián* (aus dem barocken, pseudo-lateinischen *grobianus*) lebt in Amerika als *grobyon* weiter.

Ein Rabbi kommt zum Gouverneur einer polnischen Provinz, der für seine Grausamkeit berüchtigt ist, und bittet um Hilfe für die zahlreichen Hungerleidenden seiner Gemeinde.

Der Gouverneur schlägt dem Rabbi mit der Faust ins Gesicht: »Nimm das, du Jid!«

Der Rabbi nickt. »Ja, Herr, das ist für mich. Und was geben Sie meinen Leuten?«

großkotz siehe *kozin.*

gwalt!

Aus dem mittelhochdeutschen *gewalt* »Gewalt«, »Macht«.

In Amerika: *gvalt!, gevalt!, gevalt!*

1. *»Gwalt!«* ist ein Schreckensruf, der Angst, Erschrecken oder Erstaunen ausdrückt. *»Gwalt!* Und was ist dann passiert?« *Gwalt geschrign!* »Um Himmels willen!«
2. Ein Hilferuf. *»Gwalt!* Zu Hilfe! Einbrecher!«
3. Ein verzweifelter Protest. *»Gwalt!* Wieviel denn noch, Herr?«

4. *gwalt (m.)* Geschrei, Gezeter. *Machn a gwalt* heißt »ein Geschrei erheben«.

Gwalt ist ein vielfältig nutzbarer Ausdruck – sowohl als Substantiv wie als Ausruf. »Sie machte die Tür auf und schrie: *Gwalt!*« – »Er warf ihr nur einen Blick zu und stieß ein lautes *Gevalt!* aus, das man noch in New Jersey gehört haben muss.« – »Jetzt entspann dich und mach kein *Gwalt*!«

»Der Mensch kommt mit einem *Oj!* auf die Welt und verlässt sie mit einem *Gwalt!*« *Volksweisheit*

Die Besonderheit von *gwalt!* spiegelt sich auch in einer Geschichte der apokryphen, halb englischen, halb französischen Komtess Misette de Rothschild: Die Komtess steht unmittelbar vor ihrer ersten Entbindung. Jammernd und stöhnend liegt sie in ihrem Schlafzimmer im Stadthaus der Familie in der Nähe der Champs-Elysées. Im unteren Stockwerk ringt ihr Ehemann, der Graf, ängstlich die Hände.

»Kommen Sie«, sagt der Arzt. »Lassen Sie uns Karten spielen. Ihre Frau ist noch längst nicht so weit.«

Sie spielen ein paar Runden Whist.

Von oben erschallt die Stimme der Gräfin: *»Mon Dieu! Mon Dieu!«*

Erschrocken springt der Ehemann auf.

»Nein, nein«, sagt der Doktor. »Wir haben noch viel Zeit. Nehmen Sie Ihre Karten!«

Sie spielen weiter.

Kurz darauf schreit die Gräfin: »Oh, Gott! Oh, mein *Gott!*«

Totenbleich springt der Ehemann auf.

»Nein!« sagt der Doktor. »Noch nicht. Sie geben.«

Der Ehemann gibt, und sie spielen weiter.

Kurz darauf hört man ein lautes: *»Gee-walt!«*

Der Arzt erhebt sich. »*Jetzt* ist es Zeit!«

h

haftójre *(f.)*, **haftójreß** *(Pl.)*
Aus dem hebräischen *haftará* »Abschluss«.

In Amerika: *Haftoyre, Haftorah, Haftarah*

Haftara. Das Kapitel aus den Propheten, das am Sabbat und an Feiertagen in der Synagoge im Anschluss an die Tora-Lesung vorgetragen wird. Diese Tradition geht bis ins erste Jahrhundert zurück. Jeder Abschnitt aus der Tora hat eine ganz bestimmte Haftara, die als Sprechgesang intoniert wird. Der Vortragende war traditionellerweise der *maftir* (»Beschließer«), dazu aufgerufen zu werden galt als besondere Ehre. Am Tag ihrer Bar Mizwa oder Bat Mizwa durften die neu in die Gemeinde aufgenommenen Kinder die Haftara vortragen.

hagóde *(f.)*, **hagódess** *(Pl.)*
Aus dem hebräischen *hagadá*, bzw. dem aramäischen *aggadá* »Erzählung«.

In Amerika: *Hagode, Haggadah, Hagada, Agada, Agode, Aggada, Aggadah*

1. Aggada. Die Aggada umfasst das gewaltige nicht zur Halacha gehörende Überlieferungsmaterial des Talmud, also Legenden, historische Episoden, theologische Erörterungen, Folklore, Märchen, Sagen, Fabeln, Gleichnisse, Geschichten, Witze, Anekdoten, Predigten, Spekulationen und so weiter. Die Gelehrten unterscheiden zwischen exegetischen und nicht-exegetischen, ge-

schichtlichen, religiösen, ethischen, mystischen und eschatologischen Texten und haben sogar dem Aberglauben einen Platz zugewiesen. Den einfachen Leuten gefällt die Aggada, weil sie so viele schöne Geschichten über weise Männer, Heilige und Märtyrer enthält. Nach Ansicht von Judah Goldin zeichnet sie sich durch Charme, außergewöhnliche Frömmigkeit, moralische Kraft und die immer wiederkehrende Bestätigung der Liebe Gottes zu den Kindern Israels aus (*The Jews: Their History, Culture and Religion,* Harper, 1960). ☛ Die umfassendste und dauerhafteste moderne Aggada-Sammlung wurde 1908–1911 von dem hebräischen Dichter Chajim Nachman Bialik (1873–1934) und dem Journalisten und Redakteur Y. H. Ravnitzky zusammengestellt. Im Laufe des Jahrhunderts wurde ihr »Buch der Legenden«, der *Sefer ha-Aggada* achtzehn Mal nachgedruckt, zuletzt im Jahre 1992. Das Buch umfasst einschlägiges Material aus dem Talmud und aus dem Midrasch (der rabbinischen Exegese der Bibel und verschiedenen volkstümlichen Schriften) und ist auch für den Gelegenheitsleser sehr zugänglich. ☚

2. Haggada schel Pessach. Dabei handelt es sich um die aus vielen Quellen zusammengetragene Erzählung vom Auszug aus Ägypten, die an den ersten zwei Abenden beim Pessach-Seder vorgetragen wird. Die Darstellung aus dem Buch Exodus wird durch Psalmen, Gebete und Hymnen aus dem Talmud ergänzt, ja es gibt sogar vergnügliche Einlagen, um auch die Kinder während der langen Zeremonie bei der Stange zu halten. Das jüngste Familienmitglied stellt die traditionellen »Vier Fragen« und der erwachsene Vorleser antwortet aus der Haggada: »Sklaven waren wir dem Pharao in Ägypten …«

Die Haggada ist im Verlauf der Jahrhunderte ständig gewachsen. Einige Bestandteile gehen auf die alte Liturgie des 2. Jahrhunderts zurück, aber der größte Teil der Überlieferung wurde später von Laien geschaffen. Als eigene Sammlung von Gebeten erschien die Haggada erstmals im 13. Jahrhundert.

Vor Gutenberg wurde die Haggada von Kopisten und Kalligraphen geschrieben, und manche dieser illuminierten Handschriften zeigen reich verzierte hebräische Buchstaben und üppige Illustrationen biblischer Begebenheiten, die Ankunft des

Messias und die Wiederherstellung Zions. Die Bibliothek im *Jewish Theological Seminary* in New York besitzt einige wunderbare alte Haggadas.

☛ »Durch alle Generationen hindurch muss sich jeder selbst aus Ägypten herausgekommen betrachten«, heißt es bei Raban Gamaliel. Und so hat es in den letzten dreißig Jahren eine Fülle von Haggada-Schriften gegeben, in denen sich die heutige Generation mit dem Exodus beschäftigt. Neben bunt illustrierten Bestsellern stehen gebundene Fotokopien, mal geht es um die vegetarische Lebensweise, mal um den Feminismus, mal um die Aussöhnung zwischen Juden und Arabern. Der Pessach-Seder ist mit Abstand das meist beachtete Ritual bei den amerikanischen Juden, und der Hunger nach Alternativen zur langatmigen hebräischen und aramäischen Haggada hat eine große Kreativität – und sehr viel künstlerische Freiheit – ausgelöst. Zu den zahlreichen Neuerungen gehören zum Beispiel der »Elias-Becher« (der mit Wein gefüllt und in der Hoffnung aufgestellt wird, der Prophet Elias könnte erscheinen, um den Messias anzukündigen) und »Mirjams Becher«, der mit Quellwasser gefüllt ist, um an die Rolle zu erinnern, die Moses' Halbschwester Mirjam beim Auszug aus Ägypten gespielt hat. Noch kühner ist die Apfelsine, die neuerdings auf manchen Seder-Tellern liegt, eine neue Sitte, die entstanden ist, als ein männlicher Kritiker der Feministin Susanah Heschel (der Tochter von Rabbi Abraham Joshua Heschel) erklärte, Frauen hätten im Rabbineramt nichts zu suchen. Seine Bemerkung: »Frauen gehören genausowenig hinter die Bima (das Lesepult in der Synagoge) wie eine Apfelsine auf den Seder-Teller!« wurde zur Herausforderung. ☚

hakn a tschájnik

Aus dem mittelhochdeutschen *hacken* »schlagen« und dem slawischen *tschainik* »Teekessel«.

In Amerika: *hak a tshaynik, hok a chainik*

Es würde mir gar nicht einfallen, Sie mit Topfschlagen zu behelligen, wenn das die einzige Bedeutung dieser Redensart wäre. Aber »den Teekessel schlagen« bedeutet:

1. eine Menge reden, quasseln, plappern.
2. Unsinn reden.

Diese Redensart wird häufig beim jüdischen Konversations-Pingpong gebraucht. »Bitte, *hak nit kejn tschajnik!*«

Vielleicht kommt der Ausdruck vom sinnlosen Klappern des Deckels auf einem kochenden Topf oder vom lauten Pfeifen eines Wasserkessels. Vielleicht hat er auch mit einem improvisierten Spielzeug der Kinder zu tun. Der Mangel an Spielzeug im *schtetl* führte dazu, dass Kinder oft mit Haushaltsgeräten spielten. Man kann sich leicht vorstellen, dass Kinder auch auf Teekesseln herumschlugen – und den Erwachsenen das auf die Nerven ging.

halewáj!

Ein aramäisches Wort, das sich häufig im Talmud findet.

In Amerika: *halevay, halevai, alevai*

Halewaj! drückt einen dringenden persönlichen Wunsch aus. »Geb's Gott!«, »Ach, wenn doch ...«, »Wollte Gott, dass ...«

Jüdische Frauen streuen diesen Ausruf gern ins Gespräch ein. *Halevay she should meet a nice boy!* – »Wenn sie doch einen netten Jungen kennenlernen würde!«

Seufzend grübelt er vor sich hin: »Ach, wenn mir der Allmächtige, gesegnet sei sein Name, doch $ 10 000 schenken würde. Ich verspreche, tausend davon würde ich auch garantiert den Armen geben. *Halewaj!* ... Und wenn mir der Allmächtige nicht traut, kann er die Tausend ja vorher schon abziehen und zahlt mir bloß den Rest aus!«

»*Halewaj!* 120 Jahre alt sollst du werden! Und drei Monate!«

»Danke. Aber warum die *drei Monate*?«

»Ach, ich möchte nicht, dass du plötzlich stirbst.«

Als ich noch klein war, musste ich – und das hat vielleicht damit zu tun, was Piaget als Entwicklung der kindlichen Logik bezeichnet – immer schrecklich lachen, wenn jemand sagte: »Am Sonntag gehen wir ins Kino – wenn wir's erleben, *halewaj!* – und wenn nicht, dann gehen wir am Dienstag.«

haloche *(f.)*
Aus dem hebräischen *halachá* »Gehen, Wandeln«, »Gesetz«
In Amerika: *Halokhe, Halakha, Halakah, Halakhah*

1. Halacha. Ursprünglich das einzelne Gesetz, später das gesamte System der jüdischen Gesetze und der dazugehörigen Rechtsprechung, also sämtliche Ge- und Verbote der mündlichen und schriftlichen Überlieferung. Die Halacha ist ein Kodex, eine knappe Gesetzessammlung.
2. Jener Teil des Talmud, der nicht zur Aggada gehört.

Die Halacha wurde nicht von Rabbinern »geschaffen«. Die Leistung der großen Rabbiner bestand vielmehr darin, die Gesetze zu kodifizieren, zu deuten und wechselnden gesellschaftlichen Situationen anzupassen. »Die rabbinische Halacha«, schreibt Judah Goldin, »hat die jüdische Rechtsprechung flexibel gehalten und die Gesellschaft vor einem jüdischen Fundamentalismus bewahrt« (»The Period of the Talmud«, in: *The Jews: Their History, Culture and Religion,* hrsg. von Louis Finkelstein; Harper, 1960).

☛ Interessant ist, wie sich die Halacha mit der Todesstrafe beschäftigt. Wie in vielen anderen alten Rechtssystemen gibt es auch in der Tora zahlreiche Verbrechen, die mit dem Tod bestraft werden sollen. Nicht nur Mord gehört dazu, sondern auch Ehebruch, Vergewaltigung einer verheirateten Frau, Beleidigung oder körperliche Angriffe auf die Eltern, Zauberei, Homosexualität und öffentliche Entweihung des Sabbats. Aber schon im 2. Jahrhundert hatten die Rabbiner die Todesstrafe aus der Halacha nahezu völlig eliminiert. In der Mischna (jener kodifizierten Form der Gesetze, die den Kern des Talmud ausmacht) heißt es: »Ein *Sanhedrin* (oberster Gerichtshof), der alle sieben Jahre einen Mann zum Tode verurteilt, wird grausam genannt. Rabbi Eleasar ben Asarja sagt: Das gilt schon bei *einem* Todesurteil in siebzig Jahren. Rabbi Akiba und Rabbi Tarfon sagen: Wären wir im *Sanhedrin* gewesen, wäre nie jemand zu Tode gebracht worden« (*Makkot 1,10*). Selbst bei Mord wurde die Todesstrafe recht unwahrscheinlich. In der Tora war festgelegt, dass ein Todesurteil nur gefällt werden konnte, wenn zwei Augenzeugen die Tat bestätigten. Das Geständnis des Täters selbst wurde nicht als Beweis anerkannt, und die talmudischen Rabbiner verlangten obendrein noch, dass die Augenzeugen den Täter vor der Tat ausdrücklich gewarnt haben mussten! Das jüdische Ideal war immer eine Gerechtigkeit, die durch Milde relativiert wurde.

hals- und beinbruch siehe *hazloche.*

halwa

Aus dem türkischen *helva* und dem arabischen *halva.*

In Amerika: *halvah, halva, halava, halavah*

Eine meist in Scheiben geschnittene, sehr süße, bröckelige Masse aus Honig und gemahlenen Sesam-Körnern (manchmal auch Walnüssen, Zucker und Rosenöl), die gelegentlich noch mit Schokoladenstreifen durchsetzt ist. Die Mischung wird in Blöcken von der Größe eines Kastenbrotes geliefert, von denen dann Scheiben abgeschnitten werden, wie es der Kunde verlangt.

Halwa, das im Mund zu klebrigen Flocken zerfällt, ist eine Süßigkeit, die vor allem von Leuten geschätzt wird, die einen überdurchschnittlich »süßen Zahn« haben. Man findet es in türkischen, syrischen und armenischen Lebensmittelläden und manchmal auch in den »Delikatessen«-Läden der jüdischen Viertel in den Vereinigten Staaten. Kinder mögen *halwa* besonders.

Im Gegensatz zur volkstümlichen Mythologie ist *halwa* keine jüdische Spezialität und auch nicht typisch für jüdische Esswaren. Die meisten Juden haben es erst in New York kennen gelernt. Weil es so süß und billig ist, fand es aber eine rasche Verbreitung. Heute scheint es aber seinen Reiz verloren zu haben. Man kann auch wirklich nicht sehr viel davon essen.

ha-Schém
Aus dem hebräischen *ha schem* »der Name«
Einer der Namen für Gott.
Siehe *adoschem.*

haskala siehe *haßkole.*

haßkóle *(f.)*
Aus dem hebräischen *haskala* »Wissen«, »Erziehung«, »Bildung«.
In Amerika: *Haskole, Haskala, Haskalah*
Haskala. Die *Haskala* ist die jüdische Aufklärung, die sich um intellektuelle Emanzipation und die liberale und weltliche Erziehung der Juden bemühte, und entspricht der europäischen Aufklärung des 18. Jahrhunderts. Sie wurde von vielen Rabbinern, den orthodoxen Juden, den Chassidim und Fundamentalisten erbittert bekämpft, weil diese Gruppen rasch erkannten, welche Gefahr der westliche Rationalismus, die westliche Philosophie und eine weltliche Erziehung für den traditionellen Glauben und das orthodoxe Judentum darstellten.

Diejenigen, die der *Haskala* folgten und sie zu befördern versuchten, nannten sich *maskilim* (hebräisch: »Erleuchtete«, »Verständige«; Einzahl: *maskil*).

Der Begründer der *Haskala* war der Philosoph Moses Mendelssohn (geb. am 6. Sept. 1729 in Dessau, gest. am 4. Jan. 1786 in Berlin). Mendelssohn war entschlossen, dem Aberglauben, dem geistigen Konformismus, der Armut und der gesellschaftlichen Rückständigkeit im Ghetto und Schtetl ein Ende zu machen. Er zog Schüler und Mitarbeiter aus ganz Europa an und war auch das Vorbild für Lessings Schauspiel *Nathan der Weise* (1779).

Mendelssohn wandte sich besonders gegen »das enge Labyrinth der rituell-theologischen Kasuistik« im Judaismus und versuchte nachzuweisen, dass Vernunfterkenntnis der eigentliche Wesenskern des Judentums sei. Er eröffnete die erste jüdische Schule, in der auch Deutsch, Französisch, Geographie und Mathematik gelehrt wurden. ☙ Mit seiner Übersetzung der jüdischen Bibel (erschienen 1780–83), die in deutscher Sprache, aber in hebräischen Buchstaben gedruckt wurde, führte er die deutsche Sprache in die jüdische Literatur ein. ❧

Mendelssohns Anhänger, darunter der Kantschüler Isaak Abraham Euchel (1758–1804) veröffentlichten (zunächst 1784 in Königsberg, später in Wien) eine Zeitschrift in hebräischer (später auch deutscher) Sprache (*Ha-Me'assef*), die bis 1811 bestand und die Juden mit allen freiheitlichen Ideen bekannt machte, die Europa nach der Französischen Revolution in Bewegung versetzten. Auf diese Weise machte die Haskala das Hebräische wieder zu einer lebendigen, sich verändernden Sprache, die von Dichtern, Schriftstellern, Journalisten und dem Mann auf der Straße gebraucht werden konnte.

Die Haskala legte das Fundament für die soziale und demokratische Begeisterung vieler junger Juden, förderte ihr politisches Engagement und das Interesse für Landwirtschaft und Handwerk. Gleichzeitig wurde bei manchen Juden ein starkes Nationalgefühl geweckt – ähnlich wie bei Deutschen, Italienern und Polen in der napoleonischen Ära. So wurde die Haskala zur Vorläuferin des Reformjudentums in der Religion, und zur Basis des Sozialismus und Zionismus im politischen Denken.

hatíkwa *(f.)*

Aus dem hebräischen *ha tikwa* »die Hoffnung«.

Nationalhymne Israels.

Das Lied *Hatikwa* wurde 1878 von Naftali Herz Imber geschrieben und von Samuel Cohen vertont. Es wurde 1897 beim ersten Zionistischen Weltkongress in Basel zur jüdischen Hymne erklärt.

Bei der Gründung des Staates Israel im Jahre 1948 wurde die *Hatikwa* mit einer leichten Änderung des Textes zur Nationalhymne.

hawdóle *(f.)*, **hawdóless** *(Pl.)*
Aus dem hebräischen *hawdalá* »Scheidung«.
In Amerika: *Havdole, Havdala, Havdalah, Habdala, Habdalah*
Hawdala. Die Zeremonie, die das Ende des Sabbats bezeichnet.

Das traurig-süße Ritual, jede Woche von der »Königin Sabbat« Abschied zu nehmen, ist traditionellerweise Aufgabe des Hausherrn, wenn er vom Abendgottesdienst (*majrew*) aus der Synagoge kommt. Er entzündet eine geflochtene Kerze und etwas Alkohol in einer Untertasse, wärmt sich mit bestimmten tradionellen Gesten die Hände, und während sich die Familie um ihn versammelt, spricht er den Segen über einem Glas Wein: »Gesegnet seist du, Ewiger, unser Gott, König der Welt, der scheidet zwischen Heiligem und Unheiligem, zwischen Licht und Finsternis, zwischen Israel und den Völkern, zwischen dem siebten Tag und den sechs Werktagen.« Es ist üblich, hebräische oder jiddische Worte zu singen und Gottes Segen für die kommende Woche zu erbitten. Dann wird eine geschmückte Büchse mit Gewürzen erhoben, deren süßer Duft die Seele erfrischen soll, die über das Ende des Sabbats betrübt ist. Die Chassidim pflegten die Hawdala mit einem rhapsodischen Kreistanz zu feiern, dem eine kabbalistische Bedeutung zugemessen wurde.

☛ Die Zahl der jüdischen Familien, die die Hawdala tatsächlich noch zu Hause feiern, ist vermutlich ziemlich gering. Dafür wird die Zeremonie regelmäßig samstags abends bei allen jüdischen Versammlungen gefeiert. Das besondere an der Hawdala ist die Fülle sinnlicher Erfahrungen: der Glanz der Kerze mit dem doppelten Docht, der Wohlgeruch der (meist mit Nelken oder auch mit anderen duftenden Blumen oder Gewürzen gefüllten) Bessomimbüchse, der säuerliche Geschmack des Weins (oder Traubensafts), das Weitergeben der rituellen Gegenstände von einem zum anderen. Da die Hawdala den Augenblick des Übergangs vom Frieden und Nicht-Tun des Sabbats zu den arbeitsreichen Wochentagen symbolisiert, kann der Segen auch persönliche, improvisierte Worte über bevorstehende Veränderungen für die betreffenden Personen enthalten. Am Ende der Zeremonie wird die Kerze in der mit Wein oder Brandy gefüllten Untertasse gelöscht. Wird dabei Brandy verwendet, schießt für eine Sekunde eine besonders eindrucksvolle Stichflamme hoch.

hazlóche *(f.)*
Aus dem hebräischen *hazlachá* »Glück, Segen«.

Erfolg, Glück, Segen.

Der deutsche Ausdruck »Hals- und Beinbruch« ist eine Verballhornung der Formel *hazloche we broche* »Glück und Segen«. Siehe *broche.*

hejm *(f.)*, **héjmisch** *(Adj.)*, **héjmland** *(n.)*
Aus dem mittelhochdeutschen *heim (n.)* »Haus«, »Heim«, »Heimat« und *heime (f.)* »Heimat«.

In Amerika nur die Adjektive: *heymish, haimish; heymisher, haimisher (m.); heymishe, haimisheh (f.)*

1. Gemütlich, warm.
2. So wie in einem glücklichen Haushalt.

3. Nicht arrogant, unverdorben von Ämtern und Würden.

Die letzte Bedeutung ist heute in Amerika die häufigste.

Ein *hejmischer* Mensch ist das Gegenteil von einem oberflächlichen Snob und besitzt deshalb viel Charisma. Man kann ihm vertrauen und sich bei ihm ausweinen.

Hejmisch sein ist für Juden ein hoher Wert.

hódeß *(m.)*, **hadáßim** *(Pl.)*
Aus dem hebräischen *hadáß* »Myrte«.
In Amerika: *Hadassah*

1. Myrte.
2. Der daraus abgeleitete Frauenname ist *Hadassa.* Dieser Name ist die hebräische und jiddische Form der biblischen Ester, der Heldin des Purimfestes. Im Buch Ester, der *Megilla Hadassa*, wird erzählt, wie die Ehefrau des persischen Königs Ahasveros (Artaxerxes) ihrem Gemahl ihre jüdische Identität offenbarte und damit im fünften Jahrhundert vor unserer Zeitrechnung die Juden vor dem Minister Haman rettete, der alle Juden töten lassen wollte. Haman wurde öffentlich gehängt, und Hadassas Onkel Mordechai wurde an seiner Stelle Minister. Historiker und Archäologen haben diese Geschichte zwar bisher nicht bestätigt, aber das Purimfest wurde schon seit dem 2. Jahrhundert begangen und das Buch Ester ist kanonischer Bestandteil der Tora.

   Gleichzeitig ist Hadassa die Namenspatronin für die *Women's Zionist Organization of America.* Die 1912 unter Führung von Henrietta Szold (geb. 1860 in Baltimore, 1933 Direktorin der Jugend-Alija, die deutsch-jüdische Kinder nach Israel brachte, gest. 1945 in Jerusalem) gegründete Frauenorganisation hat heute über 300 000 Mitglieder in 1200 örtlichen Gruppen. Die Haddassa wurde ursprünglich eingerichtet, um den Standard des Gesundheitswesens in Palästina zu verbessern und das Bewusstsein für jüdische Traditionen bei den amerikanischen Juden zu stärken. Die medizinischen Leistungen der Hadassa-Krankenhäuser in Israel sind beachtlich. Die medizinische Fakultät der Hadassa ist Bestandteil der Hebräischen Universität.

   ☛ Als Name einer konkreten Person wurde Hadassa den Amerikanern vertraut, als Vize-Präsident Al Gore bei den Präsidentschaftswahlen des Jahres 2000 Senator Joseph Liebermann aus Connecticut als Kandidaten für das Amt des Vize-Präsidenten vorschlug. Liebermanns Ehefrau Hadassah ist die Tochter von Holocaust-Überlebenden. ☚

holdúpnik, holdúpnick
Jinglisch. Aus dem englischen *hold-up* »Raubüberfall«.
Ein Räuber.

hómentasch *(m.* oder *f.)*, **hómentaschn** *(Pl.)*
Aus dem Namen *Haman* und jiddisch *tasch* »Tasche«.
In Amerika: *homentash, hamantash*
Haman-Tasche. Nach dem bösen persischen Minister Haman benannt, der alle Juden in Persien umbringen wollte. Die *homentasch* ist eine dreieckige kleine Teigtasche, die mit Mohn oder Pflaumenmarmelade gefüllt und nicht nur bei Kindern äußerst beliebt ist. Die *homentaschn* werden zum Purimfest gegessen, an dem Esters Sieg über Haman gefeiert wird.

☛ Nach Angaben der *Encyclopedia of Jewish Symbols* von Ellen Frankel und Betsy Platkin Teutsch (Jason Aronson, 1992) soll das Gebäck an die Bestechungsgelder erinnern, mit denen sich der korrupte Minister die Taschen gefüllt hat. In Israel wird es *oznej haman* genannt »Hamans Ohren«, was vielleicht an die Sitte erinnert, einem Verbrecher die Ohren abzuschneiden, ehe er gehängt wurde. Die dreieckige Form wiederum reflektiert die anachronistischen Darstellungen Hamans in Europa, die ihn mit einem Dreispitz zeigen. ☚

hoo-ha!
Ein besonders beredter ameridischer Ausruf, der je nach Zusammenhang, Gesichtsausdruck und Betonung die verschiedensten Dinge ausdrückt:
1. Bewunderung. *His new house? Hoo-ha!* »Sein neues Haus. Oho!«
2. Erstaunen. *She ran away? Hoo-ha!* »Sie ist weggelaufen? Oha!«
3. Neid. *Did he marry a pretty girl? Hoo-ha!* »Hat er nicht ein schönes Mädel geheiratet?«
4. Skepsis. *I can't lose? Hoo-ha?!* »Ich kann nicht verlieren? Naja.« – *Sure, I believe every word, hoo-ha!* »Glaub bloß nicht, du kannst mich reinlegen.«

5. Abwertung. *He calls himself a singer – hoo-ha!*
6. Geringschätzung. *Some friend. Hoo-ha!* »Ein schöner Freund ist das.« – *He wants to be President, hoo-ha!* »*Der* will Präsident werden?«
7. Ablehnung. *I'll give him a present, hoo-ha!* »Dem soll ich was schenken? Von wegen!«
   ☛ In einer Tarzanparodie hat *MAD hoo-ha!* sogar zum Hilferuf umgedeutet. ☚

hotzeplotz

Das mittelhochdeutsche *hotze* »Wiege« und *hotzen* »schnell laufen«, »schaukeln« entwickelt sich im Frühneuhochdeutschen zu *hotzen* in der Bedeutung »hüpfen« und »vor Lachen zittern«. Aus dem Jahre 1511 gibt es ein Rezept für ein stark gepfeffertes Gericht, das *hotzenblotz* heißt.

In Amerika: *Hotseplots, Hotzeplotz, Hatzeplatz*

Im amerikanischen Jiddisch ist *Hotseplots*

1. eine weit entfernte, mystische Stadt.
2. meilenweit entfernt. Ganz weit draußen. Weiß der Himmel, wo. *I went from here to Hotseplots looking for you!* »Ich hab dich überall gesucht!« – *They've sent him to a new post all the way in Hotseplots.* »Sie haben ihn auf eine entlegene Außenstelle geschickt … irgendwo ganz weit weg.« – *Lost? We could have been in Hotseplots!* »Verirrt? Wir hätten in Timbuktu sein können!«

Der Gebrauch des Wortes wird empfohlen, wenn man Anhalter, Betrunkene, aufdringliche Kollegen oder andere unerwünschte Begleiter loswerden möchte, die eine Mitfahrgelegenheit suchen und einen entweder mit der Taxirechnung sitzenlassen oder riesige Umwege von einem erwarten. *»Sorry, but we're going to Hotseplots!«* oder: *»Ach, wissen Sie, ich wohne in Hotzeplotz!«* sollte genügen, um sie abzuschrecken und zu verwirren.

Siehe auch *Schnippischock.*

i

inmítn drínen
Aus dem frühneuhochdeutschen *in mitten* »in der Mitte«.
In Amerika: *in mitn drinen, in mitn derinnen;* auch: *in mitske drinen, in mitske derinnen*
Aus heiterem Himmel; plötzlich; ohne Begründung.

Ich mag diese Redensart. Wenn sie unvermittelt in einen englischen Satz eingestreut wird, betont sie das Überraschende, Unlogische einer Handlung und macht darauf aufmerksam, dass die Begründung nicht ausreicht.

»Wir haben gerade über das Konzert gesprochen, als er *inmitn drinen* anfing, den Präsidenten zu kritisieren.« – »Sie erzählte gerade von ihrer Europareise, als ihr Mann mittendrin anfing, von den Löchern in seinen Zähnen zu reden.« – *What makes you say that, in mitn drinen?*

Der kleine Benny sieht seiner Mutter beim Backen zu. Lange steht er vor dem Blech mit den warmen Plätzchen. Schließlich sagt er: »Warum fragst du mich nicht mal was?«

»Was soll ich denn fragen, *inmitn drinen?*«

»Du könntest fragen: Benny, möchtest du nicht ein Plätzchen?«

Im Nachtzug von Kiew nach Moskau ist es stockdunkel. Der eben zugestiegene Levy öffnet eine Abteiltür und knipst das Licht an. Da sieht er einen ehemaligen Vorgesetzten, der sich gerade heftig mit einer jungen Dame beschäftigt.

»Ja, was machen denn Sie da?« fragt Levy verblüfft.

»Ich fahre nach Moskau!«

»Mitten durch die Leut'?«

ísche *(f.)*, **nóschim** *(Pl.)*

Aus dem hebräischen *ischá* »Weib, Ehefrau«.

Der Begriff ist in den Berliner Dialekt und seit 1968 in die Jugendsprache eingegangen, bedeutet nun aber »(sexuell attraktives) Mädchen, Freundin« aus der Sicht eines jungen Mannes.

íwre *(f.)*

Aus dem hebräischen *iwrí* »hebräisch«.

Iwrit. Hebräisch.

Hawóre ist die Aussprache des Hebräischen.

Iwri-tajtsch ist »judendeutsch«. Auch die Druckschrift der jiddischen Volksbücher wird so genannt.

j

jachne *(f.)*
Die weibliche Form des Namens *Johanan* »Johannes«.

In Amerika: *yakhne, yachne, yachna*

Eine Klatschbase; eine grobe, oberflächliche, bösartige Frau. *She has the manners of a yakhne.*

Die *jachne* ist eine Blutsschwester der *jenta.*

Das Wort wird nie in positivem Sinne gebraucht. Dabei war *Jachne* mit Sicherheit einmal ein sehr respektabler Mädchenname. Welche Trägerin dieses Namens ihn so in Verruf gebracht hat, weiß niemand zu sagen.

☛ *Loschn hara* ist der talmudische Ausdruck für üble Nachrede, Klatsch und Zuträgerei. Im Judentum wird die Macht des Wortes hoch eingeschätzt, sowohl im kreativen wie im destruktiven Sinn. (Das ganze Universum wird schließlich durch Gottes Worte geschaffen.) Der Talmud nennt *loschn hara* daher auch »schlimmer als Mord, Unkeuschheit und Götzendienst zusammengenommen«. ☚

Mrs. Kotchin und Mrs. Mishkin sitzen auf der Veranda der »Villa Lipshitz«, einem Hotel in den Catskills, als sich ein junger Mann nähert.

»*Gottenju!*« ruft Mrs. Kotchin. »Schaun Sie sich den Jungen an! Haben Sie je so eine große Nase gesehen? So ein schiefes Maul? So einen verschlagenen Blick?«

Mrs. Mishkins Stimme liegt weit unter dem Gefrierpunkt, als sie erwidert: »Das ist zufällig mein Sohn, über den Sie da sprechen!«

»Ach«, sagt Mrs. Kotchin, »bei *ihm* sieht es eigentlich sehr attraktiv aus!«

Jahwe siehe *Adonai.*

jármelke *(f.)*, **jármelkeß** *(Pl.)*

Herkunft unsicher. ☛ Scholem Alejchem (*Yidishes Folksblat,* 1884) leitet das Wort von hebräisch *jaraj maj-Elo'á* »Gottesfurcht« ab. ☚ Andere (so auch Salcia Landmann) sehen eine slawische Herkunft, z. B. von polnisch *jarmulka.* Das hebräische Wort für das Gebetskäppchen lautet: *kippa.*

In Amerika: *yarmlke, yarmulkah, yarmulke, yarmulka*

Jarmulke. Kippa. Gebetskäppchen. Das Käppchen, das fromme Juden aus Ehrfurcht vor Gott auch auf der Straße (und unter ihren Hüten) tragen, um keinesfalls barhäuptig zu sein.

Ich kenne keine religiöse Vorschrift, wonach die Juden gezwungen wären, ihr Haupt zu bedecken. Exodus verlangt dies lediglich von den Priestern. Es ist auch keine speziell jüdische Tradition. In vielen Teilen des Orients und des Nahen Ostens gilt das Tragen eines Turbans, Fes oder anderer Kopfbedeckungen als besonderes Zeichen der Ehrfurcht.

Christen wiederum nehmen ihre Kopfbedeckungen ab, wenn sie die Kirche betreten und beten. Diese Tradition wurde von Paulus (ursprünglicher Name Saulus) begründet, der im 1. Korintherbrief 10, 4–7 schreibt: »Ein jeglicher Mann, der da betet oder weissaget und hat etwas auf dem Haupt, der schändet sein Haupt … sintemal er ist Gottes Bild.«

Seit dem Mittelalter erklärten die Rabbiner, die Männer dürften nicht barhäuptig herumlaufen (geschweige denn beten). Warum? Weil man aus Respekt vor Gott, dessen Glanz uns umgibt, wie Maimonides sagt, seinen Kopf bedeckt halten soll.

☛ In nicht-orthodoxen Synagogen werden Jarmulkes auch zunehmend von Frauen (natürlich einschließlich der weiblichen Rabbiner) getragen. Die meisten konservativen und rekonstruktionistischen Rabbiner tragen sie ganz selbstverständlich auch im täglichen Leben. In Reformsynagogen, die früher ohne die Jarmulke auskamen, tragen heute auch viele Gottesdiensteilnehmer, oft sogar die Mehrheit, Jarmulkes. Für Besucher, die keine Kopfbedeckung dabei haben, halten alle Synagogen Jarmulkes bereit. ☚

In Deutschland ist heute meist der hebräische Ausdruck *kippa* gebräuchlich. Das Tragen einer Kopfbedeckung wird übrigens beim Betreten von Synagogen und jüdischen Friedhöfen auch von Nichtjuden erwartet.

☛ Bei manchen Kippa-Trägern sind große, vielfarbige Jarmulkes aus dem Jemen oder Buchara in Mode gekommen. Der Klettstreifen, der die Jarmulke daran hindern soll, vom Kopf herunterzurutschen (ein äußerst nützliches Hilfsmittel), wird vom Hersteller witzigerweise »Kip-on« genannt. ☚

Da die Jarmulke das sichtbarste äußerliche Zeichen des Judentums ist, wird sie oft ganz bewusst in der Öffentlichkeit getragen. Das galt auch bei den *Civil Rights*-Demonstrationen der sechziger Jahre, bei denen viele Rabbiner aktiv waren. ☛ Rabbi Marc Shneier (*Shared Dreams: Martin Luther King, Jr., and the Jewish Community,* Jewish Lights Publishing 2000) nennt die Namen: Rabbi Abraham Joshua Heschel, der beim Marsch von Selma nach Montgomery 1965 direkt neben Martin Luther King ging (»meine Füße haben gebetet«); Rabbi Maurice Eisendrath, das damalige Oberhaupt der Reformbewegung, der die jüdische Unterstützung für den Bus-Boykott in Montgomery und andere Kampfmaßnahmen organisierte, und Rabbi Joachim Prinz, der 1963 beim Marsch auf Washington unmittelbar nach Jesse Jackson sprach. Andere Schlüsselfiguren waren Dr. Kings Berater Stanley Levison; Morris Abram, Präsident der Brandeis University und des American Jewish Committee, das eine Wahlrechtskampagne in Georgia gegen den Klu Klux Klan führte, und Allard Lowenstein, der zu den Organisatoren der Wahlrechtskampagne in Mississippi gehörte, bei der Goodman, Schwerner und Chaney den Tod fanden.

Schon hundert Jahre zuvor, am 1. Januar 1863, wurde Edward Rosewater, dem einzigen jüdischen Soldaten im Telegrafen-Corps des Kriegsministeriums, die Ehre zuteil, Lincolns Gesetz zur Sklavenbefreiung, die *Emancipation Proclamation* aus Washington zu verbreiten.☚

◎ ◎ ◎

Der alte Hirschbein setzt seine Jarmulke auf und geht zum Hauptquartier der SA in der Stadt. Dem Wachhabenden zeigt er eine Zeitungsanzeige.

»Was?« schreit der Uniformierte. »Wegen der Anzeige bist du gekommen?«

»Ja, genau.«

»Aber da steht doch: ›Kräftige junge Kerle, nicht unter einsachtzig, gesucht.‹ Du bist doch mindestens siebzig, dünn wie ein Streichholz und kaum ein Meter sechzig. Obendrein hast du noch eine Brille. Außerdem steht hier: ›Ariernachweis‹, und du bist Jude! Weshalb bist du gekommen?«

»Ach«, sagt Hirschbein, »ich wollte Ihnen bloß sagen: Auf *mich* können Sie nicht zählen!«

◎ ◎ ◎

Anlässlich des historischen Besuchs von Papst Paul VI. in Israel im Jahre 1964 erschien in einer israelischen Zeitung eine Karikatur. Sie zeigte den Papst und den Staatspräsidenten und trug die Unterschrift: »Der mit der Jarmulke, das ist der Papst.«

jecke siehe *jekke*.

Jehóva

Dies ist weder ein jiddisches noch ein hebräisches Wort. Es handelt sich um die fälschliche Transliteration eines christlichen Schreibers, bei der das Wort JHWH mit den Vokalen des Wortes *Adonai* vermischt wurde.

Gott.

Das Wort, das fälschlich zu *Jehova* wurde, ist *Jahwe*, das auf dem Tetragramm JHWH beruht und für den mystischen und unaussprechlichen Namen Gottes steht. Es ist aus den hebräischen Buchstaben *jod, he, waw, he* zusammengesetzt.

Die Buchstaben JHWH waren der Unaussprechliche Name. Die Masoreten, jene jüdischen Gelehrten, die seit dem 7. Jahrhundert nicht nur die Einteilung der Bibel in Verse und Kapitel vornahmen, sondern auch Aussprache, Punktuation und Akzentuierung der alten hebräischen Texte festlegten, indem sie Vokalzeichen hinzufügten, wollten den Lesern signalisieren, dass sie statt Jahwe *Adonai* sagen sollten. Diese Kombination wurde dann fälschlich als JeHoVa(H) – oder Jehova – ins Lateinische transkribiert. Besser kann ich das auch nicht erklären.

Wann die Vermischung erfolgte, ist nicht ganz klar. Im allgemeinen wird sie Peter Galatin, dem Beichtvater von Papst Leo X. zugeschrieben, aber sie taucht auch in den Schriften von Raymond Martin (c. 1270) schon auf.

Siehe *Adonai.*

Ein alter Jude wird unmittelbar vor einer Kirche überfahren. Halb bewusstlos liegt er auf der Straße, als ein Priester aus der Kirche gerannt kommt und sich neben ihm hinkniet, um ihm die Sterbesakramente zu spenden. »Glaubst du an Gott, den Vater, den Sohn und den Heiligen Geist?« fragt er.

»Ich sterbe«, ruft der alte Mann empört, »und er stellt mir Rätsel.«

jekke *(m.)*, **jekkes** *(Pl.)*, **jekkisch (Adjektiv)**

Auch: *jecke.* Möglicherweise aus dem deutschen *jacke.* Salcia Landmann (*Jüdische Witze,* Olten 1962) geht davon aus, dass dieser aschkenasische Ausdruck sich auf die assimilierten deutschen Juden bezieht, »die von der Kaftantracht der östlichen Orthodoxen zur westlichen Kleidung übergegangen« sind. *Jacke* stammt aus dem arabischen *shakk* »Brünne« und gelangte über das spanische *jaco* und das französische *jaque (de mailles)* »Panzerhemd, Kriegswams« erst im 14. Jahrhundert nach Mitteleuropa. Das Gewand des polnischen Königs wurde in Krakau schon 1393 als *yacca* oder *iacca* bezeichnet. Die französische Verkleinerungsform *jaquette (f.)*

wurde im 19. Jahrhundert zum deutschen *jackett,* wie wir es zum Anzug tragen.

In Amerika: *Yekke*

Jekke ist ein Spitzname für einen deutschen Juden. Die Nebenbedeutungen sind »teutonisch«, »pedantisch«, »steif« – jedenfalls nicht populär.

Besonders in den dreißiger Jahren, als Juden aus aller Herren Länder in Palästina zusammentrafen, spielten die Unterschiede zwischen den verschiedenen Einwanderergruppen eine große Rolle. Die aus Deutschland stammenden Juden, die zu den Pionieren des Zionismus gehörten, zogen viel Spott auf sich. *Ich war zu jekkisch,* erzählt Rita Bachenheimer aus München, die 1940 nach Israel flüchten konnte, in ihren Erinnerungen (*Versagte Heimat,* hrsg. von Bokovoy/Meining, München 1994) über Zusammenstöße mit polnischen Juden.

In New York blieben die deutschen und die osteuropäischen Juden schon dadurch voneinander getrennt, dass sie zu verschiedenen Zeiten einwanderten. So waren viele deutsche Juden schon wohlhabende Bürger der Upper West Side, als die Ostjuden ihre Quartiere an der Lower East Side bezogen. Siehe *aschkenasi.*

Ein Neuankömmling betritt in Tel Aviv eine Baustelle. Eine Gruppe von Arbeitern lädt einen Lastwagen ab. Einzeln werden die Ziegel von Hand zu Hand weitergereicht. Dem Besucher fällt auf, dass die Männer dabei die ganze Zeit vor sich hin murmeln.

»Was reden die Leute bloß ununterbrochen?« fragt er seinen Begleiter. »Nu, gehen Sie nur hin«, sagt der Mann. »Das sind Jekkes.«

Der Besucher nähert sich der Kolonne, und hört, was die vermeintlichen Arbeiter sagen: »Bitte, Herr Doktor!« – »Danke, Herr Professor!« – »Bitte, Herr Doktor!« – »Danke, Herr Professor!« – »Bitte Herr Doktor!«...

Was ist der Unterschied zwischen einer Jungfrau und einem Jekke? – »Jekke bleibt Jekke.«

jenes, jenzn siehe *yents.*

jenta, jente, jentl siehe *yenta.*

jeschíwe *(f.)*, **jeschíweß** *(Pl.)*
Aus dem hebräischen *jeschow* »sitzen« wird *jeschiwa* »Akademie, der Ort, wo man (beim mündlichen Unterricht) sitzt«, Plural: *jeschiwot.* Auch die *upanischaden* der Hindus leiten sich von dem Sanskrit-Wort für »nahe (beim Lehrer) sitzen« her.

In Amerika: *yeshive, yeshiva*

1. Ein Rabbiner-Seminar oder eine rabbinische Hochschule.

Die heute wohl berühmteste jüdische Hochschule ist die *Yeshiva University* in New York, die erste orthodoxe Universität in der Geschichte des Judentums (s.u.).

2. Eine Hochschule oder Akademie für das Talmudstudium.

Ursprünglich ist *jeschiwa* ein orthodoxer Begriff, wird aber heute auch auf liberale Institute der Erwachsenenbildung angewandt. So wird das *Kolel, Center for Liberal Jewish Learning* in Toronto als Reform-Jeschiwa bezeichnet, und das *Bat Kol, A Feminist House of Study* in Jerusalem als feministische Jeschiwa. Beides sind keine Rabbinerseminare, sondern versuchen die Kenntnis der jüdischen Schriften zu fördern.

3. In den Vereinigten Staaten wird auch eine hebräische Oberschule, in der sowohl religiöse als auch weltliche Fächer gelehrt werden, als *jeschiwa* bezeichnet.

Die Jeschiwa entwickelte sich aus dem *beß-medresch*, dem »Haus der Studien«, wo sich in den jüdischen Gemeinden die Männer versammelten, um die Tora und den Talmud gemeinsam zu lesen. Die große Mischna, die der Patriarch Jehuda ha-Nassi gegen Ende des zweiten Jahrhunderts n.Z. zusammenstellte, beruhte auf den Erkenntnissen, Interpretationen und Diskussionen der Tora, die in den *bote-medroschim* stattfanden.

Eine der ältesten Jeschiwas in Palästina wurde mit Erlaubnis von Vespasian in der kleinen Hafenstadt Jawne (südlich von Tel Aviv) von dem Tannaiten Jochanan ben Zakkai gegründet, der noch vor der Zerstörung des Zweiten Tempels im Jahre 70 n. Z. aus dem belagerten Jerusalem geflohen war. Während Jerusalem und andere heilige Stätten des jüdischen Volkes von den Römern zerstört wurden, blieb Jawne verschont. Nach der Zerstörung des Tempels trat das Sanhedrin (Rat der Rabbiner und Schriftgelehrten) in Jawne zusammen, das bald zu einem Zentrum jüdischer Gelehrsamkeit wurde. Die Entstehung der Jeschiwa von Jawne trug wesentlich dazu bei, dass das Judentum auch ohne eigenen Staat überlebte.

In der nachfolgenden talmudischen Epoche wurden sowohl in Palästina als auch in Babylonien weitere Jeschiwas errichtet (vor allem in Caesarea, Tiberias, Sepphoris und Lydda, in Nehardea, Sura, Pumbedita, Mahoza, Naresch und Mata Mehasya). Nach dem zehnten Jahrhundert verbreiteten sich Jeschiwas auch nach Nordafrika, Spanien, Frankreich, Italien, Deutschland, England, Holland und vor allem nach Osteuropa. Mit einem Wort: Jeschiwas wurden überall gegründet, wo Juden hinzogen.

Die Jeschiwa in Bagdad hatte im 12. Jahrhundert über zweitausend Schüler und fünfhundert fortgeschrittene Studenten. In Tunesien, in Marokko und in allen größeren Städten Europas gab es eindrucksvolle Jeschiwas.

In der Renaissance beschleunigte sich besonders das Wachstum der Jeschiwas in West- und Mitteleuropa. Die Jeschiwa-Studenten in Osteuropa strebten nicht unbedingt nach einem Rabbinerexamen. Der Zweck der Jeschiwas bestand nicht vorrangig in der Rabbinerausbildung. Es ging vielmehr darum, möglichst vielen Juden Talmudkenntnisse, die Fähigkeit zum disziplinierten Denken und die Vorzüge einer asketischen Lebensweise zu vermitteln. Man wollte Männer erziehen, die den Gesetzen der Tora gehorchten und ihr Leben lang täglich über die Traktate des Talmud nachdachten. Abraham Menes schreibt (in: *The Jews, Their History, Culture and Religion*): »Die Städte Osteuropas waren voller gebildeter Hausväter, die nicht nur um der Gebote willen lernten, sondern weil es ihnen ein Bedürfnis war. Sie haben ihre Gedanken gesungen, voller Inbrunst, und fühlten sich in höhere Welten erhoben.«

In Spanien boten die Jeschiwas auch Unterricht in weltlicher Philosophie, Astronomie, Medizin und Mathematik an. In Osteuropa war es unvorstellbar, etwas anderes als die Bibel und den Talmud zu lesen. Weltliche Gegenstände wie Philosophie, Naturwissenschaften, Erzählkunst und Lyrik kamen nicht in Betracht. Die religiösen Juden fürchteten, dass die Frömmigkeit leiden könnte, wenn man der Jugend Gelegenheit gab, sich mit weltlichen und nichtjüdischen Themen zu beschäftigen. Erst gegen Ende des 19. Jahrhunderts befürwortete man an der Jeschiwa von Volozhin (Polen) den Erwerb von weltlichen Kenntnissen.

Nach der Vertreibung der Juden aus Spanien kam den polnischen Jeschiwas eine beherrschende Rolle in der jüdischen Theologie zu. Dank des von den polnischen Herrschern gewährten Schutzes litten die Juden hier lange Zeit weniger unter den Angriffen der katholischen Kirche und weltlicher Bedrückung als in anderen Ländern. Die vornehmste Glaubensschule war die Jeschiwa von Krakau, an der durch die Schriften des Maimonides auch Aristoteles lebendig war.

In Amerika ist die Form der ganz auf den Talmud konzentrierten Jeschiwa ohne jeglichen weltlichen Unterricht selten. Die erste amerikanische Jeschiwa war die 1886 in New York gegründete *Etz Chayim Talmudical Academy*, die 1928 mit der 1897 gegründeten *Rabbi Isaac Elchanan Yeshiva* zum orthodoxen *Yeshiva College* zusammengelegt wurde, aus dem 1945 die *Yeshiva University* wurde, zu der neben dem Rabbinerseminar zahlreiche Bildungsanstalten einschließlich einer medizinischen Fakultät gehören. Die erste Hochschule zur Ausbildung von reformierten Rabbinern, das *Hebrew Union College*, wurde 1875 in Cincinnati gegründet. Das *Jewish Theological Seminary* in New York wurde 1886 gegründet und 1902 reorganisiert; heute ist es das führende Ausbildungszentrum für konservative Rabbiner. ☛ Das *Reconstructionist Rabbinical College* öffnete 1968 seine Pforten und hat seit 1973 Männer und Frauen ordiniert. Für orthodoxe Juden gibt es zahlreiche kleinere Jeschiwas, die Rabbiner ausbilden und die *ßmiche* (Ordination) erteilen. ☚

Ein großer Talmudgelehrter, die Leuchte seiner Jeschiwa, ging auf eine Schiffsreise. Die anderen Passagiere waren Kaufleute, die ihre Waren auf fremde Märkte brachten.

»Was habt Ihr für Waren dabei?« fragten sie den ärmlich gekleideten Mann.

»Meine Waren sind die wertvollsten«, sagte der Weise.

»Und welche sollen das sein?«

Er lächelte und gab keine Antwort.

Die Kaufleute durchsuchten seine Kabine, befragten die Mannschaft und erfuhren auf diese Weise, dass der Gelehrte keinerlei Waren mitführte. Also lachten sie über ihn und nannten ihn einen Narren.

Ein paar Tage später wurde das Schiff von Piraten überfallen, die alle Passagiere ausraubten und bis aufs Hemd auszogen. Als sie schließlich den Hafen erreichten, wussten die Kaufleute nicht, was sie tun sollten. Sie hatten kein Geld mehr und nichts zu verkaufen. Der Gelehrte aber ging in die Synagoge und begann das Gesetz auszulegen. Und als die örtlichen Juden sahen, wie klug und gebildet er war, gaben sie ihm zu essen und schöne Kleider und brachten ihn im besten Haus der Stadt unter.

Die Kaufleute aber, die auf den Straßen betteln mussten, sagten: »Ja, er hat recht, Wissen und Bildung sind die wertvollsten Güter.«

Ein junger Mann war so gelehrt, dass die Leute aus ganz Polen zu seiner Jeschiwa kamen und über seine Kenntnisse staunten.

Eines Tages fragte ein Besucher den Lehrer des jungen Mannes: »Rabbi, was denkt Ihr eigentlich über den jungen Mann? Die Leute staunen ja, wie gut er sich auskennt.«

»Ja«, sagte der Rabbi. »Er liest wirklich sehr viel; ich hoffe nur, dass er einmal die Zeit hat, etwas zu wissen.«

jeschíwe-bócher *(m.)*, **jeschíwe-bóchrim** *(Pl.)*
Aus dem hebräischen *jeschiwá* »sitzen« und *bachúr* »auserwählt«, »Junggeselle, junger Mann«.

In Amerika: *yeshive bokher, yeshiva bucher, yeshiva bokher, yeshiva bocher*

1. Talmudschüler. Ein junger Mann in einer Jeschiwa (Hochschule für Talmudstudien).

2. Ein schüchterner, weltfremder Mann. *He is as gentle as a yeshiva bokher.* »Er ist so sanftmütig wie ein Talmudschüler.« – *He has about as much knowledge of girls as a yeshiva bokher.* »Von Mädchen hat er so viel Ahnung wie ein Talmudschüler.«

Der Archetyp des *jeschiwe-bochers* war ein siebzehn- oder achtzehnjähriger Talmudschüler in einer Jeschiwa. Das Studium war ungeheuer anspruchsvoll, es begann mit Gebeten am frühen Morgen und dauerte den ganzen Tag in höchster geistiger Anspannung bis spät in die Nacht. Um Rabbiner zu werden, musste man ungefähr sieben Jahre studieren. Die Mischna empfahl den Talmudschülern »einen Brocken Brot mit Salz zu essen, Wasser in Maßen zu trinken, auf dem Boden zu schlafen – und ein entbehrungsreiches Leben zu führen, solange man die Tora studiert«.

Arme Schüler wurden von der Gemeinde unterstützt. Wer von außerhalb kam, erhielt Kost und Logis bei örtlichen Familien. Einem Talmudschüler Unterkunft zu gewähren, gehörte zu den guten Werken, und manche von ihnen schliefen jede Nacht bei einer anderen Familie. Der Brauch des *essen togs* (Speisetags) war weit verbreitet. Manche Schüler schliefen auch auf den Bänken in der Jeschiwa, wo sie tagsüber lernten. Der Talmudschüler lebte oft am Rand der Unterernährung und erfuhr zahlreiche Demütigungen.

Mit seinem breiten schwarzen Hut, dem langen schwarzen Kaftan, den Schläfenlocken (*pajeß*), der bleichen Haut, den weichen Händen und seiner demütigen Haltung (*jeschíwe-bocher* gingen stets mit niedergeschlagenen Augen, in irgendein Problem des Talmud vertieft, und vermieden den Anblick von Frauen) war der Talmudschüler in den Städten Osteuropas eine vertraute Gestalt. Seine Unschuld, seine asketische Lebensweise und seine Sanftmut wurden bald legendär. Schon im Talmud empfahl Rabbi Jonah, sich in Gegenwart eines Gelehrten niemals »frivol« zu benehmen.

Als Schwiegersöhne waren die Talmudschüler begehrt. So heißt es im Talmud: »Wenn nötig, verkaufe alles ... und gib deine Tochter einem Gelehrten zur Frau.«

Es war ehrenvoll, einen Talmudschüler in der Familie zu haben; und deshalb erhielt der Bräutigam eine hohe Mitgift von seinem Schwiegervater. Gelegentlich wurde auch vereinbart, dass der

Schwiegervater ein Jahr lang die Rechnungen des jungen Paares bezahlte.

Ein Talmudschüler, der sich zum lebenslangen, täglichen Studium verpflichtete, war ein *maßmid* (*Plural: maßmidim*).

◎ ◎ ◎

Von einer Jeschiwa in Russland wird die Geschichte erzählt, dass alle Talmudschüler zum Dienst in der zaristischen Infantrie gepresst wurden. Zur allgemeinen Überraschung erwiesen sich die jungen Männer als äußerst zielsichere Schützen.

Aber dann kam der Krieg.

Das Talmud-Regiment ging an die Front. Der Feind rückte vor.

»Feuer!« schreit der russische Offizier.

Nichts rührt sich. Der Feind rückte näher.

»Feuer!« schreit der russische Offizier.

Die Gewehre bleiben stumm. Der Feind hat sich bereits auf Pistolenschussweite genähert.

»Was ist los mit euch?« brüllt der Offizier. »Warum schießt ihr denn nicht?«

Darauf einer der Jeschiwa-Soldaten: »Aber, Herr Leutnant, wenn wir jetzt schießen, könnten wir jemandem *wehtun*!«

◎ ◎ ◎

Die folgende Geschichte wurde mir über einen Jeschiwa-Studenten erzählt, der sich für Freud interessierte.

Er wurde von einem Kommilitonen gefragt: »Sag mal, Abe, was ist der Unterschied zwischen einer Psychose und einer Neurose?«

Abe kratzt sich das Kinn und sagt: »Na ja, ein Psychotiker denkt, dass zwei mal zwei fünf ist. Ein Neurotiker weiß genau, dass zweimal zwei vier ist – aber er leidet darunter.«

JHWH *siehe Adonai* und *Jehova.*

jícheß *(m.)*
Aus dem hebräischen *jichúß.*
In Amerika: *yikhes, yiches, yichus, yihus*
Bildung, Adel, (vornehme) Herkunft.

Jicheß bezieht sich aber nicht nur auf den Stammbaum oder den guten Namen, den sich eine Familie gemacht hat, sondern muss auch auf persönlichem Verdienst beruhen (*jícheß-ázmoj*).

Die entscheidenden Faktoren sind Bildung, Tugend, Menschenfreundlichkeit und Dienst an der Gemeinschaft. Wer dem von seiner Familie gesetzten Maßstab nicht entspricht, verliert seinen *jicheß* sehr rasch.

Der höchste *jicheß* gehört dem Gelehrten. Bildung ist das Kennzeichen des jüdischen »Aristokraten« – die Kenntnis des Talmud rief die meiste Verehrung hervor. Bloßer Reichtum oder Erfolg genügt dagegen nicht, um *jicheß* zu erwerben.

Zur Beschreibung eines männlichen oder weiblichen Heiratskandidaten pflegte der *schadchen* (Heiratsvermittler) stets sämtliche Gelehrten, Lehrer und Rabbiner aufzuzählen, die es in der Familie je gegeben hatte. Je größer deren Zahl und je höher ihr Rang war, desto höher war auch der *jicheß.*

Neureiche Juden versuchten ihre Töchter stets mit einem gebildeten jungen Mann aus gutem Haus zu verheiraten, auch wenn er noch so arm war. Und für ihre Söhne strebten sie nach der Tochter eines Rabbiners.

Ein ganzes Universum von jüdischem Statusdenken liegt im oft belächelten Schrei jener Mutter am Strand, die beim Anblick eines Dreijährigen ausruft: »Hilfe! Hilfe! Mein Sohn, der Doktor, ertrinkt!«

jid *(m.)*, **jidn** *(Pl.)*
Aus dem mittelhochdeutschen *jude, jüde* »Jude«. *Jude* ist eine verkürzte Form von *Jehuda* (Judäa). So hieß das jüdische Reich in der Zeit des Zweiten Tempels, das nach dem biblischen Jehuda, einem

Sohn Jakobs benannt war, dessen Stamm zwischen Jericho und der Mittelmeerküste, Jerusalem und dem Negev siedelte.

In Amerika: *yid.*

Ein Jude. Auch in höflicher Anrede: *Funwanen kumt a jid?* »Woher kommen Sie?«

Achtung: Mit langem Vokal ist *jid* das jiddische Wort für »Jude« und dementsprechend neutral. Mit kurzem Vokal wird es zum antisemitischen Schimpfwort.

John Efron von der Universität Indiana berichtet, dass die jüdischen und nichtjüdischen Fans des Londoner Fußballclubs Tottenham Hotspurs die ursprünglich als Beleidigung gemeinte Bezeichnung *Yiddos* seit 1980 zu ihrem Schlachtruf gemacht haben.

Der Ku Klux Klan hat beschlossen, Mr. Levine zu terrorisieren. Sie schicken Schulkinder zu seiner Schneiderwerkstatt in einer Kleinstadt in Mississippi. Die Kinder sollen sich vor den Laden stellen und *Yid! Yid! Yid!* schreien.

Die Kinder machen sich voller Eifer ans Werk. Prompt kommt Mr. Levine heraus. »Danke, danke«, sagt er. »Vielen Dank! Wenn ihr morgen wieder kommt, gebe ich jedem von euch ein Zehncentstück.«

Am nächsten Tag kehren die Kinder mit großer Verstärkung zurück, sie fangen an zu schreien, und Mr. Levine gibt jedem der Kleinen zehn Cent.

Am nächsten Tag kommen noch mehr Kinder und es gibt noch mehr Geschrei. Aber diesmal verteilt Mr. Levine nur fünf Cent an jedes Kind.

Am folgenden Tag kommen die Kinder zurück, aber diesmal gibt es nicht einen Penny. »Was soll das?« fragen sie wütend.

»Tut mir leid, Kinder«, sagt Mr. Levine. »Aber noch mehr Reklame kann ich mir nicht leisten.«

Die Kinder kamen nicht wieder.

Koplinski fällt von der Brücke und droht zu ertrinken. Verzweifelt planscht er im Wasser herum und schreit lauthals um Hilfe.

Zwei Polizisten mit Tschakos und mächtigen Säbeln hören die Schreie und kommen ans Geländer gerannt. Als sie sehen, dass es ein Jude ist, fangen sie an zu lachen.

»Hilfe! Hilfe!« schreit Koplinski. »Ich kann nicht schwimmen.«

»Dann ersauf doch, Jid!« ruft einer der Polizisten.

Alles Rufen ist vergeblich. Die Polizisten werden Koplinski nicht helfen. Aber kurz bevor er zum dritten und letzten Mal untergeht, hat er eine Idee: »Nieder mit dem Zaren!« schreit er. »Gott strafe den Zaren!«

Die Polizisten schnallen die Säbel ab, springen ins Wasser und ziehen Koplinski an Land, um ihn zu verhaften. So eine Majestätsbeleidigung konnten sie schließlich nicht dulden.

jídene *(f.)*, **jídeneß** *(Pl.)*

Die weibliche Form von *jid.*

In Amerika: *yidene, yideneh*

Eigentlich: Jüdin. Das Wort wird aber in Amerika nur noch in abfälligem Sinne gebraucht und bezeichnet eine ältere, geschwätzige Frau. Synomym mit *jakne* und *jenta.*

Zwei *jidene* unterhalten sich über ihre Kinder. »Mein Sohn?« sagt die erste. »Wer könnte sich einen besseren wünschen? Jeden Freitagabend kommt er zum Essen. Jeden Sommer fährt er mit mir nach Bayshore. Jeden Winter schickt er mich nach Kalifornien.«

Daraufhin sagt die zweite: »Ich habe auch einen Engel als Sohn. Monat für Monat geht er zum Psychiater und redet. Jeden Tag eine Stunde, und wissen Sie, worüber er redet, für hundert Dollar die Stunde? Immer nur über mich!«

Die Damen sitzen beim Tee. Die Gastgeberin reicht die Plätzchen herum. »Nehmen Sie doch noch eins«, sagt sie.

»Aber ich hatte schon fünf«, seufzt Mrs. Bogen.

»Sie hatten sogar schon sechs«, sagt die Gastgeberin. »Aber wer zählt schon?«

»Meine Frau ist sehr belesen«, sagt Nudelman. »Sie geht ständig zu Vorträgen, liest Zeitung und weiß über alles Bescheid. Sie kann nächtelang über jedes beliebige Thema reden.«

»*Meine* Frau«, sagt Kugelman, »braucht dafür gar kein Thema.«

jidisch

ist das jiddische Wort für »jüdisch« und stammt aus dem mittelhochdeutschen *judesch*, das letztlich »judäisch« bedeutet (siehe *jid*). Im Deutschen ist das Wort *jiddisch* erst auf dem Umweg über Amerika populär geworden. Bis zum Ende des 19. Jahrhunderts hieß das Jiddische in Deutschland offiziell *juden-deutsch*. Um dieses »barocke Judendeutsch« zu erlernen, hat zum Beispiel der 22-jährige Goethe eigens Sprachunterricht bei einem gewissen Christamicus genommen, wie er in *Dichtung und Wahrheit* berichtet. Zwei Jahrzehnte nach seinem Tod wurde sogar eine »Judenpredigt« in jiddischer Sprache bekannt, die möglicherweise von seiner Hand aus der Leipziger Zeit (1768/69) stammt (nach Otto F. Best, *Mameloschen*, Frankfurt/M. 1973).

In Amerika: *Yidish, Yiddish*

Die Sprache der aschkenasischen Juden. Das Westjiddische wurde bis zum Beginn des 20. Jahrhunderts im deutschen Sprachraum bis in die Niederlande und nach Oberitalien, das Ostjiddische wurde und wird in Osteuropa, aufgrund der großen Auswanderungswellen aber vor allem auch in Nordamerika und Israel gesprochen. Die Umgangssprache der sephardischen Juden war das Ladino.

Juden sprechen genausowenig »jüdisch« wie Protestanten »protestantisch« oder Kanadier »kanadisch«. »Jüdisch« ist ein Adjektiv, kein Substantiv. Aber weil *jidisch* im Jiddischen »jüdisch« bedeutet, wird das Wort *yiddish* besonders von vielen amerikanischen Juden synonym mit *jüdisch* verwendet. So ist dann gelegentlich von einem *Jewish newspaper* die Rede, wenn eine Zeitung in jiddischer Sprache gemeint ist.

Jiddisch ist nicht Hebräisch, das (gemeinsam mit dem Aramäischen) für alle Juden die Sprache des Gebets und der religiösen Handlungen und außerdem Israels offizielle Staatssprache ist.

Jiddisch wurde und wird aber mit hebräischen Buchstaben geschrieben (das heißt auch: von rechts nach links). Die Rechtschreibung ist phonetisch. Das hebräische Alphabet besteht zwar nur aus Konsonanten – insgesamt zweiundzwanzig, im Jiddischen werden aber vier davon zur Bezeichnung von Vokalen benutzt, indem man sie durch Punkte darüber und darunter ergänzt. Die Rechtschreibung (in hebräischer Schrift) ist standardisiert worden. Die Transkription in lateinischer Schrift variiert dagegen erheblich. Dass es für ein und dasselbe jiddische Wort im Deutschen und im amerikanischen Englisch bis zu zehn verschiedene Schreibweisen gibt, kann den gutwilligen Leser aber schwerlich beirren. Nichts läge dem Geist des Jiddischen ferner als Rechthaberei.

Etwa 15 Prozent des jiddischen Vokabulars stammt aus dem Hebräischen, aber der Grundbestand (etwa 70 Prozent) ist unzweifelhaft deutsch. Zahlreich sind die Übernahmen aus dem Polnischen, Russischen, Rumänischen, Ukrainischen und Slowenischen. Seit Ende des 19. Jahrhunderts wurde das Jiddische auch aus dem Englischen angereichert.

Wegen seiner Fähigkeit, Wörter aus anderen Sprachen aufzunehmen, wird das Jiddische oft als »Mischsprache« denunziert, und manche Leute meinen, darüber die Nase rümpfen zu müssen. Diese Puristen sollten vielleicht daran denken, dass jede Sprache ihre Geschichte hat und im Verlauf dieser Geschichte Wörter aus anderen Sprachen aufnimmt. Und das Englische hat wahrscheinlich von Anfang an mehr bei anderen geborgt als alle anderen Sprachen. »Keine andere Sprache zeigt ein größeres Sortiment an ›Lehnwörtern‹ und aus anderen Sprachen übernommenen Redewendungen«, sagen die ehrenwerten Sir William A. Craigie und H. Kurath (*Chambers' Encyclopedia*, 1954).

Das Jiddische ist keine neue Sprache. Es ist älter als das Neuhochdeutsche, das im allgemeinen mit Martin Luthers Bibelübersetzung (Erstdruck 1522) in Verbindung gebracht wird. Auch das heutige Englisch nahm seinen Anfang erst mit William Caxton, der 1476 in London die erste Buchdruckerei Englands einrichtete.

Jiddisch war zunächst das Deutsch der im Rheinland lebenden Juden, das sie in phonetischer Schreibweise mit hebräischen Buchstaben aufzeichneten. (Das lateinische Alphabet war ihnen weniger vertraut und wurde wegen der Verfolgung durch die katholische Kirche auch mit großem Unglück assoziiert.) ☛ Eines der ältesten jiddischen Dokumente ist ein Verspaar in einem handgeschriebenen Gebetbuch aus Worms, das im Jahr 1272 verfasst wurde. ☚

Das Interesse der jüdischen Schreiber beschränkte sich aber keineswegs auf religiöse Texte. »So stehen wir der wahrhaft abenteuerlichen Tatsache gegenüber«, berichtet Salcia Landmann, »dass die älteste erhaltene Gudrunhandschrift in diesem alten ... Judenteutsch ... niedergeschrieben ist.« Bezeichnenderweise fand man dieses (heute in der Cambridge University Library befindliche) Fragment aus dem Jahre 1382, den sogenannten »Dukus Horant«, aber nicht in Deutschland, sondern in einem ausgemauerten Grab in Kairo (Ägypten), zwischen religiösen Schriften. »Die Juden vernichteten nämlich unlesbar gewordene heilige Bücher nicht, sondern begruben sie feierlich.« Dass die Juden des Mittelalters an der deutschen Sprache und Kultur ganz selbstverständlich Anteil nahmen, zeigt vielleicht am deutlichsten die Gestalt des Süßkind von Trimberg (um 1250–1300), dessen Bild wir in der Manessischen Liederhandschrift finden. Friedrich Torberg (16. Sept. 1908 – 10. Nov. 1979) hat 1972 einen lesenswerten Roman über diesen jüdischen Minnesänger geschrieben.

Juden lebten wahrscheinlich schon seit dem ersten Jahrhundert im Rheinland. Durch Dekrete von Kaiser Konstantin aus den Jahren 321 und 331 belegt sind jüdische Gemeinden in Trier und Köln. Unter Karl dem Großen genossen die Juden als Volk der Bibel besonderen Schutz und waren den Christen rechtlich gleichgestellt. Ihre Handelsreisen in den Orient versorgten das Frankenreich mit zahllosen wertvollen Gütern. Am 20. Juli 802 brachte der jüdische Gesandte Isaak, den Karl nach Persien geschickt hatte, dem Kaiser einen lebenden Elefanten namens Abulabaz nach Aachen. Auch die Nachfolger Karls gewährten den Juden Rechtsschutz, und 1084 bemühte sich der Bischof von Speyer sogar ausdrücklich um jüdische Bürger. In den größeren Gemeinden entstanden im 10. und 11. Jahrhundert Talmudschulen, und diese Schulen der »Aschkenasim« übernahmen eine führende Stellung im Judentum.

Dann kamen die Judenmassaker des ersten Kreuzzugs (1096–1099). Tausende von französischen Bauern, Handwerkern und Bettlern zogen unter Peter von Amiens an den Rhein und plünderten die jüdischen Gemeinden. Wer sich nicht taufen ließ, wurde erschlagen. Es begann ein Exodus, der durch den zweiten Kreuzzug (1147/48), durch die Ghettoisierung der Juden nach dem 4. Laterankonzil von 1215, durch die blutigen Pogrome in Schwaben und Franken von 1298 und die Verfolgungswelle während der Pest von 1348 verstärkt wurde.

Die gewaltsame Abtrennung der jüdischen Bevölkerung und ihre Vertreibung führten dazu, dass sich auch die Sprache der aschkenasischen Juden allmählich vom Deutschen abtrennte. Grob gesagt: Die Juden gingen aus Deutschland fort und nahmen das »Judendeutsch« mit nach Osten.

Ebenso wie die nichtjüdischen deutschen Siedler, die nach Polen gingen, waren die Neuankömmlinge als Fachleute im Handel, Handwerk und Finanzwesen äußerst willkommen. Die ersten jüdischen Gemeinden entstanden 1237 in Plock, 1287 in Kalisz und Krakau. Der polnische König Kasimir III. (1333–1370) und seine

Vorgänger begrüßten die geflohenen Juden mit offenen Armen. Der größte Teil der Einwanderung erfolgte allerdings erst nach 1500, als sich die jüdische Bevölkerung Polens verzehnfachte. Im Jahre 1560 gab es 173 anerkannte jüdische Gemeinden in Polen.

Das Judendeutsch, stark angereichert mit hebräischen Begriffen aus dem religiösen Bereich, florierte in Osteuropa und wurde zum Jiddischen, der innig geliebten Sprache der Aschkenasim.

Im einzelnen verlief die Entwicklung wohl komplizierter. So verweist Robert D. King (*Reconstructing Languages and Cultures,* hrsg. von Edgar C. Polem und Werner Winter, de Gruyter, 1992) darauf, dass das Jiddische Ähnlichkeiten eigentlich nur mit dem Mitteldeutschen und dem Bairischen aufweist. Kevin Alan Brook (*The Jews of Khazaria,* Jason Aronson, 1999) geht davon aus, dass die aschkenasische Ethnogenese auf dem Zusammentreffen von Chasaren einerseits, deutschen, österreichischen und böhmischen Juden andererseits und der Zuwanderung aus dem Süden (Griechenland, Mesopotamien und Persien) beruht. Benjamin Harshav (*The Meaning of Yiddish,* University of California Press, 1990) erklärt: »Das Etikett *Aschkenasim* bedeutet keineswegs, dass alle aschkenasischen Juden aus Deutschland kamen, sondern vor allem, dass die osteuropäischen Juden das Geflecht der aschkenasischen Kultur mit ihrem spezifischen religiösen Ritus und dem Judendeutsch übernahmen. Es ist also durchaus möglich, dass slawisch sprechende jüdische Gemeinden Osteuropas (die dort schon seit langer Zeit existierten) im 16. Jahrhundert durch die aschkenasische Kultur überlagert wurden und sich das Jiddische aneigneten.«

Da den jüdischen Frauen und Mädchen das Hebräische nicht beigebracht wurde, wurde zu Hause, in den Familien jiddisch gesprochen. Es wurde zur »Muttersprache«, zur *mameloschn,* im Gegensatz zur *loschn ha-kojdesch,* der »heiligen Sprache« Hebräisch.

Das Hebräische war so ausdrücklich »geheiligt«, so eng mit den heiligen Schriften, dem Gottesdienst, der Theologie und dem Talmud verbunden, dass es für den Alltag kaum tauglich erschien. Es war die Sprache der frommen Männer, der Rabbiner, Gelehrten und Exegeten, weit entfernt von Schweiß und Tränen, gemütlichen Witzen und Anekdoten, die das jüdische Alltagsleben bestimmten.

Das Jiddische, eine saftige, biegsame, aufnahmefähige und zugleich kritische Sprache, besaß eine unwiderstehliche Anziehungskraft. So entwickelte sich auch schon früh eine jiddische Literatur, deren Leserschaft – eine Revolution in der abendländischen Literatur! – zum größten Teil aus Frauen bestand. Kaum ein Verfasser dieser Bücher vergaß, sich in der Einleitung dieser Erbauungs- und Erziehungsbücher an *di liben vrauen* zu wenden.

Der berühmte Hebraist Elia Levita-Bocher (1469–1549) übersetzte Ende des 15. Jahrhunderts die Psalmen und zwei italienische Ritterromane in die jiddische Sprache (siehe *bobe-majße* und *tajtschn*). Das *sefer mides,* ein Erziehungsbuch für jüdische Frauen erschien 1542. Zwei Jahre später wurde in Augsburg das Sch'muel-Buch des Mosche Esrie Wearba, eine dichterische Paraphrase der Bibel, gedruckt. 1546 erschien in Zürich eine jiddische Ausgabe der *Jüdischen Altertümer* des Josephus Flavius. Das *Ma'asse Buch,* eine Sammlung von 254 jüdischen Volksmärchen, Legenden und Talmudgeschichten, das großen Einfluss auf die jiddische Literatur hatte, erschien im Jahre 1602. Die älteste bekannte Ausgabe des *Zeno ureno* von Jakob ben Isaak Aschkenasi aus Polen stammt aus dem Jahr 1620 (siehe *tajtsch chumesch*).

Die erste jiddische Zeitung der Welt, *Di Dinstogsche Kurantn* und *Di Frajtogsche Kurantn*, erschien seit 1686/87 in Amsterdam.

Die moderne, weltliche jiddische Literatur beginnt mit der Aufklärung (siehe *haßkole*). Zu ihren besten Autoren gehören Mendele Mocher Sforim (1835–1917), Schalom Alejchem (1859–1916), Isaak Leib Perez (1851–1915), Israel Jehoschua Singer (1893–1944), Itzig Manger (1901–1969), Scholem Asch (1880–1957), Avrom Reisen (1876–1953), Hersh David Nomberg (1876–1927), Joseph Opatoschu (1886–1954), Peretz Hirschbejn (1880–1948) und David Pinski (1872–1959). Als Isaac Bashevis Singer (27.7.1904 in Radzymin bei Warschau – 25.7.1991 Miami, Florida) im Jahre 1978 den Nobelpreis für Literatur erhielt, war dies eine Anerkennung und Auszeichnung für ein großes Werk und die gesamte jiddische Literatur. Eine besonders lesenswerte Darstellung der jiddischen Literatur bietet Otto F. Best in seinem Buch *Mameloschn* (Frankfurt 1973).

Auch die Sprachwissenschaft beschäftigte sich schon früh mit dem Jiddischen. So verfasste der schon erwähnte Elia Levita Bocher (eigentlich Elia Levi ben Ascher) aus Neustadt an der Aisch ein jiddisch-hebräisches Wörterbuch *Schemot Devarim* »Namen der Sachen«, das 1542 im bayrischen Isny gedruckt wurde, wo er nach seinem Aufenthalt in Italien als Korrektor und Redakteur in der Offizin des Paulus Fagius arbeitete. Jiddische Wörterbücher in deutschen (lateinischen) Lettern entstanden seit der Aufklärung in größerer Zahl: Friedrich (1784), Selig (1792), Vollbeding (1804), Avé-Lallemant (1862), Salomo Birnbaum (1915). Nach dem Zweiten Weltkrieg erschienen in Deutschland folgende, unersetzliche Darstellungen und Wörterbücher der jiddischen Sprache: Salcia Landmann, *Jiddisch. Abenteuer einer Sprache* (Olten/Freiburg 1962), Siegmund A. Wolf, *Jiddisches Wörterbuch* (Hamburg 1986), Ronald Lötzsch, *Jiddisches Wörterbuch* (Mannheim ^{2}1992).

Das erste englisch-jiddische Wörterbuch, Alexander Harkavy's *English-Yiddish Dictionary*, erschien 1891. Ein englisches Lehrbuch des Jiddischen gibt es erst seit 1949, als das YIVO Uriel Weinreich's *College Yiddish* herausgab. Neuere Werke in englischer Sprache sind: Joshua A. Fishman *Never Say Die. A Thousand Years of Yiddish* (Mouton de Gruyter, 1981), Benjamin Harshav *The Meaning of Yiddish* (University of California, 1990) und Max Weinreich *Geshikhte fun der Yidisher Shprakh*, die von Shlomo Noble übersetzt wurde (*History of the Yiddish Language*, YIVO, 1973).

Das wahrscheinlich umfangreichste Wörterbuch der jiddischen Sprache erschien 1984 in Moskau. Das von M.A.Schapiro, I.G.Spiwak und M.J.Schulman redigierte *Russko-ewrejskij (idisch) slowar* enthält ungefähr 40 000 Stichwörter!

Natürlich haben die Sprachwissenschaftler sich auch um eine historische und geographische Ordnung der jiddischen Sprache bemüht. So unterscheiden sie das Westjiddische vom Ostjiddischen, und dort wieder das litauische, polnische und ukrainische Jiddisch. Das rumänische steht dem polnischen, das österreich-ungarische dem ukrainischen Jiddisch nahe. In den Zeitungen und Zeitschriften, die in Amerika veröffentlicht wurden, ist das litauische Jiddisch vorherrschend. Bei der historischen Einordnung schlägt die *Standard Jewish Encyclopedia* (Doubleday, 1966) folgende Einteilung vor:

Ursprüngliches Jiddisch 1000–1250
Alt-Jiddisch 1250–1500
Mittel-Jiddisch 1500–1750
Modernes Jiddisch seit 1750.

Die führenden Vertreter der jüdischen Aufklärung (Haskala), die sich im 18. Jahrhundert in Europa verbreitete, waren sich ihres Judentums sehr bewusst und wollten das Hebräische als moderne Sprache wiedererwecken. (Dagegen wiederum verwahrten sich die Traditionalisten, die das Hebräische nicht verweltlichen wollten.) Das Jiddische empfanden die *Maskilim* (wie die führenden Vertreter der Haskala genannt wurden) als vulgären Dialekt der unteren Schichten. So schrieb Moses Mendelssohn im Jahre 1782: »Ich fürchte, dieser Jargon hat nicht wenig zur Unsittlichkeit des gemeinen Mannes beigetragen.« Er bemühte sich, die aschkenasischen Juden zum »reinen« Deutsch zu bekehren, und verfasste seine in hebräischen Lettern gesetzte Bibelübersetzung im feinsten Hochdeutsch.

Während die Weichen in Deutschland also in Richtung sprachlicher Assimilation gestellt wurden, war in Osteuropa daran nicht zu denken. Hier war das Jiddische, die Sprache des Chassidismus, fest verankert. Dennoch bemühten sich die Maskilim, das Jiddische zu unterdrücken, um die Juden zu »emanzipieren«. Aber wer die jüdischen Massen erreichen wollte, musste sich des Jiddischen bedienen, auch wenn er sie davon abbringen wollte. Letztlich trugen die Bemühungen der Aufklärer also noch dazu bei, die Liebe der jüdischen Massen zu ihrer *mameloschn* zu steigern. Aber erst von der Arbeiterbewegung des späten 19. Jahrhunderts wurde das Jiddische bewusst als »Volkssprache« und »Sprache der Massen« begriffen.

Dementsprechend machten die jüdischen Sozialisten, die sich 1897 in Wilna zum »Bund« zusammenschlossen (eigentlich: *Allgemeyner Yidischer Arbeter Bund in Lite, Polyn un Rusland*) das Jiddische zu ihrer Sache. Sie waren begeisterte Verfechter der neuen Aufklärung, beteiligten sich an den Revolutionen von 1905 und 1917 und vertraten eine kühne agnostische, ja sogar atheistische Philosophie. Der Gebrauch des Hebräischen war bei ihnen genauso verpönt wie der Zionismus.

☛ Auf der Tschernowitzer Konferenz von 1908 forderten Männer wie Nathan Birnbaum, Isaak Leib Perez, Matisjohu Mieses und Chaim Zhitlovsky die Anerkennung des Jiddischen als Nationalsprache des jüdischen Volkes. (Näheres zur Jiddischen Sprachbewegung, siehe Emanuel S. Goldsmith, *Modern Yiddish Culture*, Fordham University Press, 1976/1997.) ☚

Die Zionisten, die ebenfalls der Haskala entstammten und schon 1897 ihren ersten Kongress hatten (in Basel), wollten das Hebräische wieder zur lebendigen Gegenwartssprache machen, und schon aus diesem Grunde wurden sie von vielen Hebraisten unterstützt. Dem stellten sich aber manche orthodoxen Juden entgegen, die sich lieber an das Jiddische hielten, weil ihnen das Hebräische zu heilig war, um es außerhalb der religiösen Zusammenhänge zu benutzen.

Um die Dinge noch mehr zu verwirren, darf ich allerdings nicht verschweigen, dass die ersten Jiddisch-Schulen in Amerika im Jahre 1910 von Sozialisten eröffnet wurden, die das Jiddische als »Sprache der Massen« hochschätzten. Der einflussreiche *Workmen's Circle* gründete in mehreren Städten Schulen für die Kinder von Einwanderern, die zur Arbeiterklasse gehörten und meist auch gewerkschaftlich organisiert waren. Hier wurden jiddische Sprache und Literatur gelehrt. ☛ Auch die jüdischen Kommunisten in Amerika hatten jiddische Schulen (*Jewish People's Fraternal Order*). Das unabhängige *Sholom Aleichem Folks Institute* betreibt heute noch eigene Ausbildungsstätten. Auf dem Höhepunkt ihrer Tätigkeit im Jahre 1950 waren etwa 20 000 Studenten an den verschiedenen jiddischen Bildungseinrichtungen eingeschrieben.

Daneben wurden von den weltlichen jüdischen Organisationen auch sehr lebendige, jiddisch-orientierte *Summer Camps* durchgeführt. So zum Beispiel das nach einem von Scholem Alejchem beschriebenen Ferienort benannte, mittlerweile aufgegebene *Camp Boiberik* (1923–79) und *Camp Hemshek* (»Zukunft«), das vom *Jewish Bund* betrieben wurde. Heute noch aktiv sind das *Camp KinderRing* des *Workmen's Circle* und *Camp Kinderland*, das seine ehemalige Trägergesellschaft, die *JFPO* längst überlebt hat. ☚ Der Hintergrund für diese Bemühungen war durchaus verständlich: Die jüdischen Gewerkschafter und Sozialisten lehnten den Glauben und die Traditionen zwar größtenteils ab, fürchteten aber, ihre Kinder könnten ihren Zusammenhalt und ihr »Jüdischsein« einbüßen, wenn man keine jüdischen Einrichtungen schuf.

In Israel, wo Hebräisch zur offiziellen Landessprache wurde, lehnte der Staat das Jiddische ab. Viele Israelis weigerten sich ganz ausdrücklich, Jiddisch zu sprechen. Schon vor der Gründung Israels ermahnten die zionistischen Eiferer jeden, der jiddisch zu sprechen versuchte, und für die in Israel geborenen *sabras* ist Jiddisch eine entwürdigte Sprache, die Sprache des Exils und des Leidens, obendrein noch eng verwandt mit dem Deutschen, der Sprache der Nazis. Für viele ältere Juden war es ein niederschmetterndes Erlebnis, dass man sich über ihre Muttersprache lustig machte, als sie endlich im gelobten Land eintrafen. Natürlich war Hebräisch die verehrte, heilige Nationalsprache, aber Jiddisch war doch die Sprache des Herzens und das Ergebnis tausendjähriger jüdischer Geschichte und Leiden!

Heute hat sich die israelische Abneigung gegen das Jiddische etwas gelegt. Aber als Schmelztiegel der Erfahrungen von sechzig Generationen wird es noch immer nicht anerkannt. ☛ Im Jahre 1996 schien es in der Kampagne gegen das Jiddische zu einem Waffenstillstand gekommen zu sein, als beim Erziehungsministerium ein Nationales Amt für Jiddische Kultur geschaffen wurde. Die konstituierende Sitzung dieser Behörde im Jahre 1999 war allerdings nicht öffentlich, so dass es »versäumt wurde, die Öffentlichkeit davon in Kenntnis zu setzen, dass die Regierung das Jiddische als Teil des kulturellen Erbes von Israel akzeptiert«, schreibt Gerald Stillman (*Jewish Currents,* Januar 2000). Zum Präsidenten der neuen Behörde war der ehemalige Knesset-Abgeordnete Abraham Melamed bestimmt worden. Ein Interview mit ihm erschien am 12. November 1999 im *Forverts.* Darin sagte er: »Der israelische Staat erlaubte nicht, dass eine jiddische Zeitung erschien. Man ging von der Vorstellung aus, dass alle israelischen Juden ausschließlich *Iwrit* (sephardisches Hebräisch) sprechen müssten ... Jetzt, nachdem drei Generationen mit Iwrit aufgewachsen sind, können wir uns ein Gesetz zugunsten des Jiddischen leisten.« Kurz darauf trat Melamed allerdings von seinem Posten zurück und ein geplantes Jiddisch-Festival wurde abgesagt. Das Jiddische hing wieder einmal in der Luft. ☚

Jiddisch ist nicht die einzige Sprache, die von den Juden im Exil geschaffen worden ist. Im christlichen Byzanz wurde ein Juden-Griechisch gesprochen und mit hebräischen Buchstaben geschrieben, das es heute noch gibt. Die persischen Juden sprechen Judeo-Persisch, das in verschiedenen Formen bis nach Zentralasien reicht. Auch im Kaukasus gibt es Juden, die ein eigenes Farsi-Tat sprechen und eine eigene Literatur voller hebräischer, aramäischer und biblischer Redewendungen haben.

Die spanischen Juden schrieben Spanisch mit den Buchstaben des hebräischen Alphabets; und als sie 1492 vertrieben wurden, brachten sie diese Sprache in viele Staaten unter islamischer Herrschaft, wo sie Asyl fanden, darunter Bulgarien, Griechenland, Nordafrika und die Türkei. (Dass die Juden in den arabischen Staaten das Arabische oft mit hebräischen Buchstaben schrieben, erstaunt unter diesen Umständen niemand.)

In Italien entstand eine judeo-lateinische Umgangssprache, bei der das Italienische ebenfalls in hebräischen Buchstaben notiert wurde, weil die Juden die »mönchischen« lateinischen Schriftzeichen nicht lesen konnten oder wollten. In dieser Sprache sind einige Gebetbücher und eine Bibelübersetzung erhalten.

Von all diesen jüdischen Sprachen hat sich das Jiddische am weitesten verbreitet und die größte Wirkung gehabt. Vor dem Zweiten Weltkrieg haben etwa elf Millionen Menschen in aller Welt Jiddisch gesprochen, das waren fast zwei Drittel der jüdischen Weltbevölkerung. Jiddische Zeitungen und Zeitschriften gab es überall in Europa, Amerika und Australien. In Europa, den Vereinigten Staaten und Lateinamerika gab es eine blühende jiddische Theaterkultur. Das goldene Zeitalter der jiddischen Literatur mit zahllosen Romanen, Erzählungen, Theaterstücken, Essays und journalistischen Arbeiten begann in der Mitte des 19. Jahrhunderts und erreichte seinen Höhepunkt in den Zwanziger Jahren.

Hitlers grausame Ernte hat das für immer verändert. Mehr als die Hälfte der jiddisch sprechenden Juden wurde von den Nazis ermordet. Wer aus Osteuropa fliehen konnte, sah sich in der neuen Heimat wachsendem Anpassungsdruck ausgesetzt. In der Sowjetunion, berichtet Ronald Lötzsch (*Jiddisches Wörterbuch*), gaben bei der Volkszählung von 1989 von 1,4 Millionen Aschkenasim nur noch 11 Prozent Jiddisch als Muttersprache an.

In Amerika herrscht ohnehin Zweisprachigkeit vor. Die Kenntnis des Jiddischen scheint dabei altersabhängig zu sein: Je älter ein Jude ist, desto eher kann man erwarten, dass er Jiddisch versteht. Ich glaube, man kann behaupten, dass mehr Juden Jiddisch verstehen als sprechen und dass es mehr lesen als schreiben.

In den letzten drei Jahrzehnten haben sich die Dinge durch Bemühungen der Universitäten Oxford, Columbia, McGill, Brandeis, Brooklyn College, Duke, George Washington, Indiana (in Bloomington), Ohio, Massachusetts, Pennsylvania und andere erheblich verbessert. Wahrscheinlich gibt es allerdings heute mehr Studenten, die Jiddisch lesen als sprechen.

Das *National Yiddish Book Center* hat Tausende von jiddischen Büchern vor der Vernichtung bewahrt. Als ihm bewusst wurde, dass die mit jiddischen Büchern bestückten Privatbibliotheken älterer Mitbürger in Gefahr waren, auf dem Müll zu landen, wenn sie sich nicht mehr darum kümmern konnten, begann der Student Aaron Lansky 1980 in Montreal mit jungen Freiwilligen jiddische

Bücher zu sammeln. Im Jahre 2000 hatte das mittlerweile in Amherst, Massachusetts, ansässige *National Yiddish Book Center* nicht weniger als 1,4 Millionen Bände gesammelt und damit 437 Bibliotheken in zwanzig Ländern der Erde bestückt, darunter auch Harvard, die *Hebrew University* und die *Library of Congress.* Lansky erhielt den sogenannten *Genius Award* der MacArthur Foundation. Das *NYBC* unterstützt die Übersetzung weniger bekannter Autoren ins Englische und gibt ein interessantes Mitteilungsblatt zur jiddischen Kultur und Sprache heraus: den *Pakn Treger.*

Im Januar 2001 haben das *Dora Teitelboim Center for Jiddish Culture* und die *Florida International University* gemeinsam das erste *On-Line-College* für Jiddisch eröffnet. Die Studenten können am Unterricht entweder in North Miami Beach oder – über Internet und Computermikrofone – von zu Hause aus teilnehmen. Unabhängig davon steht das Programm natürlich auch sonst im Internet zur Verfügung (*www.yiddishculture.org*).

Websites heißen auf Jiddisch *vebleter;* e-mail heißt *blizpost.* Einige führende jiddische *vebleter* heißen:

1. *mendele@lists.yale.edu* begründet von Noyekh Miller im Jahre 1991, benannt nach Mendele Mocher Sforim. Mehr als zweitausend Teilnehmer tauschen hier ihre Beobachtungen, Lieder, Wörter, Witze und anderes aus.
2. *A User's Guide to Yiddish on the Internet* (*www.uyip.org*), besonders für Neulinge sehr gut geeignet.
3. *www.cs.engr.uky.edu/~raphael/yiddish.html* – das ist: *Refoyl Finkl's Yiddish Vebletl.* Hier findet sich unter anderem eine Rechtschreibprüfung für die Transkription und eine Datenbank mit jiddischen Liedern.
4. *Der Bay* (*www.derbay.org*), begründet im Jahre 1991 von Philip »Fishl« Kutner, mit vielen nützlichen Hinweisen auf jiddische Quellen.
5. Das *Robert and Molly Freedman Jewish Music Archive* der Universität Pennsylvania (*www.library.upenn.edu/friends/freed*), das auch Audio- und Video-Beispiele anbietet.
6. *www.starkman.com/aviva/yiddish.html* – das ist: *Avivale's Yiddish Page,* eine sehr hübsche und vielseitige Website.

7. *www.ivritype.com/ashkenaz/virtual.html* – das ist Ari Davidows *Virtual Ashkenaz* Website, auf der Diskussionen über die *neue* Jiddischkultur stattfinden.

Die meisten jiddischen *vebleters* – und davon gibt es über elftausend – sind glücklicherweise großzügig miteinander verlinkt und führen den Surfer rund um den Globus! ☚

Was mich persönlich immer am meisten verblüfft hat, ist das plötzliche Lächeln, das den Leuten übers Gesicht huscht, wenn sie auf die Frage »Sprechen Sie jiddisch?« mit »ja« antworten. Was immer man über diese Sprache sagen mag, sie weckt riesige Zuneigung.

Die einzigartige, strahlende Kultur des Schtetl, die einen Triumph über unendliche Verfolgungen darstellte, wurde mit der jiddischen Sprache geschaffen. Und in dieser Sprache ist die Kultur des Schtetl mit all ihrem Elend und all ihrem Reichtum enthalten – so arm, so reich, so pragmatisch, so romantisch, so angsterfüllt und so tapfer, so derb, so sensibel, so besorgt, so mutig, so resigniert, so leidenschaftlich, ehrenhaft und würdevoll, wie sie war.

»Die jiddische Sprache enthält das Wesen eines ganz besonderen Lebens, das anders als alle anderen ist.« *Israel Zangwill*

»Mit diesem kosmopolitischen, aus Brocken der verschiedensten Sprachen zusammengesetzten Flickenteppich schuf der Dichter [Morris Rosenfeld] eine Musik wie die einer klagenden Harfe.«

Leon Bloy

»Das Jiddische lediglich als Ableger des Mittelhochdeutschen mit einer Beimischung hebräischer und slawischer Wörter anzusehen, führt in die Irre. Geist und Tonfall des Jiddischen unterscheiden sich vom Deutschen wie Burns' Gedichte von Miltons Prosa.«

Maurice Samuel

Ich bin ziemlich sicher, dass es nie so passiert ist, aber ich wünschte, es wäre passiert:

Der Reporter vom New Yorker *Forverts* stürmt in eine Telefonzelle an der Delancey Street, wirft eine Münze ein, wählt und brüllt in den Hörer: »Ist da der Chef vom Dienst? Hallo? Ja, hier ist Shpeisel. Ich habe eine Geschichte, da wackelt die Stadt! Halten Sie zehn Zeilen auf der Rückseite frei!«

Leonard und Manny unterhalten sich über das Jiddische, das sie beide sehr lieben. »Weißt du, was mir neulich aufgefallen ist? Im Jiddischen gibt es kein Wort für *enttäuscht.*«

»Wirklich? Das glaube ich nicht. Du musst dich irren. Warte, ich ruf' meine Mutter an, die weiß es bestimmt.«

Er ruft seine Mutter an, die nach dreißig Jahren in Amerika immer noch Jiddisch spricht – und nichts anderes. »*Mamele*«, sagt Manny in fließendem Jiddisch. Nehmen wir mal an, ich komme am Freitagabend zum Dinner. Nehmen wir weiter an, du kochst und bäckst den ganzen Tag, um mir das leckerste Essen zu machen: *challa* und gehackte Leber, *gefilte fisch*, *knedlach-Suppe*, Hühnchen und *kugel* und *zimes* und Apfelmus und zwei verschiedene Sorten Strudel zum Nachtisch. Und dann, am Freitag, zwei Minuten, ehe ich bei dir sein sollte, rufe ich an und sage, ich kann leider nicht kommen! Was würdest du sagen?«

»Was ich *sagen* würde?« jammert die Mutter. »Ich würde sagen: *Oj, bin ich* enttäuscht!«

jißkor

Aus dem Hebräischen: »möge [Gott] sich erinnern«.

In Amerika: *Yisker, Yizkor*

Jiskor. Ein Gottesdienst in der Synagoge mit einem Gebet für die Toten.

Jiskor ist der abgekürzte, volkstümliche Name für das *Haskarat Neschamot* (Gebet zur Erinnerung an die Seelen), das in aschkenasischen Gemeinden am achten Tag von Pessach, am zweiten Tag von

Schawuot, am achten Tag von Sukkot und am Versöhnungstag Jom Kippur gesprochen wird. (Bei den sephardischen Juden wird es am Vorabend des Versöhnungsfestes gesprochen.)

Der Gottesdienst beginnt mit einer Lesung, die sich mehr auf die Lebenden als die Toten bezieht. Darin wird der Wunsch geäußert, dass es den Anwesenden vergönnt sein möge, »die Zahl unserer Jahre in Frieden zu vollenden … und in den Jahren unserer Pilgerschaft gläubig und untadelig zu bleiben.« Dann erinnert man sich an die verstorbenen Verwandten und Eltern: »Ihr Wunsch war es, uns den rechten Weg zu weisen, uns Deine Gebote zu lehren und uns zu zeigen, wie man gerecht und gnädig ist. Wir bitten Dich, oh Herr, uns die Stärke zu geben, dass wir ihren Weisungen treu bleiben, solange wir leben.«

Dann werden persönliche, stille Gebete zum Gedenken an enge Verwandte gesprochen, in denen Gott aufgefordert wird, den Verstorbenen »in den Bund des ewigen Lebens und die Gesellschaft der Gerechten aufzunehmen«. Der Betende verspricht zum Gedenken an den Verstorbenen gute Werke zu tun.

Anschließend wird der Gottesdienst mit einem gemeinsamen Gebet, *el mole rachamim*, fortgesetzt, in dem Gott erneut gebeten wird, den abgeschiedenen Seelen Frieden und ewiges Leben zu schenken. Dieses Gebet wird als fortdauernde Gemeinschaft der Generationen begriffen: Die Kinder und Enkel stellen das Leben eines Menschen nach seinem Tod dar. Solange sie sich des geliebten Menschen erinnern, bleibt er lebendig.

Ein Teil des Jiskor-Gottesdienstes dient dem Gedenken an die Märtyrer aller Generationen (siehe *kidesch haschem*). In vielen Synagogen wird ein besonderes Gebet für die sechs Millionen Opfer der Nazis gesprochen. In Israel wird ein Gebet für die Männer und Frauen gesprochen, die im Unabhängigkeitskrieg für Israel starben.

In den Vereinigten Staaten nehmen an den Jiskor-Gottesdiensten viele Juden teil, die sonst nie eine Synagoge besuchen. Manche schließen ihre Geschäfte und gehen nicht zur Arbeit, um einen Tag lang zu beten.

Im Rheinland war Jiskor lange Zeit ein Tag des Gedenkens an die Opfer des ersten Kreuzzugs von 1096.

jißróel
Aus dem hebräischen *jißra'él*
In Amerika: *Yisroel, Yisrael*

1. Das Land Israel. Siehe *Erez Israel.*
2. Das Volk der Juden. In der jüdischen Literatur wird *jißroel* praktisch ebenso gebraucht wie »Juden« und »Hebräer«.
3. Der Name, den Jakob annahm, nachdem er mit dem Engel des Herrn gekämpft hatte (Genesis 32, 29). ☛ In der Tora werden die Hebräer als das »Haus Jakob«, aber auch als die »Kinder Israel« bezeichnet. Die rabbinischen Talmudgelehrten deuteten dies so, dass mit dem »Haus Jakob« die Frauen und mit den »Kindern Israel« die Männer gemeint waren.
4. Der gemeinsame Name der zwölf Stämme, die aus Ägypten fortzogen und sich in Kanaan niederließen.
5. Nach dem Tod Salomos trennten sich die zehn nördlichen Stämme ab. Das Nordreich hieß Israel und bestand von 925–722 v. Z., das südliche, Juda mit der Hauptstadt Jerusalem, wurde 586 v. Z. von den Babyloniern zerstört.
6. Der Name des Staates Israel (*medíne jißroel*).

In einer dunklen, bedrohlichen Nacht kommt Agent 06-4 in Tel Aviv eine Straße herunter, schaut sich nach links und rechts um, schlüpft in einen Wohnblock, steckt seine Automatic in die Außentasche und klopft zweimal kurz, einmal lang, zweimal kurz an die Tür von 2-D.

Fragt eine Stimme von innen: »Wer ist da?«

»Horowitz?« fragt 06-4.

Die Tür öffnet sich, ein kleiner, kahlköpfiger Mann im Schlafanzug erscheint und sagt: *»Scholem alejchem!«*

»Die Orangen«, sagt 06-4 leise, »sind reif in Valencia.«

»Wie bitte?« fragt Horowitz.

»Die Orangen«, wiederholt 06-4 eindringlich, *»sind reif in Valencia!«*

Da geht ein Leuchten über das Gesicht des kahlköpfigen kleinen Mannes. »Ahh! Ich verstehe! Aber ich bin Horowitz, der Klavierlehrer. Sie suchen Horowitz, den Spion. Das ist einen Stock höher.«

jojm-kíper, jom-kíper *(m.)*
Aus dem hebräischen *jom-kipúr* »Versöhnungstag«. In der Bibel stets *jom-hakipurím* genannt. Manche Gelehrten führen *kippur* auf das babylonische Wort für »reinigen, säubern« zurück.

In Amerika: *Yom Kiper, Yom Kippur*

Jom ha-Kippurim oder Jom Kippur. Der letzte der alljährlichen Zehn Bußtage; einer der beiden höchsten Feiertage der Juden. Jom Kippur hat vermutlich den stärksten Einfluss auf das jüdische Bewusstsein.

Die Zehn Tage der Buße *(jamin noraim)* beginnen am Neujahrsfest Rosch ha-Schana. An diesem Tag, sagen die Orthodoxen, stehen alle Menschen vor Gottes Gericht; aber die Entscheidung des Herrn fällt erst am *letzten* der Bußtage – und das ist Jom Kippur.

Die Mischna verlangt, dass Juden an Jom Kippur weder essen noch trinken, keine Schuhe tragen und sich nicht waschen. Maimonides sagt: »Alle Menschen sollen ihre Sünden bekennen und sich von ihnen lossagen.«

Da die Juden der Ansicht sind, dass nur die Menschen selbst die Kränkungen vergeben können, die man ihnen zugefügt hat (und nicht etwa Gott), eilten sie am Vorabend von Jom Kippur (noch vor dem Kol Nidre) von Haus zu Haus, um jeden um Vergebung zu bitten, den sie im Laufe des Jahres gekränkt hatten. Fromme Juden mussten dreimal um Verzeihung bitten, ehe sie aufgeben durften.

Schließlich versammelten sich auch die Familienmitglieder und baten sich gegenseitig um Vergebung für alle Ungerechtigkeiten, Beleidigungen und Taktlosigkeiten, die sie sich im vergangenen Jahr zugefügt haben mochten. Ehemänner und Ehefrauen baten sich wechselseitig um Verzeihung; die Kinder baten ihre Eltern um Vergebung, die Geschwister baten sich untereinander, und jedes Elternteil bat jedes Kind um Verzeihung. Diese Tradition wird zumindest in Teilen auch heute noch aufrechterhalten, je nach dem Ausmaß der religiösen Verhaftung. Dahinter steht die Vorstellung, dass jedermann mit reinem Gewissen in das Versöhnungsfest eintreten soll.

Der Gottesdienst beginnt am Vorabend von Jom Kippur unmittelbar vor Sonnenuntergang. Der Kantor steht vor dem Toraschrein in der Synagoge, rechts und links flankiert von einem Gemeindemitglied. Jeder trägt eine der Schriftrollen. Die drei Vorbeter stehen als Vertreter der gesamten Gemeinde vor einem unsichtbaren Richterstuhl und Tribunal. Als erstes geben sie die Erlaubnis zum gemeinsamen Gebet: »Nach dem Ratschluss des Himmels und dem Ratschluss hier unten auf Erden, erlauben wir, im Sinne des Allgegenwärtigen – er sei gesegnet – und im Sinne dieser heiligen Gemeinde, mit den Gesetzesübertretern zu beten.« Diese Formel wird dreimal wiederholt, dann intoniert der Vorbeter das Kol Nidre.

Jom Kippur selbst wird bis zum Sonnenuntergang in der Synagoge verbracht und enthält als einziger Feiertag fünf Gebetszeiten. Da Reinheit das Leitmotiv des Tages ist, herrscht ein strahlendes Weiß vor. Die Decke über dem Toraschrein und der Vorhang der Bundeslade sind weiß. Der Rabbiner und der Kantor tragen weiße Gewänder; in der Gemeinde werden weiße (statt der sonst üblichen schwarzen) Jarmulkes getragen.

Das herausragende Ereignis des Versöhnungstages ist das Sündenbekenntnis, das mehrmals am Tag wiederholt wird. Dazu gehören nicht weniger als 56 verschiedene Arten von Sünden. Traditionelle Juden schlagen sich an die Brust und wiederholen zehnmal die Formel: »Wir haben vor Dir gesündigt, wir haben uns verschuldet, waren treulos, haben geraubt, haben Böses geredet, haben gefehlt und gefrevelt, waren hochmütig und gewalttätig, haben gelogen, schlechten Rat erteilt … O Gott der Vergebung, verzeih uns und vergib uns unsere Sünden.«

Interessanterweise wird das Bekenntnis nicht von einem individuellen »Ich«, sondern einem kollektiven »Wir« ausgesprochen. An Jom Kippur »teilen« die Juden die Übertretungen aller und übernehmen die Verantwortung für alle Missetaten und Mängel der Menschheit. ☛ Auch andere jüdische Gebete werden mit kollektiver Stimme im Plural gesprochen. »Die Überzeugung, dass die Persönlichkeit von der Gemeinschaft geformt, ernährt und erhalten wird«, schreibt die Theologin Judith Plaskow (*Standing Again at Sinai,* Harper Collins, 1990), »ist eine zentrale Überzeugung des Judaismus … Die Geschichte des Bundes, der mit Abraham, Isaak und Jakob beginnt, findet seine Erfüllung erst am Sinai, wenn die ganze Gemeinde gemeinsam antwortet.« ☚ Der ökumenische

Geist ist für die Juden nichts Neues. In der jüdischen Überlieferung ist die ganze Gemeinde verantwortlich, solange es auch nur einen Sünder auf der Erde gibt: Der Dieb zum Beispiel hätte ja nicht gesündigt, wenn »wir« ihm die nötige Moral beigebracht hätten.

Die morgendliche Lesung aus Jesaja (58, 5–7) lehrt die Art der Reue, die sich Gott von uns wünscht:

Das ist das Fasten, das ich mir wünsche:
Lass los die Bande des Unrechts,
nimm den Unterdrückten ihr Joch ab,
befreie sie von ihrer Last
und zerbrich ihre Fesseln.
Brich den Hungrigen dein Brot
und hol den Ausgestoßenen in dein Haus,
kleide den, den du nackt siehst,
und entziehe dich nicht deinesgleichen.

Am Nachmittag wird eine Stelle aus dem Buch Jonas gelesen, in der es um die Milde Gottes gegenüber den wahrhaft Reumütigen geht.

Eine wichtige Rolle während des Jom-Kippur-Gottesdienstes spielt die Lesung der Tora-Abschnitte Leviticus 16; 23, 26–32 und Numeri 29, 7–11, in denen das Versöhnungsritual beschrieben wird, wie es zu Zeiten des Alten Tempels praktiziert worden ist. Dazu gehört auch die Geschichte vom »Sündenbock« (Leviticus 16, 20–22), der mit allen Sünden Israels beladen in die Wüste geschickt wird. Wenn der Kantor zu der Stelle kommt, wo beschrieben wird, wie der Hohepriester an diesem einzigen Tag des Jahres den unaussprechlichen Namen Gottes aussprechen durfte, wirft er sich alter Sitte folgend zu Boden und viele Gläubige folgen seinem Vorbild.

Am Ende dieses langen Fast- und Gebetstages voller Seelenerforschung und guter Vorsätze steht das Abschlussgebet *Neilat Schearim* »Verschließen der Tore«, abgekürzt: Neila. Dieses Gebet beginnt in dem Augenblick, wenn die sinkende Sonne die Baumwipfel streift, und ist so angelegt, dass es mit dem Erscheinen des ersten Sterns endet. Die Gemeinde bekennt noch einmal ihre Sünden und bittet noch einmal um Vergebung.

Herr, der du allmächtig bist
und alle deine Taten gewaltig,
lass jetzt, wo die Tore des Himmels sich schließen,
deine Gnade uns schützen.

Jom Kippur endet damit, dass der Kantor das *Sch'ma Israel* (Deuteronomium 6, 4–9) anstimmt: »Höre, Israel, der Herr unser Gott, ist ein einziger Gott!« Gefolgt wird dies von einem dreimal wiederholten: »Gesegnet sei der Name des einzigen Gottes, dessen herrliches Königreich für immer währt.« (Dies waren die Worte, mit denen die Gläubigen antworteten, wenn der Hohepriester im Tempel den Namen Gottes aussprach.) Dann wiederholt der Kantor siebenmal: »Gott ist der Herr.« Dies sind auch die Bekenntnisse, die jeder gläubige Jude im Augenblick seines Todes aussprechen soll; sie sind auch tatsächlich die letzten Worte vieler Märtyrer gewesen.

Jom Kippur endet mit dem Ruf des Schofar.

Belinsky will seinen Augen nicht trauen: Da sitzt doch sein alter Freund Herman Hochshuler am Versöhnungstag im *Sea King Restaurant* in Miami am Fenster und verspeist hochvergnügt zwei Dutzend Austern!

Belinsky stürmt in den *Sea King* und ruft: »Herman! *Gottenju!* Ausgerechnet heute musst du hier essen?! Und dann auch noch *Austern?!!*«

»Na und?« sagt Hochshuler äußerst blasiert. »Jom Kippur gehört doch zu den Tagen mit ›r‹, oder?«

jojwl *(m.)*, **jojwlen** *(Pl.)*

Aus dem hebräischen *jowál* »Widderhorn«.

Der »Jubel« des Widderhorns diente zur Begrüßung von Fest- und Feiertagen. Aus diesem Grund wird auch im Deutschen von »Jubelfesten« gesprochen.

Ejn mol in a jojwl »alle Jubeljahre« (d. h. alle fünfzig Jahre) wurde im alten Israel der Landbesitz neu verteilt.

jold *(m.)*, **joldn** *(Pl.)*
Möglicherweise aus dem hebräischen *jéled* »Kind«. Otto F. Best (*Mameloschen,* Frankfurt/M. [2]1988) nennt statt dessen das altfranzösische *joliet* »Laffe, Geck«.

In Amerika: *yold*

1. Dandy, Playboy, Zierbengel.
2. Einfaltspinsel, leichtgläubiger Narr, harmloser Trottel. *Oh, is he a yold! – He fooled me completely; I acted like a real yold. – Hoßt getrofn a jold?* »Du denkst wohl, ich wäre ein Trottel? Mich wirst du nicht reinlegen.«

Ein *yold* ist jemand, der zu einem Freund ins Antiquitätengeschäft kommt und sagt: »Guten Tag! Gibt's was Neues?«

Ein *melamed* stellt erst in der Schule fest, dass er seine bequemen Hausschuhe vergessen hat, die er beim Unterricht unbedingt braucht. Also schickt er einen seiner Schüler mit einem Zettel zu seiner Frau. Darauf steht: »Schick mir deine Hausschuhe.«

Der Schüler ist ein helles Kerlchen. Er fragt: »Warum habt Ihr *deine* geschrieben?«

»*Jold!*« sagt der *melamed.* »Wenn sie *meine Hausschuhe* liest, schickt sie mir *ihre.* Aber was soll ich mit ihren Hausschuhen? Also schreibe ich *deine Hausschuhe*, dann weiß sie, dass meine gemeint sind.«

☛ Dass es naive und leichtgläubige Menschen im Leben schwer haben, liegt auf der Hand. Vielleicht sollte man an dieser Stelle einmal erwähnen, dass Menschen mit bestimmten geistigen und körperlichen Gebrechen auch in jüdischen Gemeinden wegen ihres »Mangels« lange Zeit benachteiligt wurden. So durften taube Menschen weder das Gebet anführen noch Zeugnis ablegen oder Eigentum erwerben. Erst die Behindertenbewegung der 70er und 80er Jahre des 20. Jahrhunderts hat die jüdischen Gemeinden veranlasst, auf Menschen mit besonderen Bedürfnissen mehr einzugehen. Heute bemühen sich Gemeinden aller Glaubensrichtungen darum, ihre Synagogen und Summer Camps auch für Behinderte zugänglich zu machen. Autismus, Schwachsinn, Taubheit, Blindheit und andere Behinderungen sind heute kein Grund mehr, einer Familie bestimmte religiöse Feiern, die in der Synagoge stattfinden, wie zum Beispiel eine Bar oder Bat Mizwa für ihr Kind zu verweigern.

jóntew, jómtew *(m.)*, **jomtójwim** *(Pl.)*; **jomtewdig** *(Adjektiv)*
Aus dem hebräischen *jom-tow* »guter Tag«.

In Amerika: *yontev, yontif, yontiff, yom tov; yontifdik, yontifdig*

1. Feiertag. *The post office is closed; it's yontif. – A good yontif to you! – Happy yontif!*
2. Ein Festtag, ein Fest. *I felt all yontifdik that day.*
3. In den Berliner Dialekt ist *jonteff* als »Spaß« oder »Jux« eingegangen. *Mensch, so'n jonteff!*

Jontew ist insofern ein merkwürdiges Wort, als dabei zwei hebräische Wörter (*jom* und *tow*) zusammengefügt wurden, obwohl es auch ein einfaches hebräisches Wort für »Feiertag« gibt: *chag* (jiddisch: *chóge*). (Manche jiddisch sprechenden Aschkenasim benutzen *chóge* für nichtjüdische Feiertage.)

Sich einen »guten Jontew« zu wünschen ist insofern doppelt gemoppelt, als *tow* ja ohnehin »gut« bedeutet. Aber *jontew* hat nun mal die Bedeutung »Feiertag« angenommen.

In Israel heißt »Schönen Feiertag!« : *Chag sameach!*

Ein Bewohner von Brooklyn, der den Papst bei einer großen, öffentlichen Audienz gesehen hatte, fühlte sich bemüßigt, ihm eine Weihnachtskarte zu schicken. Als Text wählte er: *Good yontiff, Pontiff!*

jórzajt *m.* oder *f.*, **jórzajtn** *(Pl.)*
Aus dem mittelhochdeutschen *jârzît* »Jahrestag«.

In Amerika: *yortsayt, yortzeit, yahrzeit*

Jahrzeit. Der Tag, an dem sich der Tod eines Menschen zum ersten Mal jährt.

Fromme Juden gedenken ihrer Toten auf vielfältige Weise (siehe *kadisch* und *jißkor*).

Am Jahrestag des Todes werden zu Hause und in der Synagoge je eine Kerze entzündet, die von einem Sonnenuntergang zum nächsten brennt. Das brennende Licht gilt als Symbol für das ewige Leben – vielleicht in Anlehnung an Sprüche 20, 27, wo es heißt: »Des Menschen Seele ist die Lampe des Herrn.«

Bei der Jahrzeit eines Verwandten fasten die orthodoxen Juden den ganzen Tag. ☛ Die Jahrzeit ihrer Zaddikim feiern die Chassidim oft mit einem Fest statt mit Trauer. ☚

Die Jahrzeit ist übrigens das einzige religiöse Ritual der Juden, das keinen hebräischen Namen hat (obwohl *jom ha-Schana* »Jahrestag« heißt).

Das alljährlich wiederkehrende Gebet für die Toten und das Entzünden der Kerzen wurde möglicherweise von den Juden in Persien entwickelt. ☛ Der Kult der Zoroaster enthielt eine besondere Verehrung für Feuer. Man glaubte, die Toten müssten eine Brücke überqueren. Für die Missetäter wurde diese Brücke immer enger, bis sie in den Schlund der Hölle fielen, für die Gerechten erweiterte sie sich, bis sie ins Reich des Lichts kamen.

Nach Angaben von Rabbi Louis Jacobs (*The Jewish Religion*, Oxford University Press, 1995) wurden die Jahrzeit-Gebräuche »im 15. Jahrhundert von deutschen Juden entwickelt und haben sich dann unter allen Aschkenasim verbreitet. Es gibt aber schon seit den talmudischen Zeiten die Tradition, am Todestag der Eltern keinen Wein zu trinken und kein Fleisch zu essen (Nedarim 12a).« Jacobs fügt hinzu: »Selbst Juden, die sonst nicht alle Rituale einhalten, entzünden die Jahrzeit-Kerzen und befolgen die Jahrzeit-Gebräuche.« Siehe auch Rabbi Jack Riemer's *Jewish Reflections on Death* (Schocken, 1974). ☚

Jubel siehe *jojwl.*

k

kabóle *(f.)*, **kaboleß** *(Pl.)*
Aus dem hebräischen *kabalá* »Überlieferung«, von dem Verb »empfangen«.

In Amerika: *kabole, cabala, kabbalah, kabbala, cabballah, cabballa*

1. Die Kabbala.
2. Empfang. *kabóleß-schábeß* »Empfang des Sabbats (am Freitagabend)«.
3. Quittung, Empfangsschein.

Der Kabbalismus war eine mystische, eng mit dem Aberglauben des Vor-Mittelalters verwobene Glaubensbewegung, ein schmaler, aber wichtiger Nebenzweig des Denkens, ein ernstzunehmender, frommer Versuch, die Geheimnisse Gottes und der Schöpfung zu erforschen. Ursprünglich war die Kabbala nur die mündliche Überlieferung; erst im zwölften Jahrhundert übernahmen jüdische Mystiker den Begriff, um auf diese Weise eine ungebrochene Beziehung zwischen ihren Ideen und denen der biblischen Zeit herzustellen.

Die Kabbalisten behaupteten, ihre Offenbarung sei Bestandteil der Heiligen Schrift. Aber die rätselhaften Weissagungen, der Buchstabenzauber, das Abrakadabra und die komplizierte Zahlenmystik (siehe *gematrije*) der Kabbala blieben in einem Schattenreich, bis im achten Jahrhundert in Italien das *Sefer Jezira* »Buch der Formung« erschien, dessen Ursprünge bis ins 3.–6. Jahrhundert zurückgehen sollen.

Hauptwerk der Kabbala ist das »Buch des Glanzes« *Sefer ha-Sohar* (siehe dort), das im 14. Jahrhundert in Spanien auftauchte und nach der Vertreibung der dortigen Juden im Jahre 1492 in ganz Europa bekannt wurde (Erstdrucke: Cremona 1559, Mantua 1558–60). Der große Humanist und Renaissancephilosoph Giovanni Pico della Mirandola übersetzte den *Sohar* ins Lateinische. Eine wirklich einflussreiche Bewegung wurde der Kabbalismus aber erst im siebzehnten Jahrhundert.

Die Kabbalisten waren überzeugt, dass der bloße Verstand die mystischen Erfahrungen nie durchdringen könne, die sie mit Gott machten. Um Gottes Willen zu verstehen, bemühten sie esoterische Formeln, numerologische Tricks und theologische Beschwörungen. Und viele kabbalistische Prophezeihungen sagten die unmittelbar bevorstehende Ankunft des Messias und den Gerichtstag voraus. Ängstliche und gläubige Gemüter fanden ihre Zuflucht bei einer verwirrenden Fülle von selbsternannten Heiligen und Heilsbringern. Siehe *meschiech*.

Gott war für die Kabbalisten *En-Sof* (der Unendliche). Seine Existenz wurde sichtbar in den zehn *sefirot* oder Emanationen: Krone (hebräisch *keter*), Weisheit *(chochma)*, Intelligenz *(bina)*, Gnade oder Liebe *(gedula, chesed)*, Gerechtigkeit oder Stärke *(gebura, dim)*, Schönheit oder Barmherzigkeit *(tiferet, rachamim)*, Festigkeit oder Sieg *(nezach)*, Pracht *(chod)*, Fundament *(jesod)* und Königreich *(malkut)*.

Manche Kabbalisten folgten dem Vorbild der christlichen Flagellanten und quälten das Fleisch, andere setzten sich hochgesteckte Ziele im Bereich des Fastens, Büßens, Betens und Duldens, um sich auf diese Weise von Sünden zu reinigen, den Geist zu erlösen und den schrecklichen Zugriff des Teufels zu brechen. ☛ Die eigentlich christliche Variante der Kabbala entstand erst im 18. Jahrhundert und beeinflusste unter anderem Helena Petrowna Blavatsky (geb. von Hahn, 1831 Jekaterinoslaw – 1891 London), die zusammen mit H. S. Olcott im Jahre 1875 in New York die Theosophische Gesellschaft gründete und eine führende Rolle in der Welle von Okkultismus gespielt hat, die Amerika am Ende des 19. Jahrhunderts heimsuchte. ☚

Das neue Zentrum der kabbalistischen Lehre war Safed in Galiläa, wo sich im sechzehnten und siebzehnten Jahrhundert eine größere Gemeinde von Mystikern um Mose Cordovero versammelte. Zu seinen Schülern gehörte 1569/70 auch Isaak Luria, ein Visionär, der als »Ari«, der »Löwe«, bekannt war und behauptete, regelmäßig mit dem Propheten Elia zu sprechen. Luria sammelte einige leidenschaftliche Anhänger um sich, die er geheime Namen Gottes lehrte, über die sie meditieren sollten. Dazu gehörten geheimnisvolle Beschwörungsformeln, esoterische Zeremonien, bedrohliche Rituale, komplizierte Zahlen- und Buchstabenspiele, mit denen nahezu jede Interpretation von Tora-Texten und Prophetennamen möglich erschien.

Angesichts der Lebensumstände, in denen die meisten Juden ihr Dasein fristeten, ist es durchaus verständlich, warum diese mystischen, übernatürlichen Lehren jahrhundertelang solche Anziehungskraft für sie hatten. Wenn man die Armut, die Unterdrückung und den ständig drohenden Terror bedenkt, erscheint die Hoffnung auf einen Messias verständlich, der vom Himmel herabstieg, die Erlösung von den Schrecken des *Galut* (der gewaltsamen Verbannung aus der Heimat) brachte und den Tag des Gerichts ankündigte. Worauf hätten die Juden sonst hoffen sollen, als auf ein Wunder? Der Himmel ist die letzte Hoffnung des Armen – und seine Belohnung zugleich.

☛ Neuerdings hat die Beschäftigung mit der Kabbala allerdings nichts mehr mit Armut zu tun, sondern ist für Juden wie auch für Nichtjuden hochattraktiv. Ende der neunziger Jahre entdeckte zum Beispiel das Pop-Idol Madonna die Faszination der Kabbala, und bei Amazon.com werden unter dem Stichwort »Kabbala« Hunderte von Büchern angeboten. In New York und Kalifornien gibt es zahllose kabbalistische Meditations-Zentren, die sich großen Zulaufs erfreuen. Auch ernsthafte Gelehrte wie Gershom Scholem (1897–1982), der an der Hebräischen Universität jüdische Mystik lehrte, haben zur Anerkennung der Kabbala wesentlich beigetragen. Sein Hauptwerk *Die jüdische Mystik* (1941, dt. 1957) ist nach wie vor die umfassendste Arbeit auf diesem Gebiet.

Im religiösen Leben der Juden ist das kabbalistische Konzept des *tikkun olam,* des (Wieder-)Zusammenfügens der Welt, in den Rang eines Gebots aufgestiegen. Es beruht auf der Legende, dass Gott bei seinem ersten Versuch, die Welt zu erschaffen, gescheitert sei und dabei Splitter des Heiligen in der Welt verstreut wurden, die jetzt durch menschliches Bemühen wieder zusammengefügt werden müssen. In der Praxis ist das *tikkun olam* eine Aufforderung zu sozialem Handeln und gesellschaftlichem Engagement.

Die Kabbala hat aber auch noch andere Bereiche der jüdischen Tradition neu belebt. Der Brauch des *Omer-Zählens* zwischen Pessach und Schawuot ist durch die kabbalistische Lehre der zehn *Sefirot,* erweitert worden. Den Emanationen des Göttlichen werden dabei spezifische Farben, Gefühle und andere psychologische Aspekte zugeordnet. Auch die freudige Begrüßung der »Sabbat-Braut« (Kabbalat Schabbat) mit dem Lied *Lecha Dodi,* die am Freitagabend in vielen Gemeinden üblich ist, geht auf die Kabbalisten von Safed zurück. ☚

Siehe auch *gematrije* und *ß'fire.*

kabzn, kapzn *(m.),* **kabzónim, kapzónim** *(Pl.)*
Aus dem hebräischen *kabzán*; vgl. aber auch polnisch *kapcan* »armer Teufel«.

In Amerika: *kaptsn, kabtzen; kaptsonim (Pl.)*

1. Habenichts. Das Wort wird nicht nur zur Beschreibung gebraucht.
2. Ein Niemand, der nie etwas darstellen wird.

»Kapzn!« wird oft mit einer gewissen Verachtung benutzt und enthält ein negatives Werturteil gegenüber jemandem, der weniger leistungsfähig als andere ist. »Der soll den Scheck holen? Der ist doch ein *kapzn!*« – »Heirate bloß nie so einen *kapzn!*«

»Armut ist keine Schande – aber das ist auch schon das Beste, was man darüber sagen kann.« *Volksweisheit*

Ein überschwänglicher *schadchen* (Heiratsvermittler) bringt einen jungen Mann ins Elternhaus einer möglichen Braut. Auf dem

Heimweg sagt er: »Nu, habe ich übertrieben? Ist das nicht ein reizendes Püppchen? Und kannst du dir vorstellen, was für eine Mitgift die mitbringt? Hast du die Möbel gesehen und die schönen Tapeten? Das feine Geschirr und das Silberbesteck?!«

»Aber der Vater schien's ziemlich eilig zu haben...«, sagt der junge Mann unsicher.

»Sie hat eben viele Verehrer!«

»Die Mutter hat auch so gedrängt...«

»Du gefällst ihr! Sie mag dich!«

»Wer weiß, womöglich haben sie sich das ganze Silber bloß von jemand geliehen, um mich zu beeindrucken!«

»Ach, Unsinn!« sagt der *schadchen.* »Wer würde denn solchen *kapzonim* etwas leihen?«

Der Schriftsteller Mendele Mojcher Sforim (»Mendele der Wanderbuchhändler«, eigentlich: Schalom Jakob Abramowitsch, 20. Dez. 1835 – 8. Dez. 1917), der von Scholem Alejchem *der sejde,* der »Großvater der (modernen) jüdischen Literatur«, genannt worden ist, hat eine seiner fiktiven Städte *Kapzansk* (Armenstadt) genannt.

»Ein armer Mann hat wenig Feinde, aber ein Reicher hat noch weniger Freunde.«

»Es ist keine Schande, arm zu sein, aber auch keine Ehre.«

»Ein volles Portemonnaie ist nicht halb so gut, wie eines leeres Portemonnaie schlecht ist.« *Volksweisheiten*

Ein armer Mann hat eine Brieftasche mit neunzig Rubeln und einem Zettel mit dem Hinweis gefunden, dem ehrlichen Finder werde der Besitzer zehn Rubel Belohnung bezahlen.

Der Mann begibt sich eilends zu der vornehmen Adresse, wo der Hausherr ihm dankt, das Geld zählt und dann erklärt: »Wie ich sehe, hast du dir deine Belohnung von zehn Rubeln schon genommen.«

»Zehn Rubel? Ich? Nein. Das kann ich beschwören.«

Hämisch verzieht der reiche Mann das Gesicht. »Es waren hundert Rubel in meiner Brieftasche.«

»Ich schwöre Ihnen beim Grab meiner Mutter ...«

In diesem Augenblick tritt der Rabbi herein. Der arme Mann stürzt auf ihn zu und erzählt ihm seine Geschichte. Dann erzählt der reiche Mann seine und fügte am Ende hinzu: »... und jetzt sagen Sie, Rebbe, glauben Sie diesem *kapzn* oder glauben Sie mir?«

»Na, Ihnen natürlich«, sagt der Rabbi, nimmt dem reichen Mann die Brieftasche aus der Hand und gibt sie dem armen.

»Aber was tun Sie denn, Rabbi?« ruft der Reiche.

»Ich nehme Sie beim Wort«, sagt der Rabbi. »Sie haben gesagt, in Ihrer Brieftasche waren hundert Rubel. Der Mann hier sagt, er hat eine Brieftasche gefunden, die neunzig Rubel enthielt. Die Brieftasche kann also nicht Ihre sein.«

»Aber – was wird dann aus meinem Geld?«

»Ach«, sagt der Rabbi mit einem Lächeln, »da werden wir wohl warten müssen, bis jemand eine Brieftasche mit hundert Rubeln drin findet.«

kaddisch siehe *kadesch.*

kádesch, kádisch *(m.* oder *n.)*, **kadéjschim** *(Pl.)*
Aus dem aramäischen *kadosch* »heilig«.

In Amerika: *Kadish, Kaddish*

1. Kaddisch. Ein Gebet, das Gottes Namen verherrlicht und am Ende der Achtzehnbitten in der Synagoge steht. Es ist das feierlichste und wohl auch eins der ältesten jüdischen Gebete.
2. Trauergebet.
3. Männlicher Erbe. Manchmal wird auch ein Sohn in zärtlicher Anrede *Kadischl, Kaddishnik* oder *mein Kadisch* genannt, weil er die Person ist, die das Totengebet spricht.

Das Kaddisch (ursprünglich nach einer Bibellesung, einem Vortrag oder einer Unterrichtsstunde gesprochen) ist eine Lobpreisung, die Gottes Namen verherrlicht, den Glauben an die Errichtung seines

Königreichs bekräftigt und um Frieden im Volke Israel bittet. Die Sprache des Kaddisch ist nicht Hebräisch, sondern Aramäisch, die Sprache der Juden im babylonischen Exil und in den Tagen des Zweiten Tempels.

Mit der Zeit entstand der Glaube, das Gotteslob im Kaddisch würde irgendwie dazu beitragen, dass die Seelen der Toten ihren dauerhaften Frieden finden, und das Kaddisch wurde zum Gebet der Trauernden, obwohl es keinerlei Hinweise auf Tod oder Auferstehung enthält.

Das Kaddisch wird von den Trauernden am Grab gesprochen, dann elf Monate lang nach dem Gottesdienst und schließlich alljährlich am Todestag des Verstorbenen (siehe *jorzajt*).

Ehepaare, die keinen Sohn hatten, adoptierten gelegentlich ein Waisenkind (am liebsten einen Verwandten) und zogen es als eigenen Sohn auf. Ein solches Kind wurde ihr *kadisch* genannt, weil es dafür sorgen würde, dass für sie gebetet wurde.

Das jüdische Gesetz verbietet jede Form von Schaustellung oder Aufwand am Grab. Die Rabbiner von ehedem setzten einfache Beerdigungsriten ein, um eine Art »Demokratie des Todes« zu schaffen, bei der keine Familie, wie arm sie auch immer sein mochte, sich schämen musste, weil sie sich nur einen schlichten Sarg oder ein bescheidenes Leichentuch leisten konnte.

Die Einäscherung ist Juden übrigens ausdrücklich verboten. »Staub zu Staub« heißt es in der Bibel, und die Juden haben sich immer verpflichtet gefühlt, den von Gott geschaffenen Körper zu respektieren.

☛ Die *Chewra Kaddischa* (hebräisch: »heilige Vereinigung«), die früher zu allen jüdischen Gemeinden gehörte und für eine geordnete Beerdigung sorgte, erlebt neuerdings eine Renaissance, weil immer mehr Juden eine Alternative zur übertriebenen und überteuerten amerikanischen Bestattungsindustrie suchen. So haben sich zum Beispiel in Washington fünfunddreißig Synagogen der verschiedensten Richtungen zusammengeschlossen und bieten ihren Mitgliedern ein preiswertes Begräbnis an. Dazu gehören die rituelle Waschung, die *tachara*, ein schlichter Holzsarg, die rasche Beerdigung und andere Maßnahmen, die zu den sehr vernünftigen und sowohl den Toten als auch den Trauernden gegenüber sehr respektvollen jüdischen Begräbnisvorschriften gehören.

Eine Einäscherung gilt im allgemeinen als Leugnung der Auferstehung bei der Ankunft des Messias. Im Talmud (Gittin 56b) heißt es, der römische Kaiser Titus habe angeordnet, seinen Leichnam verbrennen und die Asche verstreuen zu lassen, um sich Gottes Urteil zu entziehen. Louis Jacob (*The Jewish Religion*, Oxford 1995) ist allerdings der Ansicht, dass »dies das schwächste Argument gegen die Einäscherung sei. Viele Juden verstehen die Lehre von der Auferstehung ohnehin nicht so wörtlich, und die anderen halten es für ziemlich unwahrscheinlich, dass Gott nicht in der Lage sein sollte, einen eingeäscherten Körper genauso wieder auferstehen zu lassen wie einen Leichnam, der im Grab zerfallen ist.« Dennoch gibt es in Israel Gruppen von ultra-orthodoxen Juden, die nach Bombenattentaten jeden kleinsten Fleischfetzen suchen, um durch ein vorschriftsmäßiges Begräbnis die Aussichten der Opfer auf ihre Wiederauferstehung zu sichern.

Der Reformjudaismus hat die Lehre von der Wiederauferstehung im 19. Jahrhundert aufgegeben, aber allein schon die Erinnerung an die Krematorien in den Vernichtungslagern der Nazis lässt viele heutige Juden vor dem Gedanken an eine Einäscherung zurückschrecken.

In der Fernsehserie *Eternal Light* hat Morton Wishengrad die Verwandlung des Kaddisch zum Totengebet einmal mit folgender Geschichte erklärt: Beim Tode eines großen Gelehrten hat wohl irgendwann einer seiner Schüler gesagt: »Jedesmal, wenn wir aus der Tora lesen oder einen Vortrag beenden, sagen wir das Kaddisch, warum sollen wir nicht das gleiche tun, wenn ein Kapitel im Leben eines Menschen endet?«

An das Kaddisch, das er mit seinen fünf Brüdern beim Tod seiner Mutter gesprochen hat, erinnerte sich Scholem Alejchem noch lange: »Ihr hättet hören sollen, wie wir das Kaddisch gesagt haben! Ein Genuss! Alle unsere Verwandten strahlten vor Stolz, und die Fremden beneideten uns. Einer unserer Onkel rief: Wenn eine Frau sechs Söhne hat, die ihr so das Kaddisch sagen, dann kommt sie bestimmt direkt ins Paradies. Oder es kommt gleich das Ende der Welt!«

kále *(f.)*, **káleß** *(Pl.)*
Aus dem hebräischen *kalá* »Braut«.
In Amerika: *kale, kalleh, kolleh*
1. Eine Braut; eine Frau, die vor kurzem geheiratet hat.
2. Eine verheiratete junge Frau.
3. Die Schwiegertochter (wenn man sie necken will).
4. Als *kalle* »Braut«, »Freundin«, »Jüdin« ist das Wort in den Wiener Dialekt eingegangen.

Ein noch nicht verheiratetes, aber heiratsfähiges Mädchen wird *kále-mejdl (f.), kále-mejdlech (Pl.)* oder *kále-mojd (f.), kále-mojdn (Pl.),* in Amerika *kale-moid* genannt: »Brautmädchen«.

In den babylonischen Gemeinden war *kale* die Bezeichnung für einen »Studienmonat«, in dem sich die Toraschüler mit der Tora (neu) verheirateten.

Bei unerwarteten Glücksfällen, die man gar nicht recht glauben kann, hört man gelegentlich die Redensart: »Nu, was? Ist die *kale zu schejn* (schön)?«

Siehe auch *cháßene.*

»Jede Braut ist schön und anmutig«, schreibt ein Schüler des großen Hillel im Talmud. Die Anmut der Braut wird im Jiddischen als *kaleß-chejn* bezeichnet.

»Eine Braut mit schönen Augen braucht sich um ihre Figur keine Sorgen zu machen.« *Hoschaja Zeera (gest. 350)*

»Wenn ein Weiser auf Brautschau geht, soll er einen Dummkopf mitnehmen, der ihn berät.« *Volksweisheit*

káleke, kálike *(m.)*, **kálikeß** *(Pl.)*

Aus dem slawischen *kaleka* »Krüppel«.

In Amerika: *kalike, kalikeh, kolyika*

1. Ein Krüppel.
2. Eine schwache, kränkliche Person.
3. Ein ungeschickter Mensch.
4. Ein dummer Mensch.
5. Ein unfähiger Schauspieler, Sänger, Sportler usw. Ein Sänger, der nicht den richtigen Ton trifft; ein Pianist, der auf die falschen Tasten schlägt; ein Kellner, der die Suppe verschüttet. »Als Tänzer/in (Schlittschuhläufer/in, Friseur/in, Sänger/in) ist er/sie ein/e *kalike!*«

   Der *kalike* ist oft ein Blutsbruder des *schlemil.*

Mrs. Rabinowitz geht mit ihrer sechsjährigen Tochter Genevieve die 57. Straße hinunter. An der Ecke zur Fifth Avenue muss Genevieve niesen.

»Gesundheit«, sagt ihre Mutter.

An der Ecke Madison Avenue muss Genevieve erneut niesen.

»Gott segne dich, Liebling«, sagt Mrs. Rabinowitz.

An der Ecke der Park Avenue niest Genevieve zweimal.

Patsch! haut Mrs. Rabinowitz ihr Töchterchen auf den Hintern. »Hab ich zu all meinen anderen Sorgen auch noch eine *kalike* als Tochter!«

Mr. Katz streift den neuen Maßanzug über und ruft voller Entsetzen: »Schauen Sie sich den Ärmel an! Der ist zwei Zoll zu lang!«

»Beugen Sie den Ellbogen«, sagt der Schneider. »Dann ist der Ärmel ganz genau richtig.«

»Und der Kragen reicht fast bis zum Scheitel!«

»Nehmen Sie die Schultern zurück und heben Sie den Kopf – dann rutscht der Kragen gleich runter.«

»Aber die linke Schulter ist zwei Zoll breiter als die rechte!«

»Beugen Sie Ihren Oberkörper eben ein bisschen nach links, und dann passt es.«

Als Mr. Katz den Schneider verlässt, geht er in einer höchst ungewöhnlichen Haltung: Der rechte Ellenbogen ist gebeugt, der Kopf ist nach hinten gereckt und der Oberkörper zur Seite geneigt.

Da spricht ein Fremder ihn an: »Entschuldigen Sie, aber könnten Sie mir sagen, wer Ihr Schneider ist?«

»Mein Schneider?« ruft Katz. »Sind Sie verrückt? Was wollen Sie denn mit dem?«

»Nu, ich dachte mir, jemand, der einen *kalike* wie Sie richtig anziehen kann, muss einfach ein Genie sein!«

kalendár *(m.)*

Auf dem Umweg über das Slawische aus dem lateinischen *calendae* »Monatserster« und dem spätlateinischen *calendarius*.

Kalender. Was wir natürlich nur erwähnen, um endlich die jüdischen Monate und ihren Platz im Jahreslauf nennen zu können:

1. *tíschre* (hebr. Tischri) Sept.-Okt. Mit den Feiertagen Rosch ha-Schana (Neujahr), Jom Kippur, Sukkot und Simchat Tora.
2. *cheshwn* (hebr. Cheschwan) Oktober-November.
3. *kißlew* (hebr. Kislew) November-Dezember. Mit Tewet Chanukka.
4. *téjweß* (hebr. Tewet) Dezember-Januar.
5. *schwat* (hebr. Schewat) Januar-Februar. Mit dem Neujahrsfest der Bäume.
6. *ódar* (hebr. Adar) Februar-März. Mit dem Purimfest.
7. *nißn* (hebr. Nissan) März-April. Mit Pessach und Rosch ha-Schoa (Holocaust-Gedenktag).
8. *íer* (hebr. Ijar) April-Mai. Mit Jom Haazma'ut (Israels Unabhängigkeitstag) und Lag ba-Omer.

9. *ßiwn* (hebr. Siwan) Mai-Juni. Mit dem Wochenfest Schawuot.
10. *támes* (hebr. Tammus) Juni-Juli.
11. *ow* (hebr. Aw) Juli-August. Mit dem Fastentag Tischa be-Aw.
12. *élel* (hebr. Elul) August-September.

Der jüdische Kalender richtet sich teils nach dem Mond und teils nach der Sonne. Die Monate werden nach dem Mond, die Jahre nach der Sonne berechnet. 12 Monate mit jeweils 29 oder 30 Tagen ergeben ein Mondjahr von durchschnittlich 354 Tagen. Für ein Sonnenjahr mit 365 Tagen reicht das natürlich nicht, deshalb wird alle drei, sechs, acht, elf, vierzehn, siebzehn und neunzehn Jahre ein Schaltjahr eingeschoben, das dreizehn Monate hat (der Adar wird dann einfach verdoppelt).

Um von der gregorianischen auf die jüdische Zeitrechnung umzurechnen, muss man 3760 Jahre hinzurechnen.

Gegenüber dem Gregorianischen Kalender ergeben sich natürlich ständig Verschiebungen, so dass im jüdischen Kalender alle Feiertage ähnlich »beweglich« erscheinen wie im Gregorianischen Kalender nur Ostern und Pfingsten.

kapóre *(f.)*, **kapóreß** *(Pl.)*
Aus dem hebräischen *kapará* »Sühne«, »Sühneopfer«.

In Amerika: *kapore, kaporeh, kapora*

1. Untauglich, unbrauchbar, lästig. »*Eß is af kaporeß*« heißt: »Es taugt nichts« oder: »Es ist ein Durcheinander«.
2. In prekärem Zustand; in Schwierigkeiten; krank. *Er is oyf kaporeß* heißt: »Er ist in Schwierigkeiten.« Vgl. dazu neuhochdeutsch *kapores gehen* »zugrunde gehen« und wienerisch *kapores* »kaputt, zerstört«. (*Kaputt* allerdings wird aus dem französischen *capot* abgeleitet.)
3. »Zum Teufel mit ...« *A kapore on the car!*
4. Sühne mit verschiedenen Methoden, entsprechend der ursprünglichen hebräischen Bedeutung.

Sehr orthodoxe Juden führen am Vorabend des Versöhnungstages Jom Kippur eine Zeremonie durch, die *kaporeß schlogn* heißt. Ein

Huhn (oder heute meist eine Geldsumme) werden als symbolisches Sühneopfer für die Armen gegeben. Dazu wird dreimal ein Gebet gesprochen: »Dies soll mein Ersatz sein, mein stellvertretendes Opfer, meine Sühne. Dieser Hahn (dieses Huhn) wird sterben, aber mir soll ein langes, angenehmes Leben in Frieden zuteil werden.«

Ich habe das *kaporeß schlogn* nie gesehen. Es heißt, dabei werde der Hahn über dem Kopf des Opfernden geschwenkt. Auf diese Weise werden seine Sünden auf den »Sündenbock« übertragen. Meine Eltern seufzten und schüttelten die Köpfe über solchen »Aberglauben«, solche offensichtlich mittelalterlichen *meschugaß*.

Die rabbinischen Behörden versuchten das *kaporeß schlogn* schon vor Jahrhunderten zu unterbinden, sie nannten es heidnisch und töricht, konnten sich aber nicht durchsetzen. Die Ängstlichen und Abergläubischen behielten die Oberhand – wie leider so oft.

☛ Ein ähnlicher Brauch, den die rabbinischen Autoritäten nicht zu unterdrücken vermochten, ist das *táschlich.* Dabei versucht man sich am ersten Tag von Rosch ha-Schana (Neujahr) symbolisch von seinen Sünden zu befreien, indem man Brotkrumen in fließendes Wasser wirft oder seine Taschen in den Stadtfluss leert und dabei ein Gebet spricht, das mit dem Vers (Micha 7, 19) *taschlich ...* »versenke in die Meerestiefen ...« beginnt. Im Gegensatz zum *kaporeß schlogn*, das den meisten Juden zu blutig ist, wird das *taschlich* auch von vielen nicht-orthodoxen Juden geschätzt und nimmt vielleicht wegen seiner Naturverbundenheit sogar wieder zu.

In meiner Familie dient das *taschlich* auch als Gelegenheit, um die Beziehungen zu erneuern. Wir versammeln uns, um Gutes über einander zu sagen und gute Wünsche für die Zukunft zu äußern. Jeder Erwachsene und jedes Kind kommt zu Wort, dann fassen wir unsere guten Vorsätze zum Neuen Jahr und werfen die Brotkrumen in den Fluss. ☚

Möglicherweise ist der Brauch des *taschlich* im Mittelalter durch Missverständnis oder Böswilligkeit zum Anlass für die Beschuldigung des »Brunnenvergiftens« geworden.

kásche *(f.)*, **káscheß** *(Pl.)*
1. Aus dem polnischen *kasza* »Graupen«, »Grütze«.
2. Aus dem hebräischen *kuschiá, kaschiá* »Schwierigkeit, Frage«.
In Amerika: *kashe, kasheh, kasha*

Es handelt sich um ein Wort mit zwei völlig verschiedenen Wurzeln und Bedeutungen.

1. Buchweizengrütze oder gekochte Graupen. In den jüdischen und ukrainischen Restaurants von New York wird gern *kashe varnishkes* serviert: geröstete Buchweizengrütze mit Krawattennudeln und Pilzsoße. *Nit losn sich schpajen in der kasche* heißt: »Sich nicht in die Suppe spucken lassen«. Zugleich bedeutet das Wort aber auch eine ärgerliche Verwirrung, ein Durcheinander. *To cook up a kashe* heißt »Verwirrung stiften«.
2. Schwierigkeit, Problem, Frage. So kann zum Beispiel jemand zum Rabbi kommen, weil er eine *kasche* wegen der *koscheren* Küche hat. Oder ein Kind kann seine Eltern zur Verzweiflung treiben, weil es dauernd »warum« fragt. Ein junger Talmudschüler kann seinen Lehrer mit einer kasuistischen Frage verblüffen. *That's quite a kashe*, sagt der dann vielleicht. Oder (etwas übellaunig): *What kind of kashe is that?*
Die Aufgabe des jüngsten Kindes am *Pessach*-Fest ist es, die rituellen *fir kasches* (vier Fragen) zu stellen.

Weinstein und sein Sohn machen einen Spaziergang.

»Papa«, fragt der Siebenjährige. »Wie heißt der höchste Berg auf der Erde?«

»Weiß nicht.«

Sie gehen weiter, und der Junge fragt: »Papa, wie hieß der König, der nach Napoleon kam?«

Weinstein kratzt sich am Kopf. »Keine Ahnung.«

Kurz darauf: »Sag, Papa, warum dreht der Mond sich eigentlich nicht um sich selbst?«

»Herrje«, sagt Weinstein. »Woher soll ich das wissen?« Und als er den Gesichtsausdruck des Jungen sieht, fügt er eilig hinzu: »Frag nur immer, mein Junge! Wie sollst du sonst etwas lernen?«

kaschrut siehe *koscher.*

kehíle, bzw. **kile** *(f.)* oder **kol**, bzw. **kóhol** *(n.)*, **kehíleß** *(Pl.)*
Aus dem hebräischen *kahal, kehila* »Versammlung«.

Kahal, Kehila, Kille, (jüdische) Kultusgemeinde, Gemeindevorstand.

Der *rojsch-hakól* (hebräisch *rosch-hakahál*) ist der Vorsitzende des Gemeindevorstands.

Der Kahal war die Selbstorganisation der jüdischen Gemeinden in Polen und genoss im Schtetl weitgehende Autonomie.

Der Vorstand ist verbittert, weil die Gemeindesteuern so zögerlich eingegehen. »Die Steuern zahlen wollt ihr nicht«, erklärt er seiner Gemeinde verbittert, »aber auf dem Friedhof begraben werden, das macht euch Spaß!«

kejn ajnóre
Aus dem mittelhochdeutschen *kein* »kein« und dem hebräischen *ájin-hará* »böser Blick«.

In Amerika: *keyn eynhore, kayn aynhoreh, kineahora, keinahora*

1. »Kein böser Blick!«, »Unberufen!«, »Gottseidank!« ist eine magische Beschwörungsformel, mit der man Böses abwenden will. Besonders Kinder und andere liebe Familienmitglieder versucht man auf diese Weise zu schützen.
2. Die Redensart, die man benutzt, um zu bekräftigen, dass Komplimente und lobende Kommentare ernst gemeint und nicht durch Neid vergiftet sind. »Der Mann ist ein Engel, *kejn ajnore!*«

Unsere Vorfahren, Juden wie Nichtjuden, waren ständig besorgt, den Zorn der Götter zu wecken; die Hybris des Menschen, sein Prahlen, seine Leistungen und Erfolge drohten immer, irgendeinen Gott zu beleidigen und auf diese Weise zur Katastrophe zu führen. Aber auch der böse Blick eines eifersüchtigen oder neidischen Nachbarn konnte das Glück oder die Gesundheit eines Menschen zerstören. *Kejn ajnore* sollte solche Dämonen und bösen Blicke abwehren.

Jüdische Frauen benutzten die Formel besonders im Hinblick auf ihre Familien und Kinder: Meinem Kind geht es gut, *kejn ajnore.*« – »Ach, *kejn ajnore*, wenn wir das noch erleben!« – »Mein Sohn? Ist der Beste in seiner Klasse, *kejn ajnore.*«

Die Furcht vor dem »bösen Blick« gibt es praktisch bei allen Völkern und Religionen. Dämonen, Teufel und böse Geister gibt es überall – und viele üben ihren Zauber mit den Augen aus. Deshalb füllten manche Mütter ihren Kindern – vermutlich als Nahrung für die Dämonen – etwas Salz und Brot in die Taschen, um sie zu beschützen. Kleinen Mädchen wurden zur Abwehr der bösen Geister Perlenhalsbänder oder Armreifen umgehängt.

Übrigens galten nicht alle Menschen, die den bösen Blick hatten, als böse. Manchen, heißt es, sind solche übernatürlichen Kräfte verliehen worden, weil sie so tugendhaft waren. So soll zum Beispiel Simeon ben Jochai die Fähigkeit besessen haben, Übeltäter mit einem einzigen Blick in ein Skelett zu verwandeln (Schabbat 33b). Andere weise Männer besaßen einen »brennenden« Blick, der Menschen oder Gegenstände zur Feuersäule machen konnte.

Im vierten Jahrhundert erließ eine Bischofskonferenz in Spanien ein Edikt, wonach kein Jude ein Feld betreten durfte, das einem Christen gehörte. Man war der Ansicht, dass der Blick eines Juden so fürchterlich sei, dass davon die gesamte Ernte verdorrte. Aus solchem Wahnsinn besteht die Geschichte der Menschheit. (Eine detaillierte Untersuchung über das Bild der Juden im Mittelalter und seine Auswirkung auf den späteren Antisemitismus findet sich bei Joshua Trachtenberg, *The Devil and the Jews*, 1966).

Wenn man jemandem in der Bronx ein allzu übertriebenes Kompliment macht oder allzu deutlich darauf hinweist, wie glücklich oder erfolgreich der Gesprächspartner ist, kriegt man gelegentlich zu hören: *»Don't give me a canary!«*

Das hat aber nichts mit einem Kanarienvogel zu tun. Hinter dem *canary* verbirgt sich vielmehr die Formel *kejn ajnore*, und der Betreffende verbittet sich bloß, dass man sein Glück verschreit.

Ein jüdischer Patriarch steht im Zeugenstand.

»Wie alt sind Sie?« fragt der Staatsanwalt.

»Ich bin einundachtzig, *kejn ajnore*.«

»Wie bitte?«

»Ich habe gesagt: Ich bin einundachtzig, *kejn ajnore*.«

»Beantworten Sie einfach die Frage«, sagt der Staatsanwalt. »Sonst nichts. Also, wie alt sind Sie?«

»*Kejn ajnore*, einundachtzig«, sagt der alte Mann.

Jetzt greift der Richter ein. »Herr Zeuge, ich muss Sie bitten, die Frage ordnungsgemäß zu beantworten, ohne irgendwelche Kommentare. Widrigenfalls muss ich Sie wegen Missachtung des Gerichts belangen.«

Daraufhin erhebt sich der Verteidiger: »Euer Ehren, darf ich vielleicht die Frage stellen?« Er wendet sich dem alten Mann zu. »*Kejn ajnore*, wie alt sind Sie?«

»Einundachtzig«, sagt der Alte erleichtert.

kibbuz siehe *kibuz*.

kíbiz *(m.)*, **kíbizer** *(m.)*

Aus dem deutschen *kibitz, kiebitz, kibiz* »Kiebitz«, »Vanellus vanellus«, ein in Europa und Asien verbreiteter Wiesenvogel mit auffälligem Balz- und Flugverhalten. Diese hübsche Ableitung wird allerdings leider nicht allgemein anerkannt.

In Amerika: *kibitser, kibitzer, kibbitzer*

1. Jemand, der anderen beim Karten- oder Schachspielen zuschaut und unerbetene Ratschläge gibt. Vgl. *kiebitz* im Deutschen.
2. Wichtigtuer, der sich in anderer Leute Angelegenheiten einmischt und unbedingt »seinen Senf dazugeben« will. In dieser Bedeutung auch in Norddeutschland üblich.
3. Ein Spaßvogel, der andere neckt.
4. Ein Schmeichler.
5. Jemand, der einem etwas vormacht.

Kibizer sind selten besonders klug und werden auch nicht sehr respektiert, sonst wären sie Berater und keine Kiebitze.

What are you, a kibitzer? dient zur Abwehr unwillkommener Zuschauer, die nicht mithelfen.

As a poker player, he's a good kibitzer, sagt man jemandem, der nicht gut spielen kann, auch wenn er nachträglich alles gewusst haben will.

As a worker, he's a fine kibitzer. »Er redet mehr, als er arbeitet.«

I'm afraid it's a slipped disk, and that kibitzer tells me one good cha-cha-cha will get me back in shape. »Ich hab' einen Bandscheibenvorfall, und der Kerl sagt mir, ein richtiger Cha-Cha-Cha würde mich wieder in Form bringen.«

Oh, stop your kibitzing! sagt man zu jemandem, der seine Schmeichelei übertreibt.

Das Theaterstück *The Kibitzer* von Jo Swerling machte 1929 sowohl den Titel als auch den Hauptdarsteller Edward G. Robinson über Nacht berühmt.

Als er in der Lotterie gewinnt, stößt Jablonsky einen Freudenschrei aus. Daraufhin fragt ihn ein *kibizer:* »Wie bist du darauf gekommen, ausgerechnet auf die 63 zu setzen?«

»Ich hab es geträumt«, ruft Jablonsky. »Ich habe geträumt, ich war im Theater. Auf der Bühne waren lauter Tänzerinnen, jede mit der Nummer sieben. Sie standen alle in einer Reihe. Genau acht mal sieben. Daraufhin hab ich die 63 genommen.«

»Aber acht mal sieben ist 56 und nicht 63!«

»Na, schön«, lacht Jablonsky. »Ich behalte mein Geld, und du kannst Mathematiker werden!«

Auf dem Türschild stand:

DR. JOSEPH KIPNIS – PSYCHIATER
DR. ELI LOWITZ – PROKTOLOGE

Darunter hatte ein *kibizer* geschrieben:

Spezialisten für Oben und Unten

Mit großem Stolz hat Benjamin Bernstein sein erstes Ladenschild gemalt:

Hier wird
täglich
FRISCHER FISCH
verkauft!

Er will gerade die Leiter hinaufsteigen, um das Schild aufzuhängen, da kommt ein Freund vorbei und sagt: »Was ist denn das für ein Schild?«

»Wieso? Was stimmt denn nicht daran?«

»*Frischer* Fisch, Bernstein! Es würde doch keinem Menschen einfallen, dass du Fische verkaufen könntest, die *nicht* frisch sind, Bernstein! Außer wenn du ausdrücklich darauf hinweist.«

»Da hast du recht«, sagt Bernstein, nimmt seinen Pinsel und übermalt das Wort »frisch«.

»Warte!« sagt der *kibizer.* »Was ist mit dem *wird verkauft*? Ist doch wohl klar, dass du deine Fische nicht verschenken kannst, sondern verkaufst.«

Bernstein streicht das *wird verkauft* weg und sagt: »Okay?«

»Nein, noch nicht ganz. Was soll denn das *hier*? Wo sollst du deinen Fisch denn sonst verkaufen als hier?«

»Stimmt«, sagt Bernstein und übermalt das Wort *hier*.

»Bleibt noch das *täglich*«, sagt der *kibizer.* »Ist das eine gute Idee? Wenn deine Fische frisch sind, *müssen* sie ja täglich geliefert und täglich verkauft werden. Oder nicht?«

»Genau!« Bernstein kreuzt das *täglich* aus. Jetzt steht auf dem Schild nur noch:

FISCH.

»Perfekt!« sagt der *kibizer.*

Bernstein steigt endlich die Leiter hinauf, als sich ein weiterer *kibizer* nähert.

»Warum willst du dieses lächerliche Schild aufhängen, Bernstein?«

»Was soll daran lächerlich sein?«

»Aber, du brauchst doch kein Schild aufzuhängen. Das kann doch jeder meilenweit riechen, dass du hier Fische verkaufst!«

Also hängte Bernstein gar kein Schild auf, freute sich aber von Herzen, dass er so gute und scharfsinnige Freunde hatte.

kíbizn *(Verb)*

In Amerika: *kibits, kibitz, kibbitz*

1. »Kiebitzen«, d. h. zuschauen und Kommentare abgeben, wenn andere ein Spiel spielen. *I was kibitzing, not playing.* Der Ausdruck ist in dieser Bedeutung vermutlich auf dem Umweg über das rotwelsche *kiebitschen* »visitieren, durchsuchen« auch ins Deutsche eingewandert, was seine eigentliche Herkunft aber nicht klärt.
2. Witze machen, herumalbern. *We were kibitzing around.*
3. Jemanden necken. *Don't kibitz; he's sensitive.*
4. Die Arbeit anderer kommentieren oder beobachten. *He was kibitzing us all the way.* »Er hat uns die ganze Zeit mit Kritik und Kommentaren begleitet.« *He's not working here, he just kibitzes.*

Wenn man einem Deutschen einen Witz erzählt, heißt es, dann lacht er. Wenn man den Witz einem Engländer erzählt, lacht er zweimal: einmal, wenn er ihn hört, und einmal, wenn er ihn versteht. Ein Franzose lacht dreimal: einmal, wenn er den Witz hört, einmal, wenn er sich daran erinnert, und einmal, wenn er ihn weitererzählt. Wenn man einem Juden einen Witz zu erzählen versucht, unterbricht er einen sofort und behauptet, dass er ihn kennt. Dann erzählt er einem eine »bessere Fassung«.

In diesem Sinne, heißt es, mögen alle Juden gern *kibizn.*

kibosh

(Reimt sich mit mai-bosch). Die Herkunft dieses amerikanischen Wortes ist rätselhaft.

Die amerikanische Interjektion *bosh* heißt »Quatsch« oder »Unsinn«.

Aber *to put the kibosh on something* heißt »dafür sorgen, dass etwas nicht geschieht«, »Pläne oder Hoffnungen zerstören«, »ein Veto einlegen«. *His decision put the kibosh on all our hopes and plans.*

Stammt das Wort *kibosh* aus dem Jiddischen? Gute Frage.

(a) Der *Oxford Dictionary of English Etymology*, hrsg. von C.T.Onions (1966), sagt, der Ursprung des Wortes sei unsicher. Dickens benutzte das Wort im Jahre 1836 im Sinne von »Unsinn«.

(b) *Webster's Unabridged Dictionary, Third Edition* (1966), sagt, die Herkunft des Wortes sei nicht bekannt.

(c) Der *Oxford English Dictionary* sagt, *kibosh* sei »heraldischen« Ursprungs, was ohne weitere Erläuterungen nicht sehr viel nützt.

(d) Eric Partridge in seinem *Dictionary of Slang and Unconventional English* (1961), stimmt mit dem O.E.D. überein (s.o.), behauptet aber, *to put the kibosh on* stamme aus dem Jiddischen, weil *kye* sich aus dem hebräischen *chai* (für 18) und *bosh* (für Pence) herleite.

(e) Der irische Dichter Padraic Colum wiederum erklärt, *kibosh* komme vom irisch-gälischen *cie báis,* das »Kappe des Todes« bedeutet.

(f) In *Phrase and Word Origins* erklärt Alfred H. Holt, ein gewisser Mr. Loewe, der es wissen müsse, habe ihm gesagt, *kibosh* bezeichne eine Summe von achtzehn Pence. »Wenn ein Bieter sein Angebot bei einer kleinen Auktion abrupt um 18 Pence steigerte, habe er damit die Angebote seiner Konkurrenten aus dem Rennen geworfen.« Richtig ist, dass die Zahl 18 im jüdischen Leben magische Qualitäten besitzt, weil die entsprechenden Buchstaben das Wort »Leben« – *chai* – bilden. Insofern könnte man vermuten, dass die Summe von 18 Pence geeignet war, etwaige Widersacher zu lähmen.

(g) *Webster's New World Dictionary of the American Language* zeigt sich ziemlich unsicher. Sowohl die irisch-gälische Variante als auch die jiddische, darüber hinaus aber auch verschiedene deutsche Möglichkeiten werden erwähnt. Überzeugend finde ich das überhaupt nicht. Warum soll *kibosh* etwas mit dem mittelhochdeutschen *keibe* zu tun haben, das »Kadaver«, »Leiche« oder »Aas« (auch im übertragenen Sinne) bedeutet?

(h) H. L. Mencken (*The American Language*, Knopf, 1962) weist darauf hin, dass *kibosh* auch in einem Glossar von 125 Amerikanismen enthalten ist, die der britischen Ausgabe von Sinclair Lewis' *Babbit* angefügt wurde. Über die Herkunft stellt er keine Vermutungen an.

(i) William und Mary Morris wiederholen in ihrem *Dictionary of Word and Phrase Origins* (1962) die jiddischen und irisch-gälischen Zuschreibungen und weisen darauf hin, dass *kibosh* nach Angaben von H. L. Mencken »in Amerika schon seit über hundert Jahren gebraucht wird«.

(j) Der bewundernswert umfassende *American Thesaurus of Slang* von Berry und Van den Bark (1943) enthält verschiedene Bedeutungen für *kibosh* und nennt sogar ein Substantiv, von dem ich noch nie gehört habe: *kiboshery*, das »Unsinn« bedeuten soll.

(k) Julian Franklyn, der Verfasser eines *Dictionary of Rhyming Slang* (1960) überlegt, ob *kibosh* nicht von dem heraldischen Begriff *caboshed* oder *caboched* abgeleitet sein könnte.

Warum beschäftige ich mich mit dieser *megile*, obwohl doch nicht einmal klar ist, ob das Wort überhaupt aus dem Jiddischen stammt?

1. weil ich persönlich immer überzeugt war, dass *kibosh* jüdische Vorfahren hatte. Es klingt nämlich so ähnlich wie der Name des ungarischen oder rumänischen Kartenspiels *kalabariasz* (das die Juden *klabiotsch* nannten). Das haben die alten Männer immer gespielt, als ich noch klein war.

2. wollte ich Ihnen mal an einem Beispiel zeigen, wie mühselig die Suche nach Etymologien sein kann und was man sich für *zoreß* einhandelt, wenn man sich leichtsinnig daran macht, ein Buch wie dieses zu schreiben (oder zu übersetzen).

kibúz *(m.)*, **kibúzim** *(Pl.)*
Entsprechend dem hebräischen *kibbuz (Plural: kibbuzim)* »Sammlung«, »Gruppe«.

Kibbuz. Eine bäuerliche Genossenschaft und Gemeinschaftssiedlung in Israel. (Ein *kibuz* ist natürlich nicht zu verwechseln mit einem *kibiz*, obwohl es in jedem Kibbuz bestimmt manchen *kibizer* gibt.)

Die Bewohner der Kibbuzim werden *chaluzim* genannt. Im Deutschen ist auch der jiddisch gebildete Ausdruck *kibbuznik* (hebräisch *kibuznik*) geläufig.

Unter Führung von Edmond de Rothschild (1845–1934) und Moritz von Hirsch (1831–1896) wurde 1891 die *Jewish Colonization Association* gegründet, um jüdische Siedlungen zu schaffen, die zunächst *kwuzot* genannt wurden. Der erste Kibbuz in Palästina war die 1909 gegründete Siedlung Deganja.

Die Juden aus aller Welt, die das harte und gefährliche Leben von Siedlern und Pionieren in Palästina auf sich nahmen, haben für ihren Mut, ihre Standhaftigkeit und ihren Idealismus internationale Anerkennung erfahren. Auch bei der Verteidigung des Staates Israel haben die Kibbuzim sich bewährt, denn viele von ihnen lagen unmittelbar an den Grenzen zu den umgebenden arabischen Staaten.

Ursprünglich waren die Kibbuzim Genossenschaftsfarmen, die auf den Idealen des Zionismus und Sozialismus, auf gegenseitiger Hilfe und körperlicher Arbeit beruhten. Ihre Größe, ihr Bestand an Maschinen, ihre Eigentums- und Führungsstrukturen und die Verteilung der Gewinne sind äußerst vielfältig. Sie sind zum Gegenstand zahlreicher Untersuchungen von Wirtschaftswissenschaftlern, Agronomen, Sozialpsychologen und Pädagogen und zum Vorbild für ähnliche Einrichtungen in afrikanischen und asiatischen Entwicklungsländern geworden. Aber es gibt auch eine japanische Kibbuz-Gesellschaft, und japanische Studenten haben in israelischen Kibbuzim gearbeitet.

☞ In den letzten dreißig Jahren haben die Kibbuzim große Schwierigkeiten gehabt. Der steigende Lebensstandard in Israel ließ das genossenschaftliche Leben weniger reizvoll erscheinen, und die jungen Leute strebten in die Städte, um höhere Schulen und Universitäten besuchen zu können und ihre beruflichen Chancen zu nutzen. Die Kibbuzim haben sich diesen Tendenzen auch anzupassen versucht. Neben landwirtschaftlichen Produkten gehören heute auch elektro-chemische Werkzeuge (Nahal Os), Besteck (Nir Am), pädagogische Spiele (Regavim), Textilien und Schmuck (Urim), Gewürze (Sede Elijahu), elektronische Bauelemente (Ein Haschofet) und vieles andere zu den Kibbuz-Erzeugnissen. Auch im Tourismus und Fischfang, in der Forstwirtschaft und Schulbildung sind die Kibbuzim tätig. Seit den achtziger Jahren wurden neben den traditionellen dörflichen Genossenschaften auch städtische Kibbuzim gegründet. Insgesamt aber ist im heutigen Israel ein Niedergang des Kibbuz-Gedankens erkennbar. Finanzielle Probleme, wirtschaftliche Deregulierung und personelle Auszehrung machen ihnen zu schaffen. 1996 gab es 269 Kibbuzim mit 124 000 Einwohnern in Israel, das sind etwa 2,5 % der Bevölkerung.

kichl (n.), **kichlak** *(Pl.)*

Verkleinerungsform von jiddisch *kuchn (m.)*, mittelhochdeutsch *kuoche (m.)* »Kuchen«.

In Amerika: *kikhl, kichel*

Diese schlichten kleinen Kekse sind seit Jahrhunderten bei jüdischen Festen zu finden. Bei den heutigen pompösen Bar Mizwas und Hochzeiten sind auch die *kichlak* nicht mehr so bescheiden wie früher, aber bei weniger aufwändigen Feiern wünschen die Gäste dem Gastgeber auch heute noch mit einem Glas Wein oder Schnaps und einem *kichl* Glück.

Kichlak werden aus ungesüßtem Teig mit vielen Eiern hergestellt, die dafür sorgen, dass die Kekse ordentlich aufgehen. Manchmal wird etwas Zucker darübergestreut. Bäckereien, die sie heute noch herstellen, drehen den Teig manchmal zu kleinen Krawatten, oft wird auch eine dünne Marmeladenkruste aufgetragen. Gelegentlich werden große flache *kichl*-Scheiben gebacken, die etwa einen Fuß Durchmesser haben.

kídesch haschem *(m.)*

Aus dem hebräischen *kiddusch ha-Schem* »Heiligung von Gottes Namen«.

In Amerika: *Kiddush Hashem, Kiddush ha-Shem*

Kiddusch ha-Schem. Der Begriff bezeichnet die Vorstellung, dass

Gott der Menschen bedarf, um seinen göttlichen Namen zu segnen, und dass die Menschen dadurch geheiligt werden, dass sie Gottes Gebote befolgen.

In Leviticus 22,32 sagt Gott: »Dass ... ich geheiliget werde unter den Kindern Israel, denn ich bin der Herr, der euch heiliget.«

Das Gegenteil des *kidesch haschem* ist der *chilel haschem,* die Entheiligung oder Lästerung von Gottes Namen.

Zum Kiddusch ha-Schem gehört auch ein altruistisches, großzügiges und rücksichtsvolles Verhalten, das alle Juden und das Judentum ehrt. Dies beruht auf der Vorstellung, dass die Juden »ein Königreich der Priester« bilden und jeder Jude die Pflicht hat, gegenüber allen anderen Menschen so zu handeln, dass das Judentum dadurch geehrt wird. Als Beispiel führt der Talmud die Geschichte von einem Juden an, der einem Araber mit den Worten: »Ich habe ein Kamel und keine Juwelen gekauft«, einen kostbaren Edelstein zurückgab, den er am Hals des Tieres gefunden hatte, was den Araber zu dem Ausruf veranlasste: »Gesegnet sei Gott; gesegnet sei der Gott Israels.«

Die höchste Form des Kiddusch ha-Schem ist das Martyrium, das heißt die Bereitschaft, Folter und Tod um des Glaubens willen (oder zur Vermeidung einer Entheiligung oder Lästerung) zu ertragen. Die Vorstellung, das Martyrium sei das höchste Zeugnis des Glaubens, entstand während des jüdischen Krieges gegen die Römer.

Die ungeheure, ja, geradezu magische Bedeutung des Namens Gottes bei den orthodoxen Juden hat mich als Kind immer sehr fasziniert und erstaunt.

kídusch *(m.)*

Aus dem hebräischen *kidúsch* »Heiligung«.

In Amerika: *kiddush* (reimt sich mit »Yiddish«)

Kiddusch. Der Segensspruch, der den Sabbat und jüdische Feiertage heiligt. Nicht zu verwechseln mit dem Kaddisch.

Der Kiddusch wird vor dem Sabbat-Mahl am Freitagabend über einem Becher Wein gesprochen. Er beginnt damit, dass Genesis 2, 1–3 vorgelesen wird: »... und also vollendete Gott am siebenten Tag seine Werke, die er machte, und ruhete am siebenten Tage von allen seinen Werken ... und heiligte ihn.« Dann folgen zwei *broches* (Gebete): Das erste lobt Gott für die Erschaffung des Weins, das zweite lobt Gott für die Einrichtung des heiligen Sabbats, der an die Schöpfung einerseits und den Auszug aus Ägypten andererseits erinnert. Den Kiddusch-Wein trinken alle, die mit am Tisch sitzen.

Manche Juden sprechen den Kiddusch ohne Wein und beziehen sich nur auf die *challa* – die Rabbiner wussten ja, dass viele Juden zu arm waren, um sich Wein leisten zu können, auch wenn es nur ein Schluck am Freitagabend war.

Der Kiddusch ist älter als das christliche Abendmahl und die Eucharistie. Die ersten Christen waren Juden und übernahmen das »Liebesmahl« der Kommunion, das in der jüdischen Sekte der Essener üblich war.

☛ Zum traditionellen Kiddusch gehört auch die jüdische Lehre vom »erwählten Volk«. »Denn Du hast uns erwählt«, heißt es im Gebet, »und vor allen Völkern geheiligt ...« Dieses biblische Konzept der »Erwähltheit« ist im Verlauf der Jahrhunderte sehr verschieden interpretiert worden. In der chassidischen, mittelalterlichen, kabbalistischen und orthodoxen Tradition ist die »Erwähltheit« eine fundamentale Eigenschaft: Die Juden werden als besonders begabt, heilig und sensibel gesehen, was ihnen zugleich eine Schlüsselrolle für das Schicksal der Menschheit zuweist. (In der volkstümlichen Wahrnehmung reduziert sich das meist auf den Hinweis, dass der Anteil jüdischer Wissenschaftler und Künstler unter den Nobelpreisträgern und führenden Intellektuellen besonders hoch ist.) Natürlich können Menschen jeglicher Herkunft zum Judentum konvertieren und den Status der »Erwähltheit« erlangen; unter dem Einfluss des rassistischen Denkens wurde aber auch der Begriff der »Erwähltheit« in den letzten drei Jahrhunderten (in denen die Juden in erster Linie als »Rasse« wahrgenommen und als »Rasse« verfolgt wurden) meist bewusst missverstanden: Wer selbst rassistisch war, unterstellte den Juden Rassismus.

Die liberalen und universalistischen Strömungen des Judentums haben die »Erwähltheit« dagegen als Ideal definiert. Die Juden sollen sich bemühen, vorbildlich zu sein, heißt es in dieser Lehre. Oft wird auch einfach von einem Ehrentitel gesprochen, den die Juden erlangt hätten, weil sie mit der Bibel so wesentlich zur religiösen Entwicklung der Menschheit beigetragen haben.

Die rekonstruktionistische Bewegung ist die einzige jüdische Glaubensrichtung, die den Begriff der »Erwähltheit« aufgegeben und aus allen Gebeten gestrichen hat.

Der Holocaust hat ein Drittel aller Juden das Leben gekostet. Die jiddische Dichterin Kadia Molodowsky (1894–1975) schrieb: »Gott der Gnade, bitte wähl Dir in der nächsten Zeit ein anderes Volk.«

kike

Jinglisch. (Reimt sich mit »Teig«.) Aus dem jiddischen *kájkln* »wickeln«, »rollen« und englisch *circle* »Kreis«.

Ein besonders übles, beleidigendes Schimpfwort für Juden.

In New York war es seit 1914 bekannt und ist schon in H.L.Mencken's *American Language* von 1919 dokumentiert. Dort wird es mit *sheeny* (einem weiteren antisemitischen Schimpfwort) verglichen. Ähnliche Schimpfwörter sind auch für Italiener (*dago, wop)*, Polen und andere Bevölkerungs- und Einwanderergruppen belegt.

Der *Oxford English Dictionary* enthält *kike* erst seit 1961. Zuvor erscheint es lediglich als obsolete Form von *kick* oder *keek* mit der Bedeutung »gucken« (niederdeutsch *kieken*).

Warum ist das Wort in den Vereinigten Staaten zur abfälligen Bezeichnung für Juden geworden?

Stephen Birmingham (*Our Crowd: The Great Jewish Families of New York*, 1967) behauptet, die assimilierten, wohlhabenden New Yorker Juden aus Deutschland hätten die Ende des 19. Jahrhunderts nachdrängenden jüdischen Einwanderer Osteuropas als »ki-kis« bezeichnet, weil ihre polnischen oder russischen Namen häufig auf »-ski« endeten. Daraus habe sich *kikes* entwickelt. Ich finde das nicht überzeugend. Die Nachsilbe »-ski« wurde immer mit langem »i« gesprochen und nicht mit »ei«.

Meine eigenen Nachforschungen haben folgendes ergeben:

1. Das Wort *kike* stammt aus Ellis Island. Viele jüdische Einwanderer aus Osteuropa beherrschten die lateinische Schrift nicht, weigerten sich aber, ihre Unterschrift unter die Formulare der Einwanderungsbehörden durch das bei Analphabeten übliche Kreuz zu ersetzen. Stattdessen machten sie einen Kreis. Bald nannten die Beamten der Einwanderungsbehörde jeden, der das Formular mit einem »O« statt mit einem »X« unterschrieb, einen *kikel, kikeleh* oder *kikee,* und schließlich wurde *kike* zur herrschenden Form. Ich verdanke diese Information einem Brief, den Mr. Sidney Berry an Stephen Birmingham gerichtet hat. Mr. Berry beruft sich dabei auf den verstorbenen Philip Cowen, einen hohen Beamten der Einwanderungerungsbehörde in Ellis Island und späteren Herausgeber der Zeitschrift *The American Hebrew.* *Kike* und *kikeleh* sind aber nicht die jiddischen Wörter für »Kreis«, das jiddische Wort lautet *krajs.*
2. Die jüdischen Händler an der Lower East Side und die Hausierer, die ihre Waren weit hinaus ins Hinterland lieferten, wickelten einen großen Teil ihres Handels auf Kredit ab. Viele von diesen frühen amerikanischen Kaufleuten, die Englisch weder lesen noch schreiben konnten, quittierten die Zahlungen ihrer Kunden häufig mit einem »O« (*»I'll make you a kikeleh«*) – aber nie mit einem »X« oder Kreuz.

Warum weigerten sich die Juden so beharrlich, ein »X« zu verwenden? Nun, das hatte natürlich mit dem Abscheu vor dem Kreuz zu tun, das einerseits als barbarische Form der Hinrichtung galt, andererseits aber auch das Symbol war, unter dem sie selbst und ihre Vorfahren verfolgt und hingemetzelt worden waren.

Dementsprechend wurden diejenigen, die auf Ellis Island, an der Avenue B, in Ohio, Kansas oder anderen Orten *kikelehs* malten, als *kike men* oder *kikes* bekannt. Dr. Shlomo Noble zum Beispiel hat mir mitgeteilt, dass die Bergleute im Nordosten von Pennsylvania gelegentlich sagten: »Das hab ich beim *kike man* gekauft« oder »Bald kommt der *kike man* vorbei.«

Siehe auch *ßojcher.*

kinder *(Pl.)*
Plural aus dem jiddischen *kind (n.)* vom mittelhochdeutschen *kint (n.), kinder (Pl.)* »Kinder«.

Kinder sind im Englischen *children*, aber wie wenig vermag dieses Wort das berstende Gefühl von Liebe, Stolz und *nacheß* wiederzugeben, das Juden empfinden, wenn sie *kinder* sagen.

»Mein Kind« heißt *kind majnß!* »Niederkommen« heißt *gejn zu kind*, und »in der Kindheit« heißt *kindwajs.*

Manchmal führt die elterliche Begeisterung zu erstaunlichen Übertreibungen. Meine Frau erinnert sich an eine Nachbarin, deren mütterliche Gefühle für ihren Taugenichts (*no-goodnik)* von Sohn so ausgeprägt waren, dass sie sogar noch Grund zur Freude fand, als er eingesperrt wurde: »Sie sollten mal *sehen*, was für ein schönes Gefängnis das ist, wo sie meinen Morris untergebracht haben!«

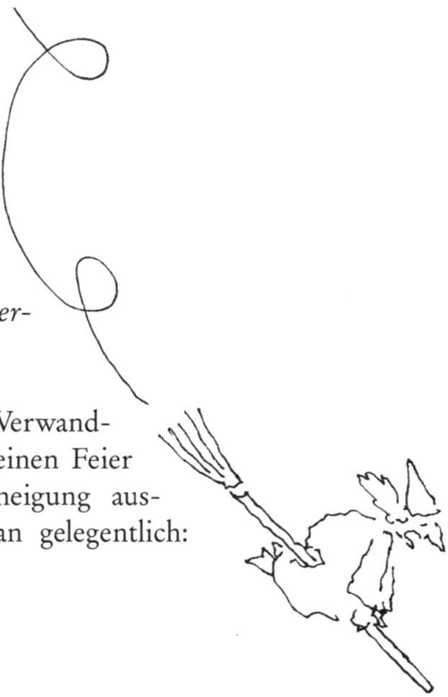

kínderlech *(Pl.)*
Plural aus dem jiddischen *kindl (n.)* »Kindchen«.

In Amerika: *kinderlakh, kinderlach (Pl.)*

Kleine Kinder, Kinderchen.

Wenn man seinen Freunden, Verwandten und Kollegen bei einer kleinen Feier oder Versammlung seine Zuneigung ausdrücken will, sagt man gelegentlich: *Well, kinderlach ...*
»Also, Kinder ...«

kíschef *(m.)*, **kischúfim** *(Pl.)*
Aus dem hebräischen *kischúf* »Zauberei«.

Zauberei, Hexerei.

Das Wort taucht im Wiener Dialekt als *kischef* »Pech«, »Schicksal« auf.

kíschke *(f.)*, **kíschkeß** *(Pl.)*
Aus dem polnischen *kiszka* »Darm«.
In Amerika: *kishke, kishka*
1. Darm, Därme, Eingeweide. *Blinde kischke* »Blinddarm«, *grode kischke* »Mastdarm«. Der Plural *kischkeß* bedeutet »Bauch«.
2. *Stuffed Derma,* »gefüllte Därme«: jüdische Wurstspezialität aus Fleisch, Mehl und Gewürzen, die in einen Naturdarm gefüllt und im Ofen gebacken wird.
3. Wasserschlauch (umgangssprachlich, aber sehr plastisch).

Die jüdische Küche ist, ehrlich gesagt, nicht für ihre Vielfalt bekannt, aber die *kischke* ist eine echte Delikatesse. Hausfrauen sagen, dass sie mit viel Fingerspitzengefühl, Gewürz und Geduld hergestellt werden muss.

Die eigentliche Bedeutung des Wortes *kischke* ist bei gebildeten Juden dagegen eher in den Hintergrund getreten. Den »Bauch«, die Eingeweide oder Gedärme *kischkeß* zu nennen gilt als ein wenig vulgär. Mein Vater oder meine Mutter hätten es sich verbeten, wenn ich etwa nach einer üppigen Mahlzeit *Oh, my kishkes!* gesagt hätte.

To hit someone in the kishkes heißt, ihm in den Bauch schlagen. Dabei ist *kishkes* ein Synomym für das vulgäre englische *guts*.

Von einem menschlichen Vielfraß mit wenig differenziertem Geschmack sagt man, er habe eine *trejfene kischke* – einen nicht-*koscheren* Magen. Wer dagegen von einer *Yiddishe kishke* spricht (*You can't describe a Yiddishe kishke!*), will damit andeuten, dass man vor dem gewaltigen Appetit eines hungrigen Juden gehörigen Respekt haben sollte.

Frau Gerschenbaum in Moskau schickt ihrem Mann ein Telegramm nach Woronesch: SAGT OPERIEREN OPERIEREN.

Gerschenbaum antworter: SAGT OPERIEREN OPERIEREN.

Wird Gerschenbaum vom KGB verhaftet. »Was benutzen Sie für einen Code?«

»Kein Code«, sagt Gerschenbaum.

»Halten Sie uns nicht zum Narren! Sehen Sie diese Telegramme?«

»Nu ja«, sagt Gerschenbaum. »Meine Frau hat ein Geschwür in die *kischkeß*. Ist sie nach Moskau gefahren, um einen berühmten Internisten zu konsultieren. Dann hat sie mir telegrafiert: *Er sagt operieren! Operieren?* Und ich hab geantwortet: *Er sagt operieren? Operieren!*«

kitl *(m.)*, **kitlen** *(Pl.)*
Aus dem mittelhochdeutschen *kitel, kittel* »leichtes Hemd«, »Kittel«.

In Amerika: *kitl, kittel*

Ein weißes Leinenhemd, das der Kantor (und andere Gemeindemitglieder) an hohen Feiertagen tragen. Das schlichte weiße Gewand symbolisiert Reinheit und Einfachheit.

☛ Eigentlich ist der *kitl* ein Sterbegewand. Bei den aschkenasischen Juden wurde es von manchen Männern aber auch an den Feiertagen Rosch ha-Schana und Jom Kippur beim Gottesdienst getragen – als Erinnerung an den Tod. In Michael Strassfelds *The Jewish Holidays* (Harper & Row, 1985) schreibt Rabbi Edward Greenstein, dass der *kitl* »einen neuen Anfang« bezeichnet. Deshalb kann ihn ein Vater bei der Beschneidung seines Sohnes tragen, ein Bräutigam bei der Hochzeit, und andere tragen ihn zum Pessach-Seder. Jede dieser Feiern bezeichnet einen Übergang zu neuen Möglichkeiten.

Der *kitl* geht bis ins erste Jahrhundert zurück, als sich Rabban Gamaliel ben Simeon I., einer der berühmtesten Gelehrten seiner Zeit und Oberhaupt der jüdischen Gemeinde in Palästina, in einem weißen Leinengewand bestatten ließ und seine Gemeinde aufforderte, diesem Beispiel zu folgen. Der Grund für diese Neuerung war, wie der Talmud berichtet, dass die Gemeindemitglieder davor geschützt werden sollten, sich durch hohe Beerdigungskosten in Schulden zu stürzen. Die Begräbnisriten waren nämlich aufgrund ägyptischer Einflüsse auch bei den Juden sehr aufwändig und damit teuer geworden.

Die zunehmende Assimilation hatte in der zweiten Hälfte des 20. Jahrhunderts dazu geführt, dass der *kitl* in Amerika weitestgehend verschwunden war. »Stattdessen kleidete man sich für den Gottesdienst wie für die Oper«, beklagt Rabbi Greenstein. Erst das neuerwachte Interesse an jüdischen Bräuchen seit 1970 führte zu einer Renaissance für den *kitl.*

kláfte *(f.)*, **klafteß** *(Pl.)*
Weibliche Form zu jiddisch *kélew (m.) (Plural: klówim)* aus dem hebräischen *kelef* »Hund« und dem aramäischen *kalbeta* »Hündin«.

Bissige Frau mit vulgärem Benehmen.

Der Begriff ist – wohl auch wegen der Nähe zu *klaffen* und *kläffen* »plappern« und »bellen« – in den Berliner Jargon eingegangen. Vgl. das englische *bitch.*

klapn, klopn *(Verb)*
klap, klop *(m.)*, **klep** *(Pl.)*
Aus dem mittelhochdeutschen *klopfen* »klopfen«, »pochen«, »schlagen«. Vgl. frühneuhochdeutsch *klaps.*

In Amerika: *klop, klap*

1. Ein (leichter) Schlag, Klaps. *Give him a klop; you're closer.* *Klop der kop in der want* heißt: »Schlag mit deinem Kopf an die Wand!«
2. In übertragenem Sinn bedeutet *to klop* andauernd »jammern«, rücksichtslos »plappern«. In Galizien wurde mit *klap* oder *klop* eine redselige Person, besonders eine Frau bezeichnet, die ständig redete. *He klopped me in kop* heißt entweder »er hat mich auf den Kopf geschlagen« oder »er hat mir ein Ohr abgeschwatzt«. Vgl. auch: *All day long, he klops about his troubles.*

In einem podolischen Nest bleibt ein Automobil stecken. Eine Garage ist weit und breit nicht zu sehen. Schließlich ruft man den jüdischen Dorfklempner. Der macht die Haube auf, schlägt mit seinem Hämmerchen auf den Motor – und der Wagen springt an!

»Macht 91 Zloty«, sagt der Klempner.

»Ist das nicht ein bisschen teuer?« beschwert sich der Automobilist. »Wie rechnen Sie das?«

»Nu«, sagt der Klempner:

Gegeben a *klop*	1 Zloty
Gewusst, wo	90 Zloty
Zusammen	91 Zloty

klern *(Verb)*

Aus dem mittelhochdeutschen *klaeren* »klar machen«.

Denken, überlegen, sinnen, auch grübeln. *Klern wegen epeß* »über etwas nachdenken«. Das »Klären« ist im Jiddischen ein innerer Vorgang. Man klärt nicht etwas mit anderen, sondern für sich selbst.

klésmer *(m.)*, **klésmer, klesmórim** *(Pl.)*

Aus dem hebräischen *kleí-semer* »Musikinstrumente«.

In Amerika: *klezmer*

Eine informelle Gruppe von Musikanten, häufig auch Wandermusikanten, die in Osteuropa von Dorf zu Dorf zogen und traditionelle Musik, Volkslieder und Volkstänze, aber auch vor dem Gebet spielten.

Die Klesmer-Musikanten konnten meist keine Noten lesen. Welcher Jude hätte sich Musikunterricht leisten können, und wer im *schtetl* hätte sie unterrichtet? Stattdessen gaben sie ihre Kenntnisse und Fähigkeiten vom Vater auf den Sohn weiter. Sie verdienten sehr wenig und mussten ständig von einem Jahrmarkt zum nächsten, von einer Hochzeit zur anderen ziehen. Oft spielten sie auch beim Purimfest, bei den Stiftungsfesten der Synagogen und anderen Gemeindeereignissen auf.

Für alle aschkenasischen Juden

waren die schäbigen *klesmorim* mit ihren Instrumenten eine vertraute Erscheinung. Sie galten als Herumtreiber, Sonderlinge und Minnesänger. Sie sind ein immer wiederkehrendes Thema auf den Gemälden von Marc Chagall und Chaim Gross.

Zur Klesmer-Musik gehörten Trompeten, Hörner, Klarinetten, Flöten, Violinen, Celli und Trommeln. Zu einer typischen Klesmer-Gruppe gehörten drei bis sechs Musikanten.

In gewisser Hinsicht ähnelt die Klesmer-Musik den Auftritten der Jazz-Combos. Die Musik beruht in beiden Fällen auf Improvisation, verblüffendem Zusammenspiel und innovativen Soli. Alle Nationalkulturen, in denen das jüdische Leben angesiedelt war, leisteten ihren Beitrag. Hebräische Lieder und Themen wurden mit Motiven aus der russischen, polnischen, tschechischen, deutschen, ungarischen, rumänischen, slowenischen, griechischen und arabischen Volksmusik ausgeschmückt und vermischt, und dieser Flickenteppich besaß eine neue, einzigartige Qualität.

Sowohl bei den orientalischen als auch bei den europäischen Juden gehörte das Musizieren im Mittelalter zu den anerkannten Berufen. In vielen Städten spielten jüdische Musikanten auch bei christlichen Feiertagen und Festen, und weil sie so bescheiden waren und sich auch nicht sinnlos betranken wie manche anderen Musiker, waren sie durchaus beliebt. Je größer die Nachfrage, desto höher wurden allerdings auch die Steuern, die ihnen auferlegt wurden, um sie zu vertreiben (siehe Abraham Z. Idelsohn, *Jewish Music*, 1944).

☛ Das gegenwärtig umfassendste und für Amerika relevanteste Buch ist wohl *Klezmer! Jewish Music from Old World to Our World*, Macmillan, 1999) von Henry Sapoznik. Der Autor ist einer der Pioniere der Klesmer-Renaissance, die in den letzten dreißig Jahren durch Amerika und Europa gefegt ist und Hundertausende mit der jiddischen Sprache und osteuropäischen Melodien und Rhythmen in Berührung gebracht hat. Seine eigene Band, das *Kapelye* (»Kapellchen«) gehörte zu den ersten, die zum Tanz aufspielten und Konzerte veranstalteten, und sein Handbuch *The Compleat Klezmer* (Tara Productions) ist zum Standardwerk für alle geworden, die selbst Klesmer spielen.

Heute gibt es Dutzende von Klesmer-Bands auf CD, und Hunderte treten bei Hochzeiten, Bar Mizwas und Konzerten live auf. Zu den erfolgreichsten gehören *The Klezmatics*, die 1998/99 mit der israelischen Sängerin Chava Alberstein auf Tournee gingen. Andere hervorragende Klesmorim sind die Musiker der *avant-garde* Klesmer/Jazzband *Brave Old World* des Fiedlers Michael Alpert; der Mandolinenspieler und Klarinettist Andy Statman; und die elfköpfige *Klezmer Conservatory Band* unter Leitung von Hankus Netsky, zu der auch vier Frauen gehören. Wenn Sie eine erstaunlich umfassende Liste der Klesmergruppen in Nordamerika interessiert, besuchen Sie doch einmal die Website *www.klezmershack.com*!

Klesmer findet sich auf den Soundtracks zahlreicher Filme, und einige berühmte Klesmer-Musiker wie der Klarinettist Dave Tarras sind auch selbst gefilmt und interviewt worden. Tarras starb im Jahre 1989, kurz nach Fertigstellung seines Albums *Dave Tarras, Yiddish-American Music, 1925–1956* bei Yazoo Records mit Henry Sapoznik. Während jüdische Musiker sich früher aus der Klesmer-Tradition zum Jazz hin entwickelten (das bekannteste Beispiel ist Benny Goodman), kehren heute jüdische Jazzmusiker zum Klesmer zurück. Das Ergebnis war nicht nur ein Wiederaufblühen, sondern eine Umgestaltung und Wiedergeburt der Klesmer-Musik. ☚

kloz *(m.)*

Aus dem mittelhochdeutschen *kloz* »Baumstumpf«, »Holzklotz«.

In Amerika: *klots, klutz*

1. Ein Holzklotz.
2. Ein Dummkopf, ein Tolpatsch; englisch: *clod, blockhead*
3. Ein Stümper.

Das Wort ist in Amerika sehr populär. Es klingt ja auch wirklich nach »Klotzkopf«. ☛ Eine Firma in Kalifornien hingegen versucht den Begriff in sein Gegenteil zu verwandeln: Unter dem Markennamen *Klutz* vertreibt sie Geschicklichkeitsspiele. ☚

Eine *kloz-kasche* ist übrigens eine dämliche Frage, die sich mit Nebensächlichkeiten beschäftigt oder auf völlig falschen Voraussetzungen beruht. Das Adjektiv lautet *klutzy* (nur in Amerika).

Mr. Meyer erhält im Krankenhaus Besuch von Mr. Glotz, dem Sekretär der Synagoge. »Wir wünschen Ihnen baldige Genesung«, sagt Mr. Glotz, »wir hoffen, dass Sie hundertzehn Jahre alt werden! Das ist ein offizieller Beschluss der Gemeindeältesten, der mit einem Stimmenverhältnis von 14 zu 7 gefasst wurde!«

Glotz war ein ziemlicher *klutz*.

Zwei Männer sitzen in einem Café an der Upper West Side und trinken schweigend ihren Tee. Nach einiger Zeit sagt der *klutz:* »Das Leben ist wie eine Schüssel saure Sahne.«

»Wie eine Schüssel saure Sahne?« fragt der andere. »Warum?«

»Woher soll ich das wissen? Bin ich a Philosoph?«

Zwei *klutze* reden über ihre Frauen. »Meine Frau treibt mich zum Wahnsinn!« sagt der eine. »Jede Nacht träumt sie davon, mit einem Millionär verheiratet zu sein.«

»Was ist daran so schlimm?« fragt der andere. »*Meine* Frau bildet sich *tagsüber* ein, dass sie mit einem Millionär verheiratet ist.«

knáker *(m.)*

Aus dem jiddischen *knakn* »knacken«, »knallen«.

In Amerika: *knacker, knocker*

Der Ausdruck bezeichnet ursprünglich jemanden, der »die Peitsche knallen lässt«, also einen Macher, ein »großes Tier«, wird aber heute nur noch ironisch gebraucht und bezeichnet deshalb einen Angeber. Ein erfolgreicher, aber bescheidener Mann wird normalerweise nicht *knaker* genannt.

Während des Jom-Kippur-Gottesdienstes schlägt ein echter *knaker* sich auf die Brust, betet und schreit schließlich in höchster Verzückung: »Ich bin Deiner unwürdig, Herr! Ich bin ein *no-goodnik*, ein Niemand, ein Nichts!«

Neben ihm steht der bettelarme Schammes (Gemeindediener) und betet. Auch er schlägt sich an die Brust und ruft: »Vergib mir, Herr, ich bin ein Nichts!«

Daraufhin dreht sich der *knaker* empört zu ihm um: »Das ist ja wohl das Letzte, dass du dich ein Nichts nennst!«

Beim Anflug auf Honolulu geraten zwei jüdische *knocker* in Streit. Sie wissen nicht genau, wie man Hawaii ausspricht. Heißt es nun *Hawaii* oder *Havaii*? Schließlich wetten sie um zehn Dollar.

Kaum sind sie dem Flugzeug entstiegen, stürzen sie sich auf eine Eingeborene und fragen: »Aloha! Wie sprechen Sie den Namen der Insel aus? *Hawaii* oder *Havaii*?«

»Havaii«, sagt die junge Frau.

»Vielen Dank!«

»Herzlich villkommen!« lächelt das Mädchen.

knejdl *(n.)*, **knéjdlach** *(Pl.)*

Aus dem mittelhochdeutschen *kneten* »kneten« und *knode* »Knoten«, dazu vor allem bairisch-österreichisch *knödel* »Knödel«, »Kloß«.

In Amerika: *kneydl, knaydl*

Die klassischen jüdischen Knödel sind die mehr oder weniger großen (oft tellerfüllenden!) Mehlklöße zur (klaren Hühner-) Suppe. Am Freitagabend und vor allem zum Pessach sind dies aus Matzemehl gefertigte Knödel. Aber auch an jedem beliebigen kalten Wintertag in New York gibt es nichts Besseres als eine heiße *matze-ball-soup*, um die Lebensgeister wieder zu wecken!

Majn knejdl wird gelegentlich auch als Kosename für ein Kind (vgl. neudeutsch *knuddeln*) oder als nicht übermäßig schmeichelhafte Beschreibung für eine mollige Frau benutzt.

knipl *(n.)*, **kníplech** *(Pl.)*
Aus dem mittelhochdeutschen *knüpfen* »Knoten machen«.
In Amerika: *knipl, knippl, knippel*
1. Knoten.
2. (in Europa auch im übertragenen Sinne:) unsolide Gesellschaft, üble Sippschaft.
3. Knoten im Taschentuch.

☛ Der Knoten im Taschentuch hat eine doppelte Bedeutung: Zum einen wurden Taschentücher verknotet, um Bargeld darin aufzubewahren, zum anderen konnte man auch das Los damit ziehen: »Man macht einen Knoten ans eine Ende, zeigt dem anderen aber nur die Spitzen. Wer den *knipl* erwischt, hat gewonnen.« Dieser Vorgang heißt *knipl zijen* (So bei Gene Bluestein, *Anglish-Yinglish Dictionary,* University of Georgia, 1983).

Den New Yorker und anderen amerikanischen Juden ist das Wort *knipl* auch durch den von Ben Katchor erfundenen Cartoon *Julius Knipl, Real Estate Photographer* bekannt, der jahrelang im *Forward* lief. Sowohl *Julius Knipl* als auch der historische Cartoon *The Jew of New York* sind inzwischen als Bücher erschienen. 1999 erhielt Ben Katchor den *Genius Award* der McArthur Foundation. ☚

knisch *(m.)*, **kníscheß** *(Pl.)*
Aus dem ukrainischen *knisch* »Pastete«.
In Amerika: *knish, knishes (Pl.)*
1. Kleine, mit Hafergrütze, Kartoffelbrei, Zwiebeln, gehackter Leber oder Käse gefüllte Teigtaschen. Der *knisch* ist vor allem durch die Bemühungen der Bäcker an der Lower East Side zu einem amerikanischen Leckerbissen geworden. Yonah Shimmels berühmte *knish*-Bäckerei an der Houston Street wurde schon 1910 gegründet und ist heute noch so erfolgreich wie damals.
2. Eine Beleidigung. *»He has the brains of a knish.«*
3. Wenn man sagt: *You hit someone with knish,* dann heißt das: »Sie belohnen ihn, statt ihn zu bestrafen.« Bitte fragen Sie mich nicht, warum.
4. Schließlich ist *knisch* noch ein vulgärer Ausdruck für die Vagina.

kochalayn, kokhaleyn, koch alayn, kochaleyn, kochalein
Reines Ameridisch. Aus dem jiddischen *kochn* »kochen« und *aléjn* »allein«, »selbst«.
Eine Ferienwohnung, in der man selbst kochen kann.

Dieses herrliche Exemplar ameridischer Sprachkultur stammt aus dem Borsht Belt, dem ehemaligen Ferienparadies der New Yorker Juden in den Catskills (siehe *borscht*). Die Urlaubshierarchie der Catskills unterscheidet zwischen den eleganten Hotels für die *alrightniks* und den bescheidenen *kochaleyns* für die respektablen, aber nicht unbedingt im Überfluss schwimmenden Singles, Paare und Familien.

Ich habe dieses unentbehrliche Wort zuerst in folgendem Zusammenhang gehört: *Who can affoder (afford) a fancy hotel? I always take a kochaleyn* »Wer kann sich schon so ein teures Hotel leisten? Ich nehm immer eine Ferienwohnung.«

Es heißt, dass die Bemühungen um die New Yorker Gäste in den Catskills so weit gingen, dass ein findiger Landwirt seine Guernsey-Kühe mit Holsteinern kreuzte, um auf diese Weise eine »Goldstein« zu züchten. Diese Kuh sagt auch nicht *»Muh!«*, sondern *»Nu?«*

kochlefl *(m.)*
Aus dem mittelhochdeutschen *kochen* »kochen« und *leffel* »Löffel«.
In Amerika: *kokhlefl, kochleffl*

1. Der lange hölzerne Kochlöffel, mit dem der Topf umgerührt wird.
2. Ein umtriebiger Mensch, der viel herumkommt und sich in anderer Leute Angelegenheiten einmischt. Was für ein treffliches Wort für einen Wichtigtuer!
3. Ein aktiver, tatkräftiger Mensch, der die Dinge vorantreibt. Ein »Energiebündel«.
4. Ein quirliges, energisches, neugieriges Kind. *That little girl – a regular kochleffl!*

kójhen, kojn *(m.)*, **kójhenim, kójhanim, kehánim** *(Pl.)*
Aus dem hebräischen *kohéjn* »Priester«.
In Amerika: *Kohen, Cohen*
Priester, speziell die hebräischen Priester im Tempel.

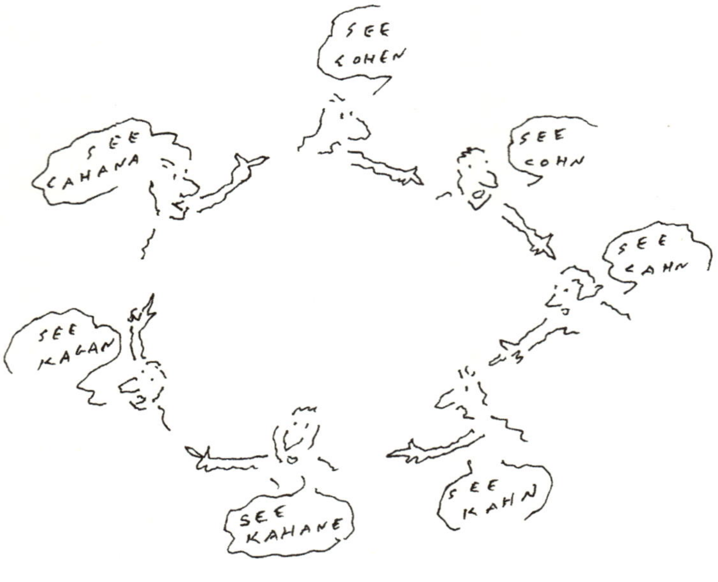

Familien mit Namen wie Kohn, Cohen, Cohn, Cahn, Kahn, Kagen oder Cahana behaupten gern, dass sie von den Priestern des alten Israel abstammen. Das gilt auch für Namen wie Echt und Katz (die sich von *kojhen zedek* »Priester des Rechts« herleiten). In Deutschland kommen Namen wie Köhne, Schiff (anstelle von Kahn) und sogar Bloch hinzu.

Aaron, der Bruder von Moses, war der erste Hohepriester und Ahnherr der Kohanim, die in der Wüste und später im großen Tempel in Jerusalem Opferdienst leisteten.

Als die Juden aus Jerusalem vertrieben wurden und in die Diaspora gingen, wurde der Titel des Kohen weitervererbt, obwohl die Hauptaufgaben, Privilegien und Pflichten der Priester nicht länger bestanden.

Das Leben der Kohanim wurde von vielen Vorschriften bestimmt, von denen einige bei sehr traditionellen Juden heute noch Beachtung finden. So durfte ein Kohen keine Geschiedene, Entweihte oder Proselytin heiraten und keinen Friedhof betreten (außer beim Begräbnis nächster Verwandter). Dafür wird ein Kohen aber in der Synagoge immer noch als erster zur Tora-Lesung aufgerufen.

Dafür, dass die Cohanes in Irland etwas mit den Cohens in Tel Aviv zu tun haben, konnte ich keinen konkreten Beweis finden.

☛ Die Untersuchung jüdischer Grabsteine hat ergeben, dass etwa 5% der sieben Millionen jüdischen Männer auf der Welt Kohanim sind – allein in Israel hunderttausend.

Israelische Wissenschaftler unter Leitung von Prof. Karl Skorecki vom Rambam Hospital in Haifa haben in der Zeitschrift *Nature* vom 2. Januar 1997 bekanntgegeben, dass sie aufgrund einer Untersuchung von 188 Probanden sowohl bei den sephardischen als auch bei den aschkenasischen Nachfahren der Kohanim eine genetische Besonderheit des Y-Chromosoms festgestellt hätten, die es in der übrigen jüdischen Bevölkerung nicht gebe. Dieses besondere genetische Kennzeichen findet sich auch bei einem schwarzafrikanischen Stamm in Südafrika, den Lemba, die schon seit langem behauptet haben, sie wären Juden. Innerhalb dieses Stammes ist das spezielle Y-Chromosom besonders häufig im Klan der Buba vertreten, die bei den Lemba das Priesteramt ausüben. Diese Entdeckung ist der erste Hinweis darauf, dass Juden nach der Vertreibung im Jahre 70 n. Z. auch in Länder südlich der Sahara geflüchtet sein könnten. ☚

◎ ◎ ◎

Die Firma Farnsworth, Sullivan und Cohen ist eine der größten und feinsten Anwaltskanzleien der Stadt. Eines Tages wird Cohen von einem seiner Freunde gefragt: »Warum steht dein Name eigentlich als letzter? Es weiß doch jeder, dass Farnsworth sich meistens in seinem Landhaus aufhält und Sullivan sich beim Pferderennen herumtreibt. Warum steht nicht dein Name am Anfang?«

»Ach, weißt du«, lächelt Cohen. »*Meine* Klienten lesen von rechts nach links.«

kol-nídrej
Aus dem hebräischen *kol-nidréj* »alle Gelöbnisse ...«
In Amerika: *Kol Nidre*
Kol Nidre. Anfangsworte des feierlich getragenen Gebets, das den Versöhnungstag Jom Kippur einleitet. Die Worte sind ursprünglich aramäisch.

In Synagogen und Tempeln auf der ganzen Welt singt der Kantor am Vorabend des Jom Kippur kurz vor Sonnenuntergang dreimal das Kol Nidre. Das erste Mal singt er es leise, dann lauter und schließlich fortissimo. Die Gemeinde antwortet im Wechselgesang und rezitiert das Gebet als Rezitativ. Währenddessen werden die Torarollen von drei Gottesdienstteilnehmern gehalten. ☛ Wie viele Torarollen es sind, ist von Gemeinde zu Gemeinde verschieden, in der Regel sind es aber zwei Toraträger, die neben dem Vorbeter stehen, so dass die drei Personen zusammen einen *bet din* (einen jüdischen Gerichtshof) bilden. ☚

Das Kol Nidre wird schmerzlich gesungen und soll wohl jedem, der das Gebet mitsingt, die Gewalt und Erniedrigung ins Gedächtnis rufen, denen die Juden in ihrer Geschichte ausgesetzt waren. Die Melodie, die der Kantor in die Abenddämmerung singt, ist bewegend. Beethoven nahm einen Teil davon in sein cis-moll Quartett auf, und Tolstoi sagte, es sei »ein Widerhall der Qualen eines leidgeprüften Volkes«.

Der Text des eigentlichen Gebets aber ist erstaunlicherweise kein Gotteslob, sondern eine Art juristisches Dokument:

»*Kol nidre* (Alle Gelübde), Verpflichtungen, Eide, Entsagungen, ob sie nun *konam* oder *knoas* oder mit einem anderen Namen genannt werden, die wir geloben und schwören ... von diesem bis zum nächsten Versöhnungstag ... bereuen und widerrufen wir. Sie alle seien aufgelöst, erlassen, aufgehoben, ungültig und nichtig, ohne Geltung und ohne Bestand. Unsere Gelübde seien keine Gelübde, unsere Schwüre keine Schwüre.«

Die Rabbiner lehnten das Kol Nidre lange Zeit ab, weil es fälschlicherweise den Eindruck erweckte, dass Juden sich nicht an das halten, was sie beschwören, weil sie sich am Versöhnungstag davon lossagen. In der Tat führte dieser Verdacht dazu, dass Juden in manchen Ländern seit dem 5. Jahrhundert ihre Eide vor nichtjüdischen Gerichten nicht nach ihren eigenen religiösen Vorschriften, sondern *more judaico* ablegen mussten. Die sogenannten »Judeneide« (Juramentum Judaeorum) waren von demütigenden und diskriminierenden Bedingungen abhängig. So mussten jüdische Zeugen ihre Aussagen kniend beeiden. Oft wurden sie auch gezwungen, eine Dornenkrone zu tragen, auf einer Schweinehaut oder in einer Wasserschüssel zu stehen (als »Ersatz« für die von ihnen abgelehnte Taufe). Gelegentlich mussten sie auch auf einem Schemel balancieren, von dem ein Bein entfernt worden war. Dass sich die Juden von solchen Eidesleistungen lossagten, scheint mir nur allzu verständlich. Und das gilt erst recht für die Zwangsbekehrungen, denen viele Juden unterworfen wurden. Die unglücklichen »Renegaten«, die von der Inquisition gezwungen worden waren, dem jüdischen Glauben abzuschwören, hatten allen Grund, Gott um Vergebung für diese und alle künftigen Sünden zu bitten, die im Lauf des kommenden Jahres durch solche erzwungenen Eidesleistungen auf sie zukommen würden. ☛ Die Rabbinerin Leila Gal Berner erzählt sogar, einer jüdischen Überlieferung zufolge sei das Wort *awejranim* (Sünder) im Kol Nidre ein Deckbegriff für »Iberer« und beziehe sich auf die vielen spanischen Juden, die aus Furcht vor der Inquisition zum Christentum konvertiert waren. »Dadurch, dass diese Krypto-Juden im Kol Nidre wieder in die Gemeinschaft der Gläubigen und Sünder aufgenommen werden, erinnert uns das Gebet daran, dass wir alle Masken tragen und unser wahres Wesen verbergen – und Gott uns dennoch Vergebung verspricht« (*Kol Haneshamah: Prayerbook for the Days of Awe,* Jewish Reconstructionist Federation, 1999). ☚

Allen Bedenken zum Trotz wurde das Gebet populär und im frühen Mittelalter fester Bestandteil der Liturgie. Die Rabbiner erklärten aber ausdrücklich, dass der Gläubige sich damit nur von solchen Gelübden lossagen könne, die ihn allein (und Gott) betreffen, nicht aber von solchen, die Dritte und deren Interessen berühren. Von einem Eid, der das Verhältnis zu Gott betraf, konnte sich der Betende lossagen, nicht aber von einem Versprechen, das er einem anderen Menschen gegeben hatte. *Das* musste er einhalten.

kopdrejenisch
Aus den mittelhochdeutschen *draejen* und *kopf* werden jiddisch *dréj(e)n* »drehen« und *kop* »Kopf«.

In Amerika: *kopdreyenish*

1. Ein Problem, das so schwierig ist, dass einem schwindlig wird, wenn man es zu lösen versucht. *Who needs a kopdreyenish like that?* »Was soll ich mit diesem Unsinn?« – *He had so much kopdreyenish, he didn't know what he was doing.* »Er hatte so viele Probleme, dass er nicht wusste, was er tun sollte.«
2. Unruhe, Lärm oder Tumult, die einen so verwirren, dass man nicht mehr klar denken kann.
3. Eine Schmeichelei oder ein Kompliment, das einem den Kopf verdreht. *Stop dreying me a kop.* »Versuchen Sie nicht, mich zu verwirren.« – *That's enough kopdreyenish.* »Das sind genug Schmeicheleien.«

kóscher *(Adjektiv)*
Aus dem hebräischen *kaschér* »angemesssen«, »erlaubt«.

In Amerika: *kosher*

Koscher ist wohl eins der am weitesten verbreiteten hebräischen Worte und besitzt neben der ursprünglichen zahlreiche populäre Bedeutungen, besonders im amerikanischen Slang und Jinglisch.

Als hebräisch-jiddisches Wort bedeutet *koscher* ausschließlich:
1. nach den rituellen Speisegesetzen als Nahrung erlaubt.

Viele Metzgereien in jüdischen Vierteln tragen zwei hebräische Wörter auf ihren Schaufenstern, die ähnlich aussehen, aber verschiedene Bedeutungen haben. Sie werden von rechts nach links gelesen und bedeuten *boßer kascher* »koscheres Fleisch«.

Ein *koscheres* Restaurant oder eine *koschere* Metzgerei führen grundsätzlich keine Nahrungsmittel, die nicht den jüdischen Speisegesetzen entsprechen.

Essen und Trinken unterlagen bei den Juden von altersher strengen Gesetzen. Diese religiösen Speisegesetze trugen wesentlich dazu bei, dass sich die Juden als besonderes, von Gott erwähltes Volk fühlten. Die Selbstdisziplin, vermutet man, die zur Einhaltung dieser Gesetze notwendig war, erinnerte jeden einzelnen Juden daran, dass er ein Werkzeug Gottes zur Rettung der Menschheit war und sich dementsprechend rein halten musste. Manche Historiker sind der Ansicht, dass die Speisegesetze auch dazu dienten, die Juden gegen den Einfluss der Griechen und Römer zu schützen, die gern üppig und vielfältig aßen.

In den westlichen Ländern hat die Beachtung der Speisegesetze seit langem stark abgenommen. ☛ Sie finden neuerdings aufgrund der intensiven Beschäftigung mit Gesundheitsfragen, Verbraucherschutz und Reinheitsgeboten allerdings wieder verstärktes Interesse. Eine gesunde Ernährung ist zwar nicht unbedingt abhängig von einer Befolgung der Speisegesetze, aber bei entsprechend unorthodoxer Auslegung gibt es doch erstaunliche Parallelen zwischen den *kaschrut* und einer modernen Ernährung.

Insbesondere bei der vegetarischen Ernährung – oder, wie es in Amerika heißt: *kosher vegetarian* – erledigen sich die zahllosen Vorschriften darüber, welche Arten Fleisch erlaubt sind, von selbst. Die Verfechter der »öko-koscheren« Ernährung beschäftigen sich dagegen mehr mit den Problemen einer ökologischen Landwirtschaft, der Behandlung von Schlachttieren sowie der Verarbeitung und Verpackung von Nahrung. Dabei erweist sich, dass die moralischen Vorstellungen des Judentums über die Umwelt, über die Behandlung der Arbeiter, die Heiligkeit des menschlichen Körpers und das Mitgefühl für Tiere in vieler Hinsicht sehr fortschrittlich sind. So ist es im Zeitalter von Rinderwahnsinn und BSE zum Beispiel nicht ohne Interesse, dass die *kaschrut* schon vor Jahrhunderten den Verzehr von Rindern verboten, bei denen die Hirnhaut oder das Rückenmark beschädigt oder zerstört waren. Siehe auch *Down-to-Earth Judaism: Food, Money, Sex and the Rest of Life*, William Morrow, 1995 ☚

Im Jiddischen wird das Wort *koscher* aber nicht nur für Ernährungsfragen gebraucht. *Koscher* ist auch:

2. ein orthodoxer Jude. *He is a kosher Jew* heißt, er beachtet die Speisegesetze.
3. fromm. *He is a kosher Yid* heißt, dass er wirklich sehr fromm ist. Eine fromme Jüdin wäre dementsprechend *a koshere Yidene.*

4. empfindsam, mitfühlend. *He is a kosher kind of man* heißt, dass er verständnisvoll und freundlich ist.
5. liebenswürdig, süß. Eine *koschere neschome* ist ein liebenswürdiges Wesen und eine koschere Seele.

Im amerikanischen Slang gibt es das Wort *kosher* mit besonders vielen Geschmacksrichtungen.

6. authentisch, echt. *That's kosher?* kann sich sowohl auf Sterling Silber oder vierzehnkarätiges Gold als auch auf Antiquitäten beziehen.
7. vertrauenswürdig, zuverlässig. *Is he kosher?* hieß früher: »Ist er Jude?« Heute heißt es eher: »Kann ich ihm trauen?« oder »Gehört er dazu?« oder sogar (wie ich einmal im Pentagon hörte): »Hat er die Sicherheitsprüfung für Geheiminformationen?«
8. berechtigt, rechtmäßig, legal. *Is this deal kosher?* heißt: »Ist das ein legales Geschäft?« *Everything is kosher* heißt »Das ist alles in Ordnung.«
9. von den Vorgesetzten gebilligt. Wenn ein Manager sagt, eine Sache ist *kosher*, dann will er damit sagen, die Geschäftsleitung hat die Sache gebilligt. In der Armee heißt es: »Der Befehl kommt von oben, die Sache wird von den Vorgesetzten gebilligt.«
10. fair, sauber, ethisch einwandfrei, moralisch. Nach Angaben von Eric Partridge wurde das Wort schon 1860 im Londoner East End in diesem Sinne gebraucht.
    Insgesamt ist *kosher* wahrscheinlich eins der flexibelsten jiddischen Wörter in der englischen Sprache.

11. Auch im Deutschen ist das Wort in der Bedeutung »einwandfrei« weit verbreitet. Es gehört zu den erstaunlich wenigen jüdischen Begriffen, die der Rechtschreib-Duden enthält, und wurde in der Schreibweise *kauscher* auch schon 1873 ins *Deutsche Wörterbuch* der Brüder Grimm aufgenommen. Hier heißt es: »rein, ächt wie es sein soll, untadelig, ein jüdisches, chaldäisches Wort … durch ganz Deutschland verbreitet, besonders *nicht kauscher*, nicht richtig, nicht geheuer«. Friedrich Kluge hat *koscher* schon 1737 in deutschen Texten gefunden und schreibt

den Studenten von Halle einen Anteil an der Verbreitung des Wortes zu. Im Wiener Dialekt bedeutet es »rein«, »anständig«. Auch die Redensart *mir is net koscher* »ich fühl mich nicht wohl« ist geläufig.

Koscher. Ein kleiner Diätführer

Fleisch und Milch dürfen nicht zugleich gegessen werden. Orthodoxe Juden lassen nach dem Verzehr von Fleisch mindestens sechs Stunden vergehen, ehe sie Milch oder Milchprodukte zu sich nehmen (umgedreht ist die Zeit kürzer). Ein Cappuccino nach dem Lammbraten kommt also nicht in Betracht.

Zur Aufbewahrung und Zubereitung von Milch und Fleisch müssen getrennte Gefäße und Geräte benutzt werden. All dies wird darauf zurückgeführt, dass Moses den Kindern Israels gleich dreimal (Exodus 23,19 und 34,26; sowie Deuteronomium 14,21) verbot, ein Zicklein in der Milch seiner Mutter zu kochen.

»Reine« und »unreine« Tiere werden bei Leviticus 11 und im Deuteronomium 14 aufgelistet. Genau zweiundvierzig Tierarten sind für Juden tabu. *Koscher* sind nur Wiederkäuer mit gespaltenen Hufen. Dazu gehören Schafe, Ziegen, Gazellen, Antilopen und Steinböcke, aber ich habe noch nie gehört, dass Juden tatsächlich Steinböcke essen.

Tiere, die wiederkäuen, aber keine gespaltenen Hufe haben, sind *trejf,* also nicht koscher. Das gilt nach Ansicht der Bibel auch für Kamele und Kaninchen. (Ich bedaure deshalb sehr, meine fromme Leserschaft darüber informieren zu müssen, daß Kamele sehr wohl gespaltene Hufe haben, Kaninchen aber nicht wiederkäuen und auch keine Hufe besitzen.)

Tiere, die auf dem Boden kriechen, wie Schlangen und Eidechsen, sind nicht koscher. Das gilt auch für die Maus und das Wiesel.

Nur Fische, die sowohl Schuppen als auch Flossen haben, sind koscher. Muscheln, Krabben, Hummer und andere Schalentiere sind tabu. (Leider.)

Raubvögel (Geier, Eulen, Falken, Adler usw.) sind genauso tabu wie praktisch alle Wildvögel.

Außerdem sind *alle* Tiere, auch Rinder und Hühner, tabu und verboten, wenn sie nicht nach ritueller Vorschrift geschlachtet wurden. Genesis 9,4 verbietet allen Nachkommen Noahs, Fleisch zu essen, »das noch in seinem Blut lebt«, und Moses verbot den Juden, Blut, Talg, Nierenfett und Aas zu essen. Alle Tiere, die nicht rituell geschlachtet, sondern von Raubtieren gerissen oder von selbst gestorben waren, galten als unrein. Das heißt, jedes Stück Schlachtvieh muss einzeln vom Schlachter, dem *schochet*, auf Krankheit oder Missbildungen untersucht worden sein. Geschlachtet wird mit einem vorher geprüften, scharfen, schartenfreien Messer, das die Halsschlagader, Luft- und Speiseröhre in einem Zug durchtrennen muss. Wenn es auch nur einen Augenblick hängenbleibt, ist das Schlachttier nicht länger koscher. Alles koschere Fleisch wird von einem *maschgiech* (Aufseher) begutachtet und gestempelt.

Das Schächten ist übrigens keineswegs »grausamer« als der Umgang mit Schlachttieren in nichtjüdischen Schlachthäusern. Die Midraschim sagen, dass Gott gegenüber Tieren und Vögeln genauso mitleidig ist wie gegenüber den Menschen; deshalb wird den Juden schon im mittelalterlichen *Buch der Frommen* befohlen, freundlich und mitleidig gegenüber allen Geschöpfen Gottes zu sein, Haustiere nicht zu schlagen und auch sonst keinem Tier, Vogel oder Insekt Schmerz zuzufügen.

Der Talmud besagt, dass verbotene Speisen »den Körper und die Seele verunreinigen«, und in jedem anthropologischen Lehrbuch kann man nachlesen, wie alt und weit verbreitet die Beschäftigung der Menschheit mit Verboten und Vorschriften ist, die sich auf die Ernährung beziehen. Dazu gehören auch Totemismus, Tieropfer, Jagdrituale und der Glaube, man könne sich die Kraft desjenigen einverleiben, was man verzehrt.

Die Lehren des Babyloniers Mani verboten den Verzehr von

Raubvögeln. In Ägypten durften Priester keine fischfressenden Vögel essen. Katzen, Kühe und Stiere, die bei den Ägyptern Gottheiten waren, wurden natürlich ohnehin nicht gegessen. Die Römer opferten den Göttern keine flossen- oder schuppenlosen Fische, und die Perser essen auch heute noch keine. Auf vielen Südseeinseln werden keine Aale gegessen. Die Einwohner von Borneo, die Indianer in Guinea, die Lappen, die Navajo und die Jakuten essen genausowenig Schweinefleisch wie die gläubigen Muslime, denen Mohammed dies verbot.

Essen und Trinken, sagen die Rabbiner, sind religiöse Handlungen, weil wir damit an Gottes Reichtum teilhaben. Deshalb sollen wir dabei auch an ihn denken. Jede Mahlzeit soll mit einem Segensspruch beginnen und mit einem Dankgebet enden. ☛ »Wer die Güter dieser Welt ohne einen Gebet genießt, ist ein Dieb«, heißt es im Talmud (Tosefta Berachot 35a). Andererseits sind wir aber auch verpflichtet, die Fülle des Lebens ganz zu genießen. »Der Mensch muss Rechenschaft ablegen«, heißt es im Jerusalemer Talmud (Kidduschin 4, 12), »über alles, was er gesehen, aber nicht gegessen hat ... Im Lauf des Jahres soll man jede Nahrung mindestens einmal versuchen.« ☚

Die Gebete vor und nach dem Essen wurden auch vom Christentum übernommen. Auch Paulus empfahl seinen Anhängern, auf blutiges Fleisch, Fleisch von erstickten Tieren und Hurerei zu verzichten (Apostelgeschichte 21, 25).

Über zweitausend Jahre lang haben die Rabbiner ein kompliziertes Regelwerk entwickelt, das sich mit Speisevorschriften beschäftigt. Die rituellen Details wurden so weit verfeinert, dass ein großer Teil des rabbinischen Sachverstands darin bestand, dass sie die Regeln kannten und auslegten: was erlaubt ist, und was verboten; bei welchen Gelegenheiten und in welcher Reihenfolge man was essen durfte; wie die Speisen zubereitet werden müssen und so weiter.

Der Abscheu der orthodoxen Juden vor Schweinefleisch war (und ist) unbeschreiblich. Als der Seleukidenkönig Antiochos IV. Judäa eroberte und den Juden befahl, Schweine auf ihren Altären zu opfern, erhoben sich die Juden in einer blutigen Revolte, dem Makkabäeraufstand des Jahres 168 vor unserer Zeitrechnung, dessen siegreiches Ende im Jahre 165 beim Chanukkafest gefeiert wird.

Zu den typischen Quälereien, denen Juden in den folgenden Jahrhunderten ausgesetzt waren, gehörte es oft genug, dass eine aufgehetzte Menschenmenge einen gottesfürchtigen Israeliten dazu zwang, seine Seele durch das Essen von Schweinefleisch zu beschmutzen.

Was immer es gewesen sein mag, was die Juden dazu veranlasste, das Schweinefleisch von ihrem Speisezettel zu streichen, die Entscheidung war in mancher Hinsicht sehr vorteilhaft. Schweinefleisch enthält nicht selten lebensgefährliche Parasiten wie zum Beispiel Trichinen. Muscheln wiederum werden mit Gelbsucht in Verbindung gebracht, und dass der Verzehr von Aas gesundheitsschädlich sein kann, leuchtet ebenfalls ohne weiteres ein. ☛ Insgesamt werden die gesundheitlichen Aspekte der Kaschrut aber oft überschätzt. So lassen sich zum Beispiel Trichinen durch gründliches Kochen ohne weiteres abtöten, und es gibt auch keinen Hinweis darauf, dass die Lebenserwartung in solchen Kulturen, die den Verzehr von Schweinefleisch erlauben, niedriger wäre als in anderen Kulturen. Wenn es überhaupt ein Prinzip gibt, das allen jüdischen Speisegesetzen gemeinsam ist, dann ist es wohl das der Selbstdisziplin und Zurückhaltung. ☚

Die Witze, die Juden über koscheres und nicht-koscheres Essen machen, sind unendlich. Hier ist einer der kürzesten:

◎ ◎ ◎

An einem regnerischen Nachmittag geht Mr. Finkelstein an einem eleganten, aber nicht koscheren Delikatessenladen vorbei. Er tritt ein (zum ersten Mal in seinem Leben!), kauft ein paar Tomaten und fragt schließlich mit größtmöglicher Beiläufigkeit: »Ach, übrigens, was kostet der Schinken?«

Im selben Augenblick kracht draußen ein Blitz und der Donner grollt mächtig. Finkelstein blickt erschrocken hinaus und flüstert: »Ich habe doch bloß mal *gefragt!*«

kówed *(m.)*
Aus dem hebräischen *kawód* »Ehre«, »Ehrung«.

In Amerika: *koved, kovid*

Ehre, Ruhm, Ehrung.

Dazu auch: *onton emezn a kowed* »jemandem eine Ehrung erweisen«; *kowed-sucher* »eitler, ruhmsüchtiger Mensch«.

Der Talmud sagt: »Wer *kowed* sucht, vor dem läuft er davon.«

Aber ich habe auch folgende Ergänzung dazu gehört: »Wer Gutes tut und keinen Ruhm dafür sucht, der wird von ihm überholt.«

kózin (m.), **k'zinim** *(pl.)*
Aus dem hebräischen *kazín* »Herr«.

Vorgesetzter, (reicher) Herr.

Ins Deutsche ist der Begriff (wohl über das Rotwelsche) als *groß-kotz* »Angeber« eingewandert.

krechz *(m.)*, **krechzn** *(Pl.)*; **krechzn** *(Verb)*
Aus dem mittelhochdeutschen *krochzen, kroechzen* (Intensivum zu *krachen)* »krächzen«, »stöhnen«, »seufzen«.

In Amerika: *krekhts, krechtz, krekhtsn*

Als Verb:

1. Krächzen, grunzen, stöhnen, keuchen. Auch bei geringem Unbehagen oder Schmerzen.
2. sich lautstark beschweren, jammern, meckern und nörgeln.
3. ungeduldige, ärgerliche, zweideutige Geräusche machen.

Als Substantiv:

4. Ein Geräusch, das Unzufriedenheit oder Bedauern ausdrückt.
   Krekhtsing ist reines Jinglisch (das jiddische Wort lautet *krechzn*). Es bezieht sich ausschließlich auf zweitrangige Beschwerden oder geringfügiges Leiden. Beim Ausdruck wirklichen Leidens oder echter Betroffenheit würde man von *krechzn* nicht sprechen.

Krechzn ist kein Quieken (das wäre *kwitschn*) und auch kein lautes *geschraj*. Es ist aber auch kein subtiler Seufzer oder Stöhnen aus tiefster Seele (das wäre ein *sifz*). Trotzdem seufzt man eine Menge beim *krechzn.*

Hypochonder sind erstklassige *krechzer*; auch Frauen in den Wechseljahren; jüdische Männer, die beim Binokel verlieren und chronische Querulanten neigen zum *krechzn.* Alte Menschen *krechzn* am liebsten, wenn ihre Kinder es hören.

Krechzn bezeichnet das Geräusch, nicht die Ursache. Man kann zwar über dies oder jenes *krechzn*, aber es richtet sich nicht *direkt* an jemand anderen. Außerdem ist es natürlich weitaus üblicher, über andere zu jammern als über sich selbst. Einige Beispiele: *Are you in pain? You've been krekhtsing for an hour.* »Hast du Schmerzen? Du jammerst jetzt schon seit einer Stunde herum.« *Why are you krekhtsing so much? Is the stock down?* »Was jammerst du so? Sind die Aktien gefallen?« *All he does is reading the paper and krekhts.* »Er tut den ganzen Tag nichts als Zeitung lesen und rumjammern.«

Das *krechzn* kann erheblich gesteigert werden, wenn man es üppig mit *Oj! Oj! Oj!*'s anreichert. De facto ist *Oj!* sogar ein sehr typischer *krechz.*

Treffen sich zwei Männer auf der Straße. Sagt der erste: »Wie geh'n die Geschäfte?«

»Ach!« *krechzt* der zweite.

»Na, ja!« sagt der andere. »Für diese Jahreszeit ist das gar nicht übel.«

In der guten alten Zeit, als die Leute noch mit dem Schlafwagen fuhren, lag Mr. Fortescue in der oberen Koje und konnte nicht schlafen; denn aus der unteren Koje drang beständiges lautes Jammern: »Oj! Oj! Oj! Ach, ich bin durstig! Ach, ich bin ja so durstig!« Die Stimme einer alten Dame.

Schließlich hält es Fortescue nicht mehr aus. Er steht auf, krabbelt die Leiter hinunter, stolpert über den Gang durch den ganzen Waggon und füllt zwei Becher mit Wasser. Dann kehrt er zurück und schiebt sie durch den Vorhang der unteren Koje. »Hier ist Wasser für Sie, meine Dame!«

»Gott segne Sie! Sie sind ein echter Gentleman!« sagt die Stimme.

Fortescue krabbelt zurück in sein Bett, streckt sich aus und hofft endlich schlafen zu können. Aber kaum, dass er eingenickt ist, weckt ihn erneut das Stöhnen der alten Dame: »Ach, ich war ja soo durstig! Ach, soo durstig bin ich gewesen ...«

krenk *(f.)*, **krenken und krenk** *(Pl.)*

Aus dem mittelhochdeutschen *krenke* »Schwäche«, »Krankheit«.

In Amerika: *krenk*

1. Krankheit, Leiden, Übel, Elend. Wenn man *kronk* ist, hat man eine *krenk.*
   Ich hätte dieses schlichte Wort nicht aufgeführt, wenn es nicht zu einigen der bösesten Flüche gehörte, die den Juden bekannt sind (und früher wohl auch benutzt wurden): *He should only come down with a krenk!* »Der soll bloß mal krank werden!«
2. (ironisch:) Nichts. *He asked me for ten dollars; a krenk I'll give him!* »Er hat mich um zehn Dollar gebeten; der kriegt von mir überhaupt nichts!«

Mrs. Kaminsky ruft einen bekannten Psychotherapeuten an. »Sind Sie der Irrenarzt?«

»Nun, ja – ich bin Therapeut.«

»Ich würde Sie gern besuchen. Ich glaube, ich habe so eine psychische *krenk*. Aber erst sagen Sie mir mal, was Sie so verlangen!«

»Hundert Dollar die Stunde.«

»Hundert Dollar die *Stunde*?« keucht Mrs. Kaminsky. »Vielen Dank! So verrückt bin ich nun auch nicht.«

krepl *(n.)*, **kréplach** *(Pl.)*

Diminutiv zu *krap* »Krapfen«. Auch im Mittelhochdeutschen steht neben *krapfe* das Diminutiv *krepfel.*

Dreieckige oder quadratische, mit Hackfleisch oder Käse gefüllte

Teigtaschen, ähnlich den italienischen Ravioli. *Kreplach* werden meist in der Suppe serviert und gelten als traditionelle Speise zum Purimfest, Rosch ha-Schana und zum Abendessen vor Jom Kippur.

Salcia Landmann berichtet, dass die dreieckige Form der Krapfen dazu geführt habe, dass der Dreispitz der Militärs und Beamten ebenfalls *krap* genannt wurde und zum Spitznamen wurde. Ein *Deutsch-krap* war demnach ein deutscher Beamter.

Mrs. Kushner ist über ihren Sohn Sidney so beunruhigt, dass sie den Schulpsychologen besucht. »Mein Sohn hat plötzlich so eine eigenartige Angewohnheit entwickelt: Er will seine *kreplach* nicht essen. Kaum, dass er sie sieht, kriegt er einen Anfall.«

»Wann hat das denn angefangen?« fragt der Psychologe. Mrs. Kushner erzählt eine lange Geschichte. Als sie damit fertig ist, rät ihr der Psychologe: »Zeigen Sie Ihrem Sohn ganz genau, woraus *kreplach* bestehen. Machen Sie ihn mit den Zutaten und der Zubereitung in allen Einzelheiten bekannt. Wenn Sie ihm jeden Schritt genau erklären, werden seine Ängste sicher verschwinden.«

Mrs. Kushner holt also ihr Söhnchen zu sich in die Küche, setzt ihn unter zahllosen zärtlichen Worten auf einen Hocker und lächelt ihn beruhigend an. »Also schau, Sidneleh-Schätzchen, hier auf den Tisch leg ich ein Stückchen Teig. Das ist genau derselbe Teig, den du sonst auch so gern isst. Gut? Und in die Mitte von diesem leckeren Teig leg ich a bissel Hackfleisch. Ach, das ist wirklich köstlich, dieses leckere Hackfleisch! … Dann falte ich die eine Seite des Teigs hoch, dann die andere und die dritte. Ist das nicht hübsch? Wie ein kleiner Hut, nicht wahr? So, und jetzt kommt die letzte Seite. Und was siehst du?«

»Kreplach!« schreit Sidney. *»Lauter grässliche Kreplach!«*

krichn arájn in di bejner

Aus dem mittelhochdeutschen *kriechen* »schmiegen, schleichen, kriechen« und *bein* »Knochen«.

In Amerika: *krikh arayn in die beyner, krich arein in di bayner*

Wörtlich: »Jemandem in die Knochen kriechen«, jemandem unter die Haut gehen. In die innersten und sensibelsten Bereiche eines anderen eindringen.

Er kricht arajn in di bejner. »Er kriecht dir direkt in die Knochen.« – *Krich nit arajn in di bejner!* »Misch dich nicht in meine Angelegenheiten.«

kugl *(m.)*, **kúglen** *(Pl.)*

Nach Salcia Landmann aus dem hebräischen *k'ugal* oder *k'ukal* »gekrümmt«, »gerundet«. Das mittelhochdeutsche *kugel (f.)* dagegen scheint verwandt mit russisch *guglja* »Beule« und englisch *cudgel* »Knüppel mit rundem Kopf«.

In Amerika: *kugl, kugel*

Ein großer, oft runder Kuchen aus Kartoffelmehl oder Nudeln. Der Name kommt von der Form, in der dieser Kuchen gebacken und für das Essen am Sabbat aufbewahrt wird.

Der *kugl* wurde am Sabbat aufgetischt, weil er schon am Vortag zubereitet und im Ofen warmgehalten werden kann, denn frommen Juden ist es verboten, am Sabbat zu kochen oder auch nur Feuer zu machen.

In diesem Zusammenhang fühle ich mich verpflichtet, Sie über ein altes Sprichwort zu informieren. »Wenn eine Frau kein *kugl* backen kann, lass dich von ihr scheiden.« Ich lege Wert auf die Feststellung, dass ich dieses Sprichwort nicht gutheiße.

Kuni Leml

Wahrscheinlich aus *kúne* (nach Salcia Landmann »eine Art Pranger, der in früheren Zeiten in Elementarschulen zur Bestrafung unfolgsamer Kinder benutzt wurde«) und dem Männernamen *Lémel* »Lämmel«. Rostens Ableitung aus dem zunächst oberdeutschen *lümmel* »flegelhafter Mensch« erscheint fragwürdig, da dieses erst seit dem 16. und 17. Jahrhundert belegt ist. Vgl. aber mittelhochdeutsch *lumbel, lummel* aus lateinisch *lumbalis* »Lendenfleisch«.

Der Schriftsteller und Komponist Avram Goldfaden (geb. 12. Juli 1840 in Staro Konstantinow, Ukraine, gest. 1. Sept. 1908 in New York), der »Vater des Jiddischen Theaters«, schrieb 1880 eine Operette und Verwechslungskomödie mit dem Titel *Di Zwej Kuni Lemels.*

Siehe auch *Chaim Jankl* und *schlemil.*

Einen *Kuni Leml* könnte man nach einer alten Redensart als jemanden definieren, »der an einem Sägeblatt nach Zacken sucht«.

kurve, kurveh

In Amerika: Prostituierte.

Aus dem polnischen *kurwa* »Hure«.

Bei uns zu Hause war das Wort *kurve* absolut tabu. Ich habe das Wort weder von meiner Mutter noch von meinem Vater je gehört, solange ich noch ein Kind war. Erst als ich zwanzig war, benutzte mein Vater dieses Wort einmal apologetisch. Wenn ein Bericht in der Zeitung oder im Fernsehen es unumgänglich machte, von einer Prostituierten zu sprechen, sprachen meine Eltern allenfalls von einer »schlechten Frau« oder von einem »*ojßworf* von Frau«.

Siehe *nafke.*

kweln, gekwóln *(Verb)*

Aus dem mittelhochdeutschen *quellen* »anschwellen«.

In Amerika: *kvel, kvell, kveln*

1. Vor Stolz und Freude anschwellen. Meist im Zusammenhang mit den Leistungen eines Kindes oder Enkels; so glücklich sein, »dass einem die Knöpfe abplatzen«; voller Begeisterung strahlen und lachen. *At their boy's bar mitzva, naturally, they kvelled. – Watch her kvell when she reads his report card.* »Du wirst sehen, wie sie sich freut, wenn Sie sein Zeugnis sieht.« – *Let me kvell with you over such an honor.* »Darf ich mich mit Ihnen über diese Ehre freuen?«

Jüdische Eltern sind sehr stolz auf die (wirklichen oder vermeintlichen) Begabungen ihrer Kinder, sie freuen sich über die (kleinen und großen) Leistungen ihrer Sprösslinge und jedes (ernstgemeinte oder auch nur höfliche) Lob für den Nachwuchs.

Eine von mir befragte Autorität formulierte es folgendermaßen: »Nur aus unseren Kindern können wir so viel *naches* (Freude) *schepn* (schöpfen), dass wir *kweln* – verstehen Sie?«

2. Schadenfreude. *All right, be charitable, don't kvell over his mistake.* »Schon gut, jetzt juble nicht zu laut über seinen Fehler.« – *Every decent man will kvell when that sadist goes to jail.* »Jeder anständige Mensch wird sich freuen, wenn dieser Sadist eingesperrt wird.«

Zwei Damen treffen sich auf dem Grand Concourse. Mrs. Blumenfeld trägt eine Tüte mit Einkäufen, Mrs. Kovarsky schiebt einen Kinderwagen mit zwei kleinen Jungen.

»Guten Morgen, Mrs. Kovarsky. Was haben Sie doch für nette Kinder! Wie alt sind die beiden denn jetzt?«

»Der Doktor ist zweieinhalb«, sagt Mrs. Kovarsky, »und der Rechtsanwalt dreizehn Monate.«

kwetschn *(Verb)*

Aus dem mittelhochdeutschen *quetzen, quetschen, quetschieren* »drücken«, »stoßen«, »quetschen«.

In Amerika: *kvetsh, kvetch; kvetshn, kvetchen;* sowie: *kvetsher, kvetcher (m.)* und *kvetsherke, kvetcherkeh (f.).* Nicht zu verwechseln mit *kwitschn* und *krechzn.*

Als Verb: *kwetschn*

1. Drücken, quetschen, zwicken, ausnutzen. *Don't kvetch the peaches.* »Drück die Pfirsiche nicht.« – *He manages to kvetch out a living.* »Er kommt mit Mühe und Not mit dem Geld aus.« – *He'll kvetch the deal out to it's last decimal point.* »Er drückt die Konditionen bis zur dritten Dezimalstelle hinter dem Komma.« – *No one knows how someone else's shoe kvetches.* »Niemand weiß genau, wie den anderen der Schuh drückt.«

2. Unnötige Aufregung verbreiten, ohne irgendwas zu bewirken. *She kvetches all day long.*
3. Seufzen, jammern, sich beschweren. *What's she kvetching about now?* »Was hat sie jetzt schon wieder zu meckern?« In diesem Zusammenhang ist *krechz* ein hervorragender Kampfgefährte. *All he does is kvetch and krechts!* Was könnte kraftvoller zur Beschreibung eines Nörglers dienen?
4. Widerwillen zeigen, sich nicht entschließen können, bremsen, verzögern. *He's still kvetching around.* »Er druckst immer noch herum.«
5. Die Achseln zucken. *He kvetches his shoulders.*

Als reflexives Verb: *kwetschn sich*

1. sich anstrengen. Dies kann auf einen Sopran zutreffen, der sich bemüht, das hohe C zu erreichen, auf einen Stammler, der sein Stottern zu durchbrechen versucht, aber auch auf eine Frau in den Wehen, die durch Stöhnen die Geburt beschleunigen will.

Als Substantiv: *kwetsch, kwetscher* und *kwetscherke*

1. Jeder, der meckert, mault oder nörgelt. Ein Jammersack, der kleine Beschwerden aufbläht. Ein chronischer Querulant. Dies gilt für Männer wie Frauen. Grammatikalisch korrekt ist ein weiblicher *kwetsch* allerdings eine *kwetscherke*, und das klingt genau genommen sogar noch überzeugender.
2. Jemand, der langsam, ineffizient oder bürokratisch arbeitet. *It will take forever, he's such a kvetch.*
3. Jemand, der ständig Ausreden für schlechte Leistungen findet. *That kvetch comes up with a different excuse every Monday and Thursday.* Die Redensart *Mondays and Thursdays* ist typisch jiddisch. Sie bedeutet »ständig« oder »immer«, weil traditionellerweise montags und donnerstags morgens in der Synagoge aus der Tora vorgelesen wird.
4. Ein Spielverderber oder Langweiler, der anderen den Spaß verdirbt. *Don't invite him to the party; he's a kvetch.*

Ach ja, neulich habe ich einen Button gesehen mit der Aufschrift:

FRANZ KAFKA
is a
KVETCH

kwitschn *(Verb)*

Aus dem frühneuhochdeutschen *quitzen, quitschen* »quieken«, »quietschen«, »einen feinen unangenehm durchdringenden Ton von sich geben«.

In Amerika als Verb und als Substantiv: *kvitsh, kvitch, kvitshen*

Kwitsch ist nicht mit *kwetsch* oder *krechz* zu verwechseln, auch wenn sie oft ein wunderbares Tandem abgeben.

Kwitschn drückt keine wirkliche Angst aus. Es ist wirklich nur eine Art Quieken. Eine Frau *gives a kvitsh,* wenn sie eine Maus sieht, wenn sie sich an einem heißen Teller verbrennt oder überraschend eine Freundin trifft. Im Falle wirklicher Angst oder einer echten Tragödie ist von einer jüdischen Frau aber kein *kwitschn*, sondern ein *geschraj* zu erwarten.

Ich glaube, es ist eine zutreffende Feststellung, wenn ich behaupte, dass wir 95 Prozent allen *kwitschns* den Frauen verdanken. *Don't kvitsh when you see the bill.* Erschrick nicht, wenn du die Rechnung siehst. – *When she stuck herself with the needle, she kvitshed* (oder besser: *gave a kvitsh*). – *Kwitsh day, kvitsh night, he won't change his ways!* »Da kann man Tag und Nacht reden, der ändert sich nie!« – *Please, no more or I'll kvitsh!* »Bitte nichts mehr, sonst platz ich!«

Anerkannte bzw. Standardformen des *kwitschns*:

1. Überraschung: »Als wir zur Tür hereinkamen, gab sie einen *kwitsch* von sich, den man noch in Canarsie gehört hat.«
2. Entsetzen: »Als sie die Wunde sah, stieß sie einen lauten *kwitsch* aus.«
3. Freude und Befriedigung: »Als sie aufs Podium gerufen wurde, stieß sie einen *kwitsch* aus.«

4. Schmerz: »Als sie mit dem Fuß an die Schwelle stieß, ertönte ein heftiger *kwitsch*.«
5. Durcheinander: »Alles rannte durcheinander, das *kwitschn* konnte einen verrückt machen.«
6. Missbilligung: »Bitte hör auf zu *kwitschn,* was sollen denn die Nachbarn von uns denken?«

Zur Unterscheidung von *kwitsch, kwetsch* und *krechz* möchte ich noch folgende Hinweise geben: Man kann durchaus vergnügt und charmant *kwitschn*; *kwetschn* hingegen ist immer negativ und nörgelig; während *krechzn* ein körperliches oder seelisches Missvergnügen ausdrückt, das möglicherweise nur eingebildet ist. *Kvitching* geht einem vielleicht auf die Ohren, *kvetching* geht einem mit Sicherheit auf die Nerven. *Krekhtsing* sollte man am besten nur im Krankenhaus hören. Manche Familien bringen wahre Meister-Kwitscherinnen hervor, deren Überschwänglichkeit ihnen höchste Bewunderung einbringt; andere Familien erzeugen bloß Kwetscher, die förmlich im Selbstmitleid baden; und es gibt auch Familien, die so konsequent *krechzn*, dass man den Eindruck hat, einer Hypochonderkonferenz beizuwohnen. Wenn Sie sich die Mühe machen, die feinen Unterschiede zu erlernen, können Sie *kwitschn, kwetschn* und *krechzn* getrost in Ihr Repertoire der nützlichen Lebensäußerungen aufnehmen. Kenner sollten die Begriffe gezielt dazu einsetzen, um das Verhalten anderer zu beschreiben und damit zu entschärfen. Auf diese Weise können auch manche anderen Wörter entlastet werden, die unter Überbeanspruchung leiden.

Die Witwe jammerte so lautstark über dem Leichnam ihres teuren Gatten, dass schließlich eine Freundin sagte: »Komm, hör schon auf! Jetzt ist es genug mit dem *kwitschn*!«

Woraufhin die Witwe sagte: »Das nennst du *kwitschn*? Warte mal, bis wir zum Friedhof kommen, dann wirst du mich *kwitschn* hören!«

1

ladino *(n.)*
Die Umgangssprache der sephardischen Juden in Spanien und Portugal, in der Türkei, auf dem Balkan und in Marokko sowie der spanisch und portugiesisch sprechenden Juden in Lateinamerika.

Ladino ist eine stark mit Talmud-Begriffen, hebräischen Wörtern und arabischen, türkischen und griechischen Lehnwörtern angereicherte Form des kastilischen Spanisch aus dem 15. Jahrhundert. Es wird auch *Judesmo, Judeo-Espanol* oder *Spaniolisch* genannt.

☛ Nach Jay Levinson (*Jewish World Review*, 20. Okt. 1998) entstand der Begriff *Ladino* in der Türkei und auf dem Balkan. Er ist eine Entstellung des Wortes *Latein* und sollte den Unterschied zum Türkischen klarstellen. In Tanger und Tetuan in Spanisch-Marokko wurde es *Haquitiya* genannt. Auch italienische, französische und serbo-kroatische Wörter sind ins Ladino entlehnt worden. Der Ursprung des Ladino liegt in der wörtlichen Übersetzung hebräischer Texte ins Spanische im dreizehnten Jahrhundert oder noch früher. Erste Abweichungen von der spanischen Hochsprache ergaben sich schon im Lauf des fünfzehnten Jahrhunderts, als sich die Juden teils gezwungenermaßen, teils freiwillig in die *juderias,* die Ghettos, zurückzogen. Der endgültige Bruch kam am 31. März 1492, als die christlichen Majestäten Ferdinand und Isabella alle Juden, die sich nicht taufen ließen, des Landes verwiesen. Etwa zweihunderttausend Juden wurden auf diese Weise vertrieben und bildeten neue Kolonien in Nordafrika und in Saloniki. Von da an nahm das Ladino eine eigenständige Entwicklung. Das klassische Werk der ladinischen Sprache ist *me-Am Lo'ez*, eine Sammlung von Kommentaren verschiedener Autoren zur Bibel und zum Talmud, die im Laufe von über 150 Jahren entstand. ☚

Im Ladino erhalten spanische Wörter oft hebräische Vor- oder Nachsilben; andererseits werden hebräische Wortstämme *spanioli-siert*, indem sie durch spanische Konjugationen zu Verben gemacht werden. Manche hebräischen Wörter gelangten auf dem Umweg über das Ladino auch in das heutige Spanisch und Portugiesisch, so zum Beispiel *malsin*, das »Verleumder« oder »Denunziant« bedeutet (aus dem hebräischen *malschin*) und bis in die Tage der Inquisition zurückreicht.

Ähnlich wie im Altspanischen steht im Ladino meist ein *f* oder *g* anstelle des *h* (*fablar* anstelle von *hablar*); oft wird das *h* am Wortanfang auch ganz weggelassen (*ermano* anstelle von *hermano*). Meist wird *n* durch *m* ersetzt (*muestros* statt *nuestros*); anstelle *z* und *c* wird *s* benutzt, und ein Doppel-*r* kommt überhaupt nicht vor. Das spanische *ll* wird zu *y* (*caballero* wird *cabayero*).

Von den Spaniern wird das Ladino oft als *idioma castellano* oder *lengua vulgar* bezeichnet. Die Aschkenasim sprechen gar »vom sephardischen Ersatz für Jiddisch«.

Ladino kann in hebräischen oder lateinischen Buchstaben gedruckt werden. Wenn es geschrieben wird, benutzt man – wie beim Jiddischen – die hebräische Schreibschrift. Das erste in Ladino gedruckte Buch erschien 1510 in Konstantinopel, aber manche Texte reichen bis ins Mittelalter zurück.

Gesprochen wird Ladino im südöstlichen Mittelmeerraum (vor allem in der Türkei, in Nordafrika und natürlich in Israel), in Brasilien und anderen lateinamerikanischen Ländern.

☛ Obwohl die Vereinten Nationen das Ladino 1993 in die Liste der »gefährdeten Sprachen« aufnahm, hat es in Israel und anderswo viele Freunde, die es unbedingt erhalten wollen. In Jerusalem gibt Moshe Shaul die etwa hundertseitige Zweijahresschrift *Aki Jeruschalaim* heraus (www.trendline.co.il/judeospa/), und Avner Peretz vom *Institute of Ladino* hat eine umfangreiche Bibliothek von Büchern, Zeitschriften und Manuskripten in Ladino zusammengestellt. An Universitäten in Frankreich und Brüssel gibt es Lehrbeauftragte für Ladino, und auch in anderen europäischen Universitäten gehört es zum Lehrstoff der Hispanisten. Musiker und Dichter, die sich für die sephardische Kultur interessieren, haben ebenfalls dazu beigetragen, das Ladino am Leben zu halten. Die Zahl derjenigen, die heute noch Ladino sprechen, wird auf sechzig- bis vierhunderttausend geschätzt. Es handelt sich nahezu ausschließlich um Erwachsene.

lag-b'ójmer *(m.)*
Aus dem hebräischen *lag-ba-ómer* »der 33. Tag«.
In Amerika: *lag baomer*

Lag ba-Omer. Der 33. Tag des Omer-Zählens zwischen Pessach und Schawuot, an dem die Trauerzeit der *ß'fire* unterbrochen wird. An diesem Tag sind Hochzeiten erlaubt. Die Schuljugend feiert ihn meist im Freien.

Siehe *ß'fíre.*

lándßman *(m.)*, **lándßmanke** *(f.)*,
Plural: landßlajt, auch: *landßmanen*

Aus dem mittelhochdeutschen *lantman* »der in dem gleichen Lande daheim ist«, »Landsmann«.

In Amerika: *landsman, landslayt*

Jemand, der aus der gleichen Stadt oder Gegend (in Europa) stammt.

Dieses Wort wurde in Amerika von den deutschen Einwanderern entlehnt, die sich nach ihrer Ankunft alsbald in Vereinen, »Landsmannschaften« und Clubs organisierten.

Obwohl *landsman* eigentlich rein deskriptiv ist und keineswegs immer jemanden bezeichnet, den man besonders mag, nahm es doch bald freundschaftliche Untertöne an. *»He is a landsman«*, bedeutet oft genug: »Der passt zu uns«, oder auch: »Er ist ein Jude.«

Neuankömmlinge in Amerika konnten hoffen, bei Landsleuten eine warme Suppe und ein Bett zu erhalten. Oft wurden sie von einem Landsmann zum nächsten weitergereicht, bis sie eine eigene Unterkunft hatten. Diejenigen, die schon in Amerika Fuß gefasst hatten, halfen ihren Landsleuten auch, einen Job oder eine Wohnung in der neuen Heimat zu finden.

☛ Die Rolle der *landsmanshaftn* innerhalb der jüdisch-amerikanischen Erfolgsstory ist oft unterschätzt worden. Während der dreißiger Jahre, als die Juden von der Finanzwirtschaft noch erheblich diskriminiert wurden, schreibt Henry Feingold (*The Jewish People in America*, Bd. IV, Johns Hopkins University Press, 1992), halfen ihnen mehrere Tausend landsmannschaftliche Vereine und andere Selbsthilfeorganisationen mit Hilfe von billigen oder gänzlich zinslosen Krediten die Wirtschaftskrise zu überleben. »Diese Kreditvergabe von einer Generation an die nächste und von einer Gruppe zur anderen, schreibt Feingold, war der größte Aktivposten der Juden.« Frauen spielten dabei eine bedeutende Rolle. So wurde zum Beispiel die *Seattle Hebrew Free Loan Society* von einem Whist- und Handarbeitskränzchen gegründet. Während der rauhen Einwanderungsjahre sorgten die *landsmanshaftn* auch für jüdische Beerdigungen, gesellschaftliche und geschäftliche Kontakte und andere wichtige Beziehungen.

In vielen Gemeinden spielen Genossenschaften, Bausparkassen und andere Einrichtungen (wie z. B. der *Shefa Fund* in Philadelphia) auch heute noch eine ähnliche Rolle wie die *landsmanshaftn*. Sie verwalten mehrere Milliarden Dollar und rühmen sich, eine weitaus niedrigere Ausfallquote als kommerzielle Banken zu haben. ☚

»Mein Freund«, sagt der Ladenbesitzer, »Sie sind ein Landsmann – und für meine Landsleute mache ich immer besonders günstige Preise! Hier ist der beste Anzug des Hauses. Werde ich hundert Dollar von Ihnen verlangen, wie es das Preisschild besagt? Nein! Hundert Dollar ist für gewöhnliche Kunden, nicht für einen Landsmann. Ich werde nicht mal neunzig Dollar verlangen. Und auch keine achtzig! Ich nehme bloß fünfundsiebzig von Ihnen, keinen Cent mehr!«

»Ach«, sagt der Kunde. »Warum sollen Sie Verlust mit mir machen, bloß weil wir aus derselben Stadt kommen? Sie sind mir als Landsmann genauso lieb wie ich Ihnen. Also, was soll ich Ihnen für den Anzug anbieten? Dreißig Dollar? Niemals. Dreißig würde ich einem Fremden anbieten, aber auf keinen Fall einem Landsmann. Vierzig? Das wäre eine Beleidigung, nicht wahr? Also werde ich Ihnen, mein Landsmann, fünfzig Dollar anbieten und keinen Cent weniger!«

»Abgemacht, Landsmann!«

Zwei *landslayt* treffen sich in Brooklyn. »Na, wie geht's, Glicksman?«

»Nicht so gut«, *krechzt* Glicksman. »Im letzten Monat hab ich fünfundvierzig Dollar für Ärzte und Medizin ausgegeben!«

»Fünfundvierzig Dollar?! Zu Hause in der alten Heimat hättest du dafür zwei *Jahre* krank sein können!«

látke *(f.)*, **látkeß** *(Pl.)*

Aus dem polnischen *lata* »Flicken«.

In Amerika: *latke, latkes*

Latkes. Kartoffelpuffer, Reiberdatschi.

Latkes wurden traditionell zu Chanukka serviert, werden jetzt aber das ganze Jahr hindurch angeboten. Ich liebe sie sehr. Latkes sind der Stolz jeder jüdischen Küche. Ihr Geschmack und ihre Konsistenz sind sehr unterschiedlich.

Meine Mutter behauptete leider schon immer, dass alles in der Pfanne Gebratene schlecht für die Verdauung sei, und versuchte mir auf diese Weise den Spaß an den knusprigen goldbraunen Kartoffelpuffern zu nehmen, die sie ab und zu machte. Aber die medizinische Forschung gibt ihr jetzt leider recht!

Eine geläufige Redensart ist übrigens: *flach wi a latke* »platt wie ein Pfannkuchen«.

lecháim
Aus dem hebräischen *chai* »Leben«.
In Amerika: *l'khayim, l'chayim, l'chaim, l'chayyim*
Trinkspruch, wenn man Wein trinkt: »Auf das Leben!«

Manche Unschuldslämmer verwechseln *lechaim* mit *masl-tów* und benutzen das eine, wenn das andere angezeigt wäre. Aber die beiden sind eigentlich nicht zu verwechseln.

Lechaim passt immer dann, wenn man »Prost!«, »Zum Wohl!« oder »Cheers!« sagen würde.

Masl-tów dagegen heißt: »Herzlichen Glückwunsch!«

Im Zusammenhang mit dem hebräischen Wort *chai* »Leben« gibt es einen seltsamen Brauch. Da die Buchstaben des Wortes *chai* die Zahl »achtzehn« bilden (*chet*, jiddisch *cheß*, steht für »acht«; *jod*, jiddisch *jud*, steht für »zehn«), wurde diese Zahl besonders bedeutsam. So pflegen traditionelle Juden ihre Spenden für Wohlfahrtseinrichtungen stets in Beträgen zu leisten, die durch achtzehn teilbar sind. Sie drücken damit ihre Dankbarkeit für die Genesung eines Verwandten, für die Geburt eines Kindes, eine Bar Mizwa, ein bestandenes Examen oder andere freudige Ereignisse aus. Aber auch wenn jemand krank ist, wird gern gespendet – als zarte Erinnerung an das Jüngste Gericht.

In Zeiten der Not und der Freude soll man für die Wohltätigkeit spenden. Das ist für Juden ein fast automatischer Reflex.

Siehe *gematrije, puschke* und *zedaka.*

lendler
Jinglisch.

Lendler ist eine Verballhornung des englischen *landlord.* Hausbesitzer und Vermieter galten auch bei den jüdischen Einwanderern in Amerika als Inbegriff der Herzlosigkeit und Gleichgültigkeit gegenüber menschlichem Elend. Sie sind offenbar in allen Kulturen nicht sehr populär.

Im speziellen Argot von Manhattan, Brooklyn, Queens und der Bronx hat der *lendler* seit Jahrzehnten seinen besonderen Platz.

Wenn man Räumlichkeiten bei einem *lendler* mietete, wurde man sein *tenor*. Mit Singen hatte das gar nichts zu tun. Es war nur jinglisch für *tenant* (also »Mieter«).

Ich habe einmal für einen *lendler* gearbeitet, der ein Haus mit dreißig Mietparteien besaß. Der Hausmeister wurde »Mr. Janitor« genannt (das war im Gegensatz zu New York, wo die Hausmeister »Super« genannt werden, in Chicago so üblich). Der Hausmeister war ständig gekränkt, weil er fand, dass die *tenors* seine Arbeit nicht zu würdigen wussten, die Mieter fanden, dass er so faul sei, dass man verrückt werden konnte, ehe er auf ein höfliches »Können-Sie-sich-bitte-um-die-Heizung-kümmern?« auch nur im mindesten reagierte.

Es war ein erfülltes Leben und eine gute Erfahrung für mich.

lewáje *(f.)*, **lewájeß** *(Pl.)*
Aus dem hebräischen *l'wajá* »Begleitung«, »Geleit«.
In Amerika: *levaye*
Beerdigung, Leichenbegängnis.

Das jüdische Gesetz bestimmt, dass die Beerdigung eines Toten so schnell wie möglich erfolgen muss, und verbietet jeglichen Pomp. Die Rabbiner verlangten schlichte Begräbnisse, bei denen deutlich wird, dass alle Menschen vor dem Tod gleich sind. Traditionsgemäß werden Juden in einem einfachen weißen Leinenkleid und einem schmucklosen Fichtensarg beerdigt. Die Einäscherung ist der jüdischen Tradition fremd, weil der Judaismus den Körper als göttliche Schöpfung und damit als heilig betrachtet.

An einer Beerdigung teilzunehmen ist sowohl eine *mizwe* als auch eine gesellschaftliche Verpflichtung, ein Zeichen des Respekts vor dem Toten und der Trauergemeinde. Da die Juden diese Verpflichtung immer ernst genommen haben, sind jüdische Beerdigungen meist gut besucht. In den kleinen Gemeinden der »Alten Welt« wurde es von jedermann erwartet, dass er sich bei der Beerdigung einfand. Eine Ausnahme bildete nur der *melamed* (Lehrer), der den Unterricht der Kinder nicht unterbrechen durfte!

Fromme Juden lassen sich manchmal ein Säckchen Erde aus dem Heiligen Land mit in den Sarg legen.

Es kommt häufig vor, dass ein Trauergast, der von einem Begräbnis zurückkehrt, von der Größe der Trauergemeinde, der vom Rabbi gehaltenen Rede und der Schönheit des Friedhofs schwärmt. Zusammengefasst wird das mit den Worten: *A schejne lewaje!*

Bei orthodoxen Beerdigungen gehen Männer mit Sammelbüchsen in der Trauergemeinde herum, rasseln mit ihren Büchsen und singen: *Zedaka tatsl mimowes,* hebräisch für »Wohltätigkeit schützt vor dem Tod«. Wobei man sich natürlich fragt, ob das nicht (unbewusst) ein schlechtes Licht auf den Verstorbenen wirft.

Wie zutreffend ist doch die Volksweisheit, die besagt: »Alle Dinge wachsen im Laufe der Zeit – außer der Trauer.«

Die Trauergemeinde zieht am Sarg vorbei. Manche schluchzen, manche seufzen, und Mrs. Mittleman murmelt: »Wie friedlich er aussieht! So entspannt, braungebrannt und ... gesund!«

»Na, klar!« sagt ihr Mann. »Er hat schließlich gerade erst drei Wochen Urlaub in Miami gemacht.«

Es ist interessant, dass hier von einem *offenen* Sarg die Rede ist. Bei einem traditionellen jüdischen Begräbnis, wie sie in den letzten Jahrzehnten wieder populär geworden sind, ist das nicht üblich.

lez *(m.),* **léjzim** oder **lezónim** *(Pl.)*
Aus dem Hebräischen »Spötter«.

In Amerika: *lets, letz*

Spaßmacher, Spötter.

Im Mittelalter wurden Geister als *lejzim* bezeichnet, die Menschen nachahmten und verspotteten, um sie zu quälen. Später nannte man alle Witzbolde, Spötter und Spaßmacher so, die eine Gesellschaft zu unterhalten verstanden.

Ein *lozelach* im Wiener Dialekt ist ein »Clown«.

◎ ◎ ◎

Dr. M. J. Kornblum und Dr. Albert Steinhoff, zwei Geburtshelfer, teilen sich eine Praxis. Auf ihre Tür hat ein Witzbold geschrieben:

24-Stunden-Service ... Wir liefern immer.

l'háwdil

Aus dem hebräischen *le hawdíl* »zur Unterscheidung«.

In Amerika: *lehavdl, l'havdil*

1. Dieser Ausdruck wird benutzt, um die heilige von der profanen Rede zu unterscheiden.
2. Ausdruck der Bescheidenheit, mit dem der Unterschied bei Vergleichen betont wird, etwa: »Entschuldigen Sie den Vergleich!« – »Ich habe meinen Laden gerade erst eröffnet, aber *l'hawdil*, Rockefeller hat auch mal klein angefangen.«
3. Der Ausdruck wird von jemandem, der sich für weit überlegen hält, auch ironisch gebraucht, um das Unpassende eines Vergleichs anzudeuten. Wenn jemand sagt: *»Rabbi,* Ihre Predigten sind wirklich genauso schön wie die von unserem Rabbi an der Dreizehnten Straße«, dann antwortet der so Gelobte vielleicht mit einem herablassenden: *»L'hawdil.«*

Siehe auch *schabeß* und *hawdole* (mit dem *l'hawdil* etymologisch verwandt ist).

lítwak *(m.)*, **litwákeß** *(Pl.)*, **lítwatschke** *(f.)*

Aus dem polnischen *litwin.*

In Amerika: *litvak*

1 ein Jude aus Litauen und den umliegenden Gegenden.
2. ein gelehrter, aber pedantischer Typ – hager, humorlos und trocken.
3. ein gelehrter, skeptischer Denker. Ein *Litwak* wird aus der Sicht der Chassidim (siehe dort) gelegentlich als *zejlem kop,* wörtlich: »Kreuzkopf« oder »Querdenker« bezeichnet, weil die litauischen Rabbiner den Chassidismus strikt ablehnten.

☛ Eine der bekanntesten und rührendsten Erzählungen der jiddischen Literatur von Isaak Leib Perez (1851–1915) handelt von einem litauischen Skeptiker, der die Aktivitäten eines »wundertätigen« Rabbis untersucht, der sich während der höchsten jüdischen Feiertage angeblich im Himmel aufhält. Der *Litwak* findet heraus, dass der Rabbi die Feiertage in den Wäldern verbringt, wo er Holz schlägt für eine arme Witwe. Auf Grund dieser Entdeckung wird der Skeptiker zum begeisterten Anhänger des Rabbis, und als er das nächste Mal hört, wie andere Chassidim erklären, dass der Rabbi zum Himmel aufsteigt, sagt er: »Ja, wenn nicht höher.« ☚

4. ein scharfsinniger, schlauer Mensch.
5. Im abwertenden Gebrauch bei galizischen Juden: Ein schlauer Kaufmann, der sich um gute Sitten und Gesetze nicht kümmert und dessen Frömmigkeit scheinheilig ist.

   In manchen Kreisen, wird *Litwak* nicht wertneutral, sondern als Schimpfwort gebraucht: *What can you expect from a Litvak? – He's as clever as a Litvak.* (Ich habe keinen Zweifel, dass manche litauischen Juden mich hinter meinem Rücken als einen *pojlischen ganew* bezeichnen.)

Scholem Alejchem hat einmal gesagt: »Ein *Litwak* ist so schlau, dass er bereut, noch ehe er sündigt.«

Siehe *galizianer.*

loch in kop

Aus dem mittelhochdeutschen *loch* und *kopf* »Loch im Kopf«.

In Amerika *lokh in kop, loch in kop*

Diese köstliche Redensart wird benutzt, um etwas zu beschreiben, was man absolut nicht braucht: *That I need like a loch in kop!*

Eine verwandte und ähnlich grandiose Redensart finden Sie unter dem Stichwort *banke.*

loksch *(m.)*, **lókschn** *(Pl.)*

☛ Unklare Herkunft, nach Salcia Landmann möglicherweise aus dem hebräischen *lechesch* »Holzwolle« oder *lakosch* »einsammeln«. Das ukrainische *lokscha* scheint eher aus dem Jiddischen zu stammen als umgedreht. ☚

In Amerika: *loksh, lokshn*

1. Suppen- oder Fadennudel.
2. Dünner Mensch.
3. Großer, dünner Mensch.
4. Ein Dollar (fragen Sie mich nicht, warum).
5. Ein Italiener. Warum gerade Italiener? Weil Italiener gern Spaghetti und andere Nudeln essen.

Der Ausdruck *a langer loksch* entspricht dem englischen *a long drink of water* oder »ein langer Lulatsch«.

Ein Bettler kommt an die Hintertür von Frau Gimpel. »Bitte, schöne Frau, ich habe Hunger. Haben Sie vielleicht etwas zu essen?«

»Viel hab ich nicht«, sagt Frau Gimpel. »Mögen Sie vielleicht ein paar vom Abendessen übrig gebliebene *lokschen*?«

»Ja, gern!«

»Dann kommen Sie morgen früh wieder.«

»Jankel – warum werden die Lokschen eigentlich *lokschn* genannt?«

»Nu, das ist einfach: Sie sind lang wie *lokschn,* weich wie *lokschn* und sehen aus wie *lokschn.* Warum soll man sie also nicht *lokschn* nennen?«

lox

Jinglisch. Aus dem deutschen *lachs,* nordisch *lax.*

Räucherlachs.

Lox ist sehr salzig; »Nova Scotia«-Lachs ist schmackhafter, milder und teurer. *Lox* ist eine Delikatesse für den Sonntags-Brunch. Er ist mir überall von Bel Air bis zur Park Avenue vorgesetzt worden. Von Investment-Bankern genauso wie von Cartoonisten aus der Bohème.

Üblicherweise wird *lox* auf einem (manchmal auch gerösteten)

Bagel serviert, der reichlich mit Butter oder Cream Cheese geschmiert ist.

Es wird Sie wahrscheinlich verblüffen, dass die osteuropäischen Juden, die heute als typische *Lox*-Esser gelten, diese luxuriöse Delikatesse überhaupt erst in New York kennen gelernt haben. *Lox* war bei den europäischen Juden so gut wie unbekannt, und ist auch heute noch wenig bei ihnen verbreitet, von Israel ganz zu schweigen.

Das Wort *lox* ist übrigens ein entfernter Verwandter des angelsächsischen *leax,* und obwohl ich es nicht gerne zugebe: Der beste Lachs auf der Welt ist schottischer Wildlachs, und der beste *lox*, den ich je gekostet hatte, wurde mir in London im Prince Connaught Hotel vorgesetzt.

Ein Bettler hat einen Dollar ergattert und rennt zum nächsten *Delikatessen*, um sich einen Bagel mit Lox zu kaufen.

Der großzügige Spender kommt ihm ärgerlich hinterher. »Ich habe Ihnen doch kein Geld gegeben, damit Sie es für Luxus verschwenden!«

Worauf der Bettler erwidert: »Wenn ich pleite bin, kann ich mir keinen Lox leisten. Wenn ich Geld habe, sagen Sie mir, ich sollte mir dafür keinen Lox kaufen. Jetzt sagen Sie mir: Wann soll ich Ihrer Ansicht nach Lox essen?«

luftmentsch *(m.)*, **luftmentschn** *(Pl.)*

Aus dem mittelhochdeutschen *luft* »Luft« und *mensch* »Mensch«.

In Amerika: *luftmentsh, luftmensh, luftmentsch, luftmensch*

1. ein Tagträumer, ein Guck-in-die-Luft.
2. ein unpraktischer, aber optimistischer Mensch.
3. ein verträumter, sensibler, poetischer Typ.
4. ein Mensch ohne feste Arbeit, der nur gelegentliche Einkünfte hat und »von Luft« lebt. Was ihn auszeichnet, ist seine Vielseitigkeit.

Der Prototyp eines Luftmenschen war ein gewisser Leone da Modena, ein venezianischer Jude des 16. Jahrhunderts, der, als er seine Fähigkeiten nennen sollte, nicht weniger als 26 Berufe aufzählte. Seine Talente reichten vom Predigen bis zum Nachrufe schreiben. Warum ein so begabter Mann ein »Luftmensch« gewesen sein sollte? Weil er trotz aller 26 Berufe (und einer umfassenden Beschäftigung mit Alchemie) kaum in der Lage war, seinen Lebensunterhalt zu verdienen.

☛ Berufliche Vielseitigkeit gehörte zu den wesentlichen Überlebensstrategien der europäischen Juden. Eine bestimmte Karriere zu verfolgen, war angesichts der ständigen willkürlichen Beschränkungen, Berufsverbote und Verfolgungen sehr riskant und oft genug völlig unmöglich.

Eben diese Beweglichkeit und Innovationsfähigkeit aber, die ihnen geholfen hatte, das europäische Chaos zu überleben, wurde in Amerika zur Grundlage großer unternehmerischer Erfolge. Das Zusammentreffen von ökonomischen Möglichkeiten, politischer Stabilität und rechtlichem Schutz setzte eine immense Schöpferkraft frei – die schließlich zur »Demokratisierung« des amerikanischen Wirtschaftssystems führte.

Einige Beispiele:

- Levi (Löw) Strauss (1829–1902), der 1848 aus Bayern nach Amerika auswanderte und 1850 in San Francisco eine Hosenfabrik gründete, »erfand« zusammen mit dem aus Polen eingewanderten Jacob Davis (der die Idee mit den Nieten beisteuerte) im Jahre 1873 die »Blue jeans«, einen neuen Hosenschnitt für Bergarbeiter und Goldgräber, die unter dem Namen »Levi's« zu Weltruhm gelangten.
- Felix Warburg (1871–1937) aus Hamburg und Jacob Schiff (1847–1920) aus Frankfurt/M. gehörten zu einer Gruppe von Geschäftsleuten, deren Investitionen zu Beginn des 20. Jahrhunderts wesentlich zum Aufbau der öffentlichen Verkehrsmittel (Eisenbahnen) und Telefonnetze (AT&T) beitrugen.
- Louis Blaustein und sein Sohn Jacob reagierten auf die zunehmende Motorisierung der Amerikaner mit der Entwicklung von Super-Benzin und der Gründung der Firma Amoco.
- Julius Rosenwald machte Sears, Roebuck zum ersten Versand-

haus der Welt, und A. Alfred Taubman war sozusagen der Erfinder des »Einkaufszentrums«.

- Unter der Regie von Sam Goldwyn, Cecil B. De Mille, David Sarnoff und anderen wurde Kunst zur Massenunterhaltung im Kino, im Radio und Fernsehen.
- Die Fertigbauhäuser von William Levitt ermöglichten es nach dem Zweiten Weltkrieg Tausenden von Arbeiterfamilien, ein Eigenheim zu beziehen.
- Muriel Siebert wurde 1967 die erste zugelassene Maklerin an der New York Stock Exchange und demokratisierte den Aktienbesitz durch die Gründung eines Brokerhauses mit Discount-Tarifen.
- Ben Cohen und Jerry Greenfield (Ben&Herry's Ice Cream) haben zwar nicht die Eiskrem erfunden, dafür aber neue Formen genossenschaftlichen Eigentums und Gewinnbeteiligungsmodelle eingeführt.

So sind die Söhne und Töchter von Luftmenschen zu wohlhabenden Amerikanern, erfolgreichen Unternehmern und Millionären geworden! ☚

◎ ◎ ◎

Der englische Erzähler Israel Zangwill (1864 – 1926) hat eine hübsche Geschichte mit dem Titel *The Luftmentsh* über einen Gentleman geschrieben, auf dessen Visitenkarte stand: »Dentist und Restaurateur«. Und der wohl bekannteste Luftmensch der jiddischen Literatur ist Scholem Alejchems Menachem Mendel – ein glückloser Tagträumer, ein demütiger *schlimasl*, ein Pechvogel, den das Schicksal immer wieder zur Zielscheibe macht.

◎ ◎ ◎

Die folgende Geschichte erzählte eine ältere, mir völlig unbekannte Dame den wildfremden Leuten im Aufzug eines New Yorker Hotels, während wir vom 15. Stock ins Erdgeschoss fuhren:

Herschel ist schrecklich kurzsichtig. Schließlich verschreibt ihm der Arzt eine Brille. Aber Herschel ist auch schrecklich arm. Eine Brille kann er sich nicht leisten.

Da findet er eines Tages ein leeres Brillengestell auf der Straße und setzt es sich auf die Nase.

»Das hat doch keinen Sinn«, sagt sein Freund. »Wenn du etwas sehen willst, brauchst du geschliffene Gläser. Was willst du mit einem leeren Brillengestell?«

»Nu«, sagt Herschel. »Ist doch besser als gar nichts!«

lump *(m.)*, **lumpn** *(Pl.)*

Aus dem mittelhochdeutschen *lumpen* »Fetzen« wird im Frühneuhochdeutschen der *lump*, ein »in abgerissener Kleidung einhergehender Mensch von niedriger Gesinnung«.

In Amerika: *lump* nicht zu verwechseln mit dem gänzlich anders ausgesprochenen englischen *lump* »Klumpen«

1. ein Nichtsnutz.
2. ein Tagedieb und zwielichtiger Typ.
3. ein Mann, der sich in unangenehmer Weise einer Frau zu nähern versucht.
4. ein grober, bäurischer Mensch.
5. ein Schuft.

He's a lump wird ähnlich benutzt wie *he's a bastard.*

m

maariv siehe *majrew*

macher *(m.)*, **macherß** *(Pl.)*

Aus dem mittelhochdeutschen *machen* »machen«, »bewirken«.

In Amerika: *makher, macher*

1. Ein Macher ist einer, der Dinge arrangiert, regelt, organisiert und die entsprechenden Beziehungen hat. Der Mann, der wunderbarerweise ein Visum oder Einwanderungspapiere (oder für Juden ein Ausreisevisum) beschaffen konnte, das war ein *macher.* In diesem Sinne bedeutet *macher* im Wiener Dialekt »Manager«.
2. Ein Funktionär oder Aktivist in einer Organisation, zum Beispiel ein Elternbeirat oder ein »BMOC« *(Big Man on Campus).*

Ein *ganzer macher* ist ein wahres Genie, ein ganz großer Organisator.

Macher können natürlich auch *knocker* sein, wenn sie mit ihren Leistungen angeben, aber wirkliche *macher* tun das meist nicht. Die meisten *knocker* sind als *macher* (wenn sie überhaupt welche sind) höchstens drittklassig.

Siehe *knocker.*

macke siehe *make.*

máged, mágid *(n.)*, **magidim** *(Pl.)*
Aus dem hebräischen *magíd* »Sprecher«.
In Amerika: *magid, maggid, maggidim*
Ein Lehrer und (Wander-) Prediger. Maggid.

Die Maggidim trugen wesentlich dazu bei, die religiöse und kulturelle Zusammengehörigkeit der jüdischen Gemeinden in Osteuropa zu erhalten. Diese bescheidenen, oft ungepflegten und schäbig gekleideten Männer zogen zu Fuß oder mit einem Karren von Schtetl zu Schtetl, lehrten, predigten, trösteten und waren die Seelsorger für die Ärmsten vom Stamme Israel.

In diesem Zusammenhang darf man nicht vergessen, dass das Predigen nicht zu den Hauptaufgaben der Rabbiner gehörte; sie waren mit fortgeschrittenen Studien und religiöser Unterweisung, mit der Auslegung der Gebote, der Förderung des Tora-Studiums und der Erörterung der heiligen Texte vollauf beschäftigt. Für die Predigten am Sabbatnachmittag in der Synagoge wurde der *darschn* bezahlt (siehe dort). Der *darschn* war ein gebildeter Mann, selbst Talmudschüler und Rabbiner, dessen Predigten gelehrt, theoretisch und oft pedantisch waren.

Eben wegen dieser Abgehobenheit der Rabbiner, die von den Problemen der einfachen Leute so wenig wussten wie der Professor vom Bauern und der Intellektuelle von Hausfrauen, waren die Maggidim so beliebt.

Der Maggid war ein *folksmentsch*, weitaus volkstümlicher als der Rabbiner oder der *darschn*. Ohne festen Standort, ohne eigene Kanzel, ohne offiziellen Auftrag und Status lebte er von den Spenden seiner bettelarmen, einfachen Zuhörer.

Damit keine Missverständnisse aufkommen: Die meisten Maggidim waren messianische, donnernde Redner aus der »Feuer-und-Schwefel«-Schule, Fundamentalisten, die gegen die Sünde wetterten und schreckliche Strafen versprachen, durchaus ähnlich den Evangelisten des amerikanischen »Bible Belts«. Die beliebtesten Maggidim aber waren die volkstümlichen Philosophen – gutmütige, menschliche, tolerante Männer, die Verständnis hatten für menschliche Schwächen und in ihre Predigten auch Geschichten, Parabeln und Witze einzuflechten verstanden.

Die Maggidim bereicherten die jüdische Überlieferung mit zahlreichen köstlichen Fabeln, moralischen Erzählungen und Weisheiten.

Siehe auch *zadik*, *choßid*, *rebbe*.

Ein sehr gebildeter und berühmter Maggid reiste jahrelang von Stadt zu Stadt, um zu predigen. Seine Auftritte waren unter anderem deshalb so erfolgreich, weil er das Publikum regelmäßig dazu aufforderte, Fragen zu stellen, die er sogleich an Ort und Stelle beantwortete. Auch sein Kutscher hörte sich die Predigten immer an und bewunderte seinen Maggid unendlich.

So ging es viele Jahre, bis der Kutscher eines Tages sagte: »Rebbe, ich habe Euren Predigten jetzt über zwanzig Jahre gelauscht. Auch die Fragen und Antworten kenne ich alle auswendig. Im Schlaf kann ich sie aufsagen ... Jetzt habe ich eine Bitte. Einmal in meinem Leben möchte ich auch ein berühmter Maggid sein. Morgen – verzeiht, Herr – kommen wir in ein Dorf, das keiner von uns je gesehen hat. Warum können wir nicht dieses eine Mal unsere Rollen vertauschen? Ich werde Euren Kaftan und den breiten Hut tragen, dann werden die Leute *mir* Fragen stellen und ich werde sie alle beantworten, genau so wie Ihr das tun würdet.«

Der Maggid fand die Idee so interessant, dass er zustimmte. Und so tauschten der Maggid und der Kutscher die Kleider. Der Kutscher hielt eine schöne Predigt, und dann fing die Gemeinde an Fragen zu stellen, die er alle mit der größten Leichtigkeit beantwortete.

Aber dann kam ein *jeschiwe-bocher*, der eine so neue, tiefsinnige und theoretische Frage stellte, dass der arme Kutscher keine Ahnung hatte, wie er sie beantworten sollte. Aber er wusste sich doch zu helfen.

»Ich wundere mich doch sehr, dass Ihr mir eine so dumme Frage stellt!« sagte er hochmütig. »Sogar mein Kutscher hier, ein armer, gottesfürchtiger Mann, der seinen Fuß noch nie in eine Jeschiwa gesetzt hat, kann sie beantworten! Kutscher!« rief er dem Maggid zu. »Steh auf, dass alle dich sehen können! Du hast die Frage gehört. Gib dem Mann Antwort!«

májrew *(m.)*
Aus dem hebräischen *ma'aráw* oder *maariv* » »Westen«, »Abend«, »Abendgebet«.

In Amerika: *mayrev, mairev, maarev, maariv*

1. das abendliche Pflichtgebet.
2. Westen.

»Maariv« ist auch der Name einer Abendzeitung in Israel.

Der erste jüdische Astronaut kehrt von einer hundertfachen Erdumkreisung zurück. Als die Reporter ihn fragen, wie er sich fühlt, sagt er: »Ich bin völlig erschöpft. Können Sie sich vorstellen, wie oft ich *schachreß, minche* und *majrew* sagen musste?«

☛ De facto war der erste jüdische Astronaut eine Frau, Judith Resnick, die 1984 mit dem Shuttle *Discovery* ins All startete. Sie war nicht religiös und hat sich wegen der Morgen-, Mittags- und Abendgebete wohl keine besonderen Sorgen gemacht. Der israelische Oberrabiner hatte ohnehin festgestellt, dass sie nicht verpflichtet sei, Sabbatkerzen zu entzünden, da die jüdische Zeit nach dem Stand von Sonne und Mond auf der Erde bestimmt wird und für Leute auf einer Erdumlaufbahn nicht gilt. Am 29. Januar 1986 starb Judith Resnick bei der tragischen Explosion des *Challenger*-Shuttles. ☚

máke *(f.)*, **mákeß** *(Pl.)*
Aus dem hebräischen *maká, (Plural: makot)* »Schlag«, »Hieb«, »Plage«, »Elend«, auch in der Bedeutung von »nichts«.
In Amerika: *makes, makkes*
1. Nichts. (Ich meine, *makes* bedeutet: »nichts«.) *You'll get makes* heißt: »Du kriegst nichts oder noch Schlimmeres.« *Makes* und *bobkes* sind insofern Verwandte, als *makes* »nichts« und *bobkes* »fast nichts« bedeutet. Ich habe mal die Redensart *from bobkes to makes* einzuführen versucht (in etwa: »vom Regen in die Traufe«), bin aber damit gescheitert. Hiermit möchte ich es noch mal versuchen.
2. Hieb, Schlag.
3. Wunde, Geschwür.
4. Plage, Elend. Die *éßer-mákeß* (hebr. *éßer makót*) sind die zehn ägyptischen Plagen.
5. *Makeß* (hebräisch *makót*) ist auch die Überschrift eines Traktats im Talmud, der die körperlichen Strafen behandelt.

Der Ausdruck ist auch im Deutschen sehr populär. Dabei verschiebt sich die Bedeutung.
6. Beschädigung. *Der Tisch hat eine Macke.* »Der Tisch hat eine (kleine) Beschädigung.« – *Der Karren hat eine Macke.* »Das Auto ist kaputt.«
7. Geistige Beschädigung. *Der hat doch eine Macke.* »Der ist doch verrückt.«
8. Spleen, fixe Idee. *Er pflegt seine Macke.*

malochen siehe *meloche.*

máme *(f.)*, **mámeß** *(Pl.)*
Dieses in vielen Sprachen belegte kindliche Wort leitet sich, wie Philologen vermuten, aus der Mundstellung beim Saugen an der Mutterbrust her.
Mutter.

Über die Bedeutung der Mutter-Kind-Beziehung ist viel gesagt und geschrieben worden. Im Judentum spielt sie schon deshalb eine zentrale Rolle, weil nach traditionellem Verständnis die Zugehörigkeit zum Judentum von der Mutter bestimmt wird: »Jeder Mensch, der von einer jüdischen Mutter geboren wurde, ist Jude«, schreibt Marek Halter (*Alles beginnt mit Abraham,* Wien 2001). Und obwohl die religiöse Erziehung der Knaben die Aufgabe des Mannes war, stand die Mutter doch stets im Mittelpunkt der Familie. Über die beschützende Haltung der »jiddischen Mamme« und die Mutterbindung jüdischer Männer ist unendlich viel philosophiert und spekuliert worden, nicht nur Raffael Seligmann hat einen ganzen Roman darüber geschrieben.

Jakob bekommt von seiner *mame* zum Geburtstag zwei neue Hemden geschenkt. Sofort zieht er eins an.

»Ach, herrje«, sagt die *mame.* »Das andere gefällt dir wohl nicht?«

»Gott konnte nicht überall sein, deshalb schuf er Mütter.«

Volksweisheit

Bei Heinrich Heine stellt sich die Liebe der Mutter nach langer Abwesenheit so dar:

Und als ich zu meiner Frau Mutter kam,
Erschrak sie fast vor Freude;
Sie rief: »Mein liebes Kind!« und schlug
Zusammen die Hände beide.
»Mein liebes Kind, wohl dreizehn Jahr
Verflossen unterdessen!
Du wirst gewiß sehr hungrig sein. –
Sag an, was willst du essen?«

Deutschland. Ein Wintermärchen

mámeloschn *(n.)*
Aus dem hebräischen *loschn* »Zunge«, »Sprache«.
In Amerika: *mameloshn, mama-loshen*
1. Muttersprache.
2. Jiddisch selbst. *Can I talk mameloshn?* »Verstehen Sie Jiddisch?« – *Let's talk mameloshn.* »Lassen wir die Formalitäten beiseite.« »Lassen Sie uns auf den Punkt kommen.« »Mal ganz im Vertrauen.« »Mal ehrlich.«

Das Wort *Muttersprache* ist hier besonders angebracht: Die Sprache in der Synagoge, in den Heiligen Schriften, beim Studium und Gebet war Hebräisch, das nur den männlichen Juden beigebracht wurde. Jiddisch war dagegen die Sprache der Mütter, die zu Hause benutzt wurde.

☛ Hebräisch wurde die *loschn kodesch* »die heilige Sprache« genannt. In seinem *Anglish-Yinglish Dictionary* von 1989 schreibt Gene Bluestein: »Wie in vielen anderen Sprachen ist ›Muttersprache‹ ein sexistischer Begriff, der dem weiblichen Element eine mindere Rolle zuweist, dennoch enthält der Begriff eine gewisse Liebe und Zuneigung.« Zahlreiche Wissenschaftlerinnen haben sich bemüht, die Frage zu klären, inwieweit ein sexistisches Sprachbewusstsein auch die Ursache dafür ist, dass die jiddische Sprache im heutigen jüdischen Leben, besonders in Israel, als zweitklassig gilt.

Zwischen dem 17. und dem 19. Jahrhundert wurde in Osteuropa eine Literatur mit Gebeten für Frauen geschaffen, die *tchinas* genannt wurden. Die bekanntesten Autorinnen waren Leah Horowitz und Sara bas Tovim. In einigen Fällen benutzten männliche Autoren auch weibliche Pseudonyme. Siehe Chava Weissler, *Matriarchs: Listening to the Prayers of Early Modern Jewish Women,* Beacon Press, 1998. ☚

Das meistgelesene Buch der jiddischen Sprache war das mit vereinfachten hebräischen Schriftzeichen im sogenannten »Weiber-Teutsch« gedruckte, mit über hundert Holzschnitten verzierte *Zeno ureno,* das der polnische Jude Jakob ben Isaak Aschkenasi (1550–1628) veröffentlicht hatte. Der Titel – er bedeutet: »Kommt und seht« (hebräisch: *zena u-r'ena*) – stammt aus dem Hohelied Salomos 3, 11 und wendet sich an »die Töchter Zions«. Yudel Markl

(*The Jews: Their History, Culture and Religion,* Harper, 1960) beschreibt es folgendermaßen: »Auf den ersten Blick ist es eine Übersetzung der Tora, der Haftara und der fünf Megillot, aber bei genauer Betrachtung erweist es sich als ein einzigartiges Mosaik von Kommentaren, Legenden, Allegorien, Epigrammen und moralischen Erkenntnissen. Der Autor schöpft aus der ganzen Fülle der volkstümlichen Überlieferung von der Kanonisierung der Bibel bis in seine eigene Zeit, um die Bibeltexte zu illustrieren. Da es sich vorwiegend an eine weibliche Leserschaft wandte, wurde das Werk zu einer Art Bibel der Frauen. Generationen von Müttern bezogen ihre Kenntnisse des Judentums und ihre von der Kabala geprägte Lebensphilosophie aus diesem Buch, das sie jeden Sabbat zur Hand nahmen.

Im *Zeno ureno* triumphiert die persönliche Interpretation über die wörtliche Übersetzung, es bestätigt die hervorragende Bedeutung der Frau im jüdischen Alltagsleben und die Vorherrschaft des polnischen Rituals gegenüber dem deutschen, das sehr viel weltlicher war. Das *Zeno ureno* überstrahlte alle früheren Werke in jiddischer Sprache und beeinflusste das Leben der Allgemeinheit stärker als jedes andere.«

Siehe *jidisch* und *tajtsch chumesch*.

mámser *(m.)*, **mamséjrim** *(Pl.)*

Aus dem hebräischen *mamséjr* »uneheliches Kind«, »Bastard«.

In Amerika: *mamzer, momzer; mamzarim*

1. Ein uneheliches Kind. *She left home and gave birth to a mamzer.*
2. Ein unzuverlässiger Mensch. *I wouldn't trust that mamzer.* »Diesem Mamser würde ich nicht trauen.«
3. Ein sturer, schwieriger Mann. *She married a real mamzer. Such a bullheaded mamzer.*
4. (Bewundernd:) Ein kluger, geschickter, geistesgegenwärtiger Bursche. *Oh, is he a mamzer! He has the wit of a mamzer.*
5. Ein unverschämter Bursche. *Imagine such nerve: what a mamzer!*
6. Ein unverschämter (aber nicht unsympathischer) Bursche.
7. (Verächtlich:) Ein verabscheuenswürdiger Mensch, ähnlich wie im Englischen: *He's a bastard.* ☞ Salcia Landmann nennt als (ei-

nigermaßen groteske) Steigerung dieser Beschimpfung *a mamser ben-haníde* »ein während der Regel empfangener Bastard«.

8. *Mamser* wird aber oft auch mit Zuneigung und Bewunderung gebraucht, um ein besonders kluges Kind, einen genialen oder besonders pragmatischen Menschen zu beschreiben, dem es auf Ergebnisse ankommt. »Die meisten unehelichen Kinder sind besonders intelligent«, sagt Abba Saul. Und der Midrasch erklärt, niemand sei so kühn wie ein Bastard. Deshalb kann ein stolzer Großvater sicher voller Stolz sagen: »Mein Enkel ist intelligent? Er ist ein richtiger kleiner Mamser!«

   Mütter neigen weniger dazu, das Wort zu verwenden – zumindest nicht im Hinblick auf ihre eigenen Kinder. Sie empfinden *mamser* als ein vulgäres Wort, das man in gemischter Gesellschaft nicht verwendet, jedenfalls nicht ohne dabei zu erröten. Vielleicht denken sie dabei an den Spruch: »Wenn eine Mutter ihr Kind einen Mamser nennt, dann kann man ihr glauben.«

   Vorsicht! Nennen Sie niemanden ins Gesicht einen Mamser, mit dem Sie nicht sehr gut befreundet sind! Und nennen Sie auch kein Kind einen Mamser, wenn Sie nicht ganz sicher sind, ob die Eltern das mögen.

9. Die religiöse Bedeutung des Wortes *mamser* ist komplizierter. Es bedeutet nicht nur »unehelich«, sondern umfasst alle Kinder aus einer nach den jüdischen Gesetzen unerlaubten Beziehung. Nach dem Deuteronomium 23, 3 sollen Mamserim »nicht in die Gemeinde des Herrn kommen«. Diese Bestimmung hielten die Rabbiner allerdings für zu streng und suchten sie durch engere Definitionen zu mildern.

   Nach dem jüdischen Gesetz erbt ein uneheliches Kind jüdischer Eltern von seinem natürlichen Vater.

   Der jüdische Respekt vor Bildung macht auch vor dem Mamser nicht halt. So heißt es in der Mischna: »Ein gebildeter Bastard ist mehr wert als ein unwissender Priester« (Horajot, 3.8).

   Siehe *get.*

Er versucht sie zu überreden, zu ihm in die Wohnung zu kommen. *Sie* sträubt sich beharrlich.

»Warum denn nicht?« fragt er.

»Ach, ich weiß genau, morgen früh werde ich mich dafür verachten.«

»Dann schlaf doch einfach bis Mittag!«

(Das war ein ganz schlauer Mamser.)

ma nischtana

Aus dem hebräischen *ma* »was« und *nischtana* »unterscheidet«.

In Amerika: *ma nishtane, mah nishtana, mah nishtannah, mah nishtanu*

Dies sind die Worte, mit denen die Vier Fragen des jüngsten Kindes beim Pessach-Seder beginnen. Der ganze Text lautet: *Ma nischtana ha-lajla ha-ze mikol ha-lejlos?* »Was unterscheidet diese Nacht von allen anderen Nächten?«

Wenn ein Jude *Ma nischtana!* ruft, dann bedeutet das: »Wie soll man das bloß erklären?« oder: »Wer hätte das erwartet?«

Wenn ein seit vielen Jahren zusammenlebendes Paar endlich doch heiratete, pflegten gute Freunde nach Angaben von Salcia Landmann gern mit den Worten: *ma nischtana ...* zu gratulieren.

Siehe auch *hagode* und *pejßach.*

maran *(m.)*, **maranen** *(Pl.)*

Aus dem spanischen *marrana* »Schwein« (gelegentlich werden auch andere mögliche Ursprünge genannt).

In Amerika: *Marrano, Marranos*

Marranen. Der verächtliche Name, den die spanischen und portugiesischen Katholiken vor fünfhundert Jahren für größtenteils zwangskonvertierte Juden gebrauchten, denen sie (zum Teil zu recht) unterstellten, »heimliche« Juden geblieben zu sein. Die offizielle Bezeichnung für Konvertiten lautete *Converso* oder *Nuevo Christiano.*

Es heißt, die Tränen der Juden hätten sich mit dem Wasser vermischt, das zu ihrer erzwungenen Taufe benutzt wurde. Im Namen eines sanften Erlösers wurden Konversionen auf dem Rad, auf dem

Streckbett und dem Scheiterhaufen erzwungen. In alle Körperöffnungen gegossenes heißes Blei, Brandeisen, Ausbrennen der Augen, Herausschneiden der Zunge, Nägelausreißen, Hautabziehen und Vierteilen galten als überzeugende Argumente für den christlichen Glauben.

Mehrere Päpste, Clemens der VI, Bonifazius der IX und Nikolaus der V, waren über diese Terrormaßnahmen entsetzt und haben Zwangskonversionen ausdrücklich verboten, aber in Spanien, Portugal, Frankreich, Mexiko und Peru setzte die Kirche ihre Inquisition ungerührt fort. Viele der zwangsweise Christianisierten praktizierten ihr Judentum insgeheim weiter.

Die Geschichte der spanischen Juden ist ebenso tragisch wie faszinierend. Schon im vierten Jahrhundert gab es Juden auf der iberischen Halbinsel. Ihre Zahl vergrößerte sich erheblich unter der Herrschaft der Omaijaden, die sowohl Christen als auch Juden weitgehende Rechte einräumten. Erst vom 11. Jahrhundert an wurden die Nicht-Muslime durch verschiedene Beschränkungen gezwungen, in die christlichen Königreiche Aragon und Navarra auszuwandern. Hier gelangten die zum Teil pro forma konvertierten Juden zu großem Einfluss. »Viele, wenn nicht sogar die Mehrzahl der aristokratischen Familien Spaniens waren mit den ›neuen Christen‹ versippt und verschwägert«, schreibt Paul Borchsenius (*History of the Jews,* 1966) und nennt als Beispiel eine Familie, die Caballerios aus Saragossa, zu der ein Finanzminister im Königreich Navarra, ein Vizekanzler im Königreich Aragon, der Sprecher der Cortes, ein Bischof, ein Vizekanzler der Universität Saragossa sowie ein leidenschaftlich antisemitischer Richter am Obersten Gerichtshof gehörten. »Das Beispiel ist keineswegs einzigartig.«

1391 allerdings kam es zu einem Pogrom, bei dem fünfzigtausend Juden umgebracht wurden, und von da an sahen sich immer mehr Juden gezwungen, zum Christentum überzutreten. Was die katholische Kirche aber nicht hinderte, sie ständig der »Inquisition« auszusetzen. Mit Feuer und Folter wurden alljährlich Hunderte von Juden und »neuen Christen« ermordet. Schließlich überredete der Dominikanermönch und Generalinquisitor Thomas de Torquemada (1420–1498) Isabella von Kastilien und Ferdinand von Aragon dazu, alle Juden zu vertreiben. Am 31. März 1492 wurden sie vor die Wahl gestellt, entweder auszuwandern oder sich taufen zu lassen. Etwa 150- bis 500 000 Menschen aus allen Bereichen des spanischen Lebens wurden verjagt. Ungefähr Hunderttausend fanden ihre erste Zuflucht in Portugal, wo sie aber bald noch schlimmeren Verfolgungen ausgesetzt waren. Ein paar Tausend gingen nach Italien, ein paar Tausend in die nordafrikanischen Städte und einige über Saloniki bis nach Polen und in die Türkei, die damals noch Flüchtlinge aufnahmen. Viele maranische Familien zogen elendiglich und gehetzt durch die Welt auf der Suche nach Zuflucht. Papst Alexander VI, der Vater von Cäsar und Lucrezia Borgia, der sein ausschweifendes Leben vor aller Welt zur Schau stellte, dürfte ihnen schwerlich als Stellvertreter Christi erschienen sein, fühlte er sich doch bemüßigt, Ferdinand und Isabella mit dem Ehrentitel der »katholischen Majestäten« auszuzeichnen und die Vertreibung der Juden als besonderes Verdienst zu benennen. Spanien hat sich von diesem katastrophalen Aderlass niemals erholt.

Die modernen jüdischen Gemeinden in London und Amsterdam wurden von Marranen gegründet. Andere »Krypto-Juden« lebten in Mallorca (die *chuetas*), in Persien (die *Jedid-al-Islam*), in Süditalien (die *neofiti*) und in Saloniki (die *Dönmeh*, siehe S. 394).

marranen siehe *maran.*

másik *(m.)*, **masíkim** *(Pl.)*

Aus dem hebräischen *masík* »schaden- und verderbenbringendes Wesen«, »Kobold«.

In Amerika: *mazik*

1. Ein kluges, geschicktes Kind, das voller Streiche steckt. *Masik* wird meist in dieser liebevoll bewundernden Weise benutzt. In dieser Hinsicht sind sich *masik* und *mamser* sehr ähnlich. *Masik* ist aber weit weniger heikel. *Mamser* bedeutet ja immer auch »unehelich«, *masik* nennt man einen kleinen Racker, aber kein wirklich bösartiges Kind.
2. Ein geistesgegenwärtiger, geschickter und fähiger Mensch.

3. Ein Glücksspieler, der bereit ist, Risiken einzugehen.
4. Ein Witzbold, der anderen Streiche spielt.
5. Ein unbekümmerter, sorgloser Draufgänger. Besonders wenn es sich auf einen Erwachsenen bezieht. Allerdings wird es oft auch ironisch gebraucht, dann bezieht es sich auf eine Leistung, die »diesem *masik* niemand zugetraut hätte«. Aber inzwischen ist Ihnen sicher ohnehin klar, dass viele jiddische Ausdrücke eine ironische Komponente enthalten. Subtile Herablassung ist eine Spezialität vieler jüdischer Komplimente.
6. Eine zerstörerische Person (heute kaum noch in diesem Sinne).
7. Ein Teufel oder ein Dämon (selten).

Die beiden letzten Bedeutungen sind zwar viel älter als die ersten fünf, werden aber nur noch selten gebraucht. Wenn man tatsächlich die ursprüngliche, finstere Bedeutung des Wortes *masik* meint, sollte das aus dem Zusammenhang klar werden.

Sidney und seine kleine Schwester besuchen ihre Großmutter. Die alte Dame legt zwei Äpfel auf den Tisch – einen großen roten und einen verschrumpelten kleinen.

»So, meine Lieben«, sagt sie. »Jetzt wollen wir mal sehen, wer von euch die besseren Manieren hat.«

»Die hat meine Schwester«, sagt Sidney und nimmt sich den größeren Apfel. Er war ein *masik.*

maskilim siehe *haßkole.*

másl, másel *(n.)*, **masóleß** *(Pl.)*

Aus dem hebräischen *masál* »Sternzeichen«, »Gestirn«, »Glücksstern«, »Glück«.

In Amerika: *mazl, mazel*

Glück.

Das Wort ist als *massel (m.,* österr.: *n.)* »unerwarteter Glücksfall« auch ins Deutsche eingewandert: »Hat der einen Massel!« Man beachte aber auch: *vermasselt* »verdorben«, und: *jemandem etwas vermasseln.*

Siehe auch *masl-tow* und *schlimasl.*

»Wenn einer *masl* hat, kalbt auch sein Ochse.« *Volksweisheit*

Sagt ein Jude zum anderen: »Es heißt, ein armer Mann hat nie *masl.* Glaubst du das?«

»Absolut! Wenn er *masl* hätte, wär' er doch kein armer Mann!«

masl-tów *(n.)*, **masl-tówn** *(Pl.)*
Aus dem hebräischen *masál* »Glück«, *tow* »gut«.

In Amerika: *mazl tov! mazel tov!*

Bedeutet nicht »Viel Glück!«, sondern »Glückwunsch!«, »Gratuliere!« oder auch »Gott sei Dank!« Der Unterschied scheint zwar nur klein zu sein, ist aber wichtig.

Sagen Sie zu jemandem, der ins Krankenhaus muss, nicht *masl-tow*; sagen Sie *masl-tow*, wenn er wieder herauskommt!

Wenn ein Boxer den Ring betritt, sollten Sie nicht *masl-tow!* zu ihm sagen. Das klingt so, als wollten Sie ihm dazu gratulieren, dass er es wenigstens bis in die Arena geschafft hat.

Wenn ein Mädchen sich die Nase stutzen lässt, ist *masl-tow!* ebenfalls nicht angezeigt. Das würde bedeuten: »Es wurde auch höchste Zeit!«

Wenn ein israelischer Kapitän sein erstes Kommando erhält, darf man ihm getrost mit *masl-tow!* zur Beförderung gratulieren; aber wenn das Schiff den Hafen erreicht, sollte man nicht *masl-tow!* sagen, sonst denkt er, man wäre überrascht, dass er einen heil ans Ufer gebracht hat.

Bei allen jüdischen Festen – einer Brit Mila oder einer Bar Mizwa, einer Hochzeit oder einem bestandenen Examen – hört man das *masl-tow!* natürlich so oft widerhallen wie Schrotschüsse in einer Blechhütte.

Genau wie die alten Babylonier, Ägypter und Griechen interessierten sich auch die Hebräer für Astrologie. In der Bibel bezieht sich *masl* auf einen Planeten oder ein Sternbild. Das Wort taucht immer dann auf, wenn vom »Schicksal« die Rede ist. Später verlangten die Talmudgelehrten, die Gläubigen sollten allen Sterndeutern und Wahrsagern abschwören. Das war gar nicht so einfach für die armen Juden, schließlich ist ja bei Jeremiah und Jesaja durchaus von »Himmelszeichen« die Rede.

Aber der Midrasch ist ganz eindeutig: »Der Herr verbietet die Astrologie«; Gott habe Abraham »zum Propheten und nicht zum Astrologen« gemacht. Der große Maimonides (Mose ben Maimon, Rechtsgelehrter und Arzt, geb. am 30. März 1135 in Cordoba, gest. 13. Dez. 1204 in Fostar bei Kairo) nannte die Astrologie »eine Krankheit und keine Wissenschaft«. Dennoch sagen die Juden auch heute noch *masl-tow!* Die übernatürlichen, astrologischen Zusammenhänge sind allerdings längst vergessen (auch beim Abschiedsgruß *good-bye* denkt ja niemand mehr daran, dass es einmal *God be with you* hieß). *Masl* ist einfach »Glück«, und *masl-tow!* »herzlichen Glückwunsch«.

Mit betrübter Miene betritt Mr. Lefkowitz das Büro des Beerdigungsunternehmens. »Ich komme, um den Termin für das Begräbnis meiner Frau zu besprechen.«

»Ihre Frau?« sagt die erstaunte Empfangsdame. »Die haben wir doch letztes Jahr schon beerdigt!«

»Das war meine erste Frau«, seufzt Lefkowitz trübsinnig. »Ich spreche von meiner zweiten.«

»Ihrer zweiten? Ich wusste gar nicht, dass Sie wieder geheiratet haben. *Masl-tow!*«

»Wie es mir geht?« sagt der Schriftsteller zu seinem Freund. »Du kannst dir gar nicht vorstellen, wie populär meine Werke jetzt sind! Die Leserschaft hat sich verdoppelt!«

»*Masl-tow*! Ich wusste gar nicht, dass du geheiratet hast.«

Mr. Grossman betritt das Dritter-Klasse-Abteil und findet alle Plätze besetzt. Eine alte Dame hat es sich gleich auf zwei Plätzen bequem gemacht und scheint gerade einschlafen zu wollen.

»*Masl-tow*!« schreit Grossman entschlossen.

»Vielen Dank!« sagt die alte Dame, richtet sich auf und macht Platz. »Aber wozu gratulieren Sie mir denn.«

»Nu«, sagt Grossman und setzt sich. »Das ist doch das erste Mal, dass ich Sie sehe seit Ihrer Hochzeit.«

mauscheln siehe *moschl.*

máze *(f.)*, **mázeß** *(Pl.)*

Aus dem hebräischen *mazá* (Plural: *mazot*) »ungesäuertes Brot«.

In Amerika: *matse, matzo, matzoh, matza, matzah*

Matze (f.) oder Matzen (m.). Ungesäuertes Brot. Matzebrot ist weiß, dünn und bucklig. Die Form ist oval, und damit man es leichter brechen kann, ist es perforiert.

Während des Pessach-Festes dürfen keine gesäuerten (Hefe-)Brote oder andere vergorene Nahrungsmittel gegessen werden. Das ungesäuerte Brot erinnert an den Auszug aus Ägypten etwa 1200 Jahre vor unserer Zeitrechnung, als die Juden auf ihrer Flucht keine Zeit hatten, den üblichen Hefeteig quellen zu lassen. »Sieben Tage sollt ihr ungesäuert Brot essen« heißt es in Exodus 12,15, und eine strenge Strafandrohung folgt auf dem Fuß: Wer über Pessach gesäuertes Brot isst, dessen Seele soll vom Volke Israel abgetrennt werden.

Müßiggänger wurden früher scherzhaft als *maze-beker* (Matzebäcker) bezeichnet, weil diese scheinbar nur selten arbeiten mussten. Das kleine Rädchen, mit dem die Perforierung in den Brotteig gedrückt wird, heißt *maze-redl.*

Heute wird Matze in vielen Restaurants das ganze Jahr angeboten. Was allerdings gelegentlich zu Missverständnissen führt: So wird von einem besonders kurzsichtigen älteren Herrn erzählt, der das Brot mit der Speisekarte verwechselte und sich lautstark beschwerte: »Wer hat denn diese Sauerei geschrieben?«

Die folgende Geschichte hat zwar mit dem ungesäuerten Brot nichts zu tun, gibt uns aber einen gewissen Einblick in die Entstehung des Buches Exodus – allerdings nur für den Fall, dass es in Hollywood verfasst worden sein sollte:

Moses treibt sein Volk durch die Wüste, und als er ans Rote Meer kommt, schnippt er mit den Fingern und ruft: »Manny!«

Der Pressesprecher des Propheten kommt atemlos herbeigerannt: »Ja, Sir!«

»Die Boote!«

»Wie bitte?«

»Die *Boote*«, sagt Moses. »Wo sind die Boote, mit denen wir übers Rote Meer fahren wollen?!«

»*Oj wej!* Moses, mit diesen ganzen neuen Human-Interest-Stories hab ich das glatt vergessen!«

»*Was* hast du?«

»Ich hab's vergessen!«

»Du hast die *Boote* vergessen?!« schreit Moses. »Du Schwachkopf! Die Ägypter können jeden Augenblick hier sein! Was soll ich jetzt machen? Soll ich Gott vielleicht darum bitten, dass Er das Wasser teilt, damit die Juden zu Fuß gehen können und die Ägypter ertrinken? Ist das vielleicht deine Vorstellung, wie –«

»Hey, Chef!« sagt Manny. »Wenn Sie das hinkriegen, verschaffe ich Ihnen zwei Seiten im Alten Testament für die Story!«

méchaje *(f.)*

Aus dem hebräischen *chai* »etwas Leben gebendes«, »Freude«.

In Amerika: *mekhaye, mechiaeh, mechaye, mechayeh*

Vergnügen, Freude, Lust, Genuss.

Zur *mechaje* gehören unweigerlich das zufriedene Lächeln, Grinsen, Kopfschütteln und Bauchtätscheln.

Eine *mechaje* ist, wenn man seine Schuhe auszieht und sich vor den Kamin setzt. Oder wenn man einen Virtuosen singen hört, das ist auch eine *mechaje*.

Ich möchte anregen, dass Sie den Gebrauch des Wortes mit einem »Oh!«, »Ah!« oder »Oj!« begleiten. *Oh, this is a mekhaye!* »Ach, das ist eine Wohltat!« *Oj* macht den Ausruf natürlich noch farbiger, aber ein normales *ah!* tut es auch.

Mechaje kommt vom hebräischen *chai* »Leben«. Genau betrachtet ist eine *mechaje* etwas Lebensspendendes und bedeutet deshalb auch »Gott«. Die Aschkenasim verwendeten das Wort in dem Sinne, dass eine *mechaje* einen »(wieder) zum Leben erweckt«.

Finsterwald stolpert die Straße herunter. Er lahmt und stöhnt und lässt eine breite Spur von *Oj wej!*'s hinter sich. Schließlich bleibt ein Passant stehen. »Was ist denn mit Ihnen los?«

»Was mit mir los ist? Meine Schuhe bringen mich um!«

»Und warum ziehen Sie keine anderen an?«

»Ich werd's Ihnen sagen. Mein Geschäft geht miserabel. Ich habe Schulden beim Metzger, beim Bäcker, beim Gemüsehändler und bei meinem Vermieter. Meine beiden Töchter sind so hässlich, dass ich nicht weiß, wie ich sie je verheiraten soll. Mein Sohn ist ein Taugenichts und meine Frau nörgelt und nörgelt, bis ich verrückt werde. Jeden Abend komme ich nach einem Tag voller sinnloser Arbeit nach Hause, seh mir meine Familie und die Rechnungen an und überlege, ob ich mich umbringen soll. Dann ziehe ich meine Schuhe aus – und, Mister, das sage ich Ihnen, wenn ich die Schuhe aus habe, ist das eine solche *mechaje!* Meine Schuhe ausziehen ist das einzige, was mein Leben noch lebenswert macht.«

mechúle *(Adjektiv)*
Aus dem hebräischen *machelá* »Krankheit«. Nicht als Attribut verwendbares, unveränderbares Adjektiv.

In Amerika: *mekhule, mechuleh*

Erledigt, zerstört. *He went mekhule* heißt: »Er ist bankrott gegangen.« »Die Ehe ist *mechule*« bedeutet, dass sich die Partner zumindest vorläufig getrennt haben.

Mechule entspricht dem französischen *fini.* In der Bibel wird es im Sinne von »beenden«, »vernichten« benutzt. Später hieß es »verdorben« oder »beschädigt«.

Das ist alles, was ich darüber weiß. *Mechule.*

Der Ausdruck ist auch im Deutschen gebräuchlich. Hier bedeutet er:

1. (salopp) pleite, bankrott.
2. (mundartlich) ermüdet, erschöpft.
3. (mundartlich) geistesgestört.

mechuténeßte *(f.)*, **mechuténeßteß** *(Pl.)*

Aus dem hebräischen *mechutenet* »angeheiratete Verwandte«. Das »ch« muss ordentlich im Hals rasseln!

In Amerika: *mekhuteneste, machetayneste, makheteyneste*

Angeheiratete weibliche Verwandte. »Meine *mechuteneßte*« ist die Schwiegermutter meiner Tochter oder meines Sohnes, weder im Englischen noch im Deutschen gibt es dafür einen Ausdruck.

Siehe *mechutn.*

Eine der ältesten jüdischen Geschichten erzählt von einem armen Mann, der zu seinem Rabbi kam und sich beschwerte, er müsse mit seiner Frau, seinen vier Kindern und seiner *mechuteneßte* in einem einzigen Raum wohnen und diese beengten Verhältnisse seien ganz unerträglich.

»Hast du eine Ziege?« fragt ihn der Rabbi.

»Ja.«

»Dann hol sie zu dir ins Zimmer.«

»Was?«

»Tu einfach, was ich dir sage.«

Der arme Mann geht nach Hause und holt die Ziege in seine Hütte.

Eine Woche später ist er wieder beim Rabbi. »Rebbe, ich hab getan, was Ihr sagt. Ich hab die Ziege ins Haus geholt, und jetzt ist alles noch schlimmer! Rebbe, was soll ich bloß tun?«

»Hast du vielleicht ein paar Hühner?« fragt der Rabbi.

»Ja, drei –«

»Dann hol sie zu dir ins Haus.«

»Aber ... Rebbe!«

»Tu, was ich sage!«

Der arme Mann geht nach Hause und holt die Hühner in seine Hütte. Eine Woche später ist er wieder beim Rabbi und ringt seine Hände.

»Es ist schrecklich, Rebbe! Bitte, helft mir! Ich halte es nicht mehr aus!«

»Dann bring die Ziege zurück in den Stall.«

Der arme Mann befolgt den Rat, und als er wiederkommt, sagt er: »Jetzt ist es ein bisschen besser, aber drei Hühner in einem Raum mit sieben Personen ...«

»Wirf die Hühner raus!« sagt der Rabbi.

Eine Woche später ist der Mann überglücklich. »Ach, Rebbe, es gibt keinen klügeren Menschen als Euch! Mein Haus ist ein Paradies!«

mechútn *(m.)*, **mechutónim** *(Pl.)*

Aus dem hebräischen *m'chután* »Vater des Bräutigams oder der Braut«.

In Amerika: *mekhutn, machuten, machutin*

Der Schwiegervater meines Sohnes oder meiner Tochter.

Sowohl für das Englische als auch für das Deutsche wäre es eine Rieseneleichterung, wenn wir *mechutn* und *mechuteneßte* in unseren Wortschatz aufnehmen würden.

☛ Beide Begriffe können übrigens auch ironisch gebraucht werden, wenn man sich nicht sicher ist, ob man es wirklich mit Verwandten zu tun hat: »Sie will einen Schlüssel zur Wohnung? Was für eine *mechuteneßte* ist sie denn überhaupt?« ☚

Der Plural *mechutonim* ist eine jiddische Fortentwicklung von *m'chután* »angeheirateter Verwandter« und umfasst alle »Schwiegerverwandten«, also Schwippschwäger, Schwippschwägerinnen und alle anderen entfernten Verwandten der Braut und des Bräutigams. »Seine Frau kommt aus einer großen Familie; sie hat mindestens fünfzig *mechutonim*.« *I like her husband, but not all her mekhutonim.*

◎ ◎ ◎

Die ultimative Erklärung für *mechutonim* findet sich in diesem Scherzrätsel:

Frage: Warum haben Adam und Eva so lange gelebt?

Antwort: Weil ihr Leben nicht von *mechutonim* verkürzt wurde.

Siehe *mischpoche.*

medíne *(f.)*, **medíneß** *(Pl.)*
Aus dem hebräischen *m'diná* »Reich«, »Land«, »Staat«.

In Amerika: *medine, medina*

1. Provinz, Gebiet, Land.

Im Jiddischen bedeutet es außerdem:

2. Domäne.
3. Bereich. *That's his medine* heißt: »Das ist sein Problem, darüber soll er sich den Kopf zerbrechen.«

Die Vereinigten Staaten galten den jüdischen Einwanderern als die *goldene medine*.

◎ ◎ ◎

Ein armer, unterernährter Schneider in einer Kellerwerkstatt sagte ironisch: »Sehen Sie nur meine glanzvolle Hütte.«

Aber einer seiner Söhne wurde Professor, der andere Journalist und seine Tochter Konzertpianistin. Wie bei so vielen Einwanderern wurden seine Kinder die *goldene medine* für ihn.

médresch *(m.)*, **medróschim** *(Pl.)*
Aus dem hebräischen *midrásch* »Forschung«, dem Substantiv zu *darosch* »suchen«, »forschen«.

In Amerika: *midrash*

Midrasch. Die hochentwickelte Analyse, Darlegung und Exegese der Heiligen Schriften.

Nach der Rückkehr der Juden aus dem babylonischen Exil wurden die Texte der hebräischen Bibel von Esra und Nehemia kanonisiert.

Diese Arbeit war etwa um das Jahr 420 v.Z. abgeschlossen. Die jüdischen Gelehrten der damaligen Zeit waren überzeugt, dass sich die Worte der Bibel auf alle Zeiten, alle gesellschaftlichen Bedingungen und alle Menschen anwenden ließen. Es war nur eine Frage der Auslegung. Auf diese Weise entstand in der Periode des Zweiten Tempels (516 v.Z. bis 70 n.Z.) der Midrasch. Die Schriftgelehrten, aber auch engagierte »Laien« entdeckten selbst in den schlichtesten Versen, in jedem Punkt und Komma der Bibel noch komplizierte Bedeutungen.

Nach der Zerstreuung der Juden im Jahre 70 n.Z. setzten die Rabbiner, ihre geistigen Führer, diese hermeneutische Tradition fort. Ihre Predigten beruhten zwar auf biblischen Texten, enthielten aber auch sehr viel homiletisches Material – Parabeln, Allegorien, illustrierende Geschichten und erbauliche Interpretationen für die einfachen Menschen. Erst vom dritten Jahrhundert n.Z. an wurden diese Predigten aufgeschrieben und gesammelt, zuvor durften sie nur mündlich überliefert werden. Heute gibt es über hundert Bücher mit Midraschim.

Was ist nun der Unterschied zwischen einem Midrasch und irgendeiner anderen Interpretation, sagen wir, eines Verses? Der Midrasch behauptet, den »Geist« der Bibelstelle begriffen zu haben und eine nicht offensichtliche Deutung zu bieten (die freilich oft auch nicht unbedingt überzeugt). Im Midrasch gibt es eine absolute Amnestie für fehlende Logik und *non sequiturs*, und aus der dichterischen Freiheit wird Philosophie – oder zumindest Theologie.

☛ Der Midrasch wurde auf diese Weise das Hauptinstrument der Rabbiner, um die Lehren der Heiligen Schrift zu liberalisieren und lebendig zu halten. Die jüdische Kultur entwickelte sich, und dank des Midrasch konnte die biblische Lehre sich anpassen. Die grausamen Rechtsvorstellungen der Bibel zum Beispiel, die sowohl für Mord als auch für Götzendienst und Beleidigung der Eltern die Todesstrafe vorsahen – wurden durch die Interpretation der Rabbiner dahingehend abgemildert, dass man die eigentliche Exekution Gott überließ. Viele der beständigsten Bräuche und Traditionen des jüdischen Lebens beruhen auf der rabbinischen »Erforschung« der Bibel.

Der Begriff »Midrasch« bezeichnet sowohl die Untersuchungsmethode als auch das klassische Buch der Midraschim, das kollektiv »der Midrasch« genannt wird.

Dazu gehören:

1. die *Mechilta* (aramäisch »Regel, Norm«) zum Buch Exodus,
2. der *Sifra* (aramäisch »Buch«) zum Buch Leviticus,
3. die *Sifre* (aramäisch »Bücher«) zu den Büchern Numeri und Deuteronomium,
4. der *Midrasch Rabba* (der Große Midrasch zu Genesis und den Megillot),
5. der sogenannte *Midrasch des Rabbi Tanchuma bar Abba* (dieser Predigtzyklus zum Jahreskreis, so vermutet man, wurde zum Teil von diesem Lehrer des 4. Jahrhunderts n. Z. geschaffen).

Die ersten drei Teile des Midrasch, die wahrscheinlich im dritten Jahrhundert n. Z. schriftlich fixiert worden sind, bilden die sogenannten halachischen Midraschim, weil sie sich auf jene Bücher der Bibel beziehen, wo von den Vorschriften und Geboten die Rede ist, die den Juden auferlegt sind. Die erhaltenen Handschriften (deren älteste aus dem 10.–11. Jahrhundert stammen) sind alle von unterschiedlicher Länge, weil sie verschieden umfangreiche Sammlungen sind. Auch die ersten erhaltenen jiddischen Texte sind Midraschim, so die in Kairo entdeckte Sammelhandschrift aus dem Jahre 1382, die Maasse-Bücher aus dem 16. Jahrhundert und das Zeno ureno (siehe *jidisch, mameloschn* und *tajtsch chumesch*).

In den letzten drei Jahrzehnten ist das Interesse am Midrasch auch in liberalen jüdischen Kreisen wieder gestiegen. Nach Ansicht von Rabbi Arthur Green (*These Are the Words. A vocabulary of Jewish Spiritual Life*, Jewish Lights, 1999) ist das auf die »tiefen psychologischen Einsichten in die biblischen Texte zurückzuführen«, die der Midrasch ermöglicht. »Der schöpferische Midrasch bestimmt auch einen großen Teil der Diskussionen bei jüdischen Feministinnen«, die auf diese Weise hoffen, »verlorene Traditionen« weiblichen Denkens zurückzugewinnen.

megíle *(f.)*
Aus dem hebräischen *megilla, megillot* »Schriftrolle«.
In Amerika: *megile, megillah*
Megilla.

1. *Megile* ist die Bezeichnung für das Buch Ester, das am Purimfest gelesen wird. Auch das Buch Rut wird *megile* genannt. ☛ Insgesamt gibt es fünf Megillot: Rut, Ester, Ecclesiastes (Der Prediger Salomo), Canticum Canticorum (Das Hohelied Salomos), Die Klagelieder Jeremias. Auch im Talmud gibt es einen Traktat, der als *megile* bekannt ist und sich mit den Purimgesetzen beschäftigt. Siehe *purim.* ☚
2. Alles Umständliche, Weitschweifige. Das Buch Ester ist voller ausführlicher Details, und die Gläubigen müssen sich nach einem Tag des Fastens mit leerem Magen eine lange Lesung anhören.
3. (Salopp:) alles Komplizierte, Langweilige, allzu Ausgedehnte. »Du wirst einschlafen bei dieser Megilla.« *Don't give me a megillah* heißt: »Ersparen Sie mir die Einzelheiten.«

Im Showbusiness ist *megillah* sehr populär, und ich habe es zu meiner Überraschung von Juden und Nichtjuden in vielen Fernsehsendungen anstelle von *all that jazz* oder *all that malarky* gehört. Es kommt in der *Tonight-*Show vor, in Comedies, aber auch in Krimis, wenn Ganoven oder Rechtsanwälte sich unterhalten: *Cut the megillah.*

Chronische Nachtklubbesucher und Schickimickis in Hollywood, New York und Miami benutzen *megile* mit derselben Selbstverständlichkeit wie ein Italiener, der von einer *Iliade* redet, obwohl er die Ilias nie gelesen hat.

A gantse megile »eine ganze Megilla« verstärkt den Effekt.

Zwei Männer sitzen sich im Zug gegenüber. Nach einiger Zeit sagt der eine: »Hm – wo kommen Sie her?«

»Newark«, sagt der andere. »Und ich fahre nach Philadelphia. Ich arbeite in der Versicherungsbranche. Mein Name ist Boris Mishkin, reich bin ich nicht. Ich habe eine Tochter an der Rutgers University und einen Sohn, der verheiratet ist. Der Mädchenname meiner Frau war Kowalsky, und sie ist in Paterson geboren. Ich bin eingetragener Demokrat. Golf und Angeln interessieren mich nicht. Meinen Sommerurlaub verbringe ich in den Catskills, und im Dezember fahre ich jedes Jahr zwei Wochen lang nach Miami. Ich gehöre zur Reformsynagoge und spende regelmäßig für B'nai B'rith, die UJA und die Gemeinde. Einen Bruder gleichen Namens habe ich nicht, und meine Schwester können Sie auch nicht gekannt haben. Die ist vor dreißig Jahren in Krakau gestorben. Wenn ich irgendwas vergessen haben sollte, fragen Sie mich bitte gleich, denn bis Philadelphia möchte ich gern etwas schlafen.«

méjlech *(m.)*, **melóchim** *(Pl.)*,
Aus dem hebräischen *mélech* »König«.

König.

Méjlech ha-M'lóchim *(m.)*

In Amerika: *Meylekh Hamlokhim, Melech Ham'lochim*
König der Könige. Einer der Titel, die benutzt werden, um den Namen Gottes nicht aussprechen zu müssen.

Weil Gott der König aller Könige ist, sind alle Menschen seine Diener – Obdachlose wie Fürsten. Deshalb lehrten die Rabbiner, dass kein Mensch einem anderen dienen solle, da jeder Mensch ausschließlich Gottes Diener sein dürfe.

In einem Café in Jerusalem hängt ein Schild: »Selbstbedienung. *Denn ihr sollt Meine Diener sein*, sagt der Herr.«

☛ Irdische Herrscher als Götter zu verehren, verbietet der Judaismus, er fordert aber Gehorsam gegenüber den Gesetzen, solange sie die Juden nicht zum Mord, zur Unzucht oder zum Götzendienst zwingen. Weder die Bibel noch die rabbinischen Schriften verbieten die Sklaverei, die meist als »Dienen« bezeichnet wird. Die Bedingungen dieses »Dienens« waren humaner als sonst im Altertum üblich, aber auch Juden gehörten bis ins 19. Jahrhundert zu denen, die sich berechtigt fühlten, andere Menschen als Eigentum zu behandeln. Im Amerikanischen Bürgerkrieg zitierten auch Rabbiner die Bibel, weil sie damit die Sklaverei in den Südstaaten rechtfertigen wollten. Gleichzeitig waren aber auch an der Abolitionisten-Bewegung prominente Juden beteiligt. So wurde Rabbi David Einhorn vom Mob aus seiner Synagoge in Baltimore vertrieben, weil er gegen die Sklaverei predigte; und zu John Browns Gefährten, die den Sklavenhaltern in Kansas mit Gewalt entgegentraten, gehörten auch drei kürzlich eingewanderte Juden: August Bondi, Jacob Benjamin und Theodore Weiner.

Von der *Nation of Islam* des Predigers Louis Farrakhan ist neuerdings behauptet worden, die Juden hätten einen überproportionalen Anteil am Sklavenhandel gehabt. Diese Vorwürfe sind von Historikern und jüdischen Organisationen zurückgewiesen worden. Unter den spanischen und portugiesischen Kaufleuten gab es zwar zahlreiche Marranen, die unter anderem auch mit Sklaven handelten, und nach Angaben von Hugh Thomas (*The Slave Trade,* Simon & Schuster, 1997) wurde der portugiesische Sklavenhandel mit Westafrika zum guten Teil von konvertierten Juden in Lissabon finanziert, aber »unter den anglo-amerikanischen Sklavenhändlern dürften sich kaum ein oder zwei Juden befunden haben«. Thomas weist dagegen auf die führende Rolle muslimischer Araber beim Sklavenhandel in Ostafrika, auf die afrikanischen Herrscher, die ihre eigenen Untertanen verkauften, und die katholischen und nicht-katholischen Monarchen hin, die Sklaven nach Amerika verschleppten. »Die Historiker sollten nicht nach Sündenböcken suchen«, sagt Thomas. »Alle waren am System des Sklavenhandels beteiligt, das bis 1780 den meisten Menschen völlig normal schien.«

Bei Thomas findet sich übrigens auch eine interessante Randnotiz zur Geschichte der Sklaverei: Die Insel Sao Tomé im Golf von Guinea, die seit 1486 portugiesische Kolonie war, wurde zur Heimat für 2000 jüdische Kinder, deren Eltern vom portugiesischen König versklavt worden waren. ☚

méjwn *(m.)*, **mewínim** *(Pl.)*
Aus dem hebräischen *mewinút* »Verstehen«, »Sachverstand«.

In Amerika: *meyvn, maven, mavin*

Kenner, Fachmann, Sachverständiger, Experte. *He's a maven on Mozart.* »Er ist ein echter Mozartkenner.« *Don't buy it until you get the advice of a maven.* »Kaufen Sie es nicht, ohne den Rat eines Fachmanns einzuholen.«

Der Begriff wurde auch schon in der Werbung verwendet. So waren kürzlich in New Yorker Zeitungen große Anzeigen mit leer gegessenen Konservengläsern zu sehen. Die Überschrift: *The Herring Maven Strikes Again!*

In Wien ist der Begriff als *meiwen* bekannt.

☛ 1998 gründete ein Student der Wesleyan University in Connecticut ein Online-Magazin namens *Mavin,* um dort das »Lebensgefühl der gemischtrassigen Bürger« zu feiern. »Die zunehmende Zahl von Prominenten wie der Golfprofi Tiger Woods und die Sängerin Mariah Carey, die sich zu ihrer Herkunft aus verschiedenen Rassen bekennen«, schreibt Matt Kelley, »beweist, dass die gemischtrassigen Bürger eine wachsende Rolle in der Zukunft Amerikas spielen.« Die Volkszählung des Jahres 2000 bestätigte diese Realität. Der Fragebogen ließ bei der Rassenzugehörigkeit und Ethnizität Mehrfachnennungen zu. »Jüdisch« wird nur als Religionszugehörigkeit definiert. ☚

»Frag nicht den Doktor, frag den Patienten.« *Volksweisheit*

melámed *(m.)*, **melámdim** *(Pl.)*
Aus dem Hebräischen: »Lehrer«.
In Amerika: *melamed*

1. Ein Lehrer in der hebräischen Elementarschule. Die Hebräischlehrer waren keine Rabbiner oder Gelehrten, sondern mittellose, weltfremde Männer. Sie wurden respektiert, aber gewiss nicht beneidet. Ihre Lehrmethode bestand im wesentlichen aus endlosen Übungen und Wiederholungen. Mein Vater sagte immer: »Wenn sie intelligenter wären, wären sie Rabbiner geworden.«
2. Ein unfähiger Mensch. Wenn man jemand einen *melamed* nennt, der sein Geld nicht wirklich als Lehrer verdient, so geschieht das mit Herablassung. »Diejenigen, die etwas können, die tun es«, sagt Shaw. »Wer's nicht kann, aber weiß, wie's geht, der wird Lehrer.«
3. Ein wohlmeinender, harmloser Trottel. »Er hat kein Glück – wie ein *melamed*«, heißt es in einem jüdischen Sprichwort.
4. Ein weltfremder, einfältiger Mensch. Es gibt das Sprichwort: »Einmal *melamed,* immer *melamed.*« Was bedeutet: »Aus dem wird nie etwas werden«, oder: »Was hast du erwartet?«

Es hat mich immer erstaunt, dass die Juden, die so begeistert von Gelehrsamkeit sind, über ihre Lehrer so herablassend sprechen. Ich vermute, es hängt damit zusammen, dass die Lehrer im *chejder* ihren Schülern das Hebräische durch sture Wiederholung einzubläuen versuchten, während es in jeder Gemeinde so viele andere Menschen voller Weisheit und Kenntnissen gab, die mit viel mehr Begeisterung von der Überlieferung sprachen. Die *melamdim* erschienen demgegenüber wahrscheinlich sehr stumpfsinnig. Obendrein wurden sie schlecht bezahlt. Der Beruf des *melamed* galt oft als letzter Ausweg, wenn jemand sonst keinen Lebensunterhalt fand. Unter den *melamdim* hat es immer fromme und begeisterte Männer gegeben, aber die Art des Unterrichts führte unweigerlich zu langweiligen Wiederholungen.

☛ Die Tatsache, dass der Hebräischunterricht so langweilig war, hat dazu beigetragen, dass sich in den 50er und 60er Jahren des letzten Jahrhunderts viele junge Menschen vom Judentum abwandten. In seinem Buch *Jewish Renewal* (Grosset/Putnam, 1994) schreibt

Rabbi Michael Lerner: »Von den 125 Schülern, die mit mir im Hebräischunterricht waren und im selben Jahr Bar Mizwa hatten, gingen nur fünf mit mir auf die hebräische High School ... Als sie zwanzig wurden, fühlte sich kaum einer der ursprünglichen 125 den jüdischen Traditionen noch besonders verbunden. Die meisten erinnerten sich an die Hebräisch-Schule als eine Quälerei, die sie nur mitgemacht hatten, weil ihre Eltern es wollten. Sobald sie ihre eigenen Entscheidungen treffen konnten, ließen sie die jüdische Welt rasch hinter sich.« Die Bemühungen der letzten Jahrzehnte, das Berufsbild des Hebräischlehrers zu professionalisieren, haben die Situation deutlich verbessert. ☚

Über die *melamdim* gibt es zahllose Geschichten. Der Lehrer ist dabei nie der Held, sondern der glücklose Sündenbock, der ungeschickte Pechvogel und die Zielscheibe des Spotts. Scholem Alejchem nannte den *melamed* »einen Juden, der sich mit *gojim* herumschlagen muss« – weil die kleinen Jungen als Heiden zu ihm kommen und vom Judentum nichts wissen.

»Ach«, seufzt der *melamed*, »wenn ich Rockefeller wäre, wäre ich noch reicher als Rockefeller.«

»Wieso?«

»Nu, ich könnte ja nebenher noch ein bisschen Unterricht geben.«

Ein *melamed* hatte die Neigung, ein Gläschen zu trinken, während seine Schüler ihre hebräischen Texte vor sich hin leierten. Als sich das herumsprach, ließen immer mehr Eltern ihre Kinder nicht mehr zum Unterricht gehen.

Seine Frau bat ihn dringend, sein Laster zu zügeln. »Hör auf damit«, sagt sie, »dann kommen die Schüler zurück.«

»Ach«, seufzt der *melamed.* »Du sagst, ich soll aufhören zu trinken, damit ich wieder unterrichten kann. Weißt du denn nicht, dass ich bloß unterrichte, um trinken zu können?«

»Jossele«, fragt der *melamed* einen seiner Schüler, »Jossele, betest du auch immer schön vor dem Essen?«

»Nein, *melamed.*«

»Was? Du betest nicht vor dem Essen? Aber warum denn nicht, Jossele?«

»Ach, das ist nicht nötig. Meine Mutter ist eine sehr gute Köchin.«

melóche *(f.)*, **melócheß** *(Pl.)*

Aus dem hebräischen *m'lachá* »Dienst verrichten«.

1. Handwerk, Kunststück, Meisterstück.
   Der Ausdruck ist auch im Deutschen sehr populär, bedeutet hier aber:
2. Schwere Arbeit. Dazu: *malochen* »(körperlich) schwer arbeiten«, »schuften« (z. B. unter Tage oder in der Fabrik).

menóre *(f.)*

Aus dem hebräischen *menorá* »Kerzenleuchter«, »Kandelaber«.

In Amerika: *menorah*

Menora. Der siebenarmige goldene Leuchter, den Bezaleel im Auftrag von Moses für das Heiligtum in der Wüste (die Stiftshütte oder das Stiftszelt) fertigte, ist im 25. und 37. Kapitel von Exodus ausführlich beschrieben. Er stand auch im Zweiten Tempel in Jerusalem, der nach dem jüdischen Aufstand im Jahre 66–70 von den Römern zerstört wurde. ☛ Der blutige Feldzug wurde von Titus, dem Sohn des Kaisers Vespasian, beendet, deshalb zeigt auch der Triumphbogen des Titus in Rom die Menora. Eine nie ganz geklärte Rolle spielte bei diesem Feldzug der jüdische Diplomat, Festungskommandant und spätere römische Historiker Josephus Flavius (Josef ben Matthitjahu ha-Kohen, geb. 37/38 in Jerusalem, gest. nach 100 in Rom), der nach der Übergabe der Festung Jotapata in Galiläa in römische Gefangenschaft geriet, aber schon nach einem Jahr wieder freigelassen wurde, die Eroberung und Zerstörung Jerusalems im Gefolge von Titus erlebte und später sieben Bände ›Über den jüdischen Krieg‹ schrieb. Während der Belagerung Jerusalems floh Jochanan ben Zakkai, die »Leuchte Israels« aus der Stadt und gelangte auf abenteuerliche Weise zu Vespasian, der ihm die Erlaubnis erteilte, in Jawne, einer Hafenstadt südlich von Tel Aviv, ein Lehrhaus zu errichten, das zu einem Zentrum jüdischer Religion wurde. Dass die jüdische Tradition auch das blutige Ende des letzten Aufstands unter Bar Kochba im Jahre 135 und den Verlust der staatlichen Souveränität bis zur Ausrufung des Staates Israel überlebte, ist im wesentlichen dieser Gründung des Jochanan zu verdanken.

Schon in der Antike wurde die Menora zum wichtigsten Symbol des jüdischen Lebens, seit dem Mittelalter ist sie das Symbol für den »Dritten Tempel«, das heißt für die Zeit nach der Ankunft des Messias. Sie wurde 1948 zum offiziellen Emblem des Staates Israel erklärt.

Die Menora, die am Vorabend des Sabbat entzündet wurde, war ursprünglich eine Öllampe, deren sieben Dochte in einer Reihe oder im Kreis angeordnet waren. Im achtzehnten Jahrhundert wurden diese Lampen durch Kerzenleuchter aus Messing oder Silber ersetzt.

Auch der neunarmige Chanukka-Leuchter wird oft als Menora bezeichnet. Dabei ist die neunte Kerze der *schameß*, der zum Entzünden der anderen dient.

Siehe *chanike* und *schameß*.

mentsch *(m.)*, **mentschn** *(Pl.)*

Aus dem mittelhochdeutschen *mensch (m.)* »Mensch«, »menschliches Wesen«.

In Amerika: *mentsh, mensh, mensch, mentsch*

1. Ein menschliches Wesen. *After all, he is a mentsh, not an animal.*
2. Ein aufrechter, anständiger, ehrlicher Mensch. *Come on, act like a mentsh!* »Bleib anständig!«
3. Ein Mensch von Bedeutung, ein Vorbild, ein edler Mensch. *Now, there is a real mentsh!*

Es ist gar nicht leicht, den Respekt, die Würde und die Zustimmung zu vermitteln, die in dem Begriff mitschwingt, wenn jemand *a real mentsh* genannt wird.

Als Kind habe ich oft gehört: »Das beste, was man von jemandem sagen kann, ist, dass er ein *mentsch* ist!« Auch die Ermahnung *Behave like a mentsh!* oder *Be a mentsh!* »Benimm dich doch wie ein Mensch!« bekommen jüdische Kinder häufig zu hören. Mit diesen Untertönen ist der Gebrauch des Wortes ganz typisch jiddisch.

Umgekehrt ist es absolut vernichtend, wenn man von jemandem sagt, er sei kein *mentsch* (*He is not a mentsh.*) oder habe sich nicht wie ein *mentsch* verhalten.

Nota bene: Ein *mentsch* zu sein hat nichts mit Erfolg, Reichtum oder Status zu tun. Ein Richter kann ein *zhlob*, Ein Millionär kann ein *mamser*, ein Professor ein *kloz*, ein Arzt ein *schlemil* und ein Rechtsanwalt kann ein *balwan* sein. Der Schlüssel zum »richtigen Menschen« liegt einzig und allein im Charakter: Aufrichtigkeit, Würde, ein Sinn für das richtige Handeln, Verantwortlichkeit, Schicklichkeit. Mancher arme und unwissende Mensch ist mehr *mentsch* als andere. Nicht umsonst sagt der Held von Billy Wilder's (1906–2002) Film *The Appartment* (1959) am Ende seiner Demütigungen: »Ich habe beschlossen, ein Mensch zu sein. Wissen Sie, was das heißt, ein Mensch?«

Vgl. auch *balbatisch.*

»Zehn Länder erforscht man leichter als einen Menschen.«

Volksweisheit

meschíech *(m.)*

Mit hartem Rachenauslaut gesprochen. Aus dem hebräischen *maschiach* »der Gesalbte«. Aus dem *maschiach* wurde griechisch *messias* oder als Lehnübersetzung *christos*, beides bedeutet »der Gesalbte«.

In Amerika: *meshiekh, meshiach, mashiach, mashiakh, moshiakh*

Messias.

1. Ursprünglich, im Alten Testament, war *maschiach* der Titel der Könige (»Gottes Gesalbter«) und Priester, die mit heiligem Öl zu Priestern gesalbt wurden. Die Juden machten einen deutlichen Unterschied zwischen der Anwendung von Öl bei der Körperpflege (*such*) und der Ausgießung heiligen Öls auf dem Haupt

eines Priesters und Königs zur Weihe (*maschach*). Oft wurden Gäste dadurch geehrt, dass man ihnen den Kopf salbte – oder die Füße. Abgesehen vom Buch Ester, wo einmal ausdrücklich von Myrtenöl die Rede ist, scheinen sich übrigens alle übrigen (über zweihundert) Erwähnungen auf Olivenöl zu beziehen.
2. Später bezog sich *maschiach* auf Propheten und jeden anderen, der einen besonderen Auftrag von Gott hatte.
3. Dann wurde der *meschiech* zum Befreier, der die Juden aus Gefangenschaft und Unterdrückung befreien, den Tempel in Jerusalem wieder aufbauen und das Königreich Israels wiederherstellen würde.
4. Schließlich ist der meschiech der Erlöser, der aller Welt die Herrschaft Gottes verkündet und den Tag des Jüngsten Gerichts bringt.

In christlichen Bibelübersetzungen bezieht sich das Wort »Messias« fast immer auf den Erlöser. Der jüdische Begriff ist dagegen historisch. Im Alten Testament wird das Wort *maschiach* für die Könige Saul, David, Zedekia und den (nichtjüdischen) Kyros von Persien benutzt. (Kyros wurde von den Juden deshalb so hochgeschätzt, weil er im Jahre 539 v. Z. Babylonien eroberte und den aus Judäa verschleppten Juden die Heimkehr erlaubte.)

David, »der Gesalbte des Herrn« hatte das dynastische Prinzip bei den Juden begründet. Auf Grund dieser Tatsache hat sich im Lauf der Jahrhunderte die Vorstellung bei ihnen entwickelt, irgendwann werde aus dem Hause David ein Mann mit überragenden Tugenden kommen, der den Prüfungen und Leiden des Volkes Israel ein Ende macht und Frieden und Gerechtigkeit schafft. Ein Messias, ein geistiger Führer, würde – und zwar auf Erden, wohlgemerkt – das neue messianische Zeitalter begründen, das die großen Propheten Jesaja und Micha vorhergesagt hatten. Und in diesem Reich der Gerechtigkeit würden nicht nur die Juden, sondern die ganze Menschheit erlöst.

Dabei unterschieden die Juden den irdischen Messias aus dem Hause Davids von einem himmlischen Messias, der älter ist als Sonne und Sterne und nach Auskunft des Buches Henoch 39 im Himmel »unter den Schwingen des Herrn« wohnt. Die christliche

Messias-Vorstellung eines menschgewordenen Gottessohns, bzw. göttlichen Menschensohns vermochten die Juden hingegen nicht nachzuvollziehen.

Henoch, der als Vater von Methusalem in Genesis 5, 21–24 erwähnt wird, gilt als Verfasser des spätjüdischen, apokalyptischen »Buches Henoch«, das der schottische Afrikaforscher James Bruce 1773 in einer äthiopischen Handschrift entdeckte. Das Buch Henoch mit seinen ausführlichen endzeitlichen Visionen wurde ursprünglich in hebräisch-aramäischer Sprache verfasst und ins Griechische übersetzt. Bei den ersten Christen fand es großes Interesse, galt aber seit dem 9. Jahrhundert als verschollen.

Die Lehre vom Messias gehört zu den stärksten Motiven in der Geschichte des Judentums. Immer wenn Hungersnöte, Seuchen, Pogrome, Kriege, Vertreibungen oder andere Demütigungen und Verfolgungen den Juden ganz unerträglich erschienen, wandten sich die Gläubigen der Heiligen Schrift zu, um darin nach verborgenen Zeichen oder neuen Offenbarungen zu suchen, die ihnen die Hoffnung zurückgaben. Fromme Mystiker, Numerologen, Astrologen, Kabbalisten und später die Chassidim versuchten, den genauen Tag vorherzusagen, an dem der herrliche Messias erscheinen und das Königreich Gottes ankündigen würde.

Die Römer, die mit der jüdischen Vorstellung eines Messias nichts anfangen konnten, fürchteten diese Prophezeiungen aus politischen Gründen, denn sie witterten Aufstandspläne dahinter. Und das war nicht ganz unberechtigt; die messianischen Ideen führten tatsächlich mehrfach zu politischer Militanz. Die Hoffnung auf den Messias war eine Alternative zum bloßen Hinnehmen jüdischen Schicksals. Während die religiösen Gesetze der Juden nach Ansicht mancher Kritiker die Resignation förderten, stärkte der Glaube an einen Messias den Willen zur Rebellion.

Im Talmud sind sowohl messianische Visionen enthalten als auch strenge Verbote über dieses Thema zu spekulieren; denn diese Auseinandersetzungen fanden zu einem Zeitpunkt statt, als die völlige Zerstörung Jerusalems durch die Römer noch in frischer Erinnerung war, und die Verfasser des Talmud wollten das messianische Feuer nicht schüren, das letztlich zu immer neuen Konflikten mit Rom führen musste.

Um das Jahr 60 herum und besonders nach der Zerstörung des Zweiten Tempels im Jahre 70 wurden die Juden von einem heftigen messianischen Fieber ergriffen. Man stürzte sich auf das Buch Daniel und wurde nicht müde seine Prophezeiungen zu zitieren, um damit zu beweisen, dass die Ankunft des Messias bevorstand. Und als die Juden sich im Jahre 132 unter Simon Ben Kosiba tatsächlich gegen die Römer erhoben und drei Jahre lang gegen weit überlegene Kräfte Widerstand leisteten, nannten sie ihren Führer Bar Kochba »Sternensohn« und »König Messias«.

Bar Kochba war so rebellisch, dass er angeblich einmal rief: »Oh, Herr, hilf uns nicht – ruiniere nicht unseren Sieg!« Und der große Rabbi Akiba, der verehrte Gelehrte und Heilige Akiba ben Josef (etwa 50–135 n.Z.), der eine rabbinische Akademie mit angeblich vierundzwanzigtausend Schülern leitete und aus dem Hause Davids stammte, unterstützte diesen Rebellen! Er unterstützte Bar Kochba, den die meisten Rabbiner und der Sanhedrin ablehnten! Er rief die Juden dazu auf, sich gegen die Römer zu erheben und wurde Bar Kochbas Schwertträger. ☛ Rabbi Jochanan ben Torata antwortete im Jerusalemer Talmud (Ta'anit 4,5): »Gras wird aus deinen Wangen wachsen, Akiba, ehe der Sohn Davids kommt.«☚

Kaiser Hadrian und Julius Severus, sein fähigster General, brauchten drei lange, blutige Jahre, um die Juden zu schlagen, von denen 580 000 fielen, ganz zu schweigen von den zahllosen Männern, Frauen und Kindern, die verhungerten oder an Krankheiten starben. Bar Kochba wurde in der Festung Bethar eingeschlossen und im Jahr 135 erschlagen. 1953 und 1960 fanden israelische Archäologen Briefe Bar Kochbas.

Akiba wurde gefangen genommen und mit selbst für die damalige Zeit ungewöhnlicher Grausamkeit bei lebendigem Leibe gehäutet. Wie es heißt, starb er mit großer Fassung. In seiner Biographie schreibt Louis Finkelstein (*Akiba,* Jewish Publication Society, 1962): »Die Tatsache, dass der große Märtyrer bei seinem Tod das *Sch'ma Israel* (»Höre, Israel«, Deuteronomium 6, 4) betete, macht dieses Gebet zu einem einzigartigen Glaubensbekenntnis. Bis zum heutigen Tag hoffen fromme Juden, dass sie, wenn ihre Stunde kommt, hinreichend bei Bewusstsein sind, um das Bekenntnis zum einzigen Gott abzulegen und mit ihrem letzten Atemzug die Worte zu wiederholen, die ihren edelsten Ausdruck bei Akibas Märtyrertod fanden.«

Es ist nicht weiter erstaunlich, dass die Geschichte der Juden mit falschen Propheten und selbsternannten Heilsbringern gespickt ist: Alle paar Jahre tauchten neue Mystagogen und Abenteurer auf, die behaupteten, eine Offenbarung und einen göttlichen Auftrag zu haben. Manche waren ernsthafte, aber meist paranoide Visionäre, andere waren Scharlatane und Hochstapler. In Hunderttausenden verzweifelter Herzen weckten sie die Hoffnung auf wunderbare Erlösung. Manche dieser falschen Messiasse gehören zu den dreistesten Betrügern, die jemals durch die Seiten der Geschichtsbücher marschiert sind.

Ich schätze die Passage aus den *Jüdischen Altertümern* des Josephus, wo es heißt: »... sie waren Betrüger, sie haben das Volk unter dem Vorwand göttlicher Erleuchtung getäuscht und die Massen dazu gebracht, wie Verrückte zu handeln.«

Der *meschiech* des einen ist der *meschugener* des andern.

Josephus führt das Beispiel eines gewissen »Judas von Galiläa« an, der im Jahr 6 n. Z. einen Aufstand gegen die Römer anzettelte und behauptete, er sei der Messias.

Im Jahr 44 n. Z. führte ein eigenartiger Heiliger namens Theudas seine verblendeten Anhänger an den Jordan, dessen Wasser er zu teilen versprach wie einst Moses das Rote Meer. Es gibt keinen Hinweis darauf, dass er auch nur einen einzigen Kubikmeter Wasser verdrängte. Aber die ungläubigen Römer gingen ganz sicher: Erst kreuzigten sie ihn, dann schlugen sie ihm noch den Kopf ab.

Etwa 58 oder 59 n. Z. gelang es einem gewissen »Benjamin aus Ägypten« über fünfundzwanzigtausend Anhänger auf den Ölberg zu führen. Dort kündigte er an, er werde jetzt die Mauern Jerusalems nach der Methode Joschua zum Einsturz bringen, aber ein phantasieloser römischer Prokurator ließ die historische Versammlung auflösen. Von Benjamin »dem Gesalbten des Herrn« (wie er sich nannte) hörte man nie wieder.

Im Jahre 66 oder 67 n. Z. erklärte der Enkel des oben genannten »Judas von Galiläa«, ein gewisser Menachem, *er* sei der Messias. Er bewaffnete seine Anhänger durch einen Überfall auf die Festung Massada und marschierte auf Jerusalem, um die heilige Stadt zu erobern. Auf dem Wege dorthin wurde er von überlegenen römischen Kräften gestellt und verschwand aus den Geschichtsbüchern.

Im Jahre 431 n. Z. erschien auf der Insel Kreta ein zweiter Moses, der seinen Anhängern versprach, er würde sie ins Heilige Land führen – auf direktem Wege, über das Wasser. Kurioserweise verschwand er (weder im noch über dem Wasser), während viele seiner Anhänger sowohl in ihrem Glauben als auch in den Fluten ertranken.

Im achten Jahrhundert gab es an den verschiedensten Orten Messiasse, unter anderem Abu Issa al-Isfahani in Persien, einen gewissen Severus oder Serenus in Syrien und einen ziemlich obskuren namens Yudghan in Hamadan im westlichen Persien.

Im neunten Jahrhundert erklärte ein begeisterter Eldad Ha-Dani, die verlorenen zehn Stämme Israels seien wiederentdeckt worden und das messianische Zeitalter werde beginnen. Exit Eldad Ha-Dani.

Während der Kreuzzüge, die eine endlose Folge von Massakern an unschuldigen, hilflosen Juden mit sich brachten, hatte der Erlösergedanke begreiflicherweise Hochkunjunktur. Die herausragende Gestalt war David Alroy von Mesopotamien, dessen eigentlicher Name Menachim ben Solomon war. Er war ein Führer von beträchtlicher intellektueller Statur und wurde zwischen 1135 und 1160 von Auftragskillern ermordet. Weniger glanzvolle *meschiechs* gab es in Persien, Marokko, Spanien und Frankreich.

Im Jahre 1295 erschien ein Messias in Avila, Spanien. Sein Name war Nissim ben Abraham. Er kündigte an, er werde die Erlösung am letzten Tag des Monats Tammus beginnen. Ein sofortiges Massenfasten begann, und das persönliche Eigentum wurde verschenkt. Ekstatisches Beten erfüllte die Straßen, während die Gläubigen ungeduldig auf den Anbruch von Gottes Königreich warteten. Ach, die armen Juden …

Ein spanischer Jude namens Avrum (Abraham) Abulafia (1240–1291) trat nach langem Kabbala-Studium eine Reise nach Jerusalem an und hatte dort eine Vision: Eine Stimme sagte, er solle nach Hause zurückkehren und sich zum Propheten erklären. Dann erhielt er auch noch den Auftrag, keinen Geringeren als Papst Nikolaus III zum Judentum zu bekehren! Und ob Sie es glauben oder nicht, er hat es tatsächlich versucht. 1280 bat er um eine Audienz, die ihm auch gnädig gewährt wurde. Als Nikolaus allerdings merkte, was der erstaunliche Avrum Abulafia vorhatte, verurteilte er ihn sogleich zum Flammentod auf dem Scheiterhaufen. Der arme Kerl entging seinem Schicksal nur deshalb, weil Nikolaus III wenige Tage später verstarb. Abulafia ging nach Sizilien, wo die Stimme ihm sagte, er sei der lang erwartete Messias. Was er dann einer wechselnden Anhängerschaft auch geduldig erklärte. ☛ Er hinterließ zahlreiche Schriften mit Anweisungen, wie man sich in Ekstase versetzt und mystische Erfahrungen hat. Gershom Scholem und Moshe Idel haben sie in Auswahl neu herausgegeben. In dem Sammelwerk *The Fifty-eighth Century: A Jewish Renewal Sourcebook*, hrsg. von Shohama Wiener (Jason Aronson, 1996) findet sich ein interessanter Vergleich zwischen Abulafia und Swami Muktananda (1908–1982), der als Yogalehrer berühmt wurde. ☚

Ein besonders mutiger oder eingebildeter Hochstapler war der Zwerg David Reuveni oder Reubeni. Im Jahre 1524 erklärte er in Venedig, er sei ein Mitglied des Stammes Reuben, der zu den Verlorenen Stämmen gehörte. Genauer gesagt: Er sei der Bruder des Königs. In dieser Eigenschaft schlug er dem Papst ein Bündnis gegen die Türken vor, die gerade quer durch Europa marschierten. Sein Bruder, sagte er, kommandiere Tausende von herrlichen jüdischen Soldaten, die sich glücklicherweise *hinter* den feindlichen Linien befänden! Papst Clemens VII gewährte Reuveni eine Audienz, und die päpstlichen Astrologen beglaubigten seine Geschichte, ja, sie bestätigten sogar seine Prophezeiung, man werde die Türken gemeinsam besiegen.

Der Papst schrieb an den König von Portugal – und David Reuveni segelte unter einer jüdischen Flagge nach Lissabon! Die Marranen in Portugal begrüßten ihn als den Messias, und ein gewisser Diego Pires (1500–1532) war so begeistert, dass er sich beschneiden ließ und den Namen Solomon Molko oder Molcho annahm, unter dem er auch in manchen Lexika steht. Molcho ging erst nach Italien und segelte anschließend ins Heilige Land, von dort aus kehrte er mit der frohen Botschaft zurück, *er* sei der Messias. Der Papst erteilte ihm eine Ausnahmegenehmigung von der Heiligen Inquisition.

Gemeinsam traten Reuveni und Molcho vor Karl V, den Kaiser des Heiligen Römischen Reichs, und baten um Unterstützung für die apokryphen jüdischen Legionen in Arabien. Daraufhin überstellte Karl sie der Heiligen Inquisition. Molcho weigerte sich zu widerrufen, weil er offenbar hoffte, sein Opfer werde die Menschheit erlösen. Er wurde 1532 in Mantua auf dem Scheiterhaufen verbrannt. Reuveni wurde nach Spanien geschafft und endete in einem der sogenannten »Autodafés«. Seine Reisetagebücher finden sich in der Bodleian Library in Oxford.

Zu Anfang des sechzehnten Jahrhunderts behauptete ein gewisser Ascher Lammlein (oder Lemmlin), er sei Elia, der Vorläufer des Messias. Manche Juden dachten, Lemmlin sei sogar selbst der Messias und nur zu bescheiden, um das auch zu sagen. Viele Juden ließen sich von ihm »taufen«, um die Ankunft des Erlösers zu beschleunigen, aber das war auch schon das Ende seiner Geschichte.

Der berühmteste der falschen *meschiechs* war freilich Sabbatai Zwi (oder Zewi). Er trat in der Mitte des 17. Jahrhunderts auf, als bei wiederholten, schrecklichen Kosaken-Pogromen über dreihunderttausend Juden, etwa die Hälfte der jüdischen Bevölkerung in der Ukraine, umgebracht worden waren. Viele fromme Juden glaubten, diese Heimsuchungen seien ein Zeichen, dass die Ankunft des Messias bevorstehen müsse; denn die Überlieferung sagte, wenn die Not am größten sei, werde Gott das Elend seines Volkes beenden. In der Tat hatten jüdische Kabbalisten mit allerlei Abrakadabra errechnet, das Jahr 1648, als sich die ukrainischen Kosaken gegen ihre polnischen Herren erhoben, sei das Jahr der Erlösung.

Sabbatai Zwi war ein türkischer Jude aus Smyrna (Izmir). Er wurde am 1. August 1626 geboren. Sein Vater war der örtliche Vertreter einer englischen Firma. Sabbatai verstand die Psalmen mit süßer Stimme zu singen und wurde von den Kindern geliebt. Er war mit allen talmudischen, rabbinischen und kabbalistischen Schriften vertraut, hatte sich aber besonders den Lehren von Rabbi Isaac Luria gewidmet, einem berühmten Kabbalisten, der den Beinamen *Ari* (»der Löwe«) trug und seine Anhänger lehrte, sie könnten durch eine asketische Lebensweise, Meditation und Einhaltung der Gebote das messianische Zeitalter rascher herbeiführen.

Sabbatai Zwi war in der Lage, anhaltende ekstatische Zustände bei sich zu erzeugen. Die polnisch-ukrainischen Pogrome begriff er als Zeichen. Das öffentliche Aussprechen des Gottesnamens führte dazu, dass er 1651 von seinem Lehrer Josef Iskafa verbannt wurde. Die jüdischen Zentren in Tiberias und Safed waren von den Drusen und Türken zerstört worden, deshalb ging er über Saloniki, Konstantinopel und Kairo nach Jerusalem, wo er leidenschaftlich an den Gräbern der Patriarchen betete, hungerte und sich kasteite, was ihm zahllose Anhänger einbrachte.

Sie schickten ihn nach Ägypten, wo er mit großen Ehren empfangen wurde. In Kairo heiratete er eine Prostituierte namens Sarah, die eine sehr ungewöhnliche Frau gewesen sein muss. Ihre Eltern waren bei einem Pogrom erschlagen worden, und sie war in einem polnischen Kloster aufgewachsen. In Amsterdam, so erzählte sie später, hatte sie eine Vision, in der ihr mitgeteilt wurde, ein wundertätiger Rabbi namens Sabbatai Zwi werde sie heiraten. In der Tat gab es eine Legende, wonach der Messias eine unreine Frau nehmen würde.

Sabbatai kehrte zurück ins Heilige Land, wo seine Verkündigung von dem kabbalistischen Prediger Natan Benjamin ha-Levi aus Gaza unterstützt wurde, der sich zu seinem »Elia« erklärte, dem Propheten und Wegbereiter für »Unseren Messias Sabbatai Zwi«. Am 31. Mai 1665 ließ sich Sabbatai offiziell zum Messias ausrufen. Er glaubte offenbar, er sei berufen, die Erwartungen gewisser englischer Christen zu erfüllen, die vorhergesagt hatten, das tausendjährige Reich Gottes werde im Jahre 1666 beginnen.

Die Rabbiner in Jerusalem waren empört und verbannten ihn aus der Stadt. Sabbatai kehrte nach Smyrna zurück, wo er mit gewaltigem Enthusiasmus begrüßt wurde. In ganz Kleinasien begann der Sabbatianismus sich auszubreiten. Die Ekstase und Hysterie, die Sabbatais mystisches Evangelium auslösten, sind schwer zu beschreiben. Ein messianisches Fieber erfasste die jüdischen Gemeinden in der Türkei, in Venedig, Hamburg und Amsterdam und am Ende selbst London. Für viele wurde Sabbatai zum »König der Juden«, wie ehemals Jesus. Tausende bereiteten sich auf das Ende der Welt vor, verkauften all ihre Habe, regelten ihre Geschäfte, verließen ihre Häuser in Sack und Asche, begannen zu fasten und beteten um das Jüngste Gericht. Der 18. Juni 1666 wurde zum Tag der Erlösung bestimmt. ☛ Der Religionshistoriker Gershom Scholem (geb. 1897 in Berlin, gest. 1982 in Jerusalem) vermutet, dass mehr als die Hälfte der damaligen Juden (einschließlich der europäischen Juden) die messianischen Ansprüche Sabbatais ernst nahmen, der wahrscheinlich eine manisch-depressive Persönlichkeit war. Siehe Scholems Standardwerk *Sabbatai Zwi. Der mystische Messias* (Jüdischer Verlag, 1992). ☚ Anfang 1666 ging Zwi nach Konstantinopel, wo die türkischen Behörden ihn festnahmen und auf den Dardanellen unter Hausarrest stellten. Auch hier erreichten ihn weiter die Botschaften seiner zahllosen Anhänger. Schließlich wurde Zwi vor den Sultan gebracht und vor die Wahl gestellt, entweder zum Islam überzutreten oder sich einen Kopf kürzer machen zu lassen. Er behielt den Kopf auf den Schultern und erhielt am 15. September 1666 den Namen Asis Mehmed Effendi, seine Frau hieß fortan Fatima Radini. Eine Zeitlang führte er eine Doppelexistenz als Jude und Moslem, und sein Freund Natan aus Gaza fand eine halbwegs glaubwürdige Erklärung für seine Apostasie. (Daher bedeutete seine Konversion auch nicht das Ende des Sabbatianismus.) Im Jahre 1672 wurde er denunziert und nach Dulcigno (heute Ulcinj in Montenegro) verbannt, wo er 1676 starb.

Etwa 200 jüdische Familien, die Dönmeh (türkisch: »Abtrünnige«), die mit ihm zum Islam übergetreten waren, heimlich aber weiter Juden blieben, wurden zur Keimzelle einer neuen Bewegung. ☛ Nach Angaben von Yakov Leib ha-Kohain, der eine Website (*www.kheper.auz.com*) zur Geschichte des Sabbatianismus unterhält, gibt es auch heute noch in aller Welt, besonders aber in Kleinasien »kleine Gemeinden von radikalen Kabbalisten, die Sabbatai heimlich als Messias und Verkörperung Gottes verehren. In meiner über vierzigjährigen Beschäftigung mit dem Sabbatianismus bin ich allerdings zu der Ansicht gelangt, dass *Donmeh-L* die einzige Gemeinde von Sabbatai- und Frank-Jüngern außerhalb der Türkei und mit Sicherheit die einzige im Internet ist.« ☚

Der extravagante, charismatische Jakub Leijbowicz Frank oder

Jacob Leib Frank, (geb. 1726 in Korólowka, Podolien, gest. am 10. Dez. 1791 in Offenbach) war ein leidenschaftlicher Gegner der Rabbiner und Talmudisten und bedauerte öffentlich, dass die Juden ihre heiligen Bücher und die Gelehrsamkeit so liebten. Die Juden sollten Krieger werden, rief er, und Israel ein militärisches Volk. »Die Wiederauferstehung erfolgt durch das Schwert.« So weit, so gut. Aber Frank, ein reisender Handelsvertreter, war ein sinnlicher Mensch. In Bukarest und Saloniki lernte er den Sabbatianismus kennen, und als er 1755 nach Polen zurückkehrte, erklärte er sich zum Messias. Er sei der wiedergeborene Sabbatai Zwi. Zugleich verkündete er eine völlig neuartige Heilslehre: Die Erlösung sollte durch ein *un*keusches Leben erlangt werden. Die Straße zum Himmel führte durch das Boudoir. Seine Gottesdienste trugen deshalb häufig den Charakter von Orgien.

Das Personal der himmlischen Dreieinigkeit rearrangierte er etwas, so dass sie auch ihn mit umfasste. Die Spenden seiner leichtgläubigen Anhänger ermöglichten ihm ein höchst glanzvolles Leben. Die Rabbiner verdammten ihn wegen seines unzüchtigen Lebens, von der Blasphemie und Häresie ganz zu schweigen. Frank rächte sich, indem er gegen die Schriftgelehrten den alten Vorwurf des Ritualmords erhob. 1758 ließ er sich einen Schutzbrief des Königs von Polen ausstellen, trat am 25. Nov. 1759 mit seinen Anhängern zum Christentum über, ließ sich aber weiter als Messias verehren. Bald hatte die Kirche von ihm genug und ließ ihn einsperren. Dreizehn Jahre später wurde Polen geteilt und Frank wurde von den Russen auf freien Fuß gesetzt. Er ging nach Brünn, ließ sich am Wiener Hof als Prediger feiern und war ein großer gesellschaftlicher Erfolg. Abermals deckten ihn seine Anhänger mit Geldspenden ein, so dass er mit einer Leibgarde auf prächtigen Pferden herumreiten konnte. Seine Männer trugen Ulanenuniformen, und die Fähnchen an ihren Lanzen waren mit mystischen Symbolen bestickt. 1786 setzte er sich nach Offenbach ab, kaufte ein stattliches Schlösschen und nannte sich fortan »Baron«.

Nach seinem eher unmessianischen Tod im Jahre 1791 setzte seine energische Tochter Eva das Geschäft mit der Sekte fort. Sie war als die »Heilige Dame« bekannt und offenbar ebenso lustorientiert wie ihr Vater. Aber ihre Mischung aus Hokuspokus und Sex kam gut an. Sie war damit genauso erfolgreich wie ehedem die Kaiserin Theodosia von Byzanz.

Wahrscheinlich muss man die messianischen Erwartungen der Juden, ähnlich wie hunger-induzierte Halluzinationen, in direkte Beziehung zur Armut und Verzweiflung der Bevölkerung setzen. Das wäre bei anderen Völkern nicht anders gewesen. Wohl auch deshalb stellte Maimonides eine Reihe von Grundregeln auf, die den Gläubigen helfen sollten, die Ansprüche, Prophezeiungen und »Wunder« zu beurteilen, die von selbsternannten Erlösern erbracht wurden.

Eine kleine Gruppe ultra-orthodoxer Eiferer in Israel, die *Neture Karta* (aramäisch: »Wächter der Stadt«), lehnt jeden Kontakt mit dem Staat ab, weil sie der Ansicht sind, ein Judenstaat dürfe nur vom Messias gegründet werden und der sei ja noch nicht erschienen. ☛ In Amerika wiederum versuchten die *Lubawitscher Chassidim* lange Zeit, die Anerkennung ihres 1994 verstorbenen geistigen Oberhaupts Rabbi Schneerson als *meschiech* zu erreichen. Siehe *choßid.* ☚

meschugáß (n.)

Aus dem hebräischen *m'schugá'at* »Wahnsinn«

In Amerika: *mishegas, mishegoss, meshugaas*

Buchstäblich: Wahnsinn, Geisteskrankheit.

So ist z. B. *hintisch meschugaß* ein »hündischer Wahnsinn«, d. h. Tollwut. BSE wäre demnach: *rindern meschugáß.* Und Größenwahn ist *grójßkajt-manje* oder *grójßkajt-meschugáß.*

Oft werden *meschugaß* und *mishegas* aber auch in weniger ernster Bedeutung gebraucht, etwa im Sinne von:

- Quatsch und Unsinn. *Did you ever hear such a piece of mishegas?*
- Chaos, Durcheinander. *No one can figure it out; it's plain mishegas. How can you cope with such mishegas.* »Wie hältst du solches *meschugaß* bloß aus?«
- Herumalbern, Quatsch machen. *He's the life of the party with his jokes and mishegas.* – »Lass das *meschugaß*!«

– Einbildung, Verrücktheit oder fixe Idee. *She has a new mishegas – that the neighbours are trying to kill her.*
– Idiosynkrasie.

Beachten Sie, dass *meschuge* und *meschugaß* sowohl ernst als auch spaßhaft gebraucht werden können. In Amerika gibt es allerdings fast nur noch die scherzhafte Bedeutung bei *mishegas.*

»Jeder Mensch hat sein eigenes *meschugaß.*« *Volksweisheit*

In der Gemeinschaftspraxis dreier Psychiater hängt – so behauptet es zumindest ein boshafter Witz – das folgende Schild:

S. M. Spero, M.D.
J. Melnik, M.D.
R. Gabrilowitz, M.D.
Keine Wartezeit: 6 Couchen

Bei einer Abendeinladung redete sich Mr. Samuel Goldwyn einmal so in Rage, dass er schließlich erklärte: »Jeden, der zu einem Psychiater geht, sollte man auf seinen Verstand überprüfen!«

Und da wir nun mal bei diesem Thema sind, will ich auch noch folgende klassische Definition eines Psychoanalytikers anfügen: »Ein Psychoanalytiker ist ein jüdischer Arzt, der kein Blut sehen kann.«

Als Mr. Klein von einem Besuch bei seinem Freund Teitelbaum in der psychiatrischen Anstalt zurückkommt, hat Mrs. Klein unzählige Fragen.

»Ach, der arme Teitelbaum«, sagt Mr. Klein. »Krank im Kopf ist er. Er rast und tobt und erzählt *meschugaß.*«

»Ja, hast du denn überhaupt reden können mit ihm?«

»Nu, ja. Ich hab versucht, über einfache Dinge zu sprechen, um ihn zurück auf die Erde zu bringen. Ich habe über das Wetter geredet, ich habe gefragt, ob er was Warmes zum Anziehen braucht, ich hab die zehn Dollar erwähnt, die er uns schuldet ...«

»Aha! Hat er sich daran erinnert?«

»Nein. So meschugge ist er nun auch wieder nicht«, antwortet Klein.

meschúge *(Adjektiv)*
Aus dem hebräischen *meschugá* »verrückt« (z. B. Deuteronomium 28, 34: »... und wirst unsinnig werden, vor dem, das deine Augen sehen werden«).

In Amerika: *meshuge, meshugge*

Gibt es irgendjemand, der nicht weiß, dass *meschuge* »verrückt« heißt? Bekloppt, irre, extravagant, absurd usw.?

Der starke Zischlaut in der Mitte und das wuchtige *ugg* bilden eine überzeugende Lautkombination, die das Wort im Deutschen (*meschugge*) seit dem 19. Jahrhundert (vor allem in Berlin und anderen Großstädten) durchgesetzt und in Amerika schon vor 1953 immer beliebter gemacht haben.

Ein Verrückter ist ein *meschugener,* eine verrückte Frau ist eine *meschugene,* »Geisteskranke« sind *meschugóim (Pl.).*

Ein *meschugóim-hemdl* ist eine »Zwangsjacke«.

Nota bene: *That's meshuge* »das ist meschugge«, aber *that's a meshugene idea* »das ist eine meschuggene Idee«.

Siehe auch *meschugaß.*

Der alte Mr. Yonklowitz kann nicht schlafen. Nächtelang, wochenlang wälzt er sich im Bett. Seine Kinder haben den Arzt gerufen, der hat ihm Schlaftabletten, Pillen, Sirup, Beruhigungsmittel verschrieben. Genutzt hat es gar nichts.

Schließlich beschließt der entnervte Nachwuchs, einen Hypnotiseur zu bestellen. Es fällt ihnen wirklich nicht leicht, aber sie wissen sich einfach nicht anders zu helfen. Sie müssen sogar einen Psychiater bitten, einen zuverlässigen Hypnotiseur zu empfehlen.

Schließlich trifft der Mann ein, und die Kinder stellen ihn Yonklowitz vor. »Papa, das ist der Doktor. Ein Mann, der Wunder vollbringt. Ein *Spezialist*, der die Leute zum Einschlafen bringt.«

Der Hypnotiseur sagt: »Also, Mr. Yonklowitz, wenn Sie ein bisschen Vertrauen zu mir haben, schlafen Sie heute nacht wie ein Baby.« Er hält eine goldene Taschenuhr hoch und sagt: »Schauen Sie jetzt bitte fest auf die Uhr ... ja, so ist es gut.« Der Hypnotiseur läßt die Uhr pendeln und verfällt in einen langsamen Singsang: »Links ... rechts ... Ihre Augen werden sehr müde ... sehr müde ... Jetzt werden Sie schlafen ... fest schlafen ...«

Der Kopf des alten Mannes sinkt herab, seine Augen schließen sich, und sein Atem wird so regelmäßig wie der eines Babys. Der Hypnotiseur legt einen Finger auf die Lippen, damit die Kinder des alten Mannes ja keinen Lärm machen. Dann schleicht er sich auf Zehenspitzen hinaus.

Kaum hat die Tür sich geschlossen, macht der alte Mann vorsichtig ein Auge auf. »Ist der *meshugener* weg?«

Andreas Nachama (*Jiddisch im Berliner Jargon*, Stapp, 1994) erzählt die Geschichte von einem Schüler, der nach Hause kommt und seinen Vater fragt: »Papa, was ist ein Rotkehlchen?« Der Vater antwortet leicht entnervt: »Nu ja, a meschuggener Fisch!« – »Ein meschuggener Fisch? Aber der Lehrer hat doch gesagt, dass es von Ast zu Ast springt!« – »Nu, kannst du sehen, wie meschugge es ist!«

meschúmed *(m.)*, **meschumódim** *(Pl.)*
meschumédeßte *(f.)*, **meschumédeßteß** *(Pl.)*
Aus dem hebräischen *m'schumád* »Abtrünniger«, »Apostat«.

In Amerika: *meshumed, meshumad*

Ein freiwillig getaufter Jude, ein Apostat.

Beachten Sie das Wort *freiwillig*. In der jüdischen Geschichte gab es so viele, mit haarsträubenden Martern und Todesdrohungen erzwungene Massen-Konversionen, dass die freiwillig zum Christentum Konvertierten, die *meschumedim,* von den Zwangsgetauften, den *anúßim*, unterschieden werden mussten. Die bekanntesten und zahlreichsten Zwangskonvertiten waren natürlich die spanischen Marranen. Siehe *maran.*

☛ Die *National Jewish Population Study* des *Council of Jewish Federations* des Jahres 1990 zeigte, dass die Zahl der *meschumedim,* die ihren jüdischen Glauben aufgeben, gegenwärtig etwa genauso groß ist wie die Zahl der Erwachsenen, die zum Judentum konvertieren. Die Mehrzahl derer, die das Judentum verlassen, sind Kinder aus Mischehen; zwei Drittel der zum Judentum Konvertierten sind Frauen. ☚

messias siehe *meschiech.*

mesúmen *(m. und n.)*, **mesúmenß** *(Pl.)*
mesúmonim *(Pl.)*
Aus dem hebräischen *mesumán* »bereit, zur Verfügung stehend«.

In Amerika: *mezumn, mazuma, mezuma*

Das jiddische *mesumen* bedeutet einfach »Bargeld«. *Mazuma* ist ein ameridisches Intensivum, es bedeutet zwar ebenfalls »Bargeld«, ist aber ein Slang-Wort und hat einen vulgären Unterton. Das übliche jiddisch-amerikanische Wort für Bares ist *gelt. Mazuma* ist amüsanter und nachhaltiger. So wie man von einem reichen Mann sagt: »Er hat Moneten!« sagen manche Leute: *Has he got mazuma!*

In der Bibel oder im Talmud finden sich nach Angaben der Autoritäten die Worte *mazuma* oder *mezuma* nicht, dafür aber *mesumen*, das einen »mittelfristigen Kredit« bezeichnet und in juristischen Erörterungen auftaucht.

Mazuma als Synonym für Geld (*scratch, wampum, the green*) könnte auch vom chaldäischen *m'zumon* abstammen, meint H. Hishin (*American Speech*, 1926).

In den kanadischen Wortschatz sei *mazuma* 1914 vorgedrungen, sagt Eric Partridge, und in *Songs and Slang of the British Soldier* von Brophy und Partridge kommt es ebenfalls vor.

Kluges *Etymologisches Wörterbuch* vermutet auch hinter dem deutschen *mumm* »Mut, Kraft, Energie« das jiddische *m(es)um(en).*

»Geld macht nicht alles gut; aber kein Geld macht alles schlecht.«
Volksweisheit

Von einem Ehepaar in Chelm wird erzählt, dass die Ehefrau ihrem Mann stets genau berichten musste, was sie mit dem Haushaltsgeld machte.

Eines Tages kommt sie aus der Stadt zurück, und er fragt: »Ich habe dir heute Morgen fünf Rubel gegeben. Was hast du damit gemacht?«

»Ach«, sagt sie. »Ich habe ein paar Kleinigkeiten gekauft.«

»Na, schön«, sagt der Mann. »Das wären zwei Rubel.«

»Dann habe ich noch einen Rubel hier – «

»Das wären dann drei.«

»– und einen Rubel da ausgegeben.«

»Das wären dann vier«, sagt der Mann.

»Vier?« Die Frau zieht die Stirn kraus. »Tja, was hab ich bloß mit dem fünften Rubel gemacht?«

»Siehst du!?« schrie der Mann. »Da schickt man seine Frau einkaufen, sie gibt dein Geld aus und weiß am Ende nicht mal, wofür!«

mesúse *(f.)*, **mesúseß** *(Pl.)*
Aus dem hebräischen *m'susá* »Türpfosten« (in dieser Bedeutung sollten Sie das Wort aber nur benutzen, wenn Sie in Israel sind).

In Amerika: *mezuze, mezuzah, mezzuza, mezzuzah*

Mesusa. Die kleine, etwa zwei Zigaretten große Kapsel, die von Juden in Augenhöhe leicht schräg am rechten Türpfosten des Hauses angebracht wird.

Ein orthodoxer Jude wird jedesmal, wenn er sein Heim verlässt oder wieder betritt, mit den Fingern zuerst seine Lippen und dann die Mesusa berühren.

Im Inneren der Mesusa befindet sich ein zusammengerolltes Stück Papier oder Pergament mit Versen aus dem Deuteronomium 6, 4–9 und 11, 13–21. Der erste Satz ist Israels große, widerhallende Losung: »Höre, Israel, der Herr, unser Gott, ist ein einziger Gott.« Ferner enthält die Inschrift das Gebot, »du sollst den Herrn, deinen Gott, lieben von ganzem Herzen, von ganzer Seele« und endet mit einer Erinnerung daran, sich unterwegs wie zu Hause an Gottes Gebote zu halten und auch seinen Kindern den Respekt vor Gottes Gesetz beizubringen. Außerdem enthält der Text die Ermahnung, diese Worte auf die Türpfosten seines Hauses zu schreiben.

Die Mesusa heiligt die Wohnung, die bekanntlich im jüdischen Leben eine zentrale Rolle einnimmt und sogar als »kleiner Tempel« (hebräisch *migdasch mehad*) gilt.

Für viele heutige Juden ist die Mesusa auch einfach eine Art traditionelles Glückszeichen. Manche Gelehrten sagen, dass die Mesusa auf den ägyptischen Brauch zurückgeführt werden könne, glückbringende Zeichen über ihre Türen zu schreiben. Heute schreiben Muslime oft »Allah« oder Koranverse über Türen und Fenster, während bayrische Katholiken alljährlich die Buchstaben C + M + B (Christus mansionem benedicat) und die entsprechende Jahreszahl mit Kreide über die Tür schreiben lassen, was der Volksmund als »Caspar, Melchior und Balthasar« (die Namen der Hl. Drei Könige) deutet.

Nach langem Drängen hat sich ein alter Jude aus Brooklyn entschlossen, den Winter in Florida zu verbringen. Seine Kinder haben ihm ein Zimmer in einem der nettesten Hotels an der Küste bestellt. Hundertmal haben sie dem Opa versprochen, das Hotel sei absolut *koscher.* Ein anderes Haus wäre für den alten Herrn nicht in Frage gekommen. Der Hotelchef bringt den betagten Gast persönlich in sein Zimmer und erläutert ihm das Unterhaltungsprogramm: »Jeden Nachmittag Binokel, Filmvorführungen zweimal die Woche, Fernsehen in jedem Zimmer…«

»Aber die Küche«, fragt der *sejde.* »Ist sie wirklich koscher?«

»Absolut!« sagt der Direktor. »Wir servieren nur koscheres Fleisch, und die Zubereitung ist auch absolut koscher.«

Als sie zur Zimmertür kommen, streckt der alte Mann automatisch die Hand nach dem Türpfosten aus. Aber da findet er keine Mesusa.

»Seien Sie ganz beruhigt«, sagt der Direktor und lächelt. »Wir haben auf dem Dach eine große Sammel-Mesusa für alle!«

mezíe *(f.)*, **mezíeß** *(Pl.)*
Aus dem hebräischen *m'ziá* »Fund«.

In Amerika: *metsie, metsieh*

1. Fund. Im übertragenen Sinne: günstige Gelegenheit, preiswürdige Ware, Chance. *Believe me, that's a metsieh.* In diesem Sinne ist im Wiener Dialekt die *mezzie* geläufig: »ein vorteilhaftes Geschäft«.
2. Ironisch: das Gegenteil eines guten Geschäfts. *He married some metsieh.* »Ich bedanke mich für so eine *mezzie!*«

In Amerika wird *metsieh* fast nur noch im ironischen Sinne gebraucht. Ursprünglich war eine *mezie* aber ein wertvoller Fund. So heißt es zum Beispiel im Talmud: »Gott fand die Juden, wie man Trauben in der Wüste findet.«

Die *Baba Metsia* (»mittlere Pforte«) in der 4. Ordnung der Mischna beschäftigt sich mit dem Eigentumsrecht, Vormundschaftsrecht usw.

midrasch siehe *medresch.*

míeß *Adj.* und *Adv.*
Aus dem hebräischen *miúss* »ekelhaft«, »hässlich«.

Mies, häßlich, übel, negativ, schlecht. Der Ausdruck ist direkt ins Deutsche eingegangen. Wenn es einem *mies* geht, ist man deprimiert oder krank. Eine *miese Tour* ist eine Gemeinheit. Wenn man *Miese* auf der Bank hat, ist der Kontostand negativ. Und ein *Miesmacher* oder *Miesepeter* verbreitet überall schlechte Laune.

In Amerika scheint die ästhetische Bedeutung besonders wichtig. Hier gibt es: *mieskayt, mieskeit* »Hässlichkeit«, »hässlicher Mensch«. *She's a mieskayt.* Der Ausdruck ist aber sehr kränkend und wird fast nur in übler Nachrede gebraucht.

míkwe *(f.)*, **míkweß** *(Pl.)*
Aus dem hebräischen *mikwá* (*mikwot Pl.*) »Ansammlung (von Wasser)«. Das Wort erscheint zuerst in Genesis 1, 10 »und Gott nannte das Trockne Erde, und die Sammlung von Wasser nannte er Meer«.

In Amerika: *mikve, mikva, mikveh, mikvah*

Mikwe. Das in der Bibel (Leviticus 15) erwähnte Ritualbad, das eine jüdische Braut vor der Hochzeit und fromme jüdische Frauen am Ende ihrer Periode und nach der Geburt eines Kindes nahmen.

Nach dem rabbinischen Gesetz durften Mann und Frau während der Regelblutung und sieben Tage danach nicht in engen körperlichen Kontakt treten, geschweige denn Geschlechtsverkehr haben. Am siebten Tag musste sich die Frau in fließendem Wasser oder in einem eigens dafür gebauten Bad reinigen, eben der *mikwe.* Während ihres Aufenthalts in der Mikwe spricht die Frau ein Gebet. Jüdische Gemeinden waren verpflichtet, eine Gemeinschafts-Mikwe zu unterhalten.

Die Regeln der Mikwe sind sehr detailliert, ein ganzer Abschnitt der Mischna beschäftigt sich mit diesem speziellen Thema. So muss die Mikwe mindestens achtzig Gallonen natürlich gesammeltes Wasser enthalten, das nur mit Hilfe der Schwerkraft aus nicht gestauten Flüssen oder Seen in das Mikwe-Becken gelangt. Auch Regenwasser erfüllt die Bedingung.

Heute beachten nur noch sehr religiöse Frauen die Mikwe oder besuchen die Badehäuser, wie sie in Europa oder an der Lower East Side gefunden worden sind. ☛ Das Interesse an der Mikwe ist allerdings durch die Erforschung weiblichen jüdischen Brauchtums wieder gestiegen. Für Frauen, die zum Judentum konvertieren, gehört die Mikwe zum Aufnahmeritual.

Bei der Mikwe geht es weniger um Hygiene als um die rituelle Reinigung und die eheliche Sexualität. Nach dem Talmud soll die Abstinenz während der Periode und das anschließende Bad dazu führen, dass die Frau ihrem Mann wieder genauso begehrenswert erscheint wie zu dem Zeitpunkt, als sie unter die *chuppa* trat und seine Frau wurde. Übrigens gibt es auch ein Ritualbad für Männer am Vorabend des Sabbat oder hoher Feiertage oder zu anderen Zeiten, wenn besondere »Reinheit« erwünscht ist. Siehe Rivka Slonim: *Total Immersion. A Mikvah Anthology* (Jason Aronson, 1997). ☚

Nichtjuden haben sich immer wieder verblüfft über den »Kult der Reinheit« bei den Juden geäußert. Es lässt sich aber nicht leugnen, dass auch die Mikwe dazu beigetragen hat, dass jüdische Frauen oft sauberer und ihre Familien gesünder waren, als es sonst der Fall gewesen wäre. Mit Sicherheit hat das regelmäßige Bad auch das Selbstbewusstsein jüdischer Frauen gesteigert.

☛ Andererseits haben viele heutige Frauen das Gefühl, dass die Reinheitsvorschriften Abscheu vor den körperlichen Funktionen der Frauen ausdrücken, was die Sprache des Kapitels Nidda (»menstruierende Frau«) im Talmud zum Teil auch bestätigt. Die feministische Theologin Rachel Adler versucht, die feministische Perspektive mit der Überlieferung zu verbinden: »*Tuma/tahara* (Reinheit und Unreinheit) ist eines der wenigen jüdischen Symbole, in dem Frauen einen Platz hatten. Sollen wir darauf verzichten, bloß weil spätere Generationen von Männern ihren Abscheu vor Frauen darauf projiziert haben? Sollen wir die Männer nicht lieber dazu veranlassen, den Kreislauf von Tod und Erneuerung in ihren eigenen Körpern anzuerkennen, indem sie nicht nur mit uns das Tauchbad besteigen, sondern die Mikwe auch dann benutzen, wenn sie Samen verloren haben, wie die Überlieferung es verlangt?« (In: *The Jewish Woman. New Perspectives*, hrsg. von Elizabeth Koltun, Schocken, 1976) ☚

Siehe auch *schwizbod*.

mílchik *Adj.* und *Adv.*
Zu mittelhochdeutsch *milch* wird frühneuhochdeutsch *milchig* gebildet.

In Amerika: *milkhik, milchik, milkhedik, milkhedig*

1. Molkereiprodukte, die aufgrund der Speisevorschriften (Kaschrut) nicht zusammen mit Fleisch genossen werden dürfen. Alle Speisen, die Milch, Butter, Sahne oder Käse enthalten.
2. Blass, kränklich aussehend. *She's been sick for a week and looks milkhedik.*
3. Eine farblose, blasse Persönlichkeit, ein richtiger *Caspar Milquetoast. She's married a real milkhediker.*

mínche *(f.)*, **míncheß** *(Pl.)*
Aus dem hebräischen *minchá* »Gabe«, »Spende«.

In Amerika: *minkhe, mincha, minhah*

Mincha. Das Gebet am Nachmittag. Traditionsgemäß beten fromme Juden dreimal am Tag: Schachris am Morgen, Mincha am Nachmittag und Maariv am Abend. Vorschrift ist am Nachmittag nur ein Gebet, entweder die »Große Mincha« um 12 Uhr 30 oder die »Kleine Mincha« zwischen 15 Uhr 30 und 18 Uhr. Aus praktischen Gründen wurde es üblich, die Mincha erst kurz vor Sonnenuntergang zu beten, um anschließend direkt zum Maariv überzugehen.

mínjen *(m.)*, **minjónim** *(Pl.)*
Aus dem hebräischen *minján* »Zahl«.

In Amerika: *minyen, minyan*

1 Quorum. Mindestzahl. Gelegentlich auch scherzhaft gebraucht.
2. Minjan. Mindestzahl von zehn männlichen (bei den Nichtorthodoxen auch weiblichen) Juden, die für einen Gottesdienst gebraucht werden. Kein gemeinsames Gebet oder Ritual kann beginnen, »ehe wir ein Minjan haben«.

Wenn zehn beisammen sind, ist es eine Synagoge (»Versammlung«). Kinder, die ihre Bar Mizwa (oder ihre Bat Mizwa) noch nicht hinter sich haben, zählen nicht mit, »weil sie die Gebete noch nicht verstehen«. Bei Hochzeiten oder Beschneidungen gibt es Ausnahmeregelungen, weil nicht immer zehn erwachsene Männer zur Verfügung stehen, keine solchen Ausnahmen gibt es hingegen beim Barechu (Aufruf zum Gottesdienst), Kaddisch (Totengebet) und bei den Tora-Lesungen.

Das private Gebet ist zwar löblich, aber für den frommen Juden hat ein Minjan doch besonderen Wert, weil die Überlieferung besagt, dass Gottes Gegenwart (die Schechina) eintritt, wenn sich zehn Männer zum Beten oder Tora-Studium versammeln.

In diesem Zusammenhang ist daran zu erinnern, dass Abraham darum bat, Gott möge die Stadt Sodom verschonen, wenn sich zehn Gerechte in diesem Sündenpfuhl fänden.

Im übrigen erscheint die Zahl zehn (die auch der Zahl der Finger und Zehen entspricht) ziemlich oft in der Bibel. Da gibt es:

- die zehn Gebote,
- die zehn ägyptischen Plagen,
- die zehn Tage der Buße zwischen Rosch ha-Schana und Jom Kippur,
- die zehn Generationen zwischen Adam und Noah, und zwischen Noah und Abraham,
- die zehn Prüfungen, die Abraham auferlegt wurden, und
- die Zehnzahl, die Moses bei der Einteilung der Stämme benutzte (Exodus 18, 25).

Der Begriff *Minjan* wird oft auch scherzhaft benutzt, wenn man fragt: *Do we have a minyan?* »Sind wir beschlussfähig?« oder »Sind die Gäste alle (oder wenigstens die meisten) da?«

»Neun Weise sind noch kein Minjan, aber zehn Flickschuster schon.« *Volksweisheit*

»Neun Heilige sind kein Minjan, aber ein gewöhnlicher Mann kann sie dazu machen.« *Volksweisheit*

mischmasch, mischmosch (*m.* und *n.*)

In Amerika: *mish-mash, mish-mosh*

Ich buchstabiere dieses köstliche Wort ja lieber *mish-mosh,* so, wie es ausgesprochen wird, aber der dreizehnbändige *Oxford English Dictionary* buchstabiert *mish-mash* und behauptet außerdem noch, es leite sich aus dem deutschen *mischmasch* oder gar aus dem dänischen *misk-mask* ab! Angeblich hieß es sogar schon 1585 im *Nomenclator* von Junius *mischmasch.* Das Wörterbuch der Brüder Grimm erklärt das Wort als »ablautspielende substantivbildung zu *mischen*« und behauptet, es sei erst im 17. Jahrhundert aufgetreten, Kluge hält es dagegen für möglich, dass Paracelsus (gest. 1541) der Wortschöpfer war. Vermutlich also ein deutsches Wort, das Juden nach Amerika gebracht haben.

1. (abwertend:) Vermischung, Durcheinander, Vermengung.
2. Unendliche Verwirrung. *What a mish-mosh! You never heard such a mish-mosh of ideas.*

Kein Jude wird »misch-mäsch« sagen (wie manche Amerikaner), sondern *misch-mosch* (oder *masch*). Als ein Kongressabgeordneter in der Fernseh-Show *You Bet Your Life* in bester Absicht *misch-mäsch* sagte, wurde Groucho Marx richtig böse: »Wenn Sie weiter *misch-mäsch* sagen, kriegen Sie in der Bronx bestimmt keine Stimmen!« Dasselbe schrieb er später auch in einem Brief an Gouverneur Scranton von Pennsylvania.

Ich persönlich halte *misch-mosch* für einen absoluten Triumph der Onomatopöie.

míschne (*f.*), **míschnajeß** (*Pl.*)

Hebräisch: *mischná* »Lernen«, »Wiederholung« aus *schana* »wiederholen«.

In Amerika: *Mishne, Mishnah, Mishna*

Mischna. Einer der beiden grundlegenden Teile des Talmud. Die Mischna ist das kodifizierte Kernstück der mündlichen Lehrsätze, Untersuchungen und Deutungen der Tora, die ursprünglich nicht schriftlich niedergelegt wurden, weil man die Heiligkeit der Tora nicht antasten wollte. Der andere, viel spätere Teil ist die Gemara.

Die Mischna ist in hebräischer (die Gemara in aramäischer) Sprache geschrieben und in sechs Ordnungen (Sedarim) unterteilt. Jede Ordnung ist in unterschiedlich viele Traktate (Massechtot) unterteilt, davon gibt es insgesamt 63 (von denen aber nur sechsunddreißig durch eine Gemara ergänzt worden sind). Jeder Traktat ist in Kapitel (Perakim) eingeteilt, und jedes Kapitel in Lehrsätze (Mischnajot). Es gibt 523 Kapitel. ☛ Eine knappe Zusammenfassung der Geschichte und des Inhalts der Mischna bietet Adin Steinsaltz, *The Essential Talmud,* Jason Aronson, 1992. ☚

Die sechs Ordnungen der Mischna sind:

1. Searim (»Saaten«). Darin geht es um Landwirtschaft, um Feldfrüchte, Obstbau und die dazugehörigen Probleme, Gesetze und Rituale.
2. Moed (»Festzeiten«). Darin geht es um die Vorschriften (Halacha) für den Sabbat, die Feiertage und Fastenzeiten.
3. Naschim (»Frauen«). Darin geht es um die Beziehungen zwischen Männern und Frauen, Verlobungen, Eheschließungen – und Scheidung (die Juden haben schon frühzeitig akzeptiert, dass Menschen manchmal nicht zusammenpassen).
4. Nesikin (»Schädigungen«). Ein detailliertes Straf- und Zivilrecht.
5. Kodaschim (»Heiligkeiten«). Darin geht es um Rituale, Gottesdienste, Opfer und Spenden.
6. Toharot (»Reinheiten«). Darin geht es um die Unreinheit durch Aussatz und das Berühren von Leichen. Um die Mikwa (das rituelle Tauchbad), die Menstruation und die Verunreinigung von Lebensmitteln. ☛ Im Judaismus gibt es viele Vorschriften, die sich mit dem religiösen Status von Menschen beschäftigen, die eine Hautkrankheit oder einen Leichnam berührt, versehentlich ein religiöses Gesetz übertreten, menstruiert, ejakuliert oder ein Kind auf die Welt gebracht haben. Die meisten dieser Vorschriften, die vorwiegend aus dem Buch Leviticus stammen, schreiben eine Zeit der Absonderung und schließlich eine Reinigung vor, zu der Baden, frische Kleider usw., gehören. Nach Auskunft von Rabbi Adin Steinsaltz (Talmudübersetzer und führende Autorität auf diesem Gebiet) haben »Reinheit und Unreinheit aber nichts mit Sauberkeit oder persönlicher Hygiene zu tun. Die Be-

> achtung der Vorschriften trägt zwar mit Sicherheit zur Hygiene bei, aber sie ist weder die Ursache noch die Erklärung für diese Vorschriften.« Reinheit wird vielmehr mit Heiligkeit und dem Leben in Verbindung gebracht, während die Unreinheit zunimmt, je mehr sich etwas dem Tod nähert. »Dementsprechend ist eine Leiche das Unreinste, was es gibt.«

Die Mischna nahm ihren Anfang, als die Juden 537 v. Z. aus dem Babylonischen Exil nach Judäa zurückkehrten und die Gelehrten der Großen Versammlung (des späteren Sanhedrin) zusammentraten, um die Grundregeln zur Auslegung der jüdischen Gesetze festzulegen. Die Soferim (Schreiber) kopierten nicht nur die Heiligen Schriften, sondern übernahmen auch deren Deutung. Ihnen folgten im ersten und zweiten Jahrhundert n. Z. die Tannaim; diese Gelehrten gaben den biblischen Gesetzen zeitgemäße Deutungen und passten sie damit den jeweiligen Lebensumständen an. Ihre Überlegungen wurden aber grundsätzlich nur mündlich weitergegeben, damit sie die Heiligkeit der Bibel (des schriftlichen Gesetzes) nicht relativierten. Schließlich wurde der Umfang dieser Erörterungen aber so groß, dass sich die Tannaiten gezwungen sahen, sie schriftlich niederzulegen, damit die komplizierten Überlegungen nicht verloren gingen.

Zu den führenden rabbinischen Gelehrten der tannaitischen Zeit gehörte der Pharisäer Hillel (etwa 30 v. Z. bis 20 n. Z.), der »älteste Gelehrte« *(ha-šakeu)*, der ein Vorbild an Weisheit, Demut und Freundlichkeit war. Er machte einen ersten Versuch, die ungeheure Masse der mündlich überlieferten Lehren zu sammeln. Was daraus wurde, ist nicht bekannt.

Die heute als Mischna (das heißt »Wiederholung«) bezeichnete systematische Ordnung, Klassifizierung und Niederschrift der Gesetze und ihrer mündlichen Auslegungen geht auf Rabbi Akiba ben Josef (50–135 n. Z.) zurück. Seine Arbeit wurde fortgesetzt von Rabbi Jehuda ha-Nassi (dem »Fürsten«), von dem es hieß, er sei am selben Tag geboren, als Rabbi Akiba im Jahre 135 n. Z. den Märtyrertod starb (s. S. 388). Rabbi Jehuda ha-Nassi, der in Bet Schearim (später in Sepphoris) lebte und oft nur »der Rabbi« genannt wurde, vereinigte die Macht des Hohen Gerichts (Sanhedrin), das die große Gesetzessammlung und -deutung im Jahre 200 n. Z. abschloss und kanonisierte, in seinen Händen. Von ihm stammt der Ausspruch: »Viel habe ich von meinen Lehrern, noch mehr von meinen Kollegen, aber am meisten habe ich von meinen Schülern gelernt« (Makkot 10a). Aus Sorge, die Mischna könnte sich zu weit von der Tora entfernen und am Ende sogar Häresien vom wahren Glauben hervorrufen, erklärte sie Jehuda ha-Nassi für abgeschlossen (ähnlich wie Esra und Nehemia nach der Rückkehr aus dem Babylonischen Exil um das Jahr 420 v. Z. die Tora kanonisierten und »abschlossen«). Die mündliche Überlieferung sollte gewissermaßen eingefroren werden.

Diese fundamentalistischen Zwangsmaßnahmen funktionierten im Judaismus aber genausowenig wie in anderen Religionen. In den Jeschiwas von Babylon entwickelte sich (zum Teil unter aktiver Mitwirkung der Schüler von Jehuda ha-Nassi) alsbald eine Fortsetzung der Tora-Deutung, die *Gemara* (»Nachtrag, Ergänzung«) genannt wurde. Die Gemara beschränkte sich anfangs ebenfalls auf die mündliche Überlieferung. Ihre Sprache war nicht Hebräisch, sondern Aramäisch. Sie schien zunächst nichts als eine Fortsetzung der Mischna zu sein.

Ebenso wie Midrasch und Mischna wurde die Gemara zunächst jahrhundertelang nur mündlich überliefert, und die jüdischen Akademien in Babylonien (Mesopotamien) galten zwischen 200 und 600 n. Z. als absolute Autoritäten im jüdischen Denken.

Der historische Schritt zur Schriftform hatte mit einer schweren politischen Krise im 6. Jahrhundert n. Z. zu tun. Im persischen Reich gelangten zoroastrische Fanatiker an die Macht und bekämpften die jüdischen und christlichen Einflüsse mit heftigen Repressalien. Juden wurden verfolgt und getötet, flüchteten und wurden zerstreut. Die Rabbiner erkannten, dass Mischna und Gemara verloren gehen würden, wenn sie nur im »kollektiven Gedächtnis« bewahrt wurden. Daraufhin erhielten einige Gelehrte, die Saborim (von hebräisch *sabar* »nachdenken, prüfen, schlussfolgern«), die sowohl Hebräisch als auch Aramäisch beherrschten (was angesichts der Ähnlichkeit der beiden Sprachen nicht allzu schwer war), den Auftrag, die kostbaren Interpretationen niederzuschreiben. So entstand der Babylonische Talmud.

Die Arbeit nahm über zweihundert Jahre (!) in Anspruch. Und die neuen, nur allzu menschlichen Protokollanten wurden dabei selbst zu neuen Gesetzgebern, indem sie strittige oder unklare Punkte selbst klärten, neue Aspekte hinzufügten, Einschübe machten und geniale Redaktionen vornahmen, so dass am Ende rings um die alte Gemara, die sie niederschrieben, eine neue entstand.

Siehe *talmud.*

mischpóche *(f.)*, **mischpócheß** *(Pl.)*
Aus dem hebräischen *mischpachá* »Familie«, »Verwandtschaft«.
In Amerika: *mishpokhe, mishpocheh, meshpocheh, mishpocha*

1. Familie, einschließlich sämtlicher nahen, entfernten und weit entfernten Verwandten.
2. Vorfahren, Abstammung.

Der Begriff »Klan« ist dem der *mischpoche* vielleicht noch am ähnlichsten. Eltern, Großeltern, Geschwister, Onkel, Tanten, Cousins und Kusinen ersten und zweiten Grades – alle gehören sie zur *mischpoche.* Nichts ist schmeichelhafter, als wenn man sagt, jemand käme aus einer guten oder berühmten Familie.

☞ Die meist abfällige Eindeutschung *mischpoke* »üble Gesellschaft« (aber auch »Polizei«!) dagegen ist auf die Vermittlung durch das Rotwelsche, aber auch auf den vulgären Antisemitismus zurückzuführen, der zahlreiche jiddische Begriffe nicht nur missverstanden, sondern auch bewusst in aggressiver Weise verdreht hat. In manchen Fällen liegt wohl auch ein ironischer, familienkritischer Gebrauch vor.

»Alle Juden sind *mischpoche*« bedeutet, das ganze Volk Israel ist eine Familie. Dieses starke Zusammengehörigkeitsgefühl, das auf dem Bewusstsein einer gemeinsamen Überlieferung, einer gemeinsamen Verpflichtung und gemeinsamen Werten beruht, hat dazu geführt, dass der Staat Israel jüdische Einwanderer aus aller Welt, ohne jede Ausnahme, aufzunehmen bereit war, auch wenn die kulturellen Unterschiede sehr groß schienen.

☛ Allerdings wurden nicht alle Gruppen mit der gleichen familiären Gastfreundschaft aufgenommen. Marokkanische und jemenitische Juden und andere Misrachi (Juden aus dem Nahen und Mittleren Osten), die in den 50er Jahren nach Israel kamen, aber auch die äthiopischen Juden, die zwischen 1985 und 1995 per Luftbrücke eingeflogen wurden, haben sich über Diskriminierung, Beleidigungen, Herablassung, schlechte Unterkünfte und Berufsaussichten, Zweifel an ihrer jüdischen Identität, erzwungene Assimilation der Kinder und Schlimmeres beklagt. Während des Wahlkampfs im Jahre 1999 hat sich der spätere Ministerpräsident Ehud Barak im Namen der Arbeitspartei ausdrücklich bei den *Misrachi* entschuldigt.

Äthiopien hat ein starkes jüdisches Element in seiner Geschichte. Das wurde einer größeren Öffentlichkeit aber erst bekannt, als etwa 36 000 äthiopische Juden, die sich *Beta Israel* »das Haus Israel« nannten, in einer heroischen Rettungsaktion heimgeholt wurden. Von ihren islamischen Nachbarn wurden sie *Falaschas* »die Fremden, die Eindringlinge« genannt. Über den Ursprung von *Beta Israel* gab es verschiedene Theorien: 1. Sie könnten der verlorene Stamm Dan gewesen sein. 2. Sie könnten von König Salomon und der (äthiopischen) Königin von Saba abstammen, deren Sohn Menelik der Legende nach die Bundeslade nach Axum in Äthiopien gebracht haben soll. 3. Sie könnten die Nachkommen von Äthiopiern sein, die vor einigen Jahrhunderten zum Judentum konvertierten. 4. Sie könnten die Nachkommen von Juden sein, die nach der Zerstörung des Tempels durch die Babylonier im Jahre 586 v. Z. aus Israel flohen.

Der Oberrabbiner von Ägypten erklärte die *Beta Israel* schon im 16. Jahrhundert zu echten Juden. Anfang des 20. Jahrhunderts hatten die Oberrabbiner von 45 Ländern die Anerkennung offiziell bestätigt. 1972 forderte Israels sephardischer Oberrabbiner Ovadia Jossef die Einwanderung der äthiopischen Juden nach Israel, und 1975 erkannten auch der aschkenasische Oberrabbiner Schlomo Goren und der Staat Israel sie offiziell als einwanderungsberechtigt und »unser Fleisch und Blut« an. Der Kalte Krieg und die politische Verfolgung verhinderten aber zunächst die Auswanderung aus Äthiopien. Deshalb mussten sie schließlich in zwei getrennten Operationen mit einer geheimen Luftbrücke geholt werden. ☛

Eine bekannte Anzeigenkampagne beruht auf der Aussage: »Bei der Chase Manhattan haben Sie einen Freund.« Im Schaufenster der Bank of Israel hängt ein Schild: » – aber bei uns haben Sie *mischpoche*!«

Hier nun die wichtigsten Verwandtschaftsbezeichnungen einer guten jüdischen Familie:

Vater .... *táte* oder *táta* (polnisch *tata*)
Mutter .... *máme* oder *máma*
Eltern .... *tate-máme*
Ehemann .... *man, méner (Pl.)*
Ehefrau .... *wajb, froj; wajber, frojen (Pl.)*
Sohn .... *sun, sin (Pl.)*
Schwester .... *schwéßter*
Onkel .... *féter, féterß (Pl.); onkl*
Tante .... *tánte, múme, múmeß*
Neffe .... *plímenik, plímenikeß* (slawisch)
Nichte .... *plímenize, plímenizeß* (slawisch)
Cousin .... *kusín, kusínen (Pl.)*
Kusine .... *kusín(k)e, kusín(k)eß (Pl.)*
Cousin/Kusine .... *schwéßterkind, schwéßterkinder*
Enkel .... *éjnikl, éjniklech (Pl.)*
Großvater .... *séjde, séjdeß (Pl.)* (polnisch *dziad*)
Großmutter/Hebamme .... *bóbe, bóbeß (Pl.)* (polnisch *babka*)

Großmütterchen .... *bóbeschi*
Großmütterchen (Anrede) . *bóbenju*
Ur-Großvater .... *élter séjde*
Ur-Großmutter .... *élte bobe*
Ur-Enkel .... *úrejnikl, úrejniklech (Pl.)*
Schwiegervater .... *schwer, schwern (Pl.)*
Schwiegermutter .... *schwíger, schwígerß (Pl.)*
Schwager .... *schwóger, schwógerß (Pl.)*
Schwägerin .... *schwéger(i)n, schwéger(i)nß (Pl.)*
Schwiegersohn, Eidam .... *éjdem, éjdem(e)ß (Pl.)*
Schwiegertochter, Schnur ... *schnur, schnurn* oder *schnir (Pl.)*
Amme .... *séjgerin, séjgerinß (Pl.)*

mísrech *(m.)*
Aus dem hebräischen *misrách* »Osten«, »Sonnenaufgang«.
In Amerika: *mizrakh, mizrach, mizrachi*

1. Osten. Morgen. Orient.
2. Misrach. Ein Tuch oder eine bemalte Tafel in Privathäusern und Synagogen mit der Aufschrift *misrach.* Der Misrach soll den Gläubigen zeigen, wo Jerusalem liegt, damit sie sich beim Gebet in die richtige Richtung verneigen. Die Juden in Persien, China oder Indien verneigen sich dementsprechend nach Westen.

Vor fünfzig Jahren gab es noch viele Wohnungen mit einem schön geschmückten Misrach. ☛ Das florierende jüdische Kunstgewerbe hat diese Tradition in den letzten Jahren erneuert. Beispiele finden sich in Mae Rockland Tupa, *The New York of Our Hands. Temporary Jewish Needlework and Quilts* (Chilton Books, 1994) ☚

Auch die Synagogen werden bevorzugt nach Osten gebaut, und die Plätze an der östlichen Wand sind besonders begehrt.

Misrachi (Abkürzung für *Merkas Ruchani*) ist auch der Name einer 1902 in Wilna gegründeten, religiös-zionistischen Organisation, die den jüdischen Staat in Palästina erheblich gefördert hat und in Israel Teil der Nationalreligiösen Partei wurde. ☛ Und schließlich werden auch die Juden aus dem Nahen und Mittleren Osten Misrachi genannt. ☚

míße-meschúne *(f.)*
Aus dem hebräischen *mitá-m'schuná* »unnatürlicher Tod«.
In Amerika: *mise meshune, miessa meshina, mise meshine*
Ein böses Schicksal, ein plötzlicher Tod.
Diese Redensart wird häufig gebraucht. Entweder als Klage: *What a mise meshune befell him!* Oder als Fluch: *May he suffer a mise meshune!*

mízwe *(f.)*, **mízweß** *(Pl.)*
Aus dem hebräischen *mizwá* »(religiöses) Gebot«.
In Amerika: *mitsve, mitzva, mitzvah*
Mizwa (Plural: Mizwot).
1. Gebot; göttliches Gebot, bzw. Verbot.
2. gute Tat, die Gottes Willen erfüllt; gute Werke. Eine Handlung, die wirklich tugendhaft, freundlich, ethisch und rücksichtsvoll ist.

Nur hinter der *Tora* steht die *Mizwa* im Wortschatz der Juden zurück. Es gibt die verschiedensten Mizwot: positives Handeln (z. B. Fürsorge für Witwen und Waisen), aber auch Ablehnung des Bösen (z. B. wenn man es ablehnt, sich bestechen zu lassen). Manche Mizwot beziehen sich auf das Verhältnis zu Gott (z. B. das Fasten am Jom Kippur), andere auf die Beziehungen unter den Menschen (z. B. wenn man seine Arbeiter pünktlich bezahlt). Es gibt Mizwot, die besonders die Rabbiner betreffen, und andere, wie das Mitleid, die von allen Juden verlangt werden.

Mizwot sind ernste Verpflichtungen und unausweichliche Lasten, aber sie sollen nicht bloß aus Pflichtgefühl, sondern mit »fröhlichem Herzen« getan werden.

Im *Sefer Mizvas Gadel* aus dem dritten Jahrhundert, im *Halachot Gedolot* des Schimon ben Kajara aus dem achten Jahrhundert und schließlich im arabisch geschriebenen *Sefer ha-Mizwot* des Maimonides (1135–1204) werden 613 (!) verschiedene Mizwot (nicht zu verwechseln mit den Zehn Geboten des Dekalogs) aufgeführt. Davon sind 248 Gebote (Das erste: »Seid fruchtbar und mehret euch!«) und 365 Verbote. Maimonides vertrat übrigens die Ansicht, dass jeder Erlösung verdiente, der auch nur ein einziges Gebot erfüllte – wenn dies nicht aus Egoismus oder Ehrsucht geschieht, sondern aus Liebe und um seiner selbst willen.

Die Rabbiner benutzen oft den Ausdruck *simcha schel mizwa* (»die Freude, ein Gebot zu erfüllen«), um deutlich zu machen, dass gute Werke, die aus bloßer Pflichterfüllung getan werden, nicht so bedeutsam wie die sind, die aus einem inneren Bedürfnis gewünscht und mit Freude getan werden.

☛ Andererseits heißt es im Talmud aber auch: »Jemand, der den Befehl erhält, etwas zu tun, und es dann tut, ist größer als der, der etwas tut, was ihm nicht befohlen worden ist« (Rabbi Chanina).

Das Bewusstsein, durch den mit Gott geschlossenen Bund zu vielen Dingen verpflichtet zu sein, ist sehr stark im Judentum. Die Chassidim betonen aber, dass *jede* menschliche Handlung geeignet ist, Gottes Nähe zu finden. In diesem Sinne ist dann auch *jede* gute Tat, ob sie nun den religiösen Geboten entspricht oder nicht, eine Mizwa. ☚

Es ist behauptet worden, das Grundprinzip des Judentums läge in den Geboten. Eleazar ben Simeon sagt: »Die Welt wird nach der Mehrheit ihrer Bewohner, und der einzelne nach der Mehrheit seiner Taten beurteilt. Selig ist, wer eine gute Tat tut: Das kann für ihn selbst und die ganze Welt die Waagschale senken.«

Wenn man etwas Ehrenhaftes, besonders Freundliches oder Rücksichtsvolles tut, sagt ein Jude manchmal: *Oh, that was a mitzwa!*

»Eine Mizwa führt zur nächsten.« *Volksweisheit*

»Die Belohnung für eine Mizwa? Eine weitere Mizwa.« *Volksweisheit*

Am Ende einer Mole in Tel Aviv steht ein Mann im Begriff sich ins Wasser zu stürzen. Da kommt ein Polizist angerannt. »Nein, nein!« schreit er. »Wie kann ein Mann in der Blüte seiner Jahre wie Sie auch nur daran denken, ins Wasser zu gehen?«

»Ich kann es nicht mehr ertragen! Ich will nicht mehr leben!«

»Hören Sie, mein Herr, bitte! Wenn Sie jetzt ins Wasser springen, muss ich hinterherspringen, um Sie zu retten. Stimmt's? Ich kann aber leider nicht schwimmen. Wissen Sie, was das heißt? Ich habe eine Frau und vier Kinder, und vor lauter Pflichterfüllung würde ich ertrinken! Wollen Sie das auf Ihr Gewissen laden? Bestimmt nicht. Also, bitte, seien Sie ein guter Jude, und tun Sie eine echte Mizwa. Gehen Sie nach Hause und hängen Sie sich auf, wo niemand Sie stört!«

Mr. Berkowitz kommt in den Himmel. Ängstlich steht er vor den Engeln am Tor, die das Register seiner Taten prüfen. Schließlich ruft der Ober-Engel: »Das ist ja fantastisch! Das hat es ja noch nie gegeben! Dein ganzes Leben lang hast du nicht eine einzige Sünde begangen?«

»I-ich habe v-versucht ein tugendhaftes Leben zu führen«, stammelt Berkowitz. »Als guter Jude und gottesfürchtiger Mann ...«

»Aber keine einzige kleine *awejre!*« schnaubt der Engel. »Du hast nichts als *mizwes* vollbracht?! ... Wir können dich nicht in den Himmel lassen: Du bist ja praktisch ein Engel! Nein, das geht nicht – du musst sein wie andere Menschen. Du musst wissen, wie es ist, wenn man der Versuchung erliegt. Wenigstens *einmal*! Wir werden dich für vierundzwanzig Stunden auf die Erde zurückschicken, und in dieser Zeit wirst du eine Sünde begehen. Danach darfst du wieder vor uns erscheinen, dann bist du wenigstens *menschlich*!«

Und schon steht der verwirrte, sündenlose Mr. Berkowitz wieder mitten in der Stadt, unglücklich und nervös, aber fest entschlossen, endlich einen Schritt vom Pfad der Tugend zu machen. Eine Stunde vergeht, dann zwei, und der arme Mr. Berkowitz hat immer noch keine Gelegenheit gefunden, auch nur an eine *awejre* zu denken.

Aber dann sieht er, wie eine Frau mit einem üppigen Busen ihm zuzwinkert...

Mr. Berkowitz reagiert wie elektrisiert. Die Frau ist weder schön noch jung – aber willig! Und als sie errötend andeutet, Mr. Berkowitz könnte tatsächlich mit ihr ins Bett gehen, ist er im sechsten Himmel (der siebte steht ihm ja noch bevor).

Erst in den frühen Morgenstunden sieht Mr. Berkowitz auf die Uhr: Nur noch eine Stunde, dann ist er wieder im Himmel... Nur noch eine halbe Stunde... Aber als er sachte in seine Kleider schlüpft, um sich auf die Rückkehr in den Himmel vorzubereiten, hört er plötzlich mit Schrecken, wie die Frau im Bett wohlig seufzt: »Ach, Mr. Berkowitz! Sie wissen gar nicht, was Sie heute nacht für eine *mizwe* vollbracht haben!«

mogn-dówid *(m.)*

Aus dem hebräischen *magén-dawíd* »Schild Davids«.

In Amerika: *Mogn Dovid, Mogn David, Magen David*

Davidstern. Der sechszackige Stern, der die Flagge Israels schmückt.

In den rabbinischen Schriften wird der Schild Davids zum ersten Mal im 13. Jahrhundert erwähnt. 1527 wurde er als Symbol der Prager jüdischen Gemeinde verwendet. Der erste Zionistenkongress im Jahre 1897 wählte ihn zum Symbol der Bewegung, und 1949 nahm ihn die Knesset in die israelische Staatsflagge auf.

☛ Eine in Kapernaum ausgegrabene Synagoge aus dem dritten oder vierten Jahrhundert zeigt den sechszackigen Stern als Schmuck, das Symbol wurde aber auch in christlichen Kirchen des Mittelalters benutzt. Die Nazis missbrauchten das Symbol, um ihre jüdischen Opfer öffentlich zu kennzeichnen und auszusondern. Der »gelbe Stern« wurde so zum Symbol für die Verfolgung und Ermordung der Juden im Holocaust.

Der *Magen David Adom*, der »Rote Schild Davids«, ist die 1930 gegründete israelische Hilfsorganisation, die dem Roten Kreuz in christlichen und dem Roten Halbmond in islamischen Ländern entspricht. ☚

mojcher-ßfórim *(m.)*, **mojchre-ßfórim** *(f.)*
Aus dem hebräischen *mochéjr* »Verkäufer« und *ßéjfer* »Schriftrolle, Buch«.

Buchhändler. Buchhändlerin. Der Begriff wurde auch dadurch bekannt, dass ihn der »Großvater der jiddischen Literatur«, der Schriftsteller Mendele Mojcher Sforim, eigentlich Schalom Jakob Abramowitsch (20. Dez. 1835 Kopyl, Weißrussland – 8. Dez. 1917 Odessa) als Pseudonym benutzt hat.

mojchl
Aus dem hebräischen *mochéjl* »vergebe«, »verzichte«.

In Amerika: *moykhl, moichel*
1. (wörtlich:) »Ich vergebe dir.«
2. (ironisch:) »Nein, danke!«

Ich bin dir mojchl ist eine feine trockene Redensart, wenn man sagen will: »Danke, ich verzichte!« oder: *Don't do me any favours.*

mechíle (f.) aus dem hebräischen *m'chilá* »Verzeihung« wird auch im Sinne von »um Vergebung« benutzt, wenn man ein unanständiges Wort benutzt.

Mechíle betn ist ein Gebet, bei dem man einen Toten um Verzeihung bittet für alle Kränkungen, die man ihm bewusst oder unbewusst zugefügt hat (nach Salcia Landmann).

mójeß *(n.)*
Aus dem hebräischen *maót* »Münzen, Kleingeld«.

Geld.

Die beliebte deutsche Redensart: *Ohne Moos nix los!* ist also eine ökonomische und keine ökologische Feststellung. Die aus Österreich stammende, nicht sehr beliebte *maut (f.)* hingegen lässt sich auf das gotische *mota* »Zoll« zurückführen und hat mit *moos* nichts zu tun.

mójhel *(m.)*, **mójhalim** *(Pl.)*
Aus dem hebräischen *mohél* »Beschneider«.

In Amerika: *moyl, mohel* (reimt sich mit *Doyle*, auch wenn ich nie einen *moyl* namens Doyle kennen gelernt habe. ☛ Dafür gibt es jetzt aber mindestens 26 weibliche Beschneiderinnen, die seit 1984 von der Reformbewegung ausgebildet worden sind, siehe www.rj.org/beritmila/wwwavail.html. ☚ Die britische Aussprache reimt sich auf *mole*.)

Mohel. Die Person, die männliche Kinder acht Tage nach der Geburt bei der B'rit Mila beschneidet.

Die Beschneidung wird heute meist von Ärzten durchgeführt, aber historisch war der Mohel der Spezialist auf diesem einzigartigen, wenn auch vielleicht etwas engen Gebiet.

Das Messer, das bei der Beschneidung benutzt wird, muss zweischneidig sein, nicht aus symbolischen Gründen, sondern um sicherzustellen, dass der Säugling bei dem raschen, schnellen Schnitt nicht unnötige Schmerzen leidet. Wenn das Messer nicht zweischneidig wäre, so die rabbinische Logik, könnte der Mohel versehentlich die stumpfe Seite verwenden und dem Baby damit wehtun. Ich habe das immer als ein Beispiel dafür empfunden, wie praktisch die alten Rabbiner gedacht haben. Aus demselben Grund bringt der Mohel fast immer zwei Messer mit – für den Fall, dass eins nicht scharf genug ist.

In Europa und den Vereinigten Staaten wird die Beschneidung oft auch zu Hause oder im Krankenhaus durchgeführt, wenn das Kind sich noch dort befindet. ☛ Bei Kindern, die länger im Krankenhaus sind, weil sie zu krank oder schwach sind, wird die Beschneidung verschoben. ☚ Die Misrachi lassen Beschneidungen in der Synagoge durchführen.

Der Mohel nimmt in der jüdischen Rangordnung keinen geheiligten Platz ein, er gilt mehr als technischer Spezialist, und Gott behüte, dass er sich an irgendwelchen anderen Operationen versucht.

Ähnlich wie die *chasonim* (Vorsänger) sind die *mojhalim* oft Zielscheibe von Witzen.

Eins der ersten Wortspiele, die ich je gehört habe, war folgendes: *The rabbi gets the fees* (Gebühren), *but the moyl gets all the tips.* Ich hab' da jahrelang drüber nachdenken müssen.

Ein Mann geht an einem Schaufenster vorbei, in dem nichts als eine Pendeluhr steht. Er geht hinein und fragt: »Wie lange würden Sie brauchen, um meine Armbanduhr zu reparieren?«

»Weiß nicht«, sagt der Ladeninhaber. »Ich bin kein Uhrmacher, ich bin Mohel.«

»Aber in Ihrem Schaufenster ... haben Sie doch eine Uhr!«

»Nu, ja! Was würden Sie denn an meiner Stelle ins Schaufenster stellen?«

mójsche kapójr

Aus dem hebräischen *Mosché* »Moses« und (vermutlich) russisch *kuporu* »Hals über Kopf«.

In Amerika: *Moyshe Kapoyr, Moishe Kapoyr*

Jemand, der ständig widerspricht und alles anders sieht als die anderen, Querulant. *He has a streak of Moyshe Kapoyr in him.* »Er ist ein Widerspruchsgeist.«

Ein *Mojsche Kapojr* muss ziemlich verdreht sein. Ohne große zusätzliche Anstregung kann er sich in einen *nudnik* verwandeln.

In den zwanziger Jahren gab es im *Jewish Daily Forward* eine Cartoon-Serie über einen aufsässigen Charakter namens *Moyshe Kapoyr*, der mit seinen widersinnigen Kommentaren ganz Amerika amüsierte. ☛ Der seit 1990 wöchentlich erscheinende *Forward* in englischer Sprache enthält auch weiterhin sehr kreative Cartoons. So erschien hier auch Art Spiegelmans *Maus*, das später mit dem Pulitzer-Preis ausgezeichnet wurde. ☚

mójze oder **hamójze** *(f.)*
Aus dem hebräischen *mozí*, *hamózi* »bringe hervor«.

In Amerika: *motzi*

Tischgebet.

Der Segensspruch vor dem Genuss von Brot; wird vor jeder Mahlzeit gesprochen. Der ganze Text lautet: »Gesegnet seist Du, Herr unser Gott, König des Universums, der das Brot aus der Erde hervorwachsen lässt.«

Dieses kurze Gebet ist eines der häufigsten bei frommen Juden.

Siehe auch *broche* und *dawnen.*

moschl *(n.)*, **meschólim** *(Pl.)*
Aus dem hebräischen *maschál* »Beispiel«.

Beispiel, Gleichnis

Hans Peter Althaus (Universität Trier) hat beschrieben, wie das aus dem Wort *moschl* bzw. aus dem Namen *Mausche* »Moses« hervorgegangene und mit *muscheln* bzw. *nuscheln* verschmolzene abfällige deutsche Wort *mauscheln* seit dem 17. Jahrhundert benutzt wird, um Juden, Politiker und Intellektuelle zu diffamieren: *Mauscheln. Ein Wort als Waffe*, Gruyter, 2002.

mútschen *(Verb)*
Aus dem russischen *mutschiza* »sich qälen, abmühen«.
In Amerika: *mutshen, mutchen*

1. Nörgeln. Jemandem zusetzen. *She mutshes him day and night about his appearance.* »Sie nörgelt dauernd an ihm herum.«
2. Belästigen, quälen. Schikanieren.
3. Sich abmühen, sich durchwursteln, mit Mühe und Not. *How are things? – Oh, I mutshe along.*

In diesem letztgenannten Sinne wird das Wort heute am meisten gebraucht: Man wurstelt sich so durch, um seinen Lebensunterhalt zu verdienen. Eine typische jiddische Unterhaltung läuft etwa so:
»*Scholem alejchem.* Wie geht's?«
»Äh! Man *mutscht* sich so durch. Und selbst?«
»Genauso.«
»*Nu,* bleib gesund.«

Ein frommer alter Jude hat dreimal täglich in der Synagoge gebetet, während sein wenig religiöser Geschäftspartner sein Leben genießt. In seinem siebzigsten Lebensjahr geht der fromme Jude wieder einmal in die Synagoge und klagt Gott sein Leid: »Oh, Herr, gesegnet sei Dein Name, hab ich nicht seit meiner Bar Mizwa jeden Tag Deinen Ruhm und Deine Größe gepriesen? Hab ich je irgendetwas getan, ohne Dich vorher zu fragen? Keine Reise habe ich angetreten, keinem Kind einen Namen gegeben, ohne mir vorher Deine Erlaubnis zu holen. Gibt es eine frömmere Seele in Deiner Gemeinde?... Und jetzt bin ich alt und arm und kann nicht mehr schlafen ... Aber mein Partner! Dieser Tunichtgut! Dieser gottlose Epikureer! Der hat sein ganzes Leben noch nicht gebetet! Keinen Penny hat er der Synagoge gestiftet! Er trinkt, er spielt, er rennt mit schamlosen Frauen herum – aber Geld hat er wie Heu! Ach, lieber Gott, König des Universums, ich bitte ja gar nicht darum, dass Du ihn bestrafst, aber sag mir doch bitte: Warum, warum, warum nur hast Du mich so behandelt?«

Nach einer kurzen Pause ertönt eine gewaltige STIMME und bringt die Fundamente der Synagoge zum Zittern: »Weil du mich Tag für Tag mit deinem Genörgel *genervt* hast, mein Sohn!«

n

nácheß (*m.* und *n.*)
Aus dem hebräischen *nachat* »Zufriedenheit«, »Vergnügen«.
In Amerika: *nakhes, naches*

1. Stolze Freude – besonders über die Leistungen eines Kindes. *I have such naches: my son was voted president of his play group.* »Ich bin so stolz: Mein Sohn ist zum Sprecher seiner Spielgruppe gewählt worden.« – *Are you shepping naches from your daughters career?* »Verschafft Ihnen die Karriere Ihrer Tochter Befriedigung?«
   Siehe auch *kweln.*
2. Psychologische Belohnung. *I'm getting naches from writing this book.*
3. Vergnügen, Genuss. *Gojim naches* ist etwas, woran vor allem Nichtjuden Spaß haben, für Juden mithin ein »zweifelhaftes Vergnügen«. Siehe auch *goj.*

Eine stolze Mutter sagt zu ihrer Freundin: »Mein Sohn ist wirklich ein fantastischer Arzt! Du musst unbedingt mal zu ihm gehen.«

»Aber warum? Mir fehlt nichts.«

»Glaub mir, du brauchst nur mal hingehen, irgendwas findet er immer!«

Treffen sich zwei alte Freunde (in jüdischen Witzen treffen alte Freunde sich immer!). Sagt der eine:

»Seit zwanzig Jahren haben wir uns nicht gesehen! Sag, wie geht's deinem Sohn?«

»Harry? Das ist ein prachtvoller Sohn! Er ist Arzt. Hat eine eigene Praxis. Wunderschön! Patienten aus dem ganzen Land!«

»Fantastisch. Und was ist mit Benny?«

»Benny? Benny ist Anwalt. Ein wichtiger Mann! Er geht bis zum Obersten Gerichtshof mit seinen Fällen.«

»Respekt! Und was ist mit Izzy?«

»Izzy ist immer noch Izzy. Immer noch Schneider«, seufzt der bekümmerte Vater. »Aber eins kann ich dir sagen: Wenn Izzy nicht wäre, würden wir alle verhungern!«

nadn *(m.)* auch **nadunje** *(f.)*

Aus dem hebräischen *n'dan, n'dunjá* »Mitgift«, »Heiratsgut«.

Mitgift.

Im Schtetl hatte selbst die ärmste Braut eine Mitgift – gestiftet von der Gemeinde. »Man soll lieber die heiligen Schriftrollen verkaufen«, heißt es in einem jüdischen Sprichwort, »als ein armes Mädchen ohne Mitgift zu lassen.«

náfke *(f.)*, **náfkeß** *(Pl.)*

Aus dem aramäisch/hebräischen *nafká* »Herumtreiberin«

In Amerika: *nafke, nafka*

Dirne. Prostituierte.

Weitere Synonyme: *chónte, sójne.*

Siehe auch *kurve*.

nar *(m.)*, **narónim** *(Pl.)*

Aus dem mittelhochdeutschen *narre* »Narr«.

1. Geisteskranker.
2. Narr, Clown. *He acts like a nar. Don't be a nar!*
3. (nach Salcia Landmann:) Knabe unter 13 Jahren. Aus dem

hebräischen *ná'ar.* Plural: *norim.* Das Wort wird freilich nur in der Formel *im kol ha-N'órim (im kol ha-Na'arím)* gebraucht: »zusammen mit allen Knaben«, die zur Tora aufgerufen werden.

Zwei israelische Spione sind in Damaskus gefasst worden. Sie werden zum Tod durch Erschießen verurteilt. Das Exekutionskommando marschiert herein. Fragt der syrische Offizier: »Habt ihr noch einen letzten Wunsch?«

»Eine Zigarette«, sagt der erste Spion.

Der Hauptmann gibt ihm eine Zigarette und zündet sie für ihn an. Dann fragt er den zweiten Spion: »Und Sie?«

Ohne ein Wort spuckt ihm der Spion ins Gesicht.

»Harry!« sagt der erste Spion. »Mach doch jetzt keinen Ärger!« (Welcher von beiden war jetzt der *nar?*)

Sagt der *nar:* »Unser Rabbi verdient so wenig, ich weiß gar nicht, wovon der lebt. Ich bin sicher, er würde verhungern, wenn er montags und donnerstags nicht fasten würde.«

narischkajt *(f.)*
In Amerika: *narishkayt, narrishkeit, naarishkeit*
1. Dummheit, verrücktes Verhalten.
2. Albernheit, unbedeutende Angelegenheit. *The movie? A piece of narishkayt.*

naschn
Aus dem mittelhochdeutschen *naschen* »lecken«, »Leckerbissen genießen« (auch sexueller Art).

In Amerika: *nash, nosh (Subst.); noshn (Verb),* dazu: *nosher (m.)*

Das sehr häufig gebrauchte Substantiv *nosh* bedeutet:
1. Snack oder Imbiss, eine Kleinigkeit zu essen, eine kleine Portion.
2. Alles, was zwischen den Mahlzeiten gegessen wird: Obst, Kekse, Kuchen, Süßigkeiten.

Längst ehe sie zum ersten Mal auf einer Party waren oder Kanapees aßen, haben Juden schon gerne genascht. *Noshn* heißt »eine Kleinigkeit essen, ehe das Abendbrot fertig ist« oder »eine Kleinigkeit zwischen den Mahlzeiten futtern«. *I came home to find her noshing. – He's used to noshing after midnight.*

Bei vielen *Delicatessen*-Läden stehen auf der Theke Teller mit Salamischeiben, *halva* oder anderen Häppchen und dem Schild: *Have a nosh.* Diese Häppchen sind nicht kostenlos, aber preiswert. In manchen jüdischen *Delicatessen*-Läden findet der glückliche Kunde auch ein Fähnchen mit der Aufschrift: *Nem* (»nimm«) oder *A nosh a nickel* auf einer Platte mit Leckereien. New York steckt voller ungewöhnlicher Möglichkeiten zu *noshn.* Und ein *nosher* ist eine »Naschkatze«.

Nassauer

hat trotz gewisser Volksetymologien wohl nichts mit Hessen-Nassau zu tun, sondern stammt vom hebräischen *nasson* »geben« ab und ist über das Rotwelsche in die deutsche Sprache gelangt. Ein Nassauer ist einer, der sich systematisch bemüht, Dinge *für nass* »umsonst« zu bekommen und dabei die Wohltätigkeit anderer ausnutzt.

nébach, nébich oder **nébech** *(Interjektion, aber auch Substantiv!)*
Vielleicht aus dem russischen *nebawg*, polnischen *nieboze!* »Gott verhüte!« oder dem tschechischen *neboky.*

In Amerika: *nebekh, nebbech, nebech, nebish, nebbish*. Die letztgenannte Schreibweise ist natürlich darauf zurückzuführen, dass viele Leute keine anständigen Rachenlaute ausstoßen mögen.

Nebbich.

Als Interjektion (stets nachgestellt!):

1. Herrje, leider, das tut mir aber leid, armes Ding. *He went to the doctor, nebech. She, nebech, didn't have a dime.*
   Das Wort drückt dabei aus:
   a. Sympathie. *He lost his job, nebech.*
   b. Bedauern. *They asked me, nebech, to break the sad news.*
   c. Abscheu. *He looked, nebech, like a ghost!*
   d. »Armes Ding«. *His wife, nebech, has to put up with him.*

Nebbich! Dieses geniale Wort ist besonders im Deutschen ganz unverzichtbar, um Angebern, Bedenkenträgern und Wichtigtuern den Wind aus den Segeln zu nehmen.

Nu, nebbich ist weniger arrogant, schnöselig und aggressiv als »na, und?« – es klingt fast gemütlich, ist aber doch ganz unmissverständlich. Es drückt weder echtes Bedauern noch trotzigen Widerspruch, sondern eher Beschwichtigung aus: »So schlimm ist das doch nicht«, vielleicht auch ironisch: »Das tut mir aber leid«, bis hin zu: »umso schlimmer«. Ganz vortrefflich beschreibt es Andreas Nachama (*Jiddisch im Berliner Jargon*, Stapp, 1994): »*Nebbich* kann man zu allem sagen, das eben nicht Neid, sondern Nachsicht erfordert.«

Wenn man etwas begrüßt oder wenn man sich freut, sollte man nicht *nebech* sagen. Deshalb ist der folgende Spruch wohl nur ironisch zu verstehen: »Was mich zum glücklichsten Menschen auf der Welt machen würde? Wenn ich auf einer Bank im Park sitzen könnte und sagen: Schau mal, *nebech*, da geht Hitler.«

Als Substantiv:

2. ein unfähiger, schwacher, hilfloser Mensch. Ein Pechvogel. Ein Trauerkloß. Ein Verlierer. Ein entfernter Verwandter des *schlemil. He's a nebech. – Once a nebech, always a nebech.* »Einmal Nebbich, immer Nebbich.« – *Whom did she marry? A real nebech.*
3. Ein Nichts. Ein Niemand.

Nebbich ist eins der markantesten jiddischen Wörter; aber das Phänomen, das es beschreibt, ist universell. Die jüdische Liebe zu zärtlichen (oder verächtlichen) Verkleinerungsformen macht auch vor dem Nebbich nicht Halt, der dadurch noch ein bißchen erbarmungswürdiger wird. Dann ist er ein *nebechl* (in Amerika: *nebekhl, nebechel, nebechl*).

Es wäre ein Fehler, den Nebbich für jemand zu halten, der einfach bloß Pech hat. Die Fülle der Bedeutungs-Nuancen, die das Wort bietet, reicht von Mitleid bis zur Verachtung.

Manche Leute sagen, ein Nebbich sei jemand, der wieder aufstellt, was der Schlemihl umgeworfen hat.

So kann einem der Nebbich mehr leid tun als der Schlemihl. Den Nebbich bedauert man, den Schlehmil darf man auch nicht mögen.

Ein besonders boshafter Spruch besagt: »Wenn ein Nebbich den Raum verlässt, hat man das Gefühl, als wäre jemand hereingekommen.«

»Ein Mensch ist, *nebech,* leider nur ein Mensch«, und dementsprechend gibt es, bei sorgfältiger Zählung, zahllose Geschichten über den Nebbich.

Ein Nebbich geht in einen Laden, um einen kleinen Fächer für seine Frau zu kaufen, die gern im Schaukelstuhl auf der Veranda sitzt. Er lässt sich hundert Fächer zeigen, ohne sich entscheiden zu können. Schließlich fragt der frustrierte *balboß*: »Wo ist das Problem?«

»Ach, ich kann mich nicht zwischen denen für einen Viertel- und denen für einen halben Dollar entscheiden. Worin besteht denn der Unterschied?«

»Der Unterschied ist folgender«, sagt der Ladenbesitzer. »Einen Fächer für einen halben Dollar benutzt man so: *(Er wedelt heftig mit dem Fächer vor seinem Gesicht)*; das Modell für einen Vierteldollar funktioniert folgendermaßen: *(Er hält den Fächer still und wackelt dafür mit dem Kopf)*.«

Aber diese ätzende Auskunft vermag den Kunden nicht zu erschüttern. »Ich weiß wirklich nicht«, sagt der Nebbich, »ob es meiner Frau den Unterschied wert ist.«

»Lieber zehn Feinde als einen Nebbich.« *Volksweisheit*

Ein Nebbich stellt sich auf den einzigen freien Parkplatz auf einer Geschäftsstraße in Tel Aviv. Sofort kommt ein Polizist.

»Kann ich hier parken?«

»Nein«, sagt der Polizist.

»Nein? Aber da parken doch so viele andere Autos! Warum dürfen die das?«

»Weil die nicht gefragt haben.«

Ein Siebtklässler in einer stillen Vorortgegend kommt so spät aus der Schule, dass seine Mutter sich die größten Sorgen macht.

»Was war denn los?« fragt sie, als er schließlich erscheint.

»Ach, ich bin heute Schülerlotse geworden«, sagt er. »Die Kinder müssen alle auf dem Bürgersteig warten. Wenn ein Auto kommt, halte ich es an, und dann erst dürfen sie über die Straße.«

»Aber du hättest schon vor *zwei Stunden* zu Hause sein sollen!«

»Mama, du glaubst ja gar nicht, wie lange ich warten musste, bis endlich ein Auto vorbeikam!«

a néchtiger tog *(m.)*

Aus mittelhochdeutsch *nehtic* »nächtlich«, »übernächtig«, »gestrig« und *tac, tag* »Tag«.

In Amerika: *a nekhtiker tog, a nechtiger tog*

1. (wörtlich:) ein gestriger Tag, also ein Widerspruch in sich selbst, eine Absurdität, etwas Unbegründetes.
   Ein *nechtiger tog* wird demensprechend auch als sarkastischer Ausdruck der Verweigerung und Verneinung benutzt.
2. Glaub's nicht. »Hat er das Buch zurückgegeben? *A nechtiger tog.*«
3. Im Leben nicht. »So einen Auftrag soll ich übernehmen? *A nechtiger tog.*«
4. Glaubt er, er könnte jemanden täuschen? »Er hat gesagt, sie hätten zehn Prozent Umsatzrendite gemacht. *A nechtiger tog!*«
5. Von wegen, »das können Sie jemand anderem erzählen«. »Bis Donnerstag sind Sie fertig? *A nechtiger tog!*«

néfesch *(m.* oder *n.)*, **nefáscheß** oder **nefóscheß** *(Pl.)*
Aus dem hebräischen *néfesch* »Seele«, »Person«.
In Amerika: *nefesh, nayfish, nafish, nefish*

1. (eigentlich:) Seele, Person, Menschenleben. So ist ein *pikúach-néfesch (n.)* die Rettung eines Menschen aus Todesgefahr. Eine solche Tat ist auch am Sabbat oder Feiertag zwingend vorgeschrieben.
2. Ein Unschuldiger.
3. »Seelchen«, unbedeutender, schwacher Mensch, Feigling.
   In den meisten Fällen ist so ein *nefesch* mit dem Schlemihl verwandt.

Ein *nefesch* gibt dem Apotheker ein Rezept. Der Apotheker gibt ihm drei kleine Fläschchen mit Pillen.

»Die alle?« fragt der *nefesch.* »Wofür sind die denn?«

»Die roten beruhigen Ihre Nerven, die weißen sind gegen das Kopfweh, und die blauen sind gegen das Asthma.«

»Erstaunlich. Solche kleinen Pillen, und trotzdem wissen sie alle genau, was sie tun müssen.«

neschóme *(f.)*, **neschómeß** *(Pl.)*
Aus dem hebräischen *n'schamá* »Seele«.
In Amerika: *neshome, neshoma, neshuma*
1. Seele.
2. Die Quelle und der Atem des Lebens.
3. Mensch, menschliches Wesen, Sterblicher. *He is a tortured neshome.*

Siehe auch *nefesch.*

Bis zur rabbinischen (d.h. nach-biblischen) Zeit gab es keinen genauen Unterschied zwischen Körper und Seele. Von da an bezeichnete der Begriff *n'schama* den Teil des Menschen, der Geist war, nichtkörperlich und unsterblich. Diese theologisch-metaphysischen Feinheiten hatten die Juden möglicherweise bei den griechischen Denkern gelernt.

Im Talmud heißt es, dass Gott die individuellen Seelen zusammen mit der Welt erschaffen hat. Wenn ein Kind geboren wird, vereinigt sich die vorbestimmte Seele mit seinem Körper. Beweise dafür gibt es nicht.

Im orthodoxen Judentum spielt die Idee der Wiederauferstehung eine wichtige Rolle – und die Vorstellung der körperlichen Auferstehung ist mit der Unsterblichkeit der Seele oder *neschome* verknüpft.

Mit der Fleischlichkeit des Körpers hat das Judentum kein Problem. Der menschliche Körper ist heilig, denn er ist Gottes Schöpfung, Gottes Geschenk und Gottes Entwurf. Wie sollen dann seine natürlichen Bedürfnisse und Funktionen unmoralisch sein, wenn sie maßvoll, angemessen und ohne andere zu schädigen Ausdruck finden? Sex wird deshalb im rabbinischen Denken mit überraschender Gelassenheit und »Aufgeklärtheit« behandelt. Im Karneval des Lebens haben die Juden nie den Körper zum Schuldigen machen wollen. Körper und Seele bildeten eine Einheit; weder das eine noch das andere war »reiner« oder »schmutziger« als das andere. Wenn ein Mensch eine Sünde begeht, dann ist die Seele genauso verantwortlich wie der Körper.

☛ Die jüdischen Regeln über das Intimverhalten (*ona*) sollen die eheliche Verbindung stärken und die sexuelle Beziehung auf die

Ebene des Heiligen heben. Sie sind darauf angelegt, das Luststreben in eine emotionale Beziehung zum anderen umzuwandeln. Allerdings darf man dabei nicht übersehen, dass die Texte sich ausschließlich an Männer wenden. Sie ermahnen die Männer zwar, auf die sexuellen Bedürfnisse ihrer Frauen einzugehen und sie zu befriedigen, enthalten aber keinen Rat für Frauen. Wie Rabbi Jane Litman (*Lifecycles*, Bd. 2, Jewish Lights, 1997) beklagt: »Die jüdische Überlieferung gibt uns genaue Richtlinien auf vielen Gebieten. Man sagt uns, wie und was wir essen sollen, was wir mit unserem Geld machen sollen, was wir für Verpflichtungen gegenüber unseren Kindern, Familien und Gemeinden haben. Warum gibt sie den Frauen so wenig Hinweise darauf, wie sie ein befriedigendes Sexualleben haben können?«

Homosexuelle und lesbische Beziehungen werden ignoriert oder verboten. Insgesamt wird nur eine schmale Bandbreite von Aktivitäten innerhalb einer monogamen, heterosexuellen Beziehung von den rabbinischen Gelehrten wahrgenommen und akzeptiert.

nexdoorekeh *(f.)*, **nexdooreker** *(m.)*
Reines Jinglisch. Aus dem englischen *next door* »nächste Tür«.

Nachbarin, Nachbar. Im Englischen ist die Nachbarin *the woman next door*. Dies wurde von den europäischen Einwanderern durch die weibliche jiddische Endung *-ekeh* zu *nexdoorekeh* verkürzt. *My nexdoorekeh is very friendly.* Die männliche Form ist der *nexdooreker.*

Die männliche Form, sagt Maurice Samuel, habe er allerdings nie gehört, denn »der Nachbar, *the man next door*, war nie zu Hause, er war in der Arbeit.«

Ich habe allerdings mal einen *nexdooreker* gehabt, der mir folgende Geschichte erzählt hat:

Zwei Schlemihle diskutierten über den Sinn des Lebens. Schließlich seufzt der eine: »Wenn man bedenkt, wieviel Schmerzen einem das Leben zufügt, ist der Tod eigentlich gar kein Unglück. Ich denke sogar manchmal, es wäre besser, man wäre gar nicht geboren.«

»Stimmt«, sagt der andere. »Aber wer hat schon so viel Glück? Höchstens einer unter zehntausend.«

-nik, -nick

Diese aus dem Slawischen stammende jiddisch-amerikanische Nachsilbe verwandelt jedes Verb, Substantiv oder Adjektiv in eine Bezeichnung für denjenigen, der ein besonders typischer Vertreter des entsprechenden Phänomens ist.

So ist ein *nudnik* jemand, der andere anödet oder langweilt (siehe *nudjen). *Ein *alrightnik* ist jemand, der alles so richtig gemacht hat, dass er jetzt wohlhabend ist.

Beatnik und *peacenik* sind uns ohnehin bestens bekannt. Die *New York Times* hat schon mal *Bachniks* erwähnt, die den deutschen Komponisten besonders verehren, und eine Freundin von mir beklagt sich immer, es falle ihr so schwer Diät zu halten, weil sie im Grunde ihres Herzens ein *noshnik* sei.

Das Beste ist natürlich, dass man Wörter mit *-nik* auch ad hoc schaffen kann. Ein *sicknik* wäre dann jemand, der schwarzen Humor liebt. Ein *Freudnik* ist ein unkritischer Anhänger der Psychoanalyse. Und neuerdings haben Schwule und Lesben angefangen, Heterosexuelle *straightniks* zu nennen, natürlich bloß scherzhaft, wie sie behaupten.

noch *(Partikel)*

Aus dem mittelhochdeutschen *noch*.

In Amerika: *nokh, noch*

1. noch einer, eine, eines. *Give me noch an example.*
2. des weiteren, außerdem. *What noch did he tell you? I'll give him noch a chance.*
3. etwa noch? (Im Sinne einer überraschten Frage.) *Did you tell him more, noch?* »Hast du ihm etwa noch mehr erzählt?« – *You expected praise, noch?* »Hast du dafür etwa noch ein Lob verdient?« – *For such cowardly conduct did you think he'd get a*

medal, noch? »Hast du gedacht, er kriegt noch einen Orden für seine Feigheit?«

Die letztgenannte Bedeutung ist die subtilste und typisch jiddisch.

Ein alter Jude fährt mit der U-Bahn. Ein Schwarzer sitzt ihm gegenüber und liest den *Jewish Daily Forward.*

Der alte Jude beobachtet sein Gegenüber mit wachsender Faszination. Schließlich hält er es nicht mehr aus und fragt: »Entschuldigen Sie, mein Herr, ich will ja nicht unhöflich sein. Aber ich muss einfach fragen: Sind Sie Jude?«

Der Schwarze senkt seine Zeitung und sagt voller Entsetzen: »Das hätt' mir gefehlt, *noch!*«

nochschlepper *(m.)*
Aus dem mittelhochdeutschen *nâch* »nach« und *slêpen* »schleppen, schleifen«.

In Amerika: *nokhshleper, nuchshlepper*

Das jiddische *schleppen* beruht auf dem intransitiven Gebrauch des Wortes und bedeutet »sich schleppen«. *Nochschleppen* bedeutet dementsprechend »jemandem nachfolgen«, »sich an jemanden dranhängen«.

1. ein Bewunderer, Anhänger, Schmeichler, ein Überzähliger, Statist. *A Hollywood actor can't take a walk without at least one nuchshlepper.* »Kein Hollywoodschauspieler kann irgendwo hingehen, ohne dass sich ein Bewunderer dranhängt.« – *She got in on someone else's ticket, the nuchshlepper.* »Diese Klette ist mit der Eintrittkarte von jemand anderem hereingekommen.« (Sie war obendrein noch ein Nassauer.) – *He doesn't work for us; he's just a nuchshlepper.* »Er arbeitet nicht für uns, er ist Zuschauer.«
2. ein abhängiges Familienmitglied; Nachzügler. *A successful man's family always provides him with at least one nuchshlepper.*
   »In der Familie eines erfolgreichen Mannes gibt es immer einen, der sich durchfüttern lässt.«
   Siehe auch *zutschep.*

no-goodnik
Jinglisch. Aus dem englischen *no-good* »nicht gut« und der Nachsilbe *-nik.*

1. jemand, der »nicht gut« ist, also unmoralisch, unverantwortlich, unzuverlässig. Jemand, der sein Wort nicht hält oder seinen Verpflichtungen nicht nachkommt.
2. jemand, der seinen Lebensunterhalt nicht ehrlich verdient; ein Verschwender; ein Herumtreiber.
3. ein fragwürdiger, undurchsichtiger Charakter, mit dem man sich besser nicht einlassen sollte.
4. ein Kleinkrimineller, ein Trickbetrüger.
   »Erinnern Sie sich an Mrs. Plotnik mit ihren drei Söhnen? *Nu,* der Älteste ist ein *alrightnik*, der wohnt in Scarsdale; der zweite war in Columbia und ist Dr. phil.; aber der *boychik* ist ein *no-goodnik*. An dem hat sie keine *naches.*«

nu *(Adverb, Konjunktion, Interjektion)*
Aus dem mittelhochdeutschen *nû, nu* »nun«. Auch im Russischen und vielen anderen indo-germanischen Sprachen vorhanden.

In Amerika: *nu, nu?, nu!, nu-nu?, noo-ooo ...*

Abgesehen vielleicht von *oj* ist *nu* das am meisten gebrauchte jiddische Wort. Und das hat seinen Grund: *Nu* ist das verbale Äquivalent eines Seufzers, eines Stirnrunzelns, eines Grinsens, eines Grunzens oder eines höhnischen Lächelns. Es ist Ausdruck von Amüsement, Einsicht, Missbilligung oder Unsicherheit. Es kann herzlich, ätzend, harmlos oder aggressiv benutzt werden.

Nu ist eine Relativierung; eine Einschränkung; eine Betonung; eine Frage; ein Mittel, um Zweifel zu säen; ein Zornesblitz. Es kann Stolz oder Spott vermitteln oder Antwort verlangen. Und wenn es im Tandem, als *nu-nu*, benutzt wird, trägt es noch eine ganze Reihe weiterer Bedeutungen.

Hier sind ein paar Kostproben für den Gebrauch des Zwei-Buchstaben-Wunders.

1. *Nu?* (Na?)
2. »Ich hab dich aus ihrem Apartment kommen sehen.« *Nuu-uu?* (Na, wie war's?)

3. »*Nu*, nach einer solchen Bitte, was sollte ich tun?«
4. *Nu?* (Wie geht's dir?)
5. *Nu?* (Was gibt's Neues?)
6. »Ich brauche das Geld. *Nu?*« (Wie sieht's aus?)
7. »... und dann ist er einfach weggegangen. *Nu?!*« (Was sagst du dazu? Stell dir das vor!)
8. »Ich gehe zum Zahnarzt, *nu?*« (Kein Wunder, dass ich's nicht eilig habe.«)
9. *Nu, I guess that's all.* (So, ich glaube das wär's.)
10. »... und du sollst um zwölf da sein. *Nu?*« (Sieh zu, dass du loskommst.)
11. »... und hat den Vertrag unterschrieben. *Nu!*« (Das wäre erledigt.)
12. *Nu-nu?* (Komm, erzähl's schon.)
13. »Meine Frau würde gern wissen, was aus dem Topf geworden ist, den sie Ihnen geliehen hat ... *Nu?*« (Tut mir leid, das erwähnen zu müssen, aber ...)
14. »Sie haben die Miete verdoppelt! *Nu?*« (Was sollte ich machen?)
15. »Hast du's ihm gesagt oder nicht? *Nu?*« (Das will ich jetzt wissen!)
16. *Nu-nu, my friend.* (Man muss sich bescheiden.)
17. »Sie waren alle seiner Meinung. Aber ich – *nu?*« (Ich habe so meine Zweifel.)
18. »Sie warteten und warteten. *Nu*, am Ende kam er dann doch.«
19. »Sie gab ihm die Schuld, er beschuldigte sie ... *nu*, es kam vor Gericht.«

Nu ist ein so jiddischer Ausdruck, dass dieses Wort allein genügen kann, um jüdische Identität aufzuzeigen. In Amerika wird es manchmal auch zu diesem Zweck gebraucht. Mit einem *nu?* gibt man sich nicht nur als Jude zu erkennen, sondern fragt auch den anderen, ob er jüdisch ist.

núdjen *(Verb)*, **núdne** *(Adjektiv)*, **nudóte** *(f.)*
Gesprochen »nudschn«! Aus dem Slawischen.

In Amerika: *nudzhn (Verb), nudzhedik, nudzhik (Adjektiv), nudzh (Substantiv)*

Das Verb *nudjen* heißt langweilen und *nudjen sich* heißt: »sich langweilen«. Das jiddische Wort *nudne* heißt »langweilig« und *nudote* »Langeweile«.

Ein *nudnik* (siehe dort) ist jemand, der Sie langweilt. Wenn er Ihnen lange genug auf die Nerven gegangen ist, können Sie sagen: *Stop nudzhing me!*

Das Substantiv *nudzh* ist reines Jinglisch, denn es ist mit dem englischen *nudge* »anstoßen, schubsen« durcheinandergekommen. Aber während *nudge* eine behutsame, fast zärtliche Ermahnung darstellt, ist *nudzh* eher demonstrativ: heftige Tritte unter dem Tisch, hochgezogene Augenbrauen usw. mit denen angezeigt werden soll, dass ein Fauxpas begangen oder eine Höflichkeit versäumt worden ist. Außerdem ist *nudzh* ein jinglisches Pseudonym für *nudnik*.

Die Adjektive *nudzhedik* und *nudzhik* sind ebenfalls Jinglisch und bedeuten »unruhig, unangenehm berührt«. Sogar wenn einem schlecht wird, sagt man, man fühle sich *nudzhik. I can't settle down today; I feel so nudzhedik.* »Ich komme nicht zur Ruhe, ich fühl mich so *nudschik*.« – *Whenever I take a bus, I get nudzhedik.* »Wenn ich den Bus nehme, wird mir immer schlecht.«

Siehe *mutschen*.

nudnik, nudnick *(m.)*

Das jiddische *núdjen* »langweilen« wird durch *-nik* zu jinglisch *nudnik*. Beide Komponenten stammen aus dem Slawischen, aber das Wort ist so jiddisch, wie es nur sein kann. Um ihren Abscheu auszudrücken, verlängern manche Leute die erste Silbe bis zur Unkenntlichkeit

Eine Nervensäge, ein Quälgeist, ein Nörgler, ein Langweiler.

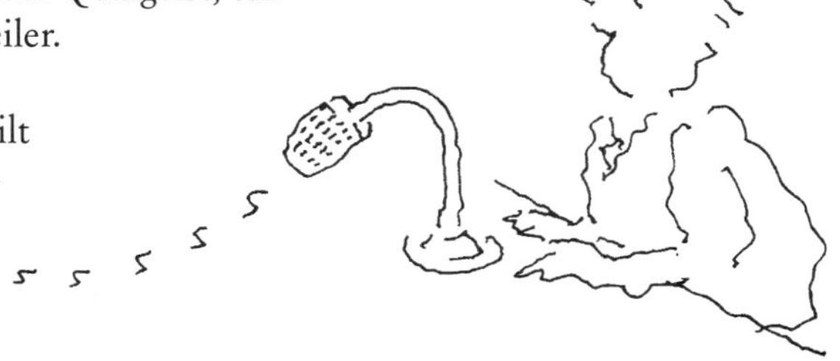

Ein *nudnik* langweilt nicht nur gelegentlich, sondern geht einem echt auf die Nerven. Dazu gehört vor allem endloses Reden. Den *nudnik* gibt es bei allen Völkern.

In einem bestimmten Alter sind Kinder besonders anstrengend. Deshalb hört man Mütter gelegentlich sagen: *Don't be a nudnik.* »Hör auf mich zu piesacken.«

Der Dichter Morris Rosenfeld hat einen ganzen Essay über den Typus des *nudniks* geschrieben, den er als jemanden beschrieb, dessen Lebenszweck darin besteht, »den Rest der Menschheit zu Tode zu langweilen«.

Natürlich gibt es auch eine akademische oder pädagogische Spielart des Langweilers: Was ist ein *phudnik?* Ein *nudnik* mit *Ph.D.* (Doktorgrad).

Mr. Polanski beklagt sich bei seinem Hausarzt: »Es ist etwas ganz Schreckliches passiert. Seit neuestem führe ich ständig Selbstgespräche ... ich versuche es zu verhindern, aber ich rede ununterbrochen mit mir!«

»Na, das macht doch nichts«, sagt der Doktor. »Das passiert doch jedem mal. Tausende tun es.«

»Das mag schon sein«, sagt Polanski, »Sie haben ja keine Ahnung, was ich für ein Langweiler bin!«

O

oj
oj!
oj oj!
oj-oj-oj!

Aus dem slawischen *oj* »oh«. Wenn das *oj!* unter Dampf steht, ist das Ausrufezeichen Teil der Orthographie.

Oj ist kein Wort, sondern ein ganzes Vokabular. Es umfasst Ausdrucksmöglichkeiten, die nur durch die schauspielerischen Fähigkeiten des Sprechers eingeschränkt werden. Es ist eine Klage, ein Protest, ein Verzweiflungsschrei, ein Ausdruck spontanen Entzückens. Aber ganz gleich, ob es geseufzt, geschrien, geheult oder gestöhnt wird, *oj* ist und bleibt der weitestverbreitete und ausdrucksvollste Ausruf der jiddischen Sprache.

Oj kann alles ausdrücken: vom Schrecken bis zur Ekstase. Es hängt davon ab, welches Maß an Katharsis der Sprecher braucht, welche Wirkung er bei seinen Zuhörern zu erzielen versucht und welchen Affekt die Situation üblicherweise verlangt.

Oft tritt *oj* in der Zusammensetzung *oj wej!* (in Amerika: *oy vey!*) auf, was wörtlich »oh weh!« heißt, aber längst zum Vielzweck-Ausruf geworden ist, der oberflächliches Entzücken genauso ausdrücken kann wie tiefste Trauer. *Oj wej!* steht für *oj wej is mir!* und das kann alles von persönlichen Schmerzen bis zu tiefempfundenem Beileid bedeuten.

Oj wird auch als Doppel benutzt: *oj-oj!*, aber fast noch öfter als fantasievoller Dreiklang: *oj-oj-oj!*

☛ Bob Marley gab seinem Reggae *Buffalo Soldier*, einem Lied über die afro-amerikanischen Soldaten der US-Cavalry, einen besonderen Beigeschmack, indem er ein langes *oj-oj-oj* in den Refrain einbaute. Trotz der vielen Begriffe, die sich die Rastafari aus dem Judentum geliehen haben (z.B. *Zion*, *Jah* für Gott, *Babylon* als Symbol des Exils und den *Löwen von Judah* Haile Selassie) ist das wahrscheinlich die erste echt jiddische Leihgabe. ☚

Oj kann also vieles ausdrücken. Hier ein paar Beispiele:

1. Einfache Überraschung. »*Oj*, dich hatte ich hier gar nicht erwartet.«
2. Erschrecken. »Sie hörte ein Geräusch und rief: *Oj!* Wer ist da?«
3. Ein bisschen Angst. »*Oj!* Es könnte vielleicht eine Maus sein!«
4. Leicht geseufztes Bedauern. »Wenn ich denke, was sie alles durchgemacht hat, *oooj!*« (Man beachte das langgezogene *o*, das darauf hindeutet, wie sensibel man ist.)
5. Zufriedenheit. »*Oj*, was für ein fantastisches Essen!«
6. Freude. *Oy, what a party!*
7. Euphorie. *Was I happy? Oy! I was dancing on air!*
8. Erleichterung, Beruhigung. »*Oj*, jetzt kann ich schlafen.«
9. Unsicherheit. »Was soll ich machen?« – »*Oj*, ich wünschte, ich könnte dir helfen.«
10. Befürchtungen. »*Oj*, ist er womöglich krank?«
11. Ehrfurcht. »Er ist lebendig zurückgekommen? *Oj!*«
12. Erstaunen. »*Oj gwalt*, wie hast du dich verändert!?«
13. Indignierte Ablehnung. »Nehmen Sie das wieder mit. *Oj!*«
14. Ironische Ablehnung. *Oy, is that some metsieh!* »Das ist ja ein Angebot!«
15. Ironie. »*Oj*, da sind Sie aber falsch verbunden.«
16. Leichter Schmerz. »*Oj*, das tut weh!«
17. Echter Schmerz. *Oj, Gottenju!*
18. Abscheu. »*Feh!* Wer soll denn das essen? *Ooj!*«
19. Dringlichkeit. »Ich bitte dich, sag's mir! *Oj!*«
20. Enttäuschung. »*Oj*, ich hab zwei Kilo zugenommen!«
21. Verzweiflung. »Es ist hoffnungslos, glaub's mir. *Oj!*«
22. Sorge. »*Oj!* Das kann doch nur schiefgehen!«
23. Klage. »*Oj*, wir haben uns die Augen ausgeweint.«

24. Schock. »Was? Die ist hier? *Oj!*«
25. Wut. »Dieser Mann wird mein Haus nie wieder betreten. *Oj!*«
26. Entsetzen. »Einen Mörder geheiratet? *Oj gwalt!*«
27. Bestürzung. »Mein eigener Partner ... *oooj.*«
28. Wut und Bestürzung. »Hast du so etwas schon gehört?« *Oy! I could plotz!*
29. Am Ende seiner Kräfte sein. Etwas ganz unerträglich finden. *Get out! Leave me alone! OOOoooj!*

Mrs. Fishbeins Telefon klingelt.

»*Hellou*«, intoniert eine näselnde Stimme. »Ich wollte fragen, ob Sie und Ihr Herr Gemahl zum Tee zu Lady Windermere kommen können –«

»*Oj,* Mann! Sie sind ja *so was* von falsch verbunden!« seufzt Mrs. Fishbein.

ójrach *oder* **ójrech** *(m.)*, **órchim** *(Pl.)*

Aus dem hebräischen *oréjach* »Gast«.

Gast.

In Amerika: *oyrekh, oyrech*

Das Wort wird meist in der Redensart *an ójrech ojf Schabbes* »einen Gast zum Sabbat« gebraucht.

Es galt für den Haushaltungsvorstand als *mizwe*, am Sabbat und an Feiertagen einen Fremden aus der Synagoge als Gast zu Tisch einzuladen. Ein jüdischer Reisender konnte ziemlich sicher sein, im Schtetl oder einer jüdischen Gemeinde am Freitagabend zum *Schabbes machn* eingeladen zu werden. Die Vorstellung, ein Fremder könnte am Freitagabend ohne seine Familie allein in der Stadt sein, war einfach zu schrecklich, als dass man es hätte zulassen können. Ein *ojrech ojf Schabbes* war aber nicht nur deshalb willkommen, sondern auch, weil er seinen Gastgebern Gelegenheit zu einer guten Tat verschaffte.

Gastfreundschaft hat einen hohen Stellenwert im jüdischen Leben. Sie gehört zu den wichtigsten Tugenden. Auch mir wurde schon als Kind beigebracht, wie schön es ist, wenn man Gastgeber ist, und wieviel Mühe man sich geben muss, damit jeder, der dein Haus betritt, sich dort wohlfühlt. Das Essen, das man einem Gast anbietet, muss so reichlich und teuer sein wie möglich, auch wenn die Familie (was oft genug vorkam) danach tagelang fasten musste. Die *hachnóßaß-ójrchim* »Gastfreundschaft« (hebräisch *hachnassátorchím*) war Abrahams herausragendste Tugend.

Die wildeste Geschichte über Gastfreundschaft, die ich je gehört habe, beschäftigt sich mit einem Handelsvertreter, der, sagen wir, Schmuel Ostrovsky hieß. Es ist Freitagabend und Ostrovsky sitzt in der Synagoge eines kleinen Städtchens in Galizien. Nach den Gebeten wenden sich die Juden nach rechts und links und wünschen sich einen *guten Schabbes!* Um Ostrovsky kümmert sich niemand. Er seufzt und macht sich betrübt auf den Weg, um einen Schlafplatz zu suchen.

»Wo wollen Sie denn hin?« ruft jemand hinter ihm her. »Ein Jude am Schabbes allein? Kommen Sie, Mann. Kommen Sie mit mir nach Hause! Essen Sie bei uns und bleiben Sie über Nacht! Nein, nein, keine Ausreden! Mein Name ist Glantz. Kommen Sie, meine Frau ist eine ausgezeichnete Köchin. Das Essen werden Sie bestimmt nicht vergessen.«

Gehorsam und dankbar folgt Ostrovsky seinem überschwänglichen Gastgeber.

Die Versprechungen, die dieser gemacht hat, sind auch durchaus zutreffend. Man kann sich keine liebenswürdigeren, rücksichtsvolleren und freundlicheren Gastgeber wünschen als Herrn und Frau Glantz. Ostrovsky erhält ein schönes, gemütliches Zimmer, man drängt ihn, ein warmes Bad zu nehmen, drückt ihm duftende Seife und ein flauschiges Badetuch in die Hand. Und das Abendessen ist einfach fantastisch. In der Nacht schläft er in sauberem Leinen, und am nächsten Morgen erhält er ein reichliches Frühstück.

Als er sich von seinen Gastgebern verabschiedet, sagt er aus tiefstem Herzensgrund: »Wie kann ich mich nur jemals bei Ihnen bedanken?«

»Ach«, sagt der Gastgeber, »ich habe das für Sie aufgeschrieben«, und reicht Ostrovsky einen eng beschriebenen Zettel. Darauf steht:

1 heißes Bad	10 Kopeken
1 Stück Seife	20 Kopeken
1 großes Badetuch	10 Kopeken
1 Sabbat-Essen	2, 50 Rubel
2 frische Bettlaken	20 Kopeken
1 frisches Kopfkissen ...	10 Kopeken
1 Frühstück	75 Kopeken
INSGESAMT	3, 95 Rubel

»Was ist denn das?« fragt Ostrovsky.

»Ihre Rechnung«, sagt Glantz.

»Sie erwarten, dass ich das *bezahle*?«

»Natürlich«, sagt Glantz. »Oder wollen Sie bestreiten, dass Sie hier gebadet, geschlafen und gegessen haben wie ein König?«

»Leugnen? Ich bin schockiert!« ruft Ostrovsky. »Sie haben mich doch *eingeladen* dazu! Sie haben mich doch angefleht, Ihr *Schabbes ojrech* zu sein! So etwas Unverschämtes hab ich noch nicht gesehen!«

»Lassen Sie!« sagt Glantz und hebt seine Hand. »Wir wollen uns doch nicht streiten, mein Freund. Sind Sie damit einverstanden, mit mir zum Rabbi zu gehen und seine Entscheidung anzuerkennen?«

»Ob ich damit einverstanden bin?« ruft Ostrovsky. »Ich brenne darauf zu hören, was der Rabbi Ihnen über dieses abscheuliche Verhalten zu sagen hat!«

Die beiden marschieren zum Rabbi. Der sieht die wütenden Gesichter und sagt: »Nun, meine Freunde, was hat euch denn den Sabbat verdorben?«

Daraufhin erzählt Ostrovsky voller Empörung seine Geschichte.

Der Rabbi wendet sich Glantz zu. »Und was hast du zu sagen?«

»Nichts«, sagt Glantz. »Es stimmt alles, was er gesagt hat.«

»Sehen Sie, Rabbi!« schreit Ostrovsky.

Der Rabbi nickt. »Nachdem ich euch beide angehört und die schwierigen ethischen Fragen erwogen habe, erkläre ich aufgrund meines jahrelangen Talmudstudiums: Ostrovsky, Sie müssen die Rechnung bezahlen.«

Der Handelsvertreter will seinen Ohren nicht trauen. Er ist sprachlos. Er ist schockiert. Aber schließlich hat da ein Rabbiner gesprochen ...

Mit schwerem Herzen sagt er. »Na, schön.«

Ostrovsky und sein Gastgeber verlassen das Haus des Rabbis, und Ostrovsky beginnt das Geld abzuzählen.

»Was machen Sie da?«

»Ich bezahle die Rechnung.«

»Was? Sie wollen mich bezahlen? Sind Sie verrückt? Glauben Sie, ich würde Geld von meinem Sabbat-Gast nehmen?«

»Aber Sie ... haben mir doch die Rechnung gegeben«, stottert Ostrovsky. »Sie haben das Geld verlangt und mich sogar hierher geschleppt! Sie –«

»Ach, das«, sagt Glantz und zuckt die Achseln. »Ich wollte Ihnen bloß zeigen, was für einen Trottel von Rabbi wir haben.«

ójßgematert

Aus dem mittelhochdeutschen *maten* »ermatten« und jiddisch *farmátern* »ermüden«.

In Amerika: *oysgematert*

Ermattet, völlig erschöpft sein. *I'm oysgematert!* – »Nach allem, was sie durchgemacht hat, ist es da erstaunlich, dass sie völlig *ojßgematert ist?«*

ójßworf *(m.)*, **ójßworfn** *(Pl.)*

Aus dem neuhochdeutschen *auswurf* »Ausgestoßenes, Auswurf«.

In Amerika: *oysvorf*

1. Ein Taugenichts, ein Herumtreiber.
2. Ein Außenseiter, ein Asozialer, ein Ausgestoßener. *Even as a child, he was an oysvorf.*
3. Ein gemeiner, streitsüchtiger, undankbarer Mensch. *I can't understand an oysvorf like that one!*

Siehe auch *parch* und *no-goodnik*.

ójzer *(m.)*, **ójzreß** *(Pl.)*

Aus dem hebräischen *ozár* »Schatz«.

In Amerika: *oytser*

1. Schatz. *My child? An angel, an oytser to us both.* »Unser Kind ist ein Schatz für meine Frau und für mich.« *Our maid is an oytser.* »Unser Hausmädchen ist eine Perle.«
2. (Ironisch:) Das genaue Gegenteil von einem Schatz. *Her son? God save you from such an oytser!* »Ihr Sohn? Gott bewahre dich vor so einem Schätzchen!« – *He almost ruined me, that oytser!* – »So einen *ojzer* wünsch ich meinen schlimmsten Feinden.«

Wie so oft ist auch hier der ironische Gebrauch inzwischen häufiger als der direkte.

Spitzer ist Würstchenverkäufer. Eines Tages spricht ihn ein Freund an. »Na, wie geht das Geschäft?«

»Nicht schlecht«, sagt Spitzer. »Ich hab schon zweitausend Dollar auf der Bank.«

»Ach, das ist gut«, sagt der Freund. »Ich wollte dich nämlich bitten, ob du mir vielleicht fünf Dollar leihen kannst.«

»Das darf ich nicht.«

»Wie meinst du das?«

»Nun, ich habe einen Vertrag mit der Bank. Die haben versprochen, keine Würstchen zu verkaufen, solange ich keine Darlehen gebe.«

Spitzer war ein echter *ojzer.*

ólew ha-schólem *(m.)*, **oléjho ha-schólem** *(f.)*

Aus dem hebräischen *aláw ha-schalóm*. Die beiden Wörter werden beim Sprechen oft zu einem zusammengezogen: *olewascholem* »er ruhe in Frieden«.

In Amerika: *olev ha-sholem, alev ha-sholem (m.), oleho ha-sholem, aleha ha-sholem (f.)*

Diese Formel wird nahezu automatisch gebraucht, wenn man von jemandem redet, der gestorben ist, ähnlich wie man sagt: »Er ruhe in Frieden.« Wenn jemand sagt: »Mein Onkel Harry, *olewascholem* …«, dann können Sie sicher sein, dass Onkel Harry tot ist.

Als Kind war ich von diesem *olewascholem* fasziniert, wunderte mich aber ein bisschen, wenn es gelegentlich hieß: »Dieser Kerl?

Das war doch ein Betrüger, ein elender Mistkerl, *olewascholem.*« Der Widerspruch zwischen ritueller Pietät und praktischem Realismus ist nur scheinbar. Denn der Zweck ritueller Formeln und Handlungen besteht ja gerade darin, für einen geordneten Ablauf bei der Bewältigung von Gefühlen zu sorgen. (Das Ritual verringert die Ängste, indem es die Wahlmöglichkeiten verringert.)

Es entzückte mich auf ähnliche Weise, wenn ich als Kind die schrecklichen Flüche hörte, die gelegentlich von würdigen älteren Herren benutzt und im selben Atemzug gleich widerrufen wurden: »Rüben sollen in seinem Bauch wachsen! Gott behüte!« Das gefiel mir deshalb so gut, weil das »Gott behüte!« die Verwünschung fast schon wieder liebenswürdig macht – allerdings erst, nachdem die Wut sich ordentlich Luft gemacht hat.

Juden kennen sich aus mit starken Gefühlen. Sie gehen unbefangen damit um und verstehen es, sie kraftvoll auszudrücken. Aber dann folgt vorsichtshalber gleich eine Einschränkung.

Den folgenden klassischen Witz habe ich vor langer Zeit im Café Royale gehört, *olewascholem*, das sich ehemals an der Second Avenue in New York City befand:

Kellner: »Tee oder Kaffee, meine Herren?«

Erster Gast: »Ich nehme Tee.«

Zweiter Gast: »Ich auch, und achten Sie bitte darauf, dass ich ein sauberes Glas kriege.«

Der Kellner verschwindet und kehrt alsbald wieder zurück.

Kellner: »Zweimal Tee. Welcher von den Herren wollte das saubere Glas?«

Omer-Zählen siehe *ß'fire.*

ónpatschkn (Verb), óngepatschket *(Partizip Perfekt)*

Aus der deutschen Vorsilbe *an-* und dem russischen *patschkat* »beschmutzen« oder bairisch/österreichisch *patschen* »(im Nassen, im Schlamm) herumpatschen«.

In Amerika: *ongepatshket, ongepotchket*

1. Ohne Sinn und Verstand zusammengeklatscht.
2. Überladen; verdorben; übertrieben. »Sie trug ihre neuen Diamantohrringe, eine Halskette, einen Armreif, zwei Ringe und eine Brosche. *Oy, was she ongepatshket.*«

Der vermutete Zusammenhang mit dem deutschen *patschen, klatschen* oder *tatschen* kommt entweder von der Vorstellung, dass die Dinge schmutzig oder klumpig werden, wenn man sie zu oft anfasst (zum Beispiel Gebäck) oder dass »zu viele Dinge zusammengeklatscht« worden sind.

Mr. Fleishman ist seit neuestem Kunstsammler. Vor kurzem hat er ein Gemälde gekauft, das sein Freund Meyerson, ein selbsternannter Experte, sehr bewundert. Es zeigt ein großes schwarzes Quadrat mit einem weißen Punkt in der Mitte.

Ein Jahr später kauft Fleishman ein weiteres Bild desselben Malers. Es zeigt ein großes schwarzes Quadrat mit *zwei* weißen Punkten.

Voller Stolz hängt Fleishman das Bild in sein Wohnzimmer und ruft seinen Freund Meyerson, den Kunstkenner, an. Er möge ihn doch gleich mal besuchen. Meyerson wirft nur einen Blick auf das Kunstwerk. Dann sagt er: »Zu *ongepatschket!*«

opstairsikeh *(f.)*, **opstairsiker** *(m.)*

Reines Jinglisch.

Die Nachbarin und der Nachbar, die über einem wohnen. »Meine *opstairsikeh* ist Klavierlehrerin.« »Leider zieht mein *opstairsiker* aus. Der Mann ist ein Engel.«

P

parch *(m.)*, **párcheß** *(Pl.)*
Aus dem hebräischen *paróach* »Aufblühen von Geschwüren«.

In Amerika: *parkh, parech, parekh*

1. Eine unangenehme, schleimige Person.
2. Ein unzuverlässiger Mensch. *Don't confide in that parech.*
3. Ein undankbarer, anmaßender, überheblicher Mensch, der sich die Redlichkeit anderer zu Nutze macht.

In der Bibel bezieht sich das Wort *paroach* auf den Kopfgrind, den man für ansteckend hielt. Im Lauf der Zeit wurde daraus dann ein räudiger, irgendwie auch »schlüpfriger« Mensch.

párewe *(Adjektiv)*
Herkunft unsicher. ☛ Macy Nulman (*The Encyclopedia of the Sayings of the Jewish People*, Jason Aronson, 1997) ist der Ansicht, dass *parewe* vom talmudischen *parbar* abstammt. Dieses Wort bezog sich auf einen kleinen Durchgang im Tempel, »der es erlaubte, die Opfer im Tempelhof zu verzehren und kleinere Opfertiere zu schlachten. ☚ Salcia Landmann (*Jiddisch*, München 1964) führt *parewe* auf polnisch *parowy* »gedämpft« zurück: »Speisen, die ... im Dampf (jiddisch: *páre*) gar gemacht werden«.

In Amerika: *pareve, pareveh (Adjektiv), parev (m.)*

Parwe. Nach den Speisegesetzen »neutrales« Gericht.

Damit eine Speise *parewe* ist, darf sie weder Fleisch noch Milchprodukte enthalten. Dann ist sie nämlich »neutral« und kann mit beidem gegessen werden. Nach den jüdischen Speisegesetzen (siehe *koscher*) ist es nämlich verboten, Fleisch- und Milchprodukte zu mischen.

Damit er *parewe* ist, kann man einen Kuchen zum Beispiel mit Fruchtsaft oder Kaffee anstelle von Milch, und mit Pflanzenfett oder Öl anstelle von Butter zubereiten.

Die Wunder der modernen Technologie haben den Spielraum in dieser Hinsicht erheblich erweitert. So gibt es heute nicht nur Margarine ohne Milch oder Butterfett (oft als »Diätmargarine« verkauft), sondern auch Milch und Sahne, die *parewe* sind, und sogar Eiskrem, die aus gehärtetem Sojabohnenöl hergestellt wird.

☛ So wie *kosher* auch im Sinne von »legitim, in Ordnung«, »erlaubt« oder »vertrauenswürdig« benutzt wird, gibt es auch für *parewe* übertragene Bedeutungen. Jemand der *parewe* ist, gilt als »unentschieden« und *wishy-washy*. Entsprechende Handlungen oder Entscheidungen sind »faule Kompromisse«, »weder Fisch noch Fleisch«. ☚

Passa, Passah, Passover siehe *pejßech.*

paßkúdne *(Adjektiv)*
Aus dem Polnisch/Ukrainischen: »schmutzig«.

In Amerika: *paskudne, paskudneh*

1. Hässlich, schmutzig, schlampig, miserabel. *The weather? Paskudne! – He's cursed with that paskudne mouth of his.* »Er hat dieses schmutzige Mundwerk!« – *They served us a paskudne dinner.*
2. Hässlich, gemein, abscheulich, unfreundlich. *Such paskudne treatment I never got anywhere else. – She's a paskudne type.*
3. Verächtlich, hassenswert, das Gegenteil von *simpático* (das im amerikanischen Jiddisch *sympatish* heißt). *That whole family is epes paskudne.*

paßkudnják *(m.)*, **paßkudnjátschke** *(w.)*,
paßkudnjákeß *(Pl.)*
Aus dem Polnisch/Ukrainischen. Das *j* ist optional, verstärkt die niederschmetternde Wirkung aber beträchtlich.

In Amerika: *paskudnyak, paskudnak*

Ein Mann oder eine Frau, die *paßkudne* sind, also hässlich, unsensibel, gemein, hassenswert, niederträchtig, verdorben, vulgär, infam, kleinkariert und in jeder Beziehung verächtlich. »Zu so einem *paßkudnjak* würde ich nicht ›Guten Tag‹ sagen.« – *Did you ever hear of such a paskudnyak? – That whole family is a collection of paskudnyaks.*

Paßkudnjak ist für meinen Geschmack eins der deftigsten Schimpfwörter im Jiddischen. Es trieft geradezu vor Schmierigkeit, und dem Kenner bietet es drei schöne, lange Silben, einen vorwurfsvollen Zischlaut, einen höhnischen Nasal und einen scharfen Verschlusslaut, um seine Verachtung ausdrücken: Es ist ein wahrer Dreiklang der Verachtung.

Beim Überqueren der Straße stößt ein Jude versehentlich mit einem Antisemiten zusammen.

»Schwein!« brüllt der *paßkudnjak.*

»Goldberg«, sagt der Jude mit einer leichten Verbeugung.

paßkustwe *(f.)*
In Amerika: *paskustve, paskustva*
1. Ein weiblicher *paßkudnjak.*
2. Eine hässliche Handlung. *That was a piece of paskustve* heißt »das war eine Gemeinheit«.

patsch *(m.)*, **petschl** *(n. Verkleinerungsform)*, **patschn** *(Verb)*
Aus dem spätmittelhochdeutschen *patzschen* »patschen, klatschend schlagen«.

In Amerika: *patsh, potch, patch (Substantiv* und *Verb)*

1. Ein Schlag oder Klaps. *Man, did she give him a patsh!* »Mann, sie hat ihm vielleicht eine geklebt.« – *Don't be fresh or I'll patsh you.* »Werd bloß nicht frech, sonst fängst du dir eine.«
2. Eine Beleidigung, eine Kränkung. *To me, his words were a terrible patsh.* »Seine Worte waren wie eine Ohrfeige für mich.«
3. Ein Rückschlag. *Last season gave me a patsh.*

A patsch fargejt, a wort baschteijt sagt der Volksmund: »Ein Klaps vergeht, ein (böses) Wort besteht.« Das bezieht sich wohl auf gewisse traditionelle, heute überholte Formen der Kindererziehung.

pátschken *(Verb)*
Aus dem russischen *patschkat* »beschmutzen«, »schmieren« oder dem österreichisch/bairischen *patschen* »(im Nassen) herumpatschen«.

In Amerika: *patshke, potchkeh, potchkee*

1. Ungeschickt und erfolglos herummurksen. *He patshkes around with paint and they call him a painter.* »Er schmiert was zusammen, und sie nennen ihn Maler.« – *I spent all day in the kitchen patshkeeing around.* »Ich hab den ganzen Tag in der Küche rumgemurkst.«
2. Trödeln, Zeit verschwenden. *Let's go, don't patshke.*

Siehe auch *ongepatschket.*

péger *(m.)*, **p'gorim** *(Pl.)*
Aus dem hebräischen *péger* »(verächtlich:) Leichnam, Kadaver«.

Leiche. Kadaver.

Davon gebildet: *péjgern* »krepieren, verrecken«, das in dieser Bedeutung auch im Wiener Dialekt als *pägern* oder *pegern* (mit der Nebenbedeutung »vergiften«) erscheint.

péje *(f.)*, **péjeß** *(Pl.)*
Aus dem hebräischen *pejá* (*Plural: peot*) »Schläfenlocken«.
In Amerika: *peyes, payess*
Peot. Schläfenlocken. Der Teil des Kopfhaars, der vom hinteren Rand der Ohren bis zu den Koteletten reicht und von streng orthodoxen männlichen Juden nicht geschnitten werden darf.

Die Sitte der orthodoxen Juden, ihre Schläfenlocken wachsen zu lassen und einen Vollbart zu tragen, geht auf eine Vorschrift von Leviticus 19, 27 zurück, wo es heißt: »Ihr sollt euer Haar am Haupt nicht rund umher abschneiden, noch euren Bart abscheren.« ☛ Dieser Vers wurde von den talmudischen Rabbinern nicht als Verbot von glattrasierten Gesichtern interpretiert, sondern als Verbot von Rasiermessern. Den Gebrauch von Scheren erlaubt das jüdische Gesetz durchaus, um das Gesichtshaar zu stutzen, und manche orthodoxe Juden haben diese Erlaubnis auch auf elektrische Rasierapparate ausgedehnt, die zwei Klingen besitzen. ☚

Ein gelehrter Freund hat mir mitgeteilt, dass die Schläfenlocken auch ein Symbol für die Feldränder sind, die traditionellerweise nicht vom Besitzer gemäht, sondern für die Witwen und Waisen und Fremden aufgespart wurden.

Im Mittelalter wurde den Juden oft von der Kirche und den Behörden verboten, sich Bärte und Schläfenlocken zu schneiden. Warum? Weil man jederzeit in der Lage sein wollte, die Juden an ihrer Haartracht und ihren Bärten erkennen zu können.

Zu anderen Zeiten und in anderen Ländern wurden die *pejes* allerdings auch verboten. So zum Beispiel eine Zeit lang im zaristischen Russland.

Im Wiener Dialekt wird das Wort *peikeles* gelegentlich »scherzhaft« für Koteletten benutzt.

Ob man die Schläfenlocken behalten oder abschneiden sollte, wurde immer dann zur wichtigen Frage, wenn die Juden die Möglichkeit hatten, das Schtetl zu verlassen, so zum Beispiel während der großen Auswanderungswelle in die Vereinigten Staaten am Ende des 19. Jahrhunderts. Die Schläfenlocken abzuschneiden war eine offene Absage an die Orthodoxie, ein Zeichen dafür, dass man künftig Amerikaner sein wollte. Manchmal zerbrachen die Familien wegen der Peot.

Nicht nur die Juden messen Haaren vielfältige symbolische (und manchmal geradezu kindische) Bedeutung zu. Die Geschichte von Samson (Richter, 13–16) zum Beispiel findet eine gewisse Entsprechung in der Ilias, wo von »langhaarigen Achaern« die Rede ist. Viele Kulturen waren der Ansicht, dass Leben und Kraft eines Menschen im Haar wohnen. Daher auch die alteingewurzelte Scheu, einem Baby im ersten Jahr schon die Haare zu schneiden. ☛ Manche jüdischen Familien warten bis zum dritten Lebensjahr, ehe sie einem Knaben das Haar schneiden lassen. Dieser erste Haarschnitt ist zugleich der symbolische Anfang seiner Erziehung. Der Drei wird im jüdischen Brauchtum besondere Zauberkraft zugeschrieben. So heißt es bei Ellen Frankel (*The Encyclopedia of Jewish Symbols*, Jason Aronson, 1992): »Magische Handlungen wurden jeweils drei Stunden vor Sonnenaufgang, drei Tage vor Neumond oder an drei aufeinanderfolgenden Tagen durchgeführt; bei magischen Ritualen wurden drei verschiedene Gegenstände benutzt; Anrufungen wurden dreimal wiederholt; alle Erlebnisse, besonders Träume, die sich dreimal wiederholten, wurden als Omen betrachtet.« ☚

Katholischen und orthodoxen Mönchen wurden früher bei der Ablegung der Gelübde die Haare geschoren – zum Zeichen der Keuschheit. Später reduzierte sich diese Maßnahme auf die Tonsur (das Ausrasieren eines kleinen Haarkreises im Haupthaar), die 1972 in der katholischen Kirche abgeschafft wurde.

Der langhaarige, bärtige Hippie beschwert sich beim Vater seiner Freundin: »Ey, Mann, das versteh ich nicht: Sie sind immer so eklig zu mir, und Ihr Vater ist immer ganz reizend. Warum?«

»Ganz einfach«, sagt der Vater mit heruntergezogenen Mundwinkeln. »Mein Vater denkt, dass Sie an der *Yeshiva* studieren.«

péjßach *(m.)*, **peßóchim** *(Pl.)*

Aus dem hebräischen *péssach* »verschonen«.

In Amerika: *Peysakh, Pesach, Pesakh* (der englische Name ist *Passover*)

Pessach. Passafest. Dies ist der meistgeliebte jüdische Feiertag, das Freiheitsfest, das acht Tage dauert. Die beiden ersten und die beiden letzten Tage sind volle Feiertage, die Halbfeiertage dazwischen heißen *chol ha-mo'ed.*

In Israel dauert Pessach sieben Tage. Pessach, Schawuot (Wochenfest) und Sukkot (Hüttenfest) – wurden ursprünglich von Pilgerreisen zum Tempel nach Jerusalem begleitet. Die Termine wurden von den Behörden nach dem Neumond bestimmt und den einzelnen Gemeinden durch Boten mitgeteilt. Den Gemeinden außerhalb von Israel wurde ein zusätzlicher Feiertag gestattet, um einen Ausgleich für eine Verspätung der Boten zu schaffen.

Das Passafest erinnert an die dramatische Befreiung des Volkes Israel aus der ägyptischen Sklaverei vor über 3200 Jahren, wie sie in der Bibel im Buch Exodus erzählt wird.

☛ Für eine dauerhafte, massenhafte Versklavung der Juden im alten Ägypten gibt es keine archäologischen Beweise. Aber wir kennen die dreitausendjährige ägyptische Geschichte ohnehin nur »durch die zweifelhafte Optik von zerrissenen Schriftstücken, beschädigten Kunstwerken und zufälligen Entdeckungen«, wie Chaim Potok (*Wanderings,* Knopf, 1978) bemerkt. Manche Historiker sind der Ansicht, dass die Josephsgeschichte sich auf die Hyksos bezieht – ein semitisches Volk, das aus Syrien kam und Ägypten etwa 1650 v.Z. mit Pferd und Wagen eroberte. Erst die Könige Amenhotep I, Tutmose I und Tutmose II haben die Hyksos aus Ägypten vertrieben. Sie wären dann der »neue König, der von Joseph nichts wusste« (Exodus 1,8) und die Juden versklavte. Ihre Nachfolger eroberten Kanaan, und in diesem Zusammenhang wird der Name *Hapiru* zum ersten Mal in ägyptischen Quellen erwähnt. Ob die *Hapiru* aber mit den Hebräern identisch sind, ist nicht gesichert.

Der Auszug aus Ägypten fand nach der jüdischen Tradition ungefähr 1200 v. Z. statt. Über das Faktum als solches und alle Einzelheiten, einschließlich der Plagen, aber schweigen die ägyptischen Quellen.

Dieser Mangel an historischen Beweisen diskreditiert das Passafest aber keineswegs. Ganz im Gegenteil, das Festhalten an dieser Tradition wird dadurch nur noch eindrucksvoller. Welches andere Volk hat sich für seinen Ursprungsmythos schon eine zerlumpte Armee von entlaufenen Sklaven als Leitbild gewählt? Der Gott der Bibel erinnert die Juden immer wieder daran, dass sie einmal zur sozialen Unterschicht gehört haben (»denn ihr wart Sklaven in Ägypten«). Und aufgrund dieser – realen oder mythischen Erinnerung – sind Freundlichkeit und Wohltätigkeit ein wichtiger Bestandteil der jüdischen Tradition. Aller menschlicher Stolz muss stets durch Dankbarkeit gemäßigt werden. ☚

Am ersten und zweiten Abend von Pessach wird ein Seder (jiddisch: *ßéjder*) gehalten (das Wort bedeutet »Ordnung«, »Reihenfolge«). An dieser Mischung von Gottesdienst und Bankett nimmt die ganze Familie teil. Der Seder ist der Höhepunkt des Festes – und für viele der Höhepunkt des ganzen Jahres.

Während des Pessachfestes darf nichts Gesäuertes im Haus sein, und nichts, was mit Gesäuertem in Berührung gekommen ist, deshalb wird in der Passawoche ein besonderes Geschirr und Besteck benutzt (siehe *chomezdik*). Auf dem Tisch stehen die traditionellen Pessach-Symbole: die *maze* (siehe dort), drei ungesäuerte Brote, die daran erinnern, dass die Juden in solcher Eile aus Ägypten aufbrachen, dass sie keine Zeit mehr hatten, einen Hefeteig aufgehen zu lassen; das Bitterkraut, das an die Bitterkeit der Sklaverei erinnert; ein gekochtes Ei und ein gebratener Knochen zur Erinnerung an die Opfer, die zum Tempel gebracht wurden; und die *charójßeß* (hebr. *charosset*), ein Gemengsel aus gehackten Nüssen, Äpfeln, Zimt und Wein, das an den Lehm erinnern soll, aus dem die Israeliten in der Sklaverei die Ziegel formen mussten. Bei jedem Gedeck steht ein Weinglas.

Der Leiter des Seders ruht am Kopf der Tafel auf Kissen oder auf einem Sofa. Diese (möglicherweise von den römischen Patriziern übernommene) Haltung soll wohl die Freiheit und Gelassenheit nach dem Exodus ausdrücken.

Traditionellerweise bemüht man sich, Gäste zum Pessachmahl einzuladen: Freunde, ein Student, ein Durchreisender, ein Nachbar oder ein Soldat sind immer willkommen.

Oberhaupt des Seders ist üblicherweise der Großvater, Vater oder älteste Sohn. Er eröffnet den Seder mit einem aramäischen Gebet (nach der Rückkehr aus der babylonischen Gefangenschaft im Jahre 538 v. Z. war Aramäisch die Umgangssprache der Juden), er zeigt den Versammelten den Teller mit den drei Matzebroten und sagt: »Dies ist das Brot des Elends, das unsere Väter in Ägypten aßen. Alle, die da hungrig sind, lasst sie kommen und essen, alle die da bedürftig sind, lasst sie kommen und Pessach mit uns feiern. Jetzt sind wir hier, nächstes Jahr vielleicht schon in Jerusalem. Jetzt sind wir Sklaven, nächstes Jahr vielleicht schon freie Männer.«

Dieses Gebet ist wahrscheinlich unmittelbar nach dem Jahr 70 n. Z. entstanden, als die Römer den Tempel zerstörten und die Juden ins Exil, den *galut*, gingen. Dass dabei das Präsens gebraucht wird, betont die Gegenwärtigkeit der historischen Pessach-Erfahrung. Die Rabbiner haben seit jeher gelehrt, dass jeder Jude in jeder Generation sich als aus Ägypten befreit ansehen müsse. »Es waren nicht nur unsere Väter, die der Ewige erlöst hat, er hat auch uns damit erlöst.« Jede Generation kann Sklaverei erfahren, und jede Generation kann erlöst werden.

Dann hebt der Leiter des Seders sein Weinglas: »Nicht nur einmal sind sie aufgestanden, um uns zu vernichten, sondern aufs Neue in jeder Generation … Aber der Ewige, er sei gesegnet, erlöst uns immer aus ihren Händen.«

Historisch gesehen ist Pessach häufig eine Zeit schrecklicher Gewalt gegen Juden gewesen. Immer wieder kam es um diese Zeit zu Pogromen gegen die »Christusmörder«. Nach christlicher Überlieferung erfolgte die Kreuzigung Jesu nämlich während des Passa. Deshalb wird Pessach gelegentlich auch heute noch irrtümlich als »jüdisches Osterfest« bezeichnet, während Ostern im Jiddischen *páßche (f.)* heißt (aus dem Slawischen).

☛ In der Novelle *Passover* von David Mamet (St. Martin's Press, 1995) wird erzählt, wie sich eine Frau vor der Vergewaltigung und dem Tod rettet, indem sie ihr Haus verwüstet und mit Blut beschmiert – eine moderne Variante von Exodus 12, 21–28, wo beschrieben wird, wie die Kinder Israels ihre Türpfosten mit dem Blut der Opferlämmer bezeichneten, damit der Todesengel an ihren Häusern vorbeiging. ☚

Einer der beliebtesten Augenblicke des Seders ist es, wenn das jüngste Kind am Tisch die Vier Fragen (*Fir Kasches*) an den Vater stellt: Warum ist diese Nacht anders als alle anderen Nächte? Warum dürfen wir in dieser Nacht nur ungesäuertes Brot essen? Warum dürfen wir nur Bitterkräuter essen? Warum tauchen wir die Kräuter in Salzwasser? Warum sitzen wie angelehnt bei Tisch?

Der Vater antwortet: »Sklaven waren wir dem Pharao in Ägypten«, und erzählt dann die alte Geschichte von der Weigerung des Pharao, die Kinder Israel ziehen zu lassen, von den ägyptischen Plagen, von der wunderbaren Rettung am Roten Meer und der Ankunft am Berge Sinai, wo die Kinder Israel die Tora erhielten. (Der Name Moses taucht merkwürdigerweise in dieser Geschichte nur ein einziges Mal auf.) Diese Erzählung, die *Aggada* (jiddisch: *hagode*) genannt wird (siehe dort), enthält auch viele rabbinische Kommentare, Lieder, Gebete und stilisierte Fragen und Antworten und macht damit aus dem Festmahl einen Gottesdienst zur Feier des Herrn.

Wenn die Aggada die Geschichte mit den ägyptischen Plagen erreicht, verschüttet man bei jeder Heimsuchung, die den Ägyptern widerfuhr, etwas Wein. Warum? Damit der Freudenbecher auch bei der Feier der Befreiung nicht voll ist. Denn die Schriftgelehrten haben die Juden gelehrt, dass man sich über das Unglück eines anderen nicht freuen soll. »Freue dich nicht, wenn dein Feind fällt; und dein Herz sei nicht froh über sein Unglück« (Sprüche 24, 17).

(Ich muss zugeben, dass es mir als Kind schwergefallen ist, mich daran zu halten. Ich habe mich immer gefreut, wenn die Hochmütigen ihre wohlverdiente Strafe erhielten, ganz egal welcher Rasse und welchen Glaubens sie waren.)

Eine Geschichte im Talmud erzählt, dass die Kinder Israel einen Lobgesang anstimmten, als sie das Rote Meer sicher durchquert hatten, als die Engel aber in den Lobgesang einfallen wollten, hielt der Herr sie mit Donnerstimme zurück: »Ihr sollt nicht singen, wenn meine anderen Kinder (die Ägypter) ertrinken.«

Gegen Ende des Seders wird ein großer Becher Wein für den Propheten Elia eingeschenkt und die Haustür geöffnet, während alle ein Willkommenslied für ihn singen. Elia spielt eine große Rolle in der jüdischen Überlieferung und wird sehr geschätzt, ist er doch (nach Maleachi 3,23) der Prophet, der in sein Widderhorn stoßen wird, um die Ankunft des Messias und damit die Erlösung anzukündigen. Elia ist nach Angaben der Bibel nicht gestorben, sondern wurde in einem Wirbelwind und einem feurigen Wagen direkt in den Himmel befördert. Unter allen Seraphim ist er der populärste. Er gilt als Beschützer der Armen, Verfolgten und Kranken. Es wurde ihm die Fähigkeit zugeschrieben, Wunder zu wirken und in vielerlei Gestalt aufzutreten.

Andere sind freilich der Ansicht, dass die Türen beim Seder deshalb geöffnet werden, damit die (nichtjüdischen) Nachbarn sehen können, dass bei der Feier nichts Böses geschieht. Viel zu oft waren ja die Beschuldigungen, dass Juden beim Passafest »Christenblut trinken« Anlass zu Mord und grausamer Gewalt gegen Juden gewesen.

Die häufigen Pogrome während des Pessach, bei denen viele Juden hingeschlachtet wurden, führte schließlich dazu, dass manche Rabbis den Rotwein beim Seder verboten. Bis zum 19. Jahrhundert wurde am Sabbat und an allen Feiertagen nur weißer Wein (eine koschere Trockenbeerenauslese) getrunken.

☛ Wie die meisten jüdischen Feiertage ist auch der Pessach-Seder ein von Männern bestimmtes Ereignis, und die Sprache der Aggada lässt die Rolle der Frauen und Mädchen fast unsichtbar werden. In den letzten dreißig Jahren hat der Feminismus sowohl die Liturgie als auch die Bräuche erheblich verändert. So wird das Lesen der Aggada heute in vielen Familien auf alle Familienmitglieder einschließlich der Frauen und Mädchen verteilt. Die Rolle der beiden hebräischen Hebammen Siphra und Pua, die sich weigerten, den Befehl des Pharaos zu befolgen, wonach alle männlichen jüdischen Nachkommen gleich bei der Geburt umgebracht werden sollten (Exodus, 1, 15–22), wird stärker betont. Auch von Moses' Schwester Miriam und seiner Mutter Jochewed ist mehr die Rede. Sogar die wunderbare »Teilung des Meeres« ist als eine Art Hebammentätigkeit Gottes dargestellt worden, bei der die Kinder Israel von *Mizrajim* (Ägypten, wörtlich: dem »engen Ort«) entbunden worden seien.

Diese und andere an der Bibel orientierten Interpretationen haben das Interesse am Pessach-Seder vertieft und erneuert. Zur feministischen Pessach-Feier des May'yan (*Jewish Women's Project* im Jüdischen Gemeindezentrum an der Upper West Side in New York) kommen alljährlich über 1500 Teilnehmerinnen.

Scholem Alejchem hat mindestens vier bekannte Pessach-Geschichten geschrieben. Eine seiner typischen Bemerkungen über die Aggada lautet: »Pessach kommt alljährlich nur einmal, aber Juden fragen das ganze Jahr!«

Siehe auch *hagode* und *ß'fire.*

pekl *(n.)*, **peklech** *(Pl.)*

Verkleinerungsform zu jiddisch *pak (m.) (Plural: pek)* »Packen«. Mittelhochdeutsch ist *backel* »Päckchen« nachgewiesen.

In Amerika: *pekl, pekel, peckel*

1. Bündel, Päckchen, kleiner Packen.
2. Rucksack oder Bündel, das auf dem Rücken getragen wird.
3. *A pekl* schicken: ein Päckchen mit Lebensmitteln oder Geschenken zu einem Feiertag oder (mit Kleidungsstücken) an Verwandte in Übersee schicken.
4. *A pekl hobn*: »ein Problem haben, in Schwierigkeiten stecken«.
5. Er hat ihr *a pekl* hinterlassen (verhüllend für:) »Er hat sie geschwängert.«
6. Er trägt sein *pekl* immer mit sich (verhüllend für:) »Er hat einen Buckel.«
7. Ein *pekl-firer* oder *pekl-mácher* ist ein Schmuggler, der Waren über die Grenze schafft.

Im allgemeinen weckt das Wort *pekl* besonders herzliche Gefühle bei vielen Juden, denn die kleinen Warenbündel mit Bändern, Litzen, Nähnadeln, Garnrollen, Schnur, Stecknadeln, Knöpfen, Schnallen,

Haken und Ösen, Spitzen, Scheren und anderen »Kurzwaren« bildeten nicht nur in der Alten, sondern auch in der Neuen Welt die Lebensgrundlage für ihre Vorfahren. (Die ersten Hausierer in Amerika waren allerdings keine Juden, sondern »Connecticut Yankees«.) Aus dem *pekl* des jüdischen Hausierers und reisenden Händlers entwickelte sich später der Planwagen, das kleine Geschäft, das »Emporium«, das Kaufhaus und schließlich die Einzelhandelskette …

Das Leben der reisenden jüdischen Händler war schwer. Mal gab es gar nichts, mal gab es nicht das Richtige zu essen, mal mussten sie antisemitische Vorurteile ertragen, mal galten sie (zum Beispiel in Neuengland oder den Südstaaten) als »Männer des Buches«, als »lebende Zeugen der Bibel«, als Experten der hebräischen Sprache und des Alten Testaments. Die Abenteuer dieser Männer, die sich zu Fuß durch unerschlossene Gebiete und Gebirge kämpften, um den Frauen der Farmer und Goldgräber ihre Waren zu bringen, gehören zu den Heldentaten der amerikanischen Geschichte. Auch diese Männer haben Amerika zu dem gemacht, was es ist.

☛ Viele jüdische Amerikaner haben im Einzelhandel ein Vermögen erworben. Einige davon sind durch ihr soziales Engagement besonders hervorgetreten. Julius Rosenwald (1862 – 1932) zum Beispiel, der dem Versandhandel mit dem Sears-Roebuck-Katalog zum entscheidenden Durchbruch verhalf, war einer der Mitbegründer der NAACP *(National Association for the Advancement of Coloured People).* Er verschenkte in seinem Leben mehr als 50 Millionen Dollar, um den schwarzen Amerikanern zu ihrem Recht zu verhelfen und jüdische Einrichtungen zu fördern. Edward Filene (1860–1937) entwickelte das Konzept der *Bargain Basement*-Geschäfte und wurde zu einer zentralen Figur der amerikanischen Darlehensgesellschaften, die sich zwischen 1915 und 1930 von weniger als fünzig auf über tausend vermehrten und mit ihren billigen Krediten wesentlich dazu beitrugen, die amerikanischen Arbeiter aus der Zinsknechtschaft zu befreien. ☚

pilpul *(m.)*
Aus dem Hebräischen: »Pfeffer«.
In Amerika: *pilpul*
1 Eine Form der dialektischen Analyse und Debatte zur Klärung von Widersprüchen in den halachischen Texten, die beim Talmudstudium benutzt wird.
2. Unproduktive Haarspalterei, die mehr der Selbstdarstellung dient als der Klärung eines Problems.
3. (Umgangssprachlich:) Jede Form der Logik und Haarspalterei, die das Hauptproblem ungelöst lässt und sich in Nebensächlichkeiten verliert.

»Wenn man lange genug darauf beharrt, dass man recht hat, gerät man ins Unrecht.« *Volksweisheit*

»›Zum Beispiel‹ ist kein Beweis.« *Volksweisheit*

pischer *(m.)*, **pischerke** *(f.)*, **pischn** *(Verb)*
Aus dem altfranzösischen *pissier* und dem frühneuhochdeutschen *pischen* »urinieren«.
Vulgärer Ausdruck.
1. Bettnässer.
2. Eine junge, unerfahrene Person, »Pipimädchen«.
3. Eine unbedeutende Person, ein Niemand.

Wörtlich ist ein *pischer* jemand, der uriniert, aber die heutige umgangssprachliche Bedeutung des Wortes ist viel umfassender. *He's a mere pisher* heißt: »Er ist noch sehr jung« oder »Er ist noch nicht trocken hinter den Ohren« (bitte entschuldigen Sie die in diesem Zusammenhang etwas irreführende Metapher). *He's just a pisher* heißt: »Er ist ein Niemand, er hat keinen Einfluss.«

Eine etwas vulgäre, aber beliebte Redensart lautet: *So call me pisher,* oder: *So let him call me pisher,* was bedeutet: »Das ist mir doch egal«, »So ein Schimpfname kratzt mich doch gar nicht.«

In Frankreich hört sich ein alter Jude stundenlang die Angebereien eines jungen Mannes an, der besonders auf seine Abstammung und den Familiennamen *La Fontaine* stolz ist. »Hören Sie, *Monsieur La Fontaine*: Ich habe schon Ihren Großvater gekannt, der hat sich *La Fontaine* genannt, weil er nicht mehr *Schpritzwasser* heißen wollte. Und er hat mir erzählt, dass auch sein Vater schon seinen Namen geändert hatte. Er hat sich Schpritzwasser genannt, weil er nicht mehr *Moische der Pischer* genannt werden wollte. Also bilden Sie sich nur nichts ein, *Monsieur La Fontaine*.«

pishe peyshe, pisha paysha
Jinglisch.

Ein Kartenspiel für zwei Personen, von denen eine in der Regel ein Kind ist.

Das ist ein sehr einfaches Spiel, eins der ersten, das Kindern beigebracht wird. Besonders nützlich, um sich die Zeit zu vertreiben, wenn man nach einer Krankheit das Haus hüten muss. Mit Kindern kann man es besonders deshalb gut spielen, weil sie dabei leicht gewinnen können. Es geht im wesentlichen ums Glück, aber jüdische Eltern sagen gern, es sei auch pädagogisch, weil die Kinder die Zahlen dabei lernen.

Die Regeln sind einfach: Der Kartenstapel wird verdeckt in die Mitte gelegt, nur eine Karte liegt offen daneben. Die Spieler ziehen abwechselnd eine Karte, die sie nur dann wieder ablegen dürfen, wenn sie in auf- oder absteigender Reihenfolge auf die offenliegende Karte passt. Eine Fünf darf also nur dann abgelegt werden, wenn eine vier oder sechs offenliegt. Wenn der Kartenstapel alle ist, zählen die Spieler die Karten in ihrer Hand. Wer die wenigsten hat, ist der Sieger.

☛ Kein Wunder, dass Rosten den pädagogischen Nutzen von *pisha pasha* bezweifelt – er hat nicht nach den Regeln meiner *bobe* gespielt! Bei der war das Spiel viel raffinierter: Jeder Spieler hatte einen eigenen Stapel offenliegender Karten, auf dem er die gezogenen

Karten ablegen konnte. Man konnte aber auch beim Gegner Karten ablegen! Außerdem wurden für alle vier Spielfarben auch noch gemeinsame Stapel errichtet (angefangen mit den Assen). Und wenn jemand eine Gelegenheit versäumte, konnte der Gegner auf den Tisch klopfen und laut *Pisha pasha!* rufen, dann ging die Runde an ihn. Auf diese Weise lernen die Kinder nicht nur die Zahlenfolge der Karten, sondern es werden auch die Aufmerksamkeit und Beobachtungsgabe geschult. Es geht ziemlich fix dabei zu! ☚

Wie auch immer. Mein Vater hat mir *pisha pasha* beigebracht, als ich sechs oder sieben war. Seitdem habe ich oft darüber nachgedacht, was um Himmels willen *pisha pasha* bedeutet und wo es wohl herkommt. Meine systematischen Recherchen und große Belesenheit (rein zufällig schlug ich eines Tages ein Buch über Spiele auf) erlauben es mir heute, diese Frage zu beantworten: *Pisha pasha* ist eine jiddische Verballhornung eines Kartenspiels, das in England *pitch and patience* oder *peace and patience* genannt wird. Für mich wird es allerdings immer das *pisha pasha* meiner Kinderzeit bleiben.

pißk *(m.)*, **pißkeß** *(Pl.)*
Aus dem polnischen *pysk* »Maul«, »Schnauze«.

In Amerika: *pisk*

1. Mund, Maul, Schnauze bei Mensch und Tier.
2. (Umgangssprachlich:) Ein eloquenter oder redseliger Sprecher.
3. Ein ruppiges Slang-Wort für »Mund«, besonders in Redewendungen wie: »Halt die Schnauze!«

Wenn man von jemandem sagt: *He has a pisk*, dann bedeutet das entweder, der Betreffende spricht gut – oder aber ohne jeglichen Anstand. *I heard him lecture. There's a pisk.* »Ich habe seinen Vortrag gehört. Das ist mal ein Redner!« – Aber: *She had to open her big fat pisk!* »Sie musste auch noch die Klappe aufreißen.«

Die Verkleinerungsformen *piskel* oder *piskeleh* werden gern bei Kindern benutzt, die ein wenig altklug daherreden.

Ein *piskátsch* allerdings ist ein Schreihals.

◎ ◎ ◎

Ein volkstümlicher Zungenbrecher lautet: *A fox runs from Brisk to Trisk carrying a rifle in his pisk.*

pizl *(n.)*, **pizlech** *(Pl.)*
Verkleinerungsform aus dem mittelhochdeutschen *biz* »Biss«.
In Amerika: *pitsl, pitsel; pitsle, pitseleh (Verkleinerungsform)*
1. Bisschen. Ein kleines Stück, ein bisschen von etwas.
2. Ein Baby, ein Säugling. Vgl. das deutsche *butzele* »Zwerglein«, »kleines Kind«. *And how is your darling pitsle? – I think she's carrying a pitsle.* »Ich glaube, sie ist schwanger.«

platke-macher
Aus dem polnischen *plyotka* »Gerücht« und dem mittelhochdeutschen *macher* »Macher«, »Urheber«.
In Amerika: *platke-makher, platke-macher*
1. Ein übelwollender, gerüchteverbreitender Intrigant, der es genießt, Mißtrauen und Feindschaft zwischen Freunden zu säen. *The minute you tell that platke-macher something personal, he can't wait to tell it to your friends.*
2. Ein Klatschmaul und Verleumder, der das Vertrauen anderer Leute missbraucht und negative Dinge verbreitet.

plaz *(m.)*, **plézer** *(Pl.)*
Aus dem mittelhochdeutschen *plaz* »Platz, freier Raum«.
In Amerika: *plats, plotz*
1. Sitzplatz. *Save my plotz.* »Halt meinen Platz frei.«
2. Platz, freier Raum. ☛ Oft wird auch die Verkleinerungsform *plezl* gebraucht, besonders für den Marktplatz der kleinen polnischen Städte, wo auch die jüdischen Händler ihre Stände aufschlugen. Sogar die französische Hauptstadt Paris hat ihr *Plezl*, ein jüdisches Viertel, das Marais, im IV. Arrondissement, rund um die Rue des Rosiers. Im 13. Jahrhundert war dieser Stadtteil

als *La Juiverie* bekannt. Während der Nazizeit wurden Juden von hier in die Konzentrationslager deportiert. ☛

plazn *(Verb)*
Aus dem mittelhochdeutschen *blatzen, platzen* »platzen«, »platzen lassen« (lautmalend).

In Amerika: *platsn, plotsen, platst, plotzed*

1. Platzen, bersten, explodieren. *From so much pleasure, one could plotz!* »Man könnte platzen vor lauter Freude.« – *I can't laugh anymore or I'll plotz!*
2. Traurig, wütend oder empört sein. *His heart will plotz from such suffering.* »Sein Herz wird brechen bei so viel Leid.« – *He makes me so angry I could plotz.* »Er macht mich so wütend, dass ich platzen könnte.« – *I wish he would plotz from frustration.* »Ich wünschte, er würde platzen vor Wut.«

Plotzed (oder *platst)* ist das jinglische Imperfekt des Verbs *plotzen* und *platsn. He plotzed!* »Er ist geplatzt!« – »Ob er ein guter Komiker ist?« *Well, the whole theater plotzed!*

Pinkus und Bernstein gehen in Berlin die Straße hinunter. Da kommt ihnen ein SS-Mann entgegen. Nur Pinkus hat einen Ausweis. Daraufhin sagt Bernstein: »Schnell! Du musst wegrennen! Dann läuft er hinter dir her, und ich kann mich dünn machen.«

Also rennt Pinkus los. Er rennt und rennt, bis er denkt, ihm würde das Herz platzen.

»Halt! Stehen bleiben!« schreit der SS-Mann, der ihn endlich eingeholt hat. »Zeig mir deine Papiere, Jude!«

Keuchend zieht Pinkus seinen Ausweis hervor.

Der SS-Mann untersucht den Ausweis und findet alles in Ordnung. »Warum sind Sie denn weggerannt?« fragt er schließlich.

»Ach, mein Arzt hat mir gesagt, ich sollte nach jeder Mahlzeit fünfhundert Meter rennen.«

»Aber Sie müssen doch gesehen haben, dass ich hinter Ihnen herlief! Warum haben Sie nicht angehalten?«

»Ich dachte, dass Sie vielleicht denselben Arzt haben.«

pleite siehe *plejte*.

pléjte *(f.)*, **plejteß** *(Pl.)*
Aus dem hebräischen *pelejtá* »Flucht«.

Davon wurde auf dem Umweg über das Rotwelsche *plejte machn* »zahlungsunfähig sein, Bankrott gehen« gebildet, offenbar in der Vermutung, dass jemand, der pleite ist, auch gleich die Flucht vor seinen Gläubigern ergreift. Das Wort ist im Deutschen seit 1847 belegt. Ein *pleitegeier* ist übrigens kein Vogel, sondern einfach einer, der *pleite gejt.* Dass ihm dann der Gerichtsvollzieher vielleicht einen (Bundes-)Adler auf die Möbel klebt, steht auf einem anderen Blatt.

Das hebräische *pelejtá* »Entrinnen, Flucht« gelangte aber noch auf einem anderen Weg in die deutsche Sprache: auf dem Umweg über Portugal und die Niederlande wurde es zu *flötengehen* »verschwinden«. *Dat Geld ist fleuten gahn* wird 1755 aus Hamburg zitiert (Kluge, *Etymologisches Wörterbuch*).

plezl *(n.)*
Verkleinerungsform aus dem mitteldeutschen *platz* des 14. Jahrhunderts »flacher (platter) Kuchen«, »Plätzchen«.

In Amerika: *pletsl*

In Amerika ist dies nicht das in Mitteleuropa verbreitete süße Gebäck, sondern ein flacher, knuspriger, oft mit Mohn oder Zwiebeln bestreuter Brotfladen. ☛ Das Zwiebel-*pletsl* wird in New York auch als Zwiebel-*zeml* (vgl. deutsch *semmel*), Zwiebel-*pampalik* oder *onion board* bezeichnet. ☚

ploscher *(m.)*
Aus dem bairisch-österreichischen *plauschen* »plaudern«, »schwätzen«, »aufschneiden«.

In Amerika: *plosher*

1. Ein Angeber, Aufschneider, »Heißlufterzeuger«.
2. Ein indiskreter Schwätzer, ein unzuverlässiges Klatschmaul.

3. Jemand, der seine eigenen Fähigkeiten und Möglichkeiten übertrieben darstellt.
   Siehe auch *fonfer* und *trombenik.*

◎ ◎ ◎

Die Nathansons haben einen Teil ihres neuen Reichtums in eine Europareise investiert. Als sie wieder zurück sind, geben sie mächtig an.

»Und in Rom hatten wir eine Audienz beim Papst!« sagt Nathanson.

»Beim *Papst!*« staunt sein Freund. »Wie war er denn so?«

»Ach, *er* war sehr nett, nur seine Frau war *eppes* fad.«

◎ ◎ ◎

Im Flugzeug nach Arizona sitzen zwei von Abrahams Nachkommen. »Ich kann es gar nicht erwarten, ins Hotel zu kommen, mich umzuziehen und auf den Golfplatz zu gehen«, sagt der eine. »Sind Sie auch Golfer?«

Sagt der andere: »Golf ist mein Leben! Ist mir wichtiger als Essen und Schlafen. In Cleveland gehör' ich zum besten Club. Ich spiele bei jeder Gelegenheit.«

»Wirklich? Tja, ich spiele so in den unteren Siebzig …«

»Ich auch«, ruft der *plosher.* »Aber wenn es auch nur ein Grad kälter wird, geh ich zurück ins Hotel!«

pofn siehe *bofn.*

poz *(m.)*

Herkunft aus dem deutschen *putz* »Schmuck«? Vielleicht auch *butze* »Hervorsprossen«. S. Wolf (*Jiddisches Wörterbuch*) verweist auf mittelhochdeutsch *fotze* »Vulva«.

In Amerika: *pots, putz*

Wörtlich genommen ist *poz* ein vulgärer Ausdruck für »Penis«. Inzwischen hat sich dafür aber eher *schmock* (bzw. in Amerika: *shmuck*) durchgesetzt.

Der *poz* oder (in Amerika:) *putz* ist inzwischen eher ein verächtlicher Ausdruck für:

1. Narr, Idiot, Trottel.
2. Einfaltspinsel, Hinterwäldler, leichtes Opfer.

Vorsicht! *Putz* sollte man nicht leichtfertig verwenden, vor allem nicht in Gesellschaft von Frauen und Kindern. Es ist beleidigender als *schmok*, das auch als vulgäres Neckwort benutzt wird. *Putz* hat eindeutig pejorative Konnotationen.

☛ Als der republikanische Senator Alfonse D'Amato seinen New Yorker Mitbewerber Charles Schumer 1998 in der Hitze des Wahlkampfs als *putzhead* bezeichnete, führte die *New York Times* dieses Handbuch an, um zu beweisen, dass *putz* eine Beleidigung darstellt. Die jüdische Wählerschaft wandte sich daraufhin von D'Amato ab, obwohl der sich für jüdische Belange wie z. B. die Zwangsarbeiterentschädigung stark gemacht hatte, und Schumer gewann die Wahl. ☚

Siehe *schmok*.

proßt *(Adjektiv)*
Aus dem russischen *prostoj* »einfach« oder »gewöhnlich«.

In Amerika: *prost*

1. Gewöhnlich, vulgär.
2. Ungebildet.
3. Ungehobelt, ungezogen.
4. Einfach, einfältig.

Bei uns zu Hause gab es kein böseres Adjektiv. Wenn man jemanden *a proßter Jid* oder *a proßter mentsch* nannte, war das ein Zeichen äußerster Missachtung. Geld, Erfolg oder Macht konnten daran nichts ändern: *proßt* war nun mal *proßt*.

Ein *proßter* Jude konnte sich nur dadurch rehabilitieren, dass er lernte, dass er gute Werke tat und das sanfte, bescheidene Verhalten annahm, das einen »Mann von *jicheß*« auszeichnet.

Siehe *jicheß* und *grob*.

púpek *(m.)*, **púpkeß** *(Pl.)*
Aus dem russischen *pupok* oder dem polnischen *pepek.*
In Amerika: *pupik*
Nabel.

Pupek wird in vielen farbigen Redewendungen eingesetzt – ironisch, als Verwünschung, spöttisch und derb.

Einige Beispiele: *A schejn dank in pupek* heißt: »Vielen Dank für nichts«. – *Sol waksn zibeles in saijn pupek.* »Zwiebeln sollen in seinem Bauchnabel wachsen.« – Was er macht? Er sitzt den ganzen Tag herum und starrt auf seinen *pupek.*

Die klassische Definition eines unfähigen, unpraktischen Mannes lautet: »Er ist einer von denen, die darüber nachdenken, ob Flöhe einen Bauchnabel haben.«

púrim *(m.)*
Aus dem hebräischen *pur* »Los«.
In Amerika: *Purim*
»Fest der Lose«. Purim. Freudenfest am 14./15. Adar zur Erinnerung an die Rettung der persischen Juden vor dem Plan des Haman, alle jüdischen Männer, Frauen und Kinder zu töten.

Haman war der Erste Minister von König Ahasver (möglicherweise Xerxes II.). Um festzulegen, wann die persischen Juden umgebracht werden sollten, wurden Lose gezogen. Durch den Heldenmut der schönen Königin Ester (einer Jüdin) und die Klugheit ihres Onkels Mordechai wurden die Juden auf wunderbare Weise gerettet. Haman endete an eben dem Galgen, den er für Mordechai hatte aufstellen lassen. Die Einzelheiten der Geschichte werden im Buch Ester erzählt.

Purim wird von den Juden mit Freude betrachtet, denn dieser Tag sagt ihnen, dass Fanatiker und Tyrannen besiegt werden können. Im weiteren Sinne bedeutet es, dass das Böse auf Dauer keinen Bestand hat. Seit dem Mittelalter sind Feinde des jüdischen Volkes als

»Haman« bezeichnet worden. Die Errettung von anderen Katastrophen sind in den jüdischen Gemeinden von Saragossa, Frankfurt, Ägypten und Tiberias als *Purim Katan* (Kleines Purim) gefeiert worden. ☛ Rabbi Michael Strassfeld (*The Jewish Holidays*, Harper & Row, 1985) berichtet, dass es über hundert solche Spezial-Purims gibt. So versammelt sich die Heller-Familie in Prag noch heute alljährlich am 1. Adar, um die Geschichte zu hören, wie Jom Tow Lipmann Heller (geboren 1579 in Bayern, gestorben 1654 in Krakau) im Jahre 1629 in Prag erst zum Tode verurteilt und dann begnadigt wurde. ☚

»Es gibt so viele Hamans«, heißt es im Sprichwort, »aber nur ein Purim.«

In der Synagoge wird am Vorabend und am Morgen von Purim die Megilla (das Buch Ester) gelesen. Jedesmal, wenn der Name Haman fällt, fangen die Kinder an zu lärmen. Sie schreien und drehen Rasseln und Schnarren (jiddisch *grager* oder *greger* Plural: *gragereß* genannt. In Amerika: *grogger)*. In manchen Gemeinden wird der Name Haman mit Kreide auf die Schuhsohlen geschrieben, so dass er im Laufe des Tages gelöscht wird.

Zu den Purimbräuchen gehören Geschenke (Nahrungsmittel und Geld) für die Armen und der Austausch von Lebensmittelgeschenken mit Freunden, sowie Maskeraden, Tanz und üppige Mahlzeiten. Im jüdischen Leben kommt es dem Karneval am nächsten (liegt es doch einen Monat vor Pessach).

In Israel wird Purim mit Maskenbällen und Umzügen gefeiert, einschließlich Kostümen und Festwagen. ☛ In Amerika ist Purim nie so populär geworden. Möglicherweise erschöpft schon das überaus beliebte Halloween die Begeisterung für Verkleidungen und Maskenbälle. Vielleicht überfordert die fröhliche, leicht ironische Qualität des Purimfestes auch viele Juden, die ihren Glauben eher mit Nüchternheit, Introspektion und der Erinnerung an Leiden verbinden. Und schließlich beruht das Fest auf der Synagoge und der Gemeinschaft – im Gegensatz zu Pessach und Chanukka, die stark familienzentriert sind. Es sind aber nur ungefähr 40 Prozent aller amerikanischen Juden Mitglieder von Synagogen, und die meisten Juden leben auch nicht mehr in überwiegend jüdischen

Wohngegenden. In orthodoxen und chassidischen Nachbarschaften allerdings ist an Purim auch in Amerika ganz schön was los. ☛

Das symbolische Essen an Purim sind die Haman-Taschen (siehe *hamantasch*), dreieckige süße Teigtaschen, die mit Pflaumen(mus) oder Mohn gefüllt sind.

Die Gelehrten bezweifeln schon seit längerem, dass die dramatische Geschichte von Ester, Moderchai und Haman eine historische Grundlage hat. Manche sind der Ansicht, dass Purim ein Überrest alter heidnischer Bräuche ist, die zur Zeit des babylonischen Neujahrsfestes stattfanden und bei den Juden genauso beliebt waren wie bei den Babyloniern selbst. Da es den Rabbinern nicht gelang, die Juden davon abzubringen, beschlossen sie, das Karnevalstreiben mit dem Ester-Haman-Drama zu hinterlegen. Auf diese Weise erhielt das unziemliche Betragen, das sie weder ignorieren noch verhindern konnten, wenigstens einen religiösen Anstrich.

Es gibt zahlreiche Parallelen zwischen Purim und nichtjüdischen Festen wie Fasching, Karneval und anderen, heidnischen Festen. Das Verbrennen von Haman-Puppen, die Wahl eines speziellen »Purim-Rabbis«, der Mummenschanz, die Masken und Tänze – all das erinnert an Neujahrsbräuche, bei denen »der Geist des alten Jahres« und alle Dämonen ausgetrieben, ein »Narrenbischof« gewählt und Masken- und Mirakelspiele aufgeführt werden.

Siehe *hamantasch* und *megile.*

púschke *(f.)*, **púschkeß** *(Pl.)*

Aus dem polnischen *puszka* »Büchse«.

In Amerika: *pushke, pishke*

1. Eine Büchse.
2. Die kleine Sparbüchse, die meist in der Küche stand und dazu diente, die kleinen Beträge aufzunehmen, die für wohltätige Zwecke gedacht waren.

Jede Wohltätigkeitsorganisation hatte ihre eigene *puschke*, und traditionellerweise warfen die jüdischen Hausfrauen am Freitagabend, ehe die Sabbatkerzen entzündet wurden, ein paar Münzen hinein. Die Beauftragten der jeweiligen Organisationen kamen in regelmäßigen Abständen, und dann war für die *balboste* (Hausfrau) der Zeitpunkt gekommen, die *puschke* zu leeren.

☛ Danny Siegel vom *Ziv Tzedakah Fund* berichtet, dass Sylvia Orzoff in einer blau-weißen Blechbüchse, die sie vor Canter's Deli an der Fairfax Avenue in Los Angeles aufgestellt hatte, im Lauf von 23 Jahren nicht weniger als zwei Millionen Dollar für den *Jewish National Fund* gesammelt hat (*Gym Shoes and Irises: Personalized Tzedakah,* Town House Press, 1988). ☚

Die *puschkeß*, die auf einem Küchenregal oder -fensterbrett aufgereiht waren, trugen Aufschriften, die der reinste Katalog menschlichen Unglücks und menschlicher Großzügigkeit waren:

Für Witwen
Für Waisen
Für die Synagoge
Für die Anpflanzung von Bäumen in Palästina
Für die Opfer der Verfolgung

Für die Blinden
Für die Lahmen
Für das Jüdische Altersheim
Für die Reise des Rabbiners ins Heilige Land
Milch für jüdische Kinder in Krankenhäusern der alten Heimat
Für einen neuen Bibliotheksflügel an der Jeschiwa
Für die Einladung eines berühmten Kantors aus Polen zum Gottesdienst an Rosch ha-Schana

Für Protestversammlungen gegen Pogrome in der Ukraine
Für Synagogenbesucher, die einen Unfall auf dem Nachhauseweg hatten
Für die rumänische Gemeinde
Für die galizische Gemeinde
Für die ungarische Gemeinde
Für die Gemeinde in Litauen
Für die Ausbildung jüdischer Einwanderer
Für die Ansiedlung jüdischer Flüchtlinge aus der Türkei in Israel
Traktoren für jüdische Farmer in Indiana
Für die jüdischen Hühnerzüchter in Kanakakee, die durch das Wüten der Roten Zecken ihre Rhode-Island-Hühner eingebüßt haben …

Alle, für die gesammelt wurde, fallen mir ehrlich gestanden jetzt nicht mehr ein.

Das hebräische Wort für Wohltätigkeit ist *zedaka* »Gerechtigkeit« (siehe dort). Wohltätigkeit wird als Verpflichtung und Notwendigkeit betrachtet, und ein Jude muss sich hüten, die Armen und Bedürftigen, Witwen und Waisen und alle anderen edlen Zwecke je zu vergessen. ☛ Die Zedaka, sagt der Talmud (Baba Batra 9a), wiegt alle anderen Gebote auf. Es gibt allerdings auch gewisse Regeln bei dieser Form der jüdischen Umverteilung von Reichtum: Es wird erwartet, dass Juden zehn Prozent ihres Einkommens für Wohltätigkeit ausgeben. Sie sollen nicht so großzügig spenden, dass sie sich selbst damit in Armut stürzen, aber auch wer von der Wohlfahrt lebt, ist zur Zedaka verpflichtet. Um keine Abhängigkeiten entstehen zu lassen, werden anonyme Spenden bevorzugt. Bedürftigkeitsprüfungen werden allgemein abgelehnt. Die Mittel sollen nie von weniger als drei Personen verteilt werden. Als höchste Form der Zedaka gilt es, wenn man den Armen ein Darlehen als Hilfe zur Selbsthilfe gibt oder wenn man eine Geschäftsbeziehung mit ihnen eingeht und ihre Armut auf diese Weise dauerhaft überwindet.

Die jüdischen Lehren über die Armut und ihre Überwindung stehen in deutlichem Gegensatz zu unserer modernen Tendenz, die Armen zu stigmatisieren. Die Menschen sollen nicht an ihrem Reichtum gemessen werden, sondern alle mit Anstand behandelt werden. Der Midrasch lehrt sogar, dass »der Arme für den Gebenden mehr tut, als der für den Armen« (Leviticus Rabba 34, 8). Zedaka soll sowohl den Empfänger als auch den Gebenden erheben. Trotz der offensichtlichen Unterschiede in der Verteilung von Fähigkeiten, Macht, Reichtum und Privilegien entsteht durch die Zedaka ein Bündnis, eine feste Gemeinschaft. Weitere Informationen über die ökonomischen Lehren des Judaismus finden Sie bei Lawrence Bush/Jeffrey Dekro: *Jews, Money and Social Responsability* (Shefa Fund, 1993) und Rabbi Meir Tamari *»With All Your Possessions« – Jewish Ethics and Economic Life* (Free Press, 1987). ☚

3. Die kleinen Rücklagen und Ersparnisse, die von jüdischen Ehefrauen vom Haushaltsgeld abgezweigt wurden. In dieser Bedeutung wird die *puschke* auch als *knipl* bezeichnet. ◎ In Wien wird das beim Einkaufen zurückbehaltene »Körberlgeld« als *bschores* bezeichnet, aus dem jiddischen *pschore* »Kompromiss«. ◎

Das abgezweigte Geld betrachteten die jüdischen Hausfrauen als persönliches Einkommen und bewachten es streng. Ihre *klejne puschke* wollten sie nach eigenem Gutdünken ausgeben: für wohltätige Zwecke, für eine Leckerei für die Kinder, eine besondere Festtagsmahlzeit oder einen kleinen persönlichen Luxus. Oft war die *puschke* aber auch die einzige Rücklage, wenn plötzlich eine Arztrechnung oder eine Operation bezahlt werden mussten.

Meine Frau sagt, sie hätte schon vor unserer Ehe eine *puschke* gehabt, die nicht *divvies* sei. *Divvies* ist allerdings nicht jiddisch, sondern Slang für alles, was geteilt werden muss. Wenn wir als Kinder sahen, dass einer unserer Kumpel etwas Begehrenswertes entdeckt hatte, schrien wir *Fen dibs!*, um ebenfalls Anspruch darauf zu erheben.

☛ Die amerikanischen Juden begründeten schon 1893 in New York ihre erste gemeinschaftliche *puschke* in Form der *Hebrew Free Loan Society* (ursprünglich *Hebrew Gemilath Chassidim Association*), die mit einem Grundkapital von 95 Dollar ausgestattet war. Hundert Jahre später hatte sie für Notfälle, aber auch als Investitionskapital zinslose Darlehen an über eine Million Familien verteilt. Die Einzelheiten dieser Geschichte finden sich bei Jenna Wiessman Joselit *Lending Dignity* (Hebrew Free Loan Society 1992). Siehe auch *landsman*. ☚

r

rabbiner siehe *rebe.*

rachmóneß *(n.)*
Aus dem hebräischen *rachamanút* »Erbarmen«, »Mitleid«.
In Amerika: *rakhmones, rachmones*
Mitleid.

Dieses Wort liegt tief im Herzen jüdischen Denkens und Fühlens. Die gesamte Philosophie, Ethik, Moral, Bildung und Wertordnung des Judaismus ist durchtränkt von der Idee und der Sensibilität für *rachmoneß.*

Insbesondere Gott wird oft der Gott der Barmherzigkeit und des Mitleids genannt: *Adonai El Rachum we-Chanum.*

Die Schriften der Propheten sind voller Aufrufe zum *rachmoneß,* das eine göttliche Eigenschaft ist. (Das gleiche gilt auch für die Worte Jesu und das Neue Testament.)

Das hebräische Wort *rechem,* von dem *rachmoneß* sich herleitet, bedeutet »Mutterschoß«, und die Rabbiner lehrten, dass ein Jude seine Mitmenschen mit der gleichen Liebe betrachten soll wie eine Mutter ihr Kind. *He is in such straits one can only have rachmones on him.* »In seinem Zustand kann man ihn nur bemitleiden.« – *The least one can show is rachmones.* »Zumindest kann man Mitleid zeigen.«

rébe *(m.)*, **rebíjim** *(Pl.)*
Aus dem hebräischen *rabí* »Lehrer«, wörtlich: »mein Meister«.
In Amerika: *rebbe*

Mit *reb* »Herr« wird im Jiddischen jede erwachsene männliche Person angeredet. Der Rebbe ist hingegen entweder ein Rabbiner oder ein chassidischer Wunderrabbi.

1. Rabbi, Rabbiner.

Der Titel eines Rabbi hat nicht dieselben Konnotationen wie der eines »Pfarrers«. Der Rabbi ist kein Vermittler zwischen Gott und den Menschen, wie zum Beispiel ein katholischer Priester. Ein Rabbi ist nicht einmal immer ein geistlicher Führer wie ein protestantischer Geistlicher. Ein Rabbi ist eben ein Rabbi. Seine Stellung gibt ihm traditionellerweise keine Macht und keinen hierarchischen Status. Das ist vielleicht schwer zu glauben, aber es ist so. Die Autorität eines Rabbis beruht auf seiner Bildung, seinem Charakter, seinen persönlichen Qualitäten.

Die Ordination hat tiefreichende Wurzeln, wurde aber erst in der Neuzeit zur Institution. ☛ Ursprünglich erfolgte sie durch die Semicha (hebr. »Handauflegung«) nach Numeri 27, 18–23, wo Moses den Auftrag erhält: »Nimm Josua zu dir, einen Mann, in dem der Geist ist, und lege deine Hände auf ihn.« Der Begriff Semicha wird heute noch gebraucht, auch wenn die körperliche Geste offenbar nach dem Verbot durch die Römer 425 n. Z. abgeschafft wurde. Bei den Orthodoxen können auch kleinere Jeschiwas ihre Schüler zu Rabbis ernennen, seit dem 14. Jahrhundert bedarf es dazu aber einer schriftlichen Urkunde (*Hatarat Hora'a*). Bei den anderen Richtungen wird die Ordination nur durch größere Seminare erteilt.

In allen drei nicht-orthodoxen Bewegungen werden heute auch Frauen ordiniert. Das *Reform Hebrew Union College* ordiniert Frauen seit 1972, das *Reconstructionist Rabbinical College* nahm seit seiner Gründung im Jahre 1968 Studentinnen auf und ordinierte die erste Rabbinerin im Jahre 1973. Das konservative *Jewish Theological Seminary* ordiniert Frauen seit 1985. Von den über 1700 Reform-Rabbinern sind heute mehr als 16 Prozent Frauen, von den 180 Rabbinern der *Reconstructionist*-Bewegung 40 Prozent und von den über 1500 Konservativen Rabbinern etwa 8 Prozent.

Die Tätigkeit der Frauen im Rabbinat hat das Judentum stark verändert. Weibliche Rabbiner haben Rituale für Scheidungen, für die Menarche und für die Wechseljahre geschaffen, für den Schulabschluss eines Kindes und andere Veränderungen im Leben, die zuvor nicht beachtet wurden im jüdischen Brauchtum. Sie haben dazu beigetragen, dass die Sprache der Gebetbücher geschlechtsneutral wurde; sie haben die Betrachtung der jüdischen Texte und der jüdischen Geschichte durch die weibliche Perspektive ergänzt; sie haben viele Frauen veranlasst, die Gebetskleidung, besonders die *jarmulke* und den *taleß* (siehe dort), zu tragen; vor allem aber haben sie bei den jungen Leuten die Wahrnehmung geistiger Anleitung und Führung im Judentum stark verändert.

Trotzdem gibt es immer noch Sexismus im Rabbinat. 1993 berichtete *Moment*, dass 70 Prozent aller weiblichen Rabbiner am Arbeitsplatz schon einmal anzügliche Bemerkungen gehört hätten, 25 Prozent sogar wiederholt. Nur wenige leitende Positionen in größeren Gemeinden sind mit Frauen besetzt. Nach wie vor gibt es Einkommensunterschiede zwischen weiblichen und männlichen Rabbinern, und die Zusammenarbeit zwischen den jüdischen Glaubensrichtungen scheitert oft genug daran, dass die Orthodoxen die Teilnahme von Frauen nicht akzeptieren. Solche Auseinandersetzungen werden aber zunehmend geringer, je mehr junge Juden ganz selbstverständlich mit dem Anblick von Frauen in der Synagoge am Lesepult aufwachsen. ☚

Der Rabbi genießt keine priesterlichen Privilegien. Bei den Orthodoxen leitet er den Gottesdienst sogar nur höchst selten, das ist Aufgabe des *chasn* (Kantors), aber auch jeder andere gebildete Jude aus der Gemeinde kann an die *bema* treten und das Gebet leiten. Erst in der Neuzeit wurde die Sabbat-Predigt eine regelmäßige Aufgabe der Rabbis. Siehe *maged.*

Den Titel »Rabbi« führten zunächst nur die Gelehrten, die in größeren und kleineren Akademien das jüdische Gesetz lehrten. Der Titel wurde erst seit Beginn der christlichen Ära benutzt. Vorbild aller Rabbiner ist Moses, weil er dem Volk Israel das Gesetz brachte. Fromme Juden nennen ihn *Moische Rabbenu* »Unser Lehrer Moses«.

Schon seit Esra galt bei den Juden die Vorschrift, dass niemand die Tora als »Spaten« benutzen dürfe, »um damit nach Reichtum zu graben«. Die großen Namen des Talmud sind die von gelehrten Handwerkern: Hillel war Holzfäller, Schammai war Landmesser, Jischmael war Färber, Abba Hoschaia war Wäscher.

Die extreme Demut der Rabbiner führte dazu, dass sie oft nur mit gesenkten Blicken einhergingen. Der berühmte Rabbi Schalom Schakna von Lublin, dessen Jeschiwa von Schülern aus ganz Europa aufgesucht wurde, schrieb niemals ein Buch oder auch nur einen Traktat, auch wenn seine Schüler ihn noch so sehr darum baten, seine brillanten Talmudstudien, seine juristischen Entscheidungen und ihre Begründungen schriftlich niederzulegen. Er konnte den Gedanken nicht ertragen, dass künftige Gelehrte und Schüler dadurch zu sehr in ihrem eigenen Denken beeinflusst werden könnten. Sein eigener Lehrer, Rabbi Jakob Polak aus Krakau hat auch kein Buch hinterlassen. Beide Gelehrten machten aus demselben Grund auch keine Abschriften ihrer Briefe. Die Wissenschaft kann diese Zurückhaltung natürlich nur bedauern, sind uns die Worte dieser weisen Männer doch für immer verlorengegangen.

Üblicherweise ist ein Rabbi ein Lehrer der Tora im weitesten Sinne (das heißt der Bibel, des Talmud und der sonstigen rabbinischen Werke), die er auf das Alltagsleben anzuwenden versucht.

Die Jahrhunderte hindurch verlangten die Weisen, dass die Gelehrten ihr Wissen und ihre Einsichten mit denen teilen müssten, die weniger gebildet und einsichtsvoll waren; die Rabbis waren also verpflichtet, Unterricht zu geben und Aufklärung zu verbreiten, die Moral zu heben und das religiöse Leben in ihren Gemeinden zu fördern. Eines der hübschesten jiddischen Lieder *Ojfn pripetschok* »Am Kamin« erzählt, wie der *rebbe* die kleinen Kinder das ABC lehrt.

Was genau tut ein Rabbiner? Heute so ziemlich dasselbe wie jeder Geistliche: Er betreut die Zeremonien zur Geburt, zur Konfirmation, zur Eheschließung, zum Tod und erläutert die Prinzipien des Judaismus; er ist verantwortlich für die religiöse Unterweisung in der zur Synagoge gehörigen Schule; er predigt; er tröstet; er besucht Krankenhäuser; berät Familien; versucht die »Verwirrten« auf den rechten Weg zu bringen; er bietet seinen Gemeindemitgliedern Ehe- und Studienberatung; behält die Gesellschaft im Auge und riskiert auch schon mal ein bisschen Psychotherapie. Ein Rabbiner kombiniert die Funktionen eines Pfarrers, Dozenten, Lehrers, Beraters, Sozialarbeiters und Psychiaters. Außerdem vertritt er die jüdische Gemeinde nach außen.

Rabbiner sind Absolventen eines Seminars oder einer Jeschiwa. Außerdem haben viele Rabbiner auch einen oder mehrere Abschlüsse weltlicher Hochschulen, besonders wenn sie zum Reformbekenntnis, zu den Rekonstruktionisten oder den Konservativen gehören.

Der Rabbiner wird der Gemeinde nicht von einer religiösen Hierarchie oktroyiert, sondern von den Gemeindemitgliedern in freier Entscheidung angestellt oder entlassen.

2. Als Rabbi wird auch der geistliche Führer einer chassidischen Gemeinde bezeichnet, der aber nicht unbedingt ordiniert sein muss.

Ein chassidischer Rabbi fußt zwar auch auf der Schrift und kennt sich mit den Gesetzen aus, muss aber nicht unbedingt ein Diplom von einem Seminar oder einer Jeschiwa besitzen. Er kann seine Position auch von seinem Vater geerbt haben oder aufgrund seiner persönlichen Qualitäten zum Rabbi bestellt worden sein. Die Beziehung zwischen dem chassidischen Rebbe und seiner Gemeinde ist eng. Die Verehrung ist oft so groß, dass man ihm auch die Fähigkeit unterstellt, Wunder zu wirken. Siehe *chosid.*

☛ Weibliche Rabbiner gibt es bei den Chassidim genausowenig wie bei den Orthodoxen. Es wird vielmehr streng auf die Trennung der Geschlechter geachtet. ☚

»Die Welt in die Irre zu führen war für Satan alleine zu schwer, deshalb hat er sich Rabbiner geholt, die ihm dabei helfen.«

Chassidisches Sprichwort, das Nachman ben Simcha aus Brazlaw (1772–1811) zugeschrieben wird

Drei jüdische Mütter erzählen voller Stolz von ihren Söhnen.

»Mein Junge«, sagt die erste, »ist ein berühmter Chirurg und Dekan der medizinischen Fakultät!«

»Mein Sohn ist Professor an der juristischen Fakultät!«

»Mein Sohn«, sagt die dritte, »ist Rabbi.«

»Ein Rabbi??? Ist das ein Beruf für einen anständigen jüdischen Jungen?«

»Ein Rabbi, den seine Gemeinde nicht wegjagen will, ist kein richtiger Rabbi; aber ein Rabbi, den sie tatsächlich verjagen, ist kein richtiger Mann.« *Volksweisheit aus dem Talmud*

»Wenn Sie nicht Baseball spielen können, werden Sie in Amerika kein Rabbiner.« *Solomon Schlechter (ehemaliger Kanzler des Jewish Theological Seminary of America) zu seinem Nachfolger Louis Finkelstein; zitiert in* Time, *15. Okt. 1951*

Glicksman besucht seinen Rabbi, um seine Sünden zu beichten, schämt sich aber so sehr, dass er behauptet, nicht im eigenen Namen, sondern in dem eines Freundes zu sprechen.

»Was für Sünden hat Ihr Freund denn begangen?«

»Oh, er missbraucht den Namen des Herrn, er begehrt das Weib seines Nächsten, er – «

»Ach, hören Sie auf«, seufzt der Rabbi. »Ihr Freund ist ein Narr. Warum ist er nicht selbst hergekommen? Er hätte ja sagen können, dass er an Ihrer Stelle da ist, dann hätte er Ihnen diese Beschämung erspart!«

rébezn *(f.)*

Aus dem Hebräischen. Siehe *rebe.*

In Amerika: *rebetsn, rebbetsin, rebbetsen, rebbetsin*

Die Frau des Rebben.

Die *rebezn* spielte in den jüdischen Gemeinden von gestern eine große Rolle. Oft war sie für die Schüler ihres Mannes eine Art Mutterersatz. Sie galt – wie Caesars Gemahlin – als Muster an Rechtschaffenheit. Für den Rabbi war sie die rechte Hand und für die Gemeinde der hilfreiche Engel.

Es gibt ein Sprichwort (natürlich gibt es ein Sprichwort), das besagt: »Es ist besser, sich an die *rebezn* zu halten als an den *rebe*.«

Die moderne *rebezn* lehrt nicht selten an der Gemeindeschule, hält in Frauenorganisationen Vorträge über jüdische Bräuche, hilft bei der Anleitung der Schwesternschaft, besucht die Kranken, tröstet die Trauernden und ist bei vielen Gelegenheiten die Gastgeberin. Und ehe ihr Mann seinen geistlichen Auftrag erhält, wird sie von der Findungskommission der Gemeinde genauso sorgfältig geprüft wie die Frau eines Universitätspräsidenten oder eines Spitzenmanagers.

»Alle *rebezn* sind Zauberkünstlerinnen«, heißt es im Volksmund, »wie sollten sie es sonst schaffen, eine Familie zu ernähren vom Gehalt eines Rabbi?«

☛ Inzwischen sind die Rabbinergehälter durchaus respektabel. Das Anfangsgehalt für Gemeindearbeit liegt bei fünzig- bis sechzigtausend Dollar pro Jahr, und prominente Rabbiner in großen Gemeinden können durchaus sechsstellige Beträge verdienen. Die Bezahlung der Rabbiner war bis zum 14. Jahrhundert unbekannt. Erst als sie aufgrund der zunehmenden Verfolgung und Vertreibung zu geistigen und politischen Führern der Gemeinden wurden und keine Aussichten mehr hatten, außerhalb der Gemeinde ihren Lebensunterhalt zu verdienen, wurde es üblich, sie zu bezahlen. Da es das jüdische Gesetz aber verbietet, aus dem Torastudium Profit zu ziehen, werden die Rabbinergehälter halachisch als Aufwandsentschädigungen bezeichnet. ☚

Ein Rabbi ist für seinen absoluten Gerechtigkeitssinn bekannt. Eines Tages beschuldigt seine Frau das Hausmädchen, einen silbernen Leuchter gestohlen zu haben. Die unglückliche Haushaltshilfe schwört Stein und Bein, sie sei unschuldig.

»Na, schön«, sagt die *rebezn*. »Dann gehen wir eben zum Rabbinergericht und lassen die Richter entscheiden!«

»Ich komme mit«, sagt der Rabbi.

»Das brauchst du nicht«, sagt seine Frau. »Ich werde die Anklage gegen diese Diebin schon richtig vorbringen.«

»Das glaube ich gern«, sagt der Rabbi. »Aber wer wird die Verteidigung übernehmen?«

ribójne-schel-ójlem *(m.)*
Aus dem hebräischen *ribonó-schel-olám* »Herr der Welt«.
In Amerika: *Reboyne Shel Oylem, Riboyne Shel O'lem*
1. Oh, Gott im Himmel! Ein widerhallender Ausruf, der Gott zum Zeugen anruft, wenn
– etwas Ungewöhnliches geschieht. *Reboyne Shel Oylem, just look at that rain!*
– etwas Unerwartetes geschieht. *We were finishing when – Reboyne Shel Oylem, in walked their lawyer!*
– man etwas Unerhörtes, Unanständiges wahrnimmt. *It was a scandal, Reboyne Shel Oylem!*
– einen etwas sprachlos macht, sei es, weil es so großartig, sei es, weil es unverzeihlich ist. *Reboyne Shel Oylem, what could I say?*

Obwohl Gott hier direkt angesprochen wird, hat die Redensart keine eigentlich religiöse Bedeutung. Sie ist ein Pseudonym für: »Oh, Gott!«, »Gott im Himmel!«, »Schau dir das an!«, »Ich glaub's nicht!« und so weiter.
2. So Gott will; wenn Gott mir hilft; lieber Gott, bitte! »Wenn sie nur wieder gesund wird, *Ribojne Schel Ojlem*!«, »Wenn er nach Hause kommt – *Ribojne Schel Ojlem* – werden wir feiern.«, »Ich will bloß die nächsten Wochen überstehen, *Ribojne Schel Ojlem*.«

Mr. Abraham ist verzweifelt. Sein Schneider hat ständig neue Ausreden, warum die Hosen noch nicht fertig sind, die er bestellt hat. Schließlich schreit er den Schneider an: »Um Himmels willen, warum dauert das denn so ewig? Sechs Wochen nähst du jetzt schon an diesen Hosen herum!«

»Ja, und?«

»Ja, und? Sechs Wochen für ein Paar Hosen? *Ribojne Schel Ojlem!* Gott hat die ganze Welt in sechs *Tagen* geschaffen!«

»*Nu*«, sagt der Schneider, »schau sie dir an ...«

Paris, 1939. Drei müde Flüchtlinge aus Deutschland stehen Schlange bei einer Hilfsorganisation, die ihnen die Ausreise ermöglichen soll.

»Wo wollen Sie hin?« fragt der Beamte den ersten.
»Nach London.«
»Und Sie?« fragt der Beamte den zweiten.
»In die Schweiz.«
»Und Sie?« fragt der Beamte den dritten.
»Nach Australien.«
»Nach Australien? Warum denn so weit?«
»Weit?« sagt der Flüchtling. »Weit von wo?«
Ribojne Schel Ojlem!

Rochus siehe *rojges.*

rójges *(m.)*
Aus dem hebräischen *róges.*
Zorn.
Daraus leiten sich die deutsche Redensart »einen Rochus auf jemanden haben« und der Wiener Ausdruck *broiges* (jiddisch *brójges*) »zerstritten« ab. Wenn man nicht ganz so wütend ist, kann man freilich immer noch *barójgeslech* »ein wenig verstimmt« sein.

roscheschóne *(m.)*
Aus dem hebräischen *rosch ha-schana* »Anfang des Jahres«.
In Amerika: *Rosh Hashanah, Rosh Hashonah, Rosh Hashona, Rosh Hoshanah, Rosh Hashana*
Rosch ha-Schana, Rosch Haschana. Dieser Tag erinnert an nichts Geringeres als den Geburtstag der Welt.

An Rosch ha-Schana beginnen zehn Tage der Buße, an deren Ende der höchste jüdische Feiertag steht: Jom Kippur. Während dieser zehn Tage des Gebets und der Buße zieht der Überlieferung nach die gesamte Menschheit vor dem Thron Gottes vorbei, und er prüft ihre Herzen und Taten. Jom Kippur ist der Gerichtstag, aber die Gläubigen versichern, »dass Gebete, Reue und gute Werke ein hartes Urteil abwenden können«.

Das beherrschende Thema zu Rosch ha-Schana ist Gottes Allmacht. Der Schofar (das Widderhorn) wird mehrfach in vorschriftsmäßiger Tonfolge geblasen, was die Gläubigen auch bewusst wahrnehmen sollen. Der erste Ruf beschwört Gottes Nähe, der zweite betont die Verantwortlichkeit des Einzelnen, der dritte erinnert die Gemeinschaft an alle Ereignisse, die mit dem Rufen des Schofars zu tun haben. Im alten Judäa diente das Widderhorn, um akustische Signale von einem Berg zum nächsten zu geben. Im Talmud heißt es aber auch, dass Satan und seine Heerscharen damit verwirrt werden, die nichts anderes im Sinn haben, als Gottes Urteil negativ zu beeinflussen, wenn er uns arme Sünder beurteilt.

Rosch ha-Schana ist ein feierliches, aber auch fröhliches Fest; die Familien versammeln sich von weither; *Challa* und Apfelstücke werden in Honig getaucht, um der Hoffnung auf ein »süßes Jahr« Ausdruck zu geben. Das Dankgebet *schehechejónu* dankt dem, »der uns (diesen Tag) hat erleben lassen«. Der traditionelle Neujahrsgruß ist *leschana towa tikosewu* »zu einem guten Jahr möget ihr eingeschrieben werden«. Übrigens wird auch der deutsche Neujahrswunsch, bei dem man sich *einen guten rutsch* wünscht, auf das Wort *rosch* im Sinne von »Jahresanfang« zurückgeführt.

Nach Angaben der *National Jewish Population Survey* des *Council of Jewish Federations* besuchen während der Bußtage bis zu sechzig Prozent der amerikanischen Juden die Synagoge, während der wöchentliche Besuch nur bei zehn Prozent liegt.

Wie alle jüdischen Feiertage wird Rosch ha-Schana nach dem Mondkalender bestimmt und liegt zur Zeit des Neumonds im September oder Anfang Oktober (am 1. und 2. Tischri).

Jochanan ben Nappacha (etwa 180 – etwa 279 n. Z.) hat gesagt, dass an Rosch ha-Schana drei Bücher aufgeschlagen werden im Himmel: das Buch des Lebens, in dem die wahrhaft Gerechten verzeichnet sind; das Buch des Todes, in dem die Namen der unverbesserlichen Übeltäter stehen; und schließlich das Buch mit denen dazwischen, die den Rest der Menschheit bilden. Das Schicksal der Mittelmäßigen bleibt zehn Tage lang in der Schwebe, bis Jom Kippur. Diejenigen, denen zwischen Rosch ha-Schana und Jom Kippur durch Buße und gute Werke noch Entsühnung gewährt wird, werden in das Buch des Lebens eingetragen, die anderen sind zum Tode verdammt.

»Zu Rosch ha-Schana und Jom Kippur«, heißt es im Jerusalemer Talmud, »sollen Juden keine traurige und dunkle Kleidung tragen wie Bittsteller vor einem weltlichen Richter, sondern freudiges Weiß, das einen zuversichtlichen Sinn zeigt.«

Rosch ha-Schana hieß früher Jom ha-Sikaron »Tag der Erinnerung«, Jom ha-Din »Tag des Gerichts« oder Jom Terua »Tag des Hornblasens«.

Die erste Erwähnung von Rosch ha-Schana findet sich in einem Absatz der Mischna aus dem 2. Jahrhundert.

Auch bei den Babyloniern war der Neujahrstag ein »Tag des Gerichts«, an dem sich, wie die Bewohner des Zweistromlandes glaubten, alle ihre Götter im Tempel von Marduk, ihrem höchsten Gott, trafen, um die Sterblichen zu richten und das Schicksal jedes Einzelnen im nächsten Jahr zu bestimmen.

row *(m.)*, **rabónim** *(Pl.)*, **rewl** *(Verkleinerungsform)*
Aus dem hebräischen *raw* »groß«, »Herr«, »Meister«.

In Amerika: *rov*

Raw. Titel der jüdischen Gelehrten (Amoräer) in Babylonien (etwa 200–500 n. Z.). Seit dem Mittelalter hebräische Bezeichnung für Rabbiner (*ha-Raw*).

Siehe *rebe.*

◎ ◎ ◎

Ein großer König war alt und exzentrisch geworden. Da ließ er den Oberrabbiner seines Reichs zu sich rufen.

»Ehe ich sterbe«, sagt er, »musst du noch etwas für mich tun, Rabbi. Du musst meinem Lieblingsäffchen das Sprechen beibringen.«

»Was?«

»Das ist ein Befehl! Bring meinem Affen innerhalb eines Jahres das Sprechen bei, oder ich lasse dich köpfen!«

»Aber, Euer Majestät, für eine solche Aufgabe brauche ich mehr als ein Jahr. Ich brauche mindestens zehn.«

»Ich gebe dir fünf, aber keinen Tag mehr.«

Der Rabbi kehrt zu seiner Gemeinde zurück. Sie sympathisieren lebhaft mit ihm. »Aber was werdet Ihr tun, Raw?«

»Nun ja«, sagt der Rabbi, »in fünf Jahren kann vieles passieren. Der König kann sterben. Oder ich könnte sterben. Oder vielleicht auch der Affe. Und wer weiß, in fünf Jahren kann ich vielleicht sogar dem Affen das Sprechen beibringen.«

S

sabbat siehe *schabeß*.

Sabbatai Zwi siehe *meschiech*.

saftik *(Adjektiv)*
Aus dem mittelhochdeutschen *saf, saft* »Saft«.
In Amerika: *zaftik, zaftig*

1. Saftig. *What a zaftik plum!*
2. Besonders in Amerika: Provozierend, anregend, fruchtbar. *This book is full of zaftik ideas.*
3. Drall, sexy, wohlgerundet (von Frauen). Dies ist der häufigste Gebrauch in Amerika.

Zaftig beschreibt in einem Wort, wofür man auch zwei Hände nehmen könnte.

Zwei *zaftige* Ehefrauen unterhalten sich. Sagt die eine: »Wir Frauen sollten uns mehr für Politik interessieren, nicht wahr? Was halten Sie vom Gemeinsamen Markt?«

»Ach, ich kaufe eigentlich immer noch lieber beim A & P.«

Zwei jungen Sexualforschern ist bei ihren Interviews aufgefallen, dass fünf *zaftige* New Yorker Mädchen aus der Bronx, aus der Upper West Side, aus Brooklyn, Queens und der Lower East Side behaupten, eine Beziehung zu einem gewissen Moische Mandelstam zu haben. Der Mann wohnt in Canarsie.

Neugierig geworden, suchen die jungen Wissenschaftler Mr. Mandelstam auf. Sie finden einen würdigen Herrn mit weißem Haar.

»Sagen Sie, wie machen Sie das?« fragen sie staunend.

»Nu«, sagt der Alte, »hab ich a Fahrradl.«

sanhedrin *(m.* auch *n.)*
Aus dem griechischen *synhedrion* »Rat«, »Gerichtshof«.

In Amerika: *Sanhedrin*

Die ehemalige oberste politische, juristische und religiöse Körperschaft der Juden in Palästina. Der Sanhedrin bestand aus 70 Gemeindeältesten und einem Vorsitzenden (dem *Nassi*). Er tagte bis zur Zerstörung des Zweiten Tempels im Jahre 70 n. Z. in Jerusalem und wurde erst 425 n. Z. endgültig aufgelöst.

Über den Sanhedrin sind im Verlauf der Jahrhunderte so viel Unsinn und demagogische Lügen verbreitet worden, dass er sehr viel rätselhafter erscheint, als nötig. Die antisemitische Propaganda hat daraus sogar eine »internationale Verschwörung« der »Weisen von Zion« gemacht.

☛ Die sogenannten »Protokolle der Weisen von Zion«, eine antisemitische Fälschung im Auftrag der zaristischen Geheimpolizei aus dem frühen 20. Jahrhundert, wurden in viele Sprachen übersetzt und als Propagandaschrift millionenfach verbreitet. ◎ Obwohl sie schon 1920 als Fälschung (und Plagiat eines ursprünglich gegen Napoleon III. gerichteten Pamphlets) entlarvt wurden, spielten sie sowohl in Amerika als auch in Europa eine unheilvolle Rolle bei der Diskriminierung und Verfolgung der Juden. ◎ Der Automagnat Henry Ford ließ sie von 1920–27 in seinen Fabriken verteilen; Hitler und den Nationalsozialisten diente die angebliche »jüdische Weltverschwörung« als Vorwand zu Ermordung von Millionen unschuldiger Menschen; während des arabisch-israelischen Konflikts ließ Nasser das Buch in Ägypten verbreiten; ausgerechnet zum 2. Vatikanischen Konzil erschien eine spanische Ausgabe; und im Jahre 2000 wurden die gefälschten »Protokolle« von Amazon.com sogar im Internet angeboten.

In Wirklichkeit war der Sanhedrin ein offizieller Gerichtshof mit weltlichen und religiösen Befugnissen im alten Jerusalem. Hervorgegangen ist er wohl aus der »Großen Versammlung«, einem akademischen Kollegium von Schriftgelehrten und Priestern. Der Name »Sanhedrin« wurde wahrscheinlich erst zur Römerzeit, etwa 63 v.Z. eingeführt. Als Titus im Jahre 70 n.Z. den Großen Tempel zerstörte, verlor der Sanhedrin seine politische Macht und wurde nach Jawne verlegt, wo er die Grundlage der späteren rabbinischen Akademie bildete. Seine Funktionen übernahm der Gerichtshof *Bet Din* (siehe *bejß din*).

Nach der Gründung Israels im Jahre 1948 wurde die Wiederherstellung des Sanhedrin verlangt. Aus juristischen und verfassungsrechtlichen Gründen wurde dann aber darauf verzichtet.

Die historischen Berichte über das Sanhedrin sind leider sehr widersprüchlich. Die Angaben der Mischna stimmen nicht mit dem überein, was Josephus Flavius berichtet, und das Neue Testament enthält gänzlich abweichende Angaben. Die Ursache dieser Widersprüche ist darin zu sehen, dass es im Sanhedrin stets politische und religiöse Auseinandersetzungen gab und die meisten Darstellungen von polemischer Absicht geprägt sind. Vor allem der Gegensatz zwischen den Sadduzäern (der Priesteraristokratie) und den Pharisäern (die sich eher als Vertreter des Volkes verstanden) führte zu ständigen Konflikten. Die religiösen Auffassungen der Pharisäer sind denen der Christen in einiger Hinsicht sehr ähnlich, und trotz der heftigen Polemik im Neuen Testament ist es denkbar, dass Jesus selbst Pharisäer und sich dessen auch durchaus bewusst war. Die widersprüchlichen Berichte haben zwischenzeitlich auch zu der Überlegung geführt, es habe zwei getrennte Versammlungen, einen religiösen und einen politischen Sanhedrin, gegeben. Dies erscheint heute unhaltbar.

Begründet wurde der Sanhedrin in der Tora. Gott sagte zu Mose: »Sammle mir siebzig Männer unter den Ältesten Israels, die du weißt, dass sie Älteste im Volk und seine Amtleute sind« (Numeri 11, 16). Demnach wäre also schon Moses Vorsitzender einer Versammlung von siebzig weisen Männern gewesen. Wann der erste Sanhedrin tatsächlich zusammentrat, wissen wir allerdings nicht. Der Talmud sagt, es sei nach dem Tode Simons des Gerechten gewesen, das würde (wenn Simon der Gerechte auch Simon der Hohepriester war) bedeuten, dass es im dritten Jahrhundert v. Z. war.

Der Sanhedrin tagte üblicherweise in der »Halle der behauenen Steine« im Tempel. Die Mitglieder saßen im Halbkreis, so dass sie sich gegenseitig alle gut sehen konnten. Vor dem Gerichtshof saßen die Protokollanten und dahinter drei Reihen mit Schülern der Richter, die ganz offensichtlich bemerkenswerte und gelehrte Männer gewesen sein müssen.

Die Römer unterstützten die Sanhedrien als politische Ordnungsmacht und Gerichtshof. Im Jahre 57 v. Z. teilte der Statthalter von Judäa, ein gewisser Gabinius, Palästina in fünf Sanhedrien ein: Jerusalem, Jericho, Hamath, Gadara und Sepphoris. Religiöse oder moralische Aufgaben hatten diese Sanhedrien allerdings nicht mehr. Manche Historiker sind der Ansicht, dass sie dazu dienten, die römische Herrschaft zu festigen und gegen aufständische Juden zu verteidigen, die gegen sie rebellierten.

Als Napoleon 1807, sechzehn Jahre nach der rechtlichen Gleichstellung der Juden durch die Französische Revolution in Paris einen sogenannten *Grand Sanhedrin* aus einundsiebzig Rabbinern und Laien zusammentreten ließ, verfolgte er wohl ähnliche Absichten. Die Wirkung des Gremiums, das nur ein einziges Mal (allerdings einen ganzen Monat lang) tagte, blieb freilich gering. ☛ Der Kaiser legte den Ratsmitgliedern einen Fragenkatalog vor, der dazu dienen sollte, die Harmonie von jüdischer Identität und französischer Staatsbürgerschaft herzustellen. Immerhin wurde auf diese Weise die Vorstellung bekräftigt, dass Juden in ihren jeweiligen Aufenthaltsländern gleichberechtigte Staatsbürger sein konnten – als Franzosen, Deutsche oder Engländer »mosaischen Glaubens«. Diese Vorstellung bildete während des ganzen 19. Jahrhunderts einen Eckpfeiler des Reformjudentums. ☚

Im Ersten Weltkrieg kämpften Juden in praktisch allen Armeen der kriegführenden Staaten. Über 100 000 jüdische Soldaten dienten im deutschen Heer, von denen 12000 fielen und 35000 Kriegsauszeichnungen erhielten. Selbst im New Yorker *Jewish Museum* (5th Avenue/92. Straße) findet sich einer der Gedenksteine für die gefallenen deutschen Juden, und auf dem Schlachtfeld von Verdun gibt es ein eigenes Denkmal für die auf alliierter Seite gefallenen Juden. Auch im April 2002 blieben die Teilnehmer einer großen jüdischen Solidaritäts-Demonstration auf ihrem Marsch durch Paris minutenlang stehen, um gemeinsam die Marseillaise zu singen.

schábeß *(m.)*, **schabóßim** *(Pl.)*
Aus dem hebräischen *schabát* »Ruhe«, »arbeitsfreier Tag«.
In Amerika: *Shabes, Shabbes, Shabbos*
Schabbat, Sabbat, Schabbes, Samstag, Sonnabend.

Der Sabbat (im religiösen Zusammenhang wird von observanten Juden das hebräische *Schabbat* mit Betonung auf der letzten Silbe gebraucht) wird die »Braut« und »Königin der Woche« genannt. Das Leben der Juden war lange Zeit so hart, dass dieser Tag der Muße im Lauf der Geschichte mehr als nur eine allwöchentliche Erholung von der Sorge, Plackerei und Angst wurde, denen sie ausgesetzt waren. Selbst in den dunkelsten und bittersten Zeiten ist er der wunderbare Wochentag, an dem sich auch die ärmsten und unbedeutendsten Menschen in unmittelbarer Beziehung zu Gott fühlen dürfen und seine Fürsorge spüren, denn: Der Sabbat »ist ein ewig Zeichen zwischen mir und den Kindern Israel« (Exodus 31, 17). *Schabeß machn* heißt sich auf ein Fest vorbereiten.

Das vierte Gebot lautet: »Gedenke des Sabbats, dass du ihn heiligst. Sechs Tage sollst du arbeiten, und alle deine Dinge erledigen. Aber am siebten ist der Sabbat des Herrn, deines Gottes« (Exodus 20, 8–10). Und so haben die Juden seit Generationen jeden Winkel ihrer Häuser für den Sabbat geputzt, sich gebadet, frische Kleidung angelegt und den Tisch, auch wenn sie noch so arm waren, festlich gedeckt. Der Schabbes brachte ihnen ein Leben lang jede Woche ein persönliches Gefühl des Glanzes, der Sauberkeit, Andacht und Hochstimmung.

Die Mystiker waren der Ansicht, dass an jedem Freitagabend bei Sonnenuntergang die Gegenwart Gottes, die Schechina, eintritt. Im Schtetl zeigten sich am Schabbes überall Hinweise auf die Anwesenheit Gottes, verborgene Geheimnisse, Engel und die Seligen, die unter einem leuchtenden Sternenzelt auf ihren goldenen Kissen sitzen. Aber der Schabbes kam auch in die Neue Welt. So schreibt Harry Golden (in Hutchins Hapgood: *The Spirit of the Ghetto*, Funk und Wagnalls, 1966): »Die irischen und italienischen Jungen hatten einmal im Jahr Weihnachten; bei uns fand jeden Freitagabend ein Fest statt. In einem der dichtestbesiedelten Viertel der Welt, das normalerweise vom Lärm der Großstadt, vom Geschrei der Kinder und Straßenhändler erfüllt war, trat am Freitagabend eine wunderbare Stille, ein vielsagendes, herrliches Schweigen ein. Es war so still, dass man den gedämpften Gesang des Kantors und die gemurmelten Gebete der Gemeinde in der Synagoge noch zwei Straßenzüge weit hören konnte. Wenn man nach dem Gottesdienst nach Hause kam, fand man seine Mutter in ihrem Hochzeitskleid vor, mit einem weißen Seidentuch um den Kopf. Und der Vater erzählte einem, dass alles jahrhundertealte Leiden diesem Augenblick gewidmet war, der Feier des Sabbats.«

In der Tat ist der Schabbat ein wahrhaft revolutionäres Projekt. Es wundert mich sehr, dass ihn weder die Griechen noch die Römer erfunden oder wenigstens nachträglich eingeführt haben. (Ganz im Gegenteil: Juvenal, Seneca und Horaz haben ihn als Aberglauben verspottet.) Als die äthiopischen Falascha-Juden gefoltert und höhnisch gefragt wurden, wer denn ihr Erlöser sei, sagten sie: »Der Sabbat ist der Erlöser der Juden.«

Der Schabbes beginnt kurz vor Sonnenuntergang am Freitagabend. Die Hausfrau und Mutter entzündet in ihrem besten Kleid die Schabbat-Kerzen und spricht ein Gebet. (Zuvor hat sie – auch wenn sie noch so arm ist – etwas Geld für wohltätige Zwecke beiseitegelegt. Wenn sie die Kerzen entzündet hat, schließt sie die Augen und fährt mit den offenen Handflächen über die Flammen in Richtung zu ihrem Herzen (»Die Seele ist die Kerze des Herrn«, heißt es im Talmud). Sie flüstert: »Gesegnet seist Du, Herr, unser Gott, König des Universums, der uns durch sein Gebot geheiligt und befohlen hat, das Sabbatlicht zu entzünden.« Dann bittet sie Gott, die Gesundheit, den Frieden und die Ehre ihrer Familie zu beschützen und zu bewahren. Das Entzünden der Kerzen (eine der wenigen, ganz den Frauen vorbehaltenen Mizwes) macht sie für einen Augenblick zur Priesterin.

Zwei geflochtene Brote (*Challot*) werden oben auf die festliche Tafel gelegt und mit einem bestickten Tuch bedeckt. Neben den Broten steht der Kiddusch-Becher mit dem Wein, der den Sabbat heiligen wird.

Traditionellerweise segnet der Vater die Kinder, wenn er aus dem Gottesdienst zurückkehrt; dann sagt er den Kiddusch und trinkt von dem Wein. Die ganze Familie begrüßt die Sabbat-Engel, die den Vater aus der Synagoge nach Hause begleitet haben, mit einem Lied: »Seid willkommen, ihr dienenden Engel, möget ihr in Frieden eintreten, uns mit Frieden segnen und in Frieden wieder von uns gehen.«

Oft singen die Ehemänner am Vorabend des Sabbat das Lob ihrer Frauen: »Kraft und Schönheit sind ihr Gewand … Sie tut ihren Mund auf mit Weisheit … Ihre Söhne stehen auf und preisen sie selig; ihr Mann lobet sie« (Sprüche 31, 25–28). Dieses Lied wird *Esches Chajil* genannt, »Lob des tugendsamen Weibes«.

Das Schabbes-Mahl am Freitagabend ist relativ einheitlich bei den aschkenasischen Juden: *Gefilte fisch* gehört dazu, eine heiße Matzeball-Suppe und gekochtes oder gebratenes Hühnchen. Zum *gefilte fisch* gehört *chrejn* und zum Fleisch *zimes.* Meine Mutter servierte stets gehackte Leber, Sellerie, Radieschen und Oliven, dann *gefilte fisch*, dann *knejdl*-Suppe, anschließend das Huhn und schließlich Apfelmus, entweder als Dessert oder als Beilage.

Das traditionelle Essen am Sabbat selbst (das bei den Orthodoxen natürlich schon am Vortag zubereitet werden musste) war Tschulent (*tscholnt*, ein Bohneneintopf) und *kugl* (siehe dort, ein Kartoffelmehlkuchen nach Art eines Brotpuddings).

Die Mischna enthält eine ganze Anzahl von Sabbat-Verboten, angefangen mit den 39 Tätigkeiten, die dem Gläubigen ausdrücklich untersagt sind, zum Beispiel: Backen, Pflügen, Säen, Schreiben, Spinnen, Tragen, Nähen, ja, sogar Knoten binden! Besonders fromme Juden steckten sich das Taschentuch an ihren Jacken fest, denn ein festgesteckter Gegenstand war Teil der Kleidung und wurde deshalb nicht »getragen«.

Was fingen die Juden mit ihrer Zeit am Schabbes an? Sie beteten und studierten; sie lasen und erörterten Tora und Talmud. Moses hat es den Juden auferlegt, sagt Philo, »sich an diesem Tag zu versammeln, ordentlich und respektvoll, und die Gesetze zu hören, damit es niemanden gibt, der sie nicht kennt«. An jedem Sabbat sollte ein Rabbi oder Gemeindeältester die Gesetze vorlesen »und Punkt für Punkt erläutern, bis zum späten Nachmittag, wenn alle auseinandergehen, nachdem sie genaue Kenntnisse und einen Zuwachs an Frömmigkeit erlangt haben«.

Heute wird am Vormittag in der Synagoge ein Stück aus den fünf Büchern Mose und eine Passage aus den Propheten gelesen, bis im Laufe eines Jahres der ganze Zyklus vollendet ist.

In der alten Heimat riefen an den sechs Sabbaten zwischen Pessach und Schawuot die Väter und Großväter traditionellerweise die Kinder zusammen und erörterten moralische Fragen aus der Mischna oder die *Sprüche der Väter* (die *pirkej-awot*) aus dem Talmud mit ihnen. Ich überlasse es den Kulturgeschichtlern, die Bedeutung und Nachwirkung solcher jahrhundertelangen allwöchentlichen generationenübergreifenden Beschäftigung mit religiösen und moralischen Fragen zu ermessen.

☛ Das Studium der Schrift und die Erörterung moralischer Fragen war in traditionellen jüdischen Kreisen auf die Männer beschränkt, da nur wenige Frauen Hebräisch lesen konnten. Auch die Arbeiter konnten oft wenig Hebräisch. Es entwickelte sich im Lauf der Jahrhunderte aber (wie unter *mameloschn* beschrieben) eine weit verbreitete religiöse Literatur in jiddischer Sprache.

Für die Frauen bedeutete der Schabbes vor allem eine Fülle von Einkäufen und Vorbereitungen. Da am Sabbat nicht gekocht werden durfte, mussten die Gerichte vorgekocht und warmgestellt werden. Erst der Schabbes selbst war dann ein »freier Tag« ohne häusliche Verpflichtungen, an dem Familienmitglieder und Nachbarn besucht wurden. Auch Spaziergänge und Ruhe galten als sabbatgemäße Beschäftigungen für Frauen. Als Mizwe galt die eheliche Liebe am Sabbat.

In der Neuen Welt wurde der *Sabbat* stark eingeschränkt. Die kapitalistische Wirtschaft in einer mehrheitlich christlichen Kultur machte die Einhaltung des Sabbats fast unmöglich. Andererseits trug das »Sabbatdenken« aber vielleicht auch zum wirtschaftlichen Erfolg gerade der jüdischen Bevölkerung bei. »Jahrhundertelang«, schreibt Andrew R. Heinze (*Adapting to Abundance*, Columbia University Press, 1990), »hatten die Juden zur Feier des Sabbats und anderer Feste Luxusgegenstände benutzt, um den Unterschied zwischen der heiligen und der weltlichen Sphäre zu bezeichnen.« Deshalb entdeckten sie den »demokratischen Symbolismus« der Massenherstellung von Luxusgütern besonders rasch. Aufgrund ihrer eigenen Tradition erkannten sie den Anspruch *aller* Verbraucher auf gleichberechtigte Teilnahme am Luxus. Die Schaffung von Massenmärkten für hochwertige Konsumgüter wurde zu einem Schlüssel für ihren Erfolg (siehe *luftmentsch*).

Die jüdischen Gewerkschafter haben den Schabbes seit eh und je als Inbegriff des »arbeitsfreien Tages« zu schätzen gewusst. Neu dagegen sind die Überlegungen eines ökologischen Aktivisten wie Rabbi Arthur Waskow, der sich einen *Schabbat* für die ganze Gesellschaft vorstellen kann, um der Welt Ruhe zu gönnen und die Schäden der Moderne zu heilen. »Denn wie eine Krebszelle weiß die moderne Welt nicht, wann das Wachstum eingestellt werden muss. Vielleicht sollte man allen Leuten, die mit Forschung und Entwicklung zu tun haben, alle sieben Jahre ein Jahr frei geben ... Wenn die Erde selbst in Gefahr ist, wäre das eine Möglichkeit, um die Befreiung der Menschheit wieder mit der Erholung unserer natürlichen Ressourcen in Einklang zu bringen« (zitiert nach Lawrence Bush und Jeffrey Dekro *Jews, Money and Social Responsibility*, The Shefa Fund, 1993). Auch in der Bibel (Leviticus 25, 1–13) wird gefordert, dass jedes siebte Jahr ein »Sabbat-Jahr« (*schmita*) sein solle, in dem das Land brachliegt. Jedes fünfzigste Jahr war ein »Jubeljahr« (siehe *jojwl*), in dem die Schulden getilgt und das Land seinen ursprünglichen Eigentümern zurückgegeben wird. Die biblische Erklärung des »Freijahrs« (Lev. 25, 10) *Proclaim liberty thro' all the land* ... ist auf der *Liberty Bell* in Philadelphia eingraviert. Beide biblischen Gebote werden allerdings im modernen jüdischen Leben nicht mehr beachtet.

Schabbes ist der Wochentag, an dem die meisten Synagogenmitglieder die Gottesdienste besuchen, entweder am Freitagabend oder am Samstagmorgen. In den USA gehören allerdings nur etwa 40% aller Juden zu einer Gemeinde. Etwa derselbe Prozentsatz gibt an, dass zumindest gelegentlich am Freitagabend zu Hause Kerzen angesteckt werden. Die verbreitete Nichtbeachtung der religiösen Vorschriften veranlasste Rabbi Ephraim Buchwalds das *National Jewish Outreach Program* ins Leben zu rufen, das seit 1997 ein jährliches *Shabbat Across America and Canada*-Fest feiert. 1999 nahmen an diesem Fest über 70000 Besucher teil, die sonst nicht die Synagogen besuchen.

Es gehört zu den altehrwürdigen Traditionen, einen Fremden, einen Reisenden, einen Studenten oder einen armen Nachbarn zum Sabbat-Mahl einzuladen. Auch wenn er noch so arm war, versuchte ein Jude doch, einen *ojrech* zu finden (siehe dort). Gerade diese Sitte hat sicher wesentlich dazu beigetragen, dass die Juden sich weltweit als Teil einer universellen Gemeinschaft empfinden.

Der Sabbat endet am Samstag bei Sonnenuntergang mit einer heimischen Zeremonie, der *hawdala,* die den Sabbat von den Wochentagen scheidet. Eine besondere, geflochtene Kerze wird entzündet, es wird Wein eingeschenkt, Gebete werden gesprochen und der Duft von Gewürzen genossen – als Symbol der Hoffnung, dass die kommende Woche süß werden möge. Siehe *hawdala.*

Die radikale Idee eines arbeitsfreien Tages in der Woche, auch für Sklaven und Nutztiere, gefiel in der Antike nicht allen. Die Römer waren besonders darüber empört. Der Stoiker Seneca ließ allen Stoizismus beiseite und schimpfte heftig über diese jüdische Sitte, die sich – wie er zugeben musste – auszubreiten begann. »Dieses grässliche Volk … vertrödelt fast ein Siebtel seines Lebens mit Untätigkeit«, wetterte er. Juvenal wiederum verspottete die Römer, die den jüdischen Brauch übernahmen: »Sie beten die Wolken und die Göttlichkeit des Himmels an … und an jedem siebten Tag sind sie müßig.« Auch Horaz und Martial schimpften über den Sabbat.

Der römische Historiker Josephus berichtet, dass die römischen Militärs genau wussten, dass die jüdischen Soldaten am Sabbat nur in Notwehr und höchster Gefahr kämpften, und dass sie diese Tatsache bei ihren Planungen ausnutzten.

Maurice Samuel beschreibt die Bedeutung des Schabbes für die Juden mit folgenden Worten (aus *The World of Sholem Alejchem*, Schocken, 1965): »Man muss sich darüber im klaren sein, dass Tewje der Lastenträger oder Tewje der Milchmann zwischen Sonnenuntergang am Freitag und Sonnenuntergang am Samstag einfach nicht arbeiten. Kein Gewerkschaftsführer auf der Welt hat je so hartnäckig auf der 48- oder 40-Stunden-Woche bestanden, wie Tewje auf seiner Sechstage-Woche. Der Sabbat ist der Tag des Herrn; das heißt er ist der Tag, an dem Tewje im Herrn ruht. Er arbeitet nicht, er trägt kein Geld mit sich herum, er berührt kein Feuer, er zerreißt kein Papier und tut auch sonst nichts, was an die Sklaverei des Körpers erinnert. … Man kann ihn weder durch Bestechung noch durch Drohungen oder Überredung zu einer Verletzung der Sabbatruhe bewegen. Denn der Sabbat und die Feiertage sind alles, was ihm geblieben ist; sie sind seine letzte Zitadelle der Freiheit. An diesen Tagen betet und meditiert er, und erfrischt seinen Geist mit etwas Lernen. Er mag zwar hungrig sein; aber er wird eine Möglichkeit finden, sich darüber zu erheben. Er weiß zwar vielleicht nicht, woher die nächste Mahlzeit kommen soll, aber er wird eine Möglichkeit finden, das zu vergessen …

Was für ein unglaublicher Eigensinn! Man darf aber keineswegs unterstellen, dass Tewje unter der doppelten Last des Exils und Mühsal der Arbeit nur aus Trotz an diesem Brauch festhält. Keineswegs! Er genießt den Sabbat und liebt ihn. Er liebt das Gebet …

Der Mittagsschlaf am Sabbat dauert nie lange. Den schönsten aller Wochentage will man ja nicht verschlafen. Eine halbe Stunde, höchstens eine ganze, genügt. Dann hört man aus den windschiefen Gassen und baufälligen Häusern betörend süße, klagende Melodien … Sie sind melancholisch, aber nicht deprimiert, bittend, aber nicht aufdringlich. Die Stimmen liegen über dem Städtchen wie Glocken … Unterdessen geht der Sabbat dahin, die Königin bereitet ihre Abreise vor, die harte Welt, der Alltagskampf, die Bitterkeit des Lebens steht vor der Tür. Aus dieser himmlischen Zwischenzeit muss man so viel wie möglich machen, eine Stunde oder zwei des

Gebets, eine Stunde oder zwei, in der man zu Hause oder in der Synagoge die Tora studiert. Bis der Augenblick der Trennung kommt und der Kasrielevkit die Weihrauchschale hebt, während die Familie sich um ihn versammelt und seine Frau in vertrautem Jiddisch das Abschiedslied von Reb Levi Isaak ben Meir von Berdiczew singt.

Was ist das für ein Sabbat, frage ich euch, an dem die Welt nicht anders ist als an Werktagen? Wenn die Läden offen sind und die Märkte gefüllt? Wenn die Pferde wiehern, wenn die Käufer und Verkäufer schnattern, wenn die Straßenbahn an der Synagoge vorbeidonnert und die Sabbatruhe ein Alptraum von plärrenden Radios und kreischenden Kindern ist, die auf der Straße Baseball spielen? Traditionalisten und Erneuerer gleichermaßen denken heute mit Wehmut an den versunkenen Zauber jener geheiligten Stunden, an die verklärten Zeiten des Sabbats und der Feiertage, für die auch Fortschritt und Freiheit keinen echten Ersatz bieten.«

»Am Sabbat soll man nichts sagen, was zu Tränen führt.«
Sefer Chassidim (13c, Nr. 625)

»Am Sabbat sollen alle Melancholie und Leidenschaften, die von übler Laune und Galle herrühren, aus den Herzen verbannt sein.«
Moses Hasid (ein Moralist, der in Prag lebte; 1717)

»Wer sich für den Sabbat verausgabt, der wird vom Sabbat belohnt.«
Talmud

»Ja, die Juden haben den Sabbat gehalten, aber noch viel mehr hat der Sabbat die Juden erhalten.« *Asher Ginzberg (Ahad ha-Am)*

Rabbi Korshak, der junge, moderne Rabbiner in einem Villenviertel, spielt leidenschaftlich gern Golf. Er spielt, so oft er nur kann, meist mit Angehörigen seiner Gemeinde; andererseits aber nimmt er seine seelsorgerischen Aufgaben sehr ernst und findet kaum jemals Zeit, auf den Golfplatz zu gehen. Mehr als vier, fünf Runden im Jahr sind nicht zu schaffen.

Eines sonnigen Tages nach dem Sabbatgottesdienst aber stellt er fest, dass sein Kalender für den Nachmittag keinerlei Verpflichtungen aufweist, und es überkommt ihn ein so heftiges Verlangen nach dem Golfplatz, dass er einfach nicht widerstehen kann. Inständig bittet er Gott, ihm zu verzeihen, wirft die Tasche mit den Schlägern auf den Rücksitz des Autos und fährt zu einem dreißig Meilen entfernten Golfplatz, wo er hofft, dass ihn keiner kennt.

Mit einer Entschuldigung an seinen Schöpfer auf den Lippen und einem billigen Liedchen im Herzen geht er ans erste Tee, hebt den Schläger und ...

Oben im Himmel sitzt Moses und betrachtet wie immer die Narreteien der Menschheit. Plötzlich fährt er von seinem Thron hoch. »Herr! Mein Gott!« schreit er. »Sieh Dir das an! Täuschen mich meine alten Augen? Sieh nur, Allmächtiger, da unten, unter den Wolken! *Siehst* Du, was da passiert?«

»Nun, ja«, sagt der Herr.

»Das ist Rabbi Korshak!« sagt Moses. »Und er spielt Golf! An Deinem heiligen Sabbat!«

»Ach, Herrje!« seufzt der Herr.

»So eine Schamlosigkeit!« sagt Moses. »Und auch noch von einem Rabbi! Den musst du aber ordentlich abstrafen!«

»Ich ... werde ihm eine Lehre erteilen«, sagt der Herr. Er schlägt die Hand vor den Mund – und just als Rabbi Korshak den Abschlag am zweiten Loch macht – atmet der Allmächtige aus. Sein göttlicher Atemhauch erfasst den Ball des Rabbiners, hebt ihn hundert Meter weit hoch, lässt ihn um einen Baum flitzen, einen Bach überqueren, von einem Felsen abprallen und schließlich direkt ins Loch fallen! Ein *hole in one!* Absolut sensationell!

Moses starrt den Allmächtigen ungläubig an. »Herr, das nennst du eine Bestrafung?«

»Mmmh«, sagt der Herr lächelnd. »Was meinst du, wem soll er *das* jetzt erzählen?«

schabeß-goj

Aus dem hebräischen *schabát* »Sabbat« und *goj* »Nichtjude«.

In Amerika: *Shabbes goy*

1. Ein Nichtjude, der von den Orthodoxen am Sabbat dafür bezahlt wird, dass er den Ofen heizt, Licht macht und andere Hausarbeiten verrichtet, die den gläubigen Juden am Sabbat verboten sind.

   Da körperliche Anstregungen und Hausarbeiten am Sabbat verboten waren, pflegten die orthodoxen Juden in Osteuropa einen christlichen Nachbarn darum zu bitten, dass er Holz und Wasser holte, Feuer machte, die Kerzen löschte und so weiter. Als Belohnung erhielt er ein kleines Trinkgeld, eine Challa oder ein Stück Kuchen.

   Auch in Amerika baten die Orthodoxen oft einen nichtjüdischen Nachbarn oder den Hausmeister, am Sabbat das elektrische Licht einzuschalten (ähnlich wie die Amischen in Pennsylvania gelegentlich ein Auto mit einem nicht-amischen Fahrer mieten, weil ihre Kirche ihnen den Besitz von Automobilen verbietet).

   Die Rabbiner, die dem Vierten Gebot folgten, missbilligten die Einrichtung des *schabeß goj.* Sie waren der Ansicht, dass solche Tätigkeiten auch dann ein Verstoß gegen die Sabbatruhe seien, wenn man jemand anderen darum bat.
2. Gelegentlich wird auch ein Jude, der die Gebote nicht einhält, von orthodoxen Juden als *schabeß goj* bezeichnet. »Seine Eltern – lange mögen sie leben – sind gute Juden, aber er ist leider ein *schabeß goj.*«

schắchriß *(m.)*, **schacharéjßim** *(Pl.)*
Aus dem hebräischen *schacharít* »Morgen«.

In Amerika: *shakhris, shachris*

Schacharit. ☙ Das besonders ausführliche Morgengebet bei Sonnenaufgang, zu dem traditionell auch die Gebetsriemen angelegt werden. ❧ Eines der drei täglich vorgeschriebenen Gebete. Siehe *minche* und *majrew.*

schádchen *(m.)*, **schadchónim** *(Pl.)*
Aus dem hebräischen *schidúch* »Heiratspartie«.

In Amerika: *shadkhn, shadchen*

1. berufsmäßiger Heiratsvermittler.

2. jeder, der einen Mann und eine Frau dergestalt zusammenführt, dass sie am Ende heiraten.

Traditionellerweise wurden jüdische Ehen von den Familienoberhäuptern vereinbart und manchmal auch von den Rabbinern vermittelt, denn das Vermitteln einer Ehe galt als fromme Handlung: Die Vereinigung zweier Seelen, die versprechen mussten, Kinder zu zeugen und sie als Juden zu erziehen, gehörte zu den besonderen Verpflichtungen, die Israels Bund mit Gott begründeten. Der Traktat *Baba Kamma* in der Mischna erklärt, warum der Heiratsvermittler zur Erhaltung des Volkes Israel notwendig war, und zur Frage der Gebühren für die Heiratsvermittlung (*schadchoneß*, hebräisch *schachanut*) gibt es detaillierte rabbinische Entscheidungen.

Der berufsmäßige *schadchen* erfüllte eine wichtige gesellschaftliche Funktion. Er sammelte Informationen über potentielle Ehepartner, ihren familiären und wirtschaftlichen Hintergrund, individuelle Eigenschaften und Persönlichkeitsfaktoren, die für eine Ehe von Bedeutung sein konnten. Ähnliche Aufgaben übernehmen heute Computer. Siehe auch *jicheß*.

Als die jüdischen Gemeinden in Osteuropa wohlhabender, größer und gefestigter wurden, entwickelte sich der *schadchen* oft zu einem geschäftstüchtigen Kupido, der sich skrupellos und gelegentlich auch auf Kosten der Wahrheit um Vermittlungserfolge bemühte. Die Rabbiner fanden bald Anlass, das vulgäre und korrupte Verhalten der *schadchonim* zu kritisieren. Der *schadchen* wurde zur zweifelhaften Gestalt, nützlich, aber verdächtig, eine allzu geschwätzige Elster, die mit ihrem Notizbuch und dem unvermeidlichen Regenschirm von Haus zu Haus flatterte.

Eine Geschichte über die zwiespältige Begegnung eines modernen Rabbiners mit einem *schadchen* findet sich in Bernard Malamuds Erzählungssammlung *Das Zauberfass.* ☛ Von arrangierten Ehen wird auch in Anne Roiphes Roman *Lovingkindness* (1997) und Naoimi Ragens Roman *Jephte's Daughter* (1996) erzählt. ☚

Als oberster *schadchen* wird allerdings immer noch Gott angesehen. Die Schriftgelehrten waren fest überzeugt, dass Er dem Zusammenfügen passender Ehepaare mindestens ebenso viel Energie und Aufmerksamkeit widmet wie seinerzeit der Teilung des Roten Meeres. Deshalb glaubt letztlich jeder *schadchen* in göttlichem Auftrag zu handeln, und auch alle anderen Juden, vor allem die Frauen, sind passionierte Amateure auf diesem Gebiet.

Unsere heutige Abneigung gegen arrangierte Ehen stammt erst aus dem achtzehnten Jahrhundert. Frühere Juden wären gar nicht auf die Idee gekommen, dass Ehe und romantische Liebe etwas miteinander zu tun haben könnten. Die romantische Liebe ist überhaupt eine relativ neumodische Vorstellung.

☛ So wurden traditionelle jüdische Ehen oft schon von den Familienoberhäuptern vereinbart, wenn Braut und Bräutigam noch Kinder waren, es galt allerdings als Bedingung, dass sie der Vereinbarung später zustimmen mussten, wenn sie die Pubertät erreichten. Immer wieder nahmen die jüdischen Gelehrten dagegen Stellung, dass jemand seine Töchter mit einem wesentlich älteren oder besonders bösartigen Mann verheiratete.

Dennoch gehörten solche Ehen zu den Risiken, mit denen jüdische Mädchen rechnen mussten, wenn sie aus einem Haushalt mit beschränkten Mitteln stammten. Die junge Jüdin Ernestine Rose (1810–1892) floh im Alter von sechzehn Jahren aus Polen, als ihr Vater, ein Rabbi, sie zu einer Ehe zwingen wollte. In Amerika wurde sie zu einer Vorkämpferin für die Frauenrechte, öffentliche Schulen und die Sklavenbefreiung. Ihre kontinuierliche Agitation trug wesentlich zur Verabschiedung des New Yorker *Married Women's Property Act* im Jahre 1848 bei, dem ersten Gesetz dieser Art in den Vereinigten Staaten. ☚

Die Aufgaben der *schadchonim* werden heute von den verschiedensten Einrichtungen wahrgenommen. In vielen Synagogen gibt es Veranstaltungsprogramme für junge Männer und Frauen, jüdische »Freundschafts-Klubs«, aber auch computer-gestützte Rendezvous-Planer. ☛ Die Internet-Suchmaschine *Yahoo!* bietet gegenwärtig nicht weniger als 2100 Websites an, die sich mit jüdischer Partnerschaftsvermittlung befassen. ☚

»Ein *schadchen* findet für jeden die richtige Frau – und hat selbst die falsche geheiratet.«
Volksmund

»Der *schadchen* ist ein Viehhändler«, sagt Scholem Alejchem.

Ein Schadchen hat die Vorzüge der prospektiven Braut in den glühendensten Farben geschildert. Jetzt bringt er den Heiratskandidaten zum ersten Mal zu ihr. Der junge Mann fährt erschrocken zurück, als er der Dame vorgestellt wird.

»Was ist?« fragt der Schadchen.

»Ihr habt gesagt, sie wäre noch jung«, flüstert der Kandidat. »Dabei ist sie mindestens vierzig! Ihr habt gesagt, sie wäre eine Schönheit, dabei sieht sie aus wie eine Ente! Ihr habt gesagt, sie hätte eine gute Figur, dabei ist sie richtig fett! Ihr habt gesagt –«

»Ihr braucht nicht zu flüstern«, sagt der Schadchen. »Sie ist außerdem schwerhörig.«

Ein junger Mann hat sich geduldig die übertriebenen Anpreisungen des Schadchens angehört. Schließlich sagt er: »Eins haben Sie aber vergessen, nicht wahr?«

»Was sollte ich vergessen haben?«

»Sie hinkt.«

»Aber nur, wenn sie läuft!« sagt der Schadchen.

☺ ☺ ☺

Der prospektive Bräutigam verzieht das Gesicht. »Sie haben mich angelogen«, sagt er zum Schadchen.

»Ich?« sagt der Schadchen. »Wieso denn? Ist sie nicht wunderschön? Ist sie nicht reich und intelligent?«

»Das schon, aber Sie haben gesagt, sie käme aus einer guten Familie. Sie haben gesagt, ihr Vater wäre nicht mehr am Leben – und jetzt erfahre ich, dass er seit sieben Jahren im Gefängnis sitzt!«

»Nu«, sagt der Schadchen. »Ist das a Leben?«

☺ ☺ ☺

Der Schadchen schwärmte in den höchsten Tönen: »Und ich sage Ihnen: Sie ist ein Bild von einer Frau!«

Der junge Mann konnte es gar nicht abwarten, die Traumfrau zu sehen. Aber als er den Heiratsvermittler am nächsten Tag wieder trifft, ist er ziemlich verbittert: »Ihre Nase ist schief, sie schielt, und wenn sie lächelt, geht der rechte Mundwinkel rauf und der linke geht runter –«

»Augenblick«, sagt der Schadchen. »Ich hab' gesagt, sie ist wie ein Bild. Was kann ich dafür, wenn Sie Picasso nicht mögen?«

☛ All diese Scherze über enttäuschende Bräute dürfen nicht darüber hinwegtäuschen, dass die Risiken für Frauen, in einer arrangierten (oder anderen) Ehe unglücklich zu werden, stets viel höher waren als für die Männer. Häusliche Gewalt ist in jüdischen Ehen nicht geringer als in anderen amerikanischen Haushalten. Rabbi Julie Spitzer, die 1999 im Alter von 41 Jahren starb, ging davon aus, dass zwanzig Prozent aller Juden damit zu tun haben. Andere Wissenschaftler, die strengere Maßstäbe anlegen, vermuten, dass die Gewalttätigkeitsrate sogar bei über dreißig Prozent liegt. In Israel waren nach einer Studie des JDC-Brookdale-Instituts 1998 etwa 200 000 Frauen schon einmal Opfer häuslicher Gewalt.

Jüdische Frauen scheinen durchschnittlich doppelt so lange in gewalttätigen Ehen zu bleiben wie nichtjüdische Frauen. Dies wird darauf zurückgeführt, dass der *scholem bejis,* der häusliche Frieden, als hoher Wert gilt und die Gemeinden oft blind gegenüber diesem

Problem sind. In orthodoxen und konservativen Gemeinden kommt hinzu, dass die Frauen ohne den Scheidebrief des Mannes (*get,* siehe dort) nicht rechtmäßig geschieden werden können. In den letzten zehn Jahren sind auf diesem Gebiet große Fortschritte gemacht worden. Mit Erziehungsprogrammen, Schulungskursen für die Rabbiner und der Schaffung von Frauenhäusern konnte das Problem der häuslichen Gewalt wirksam eingedämmt werden.☚

scha!
Onomatopoetisch. Aus dem Slawischen.
In Amerika: *shah! sha!*
»Still!«, »Pst!« Diese Aufforderung richtet sich an eine einzelne Person. Sie taucht auch in vielen jiddischen Schlafliedern auf.
Richtet sich die Aufforderung an mehrere Personen, lautet sie: *Sol sajn scha!* »Ruhe, bitte!«

schalom siehe *scholem.*

schámeß (m.), **schamóßim** *(Pl.)*
Aus dem hebräischen *schamásch* »Diener«.
In Amerika: *shames, shammes, shamus, shammus*

1. Schammes. Der Synagogen- und Gemeindediener.
   In Osteuropa und zu Beginn des zwanzigsten Jahrhunderts auch noch in Amerika hatte der Schammes viele Aufgaben, die über die eines Hausmeisters weit hinausgingen. Es wurde von ihm erwartet, dass er die Synagoge sauber und warm hielt, kleinere Reparaturen durchführte und dafür sorgte, dass die Gebetbücher und sakralen Gegenstände sicher verwahrt wurden. Außerdem ging er im Schtetl herum, weckte die Gemeindemitglieder, rief sie zum Gebet, verkündete den Sonnenuntergang und die Zeiten des Sabbat (dabei benutzte er oft eine Trompete). Außerdem diente er als Bote und Gerichtsvollzieher für den religiösen Gerichtshof. Er zog die Synagogenbeiträge ein, kümmerte sich um die Beerdigungsvorbereitungen und sorgte dafür, dass ein Minjan

(siehe dort) anwesend war. Gelegentlich musste er sogar den Kantor vertreten, wenn der mal heiser oder anderweitig indisponiert war. (Juden waren da sehr pragmatisch.)

☛ Da es in den Vereinigten Staaten wegen der strikten Trennung von Kirche und Staat keine Kirchensteuern gibt, sind die religiösen Gemeinschaften auf freiwillige Beiträge und Spenden angewiesen. Für die Synagogen ergibt sich dabei das Problem, dass die frommen Juden am Sabbat kein Geld mit sich führen und die Synagoge auch sonst nicht durch finanzielle Transaktionen entweiht werden darf. Die meisten Synagogen verlangen deshalb feste Beiträge von ihren Mitgliedern und die Plätze in der Synagoge werden oft sogar »vermietet« und reserviert. Dieses System stößt im heutigen Amerika auf zunehmende Kritik, und man bemüht sich um andere Lösungen. ☚

2. (Im amerikanischen Slang): ein Detektiv, Polizist oder Wachmann. In dieser Bedeutung ist der Begriff vor allem in Kriminalromanen weit verbreitet. Dabei hat sich die Schreibweise *shamus* durchgesetzt, die möglicherweise auf einer Verschmelzung von *shammes* mit dem gälischen Namen *Seamus* (James) beruht. In Amerika wurden so viele irische Einwanderer Polizisten, dass dieser Name fest mit der blauen Uniform verschmolz.
3. ein Privatdetektiv.
4. ein unbedeutender Funktionär oder Angestellter. *A shammes in a pickle factory* »der Schammes in der Gurkenfabrik« ist der Inbegriff eines »kleinen Rädchens«.
5. Liebediener, Schmeichler, Sykophant. »Jeder Filmproduzent braucht einen Schammes.«
6. ein Lockspitzel und Denunziant.
7. Julius Schoeps (*Lexikon des Judentums,* Gütersloh 2000) nennt den *schlattenschammes* »eine Person, die sich ungebeten zu Dienstleistungen aufdrängt und ihre Nase in alles steckt«.
8. (Im übertragenen Sinne:) die neunte Kerze auf dem *chanike*-Leuchter, die zum Anzünden aller anderen dient.

An den hohen Feiertagen werden die Plätze in der Synagoge oft »im Vorverkauf« vergeben. Der Erlös dient dem Erhalt des Gebäudes und der Gemeinde. In einer kleinen *schul* auf Coney Island kommt eine Jude zur Tür gerannt und schreit: »Lasst mich rein! Lasst mich rein! Ich muss sofort Abe Baum sprechen!«

Der Schammes stellt sich dem Mann in den Weg. »Haben Sie denn kein Ticket? Hier kommt keiner ohne Eintrittskarte rein!«

»Das ist ein Notfall! Ich komm ja gleich wieder raus! Es dauert höchstens eine Minute!«

»Na, schön«, sagt der Schammes. »Aber lassen Sie sich ja nicht beim Beten erwischen!«

Der berühmte Rabbiner, der am Sabbat die Gastpredigt hält, unterbricht sich plötzlich mitten im Satz und winkt den Schammes herbei. »In der zweiten Reihe«, flüstert er. »schläft jemand. Bitte wecken Sie den Mann auf.«

»Das ist nicht fair«, sagt der Schammes.

»Was soll das heißen *nicht fair*?« fragt der Rabbi.

»Nu«, sagt der Schammes. »Sie haben ihn eingeschläfert; da müssen Sie ihn auch wieder aufwecken!«

schawuot siehe *schewueß*.

schechíne *(f.)*

Aus dem hebräischen *schechiná* »die über dem Weltall ruhende Majestät Gottes«, aus der Wurzel *schachan* »wohnen«.

In Amerika: *Shekhinah, Shechinah*

Schechina.

1. Der Begriff, der Gottes Allgegenwart und Geist bezeichnet; zugleich eine weitere Möglichkeit, Gott zu erwähnen, ohne seinen Namen direkt zu erwähnen. Siehe *adonai* und *adoschem.*
2. Die konkrete, blendende Gegenwart Gottes. Die Schechina begegnete Moses im brennenden Busch (Exodus 3, 3–8), sie erschien in den Rauch- und Feuersäulen (Exodus 13, 21), die das

Volk Israel durch die Wüste führten, und ruhte auf dem Berg Sinai, als Moses dem Volk die Zehn Gebote brachte (Exodus 19, 20). Der Talmud lehrt, dass die Schechina überall ist. Gläubige Juden sind der Ansicht, dass sie sich an jedem Freitagabend herabsenkt und jedes jüdische Haus zum Sabbat verwandelt.

☛ In der kabbalistischen Überlieferung wird die Schechina oft mit einem weiblichen Aspekt der Gottheit und der Sefira Malkut, dem »Reich«, (der zehnten Erscheinungsform Gottes) in Verbindung gebracht, die den Kontakt zu den Menschen herstellt (siehe auch *ß'fire*). Der Begriff Schechina wird heute vor allem von solchen Frauen und Männern gebraucht, die sich darum bemühen, die Gleichberechtigung der Geschlechter in der Liturgie stärker zum Ausdruck zu bringen. ☚

3. Wenn jemand zum jüdischen Glauben konvertiert, sagt man, er sei »unter die Flügel der Schechina« gekommen.

Kaiser Hadrian trat einst an den Rabbi Joshua ben Hananiah heran und sagte: »Ich wünsche, euren Gott zu sehen.«

Der Rabbi forderte den Kaiser auf, in die Sonne zu sehen.

Der Kaiser befolgte die Anweisung, musste den Blick aber gleich wieder abwenden. »Ich kann es nicht«, sagte er, »das Licht ist zu stark! Es blendet meine Augen.«

Darauf sagte der Rabbi: »Wenn Ihr nicht in der Lage seid, in die Sonne zu sehen, die nur ein Diener Gottes ist, wie wollt Ihr dann die Schechina aushalten?«

schehechejónu, schechjónu

Aus dem hebräischen *schehechejánu* »der uns hat erleben lassen«.

In Amerika: *shekheyonu, shehecheyanu*

Der Zentralbegriff in jedem Dankgebet (*broche*) bei freudigen Ereignissen, die nicht jeden Tag auftreten.

Der Segensspruch lautet: »Gesegnet seist du, o Herr, unser Gott, König des Universums, der uns Leben gab, uns stark gemacht und bis heute erhalten hast.«

Ein frommer Jude spricht diesen Segen nicht nur an Pessach, Sukkot und Schawuot, sondern auch bei der Einweihung eines neuen Hauses, beim Anziehen neuer Kleider oder wenn die ersten Früchte der Saison auf den Tisch kommen.

schéjgez, schékez *(m.)*, **schkózim** *(Pl.)*

Möglicherweise aus dem hebräischen *schékez.*

In Amerika: *sheygets, shaygets, shaygetz, shaygits*

1. ein nichtjüdischer Knabe oder junger Mann. *She's going around with a shaygets.*
2. ein besonders frecher, charmanter, schlauer oder unverschämter Bursche – unabhängig davon, ob er Jude oder Nichtjude ist. *Oh, is he a shaygets with the girls!* – »Kann man so einem *schejgez* denn etwas abschlagen?«
3. ein arroganter Schnösel. *He strutted in as boldly as a shaygets.*

Diese Bedeutung ist angesichts der jahrhundertealten Arroganz der *schkozim* gegenüber den Juden nicht weiter erstaunlich.

4. ein ungebildeter Bursche ohne geistigen Ehrgeiz. »Du willst deine Hausaufgaben nicht machen? Ja, soll denn ein *schejgez* aus dir werden?« Angesichts der Tatsache, dass die Mehrzahl der Europäer bis in die Neuzeit Analphabeten waren, während man kaum einen jüdischen Knaben fand, der nicht lesen konnte, ist dieser Nebensinn des Wortes begreiflich. Praktisch jeder jüdische Knabe *musste* ja mit fünf Jahren in den Cheder, um dort Hebräisch zu lernen. Siehe *chejder, chochem* und *talmed chochem*.

Zwei konkurrierende Handelsvertreter treffen sich auf dem Bahnhof. »Guten Tag, Liebowitz.«

»Guten Tag.«

Schweigen.

»Nu – wo fahren Sie hin?« fragt Liebowitz.

»Nach Minsk«, antwortet Posner.

Schweigen.

»Hören Sie«, sagt Liebowitz, der ein ziemlich schlauer *schejgez* war, »wenn Sie sagen, dass Sie nach Minsk fahren, dann wollen Sie natürlich, dass ich denke, Sie fahren nach Pinsk. Ich weiß aber zufällig ganz genau, dass Sie tatsächlich nach Minsk fahren – also warum lügen Sie mich an?!«

schejner jid

Aus dem mittelhochdeutschen *schoen* »schön«.

In Amerika: *scheyner Yid*

Wörtlich ist das »ein schöner Jude«, aber der Ausdruck bezieht sich weniger auf körperliche Reize, als vielmehr auf Rechtschaffenheit, Charakterstärke und *jidischkajt*.

A schejner jid ist jemand, auf den die anderen stolz sind, ein Mann von Ehre, Freundlichkeit, Umsicht und Takt. *A schejner jid* kann arm wie eine Kirchenmaus sein (Kirchenmäuse sind tolerant, sie besuchen auch Synagogen). Bei uns in der Nachbarschaft war es zum Beispiel der Fleischer, der ein *schejner jid* genannt wurde, weil er so still, ernst, bescheiden und klug war.

Melnikoff und Spiegel unterhalten sich auf einer Party. Da erwähnt Spiegel einen gewissen Shmerl aus Chicago.

»Wer ist das?« fragt Melnikoff.

»Shmerl. Shmerl Kaminsky«, sagt Spiegel.

»Ich glaub, den kenne ich nicht«, sagt Melnikoff. »Wie sieht er denn aus?«

»Der arme Mann ist ziemlich häßlich. Nicht sehr groß, krumme Beine, aber eine gewaltige Nase. Das Gesicht voller Narben.«

»Nein, keine Ahnung.«

»Seine linke Hand ist verkrüppelt, er kann die Finger nicht strecken, wissen Sie, so ... Das eine Ohr steht ab.«

»Nein, ich glaube, den kenne ich nicht ...«

»Shmerl näselt ganz schrecklich«, sagt Spiegel verzweifelt, »manchmal stottert er auch, und außerdem hat er einen Buckel!«

»Ach, so!« schreit Melnikoff glücklich. »*Den* Shmerl meinen Sie. Ja, das ist *a schejner Jid!*«

schejtl *(f.)*

Aus dem mittelhochdeutschen *scheitel (f.)* »oberste Stelle des Kopfes, an der die Haare sich teilen (scheiden)«.

In Amerika: *sheytl, schaytl, sheitel*

Die Perücke, die von den orthodoxen aschkenasischen Frauen getragen wurde, wenn sie verheiratet waren.

Der Legende nach hat Gott Evas ungeordnete Haare gekämmt, ehe er sie Adam vorstellte, heißt es im Midrasch. Und der Talmud berichtet, dass Bräute in alten Zeiten oft mit aufgelöstem oder gar zerzaustem Haar zur Hochzeit erschienen. Der Brauch, das Haar zu lösen (zum Beispiel wenn die Wehen einsetzten) hat wohl mit dem alten Aberglauben zu tun, dass böse Geister ihre Opfer durch einen Zauber »binden«, der gelöst werden kann, wenn eine Frau ihr Haar öffnet.

Die Rabbiner allerdings waren der Ansicht, wenn eine Frau verheiratet sei, dürfe sie ihre Haare, diesen Höhepunkt ihrer Schönheit, in der Öffentlichkeit nicht mehr zeigen, damit die Männer nicht vom Torastudium und Gebet abgelenkt würden. Die Mischna (Ketubot 7, 6) besagt, wenn eine verheiratete Frau barhäuptig aus dem Haus ginge, sei das ein Scheidungsgrund. Obendrein befürchteten viele Juden wohl, die schönen Jüdinnen könnten die Aufmerksamkeit von Vergewaltigern wecken; auch deshalb mussten unverheiratete Mädchen und Frauen ihre Haare zum Zopf flechten.

Im Mittelalter setzte sich bei jüdischen Frauen die Sitte durch, nach der Hochzeit das Haar abzuschneiden und stattdessen eine Haube oder einen Haarreif mit Kopftuch (das *tichl*) zu tragen. Beides wurde dann in Osteuropa oft durch eine Perücke, den *schejtl* ersetzt.

Der *schejtl* wird entweder aus den eigenen Haaren der Trägerin, aus fremden oder künstlichen Haaren gefertigt. Er war ein Zeichen des Wohlstands, denn nur die relativ wohlhabenden Frauen konnten sich eine Perücke leisten. Bei den orientalischen und sephardischen Frauen gab es den *schejtl* nie, sie trugen stattdessen nach der Hochzeit ein Kopftuch, einen Turban oder einen Schleier über dem Haar. Auch in Mittel- und Osteuropa setzte sich der *schejtl* nur langsam durch. Er wurde zunächst nur am Sabbat und an den Feiertagen getragen, unter der Woche genügte den meisten Frauen ein Kopftuch oder ein Schleier.

Die Rabbiner lehnten den *schejtl* von vornherein ab, führten die Perücken doch das eigentliche Gebot ad absurdum. Sie sahen es lieber, wenn die Frauen Kopftücher trugen. Manche von ihnen erklärten, es gebe in den jüdischen Gesetzen und Überlieferungen keinerlei Hinweis auf die Verpflichtung, Perücken zu tragen.

Von jeder meiner beiden Großmütter gibt es ein Foto mit *schejtl*; und falls ich je daran gezweifelt haben sollte, dass eine Perücke für Frauen unkleidsam ist, wurden diese Zweifel beim Anblick dieser Bilder beseitigt. Ich glaube, die *schejtl* haben das Verlangen nach ehebrecherischen Beziehungen im Schtetl stark eingeschränkt.

Im alten Griechenland wurden den Bräuten vor der Hochzeit die

Locken abgeschnitten und einer Göttin geweiht. In einigen Gegenden am Schwarzen und Kaspischen Meer wurde der Braut das Haar am Vorabend der Hochzeit geschnitten, und sie trug danach einen Turban oder ein Tuch.

schéker *(m.)*, **schkórim** *(Pl.)*
Aus dem hebräischen *schéker* »Lüge«.

Lüge.

Dieses Wort, so scheint es, hat bei seiner Eindeutschung ähnlich wie *schmuje* eine liebenswürdige Veränderung durchgemacht. Während die Formel *scheker un schlimasl* im Jiddischen noch »größtes Unglück« bedeutet, wandelt sich *scheker* im galanten 18. Jahrhundert zu *schäkern* und *schmuje* zu *schmusen.* Soll man wirklich annehmen, dass hier die Vorstellung vom *chejk,* dem weiblichen »Schoß« oder »Busen« mitgespielt hat? Oder ging es bloß darum, dass den Weibspersonen beim Verkauf von Knöpfen, Bändern und Galanteriewaren allerlei »Schmus« erzählt wurde?

schekl *(m.)*
Aus dem hebräischen *schékel, schkálim (Pl.)* »Münze, Gewicht«.

In Amerika: *shekl, shekel*

1. eine Münze.
2. Geld.
3. Schekel. Offizielle Währung in Israel.

Der Schekel ursprünglich ein Münzgewicht von 8, 4 Gramm war die wichtigste Silbermünze in biblischen Zeiten. In Genesis 23, 12–16 wird diese Münze (»vier hundert Lot Silbers«) erwähnt, als Abraham die Höhle von Machpela als Friedhof erwarb. Ein halber Schekel pro Kopf wiederum war die Steuer, die Moses von den Israeliten zur Errichtung der Stiftshütte erhob (Exodus 30, 13).

Als 1897 der erste Zionistenkongress in Basel zusammentrat, wurde ein »Schekel« (der Gegenwert von einem Schweizer Franken) zum (Jahres-)Mitgliedsbeitrag bestimmt.

Auch bei Shakespeare (*Maß für Maß*, II, 2) taucht das Wort auf: *Not with fond shekels of tested gold ...*

Im amerikanischen Slang wird das Wort viel gebraucht: *Come on, lay out some shekels. – He has more shekels than you have hairs.*

Was ist wichtiger: Geld oder Weisheit?

»Weisheit«, sagt der Gelehrte.

»Pah!« sagt der Zyniker. »Wenn Weisheit wichtiger als Geld ist, warum dient dann der Weise dem Reichen und nicht der Reiche dem Weisen?«

»Weil der Weise«, sagt der Gelehrte, »in seiner Weisheit den Wert des Geldes erkennt, während der Reiche, der nur das Geld schätzt, den Wert der Weisheit nicht kennt.«

schema, sch'ma

Hebräisch: »Höre«.

In Amerika: *Schema, Sh'ma*

Mit diesem Wort beginnt das jüdische Glaubensbekenntnis: »Höre, Israel, der Herr, unser Gott, ist ein einziger Gott ...«

Siehe *Schema Jisrael.*

Schema Jisrael, Sch'ma Jisrael

Dieses häufigste aller jüdischen Gebete, das von den Orthodoxen drei- bis viermal täglich gesprochen wird, ist oft auch das letzte Gebet vor dem Tode.

Dieses poetische Glaubensbekenntnis findet sich im Deuteronomium 6, 4–9. Es lautet heute noch genauso wie vor 2500 Jahren:

»Höre, Israel, der Herr unser Gott, ist ein einziger Gott! – Und du sollst den Herrn, deinen Gott, lieben von ganzem Herzen, von ganzer Seele und mit aller Kraft. Und diese Worte, die ich dir heute gebiete, sollst du in deinem Herzen tragen; du sollst sie deinen Kindern einschärfen und davon reden, wenn du in deinem Hause sitzest und wenn du unterwegs bist, wenn du dich niederlegst und wenn du aufstehst. Und sollst sie binden zum Zeichen auf deine

Hand; und sie sollen zwischen deinen Augen ein Wahrzeichen sein. Und sollst sie über deines Hauses Pfosten schreiben und an die Tore.«

Zahllose Juden, die man mit Peitschenhieben und siedendem Öl, auf dem Scheiterhaufen und unter dem Galgen »bekehren« wollte, sind mit diesem Gebet auf den Lippen gestorben. Unwissende Beobachter solcher grausamen Bekehrungsversuche glaubten, *Schema Jisrael* bedeute »Lang lebe Israel!« oder so etwas. Aber das stimmt nicht.

Siehe auch *mesuse* und *tfiln.*

schemone eßre siehe *dawnen.*

schewúeß, sch'wúeß*(m.)*
Aus dem hebräischen *Chag ha-Schawuot* »Wochenfest«.

In Amerika: *Shvues, Shevuos, Shavuos, Shavuot, Shevuoth, Shabuot*

Schawuot. Das Wochenfest, das fünfzig Tage nach Pessach gefeiert wird. (Die griechische Bezeichnung *pentekoste* entwickelte sich im Deutschen zu *pfingsten.* Siehe *ß'fire.*)

Schawuot wird sieben Wochen nach Pessach gefeiert – zum Gedenken an die Übergabe der Tora am Berg Sinai und Gottes Bund mit Israel. In der Diaspora zwei, in Israel ein Feiertag.

Schawuot war eines der drei Feste, zu denen die Juden in Palästina alljährlich zum Tempel nach Jerusalem pilgerten. Zu Schawuot wurden die Erstlingsfrüchte des Feldes geopfert, und zur Erinnerung daran werden heute noch die Synagogen mit Früchten und Blumen geschmückt.

Viele Gemeinden halten um diese Zeit eine Konfirmationsfeier ab. Auf diese Weise wird das religiöse Engagement der jungen Juden direkt mit der Übergabe der Tora am Berg Sinai in Verbindung gebracht.

Schon im Mittelalter war es üblich, dass die Knaben zu Schawuot in den Cheder gebracht wurden. Heute wird das Fest auch oft mit einer »Nacht des Lernens« (Tikkun le Schawuot) verbunden, in der die Gemeindemitglieder Passagen aus der rabbinischen Literatur lesen.

In der Synagoge werden an Schawuot die Abschnitte aus der Tora gelesen, die sich mit der Übergabe der Zehn Gebote am Berg Sinai befassen. Daneben auch das Buch Ruth, die Geschichte der schönen Moabiterin, die zum Judentum übertrat und seine Gesetze annahm: »Wo du hingehest, da will ich auch hingehen; wo du bleibst, da bleibe ich auch. Dein Volk ist mein Volk, und dein Gott ist mein Gott.« Das Buch Ruth endet mit einem Stammbaum, aus dem hervorgeht, dass Ruth König Davids Großmutter war. Der Messias, der nach der Überlieferung aus dem Geschlecht Davids kommen soll, stammt dementsprechend von einer Frau ab, die zum Judentum erst konvertierte. Das andere Thema der Geschichte ist die Würde und wirtschaftliche Gerechtigkeit für die Armen: Ruth ernährt sich und ihre Schwiegermutter Naomi, indem sie Nachlese auf dem Feld des Boas hält, das dessen Schnitter abgeerntet haben. Das Recht dazu ist in der Bibel verankert und Bestandteil der Kaschrut. Eine umfassende Deutung des Buches Ruth findet sich in dem Band *Reading Ruth*, hrsg. von Judith A. Kates und Gail Twersky Reimer (Ballantine Books, 1994).

An Schawuot ist es üblich, Molkereiprodukte zu essen, besonders Käsekuchen, Käse-Blinzes und Käse-Latkes. Dabei ist es empfehlenswert, etwaige Diätpläne für einige Zeit zu vergessen.

schidech *(m.)*, **schidúchim** *(Pl.)*
Aus dem hebräischen *schidúch* »Heiratspartie«.

In Amerika: *shidekh, shiddach*

Eine arrangierte Ehe. Eine (gute) Partie. *She made a shidekh between Florence and Al.*

Siehe *schadchen.*

In einer gewissen Stadt gab es einen bedauerlichen Mangel an heiratsfähigen jungen Männern. Einer von ihnen, hässlich, aber sehr eingebildet, kommt zum Schadchen und sagt: »Ich habe in Erwägung gezogen zu heiraten, aber eins will ich dir gleich sagen:

Ich werde nur einen ganz ungewöhnlichen *schidech* akzeptieren.«

Der Schadchen mustert den jungen Mann und sagt: »Ich habe genau das richtige Mädchen für Euch. Ihr Vater ist reich, sie ist schön, gebildet und reizend –«

»Moment mal«, sagt der junge Mann. »Warum ist ein solches Mädchen nicht schon lange verheiratet?«

Der Schadchen hebt die Hand. »Ihr wollt wissen, warum ein solches Mädchen jemanden akzeptieren würde, der – verzeiht meine Offenheit – nicht gerade ein Adonis ist? Nun, ich will ganz ehrlich sein. Dieses reizende Mädchen hat ein Problem: Einmal im Jahr wird sie verrückt.«

»Sie wird *verrückt*?«

»Ja. Aber das braucht Euch nicht zu kümmern. Sie tobt nicht herum, oder so. Sie ist bloß einen Tag lang ein bisschen *meschugge.* Danach ist sie wieder genauso reizend wie immer.«

»Das ist schon recht«, sagt der junge Mann, »solange sonst alles so ist wie du sagst. Bring mich zu ihr, ich möchte sie gern besuchen.«

»Nein«, sagt der Schadchen. »Da müssen wir noch etwas warten.«

»Aber worauf denn?«

»Nu, darauf, dass sie mal wieder verrückt wird.«

schíker *(m.)*, **schikójrim, schikúrim** *(Pl.)*, **schíker** *(Adj.)*

Aus dem hebräischen *schíkor* »Säufer«.

In Amerika: *shiker, shikker*

1. Ein Trunkenbold oder Säufer. *He's a shiker.*
2. (als Adjektiv:) betrunken. *She got a wee bit shiker.*

In diesem Sinne ist das Wort auch im Deutschen gebräuchlich: *Wir waren ganz schön beschickert.* Vgl. auch *schiker wi lojt* »betrunken wie Lot« nach Genesis 19, 32–35.

Jüdische Trunkenbolde sind nahezu unbekannt in der jüdischen Überlieferung und Literatur, aber der Wein gehört durchaus zur jüdischen Kultur. Ein jüdisches Kind lernt ihn schon früh kennen: Zu jedem Sabbat und Feiertag gehört ein Segensspruch über dem Wein (siehe *kidusch*).

In der Bibel gilt der Wein als etwas durchaus Positives: Die Psalmen vergleichen Israel mit einem Weinstock, der tiefe Wurzeln geschlagen hat (Psalm 80, 9–11); und in friedlichen Zeiten, so wünscht man sich, möge »jeder unter seinem Weinstock und Feigenbaum« sitzen (1. Könige 5, 5). Stets wird Wein als Metapher für Wohlstand, Frieden und gute Zeiten zitiert.

Die Rabbiner waren der Ansicht, dass er besondere Heilkraft besitzt: »Wein ist die größte Medizin«, heißt es im Talmud. »Wo der Wein fehlt, müssen Arzneimittel helfen«, sagt Rabbi Huna. »Der Wein öffnet das Herz dem Verstand.« Gleichzeitig rieten die Weisen aber wie in allen Dingen (außer beim Torastudium) auch beim Trinken zur Mäßigung. Wer sich betrinkt und die Kontrolle über sich verliert oder sich grob und unverantwortlich verhält, wird verachtet.

Rabbi Abraham Joshua Heschel (*The Earth Is the Lord's,* Abelard-Schuman, 1964) schreibt: »Betrunkene sieht man bei den Juden nur selten. Wenn es Abend wurde und ein Mann einen Zeitvertreib suchte, ging er nicht ins Gasthaus, um etwas zu trinken, sondern brütete über einem Buch oder schloss sich einer Gruppe an, die mit oder ohne Lehrer Bücher studierte …«

Der Alkoholgenuss hat zugenommen bei den amerikanischen Juden. Ich glaube aber nicht, dass dies auf die (von mir besonders geliebte) Verfügung des Talmuds zurückzuführen ist, wonach sich am Tag des Jüngsten Gerichts jeder Jude für alle Genüsse rechtfertigen muss, die er *nicht* gehabt hat.

☛ Die Abhängigkeit von Alkohol, Tabletten und Drogen hat vielmehr auch bei den Juden ein solches Niveau erreicht, dass es notwendig wurde, den Verband der *Jewish Alcoholics, Chemically Dependent Persons and Significant Others (JACS)* ins Leben zu rufen, der verschiedene Selbsthilfeprogramme anbietet. *JACS* ist unter *www.jacsweb.org* zu erreichen. Rabbi Kerry Olitzky, der Leiter des *Jewish Outreach Institute* hat mehrere Bücher zum Thema veröffentlicht, darunter *One Hundred Blessings Every Day: Daily Twelve-Step Recovery Affirmations,* Jewish Lights, 2000). Ob es allerdings im modernen Amerika tatsächlich mehr jüdische Alkoholiker gibt oder ob das Thema einfach stärker ins Blickfeld gerückt ist, kann hier nicht untersucht werden. ☚

◎ ◎ ◎

»Ein Wirtshaus kann einen guten Mann nicht verderben, und eine Synagoge einen schlechten nicht retten.« *Volksweisheit*

◎ ◎ ◎

Shikkered im Sinne von »betrunken« wird in Australien viel gebraucht, heißt es im *Dictionary of American Slang* (Langenscheidt, 1975). Wie das Wort da unten hingekommen ist, weiß ich aber auch nicht.

◎ ◎ ◎

»Mit drei Dingen verrät sich ein Mann: mit seinem Trinken, seinem Zungenschlag und seinem Temperament«, heißt es im Talmud (Erubin 65b). »Und manche sagen, auch mit seinem Gelächter.«

◎ ◎ ◎

»Wenn dir jemand sagt, du wärst betrunken, solltest du innehalten; wenn es dir zwei Leute sagen, solltest du aufhören; aber wenn es dir drei Leute sagen – dann leg dich lieber gleich hin!« *Volksweisheit*

◎ ◎ ◎

In der Lounge eines großen Hotels in den Catskills sitzen Mrs. Meckler und Mrs. Smelkin. Die Sonne ist längst untergegangen, und so sagt Mrs. Smelkin: »Wie wäre es mit einem Cocktail?«

»Nein, danke. Ich trinke nie.«

»Nein? Warum nicht?«

»Nu, vor den Kindern mag ich nicht trinken. Und ohne die Kinder gibt's keinen Grund.«

schíkße *(m.)*, **schíkßeß** *(Pl.)*

Die weibliche Form zu *schejgez* (siehe dort).

In Amerika: *shikse, shiksa*

1. eine nichtjüdische Frau, besonders auch eine junge, attraktive Frau. ☞ Welche fatale Anziehungskraft eine *shikse-goddess* gelegentlich für jüdische Männer besitzt, haben Philip Roth und

Woody Allen beschrieben; ursprünglich waren *schikßeß* aber einfach nur Bauernmädchen, die in jüdischen Haushalten arbeiteten. Über das Rotwelsche ist der Begriff *schickse* in abwertender Bedeutung ins Deutsche gelangt, wo er so missbraucht und missverstanden wurde, dass man ihn heute unbedingt meiden sollte.

2. Von orthodoxen Juden werden gelegentlich Frauen, die nicht orthodox oder fromm sind und keinen *koscheren* Haushalt führen, als *schikßeß* bezeichnet.

Einen Eimer Wasser nach dem anderen muss das polnische Dienstmädchen am Sabbat ins Haus tragen, weil der Hausherr einen berühmten Rabbi zum Essen erwartet. Aber als man sich zu Tisch setzt, spritzt der sich vor dem traditionellen Gebet nur ein paar Tropfen Wasser auf die Hände.

»Warum seid Ihr mit dem Wasser so sparsam?« fragt der Hausherr verblüfft.

»Es ist sicher eine fromme Tat, sich vor der Mahlzeit die Hände zu waschen«, erwidert der Rabbi, »aber man soll nicht auf anderer Leute Kosten fromm sein, auch wenn es ein Dienstmädchen ist.«

schíwe *(f.)*

Aus dem hebräischen *schiw'á* »sieben«.

In Amerika: *shive, shivah, shiva, shiveh*

Die sieben offiziellen Trauertage, die unmittelbar nach der Beerdigung eines Toten beginnen.

Die Tradition verlangt, dass sich die nächsten Angehörigen im Haus des Toten versammeln und *schiwe sizn.* Sie ziehen ihre Schuhe aus (die meist durch Pantoffel oder Stoffschuhe ersetzt werden) und setzen sich auf niedrige Schemel und Bänke. Die Spiegel werden verhängt (»Es ist alles eitel«, Prediger 1,2). Die Trauergäste tragen Kleidung, die am Kragen eingerissen ist. Das Zerreißen der Kleider – seit biblischen Zeiten ein Zeichen der Trauer – wird unmittelbar vor der Beerdigung vorgenommen und von den Worten »gesegnet sei der gerechte Richter« begleitet, mit denen der Trauernde die Unvermeidlichkeit des Verlustes bestätigt.

Während der Schiwa bleiben die Trauernden zu Hause, arbeiten nicht und lesen nicht einmal die Tora (mit Ausnahme bestimmter, erlaubter Passagen). Morgens und abends kommt im Trauerhaus ein Minjan zusammen, damit ein Gottesdienst abgehalten und der Kaddisch gesagt werden kann. Aus Respekt vor dem Toten und den Trauernden kommen Freunde zu Besuch. Die Gespräche beschränken sich darauf, den Toten zu loben. Die übliche Beileidsbekundung lautet: »Möge der Allmächtige dich segnen unter denen, die um Zion und Jerusalem trauern.« Die Trauernden begrüßen die Besucher nicht und nehmen auch keine Grüße entgegen, denn man erwartet, dass sie ganz mit ihrer Trauer und den Erinnerungen an den Toten zu tun haben.

Nach der Rückkehr vom Begräbnis werden den Trauernden harte Eier vorgesetzt, die die Nachbarn für sie gekocht haben. Diese Mahlzeit soll ein Symbol dafür sein, dass das Leben weitergehen muss.

Die Verfasser des Talmud haben den Juden klugerweise vorgeschrieben, dass ihre Trauer keine Selbstanklage sein soll. Sie haben sogar protokollarische Vorschriften für das Trauern erlassen: Drei Tage lang soll geweint werden, dann folgen vier Tage lang Lobpreisungen. Der siebentägigen *schiwe* folgen die dreißig Tage (*schlojschím,* hebr. *schloschim*) der tiefen Trauer und schließlich eine elfmonatige Periode, in der die Trauernden täglich den Kaddisch sagen. Danach wird das Gedächtnis an den Verstorbenen alljährlich an seinem Todestag erneuert (siehe *jorzajt*).

Die Nähe und Vertrautheit der eng gefügten jüdischen Gemeinden führte dazu, dass es praktisch für jede Lebenssituation eine Organisation gab. Dazu gehörte auch eine »Gesellschaft zur Tröstung der Trauernden«, die sich um alle kümmerte, die einen Verwandten verloren hatten, und den Trauernden Speisen und Getränke brachte.

Beim Begräbnis eines sehr reichen Mannes schließt sich ein Fremder den Trauernden an und jammert, heult und klagt mehr als alle anderen zusammen.

»Sind Sie ein Verwandter?« fragt jemand.
»Nein.«
»Warum jammern Sie dann so?«
»Na, ja. Gerade deswegen.«

schlemíl *(m.)*
Herkunft ungewiss. Es heißt, der Begriff sei vom Namen des Generals Selumiel (Numeri 2, 12) abgeleitet, der den Stamm Simeon anführte und angeblich alle seine Schlachten verlor. Eine andere Theorie besagt, dass sich *schlemil* von *schlimasl* herleitet, das erscheint mir aber höchst unwahrscheinlich.

In Amerika: *shlemil, shlemiel, schlemiel, shlemiehl* (reimt sich mit »reveal«)

1. Träumer, einfältiger Mensch. *He has the brains of a shlemiel.*
2. Im Rotwelschen, woher das Wort ins Deutsche eingewandert ist, bedeutet *schlemil* »Pechvogel«, »Verlierer«. Diese Bedeutung ist auch in Amerika weit verbreitet, dort ist er ein Synomym für den *fall guy*, das unterwürfige Opfer, das von anderen reingelegt wird. *That poor shlemiel always gets the short end of the stick.* »Der arme Kerl zieht immer den Kürzeren.«
3. Ein ungeschickter Bursche mit zwei linken Händen. »Warum versucht so ein Schlemihl eigentlich überhaupt erst, etwas zu reparieren?«
4. Ein gesellschaftlicher Außenseiter, ein Unangepasster. *Don't invite that shlemiel to the party.*
5. Ein »Würstchen«, ein »Niemand«. *No one pays attention to that shlemiel.*
6. Ein naiver, vertrauensseliger Kunde. Diese Bedeutung ist bei amerikanischen Möbelhändlern verbreitet.

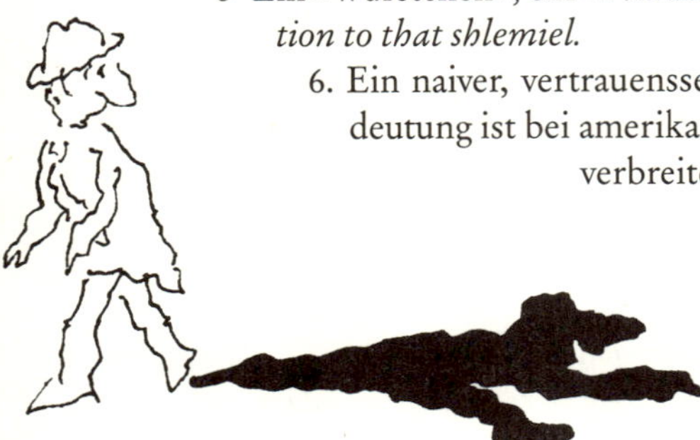

7. Jemand, der eine törichte Wette eingeht. Diese Bedeutung ist vor allem in Europa verbreitet und beruht wohl auf der im 19. Jahrhundert weltberühmt gewordenen Erzählung *Peter Schlemihl's wundersame Geschichte* (1814) von Adelbert von Chamisso. Das Unglück des Peter Schlemihl besteht darin, dass er einem Unbekannten für einen Geldbeutel, der stets mit Dukaten gefüllt ist, seinen Schatten verkauft und dadurch zum gesellschaftlich geächteten Außenseiter wird. Thomas Mann sah darin das Bild einer Existenz »die sich nicht auszuweisen vermag und mit wundem Ichgefühl überall Hohn und Verachtung spürt«. In Peter Schlemihl sind sowohl die Brüchigkeit der bürgerlichen Existenz als auch die Unsicherheit eines Lebens im Exil und die Gefährdung des Künstlertums abgebildet, die Chamisso erfuhr.

Es ist wichtig, dass der Begriff des *schlemil*, genau wie der des *nebech*, fast nie ohne Mitleid gebraucht wird. Er ist geradezu ein Zwillingsbruder des *nebech*. Die klassische Definition lautet denn auch: »Der Schlemihl wirft die Dinge herunter, und der Nebbich hebt sie dann wieder auf.«

Auch vom *schlimasl*, der ebenfalls ein »Pechvogel« ist, lässt sich der *schlemil* recht gut unterscheiden. In diesem Fall lautet die klassische Definition: »Der *schlemil* verschüttet die Suppe, aber dem *schlimasl* läuft sie in den Kragen.« Oder: »Der *schlemil* stolpert und stößt den *schlimasl* zu Boden, dann kommt der *nebech* und repariert dem *schlimasl* die Brille.«

Ich gehe davon aus, dass ein *schlemil* oft auch ein *schlimasl* ist, aber das muss nicht so sein. Ein Schlemihl kann einfach Glück haben und ein Vermögen gewinnen; ein *schlimasl* kann das nicht. Er hat Pech und verliert sein Vermögen.

Andererseits kann ein genialer oder gebildeter Mann durchaus ein Schlemihl sein: Dem zerstreuten Professor kann man durchaus eine gewisse *schlemilkajt* zuschreiben.

»Ein Schlemihl nimmt ein Bad, aber er vergisst, sich das Gesicht zu waschen.« *Volksmund*

»Ein Schlemihl fällt auf den Rücken und bricht sich die Nase.« *Volksmund*

Ein Schlemihl kommt verzweifelt zum Rabbi. »Ihr müsst mir helfen. Jedes Jahr bringt meine Frau ein Kind zur Welt. Ich habe schon neun Mäuler zu stopfen, und das Geld reicht einfach nicht mehr. Rabbi, was soll ich tun?«

Der Rabbi dachte nur eine Sekunde lang nach: »Tu doch mal gar nichts!«

Ein Mann kommt vom Dampfbad nach Hause, allerdings ohne sein Hemd.

»Du Schlemihl!« ruft seine Frau. »Wo ist dein Hemd?«

»Mein Hemd? Ja, genau. Wo kann es bloß sein? Ach, jetzt weiß ich! Jemand hat es wahrscheinlich versehentlich angezogen, statt seinem.«

»Ja, und wo ist dann *sein* Hemd?«

Der Schlemihl kratzt sich den Schädel. »Nu, das hat er wohl selbst mitgenommen.«

Zwei Schlemihls trinken Tee. Nach einiger Zeit hebt der eine den Kopf und sagt bedeutungsvoll: »Das Leben ist wie ein Springbrunnen.«

Der andere denkt eine Weile nach. Dann sagt er: »Warum?«

Daraufhin verfällt der andere in tiefes Nachdenken. Schließlich seufzt er: »Na, schön! Dann ist das Leben eben kein Springbrunnen!«

schlepn *(Verb)*

Aus dem niederdeutschen *slepen* (für mittelhochdeutsch *sleifen*) »schleifen, schleppen«

In Amerika: *shlep, shlepn (Verb)*

Das Wort, das sich im europäischen Jiddisch noch gänzlich unauffällig benimmt (z.B. *sich schlepn* »sich mühsam bewegen«; *schlepn emezn ba der hant* »jemanden an der Hand hinter sich herziehen«), ist in Amerika zu einem der meist gebrauchten jiddischen Wörter geworden, mit dem jedwede (außersportliche) körperliche Anstrengung und vor allem jeder Fußweg als Mühsal und Plackerei denunziert werden.

1. Ziehen, schleifen, schleppen, zum Laufen (oder Fahren) zwingen. *Don't shlep all those packages; let the store deliver them.* »Du brauchst die Pakete nicht zu tragen, lass sie doch liefern.« – *They shlepped me all the way to see their new house.* »Sie haben mich den ganzen Weg zu ihrem neuen Haus geschleppt.«
2. Trödeln, trietscheln, verzögern, sich langsam bewegen. *Pick up your feet; don't shlep.* »Heb die Füße, trietschel nicht rum.« – *At the rate you're shlepping along, we'll never finish.* »So, wie du rumtrödelst, werden wir nie fertig.« – *He'll shlep that work out so that it takes twice as long as it should.* »Er wird diese Arbeit so lange hinziehen, dass sie doppelt so lange dauert wie nötig.«

In Amerika: *shleper, shlepper (m.), shlep, shleperke (f.)*

Dieses Substantiv hat sich im amerikanischen Showbusiness weit verbreitet, ähnlich wie *shtik, cockamamy* und *bubeleh.* Die verkürzte Form *shlep* ist eine ameridische Innovation.

1. Ein Langweiler, ein Trottel, ein schlechter Schauspieler, Musiker oder Tänzer. *Who wants to act with a shleper like that? – Ever since then, she acts like a shleperke* (oder *shlep*).
2. Jemand Ungepflegtes, Schlampiges. *Why doesn't she do her hair and stop looking like a shleperke? – Hike up your slip; straighten your seams; you look like a shleperke.* »Zieh deinen Unterrock hoch und deine Nähte gerade! Du siehst wie eine Schlampe aus.«
3. Ein Bettler oder kleiner Dieb. *How does he earn a living? He's a shleper.*
4. Ein Aktentaschenträger oder Möbelpacker, der die Sachen anderer herumtragen muss.

Mrs. Hoffenstein besucht London und geht bei Fortnum & Mason einkaufen. Sie erwirbt Marmelade, Kekse, und jede Menge Süßigkeiten, die sie mit ins Hotel nehmen will.

»Und wohin«, fragt der Verkäufer, ein eleganter Herr im Stresemann, »sollen wir die Sachen bringen, Madame?«

»Machen Sie sich keine Mühe, ich kann sie schon tragen.«

»Aber, Madame, es ist uns *ein Vergnügen*, Ihre Bestellung zu liefern –«

»Ich weiß, aber wissen Sie, ich bin aus der Bronx.«

»Ich verstehe, Madame«, sagt der Verkäufer. »Aber wollen Sie deshalb wirklich alles selbst *schlepn*?«

schlimásl, schlemásl *(n.)*

Nach Bernstein aus dem deutschen *schlimm* und dem hebräischen *masal* »Glück«, »Geschick«. Salcia Landmann ist dagegen der Ansicht, das Wort sei abgeleitet aus dem hebräischen *schelo-masal* »was nicht Glück ist«.

In Amerika: *shlimazl, schlimazel, shlemazl*

1. Ein chronischer Pechvogel, bei dem nie etwas klappt und der alles »vermasselt«: ein geborener Verlierer. Wenn ein *schlimasl* die Uhr aufzieht, bleibt sie stehen; wenn er ein Huhn schlachtet, läuft es ohne Kopf weiter; wenn er Schirme verkauft, kommt die Sonne heraus; wenn er Leichentücher webt, hören die Leute auf zu sterben.
2. Ins Deutsche ist der Begriff als *schlamassel (m.* oder *n.)* eingewandert, und das ist nun schon weit mehr als »Pech«, das ist ein »gewaltiges Durcheinander«, ein »Riesenchaos«, eine »völlig verfahrene Situation«.

Seufzt ein *schlimasl*: »Vom *masl* zum *schlimasl* ist nur ein kleiner Schritt; aber vom *schlimasl* zum *masl – oj*, das ist weit!«

»Nur *schlimasl* glauben an *masl.*« *Volksweisheit*

Der Dichter Abraham ibn Esra (geb. etwa 1089 in Toledo, gest. 1164 in Rom), der bei Browning als »Rabbi ben Ezra« erscheint – mögen sich seine Nachkommen mehren – hat das Schicksal des *schlimasl* so beschrieben:

Wenn ich Lampen
verkaufte, würde
die Sonne
bei Nacht scheinen.

Mintz kommt zu seinem Rabbi und sagt: »Alles, was ich anfange, scheitert. Meine Frau und meine Kinder haben bald nichts mehr zu essen. Was soll ich bloß machen?«

»Werde Bäcker«, sagt der Rabbi.

»Warum gerade Bäcker?«

»Wenn du Bäcker bist, können deine Angehörigen immer noch Brot essen, auch wenn die Geschäfte nicht gut gehen.«

Mintz überlegt. »Und was ist, wenn ich kein Geld mehr für Mehl habe?«

»Dann bist du kein Bäcker«, sagte der Rabbi, »dann bist du ein *schlimasl.*«

»Hallo, Jussel! Wie geht's?«

»Nu, ja, es ist alles ganz schön.«

»Wirklich? Ich habe gehört, du hattest ein schreckliches Jahr. Wie kannst du da sagen, es ist alles schön?«

»Nu, weil es schön ist«, sagt Jussel. »Jeden Morgen bin ich schön deprimiert. Jeden Abend bin ich schön müde. Im Sommer ist mir schön heiß, und im Winter ist mir schön kalt. Mein Dach hat so viele Löcher, dass ich schön nass werde, meine Kinder sind so faul, dass ich den schönsten Ärger mit ihnen habe, meine Frau ist eine solche *jenta,* dass ich mir schön blöd mit ihr vorkomme. Insgesamt ist mein ganzes Leben so schön, dass ich es richtig satt habe!«

sch'ma siehe *schema.*

schmalz *(n.)*
Aus dem mittelhochdeutschen *smalz* »ausgelassenes, geschmolzenes Fett«.

In Amerika: *shmalts, shmaltz, schmaltz.* Klingt mehr wie *schmolz*

Als Substantiv:

1. Ausgelassenes Fett – in der Regel Hühner- oder Gänseschmalz.

Ein mit Schmalz bestrichenes Brot war ein echter, allerdings seltener Leckerbissen bei uns zu Hause, denn meine Mutter war der Ansicht, dass alles Fettige unweigerlich zu Magenverstimmungen führt. Die moderne Biochemie gibt ihr leider recht.

Wenn Sie gern gehackte Leber essen, sollten Sie unbedingt etwas Schmalz daruntermischen.

2. Kitsch, Pathos; rührselige, übertrieben sentimentale, banale und süßliche Darstellung.

Diese Bedeutung ist in Theaterkreisen weit verbreitet, wo es ja viele leidenschaftliche Darsteller und Selbstdarsteller gibt. *As an actor , he goes in for too much shmaltz. – The way he delivered that speech, you could cut the shmaltz with a fork.*

3. Luxus, Reichtum, Glück. Eine jiddische Redensart lautet: »Er hat so viel Glück, er ist in ein Schmalzfass gefallen.«

Als Adjektiv:

shmaltzy »kitschig«, »rührselig«, »sentimental«. ›*Hearts and Flowers*‹ *is about as shmaltzy a song as I ever heard.*

Als Verb:

to shmaltz, to shmaltz it up »rührseliger, kitschiger machen«.

schmáte *(f.)*, **schmáteß** *(Pl.)*
Aus dem polnischen *szmata* »Lumpen, Stoffetzen«.
In Amerika: *shmate, shmatte, shmotte, schmatte, shmatteh*

1. Fetzen. *That you call a dress? It's a shmatte.*
   »So ein hübsches Ding wie du kann jede *shmatte* anziehen!« ist nach Angaben von Binnie Kirshenbaum ein typisch jüdisches Kompliment.
2. In Wien ist *schmattes* das Trinkgeld. Peter Wehle (*Sprechen Sie Wienerisch,* Wien 1980) erklärt das damit, dass nach dem Ersten Weltkrieg die Geldscheine »immer größer und wertloser« wurden, eben richtige »Fetzen«.

3. Billige, minderwertige Dinge. *I wouldn't drive in a shmatte like that.* »In so eine Kiste würde ich mich nie setzen.« – *The movie? A shmatte.* »Der Film war ein Schmachtfetzen.«
4. Eine (opportunistische) Person, die keinen Respekt verdient, an der man »sich die Füße abwischen kann«. *She changes her opinion to suit everyone, that shmatte.* »Sie hängt ihr Fähnchen nach dem Winde.« – *What am I: tate or shmatte?* »Bin ich hier der Vater oder der Abtreter?« – *Stand up for your rights; don't be a shmatte!*
5. Eine Frau von schwachem Charakter, ohne Willenskraft, auf der schiefen Bahn. *She has as much self-respect as the shmatte she is.* – *As a girl, she was decent; now she's a shmatte.*
6. Ein Schmeichler und Speichellecker. *Praise drips from that shmatte for everyone.*

In Paris betritt eine üppige *touristke* aus Brooklyn ein feines Wäschegeschäft und befingert ein edles Tischtuch aus Spitze. *»Combien pour cette tishtoch?«* fragt sie schließlich.

»Cinquante francs, Madame.«

»Cinquante francs?« wiederholt die Amerikanerin. *»Mais, c'est une shmatte!«*

Daraufhin erhebt sich die Ladeninhaberin. Sie ist wirklich wütend. *»Une shmatte, Madame? Quelle chuzpe!«*

schmek tabek *(m.)*

Aus dem deutschen *schmecken* und *tabak.*

In Amerika: *shmek tabik, shmeck tabac*

1. Prise Schnupftabak.
2. Alles, was von geringem Wert, also »nicht mehr als eine Prise Schnupftabak wert« ist.

Die folgende Geschichte wird über die drei Säulen des jüdischen Glaubens erzählt: Gelehrsamkeit *(Tora)*, Gottesdienst *(Awoda)* und Wohltätigkeit *(Gemilut Chassadim)* kommen nach der Zerstörung des Tempels durch die Römer zu Gott und beklagen, dass sie jetzt wohl bald vergessen sein würden.

»Aber nein«, sagt der Allmächtige. »Ich werde dafür sorgen, dass die Juden Synagogen bauen, wohin sie jeden Sabbat zum Gottesdienst gehen. Der Rabbiner lehrt sie die Tora, und der Kantor führt das Gebet an.«

»Und was geschieht, damit sie mich nicht vergessen?« fragt die Wohltätigkeit.

»Ach«, sagt der Herr, »das ist ganz einfach: Während des Gottesdienstes wird sich jeder zu seinem Nachbarn umdrehen und ihm eine Prise Schnupftabak anbieten.«

schmendrik *(m.)*
Nach dem Namen der Hauptfigur in der Operette *Schmendrik* (1877) von Avram Goldfaden (12. Juli 1840 in Staro Konstantinow, Ukraine – 1. Sept. 1908 in New York).

1. Ein *Caspar Milquetoast* (Duckmäuser); ein schwächlicher *schlemil* (so jedenfalls stelle ich ihn mir vor). Ein *schlemil* kann körperlich durchaus eindrucksvoll sein, aber ein *schmendrik* ist klein, dünn und mickrig.
2. Ein Niemand. *That shmendrik, maybe he'll grow up to be a mentsh.* »Aus diesem Schmendrik muss erst noch ein Mensch werden.«
3. Jemand, der einen Misserfolg nach dem anderen hat, aber so tut, als könnte er zum Erfolg kommen. *He has all the unrealistic hopes of a shmendrik.*
4. Ein junger Mann, der »noch nicht trocken hinter den Ohren« ist. *That shmendrik can't be trusted with such responsibility.*
5. Ein Kind (Kosename). *How's my little shmendrik?*
6. Penis (ein fataler »Kosename«, der von Männern nur selten und von Frauen meist in der Absicht benutzt wird, das *membrum virile* lächerlich zu machen).

Eine Frau hat ihren Ehemann so lange verprügelt, bis er unter das Bett kriecht. »Los! Komm raus!« schreit sie.

»Nein!« sagt er. »Dir werde ich zeigen, wer Herr im Haus ist.«

schmir siehe *shmir*.

schmíre *(f.)*, **schmireß** *(Pl.)*
Aus dem hebräischen *schemirá* »Wacht«, »Wächter«, »Bewachung« wird im Deutschen (speziell Wienerischen) wohl über das Rotwelsche *schmier* »Polizei«. Nicht verwechseln mit *schmir*!

1. Wache.
2. Amulett.

Schtejn schmire »Schmiere stehen« muss dagegen der Rechtsbrecher.

schmo siehe *shmo.*

schmock, schmuck, schmok *(m.)*

Hier gibt es gleich zwei attraktive Herleitungen:

1. aus dem polnischen *smok* »Drachen, Schlange, Schwanz«.
2. aus dem mittelhochdeutschen *smuc* »Umarmung«, das sich aus dem schwachen Verb *smucken* »sich in etwas eng Umschließendes hineindrücken« herleitet.

In Amerika: *shmok, shmuck*

1. (Obszöner Ausdruck für:) Penis. Ein befreundeter Jiddist hat vermutet, *schmok* sei ebenso wie *putz* ein früher von Frauen benutzter Kosename für die »Manneszier«, das *membrum virile.*

   Diese Erklärung erscheint insofern glaubhaft, als man ja auch gelegentlich vom »Mannesschmuck« spricht und die männlichen Genitalien in England und Amerika gern die *crown jewels* oder *family jewels* genannt werden. Dass es in Deutschland so viele »Schmuck«-Geschäfte gibt, ist für viele Amerikaner trotzdem immer wieder Anlass von Erheiterung und Verblüffung.

   Vorsicht! Verwenden Sie das Wort *schmok* niemals leichtsinnig in gepflegter Gesellschaft. Es gilt als ziemlich vulgär. Auch aus diesem Grund ist wohl *shmo* als verkürztes Ersatzwort entstanden. Aber natürlich weiß jeder Schmock, was *shmo* heißt.

   Juden sind ziemlich heikel, was die öffentliche Benennung der Genitalien betrifft. Ich habe das Wort *schmok* jedenfalls nie von irgendwelchen Honoratioren gehört, auch nicht von meinen Eltern. Aber das Vulgäre hat natürlich trotzdem seine *raison d'être.*
2. (Gebräuchlicher, aber immer noch durchaus obszöner Ausdruck für:) Trottel. In diesem Sinne wird das Wort vor allem von Männern gern benutzt. Kaum ein Schimpfwort enthält mehr Verachtung. *What a shmuck I was to believe him. – That shmuck fell for the stupidest trick you ever saw.*

   Unter Frauen scheint diese herzhafte Ausdrucksweise aber auch nicht ganz ungewöhnlich zu sein: Den Sessel, auf dem erschöpfte Männer sich in Mode-Boutiquen ausruhen dürfen, während Frauen sich Kleider aussuchen, nannte ihre Mutter den *shmuck seat,* weiß Binnie Kirshenbaum zu berichten.

3. (Ebenfalls obszön:) widriger Bursche, Hundesohn.

Ich nehme an, das Wort für das männliche Glied wird in jeder Sprache schon mal als Schimpfwort benutzt.

Auch der deutsche Ausdruck *schmock (m.), schmöcke (Pl.)* »affektierter Nonkonformist« oder »schnöseliger, gesinnungsloser, rabulistischer Schreiberling«, der durch das Lustpiel ›Die Journalisten‹ (1852) von Gustav Freytag bekannt wurde (dazu auch *verschmockt*), geht wohl auf den *schmok* zurück. Die häufig kolportierte Ableitung aus dem slowenischen *smok* »Spaßmacher« (so bei Kluge und im Duden) erscheint ziemlich gesucht. Warum sollte der *smok* von Slowenien über Wien nach Prag wandern, wenn dort der *schmok* längst grassierte?

Siehe auch *shmo.*

Lefkowitz ist ein wohlhabender Witwer und langweilt sich schrecklich in Miami Beach. Da sieht er einen anderen Mann, der sich offenbar gut amüsiert, obwohl er genauso alt ist. Er scheint jede Menge Freunde zu haben, ist ständig von hübschen Frauen umgeben und wird überall eingeladen. Lefkowitz nimmt allen Mut zusammen und fragt den Gesellschaftslöwen um Rat. »Entschuldigen Sie, wissen Sie, was ich tun kann, um auch so beliebt zu werden wie Sie?«

»Beschaffen Sie sich doch ein Kamel«, sagt der Mann. »Wenn Sie darauf die Collins Avenue hinunterreiten, werden die Leute neugierig. Sie werden sich fragen: Wer ist dieser Mann? Und zwei Tage später kriegen Sie Waschkörbe voll Einladungen!«

»Woher soll ich ein Kamel nehmen?« fragt Lefkowitz, aber der andere ist schon wieder weg.

Lefkowitz kauft sich eine Zeitung, und siehe da: Er hat Glück! Es ist ein Zirkus in der Stadt, und der Direktor hat Geldschwierigkeiten. Lefkowitz ruft ihn an. Eine halbe Stunde später ist der Mietvertrag für das Kamel unterschrieben.

Am nächsten Morgen zieht sich Lefkowitz Khaki-Shorts an, setzt einen Tropenhelm auf, besteigt sein Kamel und reitet auf die Collins Avenue hinaus. Der Erfolg ist enorm. Überall stehen die Leute, zeigen mit dem Finger, schnattern aufgeregt und starren ihn an.

Eine Woche lang setzt Lefkowitz seine Bemühungen fort. Eines Morgens, als er sich gerade anziehen will, ruft der Portier an. »Mr. Lefkowitz? Es gibt ein Problem! Ihr Kamel ist gestohlen worden, sagt unser Parkwächter.«

Lefkowitz ruft die Polizei an. Ein Sergeant O'Neill meldet sich. »Was haben Sie gerade gesagt? Ein *Kamel?*«

»Ja, das stimmt. Man hat mir mein Kamel gestohlen.«

»Äh – Na, schön. Ich fülle das Formular aus ... Wie groß war das Tier?«

»Vom Bürgersteig bis zum Sattel ungefähr ein Meter achtzig, würde ich sagen.«

»Welche Farbe?«

»Welche Farbe?« wiederholt Lefkowitz. »Na, wie ein normales Kamel. *Kamelhaarfarben*, gewissermaßen.«

»Männlich oder weiblich?«

»Häh?«

»War es eine Stute oder war es ein Hengst?«

»Woher soll ich das wissen?« knurrt Lefkowitz ratlos. »Halt, nein, ich weiß es: Es war sicher ein Männchen!«

»Ganz sicher?«

»Ja, ja.«

»Aber, Mr. Lefkowitz, gerade eben –«

»Ich bin mir absolut sicher, Herr Kommissar. Es muss ein Männchen gewesen sein; denn überall, wo ich hinkam, haben die Leute gerufen: He, hast du den *schmok* auf dem Kamel gesehen?«

schmonzeß *(Pl.)*

»Blödsinn«. Herkunft ungewiss. Ist als *schmonzes* in die deutsche Sprache eingegangen. Daraus mit »französischer« Endung: *schmonzette* »seichtes, rührseliges Machwerk«.

schmuje *(f.)*, **schmujeß** *(Pl.)*

Aus dem hebräischen *schemuá* »das Gehörte«, »Gerücht, Neuigkeit«.

Daraus: *schmúeß (m.), schmúeßn (Pl.)* und *schmuéßn (Verb)* »Unterhaltung«, »sich unterhalten«.

In Amerika: *shmues, shmooz; shmuesn, shmooze, shmoos (Verb).*

Aus *schmuje* und *schmueß* entwickeln sich (zum Teil vielleicht auf dem Umweg über das Rotwelsche) im Deutschen mehrere Wörter: einmal der *schmus* im Sinne von »Gerede« und »Geschwätz«, das man sich besser nicht anhören sollte, zum anderen das zärtliche *schmusen*, das aus guten Gründen gerade heutzutage beliebt ist, schließlich aber auch noch der *schmu* »Betrug«, bzw. »(ungerechter) Gewinn«.

Die österreichische Entwicklung ist ähnlich: Hier wird der berühmte Wiener *schmäh* zwar auch als nicht ganz ehrlich begriffen, gehört aber gerade deshalb zu jedem halbwegs höflichen oder galanten Gespräch. Wer will schon immer bloß Wahrheiten hören?

Im Ameridischen wird das Wort sowohl als Verb wie auch als Substantiv meist im positiven Sinne gebraucht. *Shmooze* – das heißt offen miteinander reden, freundlich und freundschaftlich plaudern; Klatsch und Komplimente gehören dazu. *They had a little shmooz and settled everything. – She shmoozed with her father until dinner. – There's nothing better than a shmooz with a friend.*

Ich kenne keinen Ausdruck, der ein herzliches Gespräch unter Freunden besser wiedergibt als das Wort *shmooz.* In unserem zynischen Zeitalter wird allerdings auch diese schöne Einrichtung gelegentlich zu manipulativen Zwecken missbraucht: *I shmoozed her up until she was ready to believe anything.* »Ich habe ihr so viel Schmus erzählt, bis sie mir alles geglaubt hat.« Aber vielleicht wehrt sich die Gesprächspartnerin auch mit den Worten: *Don't try shmoozing me – no deal!*

Gelett Burgess, der Erfinder des Wortes *blurb* »Waschzettel«, hat eine Zeit lang versucht, das von ihm geprägte Wort *huzzlecoo* in die englische Sprache zu schmuggeln. Das hat nicht geklappt, vielleicht deshalb nicht, weil es ein Doppelgänger von *shmooz* war.

schmus, schmusen siehe *schmuje.*

schnájder *(m.)*, **schnájderke** *(f.)*
Aus dem mittelhochdeutschen *snîdaere* »Schneider«.
In Amerika: *shnayder, schneider*
1. Schneider, Schneiderin.
2. Beim Gin Rummy (Rommé) mehrere Spiele gewinnen, ehe der Gegner sein erstes gewinnt. Vgl. »Schneider« beim Skat.
3. Einen Gegner ausschließen.

schnaps *(m.)*, **schnepse** *(Pl.)*
Aus dem niederdeutschen *snapps* »Mundvoll, Schluck« (zu *schnappen*) wird *schnaps* »(ein Schluck) Branntwein«.
In Amerika: *shnaps, schnaps, schnapps*
1. Branntwein.
2. Alle alkoholischen Getränke.

An allen Feiertagen stieß man gelegentlich einmal mit einem kleinen Schnaps an. Und wenn ich sage klein, dann meine ich klein. Es geht nicht um Long drinks. Der Schnaps wird im Schnapsglas serviert. Kein Eis, kein Wasser, kein Soda. Ein kleines Glas, das in Sekundenschnelle heruntergestürzt wird. Natürlich kann man es nachfüllen …

Der Satz, mit dem das Trinken eingeleitet wird, lautet: *Lomir machn a schnaps!* »Lasst uns einen Schnaps machen!«

Schnippischock
Schnippischock war ein jüdischer Vorort von Vilna, dessen Name gern in Witzen und Redensarten benutzt wurde – ähnlich wie Chelm oder Hotzeplotz (siehe dort).
In Amerika: *Shnippishok*

Lupowitz kommt – offensichtlich verärgert – nach Warschau zurück, wo sich seine Freunde versammelt haben, um von seinen Abenteuern zu hören. »Und das Schlimmste war diese Stadt, wo ein Mann auf mich zuging und mir ohne ein Wort und ohne jeden Grund auf den Kopf schlug!«

»Was?!«

»Nein!«

»Das ist ja schrecklich!«

»Wo ist das passiert?«

»In Schnippischock«, sagt Lupowitz.

»Oj wej«, sagt ein Zuhörer. »*Das* nennen Sie eine Stadt?«

schnojz *(m.)*, **schnojzn** *(Pl.)*
Aus dem niederdeutschen *snût*, mittelhochdeutsch *snotz* »Schnauze«.

In Amerika: *shnoz, shnozzle, shnozl*

1. (amerikanischer Slang:) Nase.
2. Besonders lange, große oder unattraktive Nase.

Shnozzola war der Spitzname des Entertainers Jimmy Durante. Im Brown Derby Restaurant in Hollywood hängt eine Karikatur von ihm, die aus zwei Bildern besteht: Das erste zeigt sein Gesicht, das zweite nur seine gewaltige Nase.

schnorer, schnurer *(m.)*, **schnoren, schnuren** *(Verb)*
Aus dem mittelhochdeutschen und niederdeutschen *snurren* »schnurrende Geräusche erzeugen«. Von dem Bettelmusikanten, der mit der Schnurrpfeife umherzieht, wird das gaunersprachliche *schnurren* und *schnorren* für »betteln« hergeleitet und von jüdischen Auswanderern in die Neue Welt exportiert.

In Amerika: *shnorer, shnorrer, schnorrer; shnorn, shnorren*

Als Substantiv:

1. Bettler.
2. Geizhals, Schnäppchenjäger.
3. Herumtreiber.
4. Mittelloser, der sich mit Dreistigkeit durchschlägt.

Als Verb:

Betteln, borgen, von der Großzügigkeit anderer leben.

Vorsicht! Der Gebrauch dieses Wortes wird sowohl in Amerika als auch in Europa als Beleidigung angesehen.

Jede jüdische Gemeinde hatte ehedem mindestens einen Schnorrer und oft eine ganze Kompanie. Der Schnorrer war kein einfacher Bettler. Schließlich ist ja auch ein *nudnik* kein einfacher Langweiler und ein *mamser* kein einfaches Kind. Der jüdische Schnorrer war weder kleinlaut noch demütig, er jammerte und schmeichelte nicht, sondern betrachtete sich als Profi und Künstler. Er bat nicht um Almosen, sondern nahm seine berechtigten Ansprüche wahr. Er erwartete, dass man seine Fähigkeiten anerkannte, wenn nicht gar lobte.

Die Schnorrer betrachteten sich als Mitglieder einer etablierten Berufsgruppe. Sie waren aufdringlich, dreist, zynisch, rasch beleidigt und schlagfertig. Ihre Chuzpe war legendär. Prospektive Wohltäter wurden rücksichtslos unter Druck gesetzt und aufgezogen. War die Gabe nicht groß genug, musste man damit rechnen, dass sie der Schnorrer zurückwies, mehr verlangte oder den Spender öffentlichem Spott aussetzte. »Aus schierer Arroganz und Eitelkeit waren sie nicht bereit, sich zu demütigen«, schreibt Nathan Ausubel (*A Treasury of Jewish Folklore,* Crown, 1948). »Da er von seinem Witz leben musste, entwickelte der Schnorrer die Talente eines Abenteurers und Hochstaplers ...«

Die Schnorrer schienen sehr genau zu wissen, dass alle Juden aufgrund ihrer Religion und Lebenseinstellung grundsätzlich von Schuldgefühlen geplagt werden. Viele sahen sich als Schnorrer von Gottes Gnaden und glaubten, sie stünden im Dienste des Herrn, weil sie ihren Mitmenschen halfen, gute Werke zu tun. Wer anderen die Gelegenheit zu guten Werken verschaffte, musste ja notgedrungen Bestandteil von Gottes Plan sein!

Gleichzeitig nutzten sie einen psychologischen Mechanismus, der allen Menschen vertraut ist: »Gott sei Dank, dass ich nicht arm bin und mich mit einer kleinen Münze loskaufen kann, wenn mir Gott das Elend der Mitmenschen zeigt.«

Auch von der jüdischen Gemeinschaft wurde die soziale Funktion des Schnorrers durchaus anerkannt. Als Kind konnte ich nie ganz begreifen, weshalb er geschätzt wurde, aber jeder schien ihn für selbstverständlich zu halten. Erklärungen waren nicht nötig.

Die richtigen Schnorrer waren keineswegs dumm oder einfältig. Sie waren oft sehr belesen, konnten den Talmud zitieren und die Zitate auch richtig anwenden. In der Synagoge waren sie Stammgäste, und zwischen den Gebeten nahmen sie an langen theologischen Diskussionen mit ihren Wohltätern teil. ➰ Bei Gesellschaften verstanden sie, ihr Publikum mit Witzen, Ankedoten, Geschichten und »Schnurren« zu unterhalten, sie wurden auch gern herangezogen, wenn für einen Gottesdienst oder eine Trauerfeier ein Minjan gebraucht wurde. ➰ Mit einem Wort: Die subtilen Statusfragen und gesellschaftlichen Prozesse im Umfeld des Schnorrers sind den schlichten Methoden der heutigen Soziologen nicht zugänglich. Am ehesten können wahrscheinlich Hindus und Angehörige anderer asiatischer Religionen verstehen, welche Rechte den Schnorrern eingeräumt wurden, denn dort genießen Bettler oft einen vergleichbaren Status.

Über die Londoner Schnorrer schrieb Israel Zangwill (1864–1926) in seinem Roman *The King of Schnorrers* (1894): Man sieht bei ihnen »weder die offenen Geschwüre wie bei den italienischen Bettlern noch die Verrenkungen der Krüppel in Konstantinopel. Solche groben Mittel werden bei der edlen Kunst des Schnorrens vermieden. Eine dunkle Brille konnte vielleicht auf eine gewisse

Sehschwäche hindeuten, aber ein blinder Bettler brauchte kein Schild um den Hals, sein Zustand war in der Gemeinschaft bestens bekannt, verschaffte ihm einen gesicherten Status und machte ihn zum Gegenstand allgemeiner Besorgnis.« Über die Hochnäsigkeit der jüdischen Schnorrer gibt es genug Geschichten, um zehn solche Bücher wie dieses zu füllen. Ich kann hier nur ein paar ganz bescheidene Beispiele anführen.

Der Passant sagt zum Schnorrer: »Ihnen soll ich einen Nickel geben? Warum? Gehen Sie doch einfach arbeiten! Sie haben doch Arme und Beine wie ein Pferd.«

»Ha!« sagt der Schnorrer. »Soll ich mir vielleicht für einen lausigen Nickel die Gliedmaßen abschneiden?«

Ein Blinder steht an der Ecke und rasselt mit seiner Blechbüchse.

Eine Frau bleibt stehen und wirft ihm einen Vierteldollar in seine Büchse.

»Gott segne Sie«, sagt der Blinde. »Das habe ich gleich gesehen, dass Sie ein gutes Herz haben.«

Ein Bettler kommt auf seiner wöchentlichen Tour an die Hintertür eines bescheidenen Hauses.

»Tut mir leid«, sagt die *balboßte.* »Ich habe keinen Pfennig im Haus. Kommen Sie morgen wieder.«

»Morgen?« sagt der Schnorrer mit einem Stirnrunzeln. »Sehen Sie zu, dass so was nicht nochmal vorkommt. Ich habe mit der Verlängerung von Zahlungszielen schon ein Vermögen verloren.«

»Besser einem Kadaver die Haut abziehen als betteln.«

Talmud (Pesachim 113)

Zwei Schnorrer traten vor einen reichen Mann. Der erste Schnorrer zeigt auf den zweiten und sagt: »Seht diesen Mann! Der Sohn von Gelehrten, der Enkel von Heiligen ist er, und selbst ein Heiliger und ein Gelehrter – und doch muss er hungern!«

Der Reiche gibt dem heiligen Schnorrer ein Goldstück.

»Und was ist mit mir?« fragt der andere.

»Du? Warum sollte ich dir etwas geben?«

»Nu, wer hat Euch den Heiligen denn gebracht?«

Um sechs Uhr morgens klopft ein Schnorrer bei einem reichen Mann an die Tür.

»Was soll das?« schreit der. »Wie kannst du es wagen, mich um diese Zeit zu wecken?«

»Das müssen Sie schon mir überlassen!« sagt der Schnorrer beleidigt. »Ich sage Ihnen ja auch nicht, wie Sie Ihr Geschäft führen sollen.«

Der Schnorrer hält einen *alrightnik* an. »Haben Sie vielleicht einen Vierteldollar für mich?«

»Ich gebe Leuten auf der Straße grundsätzlich kein Geld«, sagt der *alrightnik.*

»Soll ich Ihretwegen eine Einzahlungsstelle eröffnen?« fragt der Bettler.

schnur (f.), **schnurn** oder **schnir** *(Pl.)*

Aus dem mittelhochdeutschen *snur, snuor* »Schwiegertochter« – nicht zu verwechseln mit jiddisch *schnur (m.* oder *f.), schnir (Pl.), schnirl (Verkleinerungsform)* »Schnur, Bindfaden« aus dem niederdeutschen *snor* »Bindfaden«.

In Amerika: *shnur, shnir*

Schwiegertochter. Schnur.

A gute tochter is a gute schnur.

Zu der tochter redt men, ober di schnur mejnt men.

Auch: »Wenn man wütend ist auf die Schnur, beschimpft man die Tochter« – oder umgedreht. *Volksweisheiten*

Mrs. Botnik und Mrs. Krasnitz haben sich seit Jahren nicht gesehen. »Nu?« sagt Mrs. Botnik. »Wie geht's Ihrem Sohn?«

»Ach, mein Sohn! Was für ein Unglück!« beginnt Mrs. Krasnitz zu jammern. »Er hat eine Frau geheiratet, die *nichts* tut im Haushalt. Sie kocht nicht, sie näht ihm keinen Knopf ans Hemd und schläft bis zum Mittag. Mein armer Junge muss ihr das Frühstück ans Bett bringen, und den ganzen Nachmittag sitzt sie auf der Couch, liest Illustrierte und isst Schokolade.«

»Schrecklich«, sagt Mrs. Botnik. »Und wie geht's Ihrer Tochter?«

»Ach, meine Tochter hat wirklich *masl* gehabt. Sie hat einen Engel geheiratet! Dass sie auch nur einen Fuß in die Küche setzt, würde er nie erlauben. Sie hat eine Köchin, ein Hausmädchen und eine Wäscherin. Jeden Morgen bringt er ihr das Frühstück ans Bett! Er lässt gar nicht zu, dass sie aufsteht! Sie kann sich den ganzen Tag ausruhen, Illustrierte lesen und Schokolade essen ...«

schofl *(Adjektiv)*

Aus dem hebräischen *schafal* »gemein, niedrig«.

Schäbig, schändlich. Das Wort *schofel*, bzw. *schofelig* ist mit gleicher Bedeutung auch im Deutschen geläufig.

schójchet *(m.)*, **schóchtim** *(Pl.)*

Aus dem hebräischen *schochéjt* »ritueller Schlachter«.

In Amerika: *shoykhet, shochet, shokhet*

Schochet. Autorisierter Schlachter, der Vieh und Geflügel koscher (nach den Speisegesetzen) zu schächten versteht.

Der Schochet bedurfte einer Genehmigung durch die Rabbiner,

und seine Arbeit wurde durch sie überwacht. Er musste alle Regeln des *Schulchan Aruch* aus dem 16. Jahrhundert kennen, die sich auf das koschere Schlachten beziehen. Er musste körperlich gesund und geistig befähigt sein, seine verantwortungsvolle Tätigkeit auszuüben. Sein Ruf und sein Charakter mussten untadelig sein. Ehe er vorschriftsmäßig geschlachtetes Fleisch mit einem eigenen Brandeisen kennzeichnen durfte, musste er eine Ausbildung machen.

schójfer *(m.)*, **schójfreß** *(Pl.)*
Aus dem hebräischen *schofár* »Posaune, Widderhorn«
In Amerika: *shofar*
Schofar. Das Widderhorn, das an den hohen Feiertagen Rosch ha-Schana und Jom Kippur in der Synagoge geblasen wird.

Nach der Überlieferung ist die Krümmung des Widderhorns ein Symbol dafür, wie sich das Herz des Menschen in wahrer Reue vor dem Allmächtigen krümmt. Als Signalhörner wurden früher aber auch Muschelhörner benutzt.

Das Widderhorn erinnert an den Widder, den Abraham anstelle Isaaks opfern durfte, weil er gehorsam genug war, um seinem Sohn das Schlachtmesser an die Kehle zu setzen (Genesis 22), an die »Posaune«, die das Volk Israel am Berg Sinai mahnte, nie wieder Götzendienst zu leisten und die Gebote zu achten (Exodus 19) und an die Eroberung Jerichos (Josua 6).

In biblischen Zeiten wurde der Schofar benutzt, um Feiertage, Gefahr, Kriegserklärungen und Friedensschlüsse, den Beginn des Neumonds, Fastenzeiten oder Versammlungen anzukündigen. Sie dienten aber auch als Alarmsignale – oder als beruhigende Lebenszeichen der Nachtwächter.

Die Bibel verlangt das Schofarblasen nur an Rosch ha-Schana, das als »Trommetentag« bezeichnet wird (Numeri 29, 1). Eine besondere Tonfolge oder Bedeutung der Hornstöße wird nicht vorgeschrieben. Die Schofarbläser verstehen es aber, fast hundert verschiedene Töne auf dem Instrument zu erzeugen, und die Rabbiner haben komplizierte Regeln für die Bedeutung der Töne entwickelt. So wird zwischen einem langen, anschwellenden Ton *(te-*

kia), einer gebrochenen, »schluchzenden« Tonfolge *(schebarim)* und einem heftigen Schmettern oder Klagen *(terua)* unterschieden.

Heute wird der Schofar in Israel an hohen Feiertagen und in orthodoxen Gemeinden in aller Welt am Freitagabend benutzt, um den Sabbat anzukündigen.

Maimonides deutet die Botschaft des Widderhorns so: »Erwacht aus eurem Schlaf, ihr Schläfer, erhebt euch. Bedenkt eure Wege und Irrwege, erinnert euch, wendet euch Gott zu.«

schólem *(m.)*
Aus dem hebräischen *schalóm* »das Ganze«, »Einheit«, »Frieden«.

In Amerika: *sholem, shalom, sholom*

1. Frieden.
2. Guten Tag.
3. Auf Wiedersehen.

Warum bedeutet *schalom* sowohl »Guten Tag« wie »Auf Wiedersehen«?

»Weil wir so viele Probleme haben, dass wir nie wissen, ob wir kommen oder gehen«, sagen die Israelis.

Das israelische Kabinett diskutiert wieder einmal die endlosen und scheinbar unlösbaren Probleme des Staates. Schließlich sagt ein Minister: »Ich habe eine Idee: Wir erklären den Vereinigten Staaten den Krieg.«

Seine Kollegen sehen ihn ungläubig an. »Den Vereinigten Staaten den Krieg erklären? Bist du verrückt? So ein Krieg wäre doch nach einer halben Stunde vorbei!«

»Genau«, sagt der Minister. »Und wenn die Amerikaner gewonnen haben, tun sie das, was sie immer tun: Sie bauen das besiegte Land wieder auf! Sie schicken Nahrungsmittel, sie geben Kredite, sie bauen Straßen, Krankenhäuser und Häfen und schaffen ein völlig neues System. Was könnte uns Besseres passieren, als von den Vereinigten Staaten geschlagen zu werden?«

»Na schön«, sagt ein Zyniker. »Aber was ist, wenn wir gewinnen?«

schólem-aléjchem!

Aus dem hebräischen *schalóm alejchém!* »Friede mit Euch!«

In Amerika: *sholem aleykhem, sholem aleichem, sholom aleichem, aleichem sholem*

1. Die traditionelle Begrüßung der Juden. Bei der Antwort werden die beiden Wörter umgedreht: *alejchem scholem! (Friede sei auch mit Euch!* Beide Formeln werden sowohl bei der Begrüßung als auch beim Abschied verwendet.
2. Die Grußformel wird auch ironisch verwendet. Dann bedeutet sie: »Hallo! Jetzt kommen wir endlich zum Kern der Sache!« *»Okay, I owe you ten dollars.« »Sholem aleichem!«*
3. *Scholem Alejchem* war auch das Pseudonym von Scholom (Salomon) Rabbinowicz (1. März 1859 Perejaslaw, Ukraine – 13. Mai 1916 New York), dem unsterblichen jiddischen Schriftsteller, der wegen seiner humoristischen Werke oft der »jüdische Mark Twain« genannt worden ist. Es heißt, dass sich Mark Twain, als er Rabbinowicz in New York kennen lernte, zum »amerikanischen Scholem Alejchem« erklärte. ☛ Scholem Alejchem, der nach den großen Pogromen von 1905 nach Amerika auswanderte, ist besonders durch seinen Roman *Tewje, der Milchmann* (1894) bekannt, aus dem das Musical *Fiddler on the roof* (*Anatevka*) (1964) wurde. »Er beschwört die kollektive Angst herauf«, schreibt seine Übersetzerin Ruth R. Wisse, »und löst sie dann auf magische Weise auf, indem er die Gefahr weglacht.« An seinem Begräbnis im Jahre 1916 nahmen mehr als 100 000 Menschen teil. Die 33. Straße in Manhattan wurde kürzlich zwischen der Fifth Avenue und Madison Avenue auf den Namen *Sholom Aleichem Place* getauft. ☚

schtéjger *(m.)*, **schtéjgerß** *(Pl.)*
Möglicherweise aus dem mittelhochdeutschen *steic* »Steig, (nach oben führender) Weg«, »Emporsteigen der Töne beim Gesang«.

In Amerika: *shteyger, shtayger, shteiger*

Lebensweise, Denkart. *He may not go to synagogue, but his whole shteyger is Jewish.*

A schtejger heißt »zum Beispiel«.

schtetl *(n.)*, **schtetlach** *(Pl.)*
Diminutiv zu *schtot (f.), schtet (Pl.)* »Stadt«.

In Amerika: *shtetl, shteytl*

Jüdische Kleinstadtgemeinden in Osteuropa, denen Religionsfreiheit und kommunale Selbstverwaltung gewährt worden war. In diesen Gemeinden blühte das aschkenasische Leben vor dem Zweiten Weltkrieg.

Das *Schtetl*, ein Begriff von besonderer Bedeutung in der Geschichte der Juden, weckt zahllose Erinnerungen und Assoziationen. In vielen dieser Gemeinden, deren Bevölkerungszahl zwanzigtausend meist nicht überstieg, die aber dennoch keine Dörfer *(derfer)* waren, stellten die Juden die Mehrheit; in manchen waren alle Einwohner Juden. Die Schtetl in Galizien, Polen, Litauen, Rumänien, Ungarn, Bessarabien, Böhmen und der Ukraine waren der Ort, wo jüdische Traditionen und Werte bewahrt und so verfeinert wurden, dass sie einen ganz eigenen Charakter annahmen.

Das Schtetl war Treibhaus und Hochburg aschkenasischer Kultur. Die Schtetl-Juden waren arme Leute, fundamentalistisch, oft chassidisch, erdverbunden und abergläubisch. Veränderungen und das Eindringen weltlicher Vorstellungen lehnten sie hartnäckig ab. Ein kleiner Teil (die Elite) schrieb und las hebräisch, untereinander sprachen sie jiddisch, andere Sprachen brauchten sie nur für den Umgang mit Geschäftspartnern und Ämtern. Sie waren Milchmänner, Rollkutscher, Schuster, Schneider, Metzger, Fischhändler, Hausierer und Kaufleute. Sie hielten ihren Aufenthalt für ein zeitweiliges Exil und träumten von einem messianischen Wunder, das sie und ihre Brüder auf der ganzen Welt irgendwann – praktisch täglich – in den Glanz eines wiederhergestellten Heiligen Landes nach Israel heimführen würde.

Man darf dabei nicht vergessen, dass Katharina die Große das Wohnrecht der Juden auf den Westen des Russischen Reiches beschränkt hatte. Dieser sogenannte Ansiedlungsrayon, außerhalb dessen sich Juden nur mit Genehmigung und für beschränkte Zeit aufhalten durften, reichte von der Ostsee bis zum Schwarzen Meer und umfasste u. a. Polen, Wolynien, Bessarabien, Litauen, Weißrussland und die Ukraine. Hier lebten fast fünf Millionen Juden, die zwischen acht und fünfzehn Prozent der Bevölkerung ausmachten. Auch innerhalb dieses Gebiets konnten die Bewohner nicht ohne polizeiliche Genehmigung umziehen. Manche großen Städte (wie Kiew, Tschernigow, Nikolajew und Rostow) waren sogar völlig für Juden gesperrt. Andererseits wurden manchmal ganze Schtetl plötzlich »umgesiedelt«, wenn es einem Gouverneur so gefiel.

Landbesitz war den Juden verboten. Auch der Zugang zu Hochschulen und Universitäten war ihnen (mit Ausnahmen) versperrt. Das gleiche galt für sämtliche staatlichen Ämter und viele Berufe.

Das Schtetl bildete dementsprechend eine in sich geschlossene, vom Rest Europas weitestgehend isolierte Welt, so dass der einfachste städtische Komfort den Bewohnern so fremd erschien wie der von Babylon und Ninive. Das Leben im Schtetl war hart. In manchen Hungersnöten starben in Galizien buchstäblich Tausende an Unterernährung. Auch die nichtjüdische Mehrheit der Bevölkerung verhielt sich oft feindselig. Juden wurden angespuckt, geschlagen und getötet, ihre Synagogen und Friedhöfe geschändet. Mal waren es nur »kleinere Zwischenfälle«, die von den Behörden ignoriert wurden, mal waren es ganze Serien von schweren Pogromen. Die Ausschreitungen betrunkener Schläger und die von »frommen« Kosaken verübten schrecklichen Blutbäder wurden von den Behörden geduldet, von den christlich-orthodoxen Priestern ohne Proteste hingenommen und von der notorisch antisemitischen Polizei offen gebilligt.

Im Schtetl entwickelten die Juden ihre eigene Volkskultur, einen unabhängigen Lebensstil, eine Reihe origineller Charaktere, eine eigene Denkart voller Humor, Ironie, Widersprüche und Poesie, wie es sie nie zuvor und danach wieder gab. Die *Jidischkajt* erlebte ihr goldenes Zeitalter. Im Schtetl, schreibt Manès Sperber, waren die Juden »bei sich zu Hause«. Hier »gab es nicht die Spur eines Minderwertigkeitsgefühls wegen der Zugehörigkeit zum Judentum und daher nicht die geringste Neigung, das eigene Wesen zu verhüllen oder wie die anderen zu werden.«

»Sie entschuldigten sich vor niemandem«, schreibt Rabbi Abraham Joshua Heschel (*The Earth Is the Lord's,* Abelard-Schuman, 1964), »weder vor Philosophen noch Theologen, sie suchten keine Anerkennung bei Fürsten oder Schriftstellern. Sie hatten kein Bedürfnis, sich mit anderen zu vergleichen, und verschwendeten keine Zeit damit, feindselige Meinungen widerlegen zu wollen. Hier, in Osteuropa, kamen die Juden ganz zu sich selbst ... Sie lebten innerhalb wie außerhalb ihrer Häuser ohne Vorbehalte oder Verkleidungen. Ihr persönlicher Stil wurde eher von der schlichten Prosa der Talmudsprüche geprägt als von der hochfliegenden Rhetorik der Propheten.«

Die Welt der Juden in Deutschland, Frankreich, England, Holland, Italien und Österreich war sehr verschieden vom Leben im Schtetl. Ihr Leben war zeitgenössisch, während das Leben im Schtetl aus der Zeit gefallen zu sein schien. Natürlich gab es auch in Osteuropa großstädtische Juden, die an den politischen Bewegungen des 18. und 19. Jahrhunderts genauso teilnahmen wie die westeuropäischen Juden. Es gab jüdische Arbeiter und Angehörige des Bürgertums; es gab jüdische Gewerkschafter, Sozialdemokraten, Sozialisten und Revolutionäre. Aber das Schtetl war eine andere Welt ...

Letztlich konnte der Gegensatz zwischen Schtetl und Großstädten nicht auf Dauer bestehen. Gegen Ende des 19. Jahrhunderts führten die Industrialisierung, die Proletarisierung der jüdischen Massen und die zunehmende Landflucht dazu, dass Teile der traditionellen Gesellschaft sich auflösten. Der *Allgemeyne Yidishe Arbeter Bund,* der Zionismus und andere soziale Bewegungen, die aus der Haskala hervorgingen, fassten auch im Schtetl Fuß, besonders bei den jungen Leuten.

Unter dem Druck wirtschaftlicher und politischer Veränderungen endete die Ära des Schtetls schließlich im Ersten Weltkrieg. Tausende von Juden verließen den »Rayon«, um in die Fabriken von

Odessa, Kiew, Warschau, Lodz, Petrograd und Moskau zu gehen – und von dort aus weiter, hinaus aus dem unheiligen Russland, irgendwohin: nach Deutschland, England, Südamerika, in die Vereinigten Staaten.

In der Geschichte hat das Schtetl längst seinen Platz. Es war eine zeitlose Welt, ihrem Wesen nach mittelalterlich, täglich am Rande der Angst lebend. Das Schtetl war ein Triumph der menschlichen Ausdauer, ein Schmelztiegel, aus dem eine überraschende Stichflamme der Literatur und Gelehrsamkeit aufschoss.

Die Einstellung der amerikanischen Juden gegenüber dem Schtetl ist zerrissen von Ambivalenz. »Auf der einen Seite«, schreibt Maurice Samuel (*Little Did I Know,* Knopf, 1963), »erinnert man sich voller Sentimentalität an das Schtetl. Für diejenigen, die daraus hervorgegangen sind oder in der Überlieferung ihrer Eltern und Großeltern leben, ist es umgeben von einem nostalgischen Glanz. Man stellt es sich als einen der seltenen glücklichen Orte des Exils vor, wo es Juden erlaubt war zu atmen, einen Ort, der einer Heimat näher als jeder andere kam. Auf der anderen Seite hinterlässt die Erinnerung einen schlechten Geschmack. Die Schtetl! Diese verlorenen kleinen Siedlungen in einer riesigen, feindlichen Wildnis, von den jüdischen und nichtjüdischen Zentren der Zivilisation gleichermaßen entfernt. Dieser ständig bedrohte Besitzstand, diese niedrigen, windschiefen Bauten, der bedrückende Geist. Wer würde dort schon leben wollen? Das Schtetl ist ebenso erhebend wie schimpflich.«

Der Rabbiner ist dabei ertappt worden, wie er mitten auf dem Marktplatz des Schtetls mit einer hübschen Frau sprach. Die Gemeindeältesten laden ihn vor und machen ihm Vorwürfe wegen dieser Verletzung des Anstands. Als sie fertig sind, seufzt der Rabbi. »Tja, meine Freunde, ich glaube, es ist besser, wenn man mit einer schönen Frau redet und dabei an die Segnungen denkt, die der Herr uns zuteil werden lässt, als wenn man zum Allmächtigen betet – und dabei an eine schöne Frau denkt.«

schtik *(f.* oder *n.)*, **schtiker** oder **schtik** *(Pl.)*
Aus dem mittelhochdeutschen *stück, stücke* »Teil von etwas«.
In Amerika: *shtik, shtiklekh, shtick*

1. Ein Stück. *Give him a shtik cake.* (Man sagt nicht: *a shtik »of«.*)
2. Ein ganzes Stück. *He's a shtik nar.* »Er ist ein ganzer Narr.«
3. Streich, Unfug, Posse. *He made us laugh with his shtik.*
4. Fehlverhalten. *In company, one should not perpetrate a shtik like that.* »In Gesellschaft kann man sich so ein Stückchen nicht leisten.«
5. Betrügerei, »Bubenstück«. *How did you ever fall for a shtik like that?* Wie konntest du auf so etwas reinfallen?
6. »Chargieren« auf der Bühne, übertriebene Gesten und Sprechweisen von Schauspielern, die damit unangemessene Aufmerksamkeit zu erregen versuchen. *Watch him use the same shtik. – The characterization would be better without all those shtiklekh. – Play it straight: no shtiklekh.*

Diese Bedeutung verbreitet sich inzwischen weit über Hollywood und den Broadway hinaus, wo ich sie zuerst gehört habe.

schtikl *(n.)*, **schtiklech** *(Pl.) Diminutiv zu schtik*
In Amerika: *shtikl, shtikele, shtiklekh*

Ein kleines Stück, Stückchen. *She's a shtikl crazy.* »Sie ist ein bisschen verrückt.«

Ein *schtiklele* (In Amerika: *shtiklele)* ist noch ein bisschen kleiner als klein.

Schtiklech und breklech »Stückchen und Bröckchen« heißt: »Krimskrams« oder »Reste«.

Eine Frau betritt ein Delikatessengeschäft. Auf der Theke stehen eingelegte Gürkchen zum Naschen.

»Was kostet denn so ein Gürkchen?« fragt sie.

»*A pickle?*« sagt der Mann hinter dem Ladentisch. »*A pickle* kost' *a nickel.*« (Fünf Cent.)

»*A nickel?* ... Was kostet dann dieses *schtikl*?«

»Das *schtikl*? Ein *nickel.*«
»Mein Gott! ... Und was ist mit dem *pickele*?«
»Das *pickele*? Das kost' *a nickele!*«

schtíke *(f.)*
Aus dem hebräischen *schtiká* »Schweigen«.
Das jiddische *schtieke* »ruhig« gelangt als *stiekum* »ganz leise, heimlich« mit pseudo-lateinischer Endung ins Deutsche.

schtrájml (n.), **schtrájmlech** *(Pl.)*. Auch: **schtrájmhitl** *(n.)*
Wohl aus mittelhochdeutsch *stram, streim* oder *strîm* »Striemen, Streifen«. Vgl. das deutsche *stremel.* Das *schtrajmhitl* wäre demnach ein »Streifenhütchen«.
In Amerika: *shtrayml, shtreimel*
1. Streimel. Breite, mit einem Pelzstreifen besetzte Samtmütze, die von frommen Juden vor allem in Galizien und Polen am Sabbat und an Feiertagen getragen wurde.
2. In Amerika dient das Wort zur Bezeichnung auch der hohen schwarzen Hüte, die zusammen mit dem Kaftan und den Schläfenlocken von frommen Orthodoxen und Chassidim getragen werden.

schtschaw *(m.)*, **schtschawéj** *(m.)*, **schtscháwel** *(m.)*
Aus dem polnischen *szczaw* »Sauerampfer«.
In Amerika: *shtshav, shtchav, shchav*
1. Sauerampfersuppe.
2. Kohlsuppe mit Roten Beten.

schtunk *(m.)*
Aus dem mittelhochdeutschen *stanc* »Gestank« wird ablautend das Berliner Dialektwort *stunk* »Ärger, Streiterei«, das von jüdischen Emigranten nach Amerika exportiert wurde.
In Amerika: *shtunk*

Vulgärer Ausdruck.

1. Schimpfwort für einen besonders unangenehmen Menschen. *What a shtunk he turned out to be!* Was für ein Stinker!
2. Ärger, Chaos, Durcheinander, verfahrene Situation. *He made a terrible shtunk.* Er hat einen Mords-Stunk gemacht. – *It is such a shtunk, I don't know how to get out of it.*

schtup *(m.)*, **schtupn** *(Verb)*
Aus dem mittelhochdeutschen *stupf* »Stachel«, »Stich« und *stüpfen, stupfen* »(stechend) stoßen«, »antreiben«.

In Amerika: *shtup, shtupn, shtoop*

1. stoßen, schubsen, drängeln. *Don't shtup.* »Nicht drängeln.« (Auch im übertragenen Sinne: »Sei nicht so aggressiv.«)

Schtup dich nit wu men darf nit heißt: »Drängel dich nicht hinein, wo du nicht sein sollst.« Jemand, der *sich in die hojche fenster schtupt* ist ein ehrgeiziger Aufsteiger.

Aber Vorsicht! Die bekannteste Bedeutung des Wortes ist:

2. »Stoßen« im Sinne von »koitieren«. *Did you shtup her? – Does she or doesn't she shtup?*
3. Der Geschlechtsakt. *He gave her a shtup.*
4. Eine weibliche Person, die zum Geschlechtsverkehr bereit ist. *That one is a real shtup* (oder *shtupper*).

schtuß *(m.* oder *n.)*
Aus dem hebräischen *schtúia (Pl. schtuiot)* »Unsinn«.

In Amerika: *stus, shtuss*

1. Stuss. Unsinn. *What he says is just a lot of shtus.* ☞ Siehe auch das deutsche: *Red kein' stuss.* ☜
2. Aufruhr, Tumult, Durcheinander. *Pipe down; don't make such a shtus.* »Reg dich ab, mach kein' Stuss.«
3. Ein Konflikt, der durch eine Beschwerde ausgelöst wird. *She made such a shtus that they had to go to court.* »Sie machte einen solchen Wirbel, dass sie vor Gericht gehen mussten.« In dieser Bedeutung habe ich das Wort von einer Radcliffe-Studentin gehört.

Siehe auch *zimeß*.

schul (f.), **schuln** *(Pl.)*
Aus dem mittelhochdeutschen *schuol* »Schule«. Das hebräische Wort für Gebetshaus ist *bet ha-Knesset* »Haus der Versammlung«. Auch das griechische Wort *synagoge* bedeutet »Versammlung«.
In Amerika: *shul*
Synagoge, Gebetshaus.

Die *schul* war das Zentrum jüdischen Gemeindelebens. Tag und Nacht saßen die Männer in den Synagogen, um zu lesen, zu beten, zu studieren und zu diskutieren. Viele Synagogen schlossen nie ihre Tore, manche Juden verbrachten hier mehr Zeit als bei der Arbeit.

Der größte Teil der Studien fand in Gruppen statt. »Lernen kann man nur in Gesellschaft«, heißt es im Talmud (Berachot 63). Innerhalb der Synagoge gingen die Männer zwischen den Gebeten von Gruppe zu Gruppe, um hier oder da ein Wort aufzuschnappen und sich am Gespräch zu beteiligen. »Die Texte wurden gesungen«, schreibt Abraham Menes (in: Louis Finkelstein *The Jews: Their History, Culture and Religion,* Harper, 1960), »sie sangen inbrünstig und fühlten sich in eine höhere Welt erhoben. Es lag eine gewisse Verzauberung darin, eine Seite des Talmud zu lesen.«

Die Einrichtung der Synagoge stammt wahrscheinlich aus dem Jahre 586 v.Z., als Nebukadnezar die Juden ins babylonische Exil verschleppte. In der Gefangenschaft versuchten sie, einen Ersatz für den zerstörten großen Tempel in Jerusalem zu schaffen. Der Legende nach nahmen sie Steine des Tempels mit nach Babylonien und bauten in der kleinen Stadt Nehardea ein Gebetshaus.

In der Tora werden Synagogen nirgends erwähnt, dafür öfter im Neuen Testament. Die ersten Christen nannten die jüdischen Bethäuser *scholae judaeorum.* ☛ Ruinen von Synagogen aus dem ersten Jahrhundert n.Z. sind im heutigen Israel, auf Delos und in anderen Mittelmeerländern entdeckt worden. Die ganze Vielfalt des Synagogenbaus zeigt das israelische Bet-Hatefuzot-Museum. ☚

Gott selbst zieht von Synagoge zu Synagoge, heißt es im Talmud, »und von einem *besmedresch* (Lehrhaus) zum anderen, um Israel Seinen Segen zu geben«.

Ehe der Tempel zerstört wurde, bestand der Gottesdienst der Juden darin, dass die Priester in ihrem Auftrag Schlachtopfer darbrachten. In der Synagoge konnten die Gläubigen sich direkt und individuell an Gott wenden. ☛ Allerdings verlangen die meisten Teile der jüdischen Liturgie, dass ein *minjen* (eine Gruppe von mindestens zehn Gläubigen) anwesend sein muss (siehe dort). ☚

Im Laufe der Zeit wurde es zur feierlichen Verpflichtung für Juden, eine Synagoge zu bauen, sobald eine Gemeinde zehn Männer umfasste. So entstanden nicht nur in Palästina, sondern auch in Babylonien, Arabien, Ägypten, Persien, Syrien, in den griechischen und römischen Städten und rund ums Schwarze Meer Synagogen – überall, wo Juden siedeln durften oder wohin sie verschleppt wurden.

Philo von Alexandria (20 v. Z. – 50 n. Z.), ein Rabbiner und platonischer Philosoph, sagte, es sei die *schul* gewesen, die die Juden zu Philosophen gemacht habe.

☛ Die Regeln für den Bau und das Benehmen in der Synagoge werden ausführlich im *Schulchan Aruch* beschrieben. Da heißt es zum Beispiel: »Die Synagoge soll an einem erhöhten Punkt der Stadt gebaut werden.« – »In der Synagoge darf niemand schlafen, nicht einmal für ein kurzes Nickerchen, im *besmedresch* ist dies hingegen erlaubt.« – »Um die Synagoge zu ehren, wurden üblicherweise die Böden gekehrt und gewischt.« – »Wenn eine Synagoge zwei Türen hat, ist es ungebührlich, sie als Durchgang zu benutzen.« – »Wenn eine Synagoge als Wohnhaus gebaut worden ist, gilt sie erst dann als heilig, wenn darin gebetet worden ist.« Zitiert nach Danny Siegel, *Where Heaven and Earth Touch,* Jason Aronson, 1989. ☚ *Siehe Schulchan Aruch.*

Ein Besucher kommt in eine kleine Stadt, deren Bewohner glauben, ihr *zadik* besäße magische Kräfte. »Na«, fragt er, als er die Synagoge betritt, »was für Wunder hat euer Rebbe in letzter Zeit so vollbracht?«

»Nun ja, es gibt Wunder und Wunder. Würdet Ihr es für ein Wunder halten, wenn Gott genau das tun würde, worum unser Rebbe ihn bittet?«

»Ja, allerdings.«

»Nun, hier ist es umgekehrt. Wir halten es für ein Wunder, dass unser Rebbe tut, worum Gott ihn bittet.«

Schulchan Aruch *(m.)*
Hebräisch: »gedeckter Tisch«.

Von Josef ben Efraim Karo (1488, Toledo, – 1575, Safed) verfasstes und später von Moses Isserles (1525 – 1572, Krakau) im Sinne des aschkenasischen Brauchtums ergänztes halachisches Kompendium, das alle Gebote und Verbote festzuschreiben versuchte, dann aber doch wieder kommentiert werden musste.

schwarz *(Adjektiv)*
Aus dem mittelhochdeutschen *swarz* »schwarz«.

In Amerika: *shvarts, shvartz;* dazu: *shvartzer (m.), shvartze, shvartzeh (f.)*

1. Schwarz. ☛ Im übertragenen Sinne wird gelegentlich ein besonders frommer oder ultra-orthodoxer Jude so genannt. Mit der englischen Bezeichnung *black hat* wird gelegentlich auf die schwarze Kleidung der Chassidim angespielt. ☚
2. Unglücklich, düster. Ein häufiger jiddischer Fluch lautet: *Hob dir acht un achtzig schwarze jor!* Davon auch: *schwarz-jor.*
3. Bedenklich, düster, verhängnisvoll. *It looks pretty shvartz to me.*
4. *Schwarzarbet* ist »ungelernte Arbeit«. *He's doing shvartz work.*
5. *Schwarze ßchójre* ist »Konterbande«, »Schwarzmarkt«-Ware.

Die Wörter *shvartzer* und *shvartzeh* waren bei den amerikanischen Juden aber auch lange Zeit Kryptonyme für Afro-Amerikaner, für schwarze Dienstboten, Angestellte, Lieferanten und Kunden. Im Gefolge der Bürgerrechtsbewegung wurde das Wort nur noch selten in diesem Sinne gebraucht.

☛ Jahrelang gab es heftige Debatten, ob das Wort *shvartzer* politisch korrekt sei. Auf den ersten Blick erscheint es in der Tat harmlos, da es im Wortsinn identisch mit dem Wort *black* ist, das zwischen 1968 und dem Beginn der neunziger Jahre als politisch korrekt galt (ehe es durch *African-American* abgelöst wurde). Der lange Gebrauch als »Deckwort« hatte ihm aber längst seine Unschuld genommen.

In einem Interview mit *Billboard* etwa sagte der Hollywood-Komponist Quincy Jones: »Ich brauchte zehn Jahre, um zu begreifen, dass *shvartzer* keine Berufsbezeichnung war, wenn meine Kollegen sagten: *Be cool, here comes the shvartzer.*«

Das jiddische Wort *nejger* (ebenso wie *neger* vom lateinischen *niger* »schwarz« abgeleitet) ist inzwischen vollkommen verpönt. ☚

schwíger *(f.)*, **schwígerß** *(Pl.)*
Aus dem mittelhochdeutschen *swiger* »Schwiegermutter«.
In Amerika: *shviger*
Schwiegermutter.

Der Humor der Juden ist genauso vielfältig wie der anderer Kulturen, aber über Schwiegermütter gibt es überraschend wenig Witze. Ich habe keine Ahnung, woran das liegt; vielleicht sind jüdische Ehemänner einfach vorsichtiger.

☺ ☺ ☺

»Eine Schwiegertochter ist immer auch ein bisschen eine Schwiegermutter.« *Volksweisheit*

☺ ☺ ☺

Scholem Alejchem nannte Adam den glücklichsten Menschen, der je gelebt hat, weil er – keine Schwiegermutter hatte.

☺ ☺ ☺

Bessie Shatz ist entbunden worden – von Drillingen. Ihre Schwiegermutter kommt ins Krankenhaus und sagt: »Wirklich ungewöhnlich. Auf unserer Seite der Familie hat es noch *niemals* auch nur Zwillinge gegeben!«

»Der Arzt sagt, die Chancen stehen nur eins zu einer Million, dass so was passiert«, sagt die junge Mutter.

»Eine Million!« ruft die *schwiger.* »Mein Gott, wann hattest du jemals Zeit für den Abwasch?«

schwizbod *(n.)*
Aus dem mittelhochdeutschen *switzen* »schwitzen« und *bat* »Bad«.

In Amerika: *shvitsbod, shwitzbud, shwitzbad*

Schwitzbad, türkisches Bad.

Badehäuser für Männer waren bei den Juden in Europa eine weit verbreitete Einrichtung. Der Sabbat verlangt, dass Körper und Kleidung fleckenlos sauber sein müssen, und nur wenige Juden konnten sich ein eigenes Bad leisten. Andererseits war es Juden häufig verboten, in Bächen, Flüssen und Seen zu baden, denn es wurde ernsthaft befürchtet, das Eintauchen eines Juden in solche Gewässer könnte sie für den Gebrauch durch Christen untauglich machen.

Als die Juden nach Amerika kamen, war das *schwizbod* die erste öffentliche Einrichtung, nach der sie verlangten. In der Lower East Side waren sogenannte »Türkische Bäder« enorm populär.

Siehe auch *mikwe*.

Mr. Toplinski geht die Houston Street hinunter, als er Mr. Sverdloff erblickt. »Scholem alejchem, Sverdloff«, sagt er lächelnd.

Daraufhin sagt Sverdloff: *»Gej in der erd!«* (»Zisch ab!«)

Toplinski zuckt zusammen. »Sverdloff!« sagt er. »Ich sage höflich Guten Tag, und du antwortest *Gej in der erd!* Warum?«

Sagt Sverdloff: »Ich will dir erklären, warum. Nehmen wir mal an, ich antworte höflich: *Alejchem scholem.* Dann fragst du mich, wo ich hingehe. Ich sage dir, ich gehe ins Houston-Street-*schwizbod.* Daraufhin erklärst du mir, das *schwizbod* in der Avenue A wäre besser. Und ich sage dir, dass ich das *schwizbod* in der Avenue A nicht so mag. Daraufhin erklärst du mir, jeder der das Houston-Street-*schwizbod* besser als das in der Avenue A findet, müsse ein Loch im Kopf haben! Und ich schreie, dass jeder *meschugge* ist, der das Avenue-A-*schwizbod* besser findet als das Houston-Street-*schwizbod.* Daraufhin nennst du mich einen *schmok!* Und ich sage: Was? Ich bin *a schmok?! Gej in der erd!* Stimmt's? … Na ja, anstatt das ganze Theater mit dir zu veranstalten, sage ich eben gleich, du sollst dich verdrücken. *Alejchem scholem!*«

schwizer *(m.)*
Aus dem mittelhochdeutschen *switzen* »schwitzen«.
In Amerika: *shvitser, shvitzer*
1. Buchstäblich: Jemand mit überaktiven Schweißdrüsen.
2. Ein Angeber.
Siehe *ploscher.*

seder siehe *ßejder.*

séjde *(m.)*, **séjdeß** *(Pl.)*
Aus dem polnischen *dziad* »Großvater, alter Mann«.
In Amerika: *zeyde, zayde*
1. Großvater. *My bobe and zeyde came to visit yesterday.* »Mein Großvater und meine Großmutter waren zu Besuch gestern.« Beide Wörter sind so weit amerikanisiert worden, dass sie oft wie »bubby« und »zeydee« ausgesprochen werden.
2. Ein alter Mann. *Sejde* ist eine Art Ehrentitel, mit dem man – wie in Frankreich oder China – auch alte Männer anredet, mit denen man nicht verwandt ist. *How are you, zeyde?*

In einer Synagoge in Israel betet laut jammernd ein alter Mann. Tränen rinnen ihm übers Gesicht.

Ein junger Besucher aus Amerika tritt mitleidig an ihn heran. »*Zeyde*, bitte! Warum weint Ihr so schrecklich?«

»Weil ich bei meinen Leuten sein will!« schluchzt der Alte.

»Aber das seid Ihr doch! Ihr seid hier in Israel, im gelobten Land.«

»Ich meine zu Hause, bei meinen Leuten in Miami Beach«, sagt der *zeyde.*

sephardisch siehe *ßfardi.*

sez *(m.)*, **sezn** *(Pl.)*
Aus dem frühneuhochdeutschen *setzen* im Sinne von »zusetzen«, »widersetzen«.

In Amerika: *zets, zetz*

Schlag, Hieb, Stoß. *He gave me a zets I'll never forget!*

shabtsitváynik
Jinglisch. Der Name des »Messias von Izmir« Sabbatai Zwi wurde in populärer Aussprache zu *Schabbzitwaj*, in Amerika: *Shabtsitvay*. Dem wurde die Allzweckendung *-nik* angefügt.

1. Ein falscher Prophet, Seher oder Messias.
2. Ein Anhänger eines religiösen Scharlatans.

Siehe *meschiech*.

sharopnikel
Reines Ameridisch. Aus dem englischen *shut up*, der angehängten Nachsilbe *-nik* und der Verkleinerungsform *-el*.

Ein Gegenstand, der dazu beiträgt, dass sich jemand beruhigt. Es wäre dabei besonders an einen Schnuller, einen Zahnring oder eine Schmusedecke zu denken. Nicht in Betracht kommen andere Beruhigungsmittel wie Schlaftabletten oder Schweizer Diplomatie.

sheeny
1. ein besonders verächtliches und beleidigendes englisches Schimpfwort für einen Juden.

   C.T. Onions's *Oxford Dictionary of English Etymology* (1966) behauptet, dies sei ein Slang-Wort unbekannten Ursprungs, das zuerst im 19. Jahrhundert auftauchte. *The Oxford English Dictionary* vermutet, es könnte zu Beginn des 19. Jahrhunderts aus dem Russischen, Polnischen oder Tschechischen eingewandert sein. (Auch bei portugiesischen Seeleuten wird ein Jude ein *sheeny* genannt.)

   Im *Shorter Oxford English Dictionary* wird das Wort als beleidigend erkannt, während es der *Slang Dictionary* von J.C.Hotten aus dem Jahre 1874 als »harmlos« bezeichnet. Nun, J.C.Hotten fand es vielleicht harmlos, aber jeder Jude fühlt sich dadurch beleidigt.

Ernest Weekley (*Etymological Dictionary of Modern English*, Dover, 1957) äußerte die Vermutung, dass sich *sheeny* von der jiddischen Aussprache des Wortes *schön* herleitet: *schejne ware.* (Andererseits sind *schön* und *sheen* ohnehin miteinander verwandt.)

Maurice Samuel wiederum hat mir gesagt, das Wort habe vielleicht mit dem häufig gebrauchten jiddischen Ausdruck *mise meshine* (siehe *miße meschune*) zu tun, den nichtjüdische Zuhörer in falschen Zusammenhang brachten.

2. ein Pfandleiher.
3. ein Landstreicher.
4. beim Militär: ein Geizhals.
5. betrügerisch.
6. gemein.

Es ist wohl nicht weiter erstaunlich, dass sich bei einem Wort, das in dieses Umfeld gehört, bei jedem Juden die Nackenhaare aufstellen.

shlock

Jinglisch. Reimt sich mit *clock*. Sowohl Adjektiv als auch Substantiv. Aus dem deutschen *schlacke* »Abfall, Verunreinigung bei der Metallgewinnung«. S. Wolf (*Jiddisches Wörterbuch*) nennt jiddisch *schlak* »träger Mensch, Pechvogel« aus mittelhochdeutsch *schlach* »schlaff, welk«.

In Amerika: *shlak, shlock, schlock, schlack*

Die Bedeutung hat sich in Amerika stark erweitert:

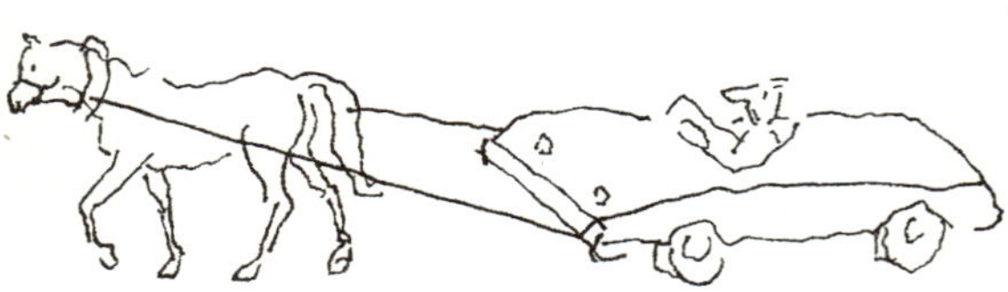

1. Ramsch. Billige, minderwertige Ware. *It's a piece of shlock.*
2. Ein schadhafter Gegenstand, bei dessen Erwerb man übers Ohr gehauen wurde. »Die Uhr wird nie richtig gehen.« *It's shlock merchandise.*

3. Ein unangenehmer, mürrischer Mensch.
4. Eine zänkische Frau, eine *jenta,* die obendrein noch schlampig ist. *His beloved? There's a shlock of a girl.*

Ein *shlock-house* ist dementsprechend ein Ramschladen, wo minderwertige Ware verkauft wird.

Beim Tabakhändler lässt sich der Kunde eine Zigarre empfehlen.

»Das ist die beste, die ich habe. Das Stück fünfzig Cents.«

Der Kunde bezahlt und zündet sich die Zigarre gleich an. Augenblicklich beginnt er zu husten. »Hören Sie, ich wollte eine *gute* Zigarre, und Sie drehen mir dieses Ding an?«

Der Tabakhändler seufzt. »Sie wissen gar nicht, wie gut es Ihnen geht!«

»Sind Sie verrückt?« schreit der Kunde. »Wieso geht's mir gut?«

»Na, Sie haben bloß eine von diesen *shlock-house*-Zigarren! Ich habe mindestens tausend!«

shlump, shloomp, shlomp

Ameridisch. Das *u* wie in *put.* Aus dem niederdeutschen *schlump* »etwas Schlotteriges, wie etwa ein nachschleppender Weiberrock«. Vgl. das hochdeutsche *schlampe* und jiddisch *schlumper* »Schleppe, schlampiges Frauenzimmer«.

Als Substantiv:

Ein nachlässiger Mensch, Schlappschwanz. *That shlump can depress anyone. – He's half shlump, half shlemiel.*

Ich stelle mir einen *shlump* als einen *shlep* mit hängenden Schultern oder als einen schlurfenden *shmo* vor.

Als Verb:

1. Schlurfen, schleifen, herumhängen.
2. Eine Rolle lustlos und nachlässig spielen; etwas desinteressiert abtun. *She shlumps through a role.*

Ich habe dieses Wort von zwei Studentinnen vom Radcliffe College gehört, die beide kein Jiddisch konnten, aber mit Wörtern wie *shtus* und *nudzh* um sich warfen, als wäre es klassisches Harvardese. *Shlump* scheint am Broadway, off Broadway, in Theatergruppen am College und bei jungen Leuten beliebt. Siehe auch *shmo, schlep, schmok, schlemil.*

An einem bitterkalten Wintertag versammeln sich die letzten Gläubigen um den Ofen in der Synagoge. Da sagt ein richtiger *schlump*: »Ich weiß genau, was man tun muss, wenn es so kalt ist!«

»Ja, was denn?«

»Zähne klappern, bibbern und frieren.«

shm-, schm-

Diese typisch jiddische Vorsilbe wird benutzt, um andere Worte in Frage zu stellen und zu veralbern.

Dabei wird das Wort wiederholt, aber der Anfangsbuchstabe wird bei der Wiederholung durch *shm-* ersetzt. *The doctor says she has a virus? Virus-shmirus, as long as she's okay.* (Dies ist natürlich eine Variante des Klassikers: *Cancer-shmancer, as long as you're healthy.*)

Weitere Beispiele: *The mayor? Mayor-shmayor, it's the wife who runs the show.* »Bürgermeister-Schmürgermeister, in Wirklichkeit hat seine Frau das Kommando.« *Exams-shmexams, relax!* »Examen-Schmexamen, entspann dich!« *Girls-shmirls,* anything *to keep him from working.* »Mädchen-Schmädchen, dem ist doch jeder Vorwand recht, um nicht zu arbeiten.« – »Wer hat das gesagt? Charley? *Charley-shmarley,* was versteht der schon davon?«

Unabhängig davon fangen aber auch viele »normale« jiddische Worte, die Hohn und Spott ausdrücken oder anderweitig negativ besetzt sind, mit einem *sch-* an. Zum Beispiel: *schigoen* »Verrücktheit«, *schlimasl* »Pech«, *schmad-schtik* »grober Unfug«, *schmate* »Fetzen, Lappen«, *schmonzeß* »Blödsinn«, *schmuje* »Gerücht, Schmus«, *schmok* »Mannesschmuck, Genital«, *schnorrer* »Schnorrer«, *schofl* »schofel«, *schtuß* »Unsinn«, *schubenik* »Galgenstrick« etc.

Wollte man diese herrlichen Zischlaute weglassen, würde man das Jiddische seiner stärksten phonetischen Reize berauben.

Mrs. Siegel erzählt ihrer Freundin, dass ihr Sohn eine schwere Zeit hinter sich hat und jetzt in psychologischer Behandlung sei. »Und wissen Sie was? Der Analytiker hat gesagt, mein Marvin hat einen Ödipuskomplex!«

»Ödipus-Schmödipus«, sagt die Freundin. »Hauptsache, dass er seine Mama lieb hat!«

shmir, shmeer; shmirn *(Verb)*

Ameridisch. Reimt sich mit *shear.* Die ursprünglichen jiddischen Wörter heißen *schmir (m.)* »Schmieren« von mittelhochdeutsch *smer* »Fett«, »Schmer« (wie in »Schmerbauch«); *schmírechz (n.)* »Salbe«, »Fett«, »Schmiere« und *schmirn, schmeern* »schmieren«, »fetten« von mittelhochdeutsch *smirn.*

1. Schmieren. *Az men schmeert nist, fort men nit.* »Wer gut schmeert, der gut fährt.« (Auch im übertragenen Sinne, siehe Bedeutung 5.)
2. Brot schmieren. *Shmeer it on the bread.*
3. Malen.
4. Brotbelag, Paste. *With drinks, a caviar shmeer on crackers goes well. – Smoked fish, cream cheese, sour cream, and chives make a wonderful cocktail shmeer.*
5. Jemanden bestechen oder »schmieren«; auch »Schmiergeld«. Dies ist die interessanteste Bedeutung und gehört schon seit langem zum amerikanischen Slang. Sie entspricht der englischen Redensart *greasing the palm.* Beispiele: *Do the officials expect to be shmeered here? Do they take a shmeer?*
6. Schlagen, Schlag. *He landed a shmeer between the eyes.*
7. Das »ganze Paket«, das ganze Geschäft.

shmegége, shmegégge, shmegéggy

Ameridisch. Aus jiddisch *megege* »Bummler«.

1. Ein unattraktiver, kleinlicher Mensch.
2. Ein ungeschickter, untalentierter Mensch.

3. Ein Speichellecker und Schlappschwanz.
   Ich glaube, ein *shmegegge* ist eine Mischung zwischen einem *shlimazl* und einem *shlemiel* – oder vielleicht sogar zwischen einem *nudnik* und einem *nebech*.
4. Geschwafel, »heiße Luft«, »Quatsch«. *Don't give me that shmegegge!*

Das Wort ist in Theaterkreisen sehr beliebt, beschwört es doch schon rein akustisch unsympathische Dinge herauf.

Sophia Loren hat das Wort mit viel Brio gebraucht, als sie von der *New York Times* interviewt wurde. Die Verbindung von großer Schönheit, italienischem Akzent, einem vielsagenden Schulterzucken und leiser Verachtung war sicher ein beachtlicher Höhepunkt für dieses farbige ameridische Kraftwort.

shmo, schmo

Euphemistischer Neologismus für *shmuck*. Kein jiddisches Wort, sondern eine ameridische Erfindung. Reimt sich mit *stow*.

1. Blödmann; Unglücksrabe; *schlemil*.
2. Sündenbock.
3. ☛ Jedermann. *Joe Shmo* ist ein Synomym für *Joe Blow*, ein etwas interessanterer Ausdruck für *John Doe*. Der Hipster-Ausdruck *shmohawk* treibt das Spiel noch etwas weiter und bezeichnet einen Punk mit Mohikanerbürste. ☚
   Der geniale Comiczeichner Al Capp (eigentl.: Alfred Gerald Caplin, 1909–1980), der 1934 den Hillbilly-Comic *L'il Abner* erfand, der zeitweilig von mehr als sechzig Millionen Menschen täglich studiert wurde, taufte 1948 ein ei-förmiges Geschöpf, das Milch gibt und sich notfalls auch auffressen lässt, *Shmoo*. Siehe dazu: Denis Scheck *King Kong, Spock & Drella. Amerikanisches TriviaLexikon*, Straelen 1993. Aber der Ausdruck *shmo* war schon vorher ein populärer Euphemismus für *shmuck*, das manchen Leuten wohl zu vulgär war. So sagte Fred Allen zum Beispiel 1947 im Radio: *I've been standing here like a shmo for twenty minutes.*

Siehe *schmok*.

Stolinsky ist ein ziemlicher *shmo*. Er kommt von einem Besuch im vornehmsten Haus der Stadt und erzählt seiner Frau: »Ich sage dir, Hinda, bei denen wird auch schon das Geld knapp!«

»Was? Das glaube ich nicht! Wie kommst du dazu, so etwas zu sagen?«

»Ich hab' gesehen, dass seine Töchter *zu zweit* am selben Klavier spielen mussten!«

shnook, shnuk, schnook

Möglicherweise entfernt mit dem deutschen Kosenamen *schnucki* verwandt, aber das glaube ich eigentlich nicht.

1. Ein ängstlicher, schwächlicher Mensch ohne Selbstbewusstsein.
2. Ein trauriger Sack, der einem eher leid tut. Der *shnook* ist mitleiderregend, aber nicht unsympathisch. Wäre er das, wäre er vermutlich ein *schmuck*.

Schnook ist höchstwahrscheinlich eine amerikanisch-jiddische Prägung. Keiner meiner Gewährsleute hatte es je in einer europäischen Sprache gehört.

Verbreitet wurde es übers Radio und Vaudeville. *Don't be such an apologetic shnook,* sagte Jack Benny am 9. Okt. 1951 im Radio (*Dictionary of American Slang,* Crowell, 1966), und *that shnook* wird Jack Lemmon in dem Film *The Apartment* genannt.

singlemon

Jinglisch von der Lower East Side.

Junggeselle, unverheirateter Mann.

Ein *singlemon* wurde hochgeschätzt und viel umworben, weil die Juden der Ansicht waren, jeder Mensch solle heiraten. »Wer keine Frau hat, lebt ohne Segen, ohne Freude, ohne Frieden und Gutes«, heißt es im Talmud.

Siehe auch *chasn* und *schadchen.*

Sohar

Aus dem hebräischen *Sefer ha-Sohar* »Buch des Glanzes«.

In Amerika: *Zoyer, Zohar*

Das wichtigste Werk der Kabbala, wahrscheinlich im 14. Jahrhundert verfasst. Der Titel bezieht sich auf Daniel 12, 3, wo es heißt: »Die Verständigen werden leuchten wie der Glanz des Himmels.«

Der Sohar besteht aus mehreren Büchern. Der Verfasser des Hauptteils ist vermutlich der spanische Rabbi Mose ben Schem Tow aus León, der das Werk allerdings bewusst auf einen Rabbiner des zweiten Jahrhunderts n. Z. namens Simeon ben Jochai zurückführt. ☛ Simeon ben Jochai ist eine wichtige Gestalt des Talmud. Es heißt, wegen seiner Angriffe auf die römische Herrschaft in Palästina habe er fliehen und sich mit seinem Sohn, Rabbi Eleasar, dreizehn Jahre lang in einer Höhle verstecken müssen (Schabbat 33b–34a). Während dieses Exils habe er den Sefer ha-Sohar geschrieben – aufgrund einer Offenbarung des Propheten Elia. ☚

Der Sohar ist ein in künstlichem Aramäisch verfasstes Kompendium mystischer und abergläubischer Vorstellungen, das viel Folklore und Abrakadabra über angebliche verborgene Bedeutungen von Bibeltexten enthält. Er ist ein Mischmasch abstruser Regeln, Träume und Symbole, eine kryptische Exkursion in die Dämonologie (und Engelslehre), eine Einführung in den Exorzismus und die Seelenwanderung, er wurzelt tief im Glauben an das Übernatürliche und die Astrologie. Besonders intensiv beschäftigt sich der Sohar mit der Zahlenlehre, der sogenannten Gematria, bei der jedem hebräischen Buchstaben eine Zahl zugeteilt wird (siehe *gematrije*), um »geheime Zusammenhänge« aufzudecken. Wahlweise wird der Text auch in den verschiedensten geometrischen Mustern (*gematrije* kommt vom griechischen »Geometrie«) angeordnet – vertikal, rückwärts, diagonal, im Dreieck, als Hexagon, als Palindrom, Achrostichon, Akronym und so fort – um seine angeblichen »geheimen Bedeutungen« zu entschlüsseln. Die Buchstaben eines Namens – zum Beispiel die der Propheten – werden so lange durcheinandergewirbelt, bis sie irgend etwas ganz anderes »bedeuten«.

Der Sohar enthält auch wunderbare Geschichten, moralische Aussagen und bewegende Gebete. Er hat das religiöse Leben der

Juden, besonders der Chassidim nachhaltig beeinflusst. Dennoch haben die Rabbiner immer wieder davor gewarnt, sich zu sehr in den kosmologischen Hokuspokus des Sohar zu vertiefen – und ich kann dem nur zustimmen. ☛ Wer sich trotz dieser Warnung auf den Sohar einlassen will, findet eine Auswahl der Texte in sehr poetischer Übersetzung bei Daniel C. Matt (*Zohar, the Book of Enlightenment*, Paulist Press, 1988). ☚

ß'chuß *(m.)*, **ß'chußn** oder **ß'chußim** *(Pl.)*
Aus dem hebräischen *s'chut* »berechtigter Anspruch«.
In Amerika: *skhus, zchuss*

1. Ursprünglich: Berechtigter Anspruch durch Besitz. Ein Erbe kann zum Beispiel einen *ßchuß* auf ein Grundstück erheben.
2. Die Belohnung für gute Taten. *His skhus justifies such luck.*
3. *ßchuß-óweß* (hebr. *s'chut-awót)* Das »Verdienst der Väter«. Das Wort wird gebraucht, wenn jemandem eine Ehre vor allem deshalb widerfährt, weil er von vornehmer Abstammung ist.

»Beurteile jedermann nach seinem *ßchuß*«, heißt es im Talmud, und das bedeutet: »Man soll niemanden verurteilen, sondern zunächst unterstellen, dass er im Recht ist.«

Die folgende Geschichte ist ein gutes Beispiel dafür:

Am Trauer- und Fastentag Tischa be-Aw geht der Rabbi mit sorgenvollen Gedanken aus der Synagoge nach Hause, da begegnet ihm unterwegs ein Mitglied seiner Gemeinde, das gerade lustvoll eine Hühnerkeule verspeist.

Der Rabbi bleibt erschrocken stehen. »Ja, sag mal! Hast du vergessen, dass heute Tischa be-Aw ist?«

»Nein, keineswegs.«

»Dann bist du wohl krank? Hat dir der Doktor verboten zu fasten?«

»Nein, nein! Mir geht's ausgezeichnet!«

Daraufhin erhebt der Rabbi die Augen zum Himmel: »Oh, Herr! Siehst du, wie fromm die Kinder Israels sind? Er gesteht lieber seine Sünden, als dass er eine Lüge erzählt.«

ßejchl *(m.)*
Aus dem hebräischen *ßéjchel* »Verstand«, »Vernunft«.
In Amerika: *seykhl, sachel, seichel*
Gesunder Menschenverstand, Urteilsvermögen. Im Wiener Dialekt gelegentlich als *sejchel* oder *serchel* zu finden.
Dazu als Verb: *sich ßejcheln* »sich klug aus der Affäre ziehen«.

Im Jahre 1948 wird Jerusalem von den arabischen Armeen belagert. Das Wasser und die Nahrungsmittel werden knapp. Die Moral der Juden ist auf einem Tiefpunkt. Nur ein runzliger alter Krämer, der für seine Geschichten und seinen *Sejchel* bekannt ist, bleibt guten Mutes. Der alte Mann steht täglich mit einem fröhlichen Lächeln in seinem Laden und versichert: »Macht euch keine Sorgen, wir werden alle gerettet.«

»Aber wir sind kurz vorm Verhungern. Sie werden uns vernichten und töten!« sagt ein verzweifelter Nachbar.

»Ach, was!« sagt der Krämer. »Entweder werden wir auf natürliche Weise gerettet oder durch ein Wunder!«

»Das musst du erklären!«

»Die Sache ist so: Entweder werden wir auf natürliche Weise gerettet, das heißt Gott kommt uns zu Hilfe, wie Er das in unserer Geschichte immer wieder getan hat. Oder wir werden durch ein echtes Wunder gerettet und unsere Armee durchbricht den Belagerungsring.«

»Viele beschweren sich über ihr Aussehen, aber niemand beschwert sich über seinen Verstand.« *Volksweisheit*

ßéjder *(m.)*, **ßdórim** *(Pl.)*
Aus dem hebräischen *ßéjder* »Ordnung«, »Reihenfolge«.
In Amerika: *seder*
Seder. Feierliche Mahlzeit am Vorabend von Pessach. Siehe dort.
Im weltlichen Gebrauch: *ßéjder-hajóm* »Tagesordnung«.

ßejfer-tójre *(f.)*
Aus dem hebräischen *sefer tora* »Buch der Tora«.
In Amerika: *Seyfer Toyre, Sefer Torah*
Tora. Die Schriftrolle mit den fünf Büchern Mose, die im Toraschrein aufbewahrt wird und den Mittelpunkt der Synagoge bildet.

Aus der *ßejfer-tojre* wird an jedem Sabbat und Feiertag vorgelesen. Die Schriftrolle ist in hebräischer Schrift auf Pergament von Hand geschrieben und wird nur von eigens ausgebildeten Schreibern kopiert. Die Torarolle ist zu ihrem Schutz in einen Mantel aus Samt oder Seide gehüllt und wird oft mit einem silbernen Schild oder einer Krone geschützt.

Das einfache Volk nannte (nach Angaben von Salcia Landmann) die Torarolle auch schlechterdings *rejnigkajt,* weil sie den Inbegriff alles Reinen und Heiligen darstellt.

Das Wort *ßéjfer (m.), ßfórim (Pl.)* bedeutet einfach »Buch«, gemeint sind vorwiegend jüdische Bücher wie z.B. das ursprünglich in hebräischer Sprache verfasste *Sefer ha-Maasse* »Buch der Geschehnisse« oder »Maasse-Buch« von Ascher Anschel Reb Leiser Chazan (Basel 1602). Aus orthodoxer Sicht weltliche Bücher und Apokryphen hingegen sind *ßforim-chizójnim (Pl.)*, die nur dem Vergnügen dienen.

ßfárdi *(m.)*, **ßfárdim** *(Pl.)*
Aus dem hebräischen *s'farad* »Spanien«.
In Amerika: *Sfardi, Sephardi, Sephardim (Pl.), Sephardic (Adj.)*
Sephard, Sephardim (Pl.). Spanische und portugiesische Juden sowie deren Abkömmlinge. Im heutigen Israel ist der Begriff auf Juden aus Nordafrika und dem Nahen Osten ausgedehnt worden.

Spanien wurde von den Rabbinern des Mittelalters für das in der Bibel (in der Prophezeiung des Obadja 20) genannte Land *Sepharad* gehalten, wo die aus Jerusalem vertriebenen Juden Zuflucht gefunden haben sollen. Dementsprechend waren die dort lebenden Juden die *Sephardim.*

Das sephardische Judentum besaß von 600 n. Z. bis zur Vertreibung der Juden aus Spanien im Jahre 1492 eine starke Ausstrahlung. Es war eine komplexe Mischung von Gedanken des Talmud, griechischer Philosophie und Wissenschaft (die damals im wesentlichen auf dem aristotelischen Denken beruhte) und den Kommentaren des islamischen Gelehrten Averoes (arabisch Ibn Roschd, 1126 Cordoba – 1198 Marrakesch), den christliche Gelehrte wegen kirchlicher Verbote nicht lesen durften. Die sephardischen Juden sprachen und schrieben Lateinisch, Spanisch und Französisch. Sie erweiterten das jüdische Denken mit weltlichem Wissen und brachten ihre Kenntnisse der Geometrie, Algebra, Astronomie, Medizin, Metaphysik, Musik und Mechanik mit ein.

Dabei stiegen sie in Spanien, Portugal und Nordafrika als Ärzte, Philosophen, Dichter, Bankiers, politische Berater der Könige und Fürsten, Kartographen, Astronomen und militärische Führer oft in einflussreiche Positionen auf. Die sephardischen Gelehrten schrieben meist arabisch, auch wenn sie die Tora oder den Talmud interpretierten. Zugleich waren sie höchst aristokratisch, ihr Lebensstil und ihre Gottesdienste waren so glanzvoll, dass die Lebensweise der Aschkenasim (der osteuropäischen Juden) daneben äußerst bescheiden erscheint.

Als die sephardischen Juden von der iberischen Halbinsel vertrieben wurden, suchten sie Zuflucht an den Küsten des Mittelmeers, in Holland, England und den Kolonien dieser Staaten.

Bis zur amerikanischen Unabhängigkeit im Jahre 1776 waren die aus England, Holland und Westindien stammenden Sephardim die vorherrschende Gruppe unter den damals etwa zweitausend Juden in Nordamerika. Die Aschkenasim kamen erst später. Einen erkennbaren Konflikt zwischen den sephardischen und den aschkenasischen Juden gab es in der Neuen Welt nicht – ganz im Gegensatz zu den Spannungen, die ein Jahrhundert später zwischen den deutschen Juden einerseits und den polnisch/russischen Juden andererseits in Amerika auftraten. Die Aschkenasim übernahmen ohne Schwierigkeiten einige sephardische Rituale, und Ehen zwischen aschkenasischen und sephardischen Juden waren nicht selten.

Sephardische Gemeinden findet man heute vor allem in Kleinasien, in Israel, in der Türkei, in Griechenland, England, Holland,

Lateinamerika und natürlich auch in den Vereinigten Staaten, wo die sephardischen Juden 1654 zu den ersten Einwanderern zählten und 1729/30 in New York die Shearit Israel Synagoge erbauten.

Die sephardischen Juden unterscheiden sich in vielen Ritualen von den Aschkenasim. Die Reihenfolge und der Wortlaut ihrer Gebete ist anders, auch der Gesang in der Synagoge klingt anders. Die Sephardim sagen, dass ihre Liturgie aus den Talmudschulen in Babylonien stammt, während die Aschkenasim dem sogenannten Jerusalemer Talmud folgen.

Die Umgangssprache der Sephardim war das Ladino. Jiddisch verstehen die meisten nicht, so wie umgekehrt die meisten aschkenasischen Juden kein Ladino verstehen. Viel grundlegender aber sind die Unterschiede in der Lebensweise und im Denken, die ich auch an anderen Stellen in diesem Buch dargestellt habe. Siehe *aschkenas, ladino, maran, schtetl.*

Die Sephardim sind die kleinste der drei jüdischen Hauptgruppen. Den elf Millionen Aschkenasim und anderthalb Millionen orientalischen Juden stehen nur fünfhunderttausend Sephardim gegenüber. ☛ An dieser Bevölkerungsstatistik, deren Zahlen aus den sechziger Jahren stammen, hat sich wegen der geringen Geburtenrate, den vielen interkulturellen Ehen und dem hohen Assimilationsgrad in den letzten vierzig Jahren wenig geändert. Die jüdische Weltbevölkerung hat sich bis heute nicht vom Holocaust erholt. Die Zahl von 17 bis 18 Millionen Juden, die es vor dem Holocaust gab, ist bis heute nicht wieder erreicht worden. Ein Drittel wurde ermordet; heute gibt es weltweit schätzungsweise 13 bis 14 Millionen Juden, von denen 5,6 Millionen in den Vereinigten Staaten und 4,9 Millionen in Israel leben. Die aus den Ländern des Nahen Ostens, Südwestasiens, Nordafrikas und Indien stammenden »orientalischen Juden« sind besonders in Israel stark vertreten und werden heute meist als *Misrachi* bezeichnet.

Das *National Museum of American Jewish History* in Philadelphia, das im selben Gebäude untergebracht ist wie die *Congregation Mikveh Israel*, eine schon 1740 gegründete spanisch-portugiesische Gemeinde, zeigt viele interessante Ausstellungsstücke zur Geschichte der sephardischen Juden in Amerika. ☚

ß'fíre *(f.)*, **ß'fíreß** *(Pl.)*
Aus dem hebräischen *s'firá* »Zählung«.

In Amerika: *Sfire, Sefirah, Sfires Ha Omer, Sefiros Ha Omer*

Sefirat ha-Omer. Das Omer-Zählen, das am zweiten Tag von Pessach beginnt, als traditionellerweise eine Garbe Gerste (hebräisch: *omer*) zum Tempel gebracht wurde. Es endet 49 Tage (sieben Wochen) später am Wochenfest (*Schawuot*), dem Fest der Weizenernte. ⊛ Die Frist von sieben Wochen liegt nicht nur zwischen Pessach und Schawuot, sondern auch zwischen dem christlichen Ostern und Pfingsten. In der Tat geht das Wort *pfingsten* auf das griechische *pentekosté* »der fünfzigste« zurück. ⊛

Das Omer-Zählen beginnt am zweiten Tag des Pessachfestes mit täglichen, feststehenden Gebeten, nach denen jeweils der 67. Psalm rezitiert wird, der den Vers enthält: »Das Land gibt sein Gewächs. Es segne uns Gott, unser Gott.«

Im Mittelalter wurde die Sefirat eine Zeit der Trauer wegen der vielen schrecklichen Ereignisse, die der Überlieferung nach zwischen Pessach und Schawuot stattgefunden haben: Verfolgungen zur Römerzeit, das Martyrium des Rabbi Akiba, der Tod von zwölftausend seiner Schüler durch eine Seuche, die Ermordung zahlloser Juden während der Kreuzzüge. Auch das blutige Ende des Aufstands im Warschauer Ghetto im Jahre 1943 lag in der Sefirat.

Aus diesem Grund ist frommen Juden in dieser Zeit die Teilnahme an Festen verboten, es finden keine Hochzeiten statt, und Arbeiten nach Sonnenuntergang sind nicht erlaubt. Diese Beschränkungen sind lediglich am Lag ba-Omer, dem 33. Tag der Sefirat aufgehoben, einem kleineren Feiertag, für dessen Ursprung es verschiedene Begründungen gibt.

In neuerer Zeit wird auch der 5. Ijar, der Tag der Unabhängigkeitserklärung des Staates Israel im Jahre 1948, von den Beschränkungen der Sefirat ausgenommen.

☛ Die Sefirat hat auch eine spezielle kabbalistische Bedeutung. Die Kabbalisten haben sich zum Beispiel ausführlich mit den zehn Sefirot beschäftigt (den Urzahlen und Dimensionen der Welt), die bei ihnen zu Eigenschaften und Erscheinungsformen Gottes wurden, von denen der Mensch allerdings nur sieben zu verstehen vermag. Das Omer-Zählen galt den Kabbalisten als eine Art Countdown der Reinigung bis zum Schawuot, bei dem die Begegnung mit Gott am Berg Sinai gefeiert wird. In Michael Strassfelds Sammelwerk *The Jewish Holiday* (1985) erklärt dies Rabbi Arthur Green folgendermaßen: »Die 49 Tage sind sieben mal sieben Sefirot ... An jedem dieser Tage bemüht sich der Kabbalist, die zu diesem Tag gehörenden Sefirot in sich zu erwecken ... Das Omer-Zählen wird damit zu einer Folge von meditativen und moralisch erhebenden Übungen, die das Selbst reinigen und darauf vorbereiten sollen, wieder am Berg Sinai zu stehen.«

Siehe auch *kabole* und *gematrije*.

ßíder *(m.)*, **ßdórim, ßidúrim** *(Pl.)*

Aus dem hebräischen *sidúr* »Ordnung«.

In Amerika: *sider*, *siddur* (reimt sich mit *kidder*)

Siddur. Gebetbuch für den Alltag.

Der Siddur enthält drei tägliche Gebete, die Sabbat-Gebete (und in manchen Ausgaben auch die Feiertagsgebete), den *pírkej-oweß* (hebr. *pirkéj-awót*) die »Sprüche der Väter« aus dem Talmud und andere ausgewählte Lesestücke.

Der Siddur beruht auf einer Sammlung von Gebeten, die zuerst im neunten Jahrhundert in einer Akademie in Babylonien von Amram ben Scheschna (gest. um 875 in Sura) zusammengestellt wurde. Seither ist der Text mehrfach ergänzt und verbessert worden. Manche Gemeinden haben auch etwas andere Gottesdienstordnungen entwickelt.

Der erste gedruckte Siddur erschien 1486 – dreißig Jahre nach der Gutenberg-Bibel. Die Schlussinschrift lautet: »Damit endet das heilige Werk für den Minhag (hebräisch »Brauch, Ritual«) der römischen Gemeinde, von einem Fachmann nach der Ordnung zusammengestellt.« Das hebräische Datum lautet: 2 Ijar 5246, das ist der 7. April 1486.

ßimchaß-tójre

Aus dem hebräischen *simchát-torá* »Freude an der Tora«.

In Amerika: *Simkhes Toyre, Simchas Torah*

Simchat Tora, »Freude der Lehre«, das Fest der Gesetzesfreude am neunten und letzten Tag von Sukkot, dem »Laubhüttenfest«. In Israel am 22. Tischri, in der Diaspora einen Tag später.

Simchat Tora ist ein fröhliches Fest. Es wird gegessen, getrunken und getanzt. Gefeiert wird das Ende der jährlichen, in der Synagoge stattfindenden Lesungen und der Beginn des neuen jährlichen Zyklus. An diesem Tag werden die letzten Kapitel des Deuteronomiums gelesen – und unmittelbar darauf das erste der Genesis, was zeigen soll, dass der Kreis des Gottesdienstes sich ununterbrochen fortsetzt und die Tora keinen Anfang und kein Ende hat.

Man muss sich das vorstellen: Kaum ist der letzte Vers des Fünften Buchs Mose erreicht, ruft die ganze Gemeinde begeistert: *Chazak, chazak, venit chazak!* »Sei stark, sei stark und lass uns neue Kräfte sammeln!« Und sogleich wird der Kreislauf von Lesungen und Gebeten von neuem begonnen: mit dem ersten Genesis-Vers »Am Anfang schuf Gott Himmel und Erde …«

Die Ehre, die letzten Verse der Tora vorzutragen, fällt meist einem gebildeten Mitglied der Gemeinde zu. Er wird der *Chatan Tora* »Bräutigam der Tora« (jiddisch: *chosn tojre*) genannt. Derjenige, der den neuen Zyklus beginnt, heißt der *Chatan Bereschit* »Bräutigam des ersten Abschnitts« (jiddisch: *chosn brejschis*).

☛ In den meisten nicht-orthodoxen Synagogen nehmen heute auch Frauen am Torafest teil. Sogar in solchen Gemeinden, wo die Geschlechter normalerweise getrennt sind, wird den Frauen an diesem Tag oft gestattet, die Männerabteilung der Synagoge zu betreten, damit sie Gelegenheit haben, die Tora-Rollen zu berühren, wenn sie herumgereicht werden. ☚ Reformgemeinden ehren Frauen gelegentlich damit, dass sie sie aus den Propheten vorlesen lassen; die Betreffende ist dann natürlich die »Braut der Heiligen Schriften«.

Den Höhepunkt des Gottesdienstes bildet die festliche Prozession. Die Schriftrollen, geschmückt mit silbernen Toraschilden und Kronen, werden schon am Vorabend von Simchat Tora aus dem Toraschrein genommen und siebenmal um das Lesepult und die gesamte Gemeinde getragen. Dieser Umzug heißt *hakafa* (Plural *hakafot*). Jedes männliche Gemeindemitglied ist daran beteiligt. Die Sieben ist natürlich eine magische Zahl: Am siebenten Tag ruhte Gott nach der Erschaffung der Welt; die Patriarchen Israels waren sieben (wenn man David dazurechnet). Während der Prozession singt die Versammlung, und die Männer, die die Schriftrollen tragen, »tanzen« mit ihnen. Chassidische Gemeinden geraten bei dieser Gelegenheit geradezu in Verzückung.

Die Kinder tragen beim Simchat Tora Fähnchen, begleiten die Prozession und werden mit Süßigkeiten belohnt. Die Jüngsten (unter dem *b'nai mizwa*-Alter) versammeln sich rund um die Bima. Ein Gebetsschal wird über ihnen ausgebreitet wie ein Baldachin, sie dürfen einen Abschnitt aus der Tora lesen und der Rabbiner segnet sie – so wie Jakob seine Enkelsöhne Ephraim und Menasse gesegnet hat (Genesis 48, 15–16). ☛ Diese besondere *alija* wird *ha-ne-arim* »alle Kinder« genannt und ist die einzige Gelegenheit, bei der Kinder vor der Bar oder Bat Mizwa an die Bima (das Lesepult) treten und vorlesen dürfen.

Eine Innovation der jüngsten Zeit ist es, beim Morgengottesdienst die gesamte Tora auszurollen, so dass sie von allen, im Kreis stehenden Gläubigen während des gesamten Gottesdienstes gehalten und berührt werden kann. Rabbi Zalman Schachter-Shalomi hat vorgeschlagen, dass dabei jeder den Abschnitt vorlesen soll, den er gerade hält, und auf diese Weise einen Bibelspruch mitnimmt, der ihn das ganze Jahr begleitet (siehe Michael Strassfeld, *The Jewish Holidays*, Harper & Row, 1985).

Für die Juden in der Sowjetunion wurde Simchat Tora in den siebziger und achtziger Jahren des letzten Jahrhunderts zu einem Tag der Demonstrationen gegen Antisemitismus und Antizionismus. Vor den großen Synagogen in Moskau kam es zu spontanen Versammlungen, bei denen Tausende von Juden – allen Drohungen und Verhaftungen zum Trotz – mit den Tora-Rollen tanzten und ihre jüdische Identität zeigten. ☚

ßímche *(f.)*, **ßímcheß** (Pl.)
Aus dem hebräischen *simchá* »Freude«.

In Amerika: *simkhe, simcha*

1. Ein freudiger Anlass, eine Feier, eine Party. *Come over, we're celebrating a simcha – our son's graduation.* – »Wir feiern eine Party – unser Sohn hat Abitur gemacht.«
2. Eine große Freude.
3. Das, was Freude bereitet. *May you have many more such simchas.*

Ein reicher Mann sagt seinem armen Bruder: »Hör mal, du hast jetzt drei Jahre lang von mir gelebt. Jetzt reicht's! Komm bitte nicht wieder – außer für eine *ßimche!*«

Der arme Bruder zieht davon. Aber am nächsten Morgen ist er schon wieder da.

»Was soll das?« fragt der reiche Bruder.

»Nu«, sagt der Arme. »Als du mich hast weggehen sehen, war das doch bestimmt eine *ßimche* für dich. Ich bin gekommen, um sie mit dir zu teilen.«

Er war wirklich ein guter Schnorrer.

Nach zahlreichen Alpträumen ruft Hitler einen Wahrsager.

Der blickt in seine Kristallkugel und sagt: »Mein Führer, die Vorsehung bestimmt, dass Sie an einem jüdischen Feiertag sterben.«

»An welchem?« fragt Hitler besorgt.

»Ach, jeder Tag, an dem Sie sterben, wird für die Juden ein Feiertag sein.«

ßof *(m.)*, **ßofn** *(Pl.)*
Aus dem hebräischen *sof* »Ende«.

Ende. Schluss.

As der ßof is gut, is alz gut heißt: »Ende gut, alles gut.«

Ins Deutsche ist der Ausdruck als *zoff* »Ärger«, »Streit« eingegangen, was wohl eine Verkürzung von *mieser zoff* »böses Ende« sein dürfte.

ßójcher *(m.)*, **ßójcherte** *(w.)*, **ßóchrim** *(Pl.)*
Aus dem hebräischen *sachar* »im Lande herumziehen«.
Wanderhändler. Kaufmann.

Ins Deutsche ist das Wort als *schachern* »handeln« mit deutlich negativen Untertönen gelangt. In Wirklichkeit stellten die jüdischen Kaufleute, Ladenbesitzer, Wanderhändler und Handelsvertreter seit dem Mittelalter einen unverzichtbaren Bestandteil des Wirtschaftslebens dar.

Eine besondere Rolle spielten die Getreide- und Viehhändler. Sie verschafften den Bauern Kredite und sorgten später für die Vermarktung der Ernten. »Die Beziehung zwischen dem Bauern und dem jüdischen Händler seines Vertrauens entwickelte sich nicht selten zu einer Freundschaft, die auch in den folgenden Generationen Bestand hatte«, schreibt Henry Buxbaum (In: *Jüdisches Leben in Deutschland 1918–1945*, Hrsg. Monika Richarz, Stuttgart 1982). Umgekehrt waren es oft auch Juden, die städtische Produkte und »Kolonialwaren« aufs Land brachten. »Ich erinnere mich an meinen Großvater«, schreibt Frantisek Langer (In: *Die Juden in Böhmen und Mähren*, Hrsg. Wilma Iggers, München 1986). »Neben seinen Feldern hatte er einen kleinen Laden, in den er vom nahen Bahnhof mit dem Schubkarren Waren brachte« (zitiert nach: *Die jüdische Welt von gestern,* Hrsg. Rachel Salamander, München 1998).

In den Städten entwickelte sich eine regelrechte Hierarchie der jüdischen Händler, an deren Spitze die aus Wechselstuben hervorgegangenen Bankhäuser standen. »Dann kommen wohl die »Kolonial«-Händler und die Tuch- und Schnittwarenverkäufer«, schreibt Ottilie von Kahler (In: *Die Juden in Böhmen und Mähren*). »Auch Eisengeschäfte hatten einen gewissen Rang, d.h. so lange es sich um neue Ware bewegte, während die eigentlichen Trödler, die ebenso mit Alteisen wie mit alten Kleidern und allerlei ähnlichen Abfällen handelten, gar nicht in die gesellschaftliche Frage kommen... Diese plebejischen Trödlergeschäfte wurden auch meist nur von den Frauen geführt, (während) die Ehemänner... lernten! Das heißt, sie grübelten und spintisierten Tag um Tag, Sommer und Winter, an dunklen und noch ›ungeklärten‹ Talmudstellen herum.«

☛ Auch in Amerika waren die jüdischen Wanderhändler eine feste Institution. In der Tat zogen jüdische Händler schon zur Zeit der Amerikanischen Revolution bis weit in den Süden. Sie schufen Geschäftsbeziehungen, die für Städte wie Mobile in Alabama oder Natchez in Mississippi lebensnotwendig wurden. »Ehe die Eisenbahnen eine moderne Form der Verteilung von Konsumgütern möglich machten«, schreibt Morris U. Schappes (*The Jews in the United States,* 1958), »bildete der Wanderhändler ein unentbehrliches Verbindungsglied zwischen den wachsenden Manufakturen und den sonst unerreichbaren Kunden in den ländlichen Gebieten, wo die Masse der Bevölkerung lebte.« Von den mehr als 16 500 Wanderhändlern, die bei der Volkszählung von 1860 ermittelt wurden, waren nach Ansicht von Schappes die meisten Juden. Hasia R. Diner (*The Jewish People in America,* John Hopkins 1992) wiederum weist darauf hin, dass die Wanderhändler auch die Verbindung zwischen den weit verstreuten jüdischen Gemeinden in Amerika darstellten. »Charles Wessolowsky, ein Hausierer aus Gollub in der Provinz Posen, diente gleich mehreren jüdischen Siedlungen südlich der Mason-Dixon-Line als Rabbiner. Einerseits verkaufte er seine Waren, andererseits führte er Beerdigungen, Hochzeiten und Einweihungsgottesdienste für Synagogen und jüdische Friedhöfe durch.« Die erste jüdische Einrichtung in Woodville, Mississippi, wiederum war ein Friedhof, der 1849 entstand, als zwei jüdische Wanderhändler einen dritten beerdigen mussten. ☚

◎ ◎ ◎

Der alte Goldberg liegt im Sterben. Viele Jahre hat er seinen bescheidenen Laden geführt, jetzt geht es zu Ende. Seine Familie hat sich um ihn versammelt. Sein Augenlicht ist fast erloschen, und so fragt er: »Rifke, meine liebe Frau, bist du da?«

»Ja, Moischele, ich bin bei dir!«

»Jakob, mein Sohn, bist du da?«

»Ja, Vater, ich bin bei dir.«

»Rachel, mein *fejgele,* bist du da?«

»Ja, *tatele,* ich bin bei dir.«

Da richtet sich Goldberg mit letzter Kraft auf.

»Und wer ist im Geschäft?« ruft er voller Entsetzen.

ßúke *(f.)*, **ßúkeß** *(Pl.)*
Aus dem hebräischen *suká* »Laubhütte«.
ßúkeß *(m.)*
Aus dem hebräischen *sukót* »Laubhüttenfest«.
In Amerika: *Sukes, Succos, Sukkos, Sukkot, Succoth*
Sukkot. Laubhüttenfest.

Dieses Fest beginnt am fünften Tag nach dem Versöhnungsfest Jom Kippur und dauert vom 15.–22. Tischri. Von den Orthodoxen wird es acht, in Israel und bei den Reformjuden sieben Tage lang gefeiert.

☛ »Sieben Tage sollt ihr in Laubhütten wohnen«, heißt es in Leviticus 23, 42. Der »achte Tag« ist Schemini Azeret, den die talmudischen Rabbiner als getrenntes Fest beschreiben, obwohl er offensichtlich als zusätzlicher Feiertag eingerichtet wurde, an dem die Pilger noch in Jerusalem bleiben konnten. Der Gottesdienst an diesem Tag umfasst auch ein Gebet um Regen und eine Fürbitte für die Toten (Jiskor).

Schemini Azeret ist zugleich das Schlussfest, denn am nächsten Tag folgt *ßimchaß-tojre* (siehe dort). Der jüdische Kalender weist also von Rosch ha-Schana über Jom Kippur, Sukkot, Schemini Azeret bis zu Simchat Tora praktisch die gesamte erste Hälfte des Herbstes als einen einzigen Non-Stop-Feiertag aus.

Wenn man in Betracht zieht, dass in Amerika in diese Zeit auch der Beginn des neuen Schuljahrs, Halloween und Thanksgiving fallen, kann man sich vorstellen, dass die weniger frommen amerikanischen Juden nach Jom Kippur oft nicht mehr die rechte Energie zum Feiern aufbringen. Trotzdem bauen viele ihre eigene *ßuke* oder besuchen die Gemeinschafts-*ßuke* in der Synagoge. ☚

Während der gesamten Woche nimmt eine gläubige Familie ihre Mahlzeiten in dieser »Laubhütte« ein, die im Freien aufgestellt wird (die Kinder lieben es, dabei zu helfen). Die Hütte wird im Inneren mit Obst und Blumen geschmückt und mit belaubten Zweigen gedeckt (dabei müssen nachts die Sterne von innen noch sichtbar sein). Die Hütte soll durchaus provisorisch aussehen und an die Behausungen der Juden während der vierzig Jahre erinnern, die sie nach dem Auszug aus Ägypten in der Wüste verbrachten. Damit »eure Nachkommen wissen, wie ich die Kinder Israel habe lassen in

Hütten wohnen, da ich sie aus Ägyptenland führte« (Leviticus 23, 43). Dass Arme und Reiche gleichermaßen in solchen primitiven Unterkünften hausen sollen, empfindet Philo als eine besonders demokratische Tradition.

Andererseits hatte das Leben in Hütten vielleicht auch einen praktischen Grund: Bei der Ernte wohnten die Knechte über Nacht in Zelten, um die Arbeit abzuschließen, ehe die Herbstregen einsetzten. Dies vermutet jedenfalls Arthur Hertzberg (*Judaism.* Simon & Schuster, 1991).

Denn Sukkot ist auch ein Erntedankfest. Gott befahl Moses: »Das Fest der Wochen (Schawuot) sollst du halten mit den Erstlingen der Weizenernte; und das Fest der Einsammlung (Sukkot), wenn das Jahr um ist« (Exodus 34, 22). Sowohl Pessach, als auch Schawuot und Sukkot sind also landwirtschaftlich bestimmte Feste, was daran erinnert, dass die jüdischen Sitten und Gebräuche alle im Zusammenhang einer Agrargesellschaft entstanden. Pessach und Sukkot sind außerdem beides Vollmondfeste. Der jüdische Kalender orientiert sich bekanntlich am Mond, die Anpassung an das Sonnenjahr erfolgt dadurch, das im Verlauf von jeweils 19 Jahren sieben Mond-Monate eingefügt werden.

An den beiden ersten und letzten Tagen von Sukkot werden besondere Gottesdienste in der Synagoge abgehalten. Die Männer tragen einen Palmzweig *(lulaw)*, drei Myrtenzweige *(hadas)*, zwei Weidenzweige *(arawa)* zum Strauß gebunden und außerdem noch einen Paradiesapfelzweig *(etrog)* von der Art *citrus decumana* (auch als Judenapfel bezeichnet). Diese vier Arten symbolisieren verschiedene Tugenden und Eigenschaften des Menschen. Der Palmzweig steht für das Rückgrat, die Myrte steht für das Auge, der Weidenzweig für den Mund und der Zitruszweig für das Herz, heißt es im *Sefer ha-Hinuch* des Aaron Halewi aus Barcelona. Louis Jacobs (*The Jewish Religion,* Oxford University Press, 1995) schreibt: »Die Palme (mit ihren Datteln), die Geschmack, aber keinen Duft hat, steht für den Juden, der Bildung besitzt, aber wenig gute Taten getan hat; die Myrte, die duftet, aber nicht essbar ist, steht für den Juden, der gute Taten getan hat, aber wenig Bildung besitzt; die Weide steht für den Juden, der sich weder durch Bildung noch gute Taten auszeichnet; und der Zitruszweig steht für den

Juden, der sowohl Bildung besitzt als auch gute Taten getan hat. Alle vier zusammen bedeuten, dass sehr verschiedene Menschen nötig sind, um eine jüdische Gemeinde zu bilden.«

Der Paradiesapfelzweig steht auch für weibliche Fruchtbarkeit; seine Früchte werden in der Volksmedizin benutzt, um die Geburtsschmerzen zu lindern. Nach der Legende könnte der Etrog sogar die verbotene Frucht im Garten Eden gewesen sein. In der *Enzyclopedia of Jewish Symbols* (Jason Aronson, 1992) schreibt Ellen Frankel, dass die kabbalistische Überlieferung den *lulaw* als »ein Symbol der gottgewollten Sexualität« sieht. »Wenn das phallische Symbol des *lulaw* mit dem *etrog*, dem Symbol weiblicher Fruchtbarkeit, verbunden wird, drückt sich darin eine sexuelle Vereinigung aus, die gut zu einem Erntedankfest wie Sukkot passt.« ☚

Am siebten Tag des Sukkot findet in der Synagoge ein siebenfacher Umgang statt, das große Hoschana (*hoschana rabba*). Dabei werden die Palm- und Weidenzweige getragen und die Gemeinde singt besondere Bittgesänge um eine gute Ernte, mit denen Hungersnöte und Dürre abgewehrt werden sollen. Die Weidenzweige werden an die *bima* geschlagen, zum Zeichen der Reue, heißt es. Der Überlieferung nach wird nämlich an Hoschana Rabba in den himmlischen Kanzleien über das Schicksal eines jeden einzelnen Juden entschieden. ☛ Bei umweltbewussten Juden ist Sukkot heute einer der beliebtesten Feiertage. Das früher oft vernachlässigte Hoschana Rabba ist z. B. von Rabbi Arthus Waskow, dem Leiter des *Shalom Center* in Philadelphia als Gelegenheit zur Demonstration gegen die Verschmutzung der Flüsse und Gewässer interpretiert worden. ☚

ßuß *(m.)*, **ßúßim** *(Pl.)*
Aus dem hebräischen *sus* »Pferd«.

Das Wort ist als *zosse* oder *zossen* »Pferd«, »Gaul«, »alter Gaul« in den Berliner Dialekt eingegangen.

t

tachleß *(m.)*, **tachléjßim** *(Pl.)*
Aus dem hebräischen *tachlis* »Zweck, Ziel«.

In Amerika: *takhles, tachlis*

1. Leistung, Erreichtes, Ergebnis. *If only that man would arrive at a little tachlis. – What tachlis will that produce?*

2. Tacheles. Der Kern einer Angelegenheit. Knackpunkt. *Let's talk tachlis.* »Lass uns Tacheles reden.« – *What's the tachlis?* bedeutet: »Was sind die konkreten Folgen?«

Es wird erzählt, dass der berühmte Rabbiner Levi Yitzkhok (1740–1810) ein sehr scharfsichtiger Beobachter war, wenn es darum ging, den springenden Punkt zu entdecken. Als man ihm sagte, dass eines seiner Gemeindemitglieder im Alter von 74 Jahren noch zum Christentum übergetreten war, hob er die Augen zum Himmel und sagte: »Ach, wie treu ist doch Dein Volk, Herr! Stell Dir vor! Vierundsiebzig Jahre lang hat er ausgehalten!«

tajtl *(m.* und *n.)*, **tajtlech** *(Pl.)*
Aus dem mittelhochdeutschen *diuten, tiuten* »zeigen, deuten«.

Zeigestab, der beim Lesen großer Bücher und der Tora gebraucht wird. In der Synagoge wird dem Vorleser Zeile und Wort durch einen silbernen, manchmal auch goldenen Stab gewiesen, der in ein Händchen mit ausgestrecktem Zeigefinger ausläuft.

tajtsch *(m.* oder *f.)*, **tajtschn** *(Pl.)*, **tajtschn** *(Verb)*
Aus dem mittelhochdeutschen *diutisch, tiutsch* »deutsch«.
1. (als Substantiv:) Bedeutung, Erklärung.
2. (als Verb:) »Verdeutschen«, das heißt übersetzen, erklären, interpretieren.

tajtsch-chúmesch *(m.)*
Aus dem mittelhochdeutschen *diutisch, diutsch, tiutsch* und dem jiddischen *chúmesch* (hebräisch *chumásch* »Fünftel«). Richtig müsste es heißen: *chamíscho chúmschej-tójre* (hebräisch: *chamischá chumschéj-torá*) »Fünf Fünftel der Tora«.

Der volkstümliche Name einer Bibelausgabe in jiddischer Sprache, insbesondere für jüdische Frauen und andere, die kein Hebräisch lesen konnten. Sie enthält die fünf Bücher Mose, ausgewählte Stücke aus den Propheten, die wöchentlichen Gebete, den Prediger Salomo, die Bücher Ester und Rut, die Klagelieder von Jeremias und das Hohelied.

Zu Beginn des 16. Jahrhunderts wurden Übersetzungen des Pentateuch angefertigt, um den Hebräischlehrern (*melamdim*) bei ihrer Arbeit zu helfen. Die späteren Übersetzungen ins Jiddische waren vor allem für die Frauen gedacht (die ja für gewöhnlich keine Gelegenheit hatten, Hebräisch zu lernen).

Das erste populäre Sittenbuch war das *Sefer Mides* von 1542. Der *Brantschpigl* (»Brennspiegel«) von Moses Henoch Altschul, 1597 in Krakau, 1602 in Basel gedruckt, zielte direkt auf weibliche Leser. Das *Lew Tow* (»Das gute Herz«) von Isaak ben Elijakum aus Posen, 1620 in Sulzbach erschienen, war tiefreligiös und sprach sowohl Männer wie Frauen an.

Aber es blieb einem gewissen Jakob ben Isaak Aschkenasi aus Janow vorbehalten, Ende des 16. Jahrhunderts ein anspruchsloses »Hausbuch« zu schreiben, das in Zentral- und Osteuropa ungeheuer populär wurde: das *Zeno ureno* oder *Tajtsch-Chumesch,* eine formlose, aber anregende Sammlung von Texten aus der Bibel, aus dem Talmud und aus dem reichen Schatz der jüdischen Geschichten, Allegorien und Legenden. In diesem Buch fanden die jüdischen

Frauen moralische und religiöse Erbauung und Hilfe in allen Lebenslagen – von der Kleidung bis zum Gebet und zum korrekten Benehmen.

Vermutlich ist das Buch schon um 1600 in Lublin erschienen, die erste bekannte Ausgabe erschien 1620 in Krakau, die älteste erhaltene Ausgabe wurde 1622 in Hanau gedruckt. Das *Zeno ureno* erlebte über dreihundert Auflagen. Es wurde Mitte des 17. Jahrhunderts sogar ins Lateinische übersetzt; wozu das gut gewesen sein sollte, weiß ich allerdings nicht.

Siehe auch *mameloschn.*

tajwl *(m.)*, **tajwlen, tajwolim, tajwlonim** *(Pl.)*
Aus dem mittelhochdeutschen *tiuvel* »Teufel«, das aus dem kirchen-griechischen *diabolos* stammt.

In Amerika: *tayvl, teivel, teuvel, teufel*

1. Ein Teufel.
2. Der Teufel.

Ein gebräuchlicher jüdischer Fluch ist: *a tajwl sol im hobn* »soll ihn der Teufel holen!«

táleß *(m.)*, **taléjßim** *(Pl.)*
Aus dem hebräischen *talít* »Gebetsmantel«.

In Amerika: *tales, tallis*

Tallit. Gebetsmantel oder Gebetsschal, der beim Gottesdienst getragen wird.

Die orthodoxe Braut schenkt ihrem künftigen Mann einen Tallit, so wie ihm sein Vater den ersten Tallit zu seiner Bar Mizwa geschenkt hat. Manchmal dient der Tallit auch als Baldachin bei der Hochzeit.

Die Heilige Schrift (Numeri 15, 38) befiehlt den Juden, ein Gewand mit vier Schnüren und Quasten, den sogenannten *zizeß* »Schaufäden« zu tragen, die sie an ihren Bund mit Gott erinnern sollen. Früher war der *taleß* mal ein wirklicher Mantel, aber wegen der vielen Demütigungen, denen Juden in der Öffentlichkeit ausgesetzt waren, beschlossen die Rabbiner, dass der *taleß* nur in der Synagoge und zu Hause beim Gottesdienst getragen werden muss.

Chassidim und orthodoxe Juden tragen längere, Reformjuden kürzere und leichtere *talejßim*. Der in der Regel weiße Gebetsschal wird zum Zeichen der Trauer um den im Jahre 70 n. Z. zerstörten Tempel von schwarzen und blauen Streifen durchzogen. ☛ Der konservative Siddur (*Siddur Sim Shalom*) von 1986 bestätigte zum ersten Mal, dass auch Frauen den Tallit tragen dürfen. Seither sind die Muster, Farben und symbolischen Bedeutungen des Gebetsschals erweitert und in ihrer Bedeutung erheblich vertieft worden. ☚

Traditionellerweise wird ein gläubiger Jude in einem Leichentuch und mit seinem Tallit begraben.

Siehe auch *zizeß*.

Ein alter Rabbiner ging an einer Tür vorbei, als er aus dem Inneren des Hauses ein leises Weinen hörte – es klang wie ein kleines Kind. Daraufhin klopft er an die Tür. Keine Antwort. Nur das leise, traurige Weinen. Er klopft erneut, aber es kommt immer noch niemand. Daraufhin drückt er die Klinke herunter. Die Tür ist unverschlossen. Der Rabbi tritt ein. Im Wohnzimmer ist niemand, im Schlafzimmer auch nicht. Die Küche ist ebenfalls leer. Aber das gedämpfte Weinen ist immer noch hörbar. Der Rabbi ist zutiefst verstört. Schließlich entdeckt er, wo das Geräusch herkommt: aus einer großen Kommode.

Er reißt die Schublade auf und findet zu seiner Überraschung nichts als einen Tallit.

»Kleiner *taleß*«, sagt der Rabbiner, »kleiner *taleß*, sag, warum weinst du?«

»Weil mein Besitzer fort ist«, schluchzt der Gebetsschal. »Er ist mit seiner Frau und seinen Kindern auf Reisen gegangen und hat mich hier zurückgelassen.«

»Ach, kleiner *taleß*«, seufzt der Rabbiner, »hör auf zu weinen. Eines Tages wird dein Besitzer dich mit auf die Reise nehmen, nur dich allein, und alle anderen wird er zurücklassen.«

talmetójre *(f.)*, **talmetójreß** *(Pl.)*
Aus den beiden Begriffen *talmud* und *tora* zusammengezogen.
In Amerika: *Talmetoyre, Talmud Torah*
Orthodoxe Elementarschulen.

Die bekannteste deutsche Talmud-Tora-Schule wurde 1805 in Hamburg-Altona gegründet und bestand als Volks- und höhere Schule bis 1942.

In Amerika bieten die Talmud-Tora-Schulen täglich und sonntagvormittags einen zweistündigen Hebräischunterricht. Viele jüdische Kinder haben zusätzlich zum normalen Unterricht an öffentlichen Schulen wöchentlich noch zehn bis fünfzehn Stunden Hebräisch. Die Zahl der Talmud-Tora-Schulen hat allerdings in letzter Zeit stark abgenommen, weil ihre Aufgaben von den Synagogen übernommen worden sind.

Ein kleiner Junge kommt aus der *Talmetoyre* nach Hause. »Nu, was habt ihr heute gelernt?« fragt ihn sein Vater.

»Ach, der Lehrer hat uns von General Moses erzählt. Wie General Moses die Juden aus Ägypten herausgeführt hat und General Pharao hinter ihm her war. Und dann hat das Rote Meer General Moses den Weg versperrt, und er musste eine Atombombe abwerfen! Peng! Das Wasser hat sich geteilt, die Juden konnten durchs Meer laufen und die Ägypter sind alle ertrunken.«

»*Das* hat euch euer Lehrer erzählt?«

»Nö«, sagt der Junge und zuckt mit den Achseln, »aber wenn ich dir sagen würde, was der uns wirklich erzählt hast, dann sagst du, ich spinne!«

tálmid *(m.)*, **talmídim** *(Pl.)*
Aus dem hebräischen *talmíd* »Schüler, Jünger«. Nicht zu verwechseln mit »Talmud«.

talmed-chóchem *(m.)*, **talmide-chachómim** *(Pl.)*
Aus dem hebräischen *talmíd-chachám* »weiser Jünger«.
In Amerika: *talmid khokhem, talmid chachem*
Talmudgelehrter.

Eine der meistgeehrten Persönlichkeiten im jüdischen Leben war der *talmed-chochem.* Er war der Gebildetste der Gebildeten, ein Weiser und ein Gelehrter, einer der seltenen, gänzlich durchgeistigten Menschen, die »Schüler der Weisen« genannt wurden. Er war einer von denen, die vielleicht zum großen »Meer des Talmud« beitragen würden.

Der Talmudgelehrte war nicht nur gebildet, sondern auch in seiner Kleidung und seiner Persönlichkeit makellos. Persönliche Bequemlichkeit und materielle Belohnungen waren ihm gleichgültig. Seinem Wesen nach war er freundlich; gegenüber anderen war er sensibel; er war still und demütig; seine Augen waren stets niedergeschlagen und sein Verhalten war untadelig. Seine Gelehrsamkeit war stets mit Redlichkeit und Mitleid verbunden.

Dabei setzte man voraus, dass diese Tugenden ohnehin Hand in Hand gehen. Wer die Tora studiert, muss unweigerlich tugendhaft sein, und wer genug weiß, kann nichts Böses tun. Ein bestechlicher, eitler oder wollüstiger *talmed-chochem* war undenkbar – eine *contradictio in adiecto*.

Es gab keine bestimmte Instanz, die einen Mann zum *talmed-chochem* machen konnte. Der Ehrentitel wurde vielmeh durch die allmählich wachsende Anerkennung durch andere erworben. Wenn ein junger Mann sich in seinen Diskussionen als klüger, einsichtsvoller, edler und weiser als seine Altersgenossen erwies, wurde er allmählich zum *chochem* (allerdings war er dann meist nicht mehr jung).

Wohlgemerkt: Der *talmed-chochem* bleibt zeitlebens ein Schüler; das heißt die »endgültige Wahrheit« kann er niemals erfahren. Der *chochem* bleibt immer ein Fragender und Suchender. Sein Ziel erreicht er nie: Das Lernen ist endlos.

Den *chachomim* wurde von den Juden oft die jüdische Gemeindesteuer erlassen, nicht nur weil sie notorisch arm waren, sondern weil ihre Mitmenschen wünschten, dass sie jede Minute mit Talmudstudien verbrachten. Wer konnte schließlich wissen, was für Vorteile ihre Gelehrsamkeit den anderen bringen mochte? »*Chachomim* stärken den Frieden der Welt«, heißt es im Talmud.

Die *chachomim* lernten für die Gemeinschaft und deren Wohlergehen. Im Gegenzug wurde der Talmudschüler von der Gemeinde unterstützt. Die Hauptlast trugen aber meistens die Frauen der *chachomim,* die von der Gemeinschaft geschätzt wurden, weil sie unendliche Mühen auf sich nahmen, um ihrem Ehemann ein möglichst ununterbrochenes Studium der Heiligen Schrift zu erlauben.

Ein Rabbi ist gerade auf dem Weg nach Hause. Da stellt sich ihm ein *goj* in den Weg. Der junge Mann hält beide Fäuste hinter dem Rücken und fordert den Rabbi heraus: »Aufgepasst, Jude! Ich habe einen kleinen Spatz in der Hand, und du musst raten, in welcher! Wenn du richtig rätst, lass ich ihn fliegen. Wenn du falsch rätst, zerquetsche ich ihn, und sein Tod kommt über dein Haupt ... Na? Was rät euch euer geliebter Talmud in solchen Fällen?«

Der *talmed-chochem* betrachtet den jungen Mann mit schmerzlichen Blicken und seufzt: »Unser Talmud sagt uns, dass die schreckliche Wahl zwischen Leben und Tod – in deiner Hand liegt.«

»Auf einem Tisch ruht kein Segen, solange keine Gelehrten daran gespeist worden sind.« *Volksweisheit*

Ein weiser Rabbi war so berühmt für seine Logik, dass er alle Fragen beantworten konnte, die seine Schüler ihm stellten, selbst wenn sie die kompliziertesten Punkte im Talmud betrafen. Seine Verstandeskräfte schienen so groß, dass einer seiner Schüler rief: »Unser Rabbi findet einen Ausweg aus jedem Dilemma.«

»Ja«, sagte ein anderer. »Es ist wahr, dass unser Rabbi ungeheure Geisteskräfte besitzt, aber ich frage mich, was wohl passieren würde, wenn er mal müde und benommen wäre, vielleicht sogar ein bisschen betrunken. Ob sein Verstand dann wohl immer noch so glänzen würde?«

Und so beschlossen die Jünger, das Genie ihres verehrten *talmed-chochem* auf die Probe zu stellen. Beim Sukkot-Fest gaben sie ihm gerade genug Wein, um ihn betrunken zu machen. Dann, als er eingeschlafen war, trugen sie ihn – natürlich voller Respekt – auf den Friedhof, wo sie ihn ins Gras legten. Sie versteckten sich hinter den Grabsteinen, um zu sehen, was er wohl sagen würde, wenn er die Augen aufschlug und sah, wo er sich befand …

Was der Rabbi sagte, war ein Triumph talmudischer Logik. Er sah sich auf dem Friedhof um und sagte: »Wenn ich noch lebe, was tue ich dann hier? … Und wenn ich schon tot bin, warum muss ich dann so dringend aufs Klo?«

»Verstand ist ein Quell des Lebens für den, der ihn hat, aber Dummheit ist die Strafe der Narren.« *Sprüche Salomonis 16, 22*

Der *talmed-chochem* kommt vom Mittagessen in sein Arbeitszimmer zurück, kann aber seine Brille nicht finden. Er sucht in allen Ecken und Winkeln, aber die Augengläser bleiben verschwunden.

»Was soll ich, was soll ich bloß machen?« singt er vor sich hin. »Das ist ein Problem, das ist ein Problem, gebrauch' doch mal deinen Verstand. Also gut, erste Hypothese: ›Ist jemand reingekommen und hat sie gestohlen, als ich nicht da war?‹ N-nein. Und warum nicht? Weil, wenn es jemand gewesen wäre, der eine Lesebrille braucht, dann hätte er eine. Wenn er aber keine braucht, wozu soll er dann meine stehlen? … Zweite Hypothese: ›Vielleicht hat sie ein Dieb gestohlen, der sie gar nicht selbst haben wollte, sondern der sie verkauft!‹ Aha! Aber wem kann man schon eine Lesebrille verkaufen? Wenn sie der Dieb jemandem anbietet, der eine braucht, dann hat der schon eine; wenn er sie aber jemandem anbietet, der keine braucht, warum sollte der sie dann kaufen? Nein! Kein Dieb! … Und was heißt das? Ganz offensichtlich: ›Es muss jemand die Brille genommen haben, der eine braucht und auch eine hat, dieselbe aber gerade nicht finden kann!‹ Und *warum* kann er sie nicht finden? Vielleicht war er so in seine Studien vertieft, dass er sie geistesabwesend von seiner Nase auf die Stirn geschoben hat. Vielleicht hat er das dann vergessen und hat deshalb – meine genommen!«

Der Gelehrte hält inne. »Jetzt muss ich den Gedanken bloß noch etwas weiter treiben!« ruft er. »Vielleicht bin ich ja selbst dieser Mann – der Mann, der eine Brille braucht und der auch eine Brille besitzt, der sie von der Nase auf die Stirn geschoben und bloß vergessen hat, dass er das getan hat. Wenn meine Überlegungen richtig sind, müsste meine Brille jetzt auf meinem Kopf sein!« Der *talmedchochem* hebt seine Hand, findet die Brille und setzt seine Studien fort.

tálmud *(m.)*
Hebräisch: *talmúd* aus *lilmod* »lernen« oder *lelamed* »lehren«.
In Amerika: *Talmud*

Der Talmud. Er ist nicht die Bibel. Er ist nicht das Alte Testament. Er ist auch nicht »ein« Buch. Man kann ihn nicht lesen, man kann ihn nur studieren.

Der Talmud ist ein gewaltiges Kompendium von 63 Büchern und enthält die Protokolle von Diskussionen und Dialogen, die Schlussfolgerungen, Beschlüsse, Kommentare, Kommentare zu Kommentaren und Kommentare zu Kommentaren von Kommentaren jener Gelehrten, die sich über tausend Jahre lang mit der Deutung der Tora (den fünf Büchern Mose: Genesis, Exodus, Leviticus, Numeri und Deuteromium) beschäftigt und deren Inhalt auf juristische und moralische Fragen, auf die Gestaltung der Feiertage und Zeremonien und auf die sonstige Überlieferung angewandt haben.

Die Tora (die alle wesentlichen Gesetze des Judentums enthält) wurde in den Jahrzehnten nach der Rückkehr der Juden aus Babylonien von Esra und Nehemia zusammengestellt und etwa um 420 v. Z. kanonisiert. Das verhinderte spätere Veränderungen des Inhalts. Bereits Esra und Nehemia führten deshalb den Brauch ein, dass bei jeder öffentlichen Tora-Lesung ein »Dolmetscher« anwesend war, der komplizierte Abschnitte interpretierte. Da es immer schwieriger wurde, die alten Gebote und Verbote so darzustellen, dass sie ihre Bedeutung für die aktuellen Probleme der Gegenwart behielten, entfernten sich die »Dolmetscher« immer weiter vom Text und bemühten sich oft sehr phantasievoll, überzeugende neue Interpretationen zu finden. So wurde eine Exegese geboren, eine »Wissenschaft« der Analyse und Deutung, die Midrasch genannt wurde (»Darlegung«, aus dem hebräischen *darasch* »suchen, fragen«).

Aus dem Midrasch entwickelte sich allmählich die Mischna (»Wiederholung«, aus dem hebräischen *schana),* eine mündliche Überlieferung von Kommentaren zu den biblischen Gesetzen. Wann dies genau geschah, ist umstritten, es scheint aber, dass die Entwicklung ungefähr gleichzeitig in Babylonien und Palästina einsetzte. Zur Mischna gehören die Rechtsprechung, Verordnungen, Meinungen und ethische Lehrsätze aus den siebenhundert Jahren jüdischen Lebens in Palästina und Babylonien zwischen 537 v. Z. und dem 2. Jahrhundert danach.

Die Pharisäer unterstützten die Beschäftigung mit der Bibel und deren Auslegung. Die herrschenden Sadduzäer hingegen nahmen eine fundamentalistische Position ein: Die Heilige Schrift sollte unveränderlich sein und offenbarte sich von allein; Interpretationen waren nicht nötig und grenzten an Blasphemie.

Was immer sich die Parteien gedacht haben mochten: Die Massen liebten die Mischna. Schließlich konnte seit der Kodifizierung der Tora jeder gewöhnliche Jude die Heiligen Schriften studieren und die Interpretationen der Schriftgelehrten in Frage stellen und überprüfen. Aus dem einfachen Volk traten immer wieder neue Exegeten hervor, und dass sie bloß einfache Handwerker waren, stellte kein Hindernis für sie dar. Die Deutung der Heiligen Schrift war nicht das Privileg und Monopol der Priester.

Die Rabbiner erkannten bald, welche Energien die Beschäftigung mit der Mischna freisetzte, und weil sie befürchteten, die Tora könnte schließlich durch die Mischna verdrängt werden oder müsste ständig mit ihr konkurrieren, verboten sie, dass die Mischna schriftlich fixiert wurde. Das bedeutete, dass die Mischna auswendig gelernt und mündlich tradiert werden musste.

Da sie aber vernünftige und pragmatische Männer waren, wussten die Rabbiner, dass sich »mündliche Gesetze« rasch verändern und ständig falsch ausgelegt werden würden, wenn es keine Dokumente mit einer gewissen Gültigkeit gab. Und so begannen sie, heimlich Aufzeichnungen über ihre Interpretationen und Schlussfolgerungen zu machen. Diese (oft stark abgekürzten) Notizen halfen ihnen zugleich beim Auswendiglernen der Mischna.

Eine systematische Beschäftigung mit der Mischna begann nach der Zerstörung des Tempels und des jüdischen Staates im Jahre 70 n.Z., als der Tempelkult nicht länger den Mittelpunkt jüdischen Lebens bildete und eine Sammlung der Kommentare dringend notwendig wurde. Möglicherweise wurden die ersten Texte schon von Rabbi Akiba ben Josef (gest. 135 n.Z.) und seinem Schüler Rabbi Meir in Jawne und Uscha gesammelt, die eigentliche systematische Niederschrift und Kodifizierung der Mischna erfolgte aber durch deren Schüler Rabbi Jehuda ha-Nassi.

Jehuda ha-Nassi war nicht nur Patriarch des Sanhedrin in Sepphoris, sondern besaß auch große Autorität in der babylonischen Diaspora. Seine im sogenannten mischnischen Hebräisch verfasste Sammlung der Mischna, die etwa im Jahre 200 n.Z. abgeschlossen wurde und sechs Ordnungen (Sedarim) mit 63 Traktaten (Masechtot) umfasst, wurde zum ersten Teil des späteren Talmud. Siehe *mischne.*

Der zweite Teil des Talmud ist die *Gemara* (aus dem Aramäischen »lernen«), ein gewaltiges Kompendium von Kommentaren zur Mischna. Denn auch der Abschluss der Mischna im Jahre 200 bildete natürlich noch nicht das Ende der rabbinischen Tradition. Bald wurde die Mischna selbst als heiliger Text angesehen, auf den dieselben Regeln der Auslegung angewandt wurden wie auf die Bibel. So entstand die in aramäischer Sprache verfasste Gemara. Sie enthält aber auch viel Hebräisch.

Das große Colloquium, das schließlich zur Gemara führte, fand zwischen dem zweiten und fünften Jahrhundert in den Akademien von Palästina (Caesarea, Tiberias, Sepphoris, Lydda) und Babylon (Nehardea, Sura, Pumbedita, Mahoza, Naresch, Mata Mehasya) statt. Die Akademien der babylonischen Juden (also derjenigen, die 538 v.Z. nicht nach Palästina zurückgekehrt waren, sondern im Zweistromland eine blühende, aber stets von politischen Veränderungen gefährdete Diaspora aufgebaut hatten) hatten sich nämlich ihrerseits schon mindestens genauso lange und intensiv mit der Auslegung der Bibel beschäftigt wie die in Palästina lebenden Juden.

Der Ausdruck »Talmud« wurde zuerst im 6. Jahrhundert n.Z. gebraucht, als die babylonischen Juden unter dem Druck erneuter Verfolgung beschlossen, dass alles aufgeschrieben und gesammelt werden müsse, was sie über die Bibel und ihre Auslegung wussten. Das war tausend Jahre, nachdem die Tora kodifiziert worden war und die Auseinandersetzung über ihre Bedeutung begann.

Die Akademien in Palästina und Babylonien brachten zwei verschiedene Talmudim hervor. Das eine war der in west-aramäischer Sprache verfasste *talmud-jeruschálmi,* der palästinensische Talmud, der im fünften Jahrhundert zusammengestellt wurde; der andere, sehr viel umfangreichere *talmud-bawli* oder babylonische Talmud entstand ein Jahrhundert später in ost-aramäischer Sprache. Wenn wir heute vom Talmud sprechen, meinen wir meist den Babylonischen Talmud, der weitaus größeren Einfluss auf die jüdischen Gesetze und das jüdische Leben gehabt hat. (Außerdem wurde der Text des palästinensischen Talmud nicht ganz vollständig überliefert.)

Die juristischen Teile des Talmud heißen Halacha. Die moralischen, poetischen, allegorischen und anekdotischen Teile heißen Aggada (jiddisch: *hagode*). ☛ »Die Halacha runzelt die Stirn, wo die Aggada lächelt«, schrieb der große hebräische Dichter Chaim Nachman Bialik. »Die eine ist pedantisch, ernst, unbeugsam – ganz Gerechtigkeit; die andere ist entgegenkommend, nachsichtig, anschmiegsam – und bietet uns Gnade … Die Halacha ist der Kristall, die äußerste, unvermeidliche Quintessenz der Aggada; die Aggada ist der lebendige Inhalt der Halacha.« ☚ Siehe *hagode.*

Der Talmud beschäftigt sich mit allem: von der Theologie zum Vertragsrecht, von der Kosmologie zur Kosmetik, von der Jurisprudenz zu den Regeln des Anstands, vom Strafrecht zu Kochrezepten und Speisevorschriften, von Träumen zum Trinken – im Talmud ist alles zu finden. Er ist ein Sammelbecken des rabbinischen Denkens über jeden erdenklichen Gegenstand unter der Sonne (bzw. unter dem Mond), der im sechsten Jahrhundert bekannt war. Er pendelt zwischen Exegese und Ästhetik. Er ist prall gefüllt mit Anekdoten, Aphorismen, Kurzbiographien, philosophischen Abhandlungen und ermüdenden Haarspaltereien. Er berührt medizinische, landwirtschaftliche, geographische, historische und astronomische Fragen.

Er ist ebenso majestätisch wie pedantisch; ebenso brillant wie langweilig; ebenso scharfsinnig wie trivial; ebenso ehrfurchtgebietend wie obskur, abergläubisch und kasuistisch. Es wimmelt von Rabulistik und Abrakadabra. Was tiefsinnig anfängt, endet oft genug in Mythologie, Astrologie, Numerologie und eigenartigen Wahnvorstellungen: Da wird mit dem Teufel und seinen Dämonen gerungen, da treten strahlende Engel und Himmelsboten mit Offenbarungen auf, endlose mythologische Verwicklungen breiten sich vor uns aus. Ebenso wie später die christlichen Scholastiker verschwendeten die Talmudisten viel von ihrer Zeit und Geisteskraft auf dialektische Spitzfindigkeiten.

Der Talmud ist kein Dogma. Abgesehen von einigen dogmatischen Sätzen in der Mischna gibt es überhaupt nur wenige Dogmen im Judaismus. Der Talmud ist auch kein Katechismus. Er ist eine lange, verwickelte Erklärung eines Textes (der Tora) und der Kommentare zu diesem Text. Der Talmud zeigt die *Methoden*, wie man biblische Texte interpretieren, diskutieren und wieder anders interpretieren kann. Denn im unübersichtlichen Gelände des Talmud gibt es viele verschiedene Meinungen, es wird gekämpft und gestritten, der eine lässt Argumente aufmarschieren und vorrücken, der andere zieht seine zurück. Die Wirkung all dieser Auseinandersetzungen ist eindeutig: Wer sich mit dem Talmud beschäftigt – also praktisch jeder junge Jude – lernt Fragen zu stellen, seine Ansicht im Streitgespräch zu behaupten und schließlich immer genauer zu unterscheiden und zu analysieren.

Auch das rabbinische Gesetz ist übrigens keineswegs einheitlich; auch hier spiegelt der Talmud hitzige und manchmal sogar erbitterte Meinungsverschiedenheiten. Und die Rabbiner lehrten, dass sowohl die einen wie die anderen Worte vom lebenden Gott stammten.

Über zwei Jahrhunderte lang stritten in Jerusalem zwei rivalisierende Schulen über religiöse, juristische und moralische Fragen und deren Ausformung in Gesetzen, Sitten und Brauchtum. Die eine berief sich auf Schammai den Älteren (Bet Schammai), die andere auf Hillel ha-Sakeu (Bet Hillel). Nicht weniger als 316 dieser Debatten sind im Talmud protokolliert. Schammai war ein konservativer, streng am Bibeltext orientierter, legalistischer Richter; Hillel war dagegen praxisnäher und liberaler, ein humanistischer Philosoph. Er interessierte sich weniger für Eigentums- als für Menschenrechte. Bei den Debatten im Talmud gewinnen fast immer die Anhänger Hillels – unter anderem deshalb, weil sie stets geduldig, nachsichtig und demütig sind und mit beispielhafter Toleranz auch die Argumente der Gegenseite zu Wort kommen lassen.

Für die Juden war der überall gemeinsam gelesene Talmud von ungeheuerer Bedeutung. Dieses gewaltige Werk des Denkens und Glaubens, in dem auf etwa 5900 Folioseiten mit zweieinhalb Millionen Worten zweitausendfünfhundert Autoren zu Wort kommen, hielt ein Volk zusammen, das zunächst im gesamten römischen Weltreich und später auf alle Kontinente verstreut war. Der Talmud machte sie zu einer intellektuellen Gemeinschaft mit einer gemeinsamen Sprache und einem grundlegenden gemeinsamen Verhaltens- und Gesetzeskodex. Auch heute leben die traditionellen Juden noch nach den rabbinischen Lehren und den darauf beruhenden Entscheidungen.

Anfang des achten Jahrhunderts trat bei den orientalischen Juden in Persien eine anti-rabbinische Bewegung auf, die sich auf die sadduzäische Tradition und den Gelehrten Anan ben David stützte und nur die Tora und die Worte der Propheten als gültig ansehen wollte. Den Talmud hielten die Karäer für eine Sammlung von Absurditäten und Unsinn. Der wichtigste Vertreter der Karäer war Benjamin ben Moses Nahawendi (um 830–860 n. Z.), der die erste systematische Darstellung der karäischen Position schrieb.

Die Anhänger des Talmud wehrten sich in heftigen Debatten gegen die Karäer. Insbesondere der führende Talmudist seiner Zeit, Saadja ben Josef Gaon (geboren 882 in Faijum in Ägypten, gestorben 942 als Rektor der Akademie in Sura in Babylonien), verwahrte sich gegen die Sekte. ☛ Dennoch konnten sich die Karäer im 17./18. Jahrhundert bis auf die Krim und nach Litauen ausbreiten und wurden 1863 in Russland als Religion anerkannt. Heute gibt es nach eigenen Angaben 25 000 Karäer in Israel, 3 000 in Osteuropa und 1200 in den Vereinigten Staaten, vor allem in San Francisco. Das Auffälligste an ihrer Tradition ist der eigene Kalender, der sich – wie in der Tora festgelegt – streng am Mond orientiert. Die Feiertage der Karäer bewegen sich deshalb scheinbar willkürlich durch das Jahr und finden oft zu völlig anderen Zeiten statt als bei der Mehrzahl der Juden. ☚

Auch andere jüdische Gruppen erkennen den Talmud nicht an. Eine davon sind die Falaschas. Diese dunkelhäutigen Juden aus Äthiopien (nördlich vom Tana-See), sind wohl irgendwann zum Judentum konvertiert, behaupten aber von sich, sie seien einer der zehn aus Palästina vertriebenen Stämme. Manche romantischen Geschichtsschreiber können sich sogar vorstellen, dass sie direkte Nachkommen des Sohnes sind, den König Salomon mit der Königin von Saba gezeugt hat.

Die Falaschas sprechen kein Hebräisch und kennen nur das Alte Testament (in der alten südsemitischen Schriftsprache Geez). Der Talmud ist ihnen fremd, während sie der Ansicht sind, die fünf Bücher Mose seien eigens für sie verfasst worden. Sie legen die Schriften sehr streng aus und fasten an jedem Montag und Donnerstag, bei Neumond und an Pessach. Sie beten in Synagogen und halten den Sabbat ein. ☛ In den achtziger Jahren wurden fast alle Falaschas nach Israel ausgeflogen, um sie vor Verfolgung zu schützen. Rabbi Joseph Telushkin (*Jewish Literacy*, William Morrow, 1991) schreibt, dass viele orthodoxe Rabbiner daran gezweifelt hätten, dass die Falaschas tatsächlich Juden seien, weil sie den Talmud nicht kannten. »Wenn man nämlich die äthiopischen Falaschas als Juden anerkannte, dann erschütterte dies einen Eckpfeiler der Orthodoxie: dass die Mischna, das mündliche Gesetz, bis auf die Zeiten von Moses zurückgeht.« Als daher Israels sephardischer Oberrabbiner Owadia Josef 1973 bestimmte, die Falaschas seien als Juden anzuerkennen, wehrten sich einige aschkenasischen Rabbiner anfangs gegen diese Entscheidung. Siehe *mischpoke.*

Viele heutige Redensarten, Grundsätze und Sprichwörter entstammen in dieser oder jener Formulierung dem Talmud:

»Urteile im Zweifel für den Angeklagten.«

»Auch der Dumme kann fromm sein.«

»Achte auf den Inhalt, nicht auf die Verpackung.«

»Eine gute Tat führt zur nächsten.«

»Du sollst deinem Kind nicht drohen. Bestrafe es oder vergib ihm.«

»Beginne den Unterricht stets mit einer heiteren Erläuterung.«

»Böse Nachbarn zählen das Einkommen eines Mannes, nicht seine Unkosten.«

»Beurteile einen Mann nicht danach, was seine Mutter über ihn sagt, sondern danach, wie seine Nachbarn sich äußern.«

»Wenn man in Rom ist, soll man seinen Bräuchen folgen.«

»Ende gut, alles gut.« (Das vor allen Dingen!)

Die Rolle, die der Talmud in der westlichen Wirtschaftsgeschichte gespielt hat, ist von Historikern bisher noch kaum untersucht worden. Immerhin: Werner Sombart schreibt die Entstehung des Kapitalismus den europäischen Juden zu, und W. E. Lecky weist darauf hin, dass die Juden wesentlich zur Organisation des internationalen Handels beigetragen haben. Andere Historiker erinnern an die Rolle, die Juden bei der Entstehung des Finanzwesens und des Kreditwesens, beim Konzept der »Investition«, der Kapitalakkumulation und der gerechten Zinsen (im Gegensatz zum »Wucher«) gespielt haben.

Der Talmud erwies sich als kluger Ratgeber in Fragen des Geldwesens. Bei der Anwendung dialektischer Prinzipien auf die Tora legte er nämlich auch verpflichtende (und bemerkenswert intelligente) Regeln über den Erwerb und die Nutzung von Eigentum, Handel und Verkehr, Verträge, Versicherungen, Immobilien, Geschäftsanteile, Schadensersatz und internationales Recht fest. Das talmudische Denken erleichterte die Entwicklung eines modernen Geschäftslebens. So schrieb zum Beispiel der Philosoph, Rechtsgelehrte und Arzt Maimonides (1135–1204), dass es unumgänglich sei, Geld zu verleihen, wenn man das Wirtschaftsleben in Gang bringen wolle, und dass Zinsen nichts mit Wucher zu tun hätten, sondern eine entscheidende und sinnvolle Funktion in diesem Zusammenhang hätten.

Das von christlichen Theologen so verachtete »Geldverleihen« war auch im Mittelalter schon eine entscheidende Grundlage des Wirtschaftswachstums. (Kaiser und Päpste, die sich der Juden bedienten, um ihre Kathedralen bauen zu können, haben das auch immer gewusst.) Aber das Schuldrecht der europäischen Völker war damals sehr unterentwickelt und enthielt zahlreiche unsinnige Bestimmungen. Das römische Recht war der Ansicht, dass Schulden stets persönlich seien. Sie waren deshalb nicht übertragbar. In Deutschland wiederum brauchte ein Schuldner seine Schuld immer nur dem zurückzuzahlen, der ihm das Geld ursprünglich geliehen hatte. Starb der Gläubiger, so verfiel auch die Schuld. Selbst im aufgeklärten England waren manche Schulden bis zur Mitte des 19. Jahrhunderts nicht übertragbar. Der Talmud hingegen besagt, dass eine Schuld bezahlt werden muss, auch wenn der Schuldner oder Gläubiger stirbt. Die Talmudisten hatten das Prinzip der Übertragbarkeit verstanden. Sie verboten den Juden allerdings, »übertriebene« Zinsen zu nehmen, die »angemessenen« Zinsen wurden von den Rabbinern bestimmt.

Die christlichen Kirchenväter hingegen begingen den wirtschaftlich katastrophalen Irrtum, jede Art von Bankwesen für sündhaft zu halten, ganz egal wie angemessen oder bescheiden die Zinsen auch waren. Um Werkzeug, Saatgut oder Vieh zu kaufen, um sich von einer Dürre, schlechten Ernten oder anderen Naturkatastrophen zu erholen, um Steuern zu bezahlen oder einen Unfall und Krankheit zu überstehen, braucht man nun einmal gelegentlich jemanden, der einem Geld leiht. Und so kamen denn Könige und Barone, Bischöfe, Handwerker und Bauern zu den Juden. Die Kirche hielt es für eine Sünde, Geld gegen eine Gebühr zu verleihen; aber da die Juden nicht zur christlichen Gemeinschaft gehörten und nach christlicher Ansicht ohnehin der ewigen Verdammnis anheimfielen, durften sie diese weitere Sünde getrost auf sich nehmen.

Es wird wohl keinen Nationalökonomen verblüffen, dass die Zinsen fast überall stiegen, wo den Juden verboten wurde, Geld zu verleihen. Mehrere Päpste verurteilten die christlichen Geldverleiher wegen ihrer »herzlosen« Zinssätze; und Dante schickte sie gar in den tiefsten Kreis der Hölle.

Im 17. Jahrhundert baten die englischen Könige die Juden ausdrücklich, sich am Geldverleih zu beteiligen und die Zinssätze der christlichen Konkurrenz zu unterbieten. Wilhelm von Oranien schlug den jüdischen Bankier Solomon Medina sogar zum Ritter. Auch William Pitt bediente sich jüdischer Bankhäuser, um zu verhindern, dass der englische Staat von den hohen Zinsen der englischen Banken erwürgt wurde.

Goebbels, der Propagandaminister der Nazis, kommt zu einem alten Rabbiner und sagt: »Hör mal, Jude! Ich habe gehört, ihr Juden hättet eine besondere Form der Logik, die euch so schlau macht. Ich habe gehört, sie kommt aus dem Talmud. Ich will, dass du sie mir beibringst.«

»Ach, Herr Goebbels«, sagt der alte Rabbiner mit einem Seufzer. »Ich fürchte, dafür sind Sie schon ein bisschen zu alt.«

»Unsinn. Wieso?«

»Nun ja, wenn ein jüdischer Junge den Talmud studieren will, muss er zunächst eine Prüfung machen. Sie besteht aus drei Fragen. Die Jungen, die alle drei Fragen richtig beantworten, werden zum Studium des Talmud zugelassen, die anderen nicht.«

»Ausgezeichnet«, sagt Goebbels. »Also fragen Sie nur!«

Der alte Rabbiner zuckt die Achseln. »Also gut. Die erste Frage: Zwei Männer fallen in einen Schornstein. Der eine kommt schmutzig heraus, von oben bis unten mit Ruß verschmiert. Der andere kommt sauber heraus. Welcher von beiden wird sich waschen?«

Goebbels verzieht das Gesicht: »Der Schmutzige natürlich.«

»Falsch. Der Saubere.«

»Der *Saubere* wäscht sich?« fragt Goebbels verblüfft. »Und warum?«

»Nun, wenn die Männer aus dem Schornstein kommen, was werden sie tun? Sie werden sich ansehen, nicht wahr? Der Schmutzige schaut den Sauberen an und sagt sich: ›Erstaunlich, jetzt sind wir in den Schornstein gefallen und sind gar nicht schmutzig.‹ Der Saubere aber sieht den Schmutzigen und sagt sich: ›Herrje, sind wir schmutzig geworden, ich muss mich gleich waschen.‹ Also wäscht sich nicht der Schmutzige, sondern der andere.«

»Ah«, sagt Goebbels und nickt. »Sehr schlau. Und jetzt die nächste Frage!«

»Die zweite Frage«, sagt der Rabbiner, »lautet folgendermaßen: Zwei Männer fallen in einen Schornstein. Der eine kommt schmutzig heraus, voller Ruß, und der andere sauber. Welcher –«

»Aber das ist ja dieselbe Frage!« ruft Goebbels.

»Nein, Herr Goebbels, entschuldigen Sie. Das ist eine andere Frage.«

»Na, schön. Aber ich lass mich nicht noch einmal reinlegen, Jude. Der Saubere wäscht sich!«

»Falsch«, seufzt der alte Rabbiner.

»Aber du hast mir doch gerade erklärt –«

»Das war ein völlig anderes Problem, Herr Goebbels. Bei diesem Problem muss sich der Schmutzige waschen. Ich werde Ihnen sagen, warum: Der Saubere schaut den Schmutzigen an. ›Herrje‹, denkt er, ›muss ich schmutzig sein!‹ Aber dann sieht er seine Hände an und sieht, dass sie *nicht* schmutzig sind. Der Schmutzige sieht den Sauberen an und sagt sich: ›Das kann doch nicht sein, dass jemand in den Schornstein fällt und so sauber herauskommt! Bin ich etwa auch sauber?‹ Er schaut seine Hände an, sieht, dass sie schmutzig sind, und wäscht sich.«

Goebbels nickt. »Schlau, Jude, sehr schlau! Los, jetzt. Die dritte Frage!«

»Ja«, sagt der Alte. »Die dritte Frage. Das ist die schwerste. Zwei Männer fallen einen Schornstein hinunter. Der eine bleibt sauber, der andere –«

»Aber das ist ja schon wieder dieselbe Frage!«

»Nein, Herr Goebbels. Die *Wörter* scheinen dieselben zu sein, aber das Problem ist vollkommen neu.«

»Der Schmutzige wäscht sich!« schreit Goebbels.

»Falsch.«

»Na, dann der Saubere eben!«

»Auch falsch.«

»Und was ist dann die Antwort?« brüllt Goebbels.

»Die Antwort ist«, sagt der Rabbiner, »dass die ganze Frage blöd ist. Wenn zwei Männer in einen Schornstein fallen – wie soll der eine sauber bleiben, wenn der andere schmutzig wird? Wer das nicht merkt, der wird nie im Leben den Talmud begreifen.«

☛ Dieser Witz hat einen durchaus realen Hintergrund. Immer wieder haben die Feinde der Juden versucht, den Talmud zu treffen, um das Judentum zu zerstören. 1232 verbrannten Dominikaner die Schriften des Maimonides; 1239 ließ Papst Gregor IX den Talmud beschlagnahmen und »überprüfen«; im Juni 1240 fand in Paris eine öffentliche »Talmuddiskussion« statt, und 24 Wagenladungen mit Talmudhandschriften fielen den Flammen zum Opfer; nach der Beschlagnahme des Talmud in Köln im Jahre 1509 trat der deutsche Humanist Johannes Reuchlin 1511 mit einer Kampfschrift für die Erhaltung des Talmud ein; Papst Leo X förderte die Drucklegung des Talmud, sein Nachfolger hingegen veranstaltete 1553 eine große Talmudverbrennung.

Die katholische Kirche hoffte, die Juden auf diese Weise von der Überlieferung abschneiden und damit leichter zur Konversion überreden zu können. Die Mehrzahl dieser Verbrennungen erfolgte daher vor der Einführung der Druckerpresse, als die jüdischen Gemeinden noch von praktisch unersetzlichen Handschriften abhängig waren und oft mehrere Gemeinden sich eine Abschrift des Werks teilen mussten. Meist ging den Verbrennungen eine öffentliche Disputation oder eine Art Prozess voraus. Jüdische Gelehrte wurden gezwungen, sich öffentlich gegen alle möglichen antijüdischen Beschuldigungen zu wehren, bei denen auch von den Gegnern ausführlich aus dem Talmud zitiert wurde. ☚

Im Talmud (Sanhedrin 4) wird unter anderem die Frage gestellt: Warum hat Gott nur einen Adam geschaffen? Warum hat er nicht gleich eine ganze Rasse geschaffen?

Die Diskussion gelangt zu mehreren Ergebnissen:

1. Gott hat nur einen Adam geschaffen, weil er uns zeigen wollte, dass jeder Mensch eine ganze Welt ist. Und wer einen Menschen tötet, ist genauso schuldig, als hätte er alle getötet. Und wer einem Menschen das Leben rettet, ist genauso edel, als hätte er alle gerettet.
2. Gott hat nur einen Adam geschaffen, von dem wir alle abstammen, weil er verhindern wollte, dass die einen sich den anderen überlegen fühlten oder sich ihrer Herkunft rühmten. Hätte es mehrere Stammväter gegeben, hätten manche Leute bestimmt gesagt: »Mein Adam war aber vornehmer als deiner.«
3. Gott befürchtete, wenn er mehr als einen Adam schaffen würde, könnten die Heiden denken, dass es auch mehr als einen Gott gäbe. Also schuf er nur einen Menschen, um seine Einheit zu zeigen.
4. Gott wollte den Menschen zeigen, wie schön die Vielfalt ist; denn kein Mensch ist wie der andere, obwohl alle von Adam abstammen. Deshalb muss jeder Mensch seine Einzigartigkeit und Integrität respektieren. Jeder Mensch muss sich sagen: »Der Herr hat die Welt in mir und für mich geschaffen; ich muss dafür Sorge tragen, dass ich meine Unsterblichkeit nicht um irgendeiner geringfügigen Sache oder einer törichten Leidenschaft willen gefährde.«

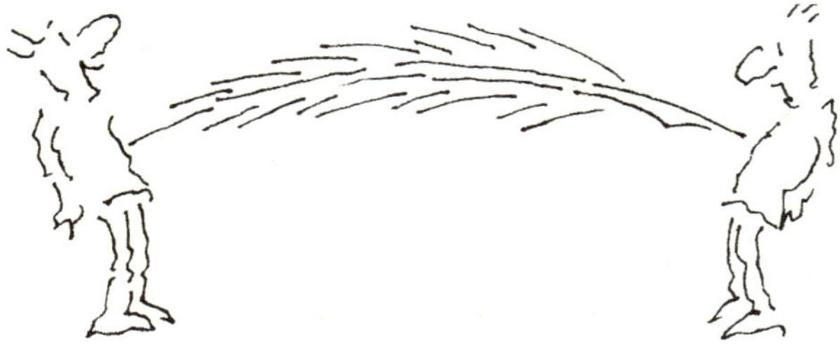

☛ Der Talmud ist in einem kryptischen Stil mit vielen Abkürzungen geschrieben. Im elften Jahrhundert verfasste der französische Gelehrte RaSCHI aus Troyes (Rabbi Salomo ben Isaak, 1040 – 1105) einen durchlaufenden Kommentar zum Talmud, der die Debatten zusammenfasste und erklärte. Dieser Kommentar wurde selbst Bestandteil des Talmud. Im Jahre 1935 veröffentlichte die Soncino Press in London eine vollständige, wörtliche Übersetzung des Talmud in englischer Sprache. Ins moderne Hebräisch mit Zusammenfassungen und Kommentaren wurde der Talmud von Rabbi Adin Steinsaltz übersetzt, der gegenwärtig dabei ist, das gewaltige Werk ins Englische zu übertragen und damit heutigen Lesern einen Zugang zum »Meer des Talmud« zu verschaffen (Random House).

Die deutsche Übersetzung des babylonischen Talmud stammt von Lazarus Goldschmidt, der 1897 bis 1935 eine zweisprachige Ausgabe in neun Bänden veröffentlichte; die Übersetzung allein erschien von 1919–1936 in zwölf Bänden; ein unveränderter Nachdruck dieser 10 000 Seiten erschien 1980 bei Athenäum. Die *Übersetzung des Talmud Yerushalmi* erscheint seit 1975 in der Ausgabe des Institutum Judaicum der Universität Tübingen.

tararám, tarerám *(m.)*
Onomatopoetisch. Mit gerolltem »rrrr«.
In Amerika: *tareram, tarrarom, terrarom*
Lärm, Getöse, Tamtam.
Machn a tararam oder *ufhejbn a tararam* heißt »Krach schlagen«.
Vgl. *tararách!* »krach!« Aus dem Slawischen.

táte *(m.)*, **táteß** *(Pl.)*, **tátele** *(Verkleinerungsform)*
Tatta, tatte, tate »Vater« ist ein in indogermanischen (und auch semitischen) Sprachen weit verbreitetes Kinderwort. Möglicherweise aus dem polnischen *tata*. Vgl. englisch *daddy*.
Vater, Papa.

Tate ist eine familiäre, zärtliche Form der Anrede für den eigenen Vater. Juden sagen sehr viel häufiger *tate* als *foter* (aus dem mittelhochdeutschen *vater*). Die eigenen Eltern werden oft *tate-mame* anstelle von *eltern* genannt.

In der Bedeutung »Mannomann!« wird oft der Ausruf *oj, tate!* oder *oj, tate sißer!* »süßer Vater!« gebraucht. *Tate-foter* heißt so viel wie: »Oh, Gott!«

Im Jiddischen sagt man nicht »Wie geht es deinem Vater?« (oder »deiner Mutter«), sondern »dem Vater« und »der Mutter«.

Die Verkleinerungsform *tatele* wird gelegentlich auch als Anrede für einen kleinen Jungen benutzt (so, wie *bobele* oder *mamele* für ein kleines Mädchen benutzt wird). Das ist wahrscheinlich ein Überbleibsel aus der Zeit, als man kinderfeindliche Dämonen dadurch zu täuschen versuchte, dass man ein Deckwort benutzte. Im Wiener Dialekt ist der *tatl* ein »alter Mann« oder »Greis«, was Wehle von *tattergreis* »zittriger alter Mann« herleitet.

»Wenn der Vater dem Sohn hilft, lächeln beide; wenn der Sohn dem Vater helfen muss, weinen sie beide.« *Volksweisheit*

»Ein Vater kann zehn Kinder ernähren, aber zehn Kinder sind nicht genug, um einen Vater ernähren zu können.« *Volksweisheit*

tefillin siehe *tfiln*.

tfiln *(f. Pl.)*
Aus dem hebräischen *tefilín* »Phylakterien, Gebetsriemen«. Hebräisch *tefilá* »Gebet«.

In Amerika: *tfiln, tefillin, t'fillin*

Gebetsriemen. Tefillin sind zwei lange, dünne Lederriemen mit denen sich fromme Juden zwei quadratische Lederkapseln (von etwa fünf Zentimetern Länge und Breite) am linken Arm und an der Stirn befestigen, wenn sie beten. Die Kapseln enthalten kleine Pergamenstreifen mit vier Schriftversen aus Exodus (13, 1–10; 13, 11–16) und dem Deuteronomium (6, 4–9; 11, 13–21) in hebräischer Sprache. Die Tefillin werden von erwachsenen orthodoxen Juden beim Morgengebet getragen.

Der Gebrauch der Tefillin geht auf Exodus 13,9 zurück, wo es heißt: »Darum soll dir's ein Zeichen sein in deiner Hand und ein Denkmal vor deinen Augen, auf dass des Herrn Gesetz sei in deinem Munde.« Wiederholt wird dieses Gebot im Deuteronomium 6,8.

Die Art und Weise, wie Tefillin angelegt werden, ist genau vorgeschrieben. Sie werden, zum Zeichen der Ehrfurcht, im Stehen getragen. Die eine Kapsel wird auf der Innenseite des linken Arms unmittelbar über dem Ellenbogen getragen (auf diese Weise ist sie beim Beten in der Nähe des Herzens); der Riemen wird sieben Mal um den linken Unterarm geschlungen. Die andere Kapsel wird auf der Stirn getragen, meist oberhalb des Haaransatzes; der Riemen wird um den Kopf geschlungen und verknotet. Die losen Enden werden über die Schulter gelegt und hängen nach vorn. Schließlich wird das Armband dreimal um den Mittelfinger der linken Hand gewickelt (das steht für den hebräischen Buchstaben *schin,* mit dem der kabbalistische Gottesname *Schaddai* beginnt).

Das ganze Ritual hat die psychologische Wirkung, dass es dem Betenden hilft, weltliche Sorgen abzuschütteln und sich auf den Gottesdienst zu konzentrieren. Maimonides hoffte, dass es dem Betenden besonders leicht würde, sich auf die Wahrheit und Rechtschaffenheit zu konzentrieren, wenn er die Gebetsriemen anlegte.

Am Sabbat wurden keine Gebetsriemen getragen. Der Sabbat war ein heiliger Tag und bedurfte zusätzlicher Heiligung durch die Gebetsriemen nicht.

»Gott selbst trägt Gebetsriemen«, heißt es in einer alten Volksweisheit.

Die Regeln, nach denen Gebetsriemen hergestellt, angelegt und abgelegt werden mussten, sind ungeheuer zahlreich. Der *Schulchan Aruch* nennt nicht weniger als 160 einzelne Vorschriften.

All dies deutet daraufhin, dass es sich bei den »Phylakterien« – das griechische Wort *phylakterion* bedeutet »Schutz« oder »Festung« – ursprünglich um eine Art Amulett handelte. Die Juden glaubten, dass jeder, der die Tefillin trägt, vor Schaden geschützt sei, weil »Gottes Glanz« auf ihn falle. Deshalb war es auch verboten, die Gebetsriemen mit dem Gebetsschal zu verdecken. Es war sogar üblich, die Tefillin auf der Straße zu tragen, aber da dies die Aufmerksamkeit von Antisemiten erregte und Verfolgungen auslöste, setzte sich diese Sitte nie wirklich durch.

Der jüdische Historiker Josephus schrieb (und das schon im ersten Jahrhundert neuer Zeitrechnung), der Gebrauch der Tefillin sei »sehr alt«. Auch im Neuen Testament werden die Phylakterien erwähnt (Matthäus 23, 5). Luther übersetzt das Wort interessanterweise mit »Denkzettel«.

Rabbi Arthur Green (*These Are the Words*, Jewish Lights, 1999) schreibt: »Die Juden der Spätantike leiteten einen Prozess ein, bei dem aus einem schutzbringenden Hilfsmittel allmählich ein religiöses Bekenntnis wurde: Derjenige, der Tefillin trägt, versucht die göttlichen Gebote zu erfüllen, die darin enthalten sind.«

Für viele nicht-orthodoxe Juden in Amerika fand die erste Begegnung mit Tefillin vielleicht in einem »Mizwa-Mobil« der Lubawitscher Chassidim statt. In den 70er und 80er Jahren des 20. Jahrhunderts schickten die Lubawitscher engagierte Glaubensgenossen in jüdische Viertel und sprachen Männer auf der Straße mit den Worten an: »Sind Sie Jude?« Wer die Frage bejahte, wurde eingeladen, in einem Kleinbus Tefillin anzulegen und mit den Lubawitschern zu beten. Auch an der Klagemauer in Jerusalem werben die Lubawitscher für den Gebrauch der Gebetsriemen.

Bei der gegenwärtigen Renaissance ritueller Handlungen in den Synagogen werden auch Gebetsriemen neuerdings wieder öfter gebraucht – inzwischen auch von Frauen, besonders solchen, die dem Rabbinat angehören.

timtum siehe *tume.*

tische-bow *(m.)*

Aus dem hebräischen *tisch'á-b'aw* »der neunte Tag des Monats Aw«.

In Amerika: *Tisha B'av, Tisha Bov*

Tischa be-Aw. Feierlicher, nicht-biblischer Trauer- und Fasttag zur Erinnerung an die Zerstörung des Ersten Tempels in Jerusalem im Jahre 586 v.Z. durch die Babylonier und die Zerstörung des Zweiten Tempels durch die Römer im Jahre 70 n.Z., die nach rabbinischer Überlieferung beide an diesem Tag stattfanden.

Im Verlauf ihrer tragischen Geschichte haben die Juden diesen schwärzesten Tag im jüdischen Kalender mit immer neuem Unglück in Verbindung gebracht. Dazu gehören der zum Scheitern verurteilte Aufstand des Bar Kochba gegen die Römer im Jahre 135 n. Z., das Massaker an seinen Anhängern im Jahre 138 n. Z. und die endgültige Zerstörung Jerusalems durch Hadrian, der Märtyrertod von Rabbi Akiba und seinen neun Jüngern, die Kreuzzüge mit ihren grausamen Massakern, Vergewaltigungen und Plünderungen, die Vertreibung der Juden aus England im Jahre 1290, die Vertreibung der Juden aus Spanien im Jahre 1492 und ...

Der Tischa be-Aw, der normalerweise in den August fällt, bildet den Höhepunkt von neun vorhergehenden Trauertagen, an denen kein Fleisch gegessen wird und keine Hochzeiten begangen werden. Es gelten ähnliche Vorschriften wie für die Tage der Schiwa: Essen, Trinken und Baden sind ebenso verboten wie Lächeln, Gelächter und Unterhaltungen. Die Besucher der Synagoge grüßen einander nicht. Sie sitzen zum Zeichen der Trauer auf dem Boden oder niedrigen Bänken. Über den Toraschrein wird ein schwarzer Vorhang gehängt, und nur das flackernde Ewige Licht, das Tag und Nacht am Toraschrein brennt, erleuchtet die Synagoge.

Der Kantor trägt mit leiser, bedrückter Stimme die Klagelieder des Jeremia vor. In sephardischen Gemeinden wird auch das Buch Hiob gelesen. Hinzu kommen Lieder und Verse, die von Leid und Trauer erzählen und zum Teil bis ins Mittelalter zurückreichen.

Aber der Tag klingt nicht ganz ohne Hoffnung aus, denn am Ende steht das Zionslied von Jehuda ha-Levi (1085–1145):

Zion, willst du nicht darum bitten, dass der Flügel des Friedens
seinen milden Schatten auf die Gefangenen wirft,
die deinen alten Schutz entbehren und deinen Frieden suchen?
Seht! West und Ost, Nord und Süd,
Alle, die fern und nah sind, grüßen dich ohne Unterlass
Und verlangen nach Frieden und Frieden von allen Seiten.

Gelegentlich gehörte zu Tischa be-Aw auch die Aufforderung an Moses und Aaron, sie möchten beim Allmächtigen Fürbitte für das zerstreute und gequälte Volk Israel leisten.

In manchen konservativen Synagogen ist an Tischa be-Aw auch das Jiddische zugelassen – damit die Katastrophe der Judenvernichtung unter Hitler angemessen erzählt werden kann.

Die Reformbewegung schaffte den Trauertag Tischa-be-Aw im 19. Jahrhundert ab, weil die Forderung, den Tempel neu zu errichten, und die volkstümliche Erwartung, der Messias werde an Tischa be-Aw geboren, sich mit den Vorstellungen des Reformjudaismus nicht vereinbaren ließ. Das Reformjudentum (das zu Beginn des 19. Jahrhunderts in Holland und Deutschland in Seesen, Berlin und Hamburg entstand und zu dem heute – vor allem in Amerika – 1200000 Anhänger zählen) sah die Rolle des Judentums darin, »die Welt zu erleuchten« und ersetzte den Glauben an einen konkreten Messias durch die Forderung, im Geiste der Toleranz und des Humanismus auf ein »messianisches Zeitalter« hinzuarbeiten. Rabbi David Einhorn (ein Radikaler der frühen Reformbewegung und aktiver Gegner der Sklaverei) schlug sogar vor, Tischa be-Aw zu einem Fest zu machen, das den Übergang des jüdischen Volkes von der Nation zur welthistorischen Phase bezeichnet. Diese Vorstellungen führten auch dazu, dass die Reformbewegung den Zionismus anfänglich ablehnte, auch wenn Persönlichkeiten wie Rabbi Stephen S. Wise, Louis Brandeis und Rabbi Abba Hillel Silver später zu führenden Zionisten Amerikas wurden.

Manche Reformjuden fasten heute zur Erinnerung an den Holocaust an Tischa be-Aw. Andererseits hat sich inzwischen der von der israelischen Knesset im Jahre 1951 beschlossene Jom ha-Schoa im Frühjahr als Gedenktag an den Holocaust durchgesetzt.

Auch das für Tischa be-Aw charakteristische Gebet zum »Wiederaufbau Jerusalems« ist sogar bei orthodoxen Juden nicht mehr unumstritten, seit es den Staat Israel und den Unabhängigkeitstag Jom Haazma'ut am fünften Tag des Monats Ijar gibt (Israel wurde am 14. Mai 1948, bzw. am 5. Ijar 5708 gegründet).

Pazifistische weltliche Juden haben Tischa be-Aw auch mit dem Abwurf der Atombomben über Hiroshima und Nagasaki in Verbindung gebracht, deren Jahrestage am 6. und 9. August oft mit Tischa be-Aw zusammenfallen.

Als der Prophet Sacharja gefragt wurde, ob die Juden an Tischa be-Aw weinen sollten (Sacharja 7, 5), stellte er die Gegenfrage, ob die Juden denn um Gottes oder um ihrer selbst willen trauern und fasten. Er verlangte, dass die Juden ihre Frömmigkeit lieber dadurch beweisen sollten, dass sie an ihren Brüdern Güte und Barmherzigkeit übten, auch wenn es ihnen noch so schlecht ging und ihre Trauer noch so groß war (Sacharja 7, 9–10): »Und tut nicht Unrecht den Witwen, Waisen, Fremden und Armen!«

tócheß *(m.)*, **técheßer** *(Pl.)*
Aus dem hebräischen *tachát* »unten, unterer Teil«.
In Amerika: *tokhes, tochis, tuchis*

1. (Salopp:) Hintern, Arsch, Po. *Get off your tokhes* heißt »Komm in Bewegung«. *A patsch in tocheß* ist »ein Klaps auf den Hintern«. Mit letzterem wurden natürlich vor allem Kinder bedroht. Meine puritanische Mutter hab ich so etwas allerdings nie sagen hören. Solche »vulgären« Wörter ließen sie schaudern.
2. *Tocheß afn tisch* heißt wörtlich: »Arsch auf den Tisch«, wird aber nur im übertragenen Sinne gebraucht: »Karten auf den Tisch«.
3. Der oben genannte Ausdruck ist ungemein plastisch, aber ohne Zweifel ein bisschen derb. Deshalb wird er oft abgekürzt: »Lassen Sie uns nicht länger herumreden: T.O.T. bitte!«
4. Was ein *tocheß lekr* ist, kann man sich leicht vorstellen, wenn man weiß, dass *lekr* von *lekn* »lecken« kommt. Das ist nun aber wirklich tabu, und deshalb ist ein »Arschkriecher« im amerikanisch-jiddischen Slang ein *T.L.*
5. Der *toches* »Hintern« ist auch Bestandteil des Wienerischen geworden.

Das *Ali Baba Spielzeug Paradies* von I. I. Mendelson hat ein Problem. Die lieben Kleinen sind begeistert davon, die Dreiräder, Schaukelpferde und Wippen im Laden auszuprobieren, und wenn einer der Verkäufer einen Versuch macht, die Kleinen von den Spielgeräten herunterzulocken, werden sie wütend, klammern sich fest, werfen sich auf den Boden und machen ein Riesengeschrei. Der Verkaufsraum ist ein Irrenhaus, und I. I. Mendelson ist ernsthaft beunruhigt. Was soll er bloß tun? Was um Himmels willen soll er bloß tun?

Da erscheint eines Tages ein freundlicher, weißhaariger Herr wie ein Engel vor ihm. »Guten Tag«, sagt der Engel. »Mein Name ist Oscar Freibush. Professor Doktor Freibush, Ordinarius für Kinderpsychologie und Sachverständiger für kindliche Verhaltensstörungen. Ich habe von Ihren Problemen gehört. Ich glaube, für ein bescheidenes Honorar von fünfzig Dollar kann ich Ihnen helfen.«

»Fünfzig Dollar?« wiederholt I. I. Mendelson.

Dr. Freibush lächelt. »Das ist kein Risiko für Sie. Wenn Sie nicht zufrieden sind, zahlen Sie keinen Pfennig.«

»Kommen Sie«, sagt Mr. Mendelson. Er führt Professor Freibush in den Verkaufsraum. »Sehen Sie? Hören Sie sich das an. Haben Sie je so einen *tararam* gehört?«

Auf dem Schaukelpferd sitzt ein kleiner Junge, den seine Mutter vergeblich herunterzuzerren versucht. Er schreit wie am Spieß. Ein kleines Mädchen kreischt und tritt seinen Vater, weil der es von einem Dreirad holen will. Auf der Wippe heult ein Geschwisterpaar und schlägt mit Fäusten nach den Verkäufern.

Professor Freibush betrachtet die Szene einen Moment lang. Dann geht er lächelnd zum Schaukelpferd, tätschelt dem brüllenden Knaben das lockige Köpfchen, beugt sich zu ihm hinunter und flüstert ihm etwas ins Ohr. Der Junge hört sofort auf zu brüllen, rutscht vom Schaukelpferd und lässt sich von seiner Mutter hinausführen.

Professor Freibush geht zu dem kleinen Mädchen, streichelt ihm über das seidige Haar, beugt sich hinunter und flüstert ihm etwas ins Ohr. Augenblicklich hört das Kind auf zu schreien, steht auf und fasst seinen Vater brav an der Hand.

Auch das Pärchen auf der Wippe stellt kein Problem für den Professor dar. Eine Berührung, ein freundliches Lächeln, dazu die magischen Worte – und schon benehmen die beiden sich vorbildlich.

»Das ist ja unglaublich!« sagt I. I. Mendelson. »Was haben Sie zu ihnen gesagt?«

»Wie steht's mit dem Honorar …?«

»Hier, bitte! Aber jetzt … erklären Sie mir, was Sie zu ihnen gesagt haben!«

»Ich tätschle ihnen den Kopf«, sagt der Psychologe, lächelt und steckt den Fünfzig-Dollar-Schein in die Brieftasche. »Dann bringe ich meinen Mund ganz nahe an ihre kleinen Öhrchen und flüstere: Hör mal, Liebling, steig sofort von dem Dreirad runter, sonst geb ich dir einen *patsch* auf den *toches*, dass du eine Woche lang nicht sitzen kannst!«

tójre *(f.)*
Aus dem hebräischen *torá* »Tora«.
In Amerika: *Toyre, Torah*

1. Tora. Der Pentateuch oder die Fünf Bücher Mose: Genesis, Exodus, Leviticus, Numeri, Deuteronomium.
2. Die handgeschriebene Schriftrolle mit dem Text der Fünf Bücher Mose auf Pergament, die in der Synagoge im Toraschrein aufbewahrt und am Sabbat, an Feiertagen sowie montags und donnerstags gelesen wird.
3. Die Gesamtheit der jüdischen Gesetze und Lehren. Die *tójre schebalpe* (hebräisch: *torá-sche-b'al-pé*) ist die mündliche Lehre der Rabbiner, im Gegensatz zur schriftlichen Lehre der kanonischen heiligen Schriften, der *tójre schebiksaw* (hebräisch: *torá-sche-b'ik-sáw*): also des Pentateuch, der Propheten und der Hagiographen (hebräisch: *ketuwim).*
4. ☛ Ein kluger Kommentar, eine originelle Interpretation oder eine besondere moralische Einsicht können einem Gebildeten auch heute noch das Kompliment einbringen: »Das ist ein Stück Tora.« ☚

Das ganze Wesen des Judaismus als Religion, als Philosophie, Verpflichtung und Wertegemeinschaft, sagt man, liegt in dem Dreiklang: »Gott, Tora und Israel.«

Die Tora hat immer eine zentrale und unantastbare Rolle in der jüdischen Geschichte gespielt, und es gibt zahllose Geschichten von Juden, die sich geopfert haben und Märtyrer wurden, um »unsere heilige Tora« an die nächste Generation weiterzugeben.

Der Text des Pentateuch ist sorgfältig bewahrt worden. Die Schreiber, die die alten Schriftrollen (*Sefer Tora*) kopierten, wurden gründlich ausgebildet und zur Genauigkeit angehalten. Eine Torarolle gilt als unbezahlbarer Schatz. ☙ Der griechische Ausdruck *ta biblia* geht auf den christlichen Bischof und Patriarchen von Konstantinopel Johannes Chrysostomus (344/54 – 407) zurück, auf dem Umweg über das lateinische *biblia bibliorum* »Buch der Bücher« gelangte der Begriff *bibel* im 12. Jahrhundert in alle europäischen Sprachen.

Das Studium der Tora wurde für jeden Juden als höchstes Ideal hingestellt. »Ein einziger mit dem Studium der Tora verbrachter Tag wiegt tausend Opfer auf«, heißt es. Im Talmud finden sich zahllose solche Ermahnungen:

»Gott weint über jeden, der sich mit der Tora hätte beschäftigen können, dies aber nicht tut.«

»Man soll seine Studien nicht nur wegen irgendwelcher Vergnügungen nicht vernachlässigen; man soll sie auch wegen seinem Beruf nicht vernachlässigen.«

»Wie lange soll man die Tora studieren?« fragt Maimonides. »Bis zum Tag seines Todes soll man die Tora studieren … Einige der weisesten Männer in Israel waren Holzfäller und Wasserträger, manche waren sogar blind – und trotzdem haben sie Tag und Nacht die Tora studiert.«

Um auch die weniger Gebildeten mit der Tora vertraut zu machen, wurde in der Synagoge an jedem Montag- und Donnerstagvormittag (das waren die Markttage im landwirtschaftlichen Palästina) ein Abschnitt (*parascha*) aus der Tora gelesen – außerdem natürlich am Sabbat und an den Feiertagen. Am Ende des Jahres war dann der Zyklus der Toratexte beendet – und wurde sofort wieder begonnen.

Siehe auch *ßimchaß-tojre.*

Die Tora taucht auch in vielen Redensarten und Sprichwörtern auf.

Tojre is di beste ßchojre. – »Lernen ist die beste Ware.«

Im ejn tora ejn derech erez. – »Ohne Bildung kein Benehmen.«

Der Glückwunsch, den man gegenüber den Eltern beim *bris* (Beschneidungsfest) ausspricht, lautet: »Mögen Sie ihn die Tora lehren, verheiraten und gute Werke tun lassen.«

Hillel, der frömmste, bescheidenste und berühmteste der pharisäischen Lehrer, ließ sich einmal bei einem Streitgespräch dazu überreden, die Gebote der Tora in einem Satz zusammenzufassen: »Was du nicht willst, das man dir tun soll«, sagte er, »das sollst du auch keinem anderen zufügen. Das ist die ganze Tora, alles andere ist Kommentar.«

tojtn bankeß siehe *banke.*

tora siehe *tojre.*

tojw *(Adjektiv)*
Aus dem hebräischen *tow* »gut«.

Das Wort ist wahrscheinlich auf dem Umweg über das Rotwelsche in die Berliner Jugendsprache eingegangen, hier heißt es dann *dufte* »ausgezeichnet«, »prima«. *Das ist eine dufte Biene.*

Eine *tojwe (f.)* ist eine »Wohltat« oder »Gefälligkeit«. *Tu mir die tojwe.*

trejf *(Adjektiv)*
Aus dem hebräischen *terejf* »zerissen«.

In Amerika: *treyf, trayf, treif*

Ein Tier, das nicht nach den rituellen Gesetzen geschlachtet worden war, galt als *trejf* »unrein«. Der Ausdruck wurde dann auch für alle anderen Nahrungsmittel verwendet, die nicht *koscher* waren. Schweinefleisch ist *trejf.* Austern und Shrimps schmecken möglicherweise köstlich, sind aber *trejf.*

In übertragener Bedeutung galt auch eine menstruierende Frau als *trejf.*

Schließlich wurde der Begriff (ähnlich wie *koscher*) auch noch auf Charaktereigenschaften bezogen. Eine *trejfne* oder ein *trejfnjak* sind also wenig vertrauenswürdige Menschen.

trómbenik *(m.)*
Ameridisch. Wahrscheinlich über das Französische und Polnische aus dem italienischen *tromba* entlehnt, das als *trombón* »Posaune« ins Jiddische eingeht und in Amerika mit der Allzweckendung *-nik* zur Bezeichnung eines »Angebers« wird.

Weitere Bedeutungen: »Fressack«, »Faulpelz«, »Hochstapler«. Wie immer man es betrachtet, eine wirkliche Schmeichelei ist *trombenik* nicht. Er rangiert in derselben Kategorie wie der *nudnik,* der *schleper* und der *paskudnjak.*

»Ich«, sagt der *trombenik,* »war schon dreimal in Europa.«

»Ach, wirklich? Ich *komme* daher.«

tschepn *(Verb)*
Aus dem polnischen *czepic* oder dem russischen *tschupat* »berühren, anstoßen«.

In Amerika: *tshepe, tcheppeh, tshepen, cheppeh*

Hängen bleiben, berühren, anrempeln, reizen, piesacken, Streit suchen.

Ich habe das Wort zur Beschreibung des typischen Verhaltens gehört, mit dem rassistische Jugendliche jemanden reizen, wenn sie einen Vorwand suchen, um ihn zusammenzuschlagen.

Daneben gibt es noch die Redensarten: *Ale zoreß tschepn sich zu mir.* »Aller Ärger bleibt immer an mir hängen.« – *Nit tschepn kejn flig af der want.* »Keiner Fliege an der Wand etwas zu Leide tun.«

tscholnt *(m.* und *n.)*
Aus dem altfranz. *chauld* oder dem span. *calido* »warm«.

Tschulent, das sind Sabbatspeisen, die am Freitag vorbereitet und dann für den Sabbat warmgehalten werden. Zum Beispiel Brotkuchen (eine Art Pudding), *kugl* oder Eintopfgerichte.

tsitser *(m.)*
Onomatopoetisches Ameridisch.

Jemand, der andere beobachtet (zum Beispiel ein »Kiebitz« beim Kartenspiel) und ständig mißbilligend *ts! ts!* oder dergleichen macht.

túme *(f.)*, **túmeß** *(Pl.)*
Aus dem hebräischen *tum'á* »Unreinheit«.

Rabbi Samson Raphael Hirsch (1808–1888) hat darauf hingewiesen, dass in der Bibel natürliche Vorgänge wie Regelblutung, Entbindung, Geschlechtsverkehr und Tod möglicherweise deshalb mit dem Begriff der »Unreinheit« in Verbindung gebracht wurden, weil sie mit starken Gemütsbewegungen und einer gewissen Verwirrung einhergehen.

Diese Interpretation wird durch das Wort *timtum* aus der Mischna bestätigt, das eine »androgyne Person bezeichnet, deren Geschlecht nicht bestimmt werden kann«.

Der Begriff erfuhr eine Bedeutungserweiterung, so dass man heute auch gelegentlich einen bartlosen jungen Mann mit hoher Stimme als *timtum* bezeichnet. Von da aus ist es nur noch ein kleiner Schritt zu der abfälligen Bezeichnung für einen unproduktiven Schwächling oder Versager: *He can't help; he's a timtum.*

tuml *(m.)*, **tumlen** *(Pl.)*
1. Aus dem mittelhochdeutschen *tumel* »betäubender Schall«.
   In Amerika: *tuml, tummel*
   Lärm, Unruhe, Getümmel, Tumult.
2. Aus dem mittelhochdeutschen *tûmel* »springen, taumeln«.
   Taumel (in Europa).

tumln *(Verb)*, **tumler** *(m.)*
Aus dem mittelhochdeutschen *tummeln* »dröhnen, schallen«.
1. (Als Verb:) Lärmen, Krach machen.
2. (Als Substantiv:) Jemand, der Krach macht.

In Amerika: *tumler, tummler (m.)*

3. Jemand, der viel Lärm macht, aber wenig erreicht.
4. Ein Spaßmacher, Alleinunterhalter, »Betriebsnudel«.
5. Der bezahlte Conferencier, Entertainer und Animateur in einem Ferienhotel in den Catskills, dem sogenannten *Borsht Belt*. Siehe *borscht*.

Der *tumler* soll dafür sorgen, dass sich die ebenso blasierten wie unersättlichen Gäste der Ferienhotels »keinen Augenblick langweilen«. Jeden Abend muss er auf der Bühne stehen: als Komiker, Sänger, Schauspieler und Zeremonienmeister. Außerdem führt er Regie, schreibt, extemporiert, monologisiert, inszeniert Laienspielaufführungen und Tanzwettbewerbe. Mit einem Wort: Er macht sich für die Gäste zum Narren und zwingt sie einfach dazu, dass sie sich amüsieren. Die schlimmste Prüfung sind die Regentage! Dann ist sein Einsatz entscheidend: Nur er kann verhindern, dass die Gäste sich langweilen und abreisen!

Unter diesen Umständen ist es nicht weiter erstaunlich, dass viele Stars des amerikanischen Showbusiness irgendwann im Verlauf ihrer Karriere als *tumler* gearbeitet haben. So zum Beispiel Danny Kaye, Moss Hart, Clifford Odets, Dore Schary, Arthur Kober, Garson Kanin, Don Hartman, John Garfield, Shelley Winters, Sid Caesar, Joey Bishop, Buddy Hackett, Phil Silvers, Jackie Mason, Jan Peerce, Robert Merill, Red Buttons, Tony Curtis und weiß der Himmel wie viele andere.

Dabei wissen die *tumler* von heute vielleicht gar nicht mehr, aus welcher Tradition sie eigentlich herkommen und wer ihre historischen Vorläufer waren: die berufsmäßigen Spaßmacher bei jüdischen Hochzeiten.

Siehe *badchen*.

u

utz *(m.)*, **utzn** *(Verb)*
Ungeklärte Herkunft. Siegmund A. Wolf (*Jiddisches Wörterbuch,* 1962, ^{2}1993) nennt das mittelhochdeutsche *hosche (m.)* »Spott« wahrscheinlicher als das mittelhochdeutsche *hiuze (f.)* »Munterkeit«, schließt aber auch einen Einfluss von polnisch *uciecha* »Freude, Belustigung« nicht aus. Das volkstümliche Wort ist in allen deutschen Mundarten verbreitet, wurde aber wohl von jüdischen Auswanderern nach Amerika exportiert.

In Amerika: *utz*

Als Verb: Utzen, verspotten, »aufziehen«. *He likes to utz you until you could scream. – Stop utsing me!*

Als Substantiv: Spott, Irreführung. *Did he give her an utz!*

W

wiz (m.), **wizn** *(Pl.)*
Aus dem mittelhochdeutschen *witze, witz (f.)* »Wissen«.
In Amerika: *vits, vitz*
Witz. Das deutsche Wort wurde von jüdischen Auswanderern nach Amerika exportiert.

Mein Vater, der einen wunderbaren Sinn für Humor hatte, liebte es, mich zu fragen: »Nu, hast du in letzter Zeit einen guten Witz gehört, Junge?«

Meine Mutter wiederum hat mich folgende Weisheit gelehrt: »Ein wahrer Held ist der, der einen guten Witz unterdrückt.«

Ein treffender Witz:

Als Groucho Marx einem gewissen Strandclub in Santa Monica beitreten wollte, sagte ein Freund: »Das kannst du vergessen, die sind antisemitisch.«

Woraufhin Mr. Marx sagte: »Na ja, meine Frau ist nicht jüdisch. Vielleicht lassen sie meinen Sohn ja bis zu den Knien ins Wasser.«

y

yekl

Ameridisch. Verkleinerungsform des Namens Jakob.
1. Ein leichtgläubiger Dummkopf.
2. Ein Greenhorn; ein Neu-Einwanderer in die Vereinigten Staaten.

Der sozialistische Schriftsteller und Journalist Abraham Cahan (7.7.1860 in Litauen – 31.8.1951 in New York), der zu den Gründern des *Jewish Daily Forverts* gehörte, schrieb 1896 den Roman *Yekl*, in dem er das Schicksal eines unschuldigen und oft ungerecht behandelten Einwanderers schildert. ☛ Die erste Ausgabe des *Forverts* erschien im April 1897 in jiddischer Sprache. Das sozialistisch orientierte Blatt, das über fünfzig Jahre lang von Cahan geleitet wurde, erreichte in den 20er Jahren eine tägliche Auflage von 250 000 und gehörte damit zu den wichtigsten Zeitungen New Yorks. Der *Forverts* förderte jiddische Autoren wie Shalom Asch und Isaac B. Singer und wurde zum Leitstern für Hunderttausende jüdischer Einwanderer. Cahans Einfluss bei dieser Bevölkerungsgruppe war unermesslich.

Sein Einfluss auf die jiddische Sprache war ebenfalls groß, allerdings auch umstritten. Der *Forverts* förderte die Assimilation und »Amerikanisierung« der Einwanderer und kultivierte den Gebrauch von Jinglisch und Ameridisch. Sprachpuristen galt er deshalb als Gefahr für die jiddische Sprache.

Cahan war auch ein bedeutender Romancier. Sein erster Roman *Yekl. A Tale of the New York Ghetto* erschien 1896. Sein bekanntestes Werk, *The Rise of David Levinsky* (1917), das klassische Porträt eines jüdischen Einwanderers und seiner kulturellen Anpassung, wurde in den 60er und 70er Jahren, als die Nachkriegsgeneration amerikanischer Juden ihre ethnischen Wurzeln entdeckte, neu herausgegeben und zählt heute zusammen mit *Call it Sleep* von Henry Roth und *Bread Givers* von Anzia Yezierska zu den Klassikern der amerikanisch-jüdischen Einwandererliteratur.

Der *Forverts* wird heute noch als jiddisches Wochenblatt veröffentlicht. Seit 1990 gibt es den *Forward* in englischer Sprache und seit 1995 eine russische Ausgabe für die 300 000 jüdischen Immigranten aus der ehemaligen Sowjetunion. ☚

yenta, yente *(f.)*; **yentl** *(Verkleinerungsform)*
Ameridisch. *Jénte* war in Europa ein absolut annehmbarer Frauenname, soviel ich weiß. Er stammte vom italienischen *gentile* oder vom französischen *gentille* ab, was beides »wohlerzogen« und »adelig« bedeutet. (Ähnlich wurde das spanische *esperanza* zur Grundlage des jüdischen Namens *Schprinze*, *señor* zur Basis für *Schneour*, und *phoebus* der Usprung für *Féjwusch, Fejwel.*) Aber eine *yenta* ist leider das genaue Gegenteil von »wohlerzogen«. Entweder wird der Name also ironisch gebraucht oder irgendeine *Jente* hat sich wirklich unmöglich benommen und den Namen in Verruf gebracht.

1. Ein Frau von niedriger Herkunft oder vulgärem Benehmen; eine Xanthippe; ein zänkisches, rebellisches Weib. *She is the biggest yenta on the block. – She has the tact of a yenta.*
2. Ein geschwätziges Weib, das Gerüchte und Skandale verbreitet und kein Geheimnis für sich behalten kann. In diesem Sinne werden auch Männer als *yentas* »Klatschmaul« bezeichnet.
   Die von Jacob Adler (Pseudonym »B. Kovner«) erfundene *Yenta Telebende* war eine populäre komische Figur in einer jiddischen New Yorker Zeitung.

Einer der witzigsten Buttons der 60er Jahre trug die Inschrift:

Marcel Proust
is a
YENTA

yents, yentz, yentsn *(Verb)*
Ameridisch. Aus dem jiddischen *jenes* »jenes«.

1. Kopulieren.
2. Betrügen. In dieser Bedeutung entspricht der Gebrauch dem englischen Slangbegriff *to screw,* der ebenfalls »kopulieren« und »betrügen« bedeutet. *Don't trust him; he'll screw you.*

Yents ist ein sehr obszönes Wort und sollte nicht in Gegenwart von Menschen, die leicht erröten, benutzt werden. Es ist das jiddische Äquivalent des bekanntesten englischen *Four-letter*-Worts und ist seit 1930 von der amerikanischen Unterwelt adoptiert worden.

Dabei ist der Ursprung ganz unschuldig. *Yentz* kommt von dem deutschen Demonstrativpronomen *jenes*, das verhüllend für gewisse »unaussprechliche« Körperteile und Aktivitäten benutzt wurde. Ähnlich sagt man ja auch im Englischen oder Deutschen: *They did it?* – »Haben sie *es* gemacht?«

Das Hebräische enthält kein eigentliches Wort für die Geschlechtsteile. Das männliche Glied wird als »jenes Organ« (*ewer* oder *gid*) bezeichnet; die Vulva als *ossu makom* »jener Ort«. Angesichts dieser Prüderie erstaunt es nicht, dass die Aschkenasim sich auf das Wort *jenes* gestürzt haben.

Ein *yentser* oder *yentzer* ist dementsprechend:

1. Jemand, der kopuliert – männlich oder weiblich.
2. Jemand, der promiskuitiv ist. *She left him because he is a yentser.*
3. Jemand, der häufig Geschlechtsverkehr hat oder besondere sexuelle Kräfte beansprucht.
4. Ein Betrüger. *He is a born yentser.*

Vorsicht! Alle diese Begriffe sind vulgär und deshalb tabu.

Z

zádik *(m.)*, **zadíkim** *(Pl.)*
Aus dem hebräischen *zadík* »Gerechter«.
In Amerika: *tsadek, tzaddik*

1. Ein frommer Mann, ein »Gerechter«. ☙ Eine wohltätige Frau wird als *zadkóniß* (aus dem hebräischen *zadkanít*) oder *zadéjkeß* (*zadéjket*) bezeichnet. ❧
2. Zaddik. Ein Heiliger (insbesondere ein chassidischer Rebbe); ein Mann von überragender Tugend und (möglicherweise) übernatürlichen Fähigkeiten.
3. (Ironisch:) Ein unheiliger Mensch, ein Tunichtgut.
4. Der jiddische Name für den 18. Buchstaben des hebräischen Alphabets, der eigentlich *zádi* heißt.

Ursprünglich waren *zadikim* einfach aufrechte, ehrbare Männer, die anderen als Vorbilder dienten. Die mittelalterlichen Kabbalisten und später die Chassidim unterstellten ihnen auch wundertätige Kräfte.

Die berühmte Legende von den 36 Heiligen (hebräisch: *lamed-waw zadikim*; jiddisch auch: *lámed-wownikeß*) besagt, dass es auf der Welt sechsunddreißig Gerechte gibt, um derentwillen Gott die Welt, trotz all ihrer Sündhaftigkeit, nicht untergehen lässt. Die Sechsunddreißig sind namenlos, niemand weiß, ob sie arm oder reich, Wasserträger, Hausmeister, Schuhmacher, Soldaten oder Kaufleute sind – aber ohne ihre selbstlosen Werke wäre die Welt längst zerstört.

Der Legende nach offenbaren die Sechsunddreißig ihre Identität nur sehr selten – besonders in Notlagen, wenn die Juden in Gefahr sind. Dann wird ein *zadik* Gottes Auftrag erfüllen, die Juden mit einer plötzlichen Wundertat retten – und anschließend gleich wieder verschwinden, denn seine Identität darf nie aufgedeckt werden. (Das würde ihm vermutlich seine wundertätige Kraft rauben.)

Die Vorstellung, dass Gutes im Geheimen, ohne Anerkennung, Dank oder Belohnung getan werden soll, hat die Männer des Talmud offenbar sehr fasziniert. Je weniger öffentlich etwas Gutes getan wird, je mehr das Gute selbst der Zweck einer Handlung ist, desto besser, desto mehr Bewunderung verdient sie. Gott weiß es ja und wird sich dessen erinnern …

Ein berühmter alter Zaddik wurde vor versammelter Gemeinde von einem Rabbiner gepriesen, der sich von Minute zu Minute mehr in Begeisterung redete: »… unser geliebter Zaddik ist ein Mann von solcher Weisheit, dass sogar die weisesten Gelehrten zu seinen Füßen sitzen. Seine Güte lässt Alt und Jung bei ihm Rat suchen, seine Rechtschaffenheit ist ein Vorbild für Männer wie Frauen, er hat so viel Verständnis für menschliche Probleme, dass selbst die Heiligen ihm ihre innersten Gedanken anvertrauen; er hat …«

An dieser Stelle zupft der alte Mann den Redner am Ärmel und flüstert: »Vergessen Sie meine Demut und Bescheidenheit nicht.«

Zu seiner Verblüffung erhält Moische der Schuhmacher einen Brief vom berühmtesten Zaddik seiner Stadt, in dem es heißt:

> O Licht von Israel, Ozean der Gelehrsamkeit, Adler des Wissens! Komm zu mir und hol meine Schuhe, sie bedürfen der Reparatur.
>
> *Reb Schmuel*

Moische lässt alles stehen und liegen und eilt zum Haus des berühmten Mannes: »Reb Schmuel, ich bin gekommen, so schnell meine Füße mich tragen. Ich bin nur ein Schuhmacher, der sich mit solchen Dingen nicht auskennt, aber bitte erklärt mir doch: Warum habt Ihr mich mit so erhabenen Worten bedacht?«

»Erhabene Worte? Wie meint Ihr das?«

»Nun ja: Licht von Israel, Ozean der Gelehrsamkeit, Adler des Wissens ...«

Der Zaddik stutzt. Verblüfft streicht er sich seinen Bart. Dann sagt er: »Aber das ist genau das, was die Leute *mir* immer schreiben ...«

»Unser Zaddik hat gebetet, dass die Reichen den Armen mehr geben sollen, und die Hälfte seiner Bitte hat Gott schon erfüllt.«

»Ach, ja? Wie denn?«

»Die Armen haben sich bereit erklärt, das Geld anzunehmen.«

Ein Rabbiner besucht ein Dorf, in dem ein berühmter Zaddik wohnt, und fragt: »Was für Dinge hat euer Zaddik eigentlich schon bewirkt?«

»Unser Zaddik hat jetzt seit drei Jahren gefastet!«

»Seit drei Jahren?! Aber das ist doch unmöglich, da wäre er doch längst tot.«

»Das stimmt. Aber unser Zaddik weiß natürlich, dass es die Leute beschämen würde, wenn er *ständig* fasten würde. Er isst also nur, um andere nicht zu beschämen, und hält dabei völlig geheim, dass er fastet.«

zázke *(f.)*, **zázkeß** *(Pl.)*, **zázkele** *(Verkleinerungsform)*
Aus dem polnischen *zazko* »etwas Nutzloses, Schönes«.

In Amerika: *tsatske, tchotchke, tsatskele, tchotchkele*

1. Ein Spielzeug. *I bought the child a tsatske.*
2. Billiger Tand. *He gave her some tsatske or other for her trouble.* – »Er gab ihr für ihre Bemühungen ein kleines Geschenk.«
3. Bluterguss, blauer Fleck. *He had a tstatske under each eye.*
4. Ein Niemand; das »fünfte Rad am Wagen«; ein Störenfried; ein schlechtes Geschäft.
5. Ein verzogenes Kind.

6. Ein Flittchen, das sich von seinem Liebhaber aushalten lässt.
7. Ein hübsches junges Mädchen.
8. Eine junge Frau, die sexy, aber ein bisschen dumm ist.

zdóke *(f.)*
Aus dem hebräischen *z'daká* »Gerechtigkeit«.
In Amerika: *tsedoke, tzedakah, tzedaka, tsadaka, tsadakah*
Zedaka. Die Verpflichtung, durch Rechtschaffenheit, Mitleid, Wohltätigkeit und milde Gaben Gerechtigkeit herzustellen und anderen zu helfen.

Bei den Juden wurde zwischen Wohltätigkeit und der moralischen und religiösen Verpflichtung zur Gerechtigkeit und Großzügigkeit nie unterschieden. Im Deuteronomium 15,11 heißt es: »Es werden allezeit Arme sein im Lande; darum gebiete ich dir und sage, daß du deine Hand auftust deinem Bruder…« Und in Sprüche 19, 17 erfahren wir: »Wer sich des Armen erbarmt, der leiht dem Herrn.«

Darüberhinaus muss man den Armen und Bedürftigen jede Beschämung ersparen. Jede jüdische Gemeinde legte großen Wert darauf, den Armen, Kranken, Behinderten und besonders den Flüchtlingen zu helfen, die seit jeher ein besonders trauriges Kapitel in der jüdischen Geschichte sind. Jede Gemeinde hatte einen Fonds für die Bedürftigen; zu jedem Feiertag gehörten Wohltätigkeitsveranstaltungen; in jedem Haushalt gab es Sammelbüchsen für verschiedene wohltätige Zwecke (siehe *puschke*). Jedem jüdischen Kind wurde schon früh im Leben beigebracht, dass es die Pflicht hat, Bedürftigen zu helfen; oft gab man ihnen Münzen, die sie Bettlern geben sollten. In jeder jüdischen Gemeinde in Amerika ist das Leben mit den verschiedensten Benefizveranstaltungen gespickt.

Die bemerkenswerte Unabhängigkeit (um nicht zu sagen Unverschämtheit) der jüdischen Bettler und Schnorrer beruhte auf dem Bewusstsein, dass die Tradition und die Bestimmungen des Talmud allen Juden die Verpflichtung auferlegte, ihnen zu helfen.

Maimonides stellte eine regelrechte Rangfolge der Wohltätigkeit auf. Die höchste Form der Zedaka ist demnach die Hilfe zur Selbsthilfe. ☛ Maimonides empfahl in seiner »Mischne Tora: Lehre über

Geschenke an die Armen«), den Bedürftigen ein Startkapital zu leihen oder eine Geschäftsbeziehung zu schaffen – das heißt also, in den Bedürftigen zu investieren und wirklichen Anteil an seinem Leben zu nehmen. ☚ Danach kam die anonyme und geheime Hilfe, bei der weder der Wohltäter noch der Beschenkte wissen, wer wem geholfen hat. ☛ Dieses Prinzip sollte (besonders in den kleinen, eng gefügten jüdischen Gemeinden der Vergangenheit) verhindern, dass Macht und Abhängigkeiten entstanden.

Zwischen 1970 und 1990 entstanden in den jüdischen Gemeinden Amerikas zahlreiche Zirkel (siehe *chewre*), in denen nicht nur Geldbeträge für wohltätige Zwecke gesammelt, sondern auch sehr persönliche Gespräche über Geld und die damit verbundenen Ängste geführt wurden. Siehe dazu: Jeffrey Dekro und Betsy Tessler *Building Community, Creating Justice: A Guide for Organizing Tzedakah Collectives*, Shefa Fund, 1994. ☚

Alles in allem kann man feststellen: Juden ist es ganz einfach verboten, jemanden, der um Hilfe bittet, abzuweisen oder zu ignorieren.

◎ ◎ ◎

Ein schäbiger, halbverhungerter Landstreicher erscheint im Wohnzimmer eines reichen Mannes und bittet um Hilfe. Da ruft der reiche Mann seinen Butler und sagt: »Jetzt sehen Sie sich bloß diesen unglücklichen armen Mann an! Seine Schuhe sind zerrissen, die Hosen sind zehnmal geflickt. Er sieht so aus, als hätte er sich seit Wochen nicht mehr gewaschen oder rasiert. Gott allein weiß, wann er zum letzten Mal gegessen hat. Diese arme, geschundene Kreatur anzusehen, bricht mir das Herz – werfen Sie ihn bitte raus!«

Dem Mann fehlte ganz offensichtlich jede Zedaka. »Der längste Weg auf der Welt«, sagt der Volksmund, »führt ins Portemonnaie eines Reichen.«

◎ ◎ ◎

Eher die gegenteilige Konditionierung zeigt die folgende Geschichte:

Die neue Lehrerin kommt in die Klasse. Sie bittet jedes Kind, aufzustehen, seinen Namen zu sagen und sein Hobby zu nennen.

Das erste Kind steht auf und sagt: »Mein Name ist Sally Farnsworth, ich bin zehn Jahre alt und fahre gern Rollschuh.«

Das zweite Kind steht auf und sagt: »Mein Name ist Jacob Burns, ich bin neun Jahre alt. Ich sammle Briefmarken.«

Das dritte Kind steht auf und sagt: »Mein Name ist Morris Wexler, ich bin zehn Jahre alt und spende drei Dollar.«

zedaka siehe *zdoke.*

zedréjt *(Adjektiv)*
Aus dem mittelhochdeutschen *draejen* »drehen«

In Amerika: *tsedreyt, tsedrayt; tsedreyter (m.), tsedreyte (f.), tsedreydlt*

Verrückt.

»Wenn Sie für immer leben wollen«, sagt ein *zedrejter* zu einem vielfachen Millionär, »müssen Sie zu uns nach Trostlos ziehen.«

»Wieso? Ist die Luft bei Ihnen so gut?«

»Nein, das nicht, aber bei uns ist noch nie ein Millionär gestorben.«

zedult *(Adjektiv)*
Aus dem jiddischen *dulen* »verwirren«, das sich aus dem mittelhochdeutschen *tol, dol* »toll« ableitet. Ein *dulhaus* ist das jiddische Wort für »Irrenanstalt«.

In Amerika: *tsedudlt, tsedoodelt; tsedudlter, tsedudlte*

Geistig verwirrt. Verrückt.

»Wenn ich eine Million auf der Straße fände«, sagt ein *zedulter*, »würde ich sie behalten, außer natürlich, wenn sie einem armen Mann gehört. Dann würde ich sie zurückgeben.«

zetumlt *(Adjektiv)*
Im Mittelhochdeutschen steht *tumel* »Lärm, betäubender Schall« neben *tûmeln* »tanzen, springen«, das sich zum neuhochdeutschen *taumeln* entwickelt.

Zetumlt ist das Partizip Perfekt und bedeutet »verwirrt«.

In Amerika: *tsetumlt, tsetummelt; tsetumlte (f.), tsetumlter (m.)*

Ein *zetumlter* ist ein wirrköpfiger Mann, eine *zetumlte* ist eine verwirrte, törichte Frau.

zhlob, zhlub
Ameridisch. Aus dem polnischen *zhlòb* »grober Bursche«.

1. Ein grober, unsensibler Mensch mit schlechten Manieren. *He acts like a zhlob, that zhlob.*
2. Eine ungeschickte, reizlose Person. *Vassar-Shmassar, the girl's still a zhlob.* »Das Mädchen ist ein Trampel, auch wenn sie in Vassar studiert hat.«
3. Ein Hinterwäldler, Hornochse, Dummkopf.

Siehe auch *kloz, balwan, grob.*

Ein Jude kommt keuchend auf den Bahnsteig gerannt. Der Schweiß läuft ihm übers Gesicht. »Halt«, ruft er. »Halt, bitte anhalten.«

Fragt der *zhlob*: »Was ist denn los?«

»Ich hab meinen Zug verpasst!« keucht der Mann. »Um knapp zwei Sekunden!«

»So, wie Sie hier rumschreien«, sagt der *zhlob*, »könnte man denken, Sie haben ihn um eine Stunde verpasst.«

zíen, zíjen *(n.)*
Aus dem hebräischen *zijón.*

In Amerika: *Zion, Tziyon*

Zion. Poetischer Name für Jerusalem und das Land Israel.

Ursprünglich war Zion der Name eines befestigten Hügels, der heute in Jerusalem liegt. Seit dem babylonischen Exil wurde

Zion zum Synonym für die Vorstellung von einem vereinigten jüdischen Volk in ihrem ursprünglichen eigenen Heimatland. »An den Wassern von Babylon saßen wir und weinten, wenn wir an Zion dachten«, heißt es im 137. Psalm.

Zum Beten haben sich die Juden, wo immer sie lebten, nach Zion gewendet. Der große Dichter, Arzt und Philosoph des Mittelalters, Jehuda ha-Levi, schrieb:

Mein Herz ist im Osten,
Aber ich bin im äußersten Westen,
Wie soll ich Nahrung verzehren?
Wie können die Speisen mir süß sein?

Fromme Juden strebten danach, in Zion begraben zu werden, und wenn das nicht möglich war, legte man ihnen zumindest ein kleines Säckchen Erde aus dem Heiligen Land mit in den Sarg.

☛ Als der Führer der chassidischen Lubawitscher, Rabbi Menachem Schneerson, 1994 ohne Erben starb, wurde die Frage, ob er in seiner Heimatstadt Brooklyn oder in Israel begraben werden sollte (das er nie betreten hatte) zu einer höchst bedeutsamen Frage. Wäre Schneerson im Heiligen Land begraben worden, hätte das dem Flügel der Lubawitscher Auftrieb gegeben, die ihn zum Messias erklärt hatten. Als er schließlich in Brooklyn begraben wurde, haben sich die mit ihm verknüpften messianischen Hoffnungen erheblich vermindert. Siehe auch *meschiech.* ☚

◎ ◎ ◎

Der Chemiker Chaim Weizmann (1874–1952), der später zum ersten Präsidenten des Staates Israel wurde, war ein glühender Zionist. Als hervorragender Wissenschaftler hatte er Zugang zu vielen Prominenten Europas. Eines Tages besuchte er Paul Ehrlich (1854–1915), den Erfinder des Salvarsans, des ersten wirksamen Syphilis-Medikaments. Er gab sich große Mühe, ihn von der Bedeutung der zionistischen Bewegung zu überzeugen und ihn dafür zu gewinnen. Er sprach mit großem Ernst und sehr lange. Schließlich wurde er von Ehrlich unterbrochen: »Wissen Sie, Herr Dr. Weizmann, Hunderte von Patienten besuchen mich in der Woche. Für jeden habe ich nicht mehr als fünf Minuten Zeit. Sie reden jetzt schon eine Dreiviertelstunde lang auf mich ein!«

»Der Unterschied, Herr Professor«, sagt Weizmann, »besteht allerdings darin, dass Ihre Patienten Sie besuchen, weil sie eine Impfung von Ihnen erwarten. Ich bin gekommen, um Ihnen eine zu geben.«

zímeß *(m.)*
Aus dem mittelhochdeutschen *zumüese* »Beilage«, »das, was zum Essen dazu getan wird, Gemüse«.

In Amerika: *tsimes, tsimmes*

1. Leicht gesüßte Beilage aus gekochtem Gemüse und Früchten. Als Zutaten kommen Karotten, Erbsen, Backpflaumen, Kartoffeln oder Süßkartoffeln in Frage.
2 Kompott.
3. Weil das Zubereiten eines solchen Gerichts einige Zeit in Anspruch nahm, entwickelte sich die übertragene Bedeutung »komplizierter Vorgang«, »Ärger«, »Problem«. *Don't make a whole tsimes out of it. – It's no tsimes to me.*

Dementsprechend bedeutet *machn a zimeß von epeß* »viel Aufhebens um etwas machen«. In diesem Sinne ist das Wort als *sums* und *sums machen* in den Berliner Dialekt eingegangen: »Mach keinen Sums!«

Siehe auch *schtuß*.

Zion siehe *zien*.

zízeß oder **zíziß** *(f.Pl.)*
Aus dem hebräischen *zizít* »Quasten«.

In Amerika: *tsitsis, tzitzit*

Zizit oder Schaufäden: die Quasten an den Ecken des *taleß* (Gebetsschal) und des *taleß katan*, des kurzen Gebetsmantels, den die Orthodoxen unter ihrer Kleidung tragen.

Die Zizit sollen die Juden an die 613 Gebote erinnern, die ihnen in der Tora auferlegt werden. Die Aufforderung, sie zu tragen, kam nach Angaben von Numeri 15, 37–39 direkt von Gott. Denn Er sprach zu Mose: »Rede mit den Kindern Israel, und sprich zu ihnen, dass sie sich Quasten machen an den Zipfeln ihrer Kleider samt allen ihren Nachkommen und blaue Schnürlein auf die Quasten an die Zipfel tun.« Die blaue Farbe für die *techelet* wurde allerdings bald knapp. Man vermutet, dass zur Gewinnung der Farbe eine Mittelmeerschnecke gesammelt wurde. Da man aber nicht mehr genau feststellen konnte, um welche Art es sich dabei handelte, und auch die vorschriftsmäßige Methode zur Gewinnung nicht kannte, verzichtete man schließlich darauf. In griechisch-römischer Zeit wurde die Verwendung der Zizit auf den Gebetsmantel beschränkt. Dabei werden drei weiße mit einem blauen Faden umwickelt und fünf Mal verknotet. Es gibt Vermutungen, dass der katholische Rosenkranz, der aus fünfmal zehn Perlen besteht, auf die Zizit zurückgeht.

Die Kabbalisten veranstalteten eine Menge Abrakadabra mit der Zahl der Knoten, Abschnitte und Windungen. Unter anderem wird darauf verwiesen, dass der Zahlenwert für *zizit* der Zahl der Gebote entspricht, wenn man die Zahl der Fäden, Windungen oder Knoten dazurechnet.

Täglich beten die Juden im Schema darum, dass die verstreuten Kinder Israel gesammelt werden »aus den vier Enden der Erde«. Die vier Zizit stehen unter anderem auch dafür, und an dieser Symbolik hat sich auch dann nichts geändert, als man feststellte, dass die Erde gar keine Enden hat, sondern rund ist.

Aber die Vier ist im jüdischen Leben ohnehin sehr symbolträchtig: der Name Gottes hat vier Buchstaben (siehe *adojni*), es gibt vier Jahreszeiten, vier biblische Matriarchen und – beim Pessach-Fest vier Becher Wein, vier Fragen und die »vier Kinder«.

Eine andere originelle Deutung der Zizit besteht darin, dass sie eine »Entgrenzung« darstellen. Während der Judaismus sonst sehr darauf achtet, Dinge voneinander zu trennen, zum Beispiel die Wochentage vom Sabbat, *koscher* von *trejf*, die Juden von den Nichtjuden etc., sind Quasten und Fransen eine Art Auflösung solcher Grenzen. Sie tragen dazu bei, dass der Wunsch nach Abgrenzung nicht obsessiv wird. Rabbi Arthur Waskow (*Godwrestling – Round Two,* Jewish Lights,1996) schreibt: »Die Zizit erinnern daran, dass es in einer Gemeinde keine hohen Zäune geben darf, sondern nur weiche Grenzen, die sich mit der Zeit ganz auflösen ... In der biblischen Tradition wurde das dadurch erreicht, dass die Ecken und Ränder der Felder nicht vom Besitzer, sondern von den Armen, den Fremden und Waisen abgeerntet werden durften ... So wie die Teilhabe der Gemeinschaft an den Rändern des Feldes Gottes Anteil an »meinem« Besitz zeigte, so zeigen die Fransen an der Kleidung, dass Gott Anteil an meiner Person und meiner Identität hat. Gottes Stellvertreter ist in beiden Fällen die Gemeinschaft.«

zore *(f.),* **zoreß** *(Pl.)*
Aus dem hebräischen *zará* »Kummer«.
In Amerika: *tsores, tsuris, tsouris, tsoriss, tsuriss*
Sorgen, Ärger, Unglück, Leiden.
(In übertragenem Sinn auch:) böses Weib.

Das Wort ist im Deutschen verbreitet. Vielleicht verbirgt es sich auch hinter der sogenannten *sauregurkenzeit*, die jeden Sommer im Journalismus ausbricht. Andreas Nachama (*Jiddisch im Berliner Jargon,* 1994) führt sie nämlich nicht auf eingelegte Gurken, sondern auf das hebräische *zorot jerakot* »Sorgen um die Teuerung« zurück, die den Kaufleuten die Geschäfte verdarb. Zumindest seit dem frühen 19. Jahrhundert allerdings erfreuen sich die Deutschen mehr an der Vorstellung von den Gurken und haben damit wohl auch die Engländer angesteckt, die von der *cucumber time* reden.

In Amerika ist *tsores* vor allem in literarischen und Theaterkreisen verbreitet. *Oh, have I got tsores! – Her life has been one tsore after another. – All he adds up to is tsores.*

Der Singular *zore* wird selten gebraucht, weil eine Sorge wohl selten allein kommt.

Die Redensart *ojf zoreß* heißt »deprimiert«, »voller Sorgen«.

Wenn die Sorgen eher nichtig sind, nennt man sie *sajdene zoreß*, wenn sie aber das übliche Maß übersteigen, sind sie *gehakte zoreß.*

Warum die Sorgen noch größer sind, wenn sie wie Hähnchenleber gehackt werden, ist mir ein Rätsel, aber ein starker Spruch ist das allemal.

»Sorgen und Nässe gehören zusammen – entweder Schnaps oder Tränen.«

»Mach dir wegen morgen keine Sorgen, du weißt ja nicht, was dir heute noch an Unglück geschieht.«

»Vom Glück zu *zores* ist nur ein Schritt; aber der Weg vom *zores* zu *masl* ist weit.« *Volksweisheiten*

»Und wie viele Kinder haben *Sie*?«
»Ich hab' keine Kinder.«
»Ach! Und was machen Sie, um sich zu ärgern?«

zútschepenisch *(f.)*
Aus dem russischen *tschupat* »berühren, anhängen« und der deutschen Vorsilbe *zu*.

In Amerika: *tsutshepenish, tsutcheppenish*

Etwas Irritierendes, das sich einem »anhängt«: ständiges Genörgel. Ein *zutschep* hingegen ist nur ein harmloser »(Fahrzeug-)Anhänger«.

In Amerika verschiebt sich die Bedeutung. Hier ist ein *tsutshepenish*:

1. Eine »Zwangsvorstellung« oder ein »Tick«.
2. Ein allzu anhänglicher Mensch.

Siehe auch *nochschlepper*.

Verzeichnis der für die deutsche Ausgabe benutzten Literatur

Althaus, Hans Peter: Zocker, Zoff & Zores. Jiddische Wörter im Deutschen, C. H. Beck, München 2002

Best, Otto F.: Mameloschen. Jiddisch – Eine Sprache und ihre Literatur. 2., durchgesehene Auflage 1988, Insel Verlag, Frankfurt am Main 1973

Deutsches Wörterbuch von Jacob und Wilhelm Grimm. Fotomechanischer Nachdruck der Erstausgabe von 1854–1971, Deutscher Taschenbuch Verlag, München 1984

Dictionary of American Slang. Von Harold Wentworth und Stuart Berg Flexner, Langenscheidt, Berlin 1975

dtv-Lexikon in 20 Bänden, aktualisierte Ausgabe 1999, F. A. Brockhaus und Deutscher Taschenbuch Verlag, Mannheim und München

Duden. Das große Wörterbuch der deutschen Sprache in sechs Bänden. Bibliographisches Institut, Mannheim 1977

Geschichte der Juden. Von der biblischen Zeit bis zur Gegenwart. Herausgegeben von Franz J. Bautz; 5. Auflage. (Beck'sche Reihe 268), München 1983

Gidal, Nachum T.: Die Juden in Deutschland von der Römerzeit bis zur Weimarer Republik, Bertelsmann Lexikon Verlag, Gütersloh 1988

Halter, Marek: Alles beginnt mit Abraham. Das Judentum mit einfachen Worten erzählt, Zsolnay, Wien 2001

Hertzberg, Arthur: Judaismus. Die Grundlagen der jüdischen Religion, (rororo 6522), Reinbek 1996

Die jüdische Welt von gestern. 1860–1938. Text- und Bild-Zeugnisse aus Mitteleuropa. Herausgegeben von Rachel Salamander. Deutscher Taschenbuch Verlag, München 1998

Jüdische Witze. Ausgewählt und eingeleitet von Salcia Landmann, (dtv 139), München 1963

Jüdisches Lexikon, 2. Aufl., Jüdischer Verlag, Frankfurt am Main 1987

Kluge, Friedrich: Etymologisches Wörterbuch der deutschen Sprache, 19. Auflage, bearbeitet von Walther Mitzka, Walter de Gruyter, Berlin 1963

Landmann, Salcia: Jiddisch. Abenteuer einer Sprache. (dtv 252) München 1964

Lexer, Matthias: Mittelhochdeutsches Taschenwörterbuch, Dreißigste Auflage, S. Hirzel, Leipzig 1962

Lötzsch, Ronald: Jiddisches Wörterbuch. Mit Hinweisen zur Schreibung, Grammatik und Aussprache, 2. durchgesehene Auflage, Duden Taschenbücher, Mannheim 1992

Nachama, Andreas: Jiddisch im Berliner Jargon oder Hebräische Sprachelemente im deutschen Wortschatz, Stapp Verlag, Berlin 1994

Neues Lexikon des Judentums. Herausgegeben von Professor Dr. Julius H. Schoeps. Redaktion des Moses Mendelssohn Zentrums, Gütersloher Verlagshaus, Gütersloh 2000

Partridge, Eric: A Dictionary of Slang and Unconventional English, 4th edition, Routledge & Kegan Paul Ltd., London 1956

Scheck, Denis: King Kong, Spock & Drella. Amerikanisches Trivia-Lexikon, Straelener Manuskripte, Straelen 1993

Stemberger, Günter: Der Talmud. Einführung, Texte, Erläuterungen. Dritte, durchgesehene Auflage, C.H. Beck'sche Verlagsbuchhandlung, München 1994

Stemberger, Günter: Midrasch. Vom Umgang der Rabbiner mit der Bibel. Einführung, Texte, Erläuterungen. C.H. Beck'sche Verlagsbuchhandlung, München 1989

Versagte Heimat. Jüdisches Leben in Münchens Isarvorstadt 1914–1945. Herausgegeben von Douglas Bokovoy und Stefan Meining. Verlag Dr. Peter Glas, München 1994

Webster's New World Dictionary. Third College Edition of American English. Simon & Schuster, Cleveland, New York 1988

Wehle, Peter: Sprechen Sie Wienerisch? Erweiterte und bearbeitete Neuausgabe, Verlag Carl Ueberreuter, Wien 1980

»Wie gurrende Tauben im Herzen ...«
90-minütige Dokumentation über Geschichte und Kultur der jiddischen Sprache
Preview Production, München 1997/Bayerischer Rundfunk

Wolf, Siegmund: Jiddisches Wörterbuch. Wortschatz des deutschen Grundbestandes der jiddischen (jüdischdeutschen) Sprache mit Leseproben, unveränderter Nachdruck der 2. Auflage von 1986, Buske Verlag, Hamburg 1993